AF392151

Gustav Frenssen

Die drei Getreuen
(Historischer Roman)

e-artnow 2018

Julius Wolff
Das Wildfangrecht: Historischer Roman

Conrad Ferdinand Meyer
Gesammelte Werke: Historische Romane + Gedichte + Novellen (323 Titel in einem Buch): Das Amulett + Der Schuß von der Kanzel + ... + Gustav Adolfs Page und viel mehr...

Alexandre Dumas
Die Gräfin Charny: Historischer Roman

Felix Dahn
Gesammelte Werke: Historische Romane, Erzählungen, Sagen & Gedichte (Über 200 Titel in einem Buch): Odhin's Trost, Attila, Wallhall, ... und die Söhne, Herzog Ernst von Schwaben...

James Fenimore Cooper
Der Kettenträger: Die Handschriften der Familie Littlepage

Eugene Sue
Die Geheimnisse von Paris (Historischer Roman)

Walter Scott
Gesammelte Werke: Historische Romane + Novellen (25 Titel in einem Buch): Rob Roy + Ivanhoe + Der Pirat + Waverley + Das ... von Sir Walter Scott und viel mehr

Oskar Meding
Kreuz und Schwert: Historischer Roman

Gustav Frenssen
Gesammelte Werke: Peter Moors Fahrt nach Südwest, Hilligenlei, Die drei Getreuen, Die Brüder & Jörn Uhl

Jodocus Temme
Der Domherr (Historischer Roman)

Gustav Frenssen

Die drei Getreuen (Historischer Roman)

e-artnow, 2018
Kontakt info@e-artnow.org

ISBN 978-80-268-8653-2

Inhaltsverzeichnis

Erstes Buch

Erstes Kapitel

Da reiten sie aus der Allee des Strandigerhofs hervor, »die drei Getreuen«.

Sie reiten nach dem Seedeich und wollen da oben, auf der Höhe, über die Nordsee Ausschau halten, ob auch feindliche Schiffe in Sicht sind. Denn das Vaterland hat Krieg. Es ist drei Tage nach der Schlacht bei Gravelotte.

Das Land und der Strand ist von Mannschaften entblößt; sie sind alle nach Frankreich gezogen. Da muß Jungholstein auf dem Plan sein. »Die drei Getreuen« nennen sie sich. Sie sind alle gleich alt, zehn Jahre.

Vorn nebeneinander reiten die beiden Vettern, zwei Strandiger.

Der rechts reitet, ist Andrees Strandiger, das einzige Kind vom Strandigerhof. Er ist der Sohn von dem Strandiger, der draußen im Watt von der Flut gejagt, eingeholt und umzingelt wurde. Noch jetzt, nachdem fast dreißig Jahre vergangen sind, wird in den Höfen und Häusern in der Marsch, wenn der Westwind über den Deich fährt, mit Bedauern von dem Ereignis gesprochen; denn dieser Strandiger war ein ernster, tüchtiger Mann.

Ihm zur Linken reitet Franz Strandiger. Er ist zum Besuch auf Strandigerhof. Sein Vater, Leutnant bei der Artillerie des neunten Armeekorps, liegt seit vorgestern im ersten Haus von Verneville, nach de la Cusse zu, durch die Lunge geschossen, ein aufgegebener Mann. Der Junge weiß es noch nicht; er erfährt es erst nach Wochen, wenn er zu seiner Mutter zurückkehrt. Er ahnt nicht, daß sein Lebensgang eine Biegung gemacht hat, und zwar auf einen harten, holprigen Weg zu; denn nun wird seine Mutter und deren Familie, die in Berlin wohnt, seine Erziehung leiten. Und die sind ein hartes Geschlecht.

Er hat die rechte Hand leicht in die Seite gestemmt, wie er seinen Vater hat reiten sehen, und reitet von den dreien am besten.

Aber das Kind vom Strandigerhof ist Befehlshaber. Er ist ja auch der Ruhige und Verständige.

»Galopp!« befiehlt Andrees, und die Pferde setzen sich mählich in Gang. Der Deich steigt vor ihnen auf.

Aber nun bleibt der dritte zurück.

Der dritte ist Heim Heiderieter, der Junge vom Heidehof. Er hat einen runden, pausbackigen Kinderkopf und krauses blondes Haar. Seine Augen sind blau, tief und treuherzig. In Aussehen und Bewegung ist er schüchtern und ängstlich; aber der Lehrer und der Pastor sagen beide, daß er einen klaren Kopf hat. Darum wird er auch seit Ostern in Latein unterrichtet.

Sie haben ihm das schlechteste Pferd gegeben, den alten siebzehnjährigen Dickkopf, der so schwerfällig trabt.

Die anderen halten schon auf der Höhe des Deichs und sehen durch ihre Hände, die sie nach Form der Fernrohre vor den Augen halten, über das grüne Vorland und das weite Wattenmeer, über dem die Sonne steht.

»Der Horizont scheint ruhig!« sagte Andrees.

Franz legte die Hand an die Mütze: »Befehl, Herr Oberst ...Ich sehe südlich von Büsen, in der Norderpiep, drei Fahrzeuge liegen, die nicht Fischerböte sind.«

Der Oberst fernrohrte mit beiden Händen nach Nordwest hinüber. Man sah in weiter, weiter Ferne drei oder vier schwarze Punkte, die waren in den silbernen, flimmernden Gürtel, der das Meer rings umgab, hineingewirkt.

»Wir müssen hier warten!« sagte er, »die Art der Fahrzeuge ist noch nicht zu erkennen.«

»Soll ich den Gemeinen Heiderieter zurückschicken, daß er die Alarmkanone löst?«

Andrees wandte sich um und sah nach Heim zurück, der nun allmählich herantrabte, und that, als wenn er nichts gehört hatte. Das stand ihm als Oberst sehr gut.

Der Adjutant rückte unruhig auf seinem Braunen hin und her, machte ein böses Gesicht, und seine Augen blitzten. Er bezwang aber seinen Zorn und sagte barsch:

»Gestatten der Herr Oberst, daß ich bis an den Wasserlauf reite, damit ich die Fahrzeuge besser erkenne?«

Der Oberst nickte hochmütig.

Da ritt Franz Strandiger den Deich schräg hinunter und jagte dann in frischem Galopp den weichen Weg entlang, den sogenannten Schlickweg, der geradeswegs ins Watt führt. Er saß sicher und fest; es sah aus, als wenn er mit dem braunen Gurt ans Pferd gebunden wäre. Bis ans Ufer des Priels ritt er; dort hielt er eine Weile und sah nach Büsen hinüber. Dann galoppierte er weiter, immer dicht am Wasserlauf. Man sah im Sonnenschein deutlich, wie die aufschlagenden Hufe des Pferdes grauen Schlick und spritzendes Wasser auswarfen.

Unterdes hielt Andrees mit mißmutigem Gesicht auf der Höhe. Es paßte ihm nicht, daß sein Vetter die Schiffe am Horizont zuerst gesehen hatte, und er fürchtete, daß der Adjutant das Pferd in dem weichen Wattboden überanstrengte. Er wandte sich nach Heim um und sagte verdrießlich:

»Wie Sie aussehen, Heiderieter! Sie werden nie eine glückliche Figur im Sattel abgeben. Wie ein Knabe sehen Sie aus!«

Der Gemeine Heiderieter wurde rot und versuchte, die Hose von steifem englischen Leder, die hochgerutscht war, bis auf die groben Schuhe hinunter zu ziehen.

Der Oberst sah wieder übers Watt, und der Gemeine fing nach seiner Weise an zu träumen. Er vergaß Kriegsspiel und Oberst und, im Traum, stolperte er aus der Rolle und sagte plötzlich mit seiner hellen Kinderstimme: »Du, Andrees, der Franz kann leicht im Schlick stecken bleiben. Es ist da tief, sag' ich dir!«

Da vergaß auch Andrees Strandiger Amt und Würde und sagte ärgerlich: »Er will immer was Besonderes! Wild ist er, und was er thut, hat gar keinen Zweck. Ich mag ihn überhaupt nicht leiden.«

»Ich auch nicht! ... Als wir gestern hier über den Deich kamen, gab er dem Dickkopf einen so fürchterlichen Stoß mit der Stiefelspitze, daß er man so beiseite flog ... Da ... Siehst du es, Andrees? ... Siehst du? ... Da sitzt er richtig im Schlick! Bis an den Bauch sitzt er im Schlick!«

»Junge!« sagte Andrees, »das ist eine schlimme Geschichte! Nun aber flink!« Er ritt den Deich hinunter und im Galopp den Weg entlang ins Watt hinein. Heim folgte, so rasch er konnte.

Sie mußten lange reiten, wohl fast eine Viertelstunde. Da war das Pferd auf dem schlüpfrigen unsicheren Boden, am schrägen Abhang des Wasserlaufs, ausgeglitten und lag auf der Seite. Der Reiter, dessen blauer Anzug ganz grau von Schlick war, kniete neben dem liegenden Tier und riß mit seinen Händen die lose Erde auf, in die sich die Vorderhufe hineingearbeitet hatten; er wandte sich nach den Kommenden um, erhob sich und meldete: »Mit dem Pferd gestürzt.«

»Ja, das ist eine böse Geschichte,« sagte Andrees; »warum mußt du so dicht am Priel entlang reiten? Wenn du noch einmal so was thust, mach' ich dich zum Gemeinen!«

Da flog aus den Augen des Getadelten mit einem Male jäher Zorn. Er griff mit den Händen in den Schlick' und rief mit wilder Bewegung: »Kommt mir nicht zu nahe! das sag' ich euch! ... Ihr seid schöne Getreuen! Steht da auf dem Deich und gafft in die Luft! Das sollte König Wilhelm sehen!« Der Zorn überkam ihn, und er hob die schlickgefüllte Hand. »Reit' zurück, Heiderieter, du Jammerlapp! Ich mag dich nicht sehen. Rein unklug siehst du aus auf dem bockbeinigen Gaul.« Er warf nach ihm. »Mein Vater soll dich noch mal unter die Fuchtel nehmen, du schlapper Kerl!«

Andrees sah ärgerlich und schweigend auf das liegende Pferd und auf die steigende Flut, die gegen die Hufe spülte.

»Das Pferd muß wieder hoch,« sagte er besorgt.

»Du?« sagte Franz verächtlich, »du wagst ja doch nicht, in diesen Dreck hineinzugehen, du mit deinem glatten Haar und den blanken Stiefeln. Du bildest dir was auf deine Mutter ein, weil die den Strandigerhof hat; aber du selbst, du hast *hier* nichts,« sagte er und schlug mit der Hand gegen seine Brust.

»Franz, sei vernünftig und stell' dein Pferd auf die Beine!«

»Will ich nicht! ... Und wenn ich's thu', reite ich doch nicht mit euch. Dann reit' ich da ... nach der Insel, die da hinten im Watt liegt. Nach Flackelholm reit' ich, ganz allein, und seh' nach den Schiffen! Reitet ihr wieder nach Haus, zu Mutter!«

»Heim, steig' ab und hilf ihm.«

»Der Heiderieter bleibt weg, sonst giebt es was! Solche Kerle! Kommt doch bloß mal her!«

»Ich reite weg!« sagte Heim, »das Wasser kommt schon, und der Dickkopf kann die Beine nicht loskriegen.«

Andrees sah in banger Sorge bald nach dem Deich, bald auf seinen wildgewordenen Adjutanten: »Ich will dir was sagen! Du sollst die nächsten acht Tage Oberst sein, denn fass' dein Pferd an!«

Sofort bückte sich Franz Strandiger und griff nach den Hufen, die im Wasser lagen, und machte sie frei, daß das graue Wasser ihm ins Gesicht spritzte. Dann riß er mit seiner jungen Knabenkraft und rief und zerrte an der Trense und stieß mit den Füßen und munterte das Tier auf und mit gewaltigem Stöhnen und Pusten und Schlamm umher spritzend, sprang es hoch.

Auf der Stelle, wo er stand, legte Franz seinen Fuß an das linke Knie des Tieres und griff fest in die Mähne; so hob er sich und schwang sich hinauf. Dann ritt er auf das feste Land, und sich in Trab setzend, wandte er sich um und sagte kurz und hochmütig:

»Die Batterie hört auf mein Kommando!«

Dasselbe hatte sein Vater vorgestern, genau nachmittags drei Uhr gerufen, als seinem Hauptmann der Säbel aus der Hand glitt.

»Nach dem Schulhaus!«

Sie trabten über den Deich, den grünen Feldweg hinauf, zwischen den niedern Häusern des Eschenwinkels durch, den Sandweg hinauf und banden ihre Pferde an das versunkene Scheunenthor des Heidehofs. Dann gingen sie nach dem Schulhaus hinüber.

In der Schulstube saßen drei oder vier Leute auf den Bänken und sprachen von den Gerüchten, welche die Zeitungen der letzten Tage gebracht und die Menschen von Haus zu Haus weiter getragen hatten, und sahen auf die große Wandkarte von Deutschland, die links vom Pult hing, und warfen, während sie redeten, ihre Augen oft auf einen Punkt der Karte.

Da stand das Wort »Metz«.

Wunderbare Gerüchte waren von Dorf zu Dorf geflogen. Sie wollten reden, aber es schien, als schlösse ihnen etwas Schreckliches den Mund. Sie hatten feurige und doch bange Augen, sie hatten die Arme erhoben, aber man wußte nicht, ob aus Jubel oder Angst. Aus dem zusammengepreßten Mund drang ein Stöhnen, und das Haar sträubte sich über den tiefgefurchten Stirnen.

Sie trugen aber Reiser von Lorbeeren über den Schultern.

Wo sie vorbeiflogen, sprangen die großen und kleinen Kinder jubelnd auf; die Gottesfürchtigen falteten ernst die Hände; die Vater, Mann oder Sohn da draußen hatten, duckten sich. Nur die Schlechten im Land zuckten gleichgültig die Schultern. Aber das waren wenige.

Zu zweien und dreien kamen die Leute vom Dorf und vom Eschenwinkel her und beredeten die Gerüchte. Es kamen Alte und Junge, Frauen und Mädchen. Sie kamen alle in Werkelkleidern, verbrannt von der Sonne, warm von der Arbeit. Die Roggenernte auf der Geest war kaum beschafft, und die Weizenernte in der Marsch hielt vor der Thür.

Einer zeigte eine Feldpostkarte. Eine wirkliche Feldpostkarte! Jan Peters, der Großknecht, hatte, auf dem Bauch liegend, auf dem Tournister geschrieben: »Der Major hat all die Kerls gefragt: ›Was thut ihr, wenn die Turkos kommen? Die Kerlen schreien wie tausend Teufel und haben toll gewordene Katzen auf dem Buckel!‹ Haben sie gerufen: ›Wir hauen sie ans Maul.‹ Das hat aber dem Major gepaßt; er ist höllisch für Ans-Maulhauen. Ich für meine Person bin auch für Speck und Wurst! Aber hier ist nichts, bloß verschimmeltes Brot und Turkos.«

»Hast du verstanden! Du sollst ihm Speck schicken.«

»Meinst du, daß ich so schwerhörig bin? Haller hat das Paket heute mitgenommen.«

Rohde vom Eschenwinkel hatte Schlachtvieh nach Hamburg gebracht und erzählte mit aufgeregter Stimme, obgleich er sonst ein sehr ruhiger Mann ist: »Was für ein Leben auf den Bahnhöfen! Als wenn ein ganzes Volk auswandert.«

»Na... da muß auch Druck dahinter!«

»Damals, achtundvierzig, da war kein Oberkommando ... kein Schwung! Das war der Fehler!«

»Aber der alte König Wilhelm!«

»Na, ich sage!«

»Wißt ihr, wie die Leute die Eisenbahn nennen?«

»Na?«

»Das ist Bismarcks schwarzer Hengst!« sagen sie.

»Ja, die Soldaten und die Pferde und die Kanonen: Alles reitet darauf an den Rhein.«

»Ja, der Bismarck!«

Es war eine Weile still.

»Als ich zurückfuhr, war ein Mann im Zug, der kannte Bismarck. Der sagte: ›Als sechsundsechzig der Friede gemacht werden sollte, hat er so lange auf den Tisch geschlagen, bis sie klein beigelegt haben.‹ Er sagte: ›Bismark ist der größte Mann im ganzen Heer‹«

»Na, ja... an Klugheit!«

»Nein... er meinte an Länge!«

»Na... das kann auch sein.«

»Er kann alle Sprachen. Mit den Franzosen spricht er französisch, mit den Turkos türkisch. Platt kann er auch. Er hat aber auch einen Schädel!«...

»Ja, Geist hat er.«

»Fiduz hat er!«

»Das ist es: Fiduz hat er!«

»Ja, was heißt das, Fiduz?«...

»Na, das heißt: Er weiß, was er will. Und er kann, was er will.«

»Und er weiß, daß er kann, was er will.«

»Na ja... das ist es!«

Die drei »Getreuen« kamen von der Heide herab über den Weg und traten in die Schulstube. Die beiden Strandiger lehnten sich trotzig gegen die Bänke; Heim stellte sich bescheiden an die Wand. Gleich danach ging Lehrer Haller, müde und verstaubt, unter den Fenstern entlang. Seine Frau folgte ihm. Sie waren noch junge Leute.

Haller stand am Pult, und seine Hände rissen die Zeitungen auseinander. Und er verlas die kurzen, sich überstürzenden, verworrenen Nachrichten. Aber so viel stand fest: Eine große Armee des Feindes war unter des Königs Führung in Metz eingeschlossen, und die Schleswig-Holsteiner waren dabei gewesen.

Es gab ein lautes und frohes Hin- und Herreden.

»Wo liegen die Dörfer? Zeigen Sie mal!«

»Da: Mars la Tour... Gravelotte muß da liegen.«

»Dann haben unsere Leute ja verkehrtum gestanden, mit dem Gesicht nach Deutschland?«

»Donnerwetter!«

»Das ist wieder so ein Geniestreich von Moltke.«

»Illuminieren wollen wir! Natürlich!«

»Können sie's in der Stadt, können wir's auch!«

»Also wie heißt es, sag' noch mal!«

»Mars la Tour.«

»Nein! Wo die Neunten gewesen sind!«

»Gravelotte!«

»Verneville!«

Die Namen stehen jetzt in vielen Kirchen, auf vielen Denksteinen in Schleswig-Holstein.

»Was stand da von den Verlusten?«

»Die Verluste sind groß; aber sie konnten noch nicht festgestellt werden. Es werden noch immer Verwundete gefunden!«

Von der Thür her kam eine hohe Stimme: »Die haben vierundzwanzig Stunden in ihrem Blute gelegen.«

Pastor Frisius sagte es. Schmächtig und ein wenig gebückt, mit bartlosem eckigen Gesicht stand er da.

Am Pult wurde leise verhandelt. Die Witwe Thiel, deren Sohn Heinrich mit hinausgezogen war, war nahe herangetreten. Dicht neben ihr stand Antje Witt, das Großmädchen vom Strandigerhof, die als Heinrich Thiels Braut galt. Auch ihr Bruder, Reimer Witt, stand vor dem Feind. Antje hatte edle freie Züge und dunkles Haar, war frisch und groß und wegen ihrer Zuthunlichkeit sehr beliebt. Man sagte aber von ihr, daß sie ziemlich beschränkt, fast dumm wäre. Jedenfalls zeigte sie immer ein stilles, unsicheres Wesen, und der Glanz ihrer großen Augen war ohne Ausdruck.

»Steht da etwas von den Fünfundachtzigern?« fragte die Thielsche.

»Die sind mächtig mit vorgewesen!«...

Da nahm sich Antje Witt ein Herz: »Er hat gesagt, er wollte gleich schreiben.«

Einige Männer, die mitten im Leben standen, erzählten von Kolding und Idstedt. Frauen saßen verstreut hin und her auf den Bänken, belustigten sich über das ängstliche Gesicht, mit dem Antje Witt am Pult stand, und verhandelten lachend über eine Illumination, die sie machen wollten.

»Ein Brief?«

»Nein!... Aber ich muß ja eine Feldpostkarte in der Tasche haben,« sagte Haller; »ich habe sie vergessen und nicht gelesen... es war da eine Aufregung!«... Er suchte... »da... an dich, Antje!... Wahrhaftig!«

Sie stand mit weit aufgerissenen Augen neben ihm, sprechen konnte sie nicht. Sie bat ihn, vorzulesen, indem sie auf die Karte zeigte. Er sah hinein und stöhnte laut auf und hielt sich mit beiden Händen ander Pultplatte.

»Was ist?... Was ist?«

»Von Reimer Witt!«

»Ist er verwundet?«

»So lesen Sie doch!«

»Bei Metz, achtzehnten oder neunzehnten August, das weiß ich nicht. Ich muß dir melden, daß dein Heinrich gefallen ist. Ich will hingehen und sehen, ob ich ihn finden kann; sie sagen, er liegt nicht weit von unserm Stand, beim nächsten Bauernhof. Nun habe ich ihn gesucht eine ganze Stunde lang und kann ihn nicht finden. Dein Bruder Reimer, der gesund geblieben ist; es war ein fürchterlicher Tag.«

Die Thielsche kniff die Lippen zusammen und sah vor sich hin. Pastor Frisius stand vor ihr und streichelte ihre beiden Hände.

»Ist er tot?« fragte Antje.

Haller zuckte die Achseln, wagte es, auf sie zu sehen, und wurde bleich. Er hat nachher zuweilen gesagt, obgleich er nicht gern davon sprach, daß er nie wieder so leere Augen gesehen hätte, wie die von Antje Witt in diesem Augenblick.

»Ist er tot?« fragte sie noch einmal.

»Dein Bruder schreibt es.«

Sie wandte sich langsam zum Gehen. Aber wie sie schon in der Thür war, kehrte sie sich um und sagte ganz laut, und es war verwunderlich, daß sie gar nicht verlegen war: »Ich glaube es nicht! Er war so vergnügt, als er wegging.«

»Was sagen Sie, Frau Thiel?«

»Ich wollte,« sagte die Frau ...»die anderen ... all die anderen ... fielen auch.«

»O Thielsche! Das ist nicht recht!«

»Nicht?« sagte sie scharf. »Warum muß er denn gerade fallen, und die anderen bleiben leben? Wenn ich keinen Sohn mehr habe, warum sollen die anderen Söhne haben! Glaubt ihr, daß ich meinen Sohn weniger lieb habe, weil ich 'ne arme Wittfrau bin?«

»Thielsche!« sagte eine Bauernfrau, die auch einen Sohn draußen hatte, »sei um des Himmels willen still! Komm' mit mir! Du sollst einen Topf voll Butter haben!«

Da fing die Frau an zu weinen. »Ich hab' ihm vorgestern ein Stück Speck geschickt, das hat er nicht mehr bekommen. Wer das wohl nun aufißt!«

»Ja ... wer?«

Sie weinte bitterlich. Kleiner erschien sie als sonst und es war, als wenn ihr Haar grauer geworden. Von dem herzlichen lauten Mitleid der Frauen umgeben, verließ sie die Schulstube, ärmer geworden, viel ärmer.

Sie hat noch eine Stunde lang in der Lehrerstube gesessen neben der Wiege des kleinen Otto. Die junge Frau kniete neben ihr und weinte, die Witfrau grübelte. Die junge Frau dachte an die Zukunft, die alte an vergangene Tage.

Spät abends, als es schon dunkel war, befahl Franz noch eine Schleichwache nach dem Deich. Er sagte, es wäre wegen der Schiffe. Im übrigen wäre es ihm gleichgültig, was der Adjutant Strandiger oder gar der Gemeine Heiderieter zu seinen Befehlen sagten. Also verließen sie die gemütliche Stube des Verwalters und schlichen den Weg nach dem Deich entlang. Aber unterwegs, eben hinter den Erlen, verweigerte Andreas den Gehorsam: Er sagte, es wäre einfach Unsinn, so durch die Nacht zu schleichen; das wäre ja kein Spiel mehr. Und er drehte sich um und ging nach Haus.

Also gingen Franz und Heim allein.

Auf der Höhe des Deiches wurde Heim als Feldwache zurückgelassen. Es wurde ihm befohlen neben dem Staket im Grase zu kauern, sich nicht zu rühren und vor allem nicht zu schlafen. Der andere ging allein ins dunkle Vorland hinunter.

Und Heim saß und sah über den Wehl, dessen Wasserfläche ganz schwarz war, nach dem Lichtschein, der überm Dorfe stand. Sie hatten Lichter an die Fenster gestellt; die Freude über die Siege war doch wieder hoch gekommen. Der Strandigerhof lag freilich still und dunkel da; denn als Franz stürmisch verlangte, daß Lichter angezündet würden, hatte Frau Strandiger angefangen zu weinen. Sie weinte viel, seit ihr Mann im Watt geblieben war. Auch das Lehrerhaus war dunkel; Mann und Frau saßen still bei einander und horchten auf den Atem des Kindes. Aber mitten im Dorf, wo es zur Kirche hinaufgeht und wo es links um den Kirchhof biegt, waren die Fenster zu beiden Seiten erleuchtet. Das Haus des Kaufmanns, neben der Kirche, war das hellste. Dicht nebeneinander standen die Lichter. Aber Mann und Frau gingen draußen vor dem Hause, an der Kirchhofseite, hin und her, sahen nach den Lichtern und weinten still vor sich hin. Sie hatten ein Kind auf dem Kirchhof und eins vor Metz.

Heim saß und wunderte sich über den Mut des anderen, der in der schwarzen Tiefe wie verschwunden war. Und Heim fing an zu träumen. Und bald ging er neben seinem Freund Reimer Witt im Gewühl des Kampfes auf Metz zu. Glühende Kugeln sausten gegen die Stadt an; es war ein Lärm, größer als auf dem Spielplatz, und über Metz stand ein Lichtschein. Und er und Reimer waren die ersten, die allerersten. Sie schlugen das Thor ein, – das sah aus wie das Thor des Pferdestalls des Strandigerhofs; und Bazaine lag vor Heim auf den Knieen, aber Reimer wollte keinen Pardon geben. Da kam König Wilhelm auf seinem schwarzen Pferd, mit seiner goldenen Krone auf dem weißen Haar, und lobte die beiden, und es war nur noch zweifelhaft, wer von ihnen immer neben dem König reiten sollte.

Heim erwachte.

Antje Witt saß neben ihm auf dem Staket, und es war sehr dunkel. Und Antje Witt sagte: »Du, Heim, gieb mir mal deine Hand.«

Sie sprach so eigentümlich, so wie ein schwer Betrunkener spricht. Er gab ihr zitternd seine Hand.

Sie preßte die warme Knabenhand und sagte mit schwerer Zunge: »So warm war seine Hand, als er vor drei Wochen weg ging. Und du bist nicht tot … also ist er auch nicht tot! … Oder bist du tot?« fragte sie und sah ihm dicht in die Augen. Da erkannte er, daß ihr Gesicht ganz verzerrt war; er schrie laut auf, riß sich los und lief, so rasch er konnte, und kam weinend nach dem Heidehof. Die Haushälterin konnte ihn nicht beruhigen, konnte auch nicht erfahren, was ihm begegnet war; denn er schämte sich, weil er nicht wußte, was Wahrheit oder Traum war.

Am anderen Tage erzählte Franz Strandiger, daß fremde schwarze Schiffe im Priel gelegen hätten, daß sie aber wieder davongefahren wären, als sie durch sein Schreien bemerkt hätten, daß sie nicht unbeachtet landen könnten.

Der Glaube an diese schwarzen Schiffe war damals, und noch nach Jahren, an der Küste sehr verbreitet.

Dies waren nun die Kriegserlebnisse der »drei Getreuen«. Also spielten die Kinder an der Schwelle des furchtbaren Krieges.

Zweites Kapitel

Es dehnte sich eine gerade Heidefläche vom Dorf bis an den Wald. Wenn man lang hingestreckt in der Heide lag wie Heim Heiderieter, dann sah man an diesem Maitag, der etwas nebelig war, nichts weiter als auf der einen Seite den Wald, einen bescheidenen, von den Weststürmen niedergehaltenen Wald, auf der anderen Seite den Kirchturm, einige Strohgiebel und Baumkronen. So viel sah man, mehr nicht. Das übrige, der Rest der Welt, lag für Heim Heiderieter im Nebel, obgleich er nun schon sechzehn Jahre alt war und den Krieg gegen Frankreich mitgemacht hatte und bei Pastor Frisius den alten Griechen Homer ins Deutsche übersetzte.

Am Rand der Heide, nach Westen zu, nicht weit vom Dorfe, versuchte ein breites niedriges Strohdach, das an den Seiten fast bis zur Erde reichte, über die Heide zu sehen. Es stand so recht träge im Nebel. Dort wohnte Heim Heiderieters Vater; eine Mutter hatte er längst nicht mehr; Geschwister hatte er nie gehabt. So bekam er reichlich Gelegenheit, ein echter Heiderieter zu werden.

Die Heiderieter wohnten seit fast dreihundert Jahren in jenem Haus am Rand der Heide. Sie waren immer am besten zu wege, wenn auf der Heide der Nebel lag. Den Heiderieters hatte die Welt, wie sie sich zeigt, die Erscheinungen um sie her, immer in Nebel und Dunst gelegen. Darum war ihr Erbe auch nicht größer geworden, auch nicht wertvoller. Zwar gehörte ihnen neben einigem Ackerland in der Marsch die Heide; aber diese lag noch in alter Wüstheit da wie zur Zeit des ersten Heiderieters; und diese Leute behielten immer Platz genug, ihre langen Leiber in das Heidekraut zu legen und in den Nebel zu sehen, welcher die Welt vor ihren träumenden Augen verbarg.

Pastor Frisius sagt: »Die Heiderieter sind träge und arbeitsscheu;« aber Pastor Frisius ist kein Menschenkenner und hat noch dazu schweres Blut. Lehrer Haller sagt: »Es ist ein feiner interessanter Menschenschlag;« aber Lehrer Haller wird körperlich immer schwerer, nimmt das Leben immer leichter und macht seine Betrachtungen im hellen Sonnenschein.

Die Wahrheit ist in keinem; sie steht aber zwischen ihnen: Die Heiderieter sind fein und faul.

Wenn der Arbeiter die Kartoffeln zeigt, die er gebaut hat, so greift er in den Sack und sagt: »So sind die Kleinsten!« und noch einmal und sagt: »So sind die Größten! Die übrigen sind zwischen ihnen.« Wenn man es so mit den Heiderieters macht, so war der Größte von ihnen jener, der vor zweihundertfünfzig Jahren lebte, dessen Name in der Kunstgeschichte des Landes mit Anerkennung genannt wird. Er war, wie jeder Kunstverständige weiß, ein Bildhauer. Weil aber die Zeit und die Menschen ihm keine Gelegenheit boten, in edlem Stein oder Erz Großes zu schaffen, so ist er bei kleinen Dingen geblieben. Es stehen aber in etlichen Häusern im Land, z. B. im Schloß vor Husum, einige Kamine, an andern Stellen einige steinerne Thoreinfassungen, welche einen edlen und dabei lebhaften Stil zeigen. Von seinem Leben weiß man wenig. Er soll eine ritterliche Erscheinung gewesen sein und durch eine Liebesgeschichte von jenen Schlössern vertrieben sein, in denen er sein reichlich Brot fand. Danach hat er in einer Hansastadt als ein Meister, der Kunst und Handwerk zu verbinden verstand, in Ansehen gelebt. Sein Alter aber und sein Ende war auf dem Heidehof. Dies ist merkwürdig. War die Heiderietersche Natur noch einmal wieder zum Vorschein gekommen? Und war es die feine Seite oder die faule?

Der Kleinste aller Heiderieter war der Lebende, der Vater von Heim.

Was ist von ihm zu sagen?

Wenn man vom Wald her nach dem Hofe geht, kommt man über ein weites Stück Heideland, dessen Boden unter der Heide kleine kurze Wellen zeigt. Dies Land hatte sein Vater einst mit Mühe urbar gemacht und einen guten Roggen auf ihm gebaut und war gestorben. Sein Sohn besäte die Fläche nicht; die Heide lief wieder darüber hin. Darunter lagen, wie erstarrte Wellen, die Ackerfurchen. Es ist ferner zu sagen, daß einmal von irgend einem boshaften Menschen der Vorschlag gemacht wurde, ihn zum Kirchenbaumeister zu machen. Aber Pastor Frisius lehnte entschieden ab, da er sich zu wenig von einem Kirchenbaumeister verspräche, der nicht sein eigenes Haus, nicht einmal seinen eigenen Kopf sauber hielte.

Nein! Dieser Heiderieter war nicht fein, der war nur faul!

Er hat sich in den letzten zwanzig Jahren seines Lebens damit beschäftigt, die Hünengräber aufzuschließen, die auf seiner Heide lagen. Er hat sich so lange damit befaßt, sich so einseitig damit beschäftigt, daß sein Sohn Heim zu dem Glauben kam, man fülle das Leben am würdigsten aus, indem man nach Lust und Liebe interessante Dinge ausgrabe oder, da man doch nicht alle Gräber der Welt öffnen könnte, im Sommer auf der Heide liegend, im Winter hinterm Ofen sitzend, darüber nachgrüble, was wohl darin sein könne. So war er im Begriff, ein echter Heiderieter zu werden.

Über den Namen Heiderieter ist viel Streit. Er bedeutet nach Lehrer Halter einen Heidereiter, also einen Mann, der als ein Jäger oder Wächter über die Heide reitet; nach Pastor Frisius einen Heidereißer, also einen Mann, der die Heide aufreißt, urbar macht. Wenn man die Heiderieter vom letzten bis zum ersten nach dieser letzten Erklärung mißt, so ist nur jener eine, Heims Großvater, dieses Namens würdig gewesen. Alle anderen hatten sich nicht die Mühe gegeben, die immer vordringende Heide von dem Strohdach fern zu halten, unter dem sie träumend saßen.

Heim lag in der Heide und sah seinem Vater zu, der seit einigen Tagen langsam und bedächtig ein Grab aufgrub. Man hörte das weiche Arbeiten des Spatens, das leise Hinabrutschen der Erde. Weiter nichts. Die beiden Menschen schwiegen: sie sprachen überhaupt nicht miteinander. Jeder spann seinen eigenen Traum, an Stoff zum Grübeln fehlte es einem Heiderieter nie.

Da klirrte der Spaten gegen den Stein.

Der Graukopf legte das Gerät hin und ging nach dem Heidehof hinüber. Er hatte wie gewöhnlich den Kasten vergessen, in den er die gefundenen Gegenstände hineinzulegen pflegte. Sein alter greiser Rock hing vorn bis auf die Knie herunter: Haar und Bart, grau, fast weiß, standen wirr um den großen Kopf, sein Gang war schwerfällig und die Haltung seines kurzen Körpers durch Alter und Trägheit gebeugt.

Heim lag und sah dem Alten nach. Dann erinnerte er sich, daß der Spaten geklirrt hatte. Er schob seinen letzten Traum in die Sonntagsstube seiner Seele, die sehr groß war, und richtete seine klugen Augen auf die Stelle, wo der Stein aus der Erde hervorsah. Langsam kroch er näher, mit langen Armen und Beinen im Drillichanzug und schweren Schnürschuhen: eine große, graue Eidechse. Auf dem Leibe liegend, versuchte er, die beiden Steine, welche die Umrandung des Grabes bildeten, ein wenig auseinander zu rücken; aber das gelang ihm nicht. Es war nichts Hastiges in seinen Bewegungen, als er nun die lange, braune Hand mühsam zwischen die Steine hindurchzwängte und den schutterfüllten inneren Raum vorsichtig befühlte. Da ging ein Ruck durch den langen Körper, ein kleines Häuflein brauner Erde flog aus der Steinritze, gleich darauf ein fingerbreiter, gelber Reifen, ein Armband.

»Nun hab' ich drei!« sagte er leise und nahm den Reifen und wendete ihn hin und her und wog ihn in der Hand. »Drei! ... Aber dieser ist der schwerste...« Er sah nachdenklich auf den Reifen in seiner Hand. »Wenn ich ihn nur endlich brauchen könnte! Endlich 'mal! Drei hab' ich nun. Und noch keinen gebraucht!«

Über die Heide kam der Alte. Schwankend, undeutlich erschien seine zusammenhanglose Gestalt in dem Nebel. Er hatte den Kasten unter dem Arm und eine Eisenstange in der Hand.

»Faß an!« sagte er.

Also mußte Heim aufstehen und die Stange anfassen. Als es dem Alten nicht gelang, den großen Deckstein zu schieben, legte Heim sich davor; da wich er.

Beide beugten sich nieder und sahen in die Kammer.

»Eine Maus!« sagte der Alte.

»Ein Maulwurf!« sagte Heim und wischte vorsichtig die Spur weg, welche dem Eindruck eines Fingers glich.

Es fiel kein Wort, während sie sorgfältig die Erde untersuchten und die kleinsten Scherben und Stücke, in den Kasten legten. Nun war die Urne beseitigt. Der Alte ließ seine Finger leicht tastend über die Erde gleiten und hob den Kopf.

»Du kannst nach Hause gehn,« sagte er.

Da ging Heim mit gemächlich langen Schritten, die Hände tief in den Hosentaschen, über die Heide, aber nicht nach dem Heidehof zu, sondern nach dem Wodanshügel, der am Rand des Waldes lag. Und während er so dahin ging, lächelte er hochmütig: »Jetzt findet er den Dolch ... na, laß ihn!«

Nach zehn Minuten hatte er den Hügel erreicht und setzte sich zwischen die beiden Weißbirken auf die bankartige Erhöhung von Heidesoden und fing an, das Armband an dem harten Stoff seiner Jacke blank zu reiben. So arbeitete er mit stiller und verschlossener Miene wohl zwei Stunden lang; nur in den halbgeöffneten Augen war Leben, buntes Leben, wie in den Heidegräbern. Er malte sich aus, wie er die drei Reifen brauchen würde, und in welcher Weise das große herrliche Ereignis wohl eintreten könnte.

Die Sonne hatte die Nebel besiegt, sie lag klar und warm im Westen, mit den goldenen, ausgestreckten Flügeln fast schon auf dem Meer. Man mußte aber wissen, daß es das Meer war; von selbst kam kein Mensch darauf. Aber die mächtige silberne Planke am Rand der Erde, die da im Westen steht, als trennte sie das Reich Gottes von dem Reich der Menschen, das ist die Nordsee, die in der Ebbe zurückgetreten ist.

Der Weg, der aus der Welt in die Einsamkeit dieser Heide führte, kam schräg hinter dem Wodanshügel aus dem Wald. Auf diesem stillen, selten betretenen Waldweg wurde es in dieser Abendstunde lebendig. Menschenschritte nahten, Männer- und Frauenstimmen kamen zwischen den Bäumen den Wodanshügel herauf.

Heim Heiderieter ließ den Reifen in die Tasche gleiten und sah sich erstaunt um. Müde Männer zogen den sandigen Weg entlang, in dunkler Tuchkleidung und mit Schritten, die von langem Weg und von schwerer Arbeit redeten. Hinter ihnen her gingen vier oder fünf Frauen, auch wegemüde, aber doch noch redelustig. Und die eine, eine breite Frau mit starken Zügen, entdeckte den Jungen auf dem Hügel und fragte ihn in fremdartiger hochdeutscher Sprache nach der Entfernung der nächsten Stadt. Er stand auf und stieg den Hügel hinunter.

»Eine Stunde!« sagte er. »Ihr müßt aber rascher gehn.«

Sie zogen weiter, indem sie sich zuweilen umsahen; und Heim sah ihnen nach, die braunen Finger um den weißen Birkenstamm gespannt. Taktweise hoben und senkten sich die farbigen Tücher der Frauen.

Und jetzt wandten sie alle noch einmal die Köpfe, und ihr helles Lachen flog den Weg zurück nach dem Wald.

Heim war mitten in Träumen. Was er heute morgen in der stillen Arbeitsstube des Pastor Frisius gelesen hatte, das erlebte er jetzt. Sein Gesicht hatte einen vergrämten Ausdruck angenommen; tiefe Furchen, standen grad aufrecht über den Augen, und die Winkel des zusammengepreßten Mundes waren nach unten gezogen. So kauerte er neben der Birke, vom Unterholz fast ganz verdeckt.

Odysseus war er, von dem er in diesen Wochen gelesen hatte, dessen Abenteuer seine Seele erfüllen! Unerkannt in die Heimat zurückgekehrt, belauschte er vom schützenden Dickicht aus den Zug der übermütigen Freier. Drohend rief er den Dahinziehenden nach:

> Ah! Ihr Hunde! Ihr glaubtet, ich käm' nicht wieder zur Heimat
> Aus dem Lande der Troer! Da zehrtet ihr Schlemmer mein Gut auf,
> Und ihr thatet Gewalt den Weibern in meinem Palaste,
> Ja ... um mein Weib ihr buhltet sogar, da ich lebte!
> Habt ihr die Götter gescheut, des weiten Himmels Bewohner?
> Oder ob ewige Schande auf eurem Gedächtnisse ruhte?
> Doch nun ist euch allen die Stunde des Todes gekommen!

Da klang aus dem Wald ein lustiges Lachen, und eine Kinderstimme sagte: »Bist du denn Odysseus?« Ein zierliches Mädchen, das mochte vierzehn Jahre alt sein, saß mit rotbuntem Kopftuch auf einer Baumwurzel, wegemüde.

Heim Heiderieter richtete sich jäh auf und sah frei in das heiße junge Antlitz hinunter. Sein Gesicht war in Rot getaucht, sein blondes, krauses Haar von der Abendsonne vergoldet, und seine Augen waren voll von Funkeln und Fragen:

»Komm herauf!« sagte er rasch. Und er wandte sich halb um und zeigte auf die Bank.

»Aber die andern gehn weiter!«

»Ach! ... die bleiben in der Stadt! Da kommst du noch leicht hin. Setz dich hier her... Hörst du? Hierher! Du kannst es dreist thun.«

Er lockte und nickte. Seine ganze Gestalt war beweglich, seine Augen lachten und blitzten, und die Worte fielen, obgleich er hochdeutsch sprach, glatt und rund und leicht wie Perlen von seinen Lippen.

Denn dies war Leben! Dies war Wirklichkeit! Das andere: der Vater, das Dorf, die Marsch: das war ein langweilig Träumen! Aber dies war bunte, wonnige Wirklichkeit! All die Worte, die er so oft, auf der Heide liegend, ersonnen hatte, jetzt konnte er sie laut sagen. Das Ereignis, das so oft vor seiner Seele gestanden, das er sich so oft bis ins einzelne deutlich und farbenreich ausgemalt hatte, jetzt war es da!

Sie saß da wirklich auf der Bank. Das bunte Tuch war zurückgesunken, und ihr fast schwarzes, ein wenig krauses Haar hatte in der Abendsonnne metallenen Glanz. Sie sah neugierig zu ihm auf und lächelte ein wenig, während sie mit ihrer kräftigen, kernigen Gestalt behaglich gegen den Birkenstamm lehnte.

»Du mußt nun gemütlich sein,« sagte er. »Und gar nicht bange!« Und mit Großartigkeit hob er die Hand und zeigte über die Heide: »Das alles gehört uns; auch in der Marsch haben wir Land und Pferde und Kühe! Das ist unser Königreich! Und wir wissen, wie man einen Gast behandeln muß! Ich lese den Dichter Homer.«

»Von dem habe ich auch schon gehört,« sagte sie.

»Natürlich! Du bist ja eine Königstochter!« Und er lachte frei und laut, wie er noch nicht gelacht hatte.

»Du sprichst so fein, ganz anders als sie hier sprechen. Woher bist du?«

»Weit weg aus dem Süden bin ich.«

»Gehörst du denn zu denen da?«

»Jetzt gehör’ ich zu ihnen, früher nicht! Sie sind Ziegler, weißt du, aus Lippe-Detmold. Es ist eine neue Ziegelei bei eurer Stadt gebaut, da wollen sie arbeiten.«

»Wo sind denn deine Eltern?«

»Meine Eltern haben in Hessen gewohnt und sind nun schon lange tot.« Sie sah in Gedanken über die Heide und schien sehr müde.

Er wandte sich lebhaft zu ihr: »Du mußt nun bei mir bleiben. Siehst du nicht, daß wir beide ganz allein auf der Welt sind? Da nach Westen und Süden ist das Meer, da nach Norden ist die Heide, und nach Osten liegen Wälder, tausend Meilen tief.«

Nun lachte sie wieder, und in ihren Augen lag die Freude am Märchen. »Was denn nun?« fragte sie.

»Die bei Homer,« sagte er großartig, »sagen gleich ›du‹ zu einander.«

Er faßte nach ihrer Hand und sagte lachend, ein wenig verlegen und ein wenig großartig: »Ich habe dich mächtig gern.«

»Das ist schön,« sagte sie und sah sich nach den Wandernden um; »mich hat sonst niemand lieb und niemand fragt mich, was ich gern möchte.«

»Was möchtest du gern?«

»Jetzt? Bei dir bleiben!«

»Siehst du? Nun bist du so, wie die Menschen damals waren! Wir thun nun, was wir wollen. Komm! Wir gehn in den Wald.«

»Ich bin aber müde!«

»Ich weiß eine feine Stelle am Bach; da setzt du dich hin, und ich erzähle dir alles, was ich gelesen habe, und noch mehr.«

Sie ging zögernd mit ihm. Die Zweige der niedrigen Buchen schlugen wie Thüren leise hinter ihnen zu. Der Wind hielt seinen Atem an, und die Sonne sah ihnen nach. Die Ameisen blieben auf ihren Geschäftswegen stehen, und die Vögel unterbrachen den Chor, den sie einübten. Da war unter dünnen Birken, nicht weit vom Waldrand, ein klares Bächlein, das lief eilig, leise vor sich hinredend, über weißen Sand. Es war so schmal, daß man leicht hinüberstapfen konnte.

Er ging zuerst hinüber; dann sie an seiner Hand. Es war das erste Mal, daß er einem Mädchen nahe kam. Er hatte ein Gefühl, wie neulich, als er allein mit Pastor Frisius in der Kirche war und die rote Osterdecke über den Altar legte. Er ließ sie gleich wieder los und zeigte auf das Moos zu seinen Füßen, das schräg bis zu den Birkenwurzeln hinauflief. Es war ein weicher, tiefer Teppich, durch helle Tupfchen belebt.

Sie sank müde hin und stützte den Kopf in die Hand, und er saß vor ihr. Bald stützte er sich in lebhafter Rede auf beide Ellbogen, bald hob er sich und lag auf den Knieen, so daß sie über seine drollige Stellung lachte und sagte, er säße wie der Hase im Kohl, nur die Ohren stimmten nicht! Und sie sah nach seinen Ohren, die, zierlich sich anschmiegend, unter den krausen Haaren saßen.

Sie redeten miteinander, als wenn sie zusammen aufgewachsen wären; wie ein guter Bruder mit seinem Schwesterchen redet. Er hatte alle Verlegenheit abgelegt. Das Hochdeutsche, das er sonst nur beim Pastor sprach, flog ihm von den Lippen. Er wunderte sich aber über nichts: Er war ja alles Wirklichkeit!

Er erzählte von der Heide und von der Nordsee, und was in alter Zeit auf der Heide und auf der Heerstraße geschehen war, und kramte seine bunte Weisheit mit großer Wichtigkeit aus, und breitete sie mit vielen eckigen Handbewegungen auseinander, daß sie sagte: »Du bist wie ein junger Jagdhund!« Sie lachte, hatte die Hände unter dem Kopf gefaltet und lag auf den gefalteten Händen. Man sah an ihren Augen, und wie sie da so wohlig lag, wie glücklich sie war.

»Nun will ich dir noch eins erzählen; das habe ich selbst erlebt. Du sollst sagen, ob es wahr ist.« Indem er, wie zum Takt, den Kopf wiegte, trug er vor. Der Wind zog leise von der Heide her durch den Wald und verwirrte die jungen Blätter; und die vielen roten Flecke, welche die Sonne auf den Waldboden malte, liefen hastig durcheinander und versuchten sich zu greifen.

Am Bach.

Der Knabe liegt am Bache,
In Maien und Waldesruh';
Des Büchleins eilig Rauschen
Schließt ihm die Augen zu.

Und wie er liegt im Moose,
Kommt leis ein schöner Traum,
Er hört des Bächleins Stimme
Klingen im stillen Raum.

»Was sagst du zu meinem Kleide?
Von Silber die Brust umkost,
Der Rock aus weißer Seide,
Borte von grünem Moos?

»Was sagst du zu meinem Singen?
Es klingt wohl traut und rein,
Es wird dir nicht gelingen,
Treulos und hart zu sein!

»Was sagst du zu meinen Augen?
Muß wandern noch weit, noch weit!
Ob sie zu lieben taugen?
Habe nicht Zeit, nicht Zeit.«

»Du fliehst? Ist's nun zu Ende?«
Er schreit wohl auf im Traum,
Es greifen seine Hände
In Wasser und in Schaum.

Und als das Wasser stille
Und leise das Bächlein zieht,
Aus silberklarer Welle
Ein banges Antlitz steht.

Und ringsum klagen leise
Das Gras und das Moos im Grund,
Das Bächlein auf der Reise
Schluchzt noch diese Stund'.

Sie hob die Schultern und sagte: »Hast du dir das ausgedacht?«

»Erlebt hab' ich's! Wahrhaftig erlebt!«

»Du?« sagte sie. »Ein Schelm bist du? Durchschaut hab' ich dich!« Sie legte sich wieder zurück, so lang sie war, und blinzelte mit den Sonnenstrahlen, die schräg durch das Birkengezweig kamen. Er aber saß vor ihr und sah sie an.

»Eh' du fortgehst,« sagte er, »müssen wir Gastgeschenke tauschen! Weißt du? Das thaten die Alten immer.«

»Ich habe ja nichts.«

»Du mußt dir etwas ausdenken.«

Sie sah ihn sinnend an, dann wandte sie den Kopf traurig zur Seite: »Ich muß aufstehn, fortgehn muß ich.«

»Bleibe noch!«

»Ich habe noch eine Stunde bis zu den anderen. Ach, wenn ich doch wieder nach der Heimat dürfte!«

»Willst du mir dann schreiben, wenn du in der Heimat bist? Heim Heiderieter heiß' ich.«

Sie hörte nicht auf ihn. Der Traum war davon geflogen: »Nun zeig' mir rasch den Weg!«

Er ging vor ihr her durch das Gebüsch, indem er die Zweige sorgsam beiseite bog. So traten sie auf den Weg. Sie sahen sich an und atmeten tief auf und rührten sich nicht.

»Geh' da hinauf! Dann können wir uns noch lange sehn.«

»Es wird rasch dunkel werden, glaub' ich.«

»Ich geh' schon.«

»Ja,« sagte er hastig, »du mußt nun gehen; aber hier …das sollst du von mir haben, siehst du? Als Gastgeschenk!« Und er gab ihr den Reifen, den er plötzlich in der Hemd hatte. »Es ist Gold,« sagte er, »bewahr' es auf, daß ich dich kenne, wenn wir beide groß geworden sind.«

»Darf ich es denn? Es ist für große Leute.«

»Es ist in der Erde gefunden,« sagte er stolz, »die uns gehört.«

Die Augen auf den Reifen gerichtet, den sie in der Hand hielt, wandte sie sich von ihm ab und ging zögernd fort.

Seine Augen hingen an ihr. Es flog etwas Geistiges zwischen ihnen hin und her. Sie kamen wieder aufeinander zu und gaben sich die Hände. Dann ging jedes still seines Weges.

Der Wodanshügel lag einsam am Rand des Waldes.

Der Bach plauderte weiter.

Der Knabe schlich durch die Heide nach Haus...

Unterdes war der alte Heiderieter nach Haus gegangen. In der Küche stand Telsche Spieker am offenen Herdfeuer. Er ging vorüber und trat durch die breite Doppelthür mit den schrägen Glasscheiben und dem geschweiften Holzwerk in den Saal.

Das Heidehaus war vor zweihundertfünfzig Jahren die Wohnung des zweiten Predigers gewesen und vereinigte in gemütlicher Weise Gelehrten- und Bauernhaus. Es ist für das Geschlecht der Heiderieter bezeichnend, daß sie damals gerade dies Haus an sich brachten. Es mußte einem Geschlecht behagen, das halb künstlerisch, halb bäuerisch war.

Der Alte schlarrte mit langen Schritten durch das altertümliche, stattliche Gemach, in dem nur geringer Hausrat stand, und schloß zur Linken eine Stubenthür auf, zu der er den Schlüssel in der Tiefe der Tasche gefunden hatte.

Nachdem er einen der ganz verstaubten Vorhänge, welche die beiden Fenster dicht verschlossen, beiseite geschoben und sich überzeugt hatte, daß der Schulhof drüben leer war, übersah er seine Herrlichkeiten. Und hier, unter diesen toten Grabfunden, die auf Holztischen ausgebreitet lagen, veränderte sich das Wesen des Mannes, wie das seines Kindes sich beim Anblick des fremden Mädchens verwandelt hatte. Nachdem er den Kasten auf den Tischrand gesetzt hatte, legte er mit zitternden und flinken Händen, und lebhaft und nicht leise mit sich redend, die gefundenen Gegenstände dorthin, wohin sie nach Alter und Art gehörten. Zuletzt legte er ein Schwert, von fast Armeslänge, grade und wohl drei Finger breit, zu zwei gleichartigen und sagte: »Nun sind's drei!« Und man sah die Freude in seinem alten, runzligen Gesicht. Dann verzeichnete er die Funde mit nicht ungewandter Feder, bezeichnete auch den Ort und die Bauart des Grabes in einer umfangreichen Karte, welche ein Bild der ganzen Heidefläche darstellte. Er that dies alles mit lebhaften Bewegungen und mit einem Eifer, der deutlich zeigte, daß seine Seele hier, auf diesem Gebiet, mit einer nicht gewöhnlichen Begabung, mit lebendiger Phantasie und mit einer ehrlichen Liebe thätig war.

Als es Abend war, saßen Vater und Sohn an dem Tisch, der mitten im Saal stand, bis spät in die Nacht hinein unter der Lampe. Der Knabe versuchte einige Seiten Homers zu übersetzen; der Vater las in einem alten Hauskalender. Beide saßen stumm und dumm da; alles Licht schien in ihnen erloschen. Telsche Spieler war zu Lehrer Haller hinübergegangen, mit dessen Frau sie gute Freundschaft hielt, und war dann, der langweiligen Menschen, die im Saal saßen, überdrüssig, zu Bett gegangen.

Der andere Tag brachte helle klare Luft. Die Heide lag da wie ein braunes Kind, auf dem Rücken, sonnverbrannt, und doch der Sonne nicht böse, die ihr in das schöne Gesicht schien, in das Gesicht mit den stillen Augen.

Das war ein Tag, auf der Heide zu liegen, von Phantasieen überfallen, überwältigt zu werden und sich nicht zu wehren, am Ende sich nicht zu rühren, immer nur zu träumen. Es war ein Tag, eigens für einen Heiderieter vom Himmel gekommen.

Heim kam gegen sechs Uhr abends aus dem Pastorat, unzufrieden mit Pastor Frisius, der ihn den ganzen Tag festgehalten hatte. Nicht, daß die Mathematik oder die Übersetzung des Virgil ihn sehr geplagt hätte; aber daß solch Wetter unbenutzt, d. h. unverträumt, vorüberging, das quälte Heim. Zuletzt, als die Schatten der Tannen immer länger wurden, hatte er sich ein Herz genommen und gebeten, entlassen zu werden, und Pastor Frisius, an seinem Schreibtisch in tiefen Gedanken, hatte aus der Tiefe heraufgenickt.

Im Heidehof legte Heim die Bücher anf den Tisch und ging dann aus dem Hause. Als er die stille weite Heide vor sich sah, in der Ferne den Wald, davor den Wodansberg, da schlug aus seinen Augen das Feuer, das gestern am Bach darin gebrannt hatte.

Da wurde er gestört.

Es sprang einer mit lautem Ruf über die Höhe des Walls. Gleich hinter ihm erschien Andrees Strandiger.

Heim Heiderieter stand in böser Verlegenheit da. Ein fremder Mensch! Ein junger Mann stand vor ihm, groß und schlank, mit sicherer selbstbewußter Haltung, in seiner Kleidung. Heim machte den Versuch einer Verbeugung, der aber mißlang, der, um es gleich zu sagen, auch in Zukunft nie gelungen ist, also, daß Heim Heiderieter, als er später einiges Selbstbewußtsein bekam, es aufgab, Verbeugungen zu machen, und so wie er geschaffen war, grade durchs Leben ging. Andrees Strandiger gab ihm die Hand und sagte: »Du hast natürlich nicht daran gedacht, daß gestern die Pfingstferien angefangen sind! ... Kennst du Franz Strandiger wieder?«

Heim ward rot und nickte; Franz aber kam ihm entgegen und streckte gutmütig die Hand hin: »Wir sagen gleich ›du‹ zu einander!«

»Kommt!« sagte Andrees.

Franz reckte beide Arme: »Ja, wir gehn über die Heide! Wir haben Ferien! Ferien!«

Andrees wandte sich an Heim: »Nun, wann kommst du auf die Schule?«

»Zum Herbst. Pastor Frisius hofft, daß ich die Sekunda erreiche.«

»Was willst du werden?«

»Ich weiß nicht,« sagte Heim verlegen. »Ich muß ja erst alles kennen lernen.«

Andrees zog sein ernstes Gesicht in Falten: »Man muß doch wissen, wohin man gehen will.«

Nein, das wußte Heim nicht. Heute hatte er dies gewollt und morgen jenes, und meistens etwas Seltsames, etwas Außergewöhnliches. Eine Zeit lang wollte er in Friedrich Schillers Fußstapfen treten, bis er zu seinem Leidwesen merkte, daß Schiller gerade alle Gedanken, die Heim auf der Heide hatte, vorweg gehabt hatte. Ein andermal berechnete er die Zeit, da er seine erste Nordpolfahrt würde unternehmen können, und es war ein quälender Gedanke, daß ihm auch hier einer zuvorkäme.

Er hatte auch schon an Staatsmann oder Feldherr gedacht; aber da war wegen Bismarck und Moltke für lange nichts zu machen. Etwas anderes war es mit Afrika! Ja Afrika! Er senkte beide Hände in die weiten Taschen und fing an zu träumen. Und was er träumte, ward lebendig wie Wirklichkeit. Er war im Indischen Ocean, links Sansibar und ließ sich bei Daressalaam ans Land setzen, den weißen Korkhelm im Nacken.

Franz Strandigers Stimme rief ihn wieder nach der Wodansheide: »Ich werde entschieden Börsenmann!« sagte er. »Da ist viel Geld zu verdienen. Und wenn man Geld hat, dann ist man freier Mann. Meine Schwester Lena sagte Ostern zu mir, als ich in Berlin war: »Sieh zu, Franz, daß du bald reich wirst, dann fällt der Glanz auf mich, und ich bekomme einen Hauptmann von der Garde!« Er wandte sich an Heim: »Denke dir, das Mädchen hat eben erst lange Kleider an und hat solche Gedanken! Kannst du dir so was vorstellen?«

Nein, das konnte Heim nicht, bei all seiner reichen Phantasie! Er sah in seiner Ratlosigkeit zu Andrees auf: »Was willst du werden, Andrees?« Er fragte nur, um von dem andern frei zu kommen, dessen sichere Art ihn verlegen machte.

»Ich ?« sagte Andrees, »ich will dem Vaterland dienen.«

Da machte Franz Strandiger mit seinem Stock einen sausenden Hieb durch die Luft: »Wie denkst du dir das?«

»Ich werde Verwaltungsbeamter, Staatsmann! Dann will ich das durchsetzen, was unserm Volke not thut.«

Heim beugte den krausen Kopf, hörte still zu und staunte: »Wie er das so ruhig sagt! Und er wird es erreichen! Er wird es leicht erreichen!« Und Heim fing wieder an zu grübeln, seine Hände versanken in den Taschen, und er sah mit verlorenem Blick über die Heide: »Dann wenn er das Große erreicht hat, bann schickt er mich als seinen Botschafter ... nach Afrika, mit vielen Truppen und vielem Geld.«

Er hob mit träumender Bewegung die rechte Hand, schob den Korkhelm in den Nacken und atmete tief und laut.

»Nun?« fragte Franz, und seine Augen lauerten und funkelten.

Da phantasierte Heim laut weiter: »Ich würde glauben,« sagte er leise und langsam, »daß ich mein Leben verfehlt hätte, wenn ich nicht als Dreißigjähriger wenigstens zwei Orden hätte.«

Franz lachte hell auf. Sein ganzes schönes Strandigergesicht sprühte von Spott, und er schüttelte dem aus seinen Träumen stürzenden, vor Schreck fast schwankenden Heim die Hand: »Ich will dich an das Wort erinnern, Heim Heiderieter, wenn du dreißig bist. Na! Du hast noch vierzehn Jahre bis zum Lorbeer.«

»Und du,« sagte Andrees scharf, »bis zum Geldsack.«

»Und du,« rief Franz, »bis zum Königreich!« Er knipste mit den Fingern und lachte: »Ich will doch diesen denkwürdigen Tag nicht vergessen, an dem drei dumme Jungen die Welt unter sich teilten.«

»Komm,« sagte Andrees, »wir wollen umkehren. Du mußt mit nach Strandigerhof. Dort geschieht heute etwas ganz Besonderes. Du erinnerst, daß vor einigen Jahren ein Kapitän aus Hamburg mit Frau und Kindern den Strandigerhof besuchte und drei oder vier Wochen blieb. Erinnerst du die beiden kleinen Mädchen? Nun: Beide Eltern sind gestorben. Zuerst die Frau, welche eine entfernte Verwandte meiner Mutter war; danach ist der Mann, der auf Südamerika fuhr, dort am gelben Fieber geblieben. Nun hat er eine Bestimmung hinterlassen, daß im Fall seines Todes meine Mutter gebeten werden soll, die Kinder zu erziehen. Er schreibt, daß meine Mutter damals bei jenem Besuch, sowohl ihm als seiner Frau, so besonders lieb geworden, so nahe getreten sei, daß er nun in seiner Herzensangst um seine Kinder diese übergroße Bitte wage. Nun kannst du dir denken, was Mutter zu dem Brief gesagt hat.«

»Ich weiß,« sagte Heim rasch: »Sie hat gesagt: ›In Gottes Namen!‹ Sie ist die beste Frau auf der Welt. Sie ist auch meine Mutter.«

Andrees nickte und legte seine Hand auf die Schulter des Freundes. So gingen sie eine Weile nebeneinander, dem Rand der Heide zu, nach Westen. Vor ihnen, zwanzig oder dreißig Fuß tiefer, dehnte sich die ebene Fläche der Marsch.

Diese Felder zu ihren Füßen, von Gräben durchzogen, bis an den Deich und der Körper des Deichs und das Vorland bis zum Watt, alles gehörte den Strandigern. Und was da draußen im Vorland und weithin im Watt an neuem grünen Land sich bildete, auch das konnte den Strandigern nicht streitig gemacht werden; denn sie selbst hatten diese Marsch dem Meer abgewonnen, und sie waren es gewesen, die, solange man zurückdenken und lesen konnte, immer aus eigener Tasche und mit eigenem Spaten den Deich in stand gehalten und im Vorland die Gräben ausgeworfen hatten, in denen sich der Schlick zu neuem, fruchtbarem Lande sammeln sollte.

Aber die alten Deichprotokolle, die im Landratsamt am Markt in der Stadt lagen, erzählten wenig von Landanwachs, häufiger von Deichbruch: »Der pp. Strandiger soll wegen Landes Sicherheit gehalten und verpflichtet sein, in diesem Jahr bis Martini Tag das *corpus* des Deichs, so ihm gehört, neu in stand zu setzen,« oder: »Der pp. Strandiger soll noch in diesem Jahr von der Ecke des Stülper Deiches bis gegenüber dem Weg nach dem Hofe, allwo die Strömung und die Flut vom dritten November die Grasnarbe aufgerissen haben, in einer Länge von siebenzig Fuß einen Steindamm legen, wie landesüblich.«

Erst in den letzten dreißig Jahren war es anders geworden.

Das Meer hat Launen, bald heult es, bald lacht es; bald ist es habgierig, bald freigebig. Es ward sehr freigebig! Und die Strandiger, immer thatkräftige zähe Leute, Friesen, sagte man, von Haus aus, stiegen zu frischer Arbeit über den Deich. Sie zogen lange schräge Gräben ins Watt hinein, und bald dehnte sich zwischen diesen Gräben, auf gewölbtem Rücken, weiter und weiter das kurze grüne Gras, und schon jetzt brachte dies grüne Vorland der Frau Strandiger über 3000 Mark jährliche Pacht.

Draußen aber, weit draußen im Watt, vier Stunden weit, hatte sich am Rand der Brandung eine lange weiße Dünenkette erhoben, immer höher; und im Schutz dieser Dünen, nach dem festen Land zu, hatte sich ein weites grünes Maifeld gebildet.

Flackelholm nennt man diese Insel. Sie ist wenig bekannt, weil sie neu ist, ganz vereinzelt liegt und wegen der Watten und der Brandung sehr schwer zu erreichen ist. Es giebt Karten, die sie nicht verzeichnen, und es giebt Aufsätze über die Halligen, welche sie nicht kennen. Und doch ist sie auch eine Hallig, und zwar versunken gewesener, aber wieder aufgestiegener Rest der cimbrischen Marsch. Und wie es jetzt scheint, ist sie von allen Halligen die, welche die größte Zukunft hat; denn die anderen müssen geschützt werden, damit sie nicht vom Meer gefressen werden. Sie bekommen einen Steindamm, an dem das Meer sich die Zähne zerbeißt. Flackelholm aber wächst von selbst und dehnt sich von Jahr zu Jahr. Vor ihm hat sich das Meer selbst einen Wall, eine Grenze aufgebaut, eine lange hohe Mauer von weißem Sand.

Wenn man von Hamburg nach Helgoland fährt, und Steuerbord das feste Land verschwunden ist, und man hat ein gutes Glas, dann sieht man nordwärts im Meer die Düne leuchten, ja, man kann wohl gar den Flaggenmast erkennen, der aus gestrandetem Bambusrohr zusammengestückt ist, und vielleicht sieht man neben der Flagge den stehen, der jetzt dort wohnt, nachdem er das erlebt hat, was erzählt werden wird.

Als die Freunde die Auffahrt, die von den hohen Ulmen fast dunkel war, hinaufgingen, hielt vor der Hausthür die stattliche Kutsche, und Frau Strandiger streichelte zwei schwarzgekleideten Kindern die Wangen, immer umschichtig, damit keine zu kurz käme. Die Ältere, die vierzehnjährige Maria, dunkel, mit weichen braunen Augen, weinte; die achtjährige Ingeborg, mit blauen lebhaften Augen, sah voll Vertrauen auf die freundliche Frau mit der langsamen leisen Stimme und den kurzsichtigen verweinten Augen, und auf das große graue Haus. Dann entdeckte sie mit rascher Kopfbewegung – ihr rotblondes loses Haar sprang von einer Schulter zur andern – die drei Knaben, die zögernd aus den Bäumen traten.

»Seht!« sagte Frau Strandiger, »da kommen eure Freunde.« Und sie nannte ihre Namen.

Gleich nachher stand Heim hinter Frau Strandiger, in verlegener Haltung und wartete, bis die Begrüßung an ihn kam. Er sah nach den Krähennestern hinauf, die oben in den Ulmen waren, alte vorjährige, und zählte sie. Nur zweimal, zwischen je zwei Nestern, flogen seine Augen rasch und scheu von den ehrwürdigen Bäumen zu den jungen Kindern, die so weiche Stimmen und so wunderschönes Haar hatten. Wenn aber die Augen der Kinder wieder die seinen suchten, sah Heim schon wieder nach der alten Krähe, die von oben herab in mißtönigen Schreien ihre Weltanschauung kund that.

»Sie sind mir viel zu sein!« dachte Heim.

»Quark! Quark!«

»Das wird nie gemütlich!« klagte Heim.

»Quark! Quark!«

So krächzte die Alte griesgrämige Antwort, und es war nicht abzusehen, wie lange diese Unterhaltung dauern würde: Da traten die Kinder an Heim heran und begrüßten ihn.

Nach dem Abendbrot ging man noch um den großen Rasen, um den wie Posten die starken Baumstämme standen, zwischen denen es mählich dunkelte. Doch kam vom Westen, vom Meer her, noch ein schwaches Abendleuchten; das stand in beiden Fenstern des Giebels und sah mit guten halberblindeten Augen auf die Menschen, die durch den Garten gingen. Sie gingen aber so: Voran Franz Strandiger und neben ihm die dunkle Maria, und er erzählte ihr lebhaft und frisch von dem Leben der großen Stadt, von den Paraden, Straßen und Schlössern, und sie hörte zutraulich zu und sah zuweilen zu ihm auf. Als er aber im Eifer der Darstellung – obgleich er sich sehr zusammen nahm; denn er war ein Menschenkenner – über etwas Betrübendes, Mitleid- oder Abscheuerregendes lachend berichtete, da war sie gleich verschüchtert und sah von ihm weg zu Andrees und Heim hinüber, mit Augen, die bange fragten: »Seid ihr auch so?« Und Andrees, der sie im Auge hielt, antwortete jedesmal, indem er sie wohlwollend freundlich ansah. Heims Augen aber flogen, husch – in das Dunkel der Ulmen.

Andrees hatte die Hand der kleinen Ingeborg angefaßt: »Wie alt bist du, Ingeborg Landt?«

»Acht Jahr bin ich!« und sie machte einen lebhaften Sprung.

»Ich bin sechzehn. Wieviel bin ich älter als du? ein, zwei?...«

»Acht Jahr um und dumm!« sagte sie und sprang wieder.

»Warum machst du immer einen Knix?«

»Das ist ja kein Knix!« Nun hatte sie mit einem Male eine viel tiefere Stimme. »Das ist ja bloß Spaß ...weil mir so langsam gehn.«

»Aha! Du möchtest mit mir laufen?«

»Ja, wollen wir mal?«

Er schüttelte verständig den Kopf: »Das ist nichts für große Leute!« sagte er.

Da ging sie stiller neben ihm an seiner Hand. Die Kameradschaft war aus. Er war ihr fern gerückt und fremd geworden. Ihr Herz, das zu ihm flog, war zurückgescheucht und flog einen andern Weg, zu Franz Straniger, der lustig plaudernd vorüber ging. »Andrees soll mir morgen das Haus zeigen,« dachte sie, »und die Pferde und die Lämmer. Mit Franz will ich zwischen den Bäumen Versteck spielen. Da, hinter den großen Baum will ich mich stellen; das Kleid nehme ich zusammen; dann sieht er mich nicht. Aber den andern, den mag ich nicht leiden. Zu dem will ich gar nichts sagen; der hat graue Schuhe mit Lederriemen.«

Heim ging neben Frau Strandiger und hörte still zu, was sie ihm von dem Leben und den Schulzeugnissen der Kinder erzählte und von dem künftigen Unterricht, den Frisius und Haller leiten sollten. Er unterwarf unterdes mehrere Stämme am Tanganjika-See, die sich zum drittenmal gegen ihn empört hatten, nachdem sie so feierlich und wortreich Treue gelobt hatten; und er spähte seitwärts in die dunklen Schatten, ob nicht dort wilde schwarze Männer, mit Augen wie Feuerkohlen, lauerten, bereit, über das schöne Kind herzufallen, das neben Franz Strandiger ging und zu ihm, zu Heim Heiderieter, herübersah, als ob es Hilfe brauchte. Maria Landt aber dachte, wenn sein Blick scheu zu ihr herüberflog: »Was muß das für ein guter lieber Mensch sein!«

Am andern Abend trat Andrees neben Maria ins Haus und hob die Mütze, während sie an ihm vorüberging: »Wenn du Lust hast,« sagte er, »will ich dir die Aussicht zeigen, die wir von oben haben.«

Sie gingen nebeneinander die dunkle ausgetretene Treppe hinauf, die sich zur Linken der Hausthür in stattlicher Breite und dunkler Fülle des Geländers erhob. Der schmale Gang, in den sie nun traten, war ohne Fenster und hatte in der Mitte zwei Stufen, da mußte er ihre Hand fassen. Weil es aber eine so warme, weiche Hand war, die zutraulich in der seinen lag, mochte er sie nicht gleich wieder loslassen und führte sie so am Ende des Ganges eine steile, enge Treppe hinauf, die nur eine glatte Holzstange als Geländer hatte.

»Ingeborg ist sehr gern hier,« sagte sie. »Als wir von Hamburg wegfuhren, weinte sie.«

»Und du?«

»Ich? Erst hab' ich mich gefürchtet, vor euch Jungs nämlich. Ich dachte, ihr wär't stolz. Die großen Jungs sind manchmal so stolz.«

»Ich bin kein Junge mehr!«

Sie schwieg und senkte den Kopf: »Du mußt das nicht übelnehmen!« sagte sie dann. Sie war dem Weinen nah. Ihre Schwester Ingeborg hätte gelacht, sie aber kämpfte mit Thränen.

Er stieß mit dem Fuß die Thür auf; da standen sie in einer Kammer, welche am Ende des Hauses, unterm Dach, angebracht war. In der steilen Giebelwand war ein breites Fenster. Zwei kleinere, mit eisernen Rahmen, lagen im schrägen Ziegeldach einander gegenüber; das eine zeigte nach Osten, nach der Heide, das andere nach Westen, nach dem Meer. Viele Bauernhäuser am Strand haben solche Fenster oder Luken; man kann bei unruhigem Wetter über den Deich sehn und sich überzeugen, wie es im Vorland und im Watt aussieht, ob das Vieh ruhig weidet oder ob die Springflut gefährlich wird.

»Komm!« sagte er. »Hierher!« Und er legte in der großartigen Weise, wie Brüder ihre kleinen Schwestern behandeln, seinen Arm um ihre Schultern und zog sie an das Giebelfenster. Er war viel größer als sie, lang und unfertig; die Nase grade und hochmütig – das Erbteil der Strandiger, ihr Wappen –, der Mund sehr schön, aber strenge; die Augen voll Stolz, noch nicht voll Feuer; über der breiten, nicht hohen Stirn lag das dunkle schlichte Haar, eng anliegend, glänzend, das nach dem Hinterkopf aufsteigt, wie Ingeborgs Blondhaar. Wenn man vor Andrees und Ingeborg steht, und man ist nicht gar zu klein, dann sieht man immer den nach dem Hinterkopf zu stark aufsteigenden Scheitel. Man hat Andrees Strandiger nie mit lässigem Haar gesehen; immer hat es diese schlichte glänzende Form, die er zuweilen nach seiner Gewohnheit durch eine sorgfältige Handbewegung glättet, eine Handbewegung, die er noch heute an sich hat, in diesem Winter, da er anfängt, in der Landschaft ein bekannter, viel genannter Mann zu werden.

Es spricht aus dieser Bewegung eine gewisse Eitelkeit, aber vor allem eine pedantische Sorgfalt und grüblerische Umständlichkeit im Denken und Empfinden.

Sie trat, von seinem Arm umspannt, dicht an das Fenster; aber ihre Seele nahm noch nicht auf, was ihre Augen sahen; sie dachte nur: »Wie hält er mich so fest!« Und ihr weiches, jedem Eindruck nachgebendes Herz schlug laut vor Freude.

»Siehst du den Wehl? Er hat tiefes Wasser.«

Sie sah über das Wasser weg: »Wem gehören die kleinen Häuser dort?« fragte sie lebhaft.

Die Abendsonne stand in den kleinen niedrigen Fenstern des Eschenwinkels, daß sie in gelbem Feuer lichterloh brannten.

»Es sind Arbeiterwohnungen,« sagte er und wollte sie fortziehn. Aber sie achtete nicht mehr auf seinen Arm: »Kinder spielen dort!« sagte sie, »barfuß!«

»Laß sie!«

Er zog sie nach dem andern Fenster, das nach Osten lag. Da breitete sich die weite Heide im Abendsonnenschein. Vorn stieg sie wohl zwanzig Fuß auf, dann dehnte sie sich gradeaus bis an den Wald, nach Süden bis ans Ende der Erde.

»Siehst du am Rand der Heide, dicht vorm Dorf, das breite Strohdach? Da wohnt Heim Heiderieter!«

»Ach ... wie schön! ... Der ist gut! ... Nicht?«

Er drehte sie in seinem Arm um. Sie hob ihr feines Gesicht zu ihm auf, glücklich und ein wenig verlegen: »Du sagst: Heim ist gut! Warum sagst du nicht, daß er hübsch ist? Ich meine, er hat krauses Haar und kluge, freundliche Augen?«

Sie nickte: »Ja, das hat er!«

»Nun? Sei ehrlich!«

»Ja, was nützt ihm das, wenn er nicht gut ist?«

Sie blickte seitwärts und sah wieder die Kinder: »Sieh,« sagte sie und lachte leise, »die Kinder tanzen im Reigen und singen dazu.«

Da zog er sie unwillig zu dem andern Fenster, in das von Westen her die Sonne schien.

Es war Hochflut, und die Wellen trugen weißen Schaum.

»Was sagst du nun, Maria Landt? Die Wellen tanzen im Reigen und singen dazu!«

Die Augen des Kindes flogen über das weite Wasser, wie der Strandvogel darüber hinfliegt, der zu früh vom Deich aufflog und keine trockene Stelle für seinen Fuß findet. Sie hatte ihre Jugend zwischen den Mauern der großen Stadt verlebt. Nun war der Anblick stärker als sie. Was sie sagte, wurde Gebet: »Wie ist die Erde so groß ... o, das hab' ich nicht gewußt. Ich fürchte mich.«

Er lachte kurz auf – die Strandiger können nicht ordentlich lachen; es klingt kurz und nüchtern –: »Ich dachte, du solltest dich über das Große freuen und das Kleine nicht sehn. Du aber freust dich über die barfüßigen Kinder vom Eschenwinkel und ihre armseligen Häuser, und du siehst das Meer und fürchtest dich.«

Sie sammelte mühsam ihre Gedanken: »Von allem, was ich seh', sind mir am liebsten die Kinder, die unter den Eschen spielen.«

»So! Und dann Heim Heiderieter und sein Haus, und dann? Und wann komm' ich?«

»Ich kann doch nicht so denken wie du, Andrees?!«

»Komm!« sagte er und ging voraus und stieg die Treppe hinab. Er gab ihr nicht wieder die Hand. Im Gang blieb er stehn und sagte: »Hier sind zwei Stufen.«

Sie ging hinter ihm her, einen stillen Ausdruck im Gesicht.

Als sie durch die Hausthür in den Garten traten, jagte Franz Strandiger hinter Ingeborg her über den Rasen. Er hatte sie doch hinter dem Ulmenstamm gefunden. Die Augen der beiden blitzten, und jede ihrer raschen Bewegungen war schön. Heim Heiderieter aber stand, die Hände in den Taschen, seitwärts an der Mauer und sah mit vorgebeugtem Kopf auf das Kind, als hätte er den Auftrag, es im Lauf zu malen.

Drittes Kapitel

Heim und Andrees waren Mitte September nach Haus gekommen. Das Abgangsexamen war bestanden.

Andrees hatte seine Primanermütze der Mutter gegeben, die ihn darum gebeten hatte. Man fand diese Mütze, um es gleich zu sagen, nach ihrem Tode, der achtzehn Jahre später eintrat, in der untersten Schieblade der Nußbaumkommode, die am Kopfende ihres Bettes stand. Da lag ihr Brautschleier, der an drei Seiten selbstgeklöppelte Spitzen hatte, und die ersten Schuhe ihres Andrees von schwarzem Ziegenleder und jene flache Tuchmütze ihres Mannes, welche am zweiten Tag von den Wellen ans Land gespült wurde. Da lag auch das neue Hemd aus feinem Bielefelder Leinen, die weißen Zwirnhandschuhe und die weiße Haube, welche sie im Tode tragen wollte. Denn sie trug im Alter gern weiße Morgenmützen, am liebsten den ganzen Tag. Alte saubere Frauen haben bei uns besondere Vorliebe für weiße Hauben.

Andrees hatte sich eine Art Jagdmütze gekauft, die ihm gut stand und ihm etwas Männliches gab. Er war sehr ruhig und benahm sich verständig und war in seinen Urteilen so gefestigt, daß er die mehr theoretischen Ausführungen von Pastor Frisius und die mehr praktischen Anschauungen, die Lehrer Haller entwickelte, bei allem guten Willen, den er als höflicher Mann hatte, nicht verwenden konnte. Seine Weltanschauung zeigte nicht die geringste Lücke mehr, und sein Herz würde, das wußte er, nie einen Weg gehn, den nicht Erfahrung und Nachdenken fest und sicher gepflastert hätten. Er war ein junger Mann, der mußte, was er wollte, der ein junges starkes Pferd gesattelt hat und nun von der Schulthür aus in die Welt reitet, einen bekannten schönen schattigen Weg, zur großen Stadt, in der alles ihm gewogen sein wird: Die Mädchen werden ihn lieben, die Jungen seine Erfahrung suchen, die Alten sein Nachdenken schätzen.

Er ging nach Berlin. Bei der Mutter von Franz Strandiger wollte er wohnen.

Heim Heiderieter trug noch die feuerrote Primanermütze, weil bis heute kein Geld flüssig gemacht war, einen Hut zu kaufen. Er dachte über das Geld, das nötig war, wenig nach. Mochte sein Vater in seine alten grauen Stiefel steigen und sehn, woher er es nahm. Er ging in seligen bunten Gedanken über die herbstliche dunkelfarbige Heide und träumte von alten Burgruinen im Mondschein, von gemütlichen Wirtschaften am Bergabhang und von stillen Waldwegen, in denen schöne Kinder lustwandelten und das Singen der Vögel aus dem Dickicht klang.

Er ging nach Tübingen.

Er sah neben Andrees auf der Sodenbank des Wodanshügels und starrte über die Heide, von welcher der Morgendunst aufstieg, gleich wie eine Decke von den Strahlen der Sonne wie von weichen, warmen Mutterhänden aufgehoben, und seine Traumgesichte füllten die weite, dunkle Fläche mit bunten Gestalten.

In diesen Tagen trug er sich mit dem Gedanken – er hat ihn nicht ausgeführt –, einen Sang oder eine Mär zu schreiben, wie damals Sitte war: Ein ritterlicher Sohn dieser Heide, kein Heiderieter, sondern ein Andrees Strandiger, sollte in jener bunten Zeit, da man zwei Beine, die zusammengehörten, das eine in blaues, das andere in rotes Tuch kleidete, von Tübingen zurück nach Holstein reiten und an einer Brücke des geschwollenen Neckar einem Mägdlein das Leben retten. Und in tollem Junkerübermut sollte er von dem überdankbaren, kindergesegneten, weintrunkenen Vater das Versprechen erlangen, daß selbiges Kind, Jungfrau geworden, ihm nach Holstein gebracht werden sollte in seine Burg am Strand der Nordsee. Und wie sie dann, nachdem drei Jahr ins Land gegangen, ankam, hoch und schlank, mit goldbraunem welligen Haar und dunklen Augen, von einer alten Dienerin geleitet, scheu fragend, bange, und wie das Heimweh sie packte, und sie trostlos übers Meer sah, und wie ihr Stolz sich aufbäumte, nicht ungleich dem dunkelbraunen Hengst, auf dem der Junker über die Düne ritt. Und wie er so kalt that und so gleichgültig und warten wollte, bis sie zu ihm kam, obwohl sein Herz vor Liebe brannte, wie die Morgensonne in den Bleifenstern der Kemenate, die nach dem Wald hinsahen. Und wie sie nebeneinander über die Heide ritten, und er von Pferd zu Pferd, in heißem Jagen, da ihr Haar gegen seine Wangen flog, doch ihr zuerst entgegenkam und um Liebe bat, wie die

Frauen es so gern haben, stolz und doch demütig ...»Wird das nicht sein, Andrees?« Er war auf die Sodenbank gesprungen und zeigte über die Heide: »Da ...da reiten sie! Siehst du?«

»Das sind Träume!« sagte Andrees. »Du mußt in der Wirklichkeit leben.«

An einem andern Abend, als die Abreise schon nahe war, saßen die beiden Freunde im Garten unter der Ulme, die südlich vom Rasen steht. Dort hatte Heim Bank und Tisch gezimmert; Ingeborg hatte ihm geholfen.

Sie stritten sich über die beiden Mädchen. Heim behauptete, daß Maria zu gut für die Welt wäre. »Hast du je gesehn, daß sie zornig war? Sahst du sie je unruhig, launig oder heftig? Ist sie gegen jemand stolz? Wenn das Christentum, das Frisius predigt« – sie sagten jetzt immer Frisius, nicht Pastor Frisius – »in irgend einer Seele wirklich vorhanden ist, dann ist es in Maria Landts Seele!« Und er schlug mit der Hand auf den Rand des Tisches, den er gezimmert hatte.

Andrees lehnte sich zurück und sagte: »Wir stimmen ganz überein. Du sagst mit vielen Worten: ›sie ist eine Heilige.‹ So fahre ich fort: also ist sie im Leben nicht zu brauchen. Sie ist viel zu weich, zu vertrauensvoll, hat Nebel vor den Augen. Ihr einziger Umgang sind meine Mutter und etwa die Kinder vom Eschenwinkel. Diese weiche Natur, Heim! Und dieser weiche, kindliche, thränenreiche Umgang! Was soll daraus werden?«

»Deine Mutter ist fast ganz erblindet. Sie braucht Marias Hilfe.«

»Ingeborg dagegen geht oft zu Haller und Frisius.«

»Ingeborg!« sagte Heim mit Nachdruck. »Ingeborg ist das Gegenteil!«

»So? Maria eine Heilige, Ingeborg eine Hexe!«

»Na, das nicht! ...Aber eine Deutsche; eine stolze und starke!«

»Ich weiß nicht, wie du dich für ein Kind interessieren kannst.«

»Warte nur, wenn sie erst vier Jahre weiter ist! Sie ist eine von den alten germanischen Gestalten, die aus dieser Gegend nach England zogen! Stark, blondes Haar, das ein wenig rötlich ist, blitzende blaugraue Augen! Ihre Mutter war eine Verwandte deiner Mutter. Deine Mutter aber stammt aus dieser Gegend von dem alten Horstengeschlecht. Es ist aber geschichtlich erwiesen, daß Hengis und Horsa, die Häuptlinge der ausziehenden Sachsen, in dieser Landschaft auf Höfen gesessen haben.«

»Nun wirst du wild!«

»Ah ...du hast keine Phantasie, Andrees!«

»Die hast du! Aber du kannst nicht mit ihr fahren! Sie geht mit dir durch!«

»Du, Andrees, wie stehst du mit Maria?«

»Du hörst ja: sie ist eine Heilige! Was soll also die Frage? Und du mit Ingeborg?«

Heim fuhr mit der großen, magern Hand über den Mund und schwieg; dann sagte er plötzlich: »Wenn ich zu ihr sage: ›Liebe Ingeborg!‹ dann macht sie *solche* Augen und sagt: ›Heim...??‹«

Sie saßen eine Weile mit nachdenklichen Gesichtern, bis die beiden Mädchen zwischen den Ulmen hervorkamen und durch den Garten gingen: Maria nun schon kein Kind mehr, aber noch sehr leicht aufgebaut, mit weichen, etwas langsamen Bewegungen und sanften Augen, Ingeborg noch ein Kind, aber größer als Maria, etwas eckig in Worten und Bewegungen: »der dürrste Rethalm im Wehl,« sagt Andrees; »ein fliegender Pfeil,« sagt Heim.

Die beiden Freunde standen höflich auf, und Heim sagte zu Ingeborg: »Unsere Freunde aus der Stadt haben uns geschrieben, daß sie morgen reisen wollen. Wir reisen mit ihnen.«

»Na ...denn man los!«

Maria sah Andrees an: »Morgen schon, Andrees?«

»Kinder!« sagte Ingeborg, »dann gehn wir nochmal über die Heide! Komm', Heim!«

Das war selbstverständlich, daß Ingeborg mit Heim ging und Maria mit Andrees.

Maria ging eilend den Wodanshügel hinauf und, wohl in ihrer Verlegenheit, weil Andrees heute so fremd und steif war, stellte sie sich auf die Sodenbank und legte die Hand gegen die Birke. Er war gleich bei ihr, und im Zorn, weil sie so gleichmütig blieb, und weil er nichts erreicht hatte, legte er den Arm mit rascher Bewegung fest um sie. Die Sonne lag als eine goldene Kugel auf silberner Platte auf dem Meer. Die Luft war klar und blank wie farbloses

Glas, und es war ganz still in der Welt, und es war, als wenn die ganze Welt ohne Flecken und Leid wäre. Da legte sie zum erstenmal den Arm zutraulich um seine Schultern.

»Siehst du, Maria, dort ganz fern am Horizont die langen weißen Linien, sie kommen und gehn, sie wälzen sich wie lange glänzende Schlangen nach der Sonne zu: Das ist die kommende Flut.«

»Aber was ist dort rechts von der Sonne, Andrees? ...O, sieh doch: ein weißes Gebirge mitten im Meer!«

»Es wird eine Brandung sein ...wo denn?«

Sie hatte ihren Kopf leicht an den seinen gelegt. Ihr Haar und ihr zeigender Arm hinderte die Aussicht.

Da nahm er ihren Arm gefangen, und nun sah er es deutlich im Meer liegen, weit weg: »O!« sagte er...»Das ist ein seltener Anblick. Das ist Flackelholm!«

Sie atmete hoch auf: »Das ist Flackelholm?! Schon und still liegt es da. So rein und weiß.«

Er lachte kurz auf: »Entsetzlich öde und langweilig muß es da sein. Aber es thut mir doch leid, daß ich auch diesmal nicht dazu gekommen bin, es zu besuchen. Ich bin noch nie dagewesen; Mutter will es nicht.«

»Deine arme Mutter!«

Sie schwiegen beide.

»Vater hat dort über zehntausend Mark in Gräben und Buhnen angelegt; noch stehn da die beiden Hütten, in denen die Arbeiter gewohnt haben. Nach Vaters Tod ist nichts mehr geschehn. Man mochte von Flackelholm nichts mehr hören.«

»Wie es so still und weiß daliegt! Es ist, als wenn die Sonne es lieb hätte. Sie hat sich dicht daneben gelegt.«

»Wenige Menschen wissen den Weg dahin. Die Störfischer aus der Elbe liegen zuweilen in der Nähe; es ist schwer, da zu landen und nichts zu finden, höchstens Möveneier, oder einmal ein Wrackstück, oder ein toter Seehund.«

»Oder ein ... toter Mensch.«

»Man kann auch zur Ebbzeit zu Fuß hinkommen. Es ist ein gefährlicher, stundenweiter Weg. Mein Vater kam dabei um.«

»Ist es nur unfruchtbare Düne?«

»Nein! Im Schutz der Düne liegt flaches, niedriges Vorland, viele Hektare, sagt man, und der Schlick soll wachsen, immerfort. Wenn ich wiederkomme, will ich doch dahin gehen und nachsehn. Man sagt freilich, was da wächst, ist salzig und sumpfig, kein Tier frißt es, und die ganze Insel ist ohne Wert. Und langweilig ist es da über die Maßen.«

»Aber wenn einer krank wäre, Andrees, ich meine, so am Herzen, traurig oder verbittert oder unglücklich; wenn die Menschen ihm Unrecht gethan hätten, oder er hätte selbst ein Unrecht auf sich geladen: dann müßte er dahin gehn.«

Er zuckte die Achseln und ließ ihren Arm fahren: »Ich kann mir so was nicht denken!« sagte er.

»O,« sagte sie, »es giebt doch so viel Elend und Unglück in der Welt! Im Eschenwinkel ist beinahe immer Krankheit. Der kleine Schütt hat starkes Fieber, und die Stube ist so niedrig und dumpfig. Die Frau von Reimer Witt ist auch wieder krank. Sechs Kinder sind da.«

Er löste den Arm von ihrer Schulter. Ein unwilliger Zug war in sein Gesicht getreten.

Da merkte sie, daß sie ihn verletzt hatte und wollte ihn wieder gut machen: »Wer weiß den Weg nach Flackelholm?«

Er lachte kurz auf: »Deine Freundin, Antje Witt, und Reimer, ihr Bruder! Weißt du das nicht? Die kennen ihn. Man sagt, wenn die Ebbe eintritt, geht Antje Witt fort und wandert stundenlang durchs Watt, in weitem Bogen den Prielen ausweichend, und kommt so nach Flackelholm. Es ist jedenfalls Thatsache, daß sie zuweilen mit dem Wasser fortging und nicht mit dem Wasser wiederkam. Wo kann sie sonst geblieben sein? Sie muß doch irgendwo Land finden? Es ist aber ein furchtbares Wagnis. Ich habe es auf der Landkarte gemessen, es ist der vierte Teil des Weges nach Helgoland.«

»Es ist wunderbar: Ein ganzes Land, das man nicht kennt?«

»Komm!« sagte er. »Wir wollen von etwas anderm sprechen! Was geht mich die öde Insel an? Hier ist es schön, und vor mir liegt die ganze Welt.« Und als wollte er noch einmal das Bild der Heimat umfassen, sah er über die Heide und sagte wieder: »Morgen geh' ich in die Welt!«

Er sah nicht auf sie und achtete nicht auf sie. Es war, als hätte er sie vergessen.

Da dachte sie: Er freut sich, daß er fortgeht. Und sie grübelte darüber nach, was doch das wäre, das verschieden in ihnen war und sie trennte. Und sie konnte es nicht finden.

Es ging eine Wagenspur quer über die Heide, die nach dem Strandigerhof führte. Diese verfolgten sie. Jeder ging in einer der Spuren; zwischen ihnen lief der niedrige Erdwall, mit hoher Heide bewachsen. So gingen ihre Gedanken auch nebeneinander her, wie die Wagenspuren, die nie zu einander kamen. –

Die Sonne wollte ins Meer steigen; das Abendrot begann hinter verstreuten Wolken seine Feuerlein anzuzünden; da kam Heim Heiderieter von Norden her durch die Heide. Ingeborg ging neben ihm, den braunen Strohhut in der Hand schwenkend und mit den Fußspitzen lässig gegen die Heide stoßend. So schlenderte sie gemütlich, träge dahin. Kümmerte sich Ingeborg Landt in jenen Jahren überhaupt um irgend etwas? Lebte sie nicht ohne Sorgen und Gedanken? Wie eine Schwalbe, wie eine Möve? War sie nicht damals eine sehr schöne, sehr stattliche, sehr langhalsige Distel? War sie damals eine wilde Hummel in der Heide? Heim weiß es! Ja, so war sie.

Wenn Maria über die Heide ging, blieb sie zuweilen erschreckt stehen und fürchtete, eine Schlange zu sehen, die durchs Kraut schlich, und ging nur zagend weiter. Ingeborg aber stieß gegen das Heidekraut und sagte: »Macht Platz oder bückt euch!« und kümmerte sich nicht um Schlangen. Als eine junge Königin ging sie durch ihr Reich. Die Augen waren voll klarem, blankem Feuer, das hellblaue Kleid mit kleinen weißen Tupfen legte sich bescheiden und demütig schmeichelnd an und machte weiter keinen Anspruch, als Heims Augen abzuhalten, die zuweilen thöricht waren.

Sie ging ein wenig vorauf in Gedanken; nun kehrte sie sich um und sah auf Heim.

Still und feierlich, wie auf Besuch wartend, stand der Wald vor ihnen; hier und da waren Weißbirken zum Empfang vor die Thür getreten.

Ein buntes, sein gewirktes Kleid trägt der Wald, sittsam, hochgeschlossen. Nur dort in der Tiefe, wo der Bach mit seinen blanken Augen zwischen Blättern lugt, ist das Kleid ein wenig gehoben, ist der Fuß ein wenig frei. Denn der Wald geht langsam gen Westen über die Heide.

Vornan ein wirres Dickicht von niedrigem Eichengestrüpp, Farn und Heidekraut, wie liegende Kinder vor feinen Füßen; dann die ersten Buchen, die mit tief herabgelassenen grünen Schleiern des Waldes Geheimnisse decken. Vor dem allem stehen hier und da, mitten in der Heide, Weißbirken, schlanke Gesellen. Der Westwind hat sie immer wieder fest angefaßt, und sie haben sich zurückgelehnt, aber sie halten ihre Schlapphüte fest und halten Wache vor dem Wald, einzeln, zu zweien und dreien.

Da ist der Wodanshügel. Er wächst vor dem Wald auf, nicht hoch, zwanzig Fuß, und kreisrund. Die kleinen, kurzbeinigen Geister des Waldes haben ihn aufgebaut, von der Höhe Umschau zu halten über die Heide, und weiter übers Meer und weiter, so weit ein Waldgeist sehen kann. Sie haben auch die Birken darauf gepflanzt, klettern hinauf, sitzen und lugen, ob Wolken überm Meer aufsteigen und hartes Wetter anzeigen. Dann laufen sie weinend und stöhnend den Wald entlang, die lange Linie, und melden, was kommt: »Fest die Wurzel! Biegsam den Stamm! Stolz die Krone!« Brausend, heulend kommt der erste Stoß; unter die knorrige Wurzel fliegt jammernd der Waldgeist.

Wenn aber die Sonne scheint wie heute, und ein weicher Wind weht, dann sitzen sie acht und neun nebeneinander – denn es sind kleine Wichte – auf der Bank, die sie sich aus Soden gemacht haben, und erzählen von alten Zeiten und von dem Liebespaar, das am letzten Sonntag durch den Wald schlich, und von Heim Heiderieters beiden goldenen Reifen, die noch immer unter der Sodenbank liegen ...»Husch! weg! Da kommt Heim Heiderieter, der Störenfried, und Ingeborg, die Schöne.«

»Sprich nicht so laut, Ingeborg! Die Luft ist so klar und still. Es klingt weiter, als du denkst. Schlag' nicht mit der Hand durch die Luft; es wird klingen, als wenn du auf Glas schlägst. Wenn du singen willst, mußt du Ernstes und Feines singen; denn es klingt bis an die Pforte, wo die Engel stehen.«

Ingeborg kehrte sich um und sah ihn bedenklich an: »Na … nun bist du wieder im Zug! Nun kann man wieder kein vernünftig Wort mit dir reden.«

Sie gingen nebeneinander den Hügel hinauf. Er sah, wie ihre Kniee gegen das Kleid stießen.

»Hier liegt ein König begraben!«

»Weißt du's gewiß?«

Er legte sich ins Gras und sah zu ihr auf: »Natürlich weiß ich's; ich bin ja ein Sonntagskind.«

»Hast du in diesen Tagen was fertig gebracht? Du prahltest!«

»Vielleicht! Wenn du freundlich bist!«

»Ist es auch vernünftig?«

»Ich weiß nicht. Es hat noch niemand gehört.«

»Das ist nicht mehr als recht! Sag' her!«

Am Wodanshügel

Es war ein Fürst am Nordseestrand,
Der hatt' ein Schloß am Heiderand,
Der sprach: Wir wollen jagen
Heiho – in Herbstestagen.

Sie jagten da drei Tage lang
Und hatten manchen guten Fang;
Dann zogen sie zum Schlosse,
Heiho – in lautem Trosse.

Der Fürst am Wald zurücke blieb;
Wodan das rechte Wild mir gieb!
Ich muß am Walde säumen,
Ich muß im Leide träumen.

Er träumte, bis er fest einschlief,
Bis in dem Wald die Unke rief,
Bis Nebelfrauen kamen
Und ihm das Herze nahmen.

Auf seinem Grab am Waldesrand
Ich nimmer meine Ruhe fand,
Ich such' nach einem Wilde,
Ich träum' von einem Bilde.

»Das ist mir nun wieder zu hoch,« sagte sie. Aber er merkte wohl, daß sie ein wenig davon begriffen hatte, so viel als man von einer Wolke begreift, die fern heraufzieht. Sie hatte den Mund ein wenig geöffnet, und ihre Brust bewegte sich langsam und stark. Wenn man nur wüßte, was sie jetzt denkt! Aber sie ist immer wie ein Vogel: man meint, er ist im Garn, da singt er auf dem nächsten Baum, als gäb' es weder Fuchs noch Vogelsteller.

»Was siehst du da, Ingeborg?«

»Kannst du nicht sehen? Hast du keine Augen? Andrees und Maria gehen da. Er hat mich noch nicht ein einzig Mal aufgefordert, mit ihm zu gehen. Na, es ist mir auch sehr gleichgültig.«

Waren das ihre Gedanken?

»Andrees hat Maria lieb; darum geht er mit ihr. Ich habe dich lieb, also!«

»Ach was ... lieb? lieb? Was ist das?«

»Es ist wirklich so, Ingeborg! Und du könntest gern...?«

»Könntest? Kannst? ... Ich will aber nicht! Es ist dummes Zeug!«

»Ich wollt' aber gern,« sagte Heim, und seine Augen waren sehr zornig, »daß du endlich einmal freundlich mit mir wärst. Nun gar am letzten Tag!«

»Und ich ... ich wollte, daß du das Betteln ließest. Andrees würde es nie einfallen, zu betteln und hinter einem Mädchen herzulaufen... aber du bist lappig!« Sie sprang auf und ging mit steifer Kopfhaltung und den Hut hin und her schlagend, den Hügel hinunter nach dem Strandigerhof zu.

Heim stand und sah ihr nach.

Ingeborg ging über die Heide und dachte an Andrees. Denn Andrees war das Stolzeste und Herrlichste, was es auf der Erde gab. Er war so herrlich, wie alle die Leute, von denen sie in diesen Wochen im Unterricht bei Frisius gehört hatte, wie Theodor Kürner, Friedrich Friesen und die andern jungen Helden des Freiheitskrieges. So schön war er, so sicher, und so stolze Augen hatte er! Und es war ein Jammer, daß er nicht nach Ingeborg Landt fragte! Heim aber? Nein, Heim war zu weich, zu unruhig, zu freundlich. Heim ist kein Held!

Heim stand noch eine Weile und sah ihr nach. Dann steckte er die Hände in die Tasche und sah ins Abendrot, das wunderbar leuchtend am Himmel stand. Das nahm ihn gefangen. Sein Gesicht verlor die ärgerliche Spannung, und seine Augen fingen Feuer. Er vergaß die Ingeborg, die da seitwärts auf der Heide ging, und er fing an, mit der andern zu reden, die in seiner Phantasie lebte, die mit ihm über die Heide ritt, die seine Liebste war. Er ging rascher vorwärts, und wie er so weiterging, die Augen nach dem Abendrot gerichtet, hob er die Hand, und alles andere in der Welt versank: »Die ganze Burg steht in Flammen, Ingeborg! Galopp! Und fürcht' dich nicht! Siehst du, wie stark und stolz die wolkengrauen Mauern stehen? Die fallen nimmer um. Aber inwendig sind lauter Flammen. Sie schaun mit ihren wahnsinnigen roten Augen aus allen Fenstern, sie laufen die Gänge entlang, treten auf den Söller und klettern den Turm hinauf. Siehst du? Nun fliegt der rote Hahn über den First! Acht auf den Weg, Ingeborg, und halt die Zügel fest. Siehst du die Lohe in der schönen Halle? Über Tisch und Bett springen und sprühen die roten Feuergeister... Wein' nicht, Ingeborg. Wir bauen ein neues Haus, viel schöner noch, mit einem Altan nach dem Wald zu sehen und mit hohen Fenstern nach dem Meer ... Nun sinkt die Glut... die Feuer gehen aus... hohle Augen sehen mich an... ach... nun ist es eine Ruine!«

Er ließ beide Arme sinken und stand still, weltverloren. Unweit lag der Heidehof, und hinterm Wall lag Ingeborg, so lang sie war, und lachte.

Da wurde er sehr verlegen und wollte sich zornig abwenden. Aber wie sie da lag und ihn so übermütig anlachte und ihr helles Haar sich mit dunklem Heidekraut mischte, konnte er sich nicht von ihr reißen. Er stand vor ihr und dachte: Wenn sie dich doch lieb hätte! Und sie ließ sich gern betrachten, weil er sie mit seinen Worten in Ruhe ließ, und dehnte und streckte sich wie ein Kätzchen, das spielen will.

Da wandte er sich still ab, fast ein wenig blaß geworden, und sie stand gleich auf und ging mit ihm den Abhang hinunter, über Marsch und Meer lag schon Abenddunkel.

»Ich mag dich doch leiden!« sagte sie plötzlich. »Sonst ginge ich wohl nicht immer mit dir über die Heide.«

»Aber dann bist du mit einem Male unfreundlich und fängst Streit an.«

»Hab' ich nicht am Wall auf dich gewartet?«

»Ja, das hast du, und darum... und weil«... und er griff in die Tasche und suchte und sah sie an... aber da hatte sie schon wieder die großen, verwunderten Augen; als sähe sie plötzlich »einen Elefanten vor sich«, solche Augen!

Da ließ er es.

Als er allein auf dem Rückweg am Wehl vorüber kam, nahm er den Armreifen aus der Tasche, und mit plötzlicher zorniger Bewegung warf er ihn ins Wasser. Silbernes Licht erschien, und die Hände der Wasserfrauen griffen gierig aus dem Wasser heraus nach dem Kleinod. Die Unvorsichtigen!

»Es wird doch nie was!« sagte Heim. »Sie ist zu eigensinnig. Sie ist anders als ich!«

Viertes Kapitel

Heim Heiderieter, stud. phil. im neunten Semester, war am Morgen in Bebenhausen angekommen, hatte den Tag in der schönen, stillen Burg, in dieser königlichen Einsiedelei, verträumt und wanderte den ganzen Nachmittag, dieselben Träume weiterspinnend, durch den Schönbuch. Bald ging er auf stillen Waldwegen, bald auf der Straße, über welche die Buchen ihre starken Zweige hängten, hinauf, hinunter. Nun kam er müde, mit weißbestaubten Schuhen und heißem Gesicht, den letzten Hügel herunter. Die Buchen traten beiseite, und die Märchen und Träume liefen eilig in den Wald zurück, die Welt that sich auf: Da stand das Schloß von Tübingen. Die Abendsonne leuchtete in den langen Fensterreihen. Die alte Stadt lag friedlich da, im breiten, warmen Nest des Thals.

Heim Heiderieter stieg gemächlich hinab. Er träumte immer noch. Es hatte ihn noch niemand geweckt, noch niemand gedungen. Die Heimat dang ihn nachher.

Er war sehr einfach gekleidet, in braunem Lodenstoff, trug auf dem hellen, krausen Haar den weichen Filzhut und hatte einen kräftigen Eichenstock in der Hand.

Sein Gesicht war im Lauf der Jahre männlich geworden und war von Lebensmut und Sonne braun und kräftig, aber seine Augen waren dieselben geblieben, treue, reine Augen, glänzend von allerlei bunten Gedanken, wie die Fenster eines Hauses, hinter denen der brennende Tannenbaum steht.

Aber grade da liegt Heim Heiderieters Mangel. Es ist nicht immer Weihnachtsabend. Wann willst du Werktagsarbeit thun, Heim Heiderieter?

Am Markt, unweit der Kirche, steht ein Wirtshaus, wohl über zweihundert Jahre alt. Da kehrt er ein.

Die niedrige, große Stube mit den schlichten Tischen, Bänken und Stühlen ist voll von Studenten, die ihr einfaches Abendessen, Brot mit Käse, zu sich nehmen, oder hinter Bierkrügen und Weingläsern sitzen und sich laut und fröhlich unterhalten. Es verkehren in dieser Wirtschaft vorwiegend Norddeutsche. Man sieht manchen starken, frischen Jungen. Einige sind noch sehr jung, eben von den Schulen gekommen, haben die Blässe des Examens noch auf dem Gesicht und sind noch mehr oder weniger unbeholfen und gegenüber dem freien studentischen Leben ratlos. Andere sind schon älter, mit starken Schnurrbärten, und hier und da ist ein kurzer, heller Kinnbart der willkommene Gegenstand harmloser Neckereien. Einige aber sind ältere, abgestandene, sauer gewordene, der alma mater verlorene, unter ihren Augen zu ihrem Leid verkommene Kinder; Gesichter, die entweder von Schlaf oder Trunk reden; Gestalten, die entweder zu dünn oder zu dick sind; Gebaren, das entweder Trägheit zeigt oder Roheit. Sie sind ein Ziel des Spottes für die frische Jugend, eine Last für die Verbindungen, für die Bekannten. Sie sind der Eltern und Geschwister Angst und Gottes Jammer.

Heim Heiderieter hängt den Hut auf den Stock mit der gebogenen Krücke und stellt beides in die Ecke, streicht den kleinen Vollbart zur Seite und richtet sich auf, daß er fast bis an die Decke reicht, und geht hier grüßend, dort sich verbeugend – seine Grüße sind herzlich, es schießt jedesmal ein warmer Strom aus seinen Augen, seine Verbeugungen sind eckig – zwischen all den Tischen durch und steuert auf den Holsteiner Tisch zu.

»Siehe, da kommt der Träumer! Setz dich, Heidereiter!«

»Heidereißer, Waldläufer! Hierher!«

»Nein hierher! Zwischen uns beiden ist nur eine Heide.«

Das sagt ein Mediziner im letzten Semester, ein gemütlicher, hübscher Mann, hinter blanken Brillengläsern blanke Augen. Sein Vater kommt als Arzt auf seinen Landfahrten bis nach dem Eschenwinkel, und der Sohn hat den Heidehof schon gekannt, als Heim noch barfuß über den Sandweg in die Schule lief.

»Weißt du, Heim, daß dein Palast im Weinberg abgebrannt ist?«

»Vollständig! … Nichts als Asche!«

Heim lachte behaglich: »Wenn nur Uhlands Gedichte gerettet sind!«

»Alles verbrannt!«

»Aber ich habe sie in der Tasche. Da!« Er zeigt lachend den zerlesenen Band.

»Sagen Sie mal, Heiderieter,« fragt ein älterer Student, der erst kürzlich nach Tübingen gekommen ist, ein Jurist mit scharfem Gesicht, »welcher Fakultät gehören Sie an?«

Es liegt ein wenig Spott in der Frage und ein wenig Interesse. Die Tafelrunde aber lacht, und es entsteht ein Wetteifer, einem übermütigen oder geistreichen Gedanken möglichst schnell Ausdruck zu geben. Einige sagen: »Der fünften!« Andere meinen, daß Heiderieter zur »Fakultät Uhland« gehöre und daß »ganz Württemberg sein Hörsaal sei«. Ein letzter erklärt, daß Heiderieter zu selten in Tübingen sei, als daß eine solche Frage berechtigt wäre.

Der Mediziner mit den freundlichen Augen hat in dem Aufruhr, der entstanden war, eine Gelegenheit, dem Frager mit leiser Stimme zu erklären, daß Heiderieter ein gemütlicher, aber seltsamer Junge sei, der leider nicht wisse, was er wolle.

Heim ist es peinlich, Mittelpunkt der Unterhaltung zu sein, und ist verlegen. Er ist, mit seinen Gedanken allein, ein Mensch von großem Mut; er spricht ganze Volksmengen an und ist im Reichstage nicht tot zu reden. Er ist in Gesellschaft zweier guter Bekannter ein trauter Gesell, öffnet sein Herz weit und bietet einem einen Stuhl darin an mit einer so ehrlichen Freundlichkeit, daß man sich so recht gemütlich hinsetzt. Er ist, wenn er von sechs Leuten umgeben ist und zugleich von ihnen angesehen wird, verlegen und geht immer als erster in den Hörsaal – wenn er überhaupt hingeht –, um nicht, in der Thür erscheinend, die Augen auf sich zu lenken. Also ist es gekommen, daß Heim Heiderieter, der dem Einzelnen als sinniger, treuer, begabter Mensch erscheint, seiner Bekanntschaft im ganzen ein Gegenstand gutmütigen Spottes, einigen wenigen Harten und Hochmütigen ein Gegenstand des Kopfschüttelns ist.

Diesmal rettete ihn eine starke Hand aus seiner Not. Es war ein fremder junger Mann ins Zimmer getreten, eine stolze Gestalt, der dunkles schlichtes Haar, dunkle Augen, edle Züge und vornehme Kleidung ein ausgezeichnetes Aussehen gaben. Dieser Mann stand eine Weile sicher und selbstbewußt mitten im Zimmer, den Hut in der Hand, und sah sich suchend um. Dann hörte er die Unterhaltung am Holsteiner Tisch, und dann legte er seine Hand auf Heims Schulter.

»Guten Abend, Heim Heiderieter!«

Heim sprang auf und legte beide Arme um des andern Schulter: »Andrees, Andrees!«

»Komm!« sagte Andrees. »Ich habe gestern in Berlin den Ulanenrock ausgezogen und bin stracks hierher gefahren, dich zu sehen und zu sprechen., Schwer war es, Tübingen zu finden, in Stuttgart wollte ich es fast aufgeben. Schwerer war es, dich zu finden.« Er wandte sich an die Tafelrunde: »Sie haben diesen Mann fünf Jahre lang besessen. Ich habe ein altes Recht auf ihn; lassen Sie mir ihn diesen Abend.«

Draußen war es Dämmerung geworden, fast schon Abend. Aber der Himmel war hell. Es war ein stiller, schöner Sommerabend.

»Wo wohnst du?« fragte Andrees.

»Draußen,« sagte Heim ein wenig kleinlaut. »Ich habe da in den Weinbergen ein kleines Gartenhaus gemietet. Aber wir könnten ja in deinen Gasthof gehen. Wo bist du eingekehrt?«

»Ich danke, ich geh’ mit dir.«

Sie gingen auf schmalen, holprigen Steigen den Hügel hinauf. Der Mond lugte über fernen Bäumen; seine Strahlen streuten die krausen Schatten von Weinblättern über den Weg. Zuweilen lag eine Traube, sein und deutlich gezeichnet, auf den Steinen, grüne Trauben.

Heim sah nachdenklich auf den Weg; Andrees, nach seiner Weise, hielt den Kopf hoch und sah um sich; doch waren seine Bewegungen nicht mehr so ruhig wie früher, sie hatten etwas Rasches, Ruckweises bekommen.

Sie schwiegen beide. Seltene, schüchterne Vogelstimmen riefen sich Nachtgrüße zu.

Da traten links vom Steig die Weinstöcke zurück, und vor ihnen stand, auf einer beschränkten Plattform, ein altes viereckiges Gartenhaus, dessen Thür geöffnet war.

Es war ein einziger Raum, von der Größe eines kleinen Zimmers. Die Seite gegenüber der Thür nahm eine hölzerne Bank ein, die mit grüner Ölfarbe gestrichen war; sie war gepolstert und schien als Schlafstelle zu dienen. An der rechten Wand stand eine Kiste, welche Andrees sofort wiedererkannte; sie hatte einst im Saal des Heidehofs gestanden. Der Rest des Raumes wurde von einem runden Tisch eingenommen.

Wenn der Bewohner dieses Landhauses mehr als drei Gäste bei sich sah, mußte er die drei Bücher, die auf der Kiste lagen, auf den Tisch legen. Von diesen drei Büchern versprach das eine, seine fleißigen Leser in die gesamte alte Philologie einzuführen, das zweite war ein Tagebuch, das dritte waren Uhlands Gedichte. In das erste hatte er nicht hineingesehen, das zweite hatte nur leere weiße Blätter und wurde als Unterlage für den Spritkocher gebraucht, und den Inhalt des dritten kannte Heim auswendig.

Strandiger sah sich kopfschüttelnd um: »Kann man hier eine Tasse Kaffee oder dergleichen bekommen?«

»Sofort!« sagte Heim und stellte den kleinen Spritkocher auf die rotbunte Decke des Tisches. Andrees beobachtete jede seiner ungeschickten Bewegungen.

Die Flamme schlug unten durch.

»Ist die Decke feuerfest?«

»Die Maschine steht sonst auf der Kiste,« sagte Heim und suchte in dieser Kiste die Kaffeetüte.

»Jetzt brennt die Decke.«

Heim drehte sich um und gab der Maschine einen Hieb mit der flachen Hand, daß sie, anstatt ein wenig beiseite zu rücken, sofort samt Topf und Wasser auf den Fußboden flog. Dort fuhr der laufende Sprit fort zu brennen. Nun brannte es an zwei Stellen, und Heim stand dazwischen.

»Wenn du es brennen lassen willst,« sagte Andrees, »müssen wir allmählich hinausgehen.«

Da besann sich Heim und schlug mit seinen großen Händen auf die brennende Decke; ward auch bald Herr über das andere Feuer.

»Komm,« sagte Andrees, »wir wollen uns draußen auf die Bank setzen, der Mond geht auf über dem Thal. Ihr habt hier eine hübsche Gegend ... hast du etwas Trinkbares?«

»Eine Karaffe mit Wein.«

»So komm!«

Sie setzten sich draußen auf die Bank, den Wein zwischen sich. Dann und wann nahmen sie einen Schluck. Ein Glas war nicht vorhanden.

»Wir haben uns fünf Jahre nicht gesehen,« sagte Andrees ...»Wie weit bist du?«

Heim stützte die Ellbogen auf die Knie und blickte über das weite Thal. Mit seinem hellen, krausen Haar und Bart und seinen starken, großen Zügen, wie er so scharf und doch träumend in das von Mondlicht durchglänzte Dunkel nach Süden schaute, da glich er einem jener reisigen Germanen, die einst von diesen Höhen aus nach Süden sahen, wanderlustig, sehnsüchtig nach der Fremde, die sie nicht kannten, die ihr Unheil wurde.

»Wie weit ich bin?« fragte er verlegen. »Ich weiß überhaupt nicht, ob ich irgend wohin zielen muß.«

»Dann erlaube eine Frage, mein Sohn! Wieviel hat dir dein Vater hinterlassen?«

»Ich lebe sehr einfach, der Heidehof trägt es noch.«

»Meinst du... Na, trotzdem! Du wirst doch irgend etwas erreichen wollen. Was treibst du?«

»Ich lese... ich wandere.«

Da lachte Andrees ärgerlich auf: »Ich habe zwei Briefe bekommen,« sagte er; »einen von Maria Landt, einen von Telsche Spieler. Bist du nicht neugierig?«

»Ich kann mir denken, was in Telsches Brief steht.«

»So? Dann brauche ich es dir kaum zu sagen. Sie schreibt: Die Sparkasse sendet dir noch für ein Halbjahr Geld. Der Heidehof ist bis an den Schornstein voll Schulden, und dieser Schornstein wackelt schon.«

Da biß sich Heim auf die Lippen, wandte aber die Augen nicht vom Thal ab: »Dann muß ich etwas anfangen.«

»Examen machen?«

»Das ... das kann, kann ich nicht! ... Was für eins?«

»Das müßtest du selber am ehesten wissen! Aber ich glaube allerdings, daß du das nicht kannst! Kein Heiderieter machte je ein Examen, machte je etwas fertig ... Mein Rat ist: Du gehst nach Haus und übernimmst den Heidehof.«

»Niemals! Ich danke! Ich werde etwas finden. Irgendwo in der Welt! Ich gehe ins Ausland.«

»Maria Landt schreibt auch an dich.«

»Die singt wohl dasselbe Lied?«

»Aber in anderm Ton. Ich habe dir den Brief auf den Tisch gelegt. Du kannst ihn nachher lesen.«

Sie schwiegen eine Weile. Ihre Gedanken waren im der Heimat.

»Sag mir, Andrees, wie stehst du zu Maria Landt?«

»Zu Maria? Sie schreibt sehr verständige Briefe. In der ersten Zeile steht: Deine Mutter wird alt und ist fast blind. In der zweiten: Die Häuser im Eschenwinkel fallen morgen um. Dann kommt wieder die Mutter, dann wieder der Eschenwinkel.«

»Du warst auch in den fünf Jahren nicht zu Hause?«

Andrees hob die Schultern: »Was soll ich daheim? Einmal war ich da, vor drei Jahren. Maria war verreist. Ich bin für diese beschränkten Verhältnisse nicht geschaffen. Ich gehöre in die Großstadt. Aber dir will ich was sagen, mein Junge: Du mußt den kleinen Besitz verwalten, wie alle deine Väter. Du gehörst in die Heimat.«

Heim wurde unruhig und wollte aufstehen.

»Sei still! Ich denke nicht gering von dir. Das weißt du! Ich habe aber immer gewußt, daß es so kommen würde. Die Heiderieter taugen nicht in der Fremde. Wenn je etwas Tüchtiges aus dir wird, so wird es in der Heimat sein, zwischen Wald und Strand. Da gehörst du hin, nach deinem Herzen und nach deiner Kraft. Da kannst du vielleicht einmal verwerten, was du in der Fremde gesehen und gelernt hast.«

Da stand Heim auf und trat einige Schritte vor und sah über das Thal. Von allen Abhängen stieg in dunstigen Wolken der Tau in die Tiefe.

»Ich kann dies schöne weiche Land nicht verlassen,« sagte er leise, »es ist mir dort oben zu öde, zu kalt. Menschen und Land, alles ist so eben, so weitläufig, so fern.« Er wandte sich um: »Warum gehst du nicht in die Heimat?«

»Ich? Ich gehöre in die Stadt.« Er lachte auf:

»Wenn ich an diese Maria Landt denke, diese stille langsame Heilige! Daß ich sie damals gern hatte! Aber so ist es. Wenn man nichts anderes sieht und haben kann, greift man nach dem einzigen, was da ist ... Erinnerst du dich meiner Cousine, der Schwester von Franz Strandiger?«

Heim schüttelte den Kopf: »Wo ist Franz?«

»Er wird Landmann. Der Comptoirstuhl war ihm zu hart und das Zimmer zu eng; er ist irgendwo in Ostpreußen auf einem Gut... Aber diese Lena Strandiger, seine Schwester, möchte ich einmal mit Maria Landt zusammen führen. Das wär' ein guter Scherz! Größere Gegensätze giebt es nicht.«

Heim sah auf den Freund, und im Mondlicht erkannte er deutlich, was er im Ton der Stimme gefühlt hatte, daß Andrees Strandiger andere Augen bekommen hatte. Es waren wohl noch stolze, schöne Augen, aber sie waren nicht ruhig, nicht mehr rein. Und das gab seiner Seele einen Stoß; er dachte daran, daß er nun ganz allein auf der Welt stände: Ich hab' jetzt keinen Freund mehr!

Er wurde ganz still.

»Ich geh' mit dem Gedanken um,« fuhr Andrees fort, »den Strandigerhof zu verpachten. Die Frauen können den oberen Stock bewohnen und haben sich nicht mit der Verwaltung zu plagen. Ich bleibe dann in Berlin und sehe mir die große Welt an. Wozu hat man das Geld?«

Heim sagte nichts. Er hatte über diese Dinge noch nicht nachgedacht. »Wozu hat man das Geld? Um sich des Lebens zu freuen! Natürlich! Dazu hat man Geld, Land, Leute! Hätt' ich nur Geld!« Er raffte sich aus seinem Sinnen auf. »Wie lange bleibst du hier?«

»Lena ist mit ihrer Mutter in Stuttgart geblieben. Wir reisen morgen nach der Schweiz weiter.«

Andrees stand auf. Auch Heim erhob sich.

»Ich machte diesen Abstecher zu dir, um dir Marias Brief zu bringen, und um dir ans Herz zu legen: Geh' nach dem Heidehof zurück. Dort bist du an deinem Platz.«

»Nie!« sagte Heim und schüttelte trotzig den krausen Kopf. »So verlassen und verloren soll ich wieder in die Heimat kommen? In die weite Welt will ich gehn!«

Andrees reichte ihm die Hand: »Du bist dein eigener Herr. Thu', was du willst. Ich mutz gehen. Ich finde den Weg zur Stadt allein. Sagt man nicht hier zu Land: Grüß di Gott? Grüß di Gott, Heim!«

Heim hielt die Hand noch fest und wollte sagen: »Bleib' noch bei mir! Wir sind ja von Kind an die besten Freunde.« Aber Andrees wandte sich ab, und wieder, beim letzten Blick, erkannte Heim das Fremde in des andern Augen. Da ließ er die Hand los.

Eine Weile stand er vor der Thür und hörte auf die Schritte; sie kamen immer mehr aus der Tiefe. Immer ferner klang es: tipp, tapp … Nun nichts mehr … Alles still.

»So … das ist aus … ganz aus.«

Er schüttelte verwirrt den Kopf, sah über das Thal, kehrte sich um und trat, von seinen Empfindungen hin- und hergerissen, in die Hütte.

Also in die Welt hinein! Ein fahrender Mann, ein Heimatloser!

Da sah er auf dem Tisch den Brief liegen und griff danach als nach etwas, das ihm noch traut und bekannt war. Und trat wieder hinaus und versuchte in dem blassen Mondschein, der die ganze Luft erfüllte, zu lesen. Es waren einige wenige Worte, auf die Rückseite einer handgroßen Photographie geschrieben: »Mutter Strandiger sagt: Die Heiderieter haben immer das Fremde geliebt und die Heimat versäumt; aber von Heim hätte ich es nicht gedacht. Wenn wir alle Heiderieter wären, wär' das ganze Land voller Dornen und Disteln, und kein Dach wäre gebaut. Die Heide ist bis ans Fenster gelaufen und aufs Dach gesprungen. Der Heidehof wird vergeblich nach seinem Sohn rufen und die Heide nach ihrem Herrn, bis ein unbrauchbarer Mann heimkehrt, der der Heimat nichts nütze ist.«

Heim kehrte das Bild um.

»Der Heidehof! Der Heidehof!«

Er sah ihn deutlich im Mondschein. Er trat beiseite, so recht mitten in den Schein, daß die Weinstöcke ihm auch nicht einen Faden des silbernen Lichtes nähmen: »Der Heidehof! Wahrhaftig … Nein! Der Heidehof!… Nein. .. Seht doch!« Er erzählte es den Weinstöcken; er sprach laut wie einer, der am Wirtstisch leichten Herzens etwas erzählt: »Seht! Wahrhaftig, die Scheiben am Kröpel sind sämtlich eingeschlagen, das haben die vertrackten Jungs, die Banditen, gethan. Das hat sich fortgeerbt von der Zeit her, da ich es anfing… es ist ein feiner Wurf für einen Jung! Wer die richtige traf, bekam einen Piepenstummel. Ich glaube wahrhaftig, ich seh' hinter der Scheibe im Saal Telsche Spickers Gesicht. Die schalt. Wir aber saßen hinterm Wall und lachten.«

Er schüttelte staunend den Kopf. Um jedes Haar legte sich das Mondlicht und spielte mit jeder Locke.

»Ich kann lange nicht mehr durch die Thür… bei weitem nicht! Ich muß mich tief bücken, ordentlich verbeugen muß ich mich, wenn ich wiederkomme! Ich… möchte das alte Haus wohl mal wiedersehen, bloß um zu sehen, wie es aussieht… der Saal und die Grabkammer und die Küche mit dem offenen Herd, auf dem die schwarzen Pferdebohnen in der Pfanne spröckeln… Ein seines Essen! Es müssen aber Kartoffelstücke dazwischen sein, und sie müssen in Bauchspeck gebraten sein und ja, eigentlich muß der Westwind über die Heide fahren, so ein rechter nasser, kalter Westwind. Denn es ist ein Essen für Strandleute.«

»Da geht der Steig durch den Garten, und da ist die Lücke im Wall. Wahrhaftig, die Lücke ist dunkel, da wächst jetzt Heide, da geht kein Mensch mehr hindurch, um den Wald zu besuchen und den Wodansberg. Und unter der Sodenbank liegt noch immer das dritte Armband. Wer das bekommt, das möcht' ich wissen! Zweimal für Hutzliputz! Das dritte Mal für recht.«

»Wo mag der Reifen sein, den ich am Bach verschenkte? Ob der Arm noch immer so braun ist und die Augen noch immer so klar? Den Bach … möcht' ich wohl wiedersehen, da ich vor ihr lag, und die Stelle, wo sie von mir Abschied nahm. Wo mag sie sein? Wo?«

Er schüttelte den Kopf und starrte mit krauser Stirn und finstern Augen auf das Bild in seiner Hand. Das Mondlicht lag darauf. Es war ihm, als wenn ihn mit ihren treuen Augen seine Heimat ansah.

»Und bald kommt die Zeit: Dann stiegen die Wildgänse über die Heide, morgens hin und abends zurück, im dreieckigen Zug und mit mißtönigem Schrei. Hab' vergeblich mit der Büchse am Waldrand gelauert.«

»Ob's wohl möglich wär', daß in der Heimat das Gute und Starke in mir — es ist etwas in mir — zu Tage käme, was hier nicht lebendig werden will? Groß ist ihre Natur, frisch wehen die Winde, weit schauen die Augen. Dort muß wohl einer fromm und stark und fröhlich werden.«

Und plötzlich brach es mit lautem Jubel aus seiner Seele: »Ich … will nach Haus!« rief er laut. »Morgen will ich … morgen geh' ich fort!« Die Augen waren feucht, und die Stimme stieß an und stolperte über die Erregung, die in der Thür seiner Seele lag.

Er fand in dieser Nacht wenig Schlaf. Alle Gedanken, die seine lebendig gewordene Seele spannte, zielten auf das eine: Ich will nach Haus!

Am zweiten Morgen machte er sich auf, zu Fuß, den Rest seines Geldes in der Tasche, einen schwarzen Lederranzel, den er einst, vor fünf Jahren, auf St. Pauli in Hamburg gekauft hatte, über der Schulter, den Eichenstock in der Hand. So wanderte er zum letztenmal durch den Schönbuch. Im ganzen hielt er sich an den Lauf des Neckar, doch mied er größere Städte. Je weiter er kam, desto mehr wurde ihm gewiß, daß er auf dem rechten Wege war, desto fröhlicher, sicherer, mutiger wurde er. Das Gefühl einer guten, starken That hob seine Seele, machte seine Augen blank und seine Schritte stark. In diesen Tagen stiller Wanderung, stiller Einkehr, siegreicher Kämpfe, in denen die Krücke des Eichenstocks um das braune Handgelenk gewirbelt wurde, in diesen Tagen, in denen die Heimat vor ihm aufstieg, immer heller, immer deutlicher, immer schöner, immer weiter, in denen der Ernst des Lebens ihn ergriff, nachdem die Träume wie Schleier zerrissen waren, entstanden einige Strophen, die abends mit Blei in das kleine, schwarzgebundene Taschenbuch eingetragen wurden. Sie stehen hier verzeichnet, um zu zeigen, wie ihm zu Mut war.

Heimwärts

Schön bricht der Morgen an!
Es steigt die liebe Sonne auf,
Zu scheinen mir im Tageslauf.
Wohlauf: bergan!

Manch' Stunde schon verrann.
Und auf dem Weg die Sonne blickt
Und heiße Strahlen niederschickt
Und noch bergan!

Da ist die Höh' in Sicht;
Hier oben, wo die Buchen stehn,
Will ich nach meiner Heimat sehn.
Ich seh' sie nicht.

Hab' doch so fest gemeint,
Daß ich der Kirche Türmlein seh'.

Die Augen thun vom Schauen weh.
Hab' ich geweint?

Klar sinkt die Sonn' herab.
Am Himmelsthor die Engel stehn
Und auf den Wandrer niedersehn.
Es geht bergab.

Andere Strophen zeigen eine andere Art. Ihm wuchs der Mut.

Unter der Linde

Sitz ich unter der Linde und träume,
Raschelt es aus den Zweigen hernieder
Zu meinen Füßen:
Ein Blatt, das welk ist.

Ward ich traurig: Der Sommer im Glanze,
Unreif und grün das Korn auf dem Felde,
Und dieses Tote
Zu meinen Füßen?

Kommt's noch einmal von oben hernieder
Leis durch die Luft. Und steht auf der Erde
Wie hingeworfen:
Ein bunter Vogel.

Steht und wippt mit dem Schwänze und dreht sich
Zierlich und weich und neiget das Köpfchen
Hat blanke Augen,
Hat roten Kragen.

Lehn' ich still mich zurück und behaglich:
Grün ist das Korn und lang ist der Sommer,
Und bunte Vögel:
Ja – werd' ich fangen.

Am dritten Tag seiner Wanderung wollte er den Neckar verlassen und nach Würzburg hinüber gehen. Da hörte er, daß Heidelberg sich rüste, am zweiten Tag das fünfhundertjährige Stiftungsfest seiner Universität zu feiern. Da beschloß er, dem freundlichen Fluß bis Heidelberg treu zu bleiben und dann sich stracks nach Norden zu wenden. Unterwegs, auf der schönen Thalstraße, ließ er manchen Zug fröhlicher Studenten, manchen laubbekränzten Wagen, von dem bunte Tücher wehten, vorüberfahren. Er hielt sich allein, doch gab es fröhlichen Gruß und Gegengruß. Am frühen Morgen des zweiten Tags machte er in einem Wirtshaus Rast, das eine Stunde vor Heidelberg lag. Die große sonnige Stube war gedrängt voll von Gästen. Er ließ sich müde nieder, und mit seinen Gedanken in der Heimat, vergaß er sich und bestellte mit plattdeutschen Worten: »Brot unn Käs unn uck Wien!«

Da saßen seitwärts von ihm zwei frische Mädchen, deren Schuhe weiß bestäubt waren, wie die seinen. Sie waren von ihrem Vater begleitet, einem großen, ernsten Mann in Kniehosen, mit klugem Gesicht und dunklem kurzem Kinnbart. Als sie die Sprache des Fremden hörten, die sie nicht verstanden, legten sie die dunklen Köpfe und die heißen braunen Wangen aneinander und berieten über das Wer und Woher und meinten wegen des hellen Haars und der breiten Sprache, daß er wohl von Norden käme, ein Holländer oder ein Däne wäre, und zielten im Wenden der Köpfe auf ihn mit ihren Augen und schienen Neigung zu haben, noch vor Heidelberg ein artig Abenteuer zu bestehn. Der Alte fah ernst drein, trank behäbig seinen Heurigen und saß da wie einer, dem schmeckt, was er genießt, und dem es eine Kleinigkeit ist, die Zeche zu bezahlen.

Unterdes wurde Heim unter dem Feuer der lustigen Augen ein wenig warm. Und als der Alte zufällig hinausging - es wurde eine Koppel Fohlen vorüber getrieben -, da hielt er den Mädchen sein volles Glas hin und sagte lächelnd und nickend: »drink!« ... und sie nippten beide gar zierlich und kicherten und verdeckten nach Mädchenweise die Augen und sahen sich an und lachten und vergaßen nicht, nach ihm hinüber zu sehen. Und sie fanden alle drei Spaß daran, da sie verschiedene Sprache hatten, sich mit den Augen zu unterhalten. Nachher, als er aufbrach, traf er die kleinere im halbdunklen Gang, und vielleicht wäre es noch zu einer näheren Unterhaltung gekommen, wenn er sie nicht plötzlich, sich vergessend, in schwäbischer Mundart angeredet hätte, und wenn nicht die andere am andern Ende des Ganges erschienen wäre. Da lachten sie beide verlegen und gingen in die Wirtsstube zurück.

So zog er weiter, froh des kleinen Abenteuers und es in Gedanken nach allen Seiten ausbauend, in die Vergangenheit und in die Zukunft, als ein rechtes Luftschloß, mit hohen, waghalsigen Bögen, verschnörkeltem Zierat, und im goldgeschmückten Saal er und die beiden Schönen.

Je näher Heidelberg, desto mehr hörte das Grübeln und Sinnen auf. Seine Seele stand auf und stellte sich an die hellen Fenster. Der unterwegs auf den einsamen Steigen im stillen Wald ein Träumer gewesen war, wurde nun ein scharfsichtiger Zuschauer. Heidelberg war Bühne, und seine Einwohner waren die Spielenden.

Und welch eine große sonnige Bühne und welche echte und ehrwürdige Ausstattung und was für fröhliche Schauspieler! Diese alten gewundenen Straßen, diese alten Giebelhäuser, diese festfrohen Menschen in ihrer Landestracht, diese jungen, frischen Studenten, denen Festfreude und Festwein aus den Augen und auf den Wangen glänzte! Und auf dies alles herniederschauend, mit seinem erschütternden Ernst, seinen leeren Fenstern, seinen edlen Formen, stand das Schloß, gleich einem vornehmen grauhaarigen Greise, dem die rohen Feinde die glänzenden Augen ausstachen.

Und höher noch, über dem Schloß, über dem ganzen echt deutschen Bild, stand die deutsche Sonne.

Heim Heiderieter ging, wohin die Schaulust ihn trieb. Den Rundhut weit zurückgeschoben, beide Hände auf den vor sich aufgepflanzten Stock gestemmt, ließ er die bunten Festzüge an sich vorüberziehen, sein Gesicht dem Schloß zugewendet, das über den Häusern am Berge stand. Von allen, die an jenem glänzenden Tage diesen Festzug sahen, war wohl keiner tiefer erregt, fester umzaubert, als dieser einfache Student, dem zum erstenmal die Gestalten leibhaftig begegneten, die seiner Phantasie von Kindheit an erschienen waren. Als sie alle vorübergezogen waren, die bunten Gestalten deutscher Geschichte, und lauter Freude und frisches, volles, überschäumendes Leben sich durch alle Straßen ergoß, da grüßte er mit den Augen zur Ruine hinauf: »Wenn du doch noch Augen hättest, das Glück deiner Kinder zu sehen.«

Als die Dämmerung niedersank, überkam ihn der Hunger. Er hatte seit dem Morgen, da er draußen vor der Stadt etwas Brot und Wein zu sich nahm, weder an Essen noch Trinken gedacht. Heitere Musik und fröhlicher Klang von Stimmen und Gläsern führte ihn in eine Gartenwirtschaft. Er setzte sich an einen einsamen Tisch und ließ sich Abendkost vorsetzen. Als er satt war, lehnte er sich gemütlich zurück und schickte seine nimmermüden Augen wieder auf die Suche. Da saßen am nächsten Tisch Fremde, die nach der Mundart, welche sie brauchten, aus Mitteldeutschland waren, behäbige, gut gekleidete Leute mittleren Alters, Männer und Frauen, die einander ihre Festeindrücke mitteilten. Weiter zurück, mehr im Hintergrund des Garten, in dem eine Dunkelheit herrschte, welche nur durch Mond und Sterne ein wenig durchleuchtet wurde, während vorn im Garten Lichter brannten, saß um einen längeren

Tisch eine Gesellschaft junger Leute beiderlei Geschlechts. Sie waren alle Teilnehmer des Festzugs gewesen und trugen noch jetzt ihre Verkleidungen. Ihre schweren, breitkrempigen Hüte, die bunten, golddurchwirkten, schweren Gewänder, die Schwerter der Männer und die breiten, goldenen Borten an der Frauenkleidung, dazu die fröhliche, frische Unterhaltung, darüber das Mondlicht zwischen den Bäumen, das alles gab ein Bild, das Heim Heiderieter still und lange mit offenkundigem Behagen betrachtete.

Es währte nicht lange, da fiel sein Beschauen der Gesellschaft auf. Fröhliche Menschen, wie sie waren, und aus Mitleid mit seiner Einsamkeit und weil er so zufrieden und vergnügt drein schaute, auch mochte seine stattliche, junge Kraft und sein frisches Gesicht mit dem krausen Haar und Bart den Frauen gefallen, schickten sie nach kurzer Beratung den jüngsten Landsknecht, einen schmucken Jungen, zu dem Fremden hinüber, unterließen auch nicht, mit Händen und Krügen und Gläsern zu winken. Da ging Heim hinüber und setzte sich unter sie und war, dank des Festrausches, der auch ihn erfaßt hatte, fröhlich mit den Fröhlichen. Und alle sahen gern in sein strahlendes Gesicht, das vom Licht des Mondes hell beschienen ward.

Ihm gegenüber saß eine vornehme Bürgerin aus der Zeit der Gründung der Universität, im Unterkleid von blauer Seide, in weitem, hellem Obergewand, mit goldener Borte besetzt. Die hohe Haube, welche sie im Festzug getragen, war ihr am Abend lästig geworden; sie trug ein leichtes Tuch um den Kopf, das in lebhaften türkischen Farben leuchtete. Man konnte mutmaßen, daß dies Tuch sich von den Kreuzzügen her auf dem Boden der Eichentruhe gefunden hatte und zu Ehren des Tages hervorgeholt war. Sie schien, ihre Rolle fortsetzend, ein Vergnügen darin zu finden, sich in steifen, altmodischen Redewendungen zu ergehen und ihre Züge durch das vorgeschobene Tuch zu verbergen, dessen Schatten über Stirn und Augen fiel. Sie war eine hohe, volle, sehr stattliche Erscheinung und trug die prächtige Gewandung mit all der Sicherheit und mit der großartigen und doch bequemen Haltung, welche dazu gehört. Neben ihr saß ihr Partner in seiner, silber- und goldgezierter Schaube und dunklem Barett; aber es gelang ihm nicht, ihr gleich zu scheinen. Seine Gestalt blieb trotz all seines Strebens, sich aufzurichten und eine gewisse stattliche Haltung zu gewinnen, dick, kurz und gewöhnlich, und er spielte neben der hoheitsvollen Erscheinung seiner Genossin eine untergeordnete, fast komische Rolle. Heim Heiderieter, von den andern nicht viel in Anspruch genommen, sah zu ihr hinüber, so oft er meinte, daß sie, in die Unterhaltung hineingezogen, seine Blicke nicht bemerkte. Aber er erkannte, daß auch sie auf ihn achtete. Doch lag es ihm sehr fern, diese vornehme Dame, die ihn mit zusammengezogenen Brauen aus dunklen Augen ansah, anzureden.

Da traf es sich, daß die eine Hälfte der Gesellschaft sich in besonders lebhafter Unterhaltung nach der einen Seite wandte, die andere nach der andern. Da legte die stolze Dame beide Arme auf den Tisch und fragte leise und doch mit einer Stimme, aus der Interesse, vielleicht Schelmerei klang: »Darf man den Fremdling nach seiner Heimat fragen?«

Er sah sie mit seinen blitzenden, tiefen Augen an und sagte im selben Ton: »Von meinem Hause aus seh' ich über das Meer.«

Sie beugte sich noch weiter vor und sagte rasch: »Die Nordsee?«

»Ja!« sagte er. »Nach Osten ist die Heide, nach Westen die Nordsee.«

»Heide und Meer! Wie schön!... Aber kein Wald? Gar kein Wald?«

Er meinte zu hören, daß ihre Stimme zitterte, aber er konnte von ihrem Gesicht nur leichte Linien sehen und von ihren Augen nur zuweilen einen dunklen Glanz, wenn sie den Kopf im Sprechen seitwärts wandte.

»Auch Wald!« sagte er. »Am Rand der Heide!«

»Aber keine Berge, keine Bäche?...Ich will sagen...«

Er lächelte und sagte: »Einen Bach haben wir auch, ganz klein ist er.«

»Moos an den Seiten und silberweißer Sandgrund? Das ist köstlich.«

»So ist es!« sagte er fröhlich.

Sie schwieg eine Weile. Er wartete auf eine neue Anfrage. Gar zu gern hörte er diese weiche, tiefe Stimme, die zierliche Sprache dieser Gegend aus diesem Mund. Aber sie saß nachdenklich und bewegungslos. Ihre Hand lag fest um den Krug, der vor ihr stand.

Er blickte sie fragend an.

Da sah sie wieder auf und sah ihn an, und es war ihm, als wollte sie ihm in die Seele sehen, so lange verharrte sie still und unbeweglich. Deutlich erkannte er den feuchten Glanz ihrer Augen.

»Gehen Sie in die Heimat?« fragte sie leise, »oder kommen Sie daher?«

»Ich reise dahin.« Und nach der Weise zutraulicher Menschen und geneigt, nach langem, einsamem Wandern sich mitzuteilen, sagte er: »Ich wohnte in Tübingen und bekam plötzlich Heimweh und habe mich gleich aufgemacht, immer zu Fuß« – er sah auf seinen Stock und schüttelte ihn - »und wenn ich nun daheim angekommen bin, will ich auf einem kleinen Heidehof ein Landmann werden wie meine Väter.«

Sie schwieg eine Weile; dann nahm sie die Hand vom Krug und sagte mit leisem, klingendem Lachen: »Nicht die Heide allein zieht den Fremdling in die Heimat und der Bach und das Meer, sondern auch das Mädchen, die Braut!«

Er schüttelte lächelnd den Kopf: »Es wird dem Heidehof Mühe machen, mich allein zu nähren. Ich bin in der Fremde nicht reich geworden und in der Heimat arm.«

»Man ist reich, wenn man ein freundliches Herz hat. Was Sie draußen gesehen und erfahren haben, das müssen Sie nicht verschließen, wie viele thun, sondern es ausgeben. Freundlich muß man sein, Interesse muß man haben, dann ist man reich. Wissen Sie, daß ich Sie heute nachmittag schon gesehen, als wir durch die Stadt zogen? Sie trugen den Hut noch weiter im Nacken als jetzt, und es hat mich gekränkt, daß Sie mich nicht ansahen, sondern nach dem Schloß hinaufblickten. Sehen Sie, darum hab' ich Sie rufen lassen, als ich Sie dort am Tisch sitzen sah; ich hatte Interesse an Ihnen, mein Herr.«

»Sie hatten Mitleid mit mir.«

»Ja! Ich dachte: es ist schade. Der sieht aus, als wenn er sehr fröhlich sein könnte, und noch etwas anderes hab' ich gedacht...«

»Es war ein schöner Tag!« sagte Heim begeistert. »Aber der Abend war durch Ihre Güte noch schöner. Ich danke Ihnen.«

Die Gesellschaft erhob sich und machte sich auf. Der dicke Patrizier achtete in lebhafter Unterhaltung nicht auf seine Dame. Sie waren allein zurückgeblieben.

»Sie dürfen mich bis an das Ende des Gartens begleiten,« sagte sie, »mein Vetter hat mich vergessen und verlassen.« Und zu ihm aufsehend, meinte sie: »Sie hätten heut' am Zug teilnehmen sollen. Solche Gestalten, wie Sie sind, hatten wir nicht viele.«

»Wo hätten Sie mich hingestellt?« Ihm wuchs der Mut.

»Wo Sie jetzt gehen! Wir wären wohl ein stattlich Paar gewesen. Meinen Sie nicht auch? Seien wir es bis ans Ende des Gartens.«

Sie legte ihren Arm in den seinen, und er ging neben ihr. Es war das erste Mal in Heims Leben, daß er eine Dame am Arm führte, und er schritt stolz und sicher; denn dies war ja wieder einmal Leben, Wirklichkeit. Solange die andern dagewesen, war er aus der Verlegenheit nicht ganz herausgekommen, jetzt war ihm froh und leicht, jetzt fuhr ihm die Festfreude leicht und feurig durch die Glieder. Jetzt ging er mit dem Fest Arm in Arm.

Der Garten stand durch einen dichten Baumgang mit einer zweiten Straße in Verbindung. Durch diesen Baumgang gingen sie jetzt, beide schweigend, beide erregt. Keiner wagte etwas zu sagen, weil er fürchtete, er möchte durch ein unpassend Wort, durch einen Gedanken, welcher der Seele des andern in diesem Augenblick fremd war, das zarte Gewebe zerreißen, das Traumland und Wirklichkeit trennte.

Da, wo der Baumgang ein Ende nahm, und die Lichter der Nacht ein wenig durch die Blätter schienen, blieb sie stehen.

Und da fanden sich ihre Hände.

»Grüß' die Heimat!« sagte sie, »und die Heide und den Bach und den Wodansberg und deine ganze Jugend.«

»Was weißt du vom Wodansberg?«

»Du sagtest es...«

»Geh' nicht fort von mir. Schenk' mir noch eine einzige Stunde ... Noch niemals war mir eine so vertraut und lieb wie du.«

»Noch niemals?«

»Nein, niemals ... Ja, ein Kind einmal ... das ist lange her. Die gehörte auch zu mir. Die hatte ein Herz wie deines. Es ist lange her. – Bleib' bei mir! Alle meine Gedanken sollen bei dir sein... Der Mond ist dein Wächter.«

»Ich trau' dir schon. Alles Gute trau'ich dir zu. Aber ich kann nicht, muß nach Haus. Grüß di Gott.«

»Ich halte dich fest.«

»Komm her!« Und bevor ihm klar ward, was sie wollte, hatte sie sich an ihn gedrängt und ihn herzlich geküßt. Dann hielt sie ihn zurück und stand gleich hinter der Pforte und sagte: »Ich bitte, denk' nicht schlecht von mir.«

Heim Heiderieter lehnte noch eine Stunde an der Pforte und sah die dunkle Straße auf und nieder.

In derselben Nacht zog er weiter nach dem Norden, mit glücklichen Augen.

Je weiter er wanderte, desto deutlicher zeigten sich wieder die alten Bilder, die einst dem Knaben erschienen waren, der im Heidekraut träumte. Aber sie hatten sich verändert. Es waren nicht mehr fremde Gestalten; sie kamen nicht mehr aus der Fremde, sie zogen auch nicht in die Fremde, große Thaten zu verrichten; sondern es waren Kinder der Heimat, die der Heimat zu dienen suchten, ihrer Not sich erbarmten und an ihrem Glück sich freuten. Sie ritten über die Heide und stellten die erste Hütte an ihrem Rande auf, im Angesicht des Meeres, und sie stiegen den Abhang hinunter, neues Land zu erobern. Deiche wurden gebaut und vom heulenden Sturm zerrissen. Aber sie verzagten nicht; sie gingen wieder an die mühselige Arbeit, bis weit ins Watt das grüne Land sich dehnte.

So war der Wanderer schon in der Heimat, träumte im Heidekraut, wanderte durchs Watt und wähnte, über alles Fremde und Unwahre in seiner Seele Herr geworden zu sein.

Als er, den Harz zur Rechten, nach Hildesheim hinunterstieg und die weite Ebene vor sich sah, faßte ihn die Ungeduld. Er gab das Wandern auf und fuhr mit der Bahn nach Norden.

Abends mit dem letzten Zug kam er in seine Stadt und ging durch die dunklen Straßen nach dem Markt hinauf. Aber ohne den Entschluß zu fassen, bog er bald rechts ab und stand an dem eisernen Gitter und starrte über den Turnplatz auf das hohe, stille Gebäude des Gymnasiums und ging in Gedanken nach dem Markt. Da an der Südseite? Was läuft da mit langen Schritten und verschwindet in der nachtschwarzen Papengasse? Heim steht und horcht.

»Still! Das war ein Sekundaner! Zu meiner Zeit hatten sie Hosen an, die ihnen zu kurz waren. Das ist anders geworden. Aber dies ist geblieben: er verschwand in dieselbe Thür, in die vor acht Jahren Heim Heiderieter verschwand.«

»So will ich heute zum letztenmal ein leichtsinniger Mensch sein.« Und Heim ging hinter dem Sekundaner her in die Papengasse.

In der Freude des Heimatsgefühls blieb er bis nach Mitternacht. Gegen Morgen - es war eine stille, schöne Augustnacht - kam er durch sein Heimatdorf. Er ging, den Kopf gesenkt, die Stirn kraus; der Stock stieß hart auf die Steine.

Das ist das alte Haus.

Der eiserne Klopfer schlug hart gegen die Thür.

»Telsche Spieker, wach auf! Ich bin wieder da!«

»Wer denn?«

»Heim Heiderieter.«

Eine Weile ward es still.

Im Osten überm Wald erschien langsam das erste Morgenrot; der alte Pellwormer, der Nachtwächter, der so sehr stottert, machte vom Strandigerhof her, am Wehl entlang, seinen letzten Gang und sang mit seiner schönen, hellen, etwas zittrigen Stimme:

Dee Klock hett veer slahn.
Beer hett dee Klock:

Der Tag vertreibt die finstere Nacht.
Ihr lieben Christen! Seid munter und wacht
Und lobet Gott den Herrn!

Zweites Buch

Telsche Spieker trat mit der Lampe, die sie in der Küche in Ordnung gebracht hatte, an den Schreibtisch: »Soll ich sie anzünden?«

Heim hob den Kopf und sah mit verständnislosen, großen Augen vom Buch auf: »Anzünden?«

»Sieh' mich nicht so dumm an, Heim! Ich will dich nicht anzünden, auch nicht dein stolzes Haus, nur diese Lampe.«

»Ja, Telsche, wenn du meinst?«

»Du kommst wohl weit her? Woher stammt das alte Schweinsleder, über dem du Sehen und Hören vergißt? Vier Wochen bist du jetzt zu Haus und sitzt und starrst in das dumme Buch.«

»Es ist ein altes Kirchenbuch, Telsche, Respekt davor! Glaubst du wohl, daß das Watt da draußen schon bebaut gewesen ist? Da haben Häuser und Kirchen gestanden, Telsche, da draußen im Watt unter den hohen Wellen. Ungefähr da, wo jetzt Flackelholm liegt, da muß die Kirche gestanden haben: St. Andreas-Kapelle.«

»Nun, und?« sagte Telsche. »Was geht dich die alte Kirche an, die unter den Wellen liegt? Kümmere du dich um die Kirche, die mitten im Dorf steht. Da gehst du nicht hin!«

»Ich geh' doch zuweilen in die Kirche, Telsche!«

»Ja, du gehst. Ich glaube aber, du gehst mehr, um zu sehen, als um zu hören. Um Ingeborg Landt zu sehen, darum gehst du in die Kirche.«

»Das ist eine schwere Anschuldigung!« sagte Heim und stand langsam auf und ging auf sie zu. Er sah sie finster und starr an; in den Winkeln der Augen zuckte Schelmerei.

Da verließ sie eilend die Stube.

Bald darauf trat Ingeborg Landt in den Saal. Hinter ihrer schlanken Erscheinung zeigte sich Telsche Spiekers kleinere, breitere Gestalt.

»Siehst du?« sagte Telsche. »Dabei versitzt er nun die Zeit. Tags stapft er durchs Watt, abends durch die alten dummen Bücher. Vier oder fünf Stunden hat er gepflügt. Heute nachmittag kam er aber schon um vier wieder. Da sagte er, er könnte es nicht mehr aushalten, seine Gedanken ständen vor langer Weile auf dem Kopf. Seine Gedanken! Was das wohl für Gedanken sind! Faulheit ist es! Und wir haben noch zwei Morgen Kartoffeln in der Erde.«

»Wo ist der Knecht?« sagte Ingeborg. »Das jährige Kalb hat sich losgerissen, und der naßkalte Wind weht in den Stall. Kannst du gar nicht ein wenig nach deinem Haushalt sehen, während Telsche mit dem Knecht auf dem Felde ist?... Du solltest wenigstens zuhören, wenn man mit dir redet.«

»Siehst du? Siehst du?« sagte Telsche. »Er liest schon wieder.«

»Ich lese nicht, Ingeborg; ich schlage nur die Augen nieder.«

Da nahm Telsche Spieker sich des Schelmen an, wie sie immer that, wenn er angegriffen wurde: »Laß ihn man, Ingeborg! Wir machen ihn doch nicht anders, als er ist. Er ist wie sein Vater. Der hatte auch mehr Interesse für Bücher als für den Kuhstall.«

Heim hob den Kopf: »Das war ein verständig Wort, Telsche.«

»Ja,« sagte Ingeborg, »wenn du nur was Ordentliches fertig bringst. Was treibst du da?«

»Liebes Kind!«

»Ich bin nicht dein ›liebes Kind‹! Mit welchem Gesicht er das sagt, Telsche!«

»Ich wollte sagen: Ich muß mich erst an die neue Lebensart gewöhnen. Wenn einer gestern auf der Universität war, kann er doch nicht heut' den ganzen Tag in den Kartoffeln liegen!«

»Wenn einer fünf Jahre lang faul gewesen, darf man annehmen, daß er vor Eifer brennt, zu arbeiten.«

»Liebe Ingeborg!«

»Still! Was arbeitest du?«

»Ich will die Geschichte dieser Gegend, unserer Heimat, kennen lernen und besonders die Geschichte ihrer ersten Besiedelung.«

»Ich möchte wissen,« sagte Ingeborg rasch, »was das für einen praktischen Zweck hat. Es ist doch gleichgültig, ob zuerst dieser Koog eingedeicht würde oder jener. Und Liebhabereien, weißt du, die treibt man nach Abendbrot oder am Sonntagnachmittag.«

Heim wiegte den Kopf hin und her: »Ach, Ingeborg! Praktischer Zweck! Die Wissenschaft ist um ihrer selbst willen da.«

»Unsinn! Wenn sie mir oder meinem Nachbar nichts nützt, kann sie mir im Mondschein begegnen!« Sie trat an den Schreibtisch und blätterte achtlos in dem alten Protokoll. »Du mußt eine Geschichte der Landschaft schreiben, oder« ... sagte sie und sah ihn mit den großen, grauen Augen an, als säh' sie ihn zum erstenmal und wunderte sich über diese Erscheinung: »Mensch, du bist so kraus wie dein Haar. Ich glaube, du könntest so was wie einen Roman schreiben, einen historischen. Er würde freilich Auswüchse haben, aber die schneiden wir ab, Frisius, Telsche und ich.«

Er schlug mit der Hand schwer auf den Tisch: »Wer weiß, Ingeborg, was noch werden mag! Das Kartoffelaufkriegen, weißt du...«

Da ging die Thür, und Maria Landt trat herein und sagte: »Andrees kommt morgen!«

»Andrees?! Andrees?!« Die beiden am Schreibtisch waren aufgestanden und sahen auf die Erscheinung in der Thür.

Maria trat in ihrer ruhigen, weichen Weise näher, eine dunkle Schönheit mit kräftigen Formen, während Ingeborg größer und schlanker war. Hinter ihr her war der kleine, vierjährige Fritz Witt in den Saal getreten.

Ingeborg trat ihr rasch entgegen: »Hat er geschrieben? An dich?«

»Ja, er kommt morgen!« sagte sie in ihrer unsicheren Art. »Er bringt Franz Strandiger und dessen Schwester und Mutter mit.«

Heim wunderte sich und grübelte; Ingeborg aber sagte plötzlich aus tiefster Seele: »Nun bin ich neugierig!«

»Du, Heim!« sagte Maria, »ich habe den kleinen Fritz mitgebracht. Er ist sonst immer so gesund; nun hat er mit einem Male Ausschlag. Sieh' mal!« Sie kniete neben dem Kleinen nieder und zog ihm die vielgeflickte Jacke aus. Dann schob sie das Hemd von den Schultern. Das alles that sie mit einem stillen Ausdruck in dem blassen Gesicht und mit geschäftigen Händen.

»Da! Siehst du? Das geht fast den ganzen Rücken hinunter. Die Wirtschafterin meint, es ist eine Art Schorf oder Flechte.«

»Es ist entschieden Flechte, Maria.«

»Dann müssen wir Salbe haben, oder vielmehr, wir müssen eine machen.« Sie sah in Gedanken vor sich hin: »Das ist so traurig,« sagte sie. »Wir haben Ärzte und Apotheken genug, aber die große Zahl der kleinen Leute leben so hin in ihren Krankheiten und Gebrechen, weil Arzt und Arzeneien zu teuer sind. Wie viele könnten geheilt, fröhlich und stark werden. Nun müssen wir Quacksalber spielen, so ungern wir es thun. Was meinst du, Heim?«

»Wir müssen Holzkohlenteer nehmen.«

»Ja, das meine ich auch. Als Ingeborg klein war, hatte sie Flechten, da wurde ein Arzt gefragt, und es gab eine seine, bunte Schachtel, eine rechte Apothekerschachtel.« Sie schüttelte traurig den dunklen Kopf. »Es ist eine verkehrte Welt. Die Ärzte lernen mit Unterstützung des Staats, das Volk aufzuklären, Krankheiten zu heilen. Wenn sie es aber gelernt haben, dann liegen die Verhältnisse so, daß ihre Kenntnisse für einen großen Teil des Volks schwer zugänglich sind um des elenden Geldes willen.«

»Telsche, den Teereimer!«

Telsche schrie aus der Küche: »Den Teereimer?«

»Nun werd' ich schwarz,« sagte Fritz.

Die andern lachten. Maria aber behielt ihr stilles Gesicht. Keiner erinnerte sich, Maria Landt fröhlich gesehen zu haben. Sie war immer schön, still, freundlich, aber nie fröhlich.

Als sie den Kleinen ausgezogen hatten, teerten sie ihn. Heim wollte es besorgen: »Du kriegst schwarze Finger, Maria.« Aber Fritz hatte kein Zutrauen: »Du kannst es nicht.« Und Maria sagte: »Ich will es selbst.« Dann brachten sie ihn nach der Küche, damit er neben dem Herde trocknete. Ingeborg war fortgegangen. Nun machte sich auch Maria auf.

»Gehst du mit. Heim? Frau Witt ist wieder recht schwach.«

»Die Witts haben immer Unglück,« sagte Telsche kurz. Telsche mochte die Witts nicht leiden, besonders die Frau nicht.

Maria hörte nicht auf sie: »Sie hustet stark, und mit Antje ist nichts anzufangen. Sie wird immer wunderlicher.«

»Es liegt an den Jahren,« sagte Telsche, »sie hat die Vierzig erreicht.«

»Sie redet immerfort von Andrees, der soll ihr helfen. Es ist ein Elend!«

»Ich geh’ mit dir, Maria.«

Sie traten zusammen in Reimer Witts Haus. Es war das erste im Eschenwinkel; gleich am Fuß der Düne stand es, unterhalb des Heidehofs. Als sie wieder heraustraten, wollte Maria ihrem Begleiter die Hand zum Abschied geben.

»Ich geh’ mit dir bis zum Strandigerhof.«

Mit gesenktem Haupt ging sie neben ihm her. Es war ein nasser, nebliger Septemberabend. Er sah in der Dämmerung auf ihrem unbedeckten dunklen Haar die hellen Wassertropfen. Sie war, so lange er sie kannte, der Gegenstand seiner brüderlichen, ehrerbietigen Liebe gewesen, und sein weiches Herz hätte ihr gern geholfen; er wußte aber nicht – niemand wußte es –, was auf ihr lastete. Es war wohl kein bestimmtes Ereignis, was sie so still machte; es war von Kind an in ihr. Der beständige Umgang mit Frau Strandiger mochte das seine dazu gethan haben. Ingeborg war zu Pastor Frisius und Lehrer Haller gesprungen und über die Heide gelaufen, daß ihr langes Haar hinter ihr drein flog; Maria aber hatte bei der stillen Frau gesessen, deren Augen erblindet und deren Lebensmut in jenen Stunden gebrochen war, da sie den Tod ihres Mannes ertragen mußte. Maria war so still und so tief wie das Wasser des Wehls und so schwach und weich wie die Weiden am Wehl. Sie hatte sich nach der Richtung hin weiter entwickelt, die Andrees nicht leiden mochte, damals, als sie Kinder waren.

Der Westwind, der müde Wattläufer, stieg mit schweren Wasserstiefeln ans Land und ging, leise vor sich hinsingend, an ihnen vorüber. Es war ein traurig Lied, das er sang. Andrees wird Maria Landt erst recht nicht leiden mögen, wenn er nun wiederkommt.

Da war eine Lücke in den Weiden und ein Steg zum Wasserholen.

Damals, beim Deichbruch, sind auch weiße Meerfrauen ins Land getrieben, vom Sturm erschreckt, kraftlos gemacht und wider Willen nach vorn geworfen. Sie haben sich hoch aufgebäumt – man hat sie deutlich gesehen –, aber sie haben doch mit über den Deich gemußt. Als dann über Nacht der Wind umsprang und das Wasser aus dem Lande jagte, da konnten sie nicht wieder zurückkommen. Zu eng war die Öffnung, und nur auf hoher, schäumender Welle gleitet die Meerfrau. Also blieben sie in dem Wehl. Manches Mädchen haben sie erschreckt, die, Wasser holend, in der Dämmerung aus den Weiden trat. Laut schreiend warf sie die Eimer hin und kam erst wieder in Begleitung dessen, dem sie vertraute, daß er sie genügend schützen würde. Eine aber, da sie sich bückte, um das Wasser zu schöpfen, sah das todtraurige Gesicht der Frau. Ein Schwindel erfaßte sie, eine Begier, sagt man, sie zu umarmen, mit ihr zu weinen. Sie stürzte vornüber und ertrank.

Maria schaute zwischen den Weiden durch in das Wasser. Ihr Schritt ging wie tastend hin und her, und es war, als wollte sie stehen bleiben. Da berührte Heim ihren Arm: »Du mußt dich aus den Träumen reißen, Maria.«

Sie hob den Kopf nicht und ging weiter und that, als hätte sie sich aufgerafft, aber sie hielt den Kopf seitwärts und hörte auf das Flüstern und Reden im Schilf. »Andrees kommt heut’ abend,« sagte Heim leise.

Sie neigte wieder den Kopf: »Ich denke daran. Aber ich wollte dich fragen: Was meinst du, muß Reimer Witts Frau sterben?«

»Ja, Maria! Das weißt du. Du hast schon manchen Kranken und Sterbenden gesehen, so jung du bist. Du weißt, daß sie sterben muß.«

Sie holte schwer Atem, und ihr Gang wurde langsam: »Sie hat nichts vom Leben gehabt, gar nichts.«

»Doch, Maria! Ihre Jugend, ihre Liebe, ihre Kinder. Wir müssen mit wenigem zufrieden sein.«

»Aber die einen haben nichts als Lachen, Glück und Fülle, und die andern...«

»Der Schein trügt oft, Maria ... Im übrigen ist es wohl Gottes Wille.«

Sie schrak zusammen: »Das kann nicht sein; Heim. Es ist sicher gegen Gottes Willen. Als Gott die Welt schuf, sagte er: ›Es ist sehr gut.‹ Jetzt ist es nicht sehr gut. Man kann es nicht verstehen, und es ist schwer zu tragen.«

Er faßte nach ihrer Hand; »Du mußt dir solche Gedanken nicht machen, Maria, du bist zu jung, nicht viel über zwanzig, und gesund, und wir haben dich alle lieb. Sieh' mal, Ingeborg hat sich viel unter Menschen bewegt, hat manche Stunde bei Haller und Frisius verkehrt, ist auch dann und wann in die Stadt gefahren – wir haben ja nun den Bahnhof in der Nähe –, nun hat sie helle Augen und ist fröhlich und kann lachen, wie es für ihre achtzehn oder neunzehn Jahre paßt. Du aber sitzt immer bei Tante Strandiger, die schwach und mutlos und voll trauriger Erinnerungen ist. Komm recht häufig zu uns, Maria, zu Haller und Frisius und mir!«

Sie schüttelte den Kopf: »Ich kann nicht fröhlich sein. Ich muß immer an alle und an alles denken, an die Kranken und die Traurigen und die Toten. Ich sehe alles im Leid, und mir ist, als wenn ich nicht in mir wäre, sondern draußen auf der Wanderung, die Traurigen zu besuchen. Bei Reimers Frau bin ich; die ganze Nacht höre ich ihre Stimme. Ich denke, was sie denkt. Jedes der Kinder liegt mir am Herzen. Ich wundere mich, daß ich nicht auch huste wie sie, so mühselig, so krampfhaft. Auch an Andrees denk' ich.«

»Was denn, Maria?«

»Das geht nicht gut, Heim. Ich weiß es. Seine Briefe an seine Mutter sind so leer. Und er bringt die anderen mit. Erinnerst du noch das Bild von Lena Strandiger, auf dem sie mit den weißen Zähnen lacht? Hinnerk Elsen ist nach der Stadt gefahren, sie zu holen. Sie können bald hier sein. Was wird das werden?«

»Es ist dieses trostlos trübe Wetter, kalt und naß, das macht dich mutlos.«

Zwischen den beiden ersten Ulmen, mächtigen alten Bäumen, blieb sie stehen: »Vielen Dank, Heim! Ich freue mich, daß du wiedergekommen bist. So wie du weggingst, bist du wiedergekommen. Geh morgen wieder zu Reimers Frau! Hörst du, Heim? Vergiß es nicht. Es thut ihr gut. Du bist so fröhlich.«

Da ging er langsam, in trüben Gedanken, den Weg zurück. Die naßkalte Dämmerung hatte auch nach seinem Herzen gegriffen.

Maria stand noch eine Weile. Die Hand gegen den Baum gelehnt, sah sie nach dem Wehl zurück. Sie sah nur den hellen Rand und glaubte zu hören, wie die kleinen Wellen und das Reth rauschten. Da löste sie ihre Hand langsam, widerwillig vom Stamm und ging den Weg zurück. Sie bog die nassen Weidenzweige sorgsam beseite und ging hinunter und stand auf dem Steg. Zu beiden Seiten standen wie Menschen an einer Pforte die vielen geraden Rethhalme und steckten die Köpfe zusammen: »Ja,« sagte sie, »gut geht das nicht. Er ist hochmütig und hart geworden. Es saß schon damals in ihm, als er noch bei mir war.« Sie ließ sich auf ein Knie nieder und saß so, sich seitwärts an den Holzpfahl lehnend, auf dem der Steg ruhte. Und wie sie so saß, vergaß sie die Kälte und die Dämmerung und ging träumend, grübelnd den Weg ihrer Kindheit.

Drinnen saßen in weichen Wagenkissen Andrees, Lena und Franz. Frau Strandiger, ihre Mutter, wollte in wenigen Tagen nachkommen. Die Scheiben klirrten leise; ein feiner Wohlgeruch war durch den ganzen Raum gedrungen. Lena Strandiger drückte ihre feinen Glieder und ihren schwarzen Kopf in die Polsterung und sah aus halbgeschlossenen Augen auf Andrees. Der grübelte still vor sich hin.

Draußen auf dem Kutschersitz, in Nebel und Nässe, saß Hinnerk Elsen und sann, so weit es sich mit seiner Gewissenhaftigkeit als Mensch und Kutscher vertrug, über die Zeit nach, da er mit Andrees in den Sandlöchern am Heiderand oder im Schlick des Vorlands gespielt hatte.

Es waren aber alles ruhige, ebene Gedanken. Hinnerk Elsen ist nur zweimal in seinem Leben aus der Fassung gekommen.

Im Wagen erzählte Franz von den letzten Jahren, die er als zweiter Verwalter auf einem posenschen Gut zugebracht hatte. Sein kurzgeschorener, bedeutender Kopf begleitete seine Auseinandersetzungen mit gemessenen Bewegungen. Zuletzt sagte er: »Du, mein Freund, hast kein Interesse für dein Land! Du solltest den ganzen Besitz verpachten. Dein Verwalter wird auch alt.«

»Ich habe es auch gedacht, Franz. Aber so lange Mutter lebt, wird es schwer gehen. Sie kann es sich gar nicht anders denken, als daß ich den Hof übernehme.«

»Dann wolltest du hier leben?« fragte Lena. »In dieser Einsamkeit? Du? Wie lange denkst du das auszuhalten?«

Er sah mit unsicherm Blick auf die Sprechende, die sich so nachlässig in die Polster zurücklegte: »Nun, ich brauchte ja nicht immer hier zu sein. Ich könnte wochenlang verreisen.«

Die beiden Geschwister sahen sich an: »Er ist ein Starrkopf!« sagte der Blick des Bruders. Aber die weichen, dunklen Augen der Schwester spotteten: »Es ist eine Kleinigkeit für mich!«

»Draußen erscheinen Lichter,« sagte Lena und hob ein wenig den Kopf.

»Das Dorf!« Nach einer Weile sagte er: »Hier rechts kommt die Schule.« Dann beugte er sich plötzlich gegen die Scheibe: »Da, wahrhaftig! Da sitzt Heim Heiderieter bei der Lampe am Schreibtisch! Das sieht gemütlich aus!«

Jetzt fuhren sie die Düne hinunter.

»Was sind das für Häuser zur Rechten?«

Andrees mußte sich aus sonderbaren Träumen reißen: »Ach, du weißt doch! Der Eschenwinkel. Es war eine endlose Schreiberei wegen der Häuser.«

»Ich sage dir: Verpachte das Ganze!«

»Sieh da! Der Wehl! Die Weiden stehen hoch.«

Maria Landt schrak vom Steg auf: »Da ist er!«

Sie dachte nur an Andrees.

Der Wagen kam zwischen den Ulmen hervor. Der Kies knirschte. Ingeborg stand in dem Zimmer, das rechts von der Hausthür liegt, in welchem der junge Hausherr wohnen sollte. Sie lehnte die Schulter fest gegen das Fensterkreuz und hatte das Bild von Lena Strandiger, das mit den weißen Zähnen, dicht vor den Augen und beobachtete es mit gerunzelter Stirn und zusammengekniffenen Augen. Sie dachte nur an Lena Strandiger.

»Da ist sie.«

Sie saßen in dem gemütlichen, großen Wohnzimmer, das gegenüber der Thür liegt, Andrees und seine Mutter und Franz und Lena. Ingeborg war einen Augenblick im Flur aufgetaucht und hatte die Gäste mit einem kurzen, hochmütigen Nicken ihres blonden Kopfes begrüßt. Als sie aber sah, wie Mutter Strandiger weinend in den Armen ihres Sohnes lag, war sie die Treppe hinaufgeeilt und war noch nicht wieder zum Vorschein gekommen. Maria war nach dem Eschenwinkel gerufen worden.

Die Einrichtung war einfach, altmodisch; aber es war gemütlich in dem großen, behaglichen Raum mit den mächtigen Deckbalken, dem großen, weißen Kachelofen und den drei hohen Fenstern. Und Frau Strandiger mit den unsicheren Bewegungen – sie war damals schon fast blind –, in dem schwarzen Wollkleid, paßte da gut hinein.

»Ich habe alles gelassen, Andrees, wie es war, draußen und drinnen. Du bist nun Herr. Ich bin mit Maria und Ingeborg in den Stock gezogen. Hier unten sollst du walten.«

Sie schwiegen alle.

Dann sagte Andrees beiläufig: »Lena hat ja einen guten Geschmack, Mutter. Die kann ja etwas ändern, wie es ihr scheint.«

»Es kommt ja auf ein paar tausend Mark nicht an,« sagte Franz mit kurzem Lachen.

»Nein,« sagte Andrees, »die wären wohl über.«

»Maria meint,« sagte Mutter Strandiger mit ihrer ausdruckslosen Stimme, »du müßtest zuerst etwas für den Eschenwinkel thun.«

Franz warf Andrees einen kurzen, spöttischen Blick zu und trat ans Fenster. Gleich darauf kam seine Schwester zu ihm.

»Es ist langweilig,« sagte sie, »langweiliger als ich mir dachte. Man kann kein verständig Wort mit dieser guten Frau wechseln. Wenn man keine Augen mehr hat?! Und die Mädchen scheinen keine Idee von Lebensart zu haben. Ich habe keine Lust, mich wegen deines Planes in diesem öden Haus zu langweilen, und habe Neigung, bald wieder abzufahren.«

»Und was willst du dann? Wovon willst du leben? Weiter von der Abhängigkeit des Onkels, unter der wir stehen, so lange wir denken können? Warte noch vierzehn Tage oder vier Wochen, dann quält ihn diese Öde und Eintönigkeit. Dann reist du mit ihm in die weite Welt, und ich pachte den Strandigerhof. So ist uns beiden geholfen.«

»Aber dein Plan hat Gegner.«

»Gegner?« Er warf einen Blick durchs Zimmer. Frau Strandiger war hinausgegangen. Aber im Thürrahmen standen plötzlich zwei Gestalten, die sahen aus wie Gegner.

Es war ein hohes, blondes Mädchen und eine starke, kräftige Arbeiterfrau von etwa vierzig Jahren, mit dunklem, sonnverbranntem Gesicht und blanken, hilflos flackernden Augen.

»Guten Abend, Andrees!« rief Ingeborg mit ihrer klingenden Stimme. »Hier bring' ich dir Antje Witt. Sie kann es nicht aushalten, dich zu sehen.«

Antje Witt blieb ängstlich an der Thür stehen und wendete Kopf und Augen hin und her.

»Nun sag' deinen Spruch, Antje!« mahnte Ingeborg.

»Guten Abend, Andrees, guten Abend! Du weißt, was für ein Unglück ich habe … seit über zwanzig Jahren.«

»Ich weiß!« sagte Andrees, »seit dem Tage von Gravelotte. Kannst du dir das nicht aus dem Kopf reden?«

»Ja, Andrees, siehst du … du siehst so fein aus, und ich habe dich doch auf dem Arm gehabt, damals vor dem Krieg, als ich hier diente … So hab' ich immer gethan!« Und sie hob beide Arme und wiegte sie hin und her. »Aber sie sagen, ich bin nicht ganz bei Sinnen.«

»Ach, Antje!« rief Ingeborg dazwischen. »Mach' nicht lange Reden! Daß Andrees sich freut, dich zu sehen, ist selbstverständlich. Man heraus mit deiner Bitte!«

»Ja, Andrees! … Der Pastor meint das auch und auch Heim. Nämlich! … Ich weiß doch nicht, ob Heinrich Thiel wirklich bei Gravelotte geblieben ist. Und ich glaub' es nicht. Er war ja so stark. Er trug die Zweihundertpfundstonne Bohnen so leicht über die Diele, und er sagte auch ganz bestimmt, er wolle sofort wiederkommen, wenn der Krieg aus wäre. Und weil es nun doch gar nicht so weit ist, dahin zu reisen, nur ein Katzensprung, sagt Heim, so solltest du mir Geld geben, du und das Kirchspiel, vielleicht würde ich ihn finden oder sein Grab. Oder ich würde all die Gräber sehen, die vielen tausend Gräber, die da sein sollen, und dann, meint Heim, würde ich nicht mehr sagen, daß er noch lebt und würde nicht mehr mit ihm reden und würde schlafen können. Gestern, im Watt, Andrees, bin ich ihm begegnet. Es ist gewiß wahr.«

Andrees wollte ruhig und freundlich antworten. Da fing er den Blick auf, mit dem Lena ihn ansah. Er kannte die Augen und was sie sagten: »Du bist und bleibst ein Dorfjunge, Andrees.«

Ingeborg rief dazwischen: »Man los, Antje. Wir sind alle Christenmenschen.«

»Es ist keine passende Zeit, Ingeborg, wie du siehst. Ich will deine Bitte beim Kirchspiel vorbringen, Antje. Aber ich glaube kaum, daß die Reise Zweck hat. Heiderieter hat wunderliche Einfälle.«

Ingeborg sah mit großen Augen auf ihn. »Heim!?« sagte sie. »Aber Maria sagt es auch. Sie sagt, Antje muß das Schlachtfeld sehen; die vielen Gräber.«

»Ja,« murmelte Antje, »das muß ich.«

»Du sagtest vorhin, du wolltest diese Stube neu einrichten,« rief Ingeborg. »Auf tausend Mark käm's dir nicht an. Ich hörte es, als ich in der offnen Thür stand. Du kannst diese Seele für hundert Mark neu einrichten. Aber wie du willst! Du bist ja der Herr. Komm', Antje! Wein' nicht! Wir sammeln unsere Groschen zusammen. Auch bei den Leuten im Eschenwinkel sammeln wir, und Heim Heiderieter giebt uns auch was, wenn er was hat.«

»Der hat nichts,« schluchzte Antje.

»Du mußt nicht weinen. Nun geh' in die Küche.«

Als sie sich wieder nach dem Zimmer zuwandte, stand Andrees vor ihr: »Ich will dich doch vorstellen, Ingeborg Landt.«

»Ich weiß ja, Andrees,« sagte sie und versuchte ruhig und freundlich zu sein. Sie standen sich gegenüber: Ingeborg hoch, blond und blaß, Lena Strandiger dunkel, zierlich, weich, viel kleiner. Franz Strandiger hatte sich aus seiner lässigen Haltung aufgerichtet und sah voll Interesse in das schmale Gesicht, in dem klare und bedeutende Augen leuchteten. »Wir sind alte Bekannte!« sagte er, »warum sehen wir Ihre Schwester nicht?«

»Sie ist bei einer kranken Frau im Eschenwinkel und bittet, den Besuch morgen begrüßen zu dürfen.«

»Ist Ihre Schwester ebenso groß wie Sie?«

»Sie ist nicht so groß,« sagte sie lächelnd. »Sie ist mir überhaupt nicht ähnlich. Sie ist dunkel, ich bin blond; sie ist weich, ich bin hart; sie ist still, ich bin laut; sie ist traurig, ich bin froh. Ich weiß nicht, was Gott von mir denken soll.«

Lena Strandiger lachte: »Eine ehrliche Selbstbespiegelung, Fräulein Landt. Und zuletzt noch der alte Gott als Kritiker?«

»Als Kritiker? Natürlich! Darauf kommt's an! Was der denkt und sagt!«

»Was meinst du, Bruder Franz? Läßt du ihn als Kritiker zu? Oder du, Andrees?«

Da klang wieder die Stimme, auf die alle hören mußten, so hell und klar war sie: »Gute Nacht, Andrees! Gute Nacht!«

Die Thür hatte sich leise hinter ihr geschlossen.

Sie wandte sich der Treppe zu, um gleich nach oben zu gehen. Da besann sie sich, daß Antje Witt wohl noch in der Küche wäre und ein Wort der Ermunterung brauchen könnte. Das war Ingeborgs Stärke: das Mutmachen. Sie war den Menschen immer gleich so nahe.

Und richtig! Da saßen ihre getreuen Freunde nicht weit vom warmen Herd, Hinnerk Elsen, Antje Witt, ihr Bruder Reimer Witt, der 1870 mitgewesen ist, der mit dem hellen Haar, und seine Tochter Anna, das Stubenmädchen. Hinnerk Elsen nahm gerade die kurze Pfeife aus dem Mund und zog die Uhr aus der Tasche und sagte würdevoll: »Die Kirchenuhr schlägt gleich neun.«

»Ach, du mit deiner Uhr! Sagt mir lieber, was ihr von denen da oben denkt.«

Die anderen schwiegen, ein wenig verlegen, obgleich sie Ingeborgs Art kannten; aber Hinnerk Elsen sagte bedächtig: »Was ich von Andrees denken soll, weiß ich nicht. Seine Pferde sah er nicht an, mich ... sah er nicht an, obgleich ich ihn manchmal in den Schlick geschmissen habe, und obgleich ich meinen Teil auf der Sparkasse habe, es sind jetzt 1835 Mark. Weiter sag' ich nichts; denn es geht mich nichts an. Aber daß der andere, der Franz Strandiger, Anna Witt so anlachte, da auf der Diele, das paßt mir nicht. Das geht mich was an; denn Reimer Witt hat gesagt, ich soll auf seine Tochter passen. Hast du nicht, Reimer? ... Na! Und nun müssen wir zu Bett, die Uhr ist neun.«

Und das war Hinnerk Elsens Urteil, und mehr sagte er nicht darüber. Er steckte seine Pfeife in die innere Seite seiner Jacke und ging den Gang entlang in seine Kammer. Auch die anderen brachen auf. Im Gang fragte Ingeborg: »Was macht deine Frau, Reimer?«

»Es ist wieder schlimmer.«

»Und der Arzt?«

»Ich weiß, daß er nicht helfen kann; und ich weiß, daß ich ihn nicht bezahlen kann.«

Es klang so hoffnungslos, so gleichgültig.

»Ich will morgen zu ihr kommen. Heim soll auch hingehen. Wir wollen Essen für sie und die Kinder schicken.«

»Maria kam schon um sieben Uhr,« sagte er »gleich nachdem die Kutsche an unserm Haus vorbei gekommen war. Sie will diese Nacht wachen, obgleich sie sehr müde aussieht.«

In dieser Nacht, in der die drei Getreuen zum erstenmal wieder miteinander in der Heimat waren, erhob sich gegen zwölf Uhr, mit der Flut kommend der erste Herbststurm. Er warf von den Ulmen des Strandigerhofs viel altes Holz zur Erde und schlug mit harten Fingern gegen das Fenster im Dach, hinter dem in jener Nacht das Licht gebrannt hatte, das dem im Watt verirrten Herrn des Hofes den Weg zeigen sollte. Er lärmte zwischen den Häusern des Eschenwinkels, daß er den Husten der Kranken übertönte. Er sprang die Düne hinauf und umbrauste schreiend und flatternd den Heidehof, daß Telsche, die wachend lag, glaubte, die große Thür sei aufgesprungen, und Heim, in Träumen, wähnte, er fahre als alter Wikinger auf wogendem Meer, das Land »Ruhm« zu erobern, das lag hundert Meilen hinter Island. Und alles war großartig; nur Sehnsucht nach Ingeborg Landt quälte ihn.

Schon am anderen Morgen kam die Mutter von Franz und Lena und nahm Andrees sofort in Anspruch.

Diese Frau Strandiger trug, seit sie Witwe war, immer schwarze Kleidung; doch hatte sie auf dem spärlichen grauen Haar ein zierliches, steifes Häubchen, das einige lebhafte Farben zeigte. Sie war schlank und ziemlich groß, hatte ein scharfes Gesicht, mit feinen, forschenden Augen und einer zierlichen, fein gebogenen Nase. In ihrer Haltung war etwas Gerades und Steifes, und in ihren Bewegungen etwas Rasches, Hungriges, und Heim, der in waghalsigen Vergleichen groß war, sagte später zu Ingeborg, sie gleiche einem Holzhäher, der im Spätherbst in Sturmhaube und Achselklappen auf Eicheln und Haselnüsse Jagd machte. Ingeborg, die als Waldläuferin den Holzhäher, und als Hausgenossin die Frau mit der bunten Haube und den stoßweisen Bewegungen kannte, nickte so recht von Herzen, und es schien, als wenn ihr widerspenstig Haar sich mitfreute, so dolchartig spitz standen die kurzen Locken um das schmale, blasse Gesicht mit den lebendigen Augen.

Die Mutter von Lena Strandiger hatte das Schicksal gehabt, das diejenigen Frauen zu haben pflegen, welche ihre Männer an Geist und Willensstärke überragen: Sie hatte in ihrer Heimat im Mund der Leute ihren Jungfernnamen behalten. Man nannte sie früher, als sie die junge Frau des Leutnants Strandiger war: Lena Hobooken, und jetzt, da ihr Haar fast weiß war, die alte Hobooken. Das Volk macht nicht viel Umstände.

Andrees ging mit seiner Tante Arm in Arm durch die beiden Räume, durch die große, stattliche Wohnstube und das kleine, gemütliche, einfenstrige Zimmer, in welchem der Ausziehtisch steht, an dem die Mahlzeiten eingenommen werden, und die alte dunkle Schatulle mit den gewundenen Säulen aus Großvaters Zeit. Jedesmal, wenn die beiden Wandernden in das Gesichtsfeld des Eckspiegels kamen, warfen sie einen raschen Blick hinein, die alte Frau, um zu sehen, wie sie sich neben dem schmucken Jungen ausnehme, Andrees, um Lena zu sehen, die hinter ihnen im Sofa kauerte. Wenn sie aber das zweite Zimmer betraten, sah Andrees nach der Thür, durch welche Maria eintreten würde, und das Herz schlug lauter. Er hatte sie noch nicht gesehen.

»Nichts von der Vergangenheit!« sagte die alte Frau. »Du hast Geld gebraucht, du hast dein Leben genossen. Sprechen wir über die Zukunft! Wie willst du dich einrichten?«

»Ich fürchte, ich muß hier bleiben, den Pflug anfassen.«

»Ich meine, daß du nicht richtig überlegst. Du kannst das Leben, das du bisher geführt, und das du, wie ich weiß, gern weiterführen möchtest, ruhig fortleben, wenn du in zwei Dingen meinen Rat befolgst. Erstens: Du mußt in der Bewirtschaftung des Guts sparen. Es läßt sich da viel thun.«

»Zum Beispiel?«

»Fremde Arbeiter! Du brichst den ganzen Eschenwinkel ab und baust eine Kaserne.«

»Sie haben zum Teil schon bei meinem Vater in Lohn und Brot gestanden.«

»Dein Vater, Andrees – nimm's nicht übel – war allzusehr Gemütsmensch. Da kam der Geldbeutel zu kurz. Er war ja wohl Christ? Nun … ich wollte sagen – Christen sind wir ja auch – aber ich meine: Er wollte wirklich danach leben. Er wollte nicht allein für sich ein Christ sein, in seinem Hause, mit ehrbarem Leben, Tischgebet und dergleichen, wogegen ja nichts zu sagen ist, sondern er wollte auch christlich die Arbeiter behandeln, christlich einkaufen und verkaufen, kurz, christlich wirtschaften.«

Andrees sah still vor sich hin, dann gab er einem Gedanken Ausdruck, der mit leisem, wehmütigem Flügelschlag durch seine Seeele flog: »Ich wollte, mein Vater hätte länger gelebt. Es wäre vielleicht manches anders geworden.«

Seit er in der Heimat war, seit gestern, hatte er so merkwürdige Anwandlungen; so alte vergessene Gedanken kamen wieder.

Sie sah hastig zu ihm auf, ihre Hand nestelte unruhig an der goldenen Uhrkette, die von den Schultern herabhing: »Ich wollte dir noch einen zweiten Rat geben,« sagte sie. »Verpachte den Strandigerhof! Du bist kein Landmann. Mach' Franz zu deinem Pächter und zieh' mit mir und Lena nach Berlin zurück!«

Das klang schön: »Mit Lena!«

»Ich kann mich nicht entschließen, so lange Mutter lebt.«

»Willst du hier dein Leben verbringen? Du mit deiner glänzenden Erscheinung, deiner starken Jugend, deinen Kenntnissen und deinem Vermögen? Wozu hast du das alles?«

Wieder so ein alter Gedanke: »Vater würde sagen, um Land und Leuten damit zu dienen.«

»Ich will mir's überlegen, Tante. Es hängt viel von Lena ab. Ich hoffe noch, daß es ihr hier gefällt, und sie sich entschließt, einstweilen hier zu bleiben.«

Während er dies sagte, waren sie über die Schwelle des Eßzimmers gegangen. Da stand Maria Landt am Tisch und hatte die Hand schwer auf die Platte gestützt. Sie sahen sich zum erstenmal, nachdem sie vor fünf Jahren nebeneinander auf dem Wodanshügel standen.

»Maria!« sagte er. Und er konnte nichts mehr sagen, so erschütterten ihn ihr Blick und ihre Haltung. Sie war mit einem Male, so wie sie ihn ansah, so klar und ernst und warm, die Maria Landt, die er vor fünf Jahren verlassen hatte, die ihn so an sich zog und wieder von sich stieß.

Er ließ ihre Hand nicht los, und er, der Ruhige, der sich vorgenommen hatte, er wollte der langjährigen Hausgenossin und Pflegerin seiner Mutter alle Freundlichkeit und Ehrerbietung erweisen, die er schuldig war, er, der in der Fremde, in einem nüchternen, kalten Hause, in glatter Geselligkeit gelernt hatte, kühl zu denken und mit ruhiger Überlegung zu handeln, er ließ die alte Frau stehen und faßte auch noch die andere Hand Marias und sagte rasch und mit Beben in der Stimme: »Komm, Maria, ich muß mit dir reden, komm mit!« Und er führte sie aus der Thür über den Flur in sein Zimmer.

Und als sie allein neben dem Schreibtisch standen, da waren die fünf Jahre der Trennung wie von dem Hauch ihres Mundes verweht, wie von dem Blick ihrer Augen in Nacht und Vergessenheit gesunken. Sie kamen wieder da zusammen, wo sie einst auseinander gegangen, sie waren sich wieder so fern und ach, so nah wie damals, als sie die Wagenspur über die Heide verfolgten.

»Andrees! Verpachte den Hof nicht! Denke an deinen Vater, an die Mutter und an die Leute im Eschenwinkel! Höre nicht auf die anderen!«

»Du bist eifersüchtig!«

»Nein, Andrees! Das traust du mir nicht zu! Du weißt, wo du dein Glück findest, das soll mich freuen. Das müßte eine traurige Liebe sein.«

Er schüttelte verwirrt den Kopf: »Du hast mich lieb behalten, all' die Jahre, mit solcher … solcher Liebe?«

»Ich wollte so gern, daß du in der Heimat bliebest, daß du so würdest wie dein Vater. Darum habe ich dich so heiß gebeten, du möchtest doch endlich einmal in die Heimat und zu deiner fast blinden Mutter kommen.«

»Laß das! Ich soll bei dir bleiben, das willst du. Du bist wie die anderen!«

Sie wurde einen Schein blasser, und ihre Hand löste sich von seinem Arm: »Du magst glücklich werden, Andrees, dann will ich froh sein. Aber auf dem Weg, auf dem du seit Jahren gehst, liegt dein Unglück. Die Heimat muß in den Wochen, die nun kommen, über das Fremde siegen, sonst bist du zeitlebens ein ruheloser Mensch. Du verwehst da draußen, wie Heim auch verwehte. Ich kenne dich ja, Andrees.«

»Rede nicht davon!«

Da breitete sie die Hände aus und sagte flehend: »Du weißt, Andrees, es ist mein Los, dich lieb zu haben und zugleich zu wissen, daß wir so ganz verschiedene Menschen sind. Das ist mein trauriges Verhängnis, daß meine ganze Seele an dir hängen muß und wir uns nicht verstehen: es hat jeder von uns seinen Glauben, seine Liebe, seine Hoffnung, und ich finde keine Stelle, wo wir uns berühren … Ja, wenn du schweigst! Ach, wenn du schweigst! Aber wenn du deinen Mund aufthust, oder wenn du schreibst, dann spricht jeder in seiner Sprache, von seiner Welt: ich von der Heimat, du von der Fremde, ich von Gott, du von Geld, ich vom Eschenwinkel, du vom Glanz der großen Stadt. Ich weiß es ja aus deinen Briefen.«

Er sah traurig vor sich hin, den Kopf gebeugt unter dem Druck der Wahrheit, die sie so sicher und weich und traurig aussprach. Und plötzlich legte er beide Arme um ihre Schultern und sagte ihr liebe, freundliche Worte, während sie ihren dunklen Kopf zurückbog und aus ängstlichen Augen in sein erregtes Gesicht sah.

Sie sahen und hörten nicht, daß Franz Strandigers Gesicht in der schmalen Thüröffnung erschien und wieder verschwand.

Mit zusammengebissenen Lippen ging er nach dem Wohnzimmer zurück und stellte sich schweigend ans Fenster. »So ist es?« dachte er. »So steht es? Das ist schlimm! Und Lena muß siegen. Ich habe es satt, anderer Leute Knecht zu sein. Hier ist der Ort für mich. Hier ist Land und Geld. Ich muß mit Lena sprechen, gleich! Sie muß ihn zu sich ziehen, mit einem raschen Ruck. Und wenn sie ihn hat – der Plan ist fein, und ich will's schon vollenden; denn ich bin rascher und entschlossener, als sie alle – wenn Lena mit ihm über alle Berge ist und ich hier Pächter ... und will nicht Verwalter und Pächter bleiben zeitlebens, will Herr sein, dann nehme ich den ganzen Eschenwinkel und Antje Witt und diesen Reimer und alles, was sonst noch da ist, und mache daraus eine feine Schnur und schlage sie Maria Landt um den schönen Leib und zieh' sie damit zu mir: dann wird die Pacht vom Strandigerhof nie gekündigt, ja ... dann wird der Pächter mit dem Geld seiner Frau eines Tages den Strandigerhof kaufen ...«

Seine Schwester trat zu ihm, sah in sein Gesicht und sagte: »Ich hatte die Absicht, zu sagen, daß es hier langweilig wäre, aber nun ich deine Augen sehe ... Was ist geschehen?«

Er faßte sie gleich mit beiden Händen und sagte leise lachend: »Freilich, Lena Strandiger! Es ist etwas geschehen! Ich habe gesehen, daß Andrees Strandiger sich von unseren schönen Plänen abwandte und in andere Arme geriet.«

»Andrees?«

»Ei ... du hast Feuer, Schwester!«

»Maria Landt?«

»Ich dachte, du hättest helle Augen! Aber gehe in seine Stube! Da stehen sie vielleicht noch, und ich weiß nicht, was noch geschehen ist. Du weißt, er macht sich fein im Frack, der Andrees, er hat einen Wuchs wie eine Tanne, na, du schwärmst nicht für Bäume ... wie ein Ulan. Du wirst Brautjungfer sein, und die Eschenwinkler werden deine Erscheinung und deine Kleidung bewundern.«

»Sei still!« sagte sie, und ihre tiefe, satte Stimme war klanglos, und ihre dunklen Augen stachen.

»Warum? – Es ist geschehen! Oder willst du um ihn kämpfen? Aber ich sage dir, er hatte sie fest umfaßt, soll ich's dir zeigen? So! Und es wird nicht leicht sein, ihn wegzureißen. Du hast den Anschluß verpaßt, Lena. So ist schon manche eine alte Jungfer geworden.«

Nach dem Abendbrot erschien Heim, von Ingeborg begleitet, in der Wohnstube und wurde vorgestellt. Er wollte die alten Freunde begrüßen und Maria abholen, die am späten Abend noch einmal zu Frau Witt hinüber gehen wollte.

Ingeborg hatte ihm auf dem Flur zugeraunt, liebenswürdig zu sein; aber da der Teppich, ein ungewohntes Ding, ihm Sorge machte und alle seine Gedanken in Anspruch nahm, so vergaß er, die alte Hobooken vorsichtig anzufassen und drückte ihr so stark die Hand, daß sie ihr Gesicht verzog. Dann setzte man sich, da Heim noch eine halbe Stunde Zeit hatte, und man sprach hin und her, über Stadt und Land, Stadtmenschen und Landmenschen. Nachdem die alte Frau sich etwas erholt hatte, beteiligte sie sich lebhaft an dem Streit. Franz und Lena verließen das Zimmer.

Heim und Ingeborg saßen dicht nebeneinander, und so, in dieser sicheren Doppelstellung, verteidigten sie Land und Leute. Die Stimme der Alten klang hoch und hart: »In den Städten ist die Intelligenz!«

»Und vom Lande stammt sie,« sagte Heim. »Wir versorgen die Städte nicht allein mit Kohlköpfen und Steckrüben, sondern auch mit Fleisch und Geist.«

»Hast recht. Heim!« sagte Ingeborg.

»Natürlich!« sagte Heim, der warm wurde und so recht gemütlich und breit dasaß: »Und was die Stadt nicht brauchen kann, den Abfall, den schickt sie wieder zu uns aufs Land.«

»Na,« sagte die Alte und richtete sich auf und sah mit großen Augen auf den Sprecher.

Ingeborg lachte: »Die Anwesenden sind ausgenommen.«

»Wenn ein Mensch keinen Boden mehr unter den Füßen hat,« sagte Heim, »dann ist er verloren. Das haben Andrees und ich oft beim Ringen probiert. In die Luft! Pardauz! liegt er. Daher haben die Bewohner der großen Städte so etwas Unruhiges, Haltloses, Rassiges an sich.«

»Ausgenommen die Anwesenden!« sagte Ingeborg, und ihre Haarsträhne und ihre Augen schossen Dolche.

»Wir haben hier Land in Hülle und Fülle!« sagte Heim. »Gehen Sie mal über die Heide! Und wenn man uns da ärgert, laufen wir ins Watt. Im Schlick steht es sich großartig fest. Das Land, das macht die Bäume und die Menschen stark!«

So redete Heim und hatte seine langen Beine von sich gestreckt und hatte vergessen, wo er sich befand, und sah nicht, daß Lena Strandiger in der Thüröffnung stand und ihn mit großen Augen ansah. Da machte Ingeborg ihn aufmerksam. Und von da an war Heim still und verschlossen. Die Augen Lena Strandigers kamen aus einer Welt, die Heim nie kennen gelernt hatte, und schlossen ihm Herz und Lippen.

Als Maria, fertig zum Gang nach dem Eschenwinkel, in die Stube trat, stand er aufatmend auf und ging mit ihr durch den Flur. In dem Hausflur entdeckte er, daß er seinen Stock im Gang hatte stehen lassen. Er kehrte wieder um und sah zufällig durch die Glasthür. Da war Anna Witt auf einen Stuhl gestiegen und drehte die Lampe aus, und Franz Strandiger stand bei ihr und half ihr.

Da ging er ohne seinen Stock hinter Maria her.

Als sie den Wehl erreicht hatten, kam Hinnerk Elfen ihnen entgegen. Die Funken aus seiner Pfeife flogen quer über den dunklen Weg. Er kam mit seinem gewohnten, selbstbewußten Schritt daher. Da blieb Heim ein wenig zurück.

»Du, Hinnerk!« sagte er. »Weißt du, was die Klock geschlagen hat?«

»In fünf Minuten neun!« sagte Hinnerk.

»Nein, mein Jung! Ich mein' das anders. Paß du man gut auf Anna Witt!«

»Immer!« sagte Hinnerk Elsen und gab sich einen Ruck nach oben.

»Na,« sagte Heim, »dann hat's keine Not! Ich meinte, da schliche ein Marder um eine Taube.«

Hinnerk Elsen kam nicht aus der Ruhe: »Ich sage ihr immer, daß sie ordentlich sein muß. Mit Ordentlichkeit kommt man am weitesten.«

»Im allgemeinen hast du recht, Hinnerk! Aber ob du bei Anna Witt weit damit kommst?«

»Sie ist eine gute Deern!«

Heim tippte ihm auf die Schulter und zog die Augenbrauen hoch: »Das weiß ich, mein Jung, denn sie ist meines Nachbarn Kind. Aber, weißt du, wenn ich auf ein Mädchen passen sollte, mit solch lustigen Augen wie Anna Witt: ich glaube, das genügt nicht, daß du ihr sagst, sie soll ordentlich sein, sondern du mußt ihr dabei helfen, du mußt es ihr erleichtern, ordentlich zu sein ...Wo warst du denn so spät?«

»Bei Reimer Witt. Wir haben uns ein bißchen unterhalten.«

»Wer hat heute mittag für die Kinder gekocht?«

»Heut' mittag ist da nicht recht was gewesen; aber so gegen fünf Uhr brachte Frau Haller einen mächtigen Mehlbeutel, den haben sie halb aufgegessen und sind dann bald zu Bett gegangen. Reimer und Antje halten die Wache.«

Die beiden gingen durch die dunkle Nacht weiter. Ein weicher, schwermütiger Westwind kam vom Deich her über den Wehl und zog gegen das niedrige Haus mit dem tiefherabhängenden Strohdach; das war von Moos ganz grün; jetzt in der Nacht war es schwarz.

Rechts und links von der Hausthür war je eine Stube. In der zur Linken lag die Kranke, in der zur Rechten schliefen die Kinder.

Im Krankenzimmer ging eine große Frauengestalt langsam auf und ab. Sie bog den Kopf im Takt hin und her zur Seite und sang dazu. Reimer Witt saß mit krummem Rücken am Bett, aus dem jetzt ein quälender Husten ans Fenster schlug. Dazwischen sang Antje mit banger, anstoßender Stimme:

Wenn die Nacht vom dunklen Himmel
Leis und schwer herniedersteiget,
Wenn der Nachtwind seine Flügel
Über unsre Hütten neiget,

Wenn die vielen tausend Kinder
In des Schlafes Arme sinken,
Und die Halme rings im Felde
Tau der Nacht im Frieden trinken:

Dann erheben um mein Bette
Rings ihr Haupt die bleichen Sorgen
Und bereden meine Sachen
Bis zum trüben, grauen Morgen.

Und sie sagen, und sie wissen,
Daß die Sachen sind verloren,
Und daß leine Rettung möglich
Für den Armen, für den Thoren.

Aber morgens, wenn der erste
Strahl des Lichts am Walde schwebet,
Wenn die Sonne ihre ersten
Lichten Strahlenfäden webet,

Wenn die vielen tausend Kinder
Aus dem Aug' den Schlaf sich reiben
Und des jungen Tags Geschäfte
Mich zu neuer Arbeit treiben:

Dann erhebt sich meine Seele,
Und es sinken alle Sorgen,
Und mit stillgefaßtem Herzen
Geh' entgegen ich dem Morgen.

So wanderte sie hin und her mit gesenktem Kopf.

Dann ward es still. Die Kranke war eingeschlafen. Reimer Witts Rücken beugte sich noch mehr. Er hatte die Hände zwischen den Knieen gefaltet und saß und sah mit stillen Augen auf die Kranke. Antje war in den Stuhl am Fenster niedergesunken, hatte die Arme auf den Tisch gelegt und den Kopf auf die Arme. Auf ihr Haar fiel der trübe Schein der Lampe. Das dunkle Haar hatte schon viele graue Fäden.

»Ich will nicht hineingehen,« sagte Maria und trat auf den Weg zurück. »Bei den Kindern ist Licht; ich will sehen, ob sie schlafen.«

Mit leisen Schritten traten die beiden an das niedrige Fenster.

Da stand mitten auf dem Tische die alte Küchenlampe und daneben der halbverzehrte Mehlbeutel auf einem großen, weißen Teller. Er war noch so groß, daß er nicht umgefallen war.

»Der hat eine stattliche Größe gehabt!« flüsterte Heim anerkennend.

»Wenigstens vier Pfund Mehl.«

»Still!«

In der eingemauerten Bettstelle rührte sich ein Schläfer. Ein Flachskopf hob sich und blinzelte nach dem Licht. Ein feines, gerades Beinchen legte sich leicht über den Bettrand. Es gehörte der zehnjährigen Nora. Langsam, schlaftrunken, mit halbgeschlossenen Augen erhob sich das Kind, stand schwankend vor dem Bett, stolperte vorwärts, wandte sich wieder zurück und faßte die Hand ihrer Schwester, die bei ihr lag und kehrte sich wieder um und stolperte blinzelnd auf den Tisch zu und öffnete in gewohnter Weise die Schublade, und hatte eine Gabel in der Hand, und weil kein Stuhl im ganzen Zimmer war, lehnte sie sich schwer gegen den Tisch und fing an zu essen. Und die andere, die große Bertha, kam und lehnte neben ihr.

Da knackte der Tisch. Und das hörte ja wohl der zwölfjährige Karsten, der, nicht aus Zufall, von einem großen Mehlbeutel träumte. Er richtete sich auf und sah aus den Augenschlitzen den Schatten, den der Halbmond des Mehlbeutels machte, und sah die Bewegung der Arme und die stoßweise Arbeit der Gabeln, und da seine Seele sich grade mit dem Gegenstand beschäftigte und also nur einen kurzen Weg zu machen hatte, sprang er torkelnd auf.

Das war so mit den Wittschen Kindern.

Als das erste Kind gekommen war, hatten sich die jungen Eltern, damals noch lebensfrohe Leute, um den Namen des Kindes gestritten. Da war die alte Thomälen gekommen, die damals im letzten Haus wohnte – nun ist sie tot –, die nichts anderes zu thun hatte, da sie nicht mehr arbeiten konnte, als sich vor Übertretung des achten Gebots zu hüten, und hatte gesagt: »Ihr bekommt viele Kinder! Ich kenne eure Rasse. Deine Mutter, Rieke, hatte acht, und deine, Reimer, hatte so viele, daß sie zuletzt nicht mehr wußte, wieviel sie gehabt hatte, denn sie wurde etwas schwach von Gedächtnis. Es waren dreizehn oder fünfzehn. Und sie hat mir oft erzählt, es wäre jedesmal ein Krach im Hause gewesen. Wegen der Namen, Reimer! Denn deine Mutter war für schöne Namen, dein Vater war für kurze Namen. Wißt ihr, was ihr thun müßt? Ihr müßt nach dem ABC gehen! Nennt die Deern Anna!«

So geschah es, und das ist die Anna, für die Hinnerk Elsen so brav sorgt, daß sie ordentlich bleibt. Das zweite Kind, das nach einem Jahre kam, wurde Bertha genannt. Das dritte Kind war ein Junge. Er bekam den Namen Carsten. Aber Pastor Frisius, der von der *lex* Thomälen keine Kenntnis hatte, schrieb den Jungen mit einem harten K ins Taufbuch. Damit war die ganze schöne Anlage verwüstet, und die alte Thomälen hatte wieder mal Velanlassung, zu behaupten, der Pastor wäre zuweilen etwas tapprig. Und so stolperte sie wieder über das achte Gebot.

Sie blieben aber doch bei der Reihe und vermieden so den Streit, und der kleine Hans, der achte, war eben angekommen, und das niedrige Haus war voll besetzt, und waren alle kräftige und muntere Kinder mit mächtiger Eßlust, da wurde die Mutter krank. Die Kinder hatten alles mitbekommen, was gesund an ihr war. Was sie behielt, sank unter der Schwindsucht zusammen.

Von dem Krankenzimmer her kam wieder mühseliges Husten. Drinnen aber in der Stube der Kinder erschien ein Beinchen, ein Ärmchen nach dem andern. Der kleine Fritz, der mit den beiden Jüngsten an der Erde lag, wurde durch derbes Schütteln geweckt. Er erbarmte sich der beiden Kleinen und stellte sie im Bett auf die Füße, und auch sie, stillschweigend wie alle andern, stolperten nach dem Tisch. Jeder hatte eine Gabel aus der Schublade genommen und arbeitete. Den kleinen Hans hatte Bertha auf den Tisch gesetzt. Er hatte die Augen vollständig geschlossen und atmete tief und schwer; aber jedesmal, wenn ihm einer die volle Gabel in die Nähe des Mundes hielt, sperrte er ihn auf und hapste zu. Dabei schoß er jedesmal nach vorn; dann richteten sie ihn mit den linken Händen wieder auf, mit den rechten führten sie die Gabel.

Es war ein kurzer Kampf. Der Unterliegende war der Mehlbeutel. Fritz, von allen Wittschen Kindern der lebhafteste, hob die schwere Schüssel; der ganze Mann verschwand dahinter; auf und nieder glitt das Steingut. Dann setzte er es behutsam vor sich hin. Und nun war der Teller rein. Spiegelblank war er. Bertha legte Gustav und Hans wieder aufs Bett. Wie sie unter die Decke kamen, war ihre eigene Angelegenheit. Dann wurde es ruhig. Die Lampe flammte heller auf und beleuchtete die stille Stube.

Heim Heiderieter trat aufatmend vom Fenster zurück: »Du,« sagte er, »ich wollte, die alte Hobooken wäre hier gewesen und hätte dies gesehen. Ich hätte sie kräftig angefaßt und gegen die Scheibe gedrückt, erst an jene Scheibe im Krankenzimmer, dann an diese. Und wenn ihr vertrocknetes Herz bei dem Anblick nicht weich geworden wäre, hätte ich sie einmal ordentlich gegen die Mauer gegniewelt.«

Maria Landt schüttelte in ihrer stillen Weise den Kopf: »Du bist zu stürmisch. Solche Leute sind nicht zu bekehren; das muß von oben herkommen. Wenn alte verschüttete Goldbergwerke in einem Volke wieder aufgebeckt werden oder wenn neue, starke Gedanken ins Volk geworfen werden, das kommt alles von Gott. Und kommt es, dann kommt es stärker und stärker, wie Frühlingswind, und man kann es nicht aufhalten. Die Alten binden Tücher um ihre Ohren und sagen, sie mögen es nicht hören, die Kinder kriechen in den Winkel und sagen, sie fürchten sich; aber der Wind braust weiter. Wir aber, die wir das Feuer in uns haben, müssen schon jetzt blanke Augen haben, freundlich sein, helfen, jeder wie er kann. Und, Heim!« sie faßte seinen Arm. »Wenn einer es kann und hat von Gott die Gabe, so muß er dem Volk erzählen von dem starken, frischen Wind, der nah ist, dessen Sausen wir schon hören, von Gottes großer, stiller Arbeit, die ringsum anhebt. Er muß seine Seele mit Glauben füllen und seine Feder in Hoffnung tauchen und muß ihnen von der neuen Liebe Gottes erzählen, die durchs Land geht. Er muß aus dem Volke fürs Volk reden, von ihrer Not und Last, von ihrem Streben und Irren, ihrem Mut und ihrem Weinen. Davon muß er erzählen, und seine Augen müssen glänzen von Liebe und Freude. Wie aufgerichtete Feuerzeichen muß dastehen, was er schreibt, daß die Leute es weit sehen und sich vielleicht danach richten und eher den Weg finden, der hineinführt in eine neue Zeit.«

So sagte sie, und ihre Stimme war rein und weich und leise und doch voll, wie eine Kirchenglocke, an die man leicht mit dem Finger stößt. Heim trat einen Schritt zurück und sah sie an und wunderte sich, daß er nichts von Liebe zu diesem reinen Wesen fühlte, nur ehrerbietige, heiße Zuneigung. Erst später, als sie schon im Erbbegräbnis der Strandiger lag, hat er erkannt, welche Bedeutung sie für ihn gehabt, und daß sie ihm in dieser Nachtstunde, vor Reimer Witts Haus, die Aufgabe seines Lebens gezeigt hat, klarer und eindrucksvoller, als irgend ein Mensch oder ein Buch es gekonnt.

Maria ging nach dem Hof zurück; Heim aber saß noch eine Stunde mit stillem, blassem Gesicht am Schreibtisch.

Drittes Kapitel

Acht Tage später, an einem trüben Oktoberabend, saß Hinnerk Elsen mit Anna Witt am Tisch. Sie waren mit dem Essen fertig; die Wirtschafterin war schon vom Tisch aufgestanden. Als Hinnerk Elsen sich gemütlich die Abendpfeife anzündete, fiel ihm ein, was sein alter Freund Heim Heiderieter ihm abends am Wehl gesagt hatte. Es fiel ihm aber jetzt ein, weil Anna Witt den ganzen Tag so still gewesen war. Sonst hörte man ihre Stimme im ganzen Haus.

»Fehlt dir was?«

»Was sollte mir fehlen? Und was geht's dich an?«

»Dein Vater hat mir gesagt...«

»Ach ...du bist langweilig.«

»Was meinst du damit?« sagte Hinnerk Elsen und nahm erstaunt die Pfeife aus dem Mund.

»Mein Vater hat gesagt, du sollst auf mich passen? Dann thu' es doch!«

»Thu' ich ja auch!«

Sie sah vor sich hin: »So?« sagte sie. »Ich glaube, ich werde dir doch noch gestohlen.« Nun sah sie lachend auf, aber im Grunde ihrer Augen lag Unruh' und Angst.

»Es ist abends so langweilig!« sagte sie, indem ihre flinken Finger mit dem Tischtuch spielten. »Die Wirtschafterin kriecht schon halb neun ins Bett; du gehst genau Uhr neun. Dann bin ich noch nicht müde. Du solltest dann noch eine Weile bei mir bleiben.«

Sie sah ihn an, und da war wieder Angst in ihren Augen. Aber Hinnerk Elsen sah es nicht. Er schrob an seiner Pfeife, die undicht war. Welch eine Unordentlichkeit, eine undichte Pfeife! Hinnerk Elsen hatte ein ruhiges, beschauliches Wesen, er war zu bequem, in andere Leute hineinzusehen und zu eingebildet, um zu glauben, daß ihm etwas entginge. Er war ein so großartiger Mensch, daß er sich leisten konnte, mit geschlossenen Augen durch die Welt zu gehen. Wer kann Hinnerk Elsen täuschen?

Da bat Anna Witt noch einmal um ihre Seele.

Sie rückte ihm näher, lehnte sich zurück und sagte: »Ich bin noch so jung.«

»Du bist im Juli siebenzehn gewesen.«

»Ja, aber du meinst, ich bin noch ein Kind, wie Bertha. Das bin ich nicht.«

»Nein!« sagte er und wurde ein klein wenig warm: »Du bist kein Kind mehr; das seh' ich dir an. Aber du bist noch nicht verständig genug. Wenn du verständig geworden bist und ich habe volle zweitausend in der Sparkasse, dann...« und er nickte ihr zu, indem er ein wenig mit den Augen blinzelte.

Sie lehnte sich gegen ihn und sagte: »Ich bin schon stark genug. Ich verdiene fünfzig Thaler. Wenn du mich lieb hast, kannst du es gern zeigen. Es ist schon manchmal was dazwischen gekommen und großes Unglück geschehen. Wenn ich dir nun wegliefe? Und du hättest nicht auf mich gepaßt?«

Da stand Hinnerk Elsen würdevoll auf und sagte: »Deern! Was hast du für Grappen im Kopf. Ich will schon aufpassen, und dein Vater und deine Mutter sind auch da.«

Sie stand da, zornig und erregt: »Ja, wenn ich ein Fräulein wäre! Die bleiben im Haus und sitzen in guter Hut. Dann sollte mir auch nichts widerfahren! Aber Mutter ist krank, und Vater arbeitet auf dem Feld, und ich bin im fremden Haus, und du?« – sie stieß mit den Händen nach ihm und sah ihn wild an – »du bist so alt und so vertrocknet wie der Pellwormer! Du bist so hart und ausgetrocknet wie Sohlenleder!«

Der Gescholtene ging schmunzelnd davon.

Also bat Anna Witt zweimal um ihre Seele. Aber Hinnerk Elsen verstand ihre Bitte nicht. Er hatte seine bestimmte Ansicht über alles und war kein Beobachter. Er war zu steif, um sich zu den andern kleinen Menschen herunter zu bücken und ihnen ins Gesicht zu sehen, ob da wohl Sorge oder Angst darin wäre. Andere Menschen hat Anna Witt nicht gefragt, soviel bekannt ist.

An demselben Abend ging Andrees den Richtsteig über die Heide nach dem Dorf zu. Es war nebliges, feuchtes Wetter, ein Wetter zum Traurigsein und Träumen. Da, wie er so an seinen Gedanken riß, damit er sie von der Heimat und der alten Liebe loslöste, kam ihm vom

Dorfe her Maria entgegen. Ihre hohe Frauengestalt wuchs rasch wie eine Erscheinung aus der dämmernden Luft.

»Du siehst müde aus, Maria! Wo kommst du her?«

»Vom Amtsvorsteher. Ich habe um Hilfe für Witts gebeten.«

»Hast du wieder gewacht?«

»Die vorige Nacht.«

»Laß alte Frauen das thun,« sagte er ärgerlich, »an denen nichts zu verderben ist!«

»Du verstehst es nicht, Andrees, daß einem das Herz brennt, zu helfen.«

Er schüttelte den stolzen Kopf: »Nein, ich verstehe das nicht. Ich versteh' dich nicht.«

»Ich weiß es, Andrees ... Willst du wirklich von uns fort, und Franz Strandiger soll hier Herr sein?«

»Kann ich bei euch bleiben, wo mich keiner versteht?«

»Du verstehst dich nicht, Andrees! Du nicht! Wenn du fortgehst ... wird einst die Zeit kommen, wo du dich hierher sehnst, wo du froh wärst, könntest du die Heide sehen und die Nordsee und ein plattdeutsches Wort hören. Das Herz wird dir zerreißen vor Sehnsucht, und es wird kalt und leer in dir werden, und wenn es möglich sein wird, wirst du wieder hierherkommen, wenn auch nur, um hier zu sterben. Ich kenne dich von Jugend auf, ich weiß, daß du in innerster Seele an deiner Heimat hängst, und daß sie an deiner Seele reißt, seit du wieder hier bist. Ich habe aus allen deinen Briefen herausgelesen, daß du in dem Leben in der Fremde keine Zufriedenheit gefunden hast, und ich habe dich gestern gesehen, wie du von unten aus dem Garten kamst, und die Sonne schien, und du übersahst dein schönes, altes Haus und die Ställe und hörtest die Tiere im Stall und sahst so unruhig und so unglücklich auf alles hin, was dein ist.«

Sie sah mit erregtem Ausdruck ihres blassen Gesichts über die Heide: »Ich bin es nicht, der dich bittet. Ich habe mich ganz in mich zurückgezogen und habe keine Wünsche außer mir. Deine Heimat spricht zu dir. Die Erde und dieses Land klagen dich an.« Sie zeigte nach dem Wald hinüber, der im trüben Wetter still, wie zuhörend stand. »Von dort her sind deine Väter gekommen, und im langen Kampf, der fast über Menschenkraft ging, sind sie Herren über das Meer geworden. Auf dem Leib des Besiegten bauten sie den Strandigerhof. Das ist nun das fünfte oder sechste Geschlecht, das da haust, und nun willst du das alles verlassen, verpachten, verkaufen um elendes Geld? Und deine Kinder und Nachkommen sollen heimatlos sein durch dich?«

»Bin ich denn ein Knecht? Thut nicht jeder, der es kann, was er will?«

»Nein, wir thun nicht, was uns beliebt. Dein Vater saß nicht hinterm Ofen; er ging ins Watt hinaus, um dem Meer neues Land abzugewinnen für sich und seine Kinder. Reimer Witt ging in den Krieg und fragte nicht; er sagte sich, es müsse so sein, wegen des Landes; er steht jetzt vom Morgen bis Abend in schwerer, fast aussichtsloser Arbeit. Antje Witt läuft meilenweit ins böse Watt, bei grauendem Morgen, um für die Kinder, die nicht die ihren sind, Speise zu holen. Wir haben alle unsere Arbeit. Es treibt uns der Zwang der Pflicht. Unserm Gewissen gehorchen wir, weil es mit harter, scharfer Stimme uns aufruft. Wir meinen, wir müssen, wenn wir auch nicht mögen, und wir wissen: da liegt unser Friede. Wir arbeiten alle, das ganze Dorf, nur die Alten nicht, die nicht mehr können, die am Wege sitzen und auf den Herrn warten, nur du nicht und die, welche du hierher brachtest. Und das ... das verachten wir!«

»Und Heim Heiderieter, dein ... euer aller Freund?«

»Laß ihn! Nimm ihn aus! Er ist noch im Werden. Sag nicht, daß er faul ist. Er trägt schwere, ernste Gedanken, und sein Leben ist nicht leicht. Die Heimat wird ihm helfen, daß er ein ganzer Mann wird.«

»Wird ihm geholfen, warum mir nicht?«

»Wenn du nicht willst? Wenn du das Gute und Traute und Alte zurückstößt, von dir weist, damit es dich nicht stört? Ist es so? Oder sage ich Unwahres? Wenn du hier bliebst, würdest du hier träge sein können, ein Genießer? Würde dich nicht die Heimat und dein Land, die Freunde und die Häuser im Eschenwinkel, das Watt und Flackelholm, würde dich nicht alles antreiben, zu arbeiten, Gutes zu wirken, Neues zu schaffen? Aber da, in der Fremde, da, fern von der Not der Heimat, da darfst du träge sein und genießen, von der Arbeit der Heimat dich nähren.«

Sie suchte seine Augen. Aber er sah still vor sich hin.

Da wandte sie sich ab und ging weg, und er mußte ihr nachsehen, bis sie die Heide hinabstieg und der Nebel sie wegnahm.

Über die Heide ging er weiter dem Dorf zu, äußerlich gleichmütig, in seinem Gang sicher und stolz, aber der Grund seiner Seele wallte und brauste: »Ich will es thun! Was soll ich thun?«

Er machte sich nicht klar, wohin er jetzt gehen wollte, und doch wußte er genau, was das Ziel sein würde. Vor ihm stiegen die ersten Häuser des Dorfes auf, lange, mächtige Dächer, von Reth oder Stroh, auf niedrigen, roten Mauern. Das Abenddunkel war da, nirgends ein Licht, nirgends ein Geräusch, nirgends ein Mensch. Es schien alles tot zu sein, oben am Himmel und bei den Menschen. Aus den Ställen kam hier und da das Klirren einer Kette. Da wurde ihm fast unheimlich zu Mut.

Die Pforte zum Kirchhof öffnete sich mit leisem Knarren, der Sandstein auf des Vaters Grab stand als ein steinerner, grader Mann und schaute stumm auf ihn, wie gleichgültig. Seine Hand strich gedankenlos, und doch war's eine Liebkosung, durch die Epheublätter an der Kirchenmauer. Da, zwischen dem Glockenturm und der Kirche, stand der, zu dem er auf dem Weg war, dessen Wort seine Seele hören wollte, so sehr sie es auch fürchtete.

Frisius, der gebückt und nicht ohne Beschwerde den Steig heraufkam – er war damals schon sehr schwach –, richtete sich überrascht auf: »Andrees, mein Junge? Du warst noch gar nicht bei mir! Wolltest du zu mir?«

»Nicht eigentlich, Onkel...und doch...«

»Oder zum Grab deines Vaters?«

»Ich habe hinübergesehen!« sagte Andrees. »Ich wollte dir sagen, Onkel, ehe du es von andern erfährst, daß ich mit dem Plan umgehe, meinen Besitz zu verpachten.«

Pastor Frisius sah von unten auf Andrees – er war viel kleiner als Andrees Strandiger. »Ich hab's gehört, von Heim. Erkläre mir das! Übernimmst du ein Amt, eine Arbeit in der Stadt?«

»Das nicht! Aber ...ich habe zu viel von der Welt, vom Leben kennen gelernt.«

»Und diese Erkenntnis hindert dich, der Väter Erde zu bebauen, deine Pflicht zu thun? Dann mach' ein Grab für diese Erkenntnis, Andrees; aber nicht in dieser guten Erde, sondern irgendwo, da man solche Sachen hinthut.«

»Es ist sonderbar, wie ihr alle kein Verständnis habt.«

»Nein, es ist sonderbar, daß du für uns kein Verständnis hast ...du willst an Franz Strandiger verpachten?«

»Ja! Ich dachte so; er ist mein Verwandter und ein tüchtiger Landwirt.«

»Sie mögen ihn hier nicht leiden, von Kind an nicht. Er hat so etwas Hartes, und Hochmütiges und achtet den kleinen Mann nicht. Sie sagen, er hat kein Herz. Ihr beiden, Ihr habt kein Herz!«

»Du bist hart. Du als Pastor!«

»Kennst du noch die Geschichte, Andrees, von dem, der auch fort wollte und fortging und zog fern über Land? Weißt du, warum er fortging? Ich will's dir sagen: weil es ihm zu still und zu arbeitsam und zu reinlich herging in Vaters Haus.«

»Onkel! ...Aber du bist hinter der Zeit zurückgeblieben.«

Frisius nickte mit dem grauen Kopf und sah über all die Steine, die da lagen und standen, und nach Nordosten über die niedrigen Weiden, über denen der weißliche Abendnebel lag, der sich ins Unendliche dehnte. »Das sagen sie. Ich will nicht lange streiten; es ist kein Gegenstand des Streitens. Siehst du, der Nebel hängt heut abend Schleier über alle Dinge. Über diese Dinge hangen sie immer. Trotzdem können wir es nicht lassen, da hinein zu sehen, zu starren, einen Weg zu suchen. Nur die Nachtmützen, des lieben Gottes Schafherden, ziehen stumpfsinnig, blökend durch den Nebel hin und her, ziel- und zwecklos, und fragen nicht. Aber wir andern fragen: du, ich, viele rund um uns her, auch Antje Witt und Reimer und Reimers Frau, die das

Abendmahl begehrt hat, der das Atmen so schwer wird. Wir ziehen alle durch den Nebel und fragen: Wo sind wir? Wohin ziehen wir? Und wir ruhen nicht eher, bis wir's zu wissen glauben.«

»Die Wissenschaft weiß es. Die Philosophie.«

»Die Philosophie? Respekt vor ihr! Sie sieht mit den Augen des Geistes hinein in den Nebel. Wie weit? Sag' mir ein einzig Resultat, das feststeht, sag' mir einen einzigen Weg, der bis zum Licht führt! Ich weiß vom Fluch der Philosophie ein traurig Lied zu singen: von ihrem Segen, auf diesem Feld, weiß ich wenig. Sie hat ihre meisten Kinder stolz und hart und einsam gemacht. Sie ist keine Mutter, sie hat ein Gesicht von Stein.«

»Und die Naturwissenschaft?« Er blieb stehen, und in seinen tiefliegenden Augen glühte eine heiße, helle Begeisterung. »Ich war vor zwei Jahren in Berlin – es war das erste und das letzte Mal; denn ich lebe nicht mehr lange. Da habe ich die ›Urania‹ besucht. Fünf Stunden bin ich dort gewesen, an jedem Apparat habe ich gestanden, ein freundlicher Führer hat mir alles erklärt – und ich,« seine Stimme brach fast vor Erregung, »ich habe mich königlich gefreut, Andrees. Sie sehen mit scharfen Augen, mit scharfen Gläsern hinein in den Nebel, und sie sehen weit, weit. Viele Welten sehen sie, nicht alle. Vielleicht von je tausend eine. Sie kennen den Stoff, aus dem sie gebaut sind, und kennen die Ordres, nach denen sie reisen. Sie haben seine Werke tüchtig studiert und sind wie Holzwürmer durch den Schemel seiner Füße gekrochen. Manches von seiner Werkstatt kennen sie. Aber kennen sie ihn damit selbst? Sie sagen selbst, daß sie ihn nicht kennen. Du hast ja in ihre Bücher gesehen. Hast du die Rufe gehört durch den Nebel? Wir gehen irre. Wieder gehen wir irre! Wir werden den Weg niemals finden.«

»Aber nun sage ich dir das: den Nebel über den Auwiesen, Andrees, den kann eins durchleuchten. Nur eins. Ich sah es in diesem Sommer, eines Abends, da kam von der andern Seite – von der andern Seite, Andrees! – mit aufsteigendem Gewitter ein helles Wetterleuchten, ein Blitzen und hob eine Weile den Vorhang, zwei-, dreimal, das dritte Mal ganz hell. Deutlich sah ich die Au und den weißen Weg zur Stadt. Wir selbst, Andrees, von hier aus, können den Weg nicht finden; es ist zu dunkel. Aber der große Geheimnisvolle sandte von der andern Seite das Leuchten, zwei-, dreimal, da sahen wir deutlich den Weg.«

Er hustete schwach und mühsam.

Andrees Strandiger schüttelte den Kopf. Es stand ein bitterer Zug des Wehs um seinen Mund. »Ihr seid Phantasten, Onkel. Du und Maria und Antje Witt...«

»Das ist richtig, nenne uns drei nur zusammen! Wir gehören zusammen. Wir schämen uns unserer Schwester nicht. Da stehen wir. Und nun halte du deine ruhmlosen und berühmten Namen gegen uns. Nun steht Glaube gegen Glaube. Denn auch das., was ihr über diese Dinge sagt, ist Glaube, ganz wie unserer, und kein Wissen. Und nun frage ich dich, Andrees, was meinst du, welche sind glücklicher, treuer und stiller, die hinter dem Kreuz her durch den Nebel gehen, oder die hinter dem Cirkel hergehen? Welche haben blankere Augen? Das sag' mir!«

Andrees antwortete nicht. Er stand eine Weile still vor dem andern. »Laß mich gehen!« sagte er dann – »ein andermal...«

»Möge das andere Mal kommen, Andrees!«

Und Andrees ging durch das stille Dorf zurück, zwischen den Bauernhäusern durch, aus denen nun hier und da aus niedern Fenstern trauter Lichtschein mit hellen Augen in die dunkle Nacht schaute. Dann senkte sich der Boden, und der Weg wurde sandiger. Links lag der Heidehof und rechts die Schule, und nun trat Reimer Witts Haus aus dem Dunkel.

Mitten auf dem Kreuzweg stand der kleine Fritz Witt und sagte: »Vater ist nach der Apotheke und Mutter hustet.«

Strandiger richtete sich aus seinen Gedanken auf. »Was soll ich?«

»Vater hat zu Mutter gesagt: Wir haben keinen einzigen Groschen im Haus. Hast du Groschen?«

»Willst du betteln?«

»Ich? Ich bin kein Betteljunge! Aber du gehst ja hier vorbei! Und Mutter sagt: Anna hat noch fünfzehn Mark zu gute. Komm man mal mit!«

Strandiger wurde über das ganze schöne, stolze Gesicht heiß und rot und ging mit.

Er fühlte sich so ungemütlich. Die Diele war so niedrig; die Kartoffeln waren in der Ecke aufgeschüttet; die Luft der Stube war drückend warm, und Rieke Witt sah so weiß und mager aus und hatte so große fiebrige Augen. Was war aus dem frischen Mädchen geworden, das einst auf dem Strandigerhof diente!

»Der Kleine sagt, Sie haben noch fünfzehn Mark vom Lohn ihrer Tochter zu fordern?«

Sie hätte ihn so gern Andrees und du angeredet, da sie ihn doch von Kind an kannte und es doch so Landesbrauch ist, aber weil er so vornehm und fremd that, auch gar nicht nach ihrem Befinden fragte – sie hatte sich so sehr darauf gefreut, daß er sie besuchen würde und »Rieke« sagen und freundlich sein würde, dann wollte sie mit ihm über die Kinder reden, auch besonders über Anna – aber nun ward ihr eng und kalt ums Herz, und die Worte hockten fröstelnd auf der Zunge.

Da wurde die Thür aufgemacht, und mit tiefgebückten Schultern, weil er sonst seinen krausen Kopf stieß, kam Heim Heiderieter in die Stube. Er hatte die Flinte in der Hand, trug über der grauen Wolljacke eine mächtige Jagdtasche, und seine hohen Stiefel waren mit nassem Sand und Lehm überschmiert. Er nickte Andrees flüchtig zu, und während er auf das Bett zuging, sagte er schon in seiner natürlichen, treuherzigen Weise: »Na, mein' Deern, was treibst du?«

Da veränderte sich mit einem Male das ganze blasse, vergrämte Gesicht, und etwas wie Jugendschimmer flog darüber hin, fast ein wenig Ziererei, und sie sah ihm lächelnd in die funkelnden, freundlichen Augen: »Danke, Heim, wenn du da bist...«

»Und Maria und Ingeborg, was? Und Haller, was? Wir haben freilich meist nicht viel mehr als vergnügte Gesichter...«

»Ihr habt mehr!«

»Ja, diesmal!« Er nestelte an seiner Jagdtasche. »Einen Junghasen, du! Ich wollte dir ihn zeigen; die Telsche soll ihn morgen für dich zurecht machen.«

Er setzte sich gemütlich auf den Bettrand und legte die langen Beine übereinander. Er sah so recht herzensfroh aus. Seit er in der Heimat war, unter den alten Bekannten, war ein Gefühl der Sicherheit über ihn gekommen, er hatte sich einen ruhigen, breiten Gang angewohnt und hatte zuweilen den Mut, Telsche Spieker zu widerstehen und mit Andrees zu streiten.

»Eigentlich sind hier zwei Hasen in die Stube gekommen. Als ich eben von der Heide herunterstieg, sah ich Ingeborg unten auf dem Weg. Ich glaube, sie wollte zu Telsche Spieker. Die wird ihr natürlich den Kopf heiß reden. Ich habe nämlich kein reines Gewissen, habe heute wenig genug gethan. Da lief ich mitsamt meinem Kollegen, dem andern Hasen, in dieses Haus. Wenn sie kommt, kriech' ich unters Bett.«

»Du bist zu groß. Fritz thut es manchmal. Sein Ball läuft zuweilen unters Bett.«

Andrees erhob sich.

»Bleib' noch eine Weile,« sagte Heim, »laß uns noch schwatzen.«

Und er machte einen Versuch, sich auf dem Bettrand gemütlich einzurichten: »Du, Ingeborg sagt, du willst deinen ganzen Kram verpachten? An Franz Strandiger? Dann haben wir hier drei Hasen in der Stube.«

»Meinst du?«

»So nach dem Grundsatz: Was du ererbt von deinen Vätern hast, verkauf es, um es zu genießen!«

»Feg' du vor deiner eigenen Thür, Heim!«

»Danke, Andrees! Ganz richtig bemerkt! Das hat er mir gut gegeben, was, Rieke?« Und er zwinkerte lustig mit den Augen.

Sie nickte lächelnd.

»Aber es ist da ein Unterschied, Andrees!« sagte er. »Siehst du: Heim hat sechs Kühe, sechs Schweine, fünf Kälber, acht Stück Jungvieh, vier Pferde und zweiundzwanzig Hektar Land, dazu die Heide, dazu eine Flinte, eine Feder und Telsche Spieler. Du aber, Andrees Strandiger, bist Herr über viel Land und bestellter Helfer vieler Menschen.«

»Wer hat mich bestellt?«

»Unser Herrgott! sagt Ingeborg Landt. Das sagt sie, wenn sie vor meiner Thür fegt.«

Die Hausthür wurde rasch geöffnet, und ein leichter, weicher Schritt kam über die Diele.

»Da kommt sie! Rieke, steh' mir bei! Wahrhaftig, da ist sie!«

Sie nahm das bunte Kopftuch ab, das mit Wasserperlen dicht besetzt war: »Geh'weg, Heim!« sagte sie. »Ich kann vor deinen langen Beinen nicht ans Bett kommen.«

Er stand gehorsam auf und lehnte sich gegen die Wand, und sie setzte sich auf den Stuhl am Bett und streichelte die Hand der Kranken.

»Er redet dich rein krank, Rieke, du solltest ihn wegschicken.«

»Laß ihn, Ingeborg! Er redet mich fast gesund. Du weißt es.«

Ingeborg wandte den Kopf und sah zu ihm auf und vermied es, Andrees anzusehen: »Ich weiß nicht, was die Leute an dir finden.«

Er machte ein verwundertes Gesicht: »Ich auch nicht!« sagte er, und nun mußte sie ihr Gesicht in finstere Falten ziehen, um nicht zu lachen.

»Liebes Kind!« sagte er. »Du setztest mir neulich deine Weltanschauung auseinander. Du hast sie ja wohl von Pastor Frisius; du meintest, es wäre ganz gut, wenn mir, Andrees und ich, sie zuweilen hörten.«

Sie lehnte sich in den Stuhl zurück, und während ihre Hand die Hand der Kranken streichelte, und ihre Augen auf die Kranke gerichtet waren, stieg langsam eine lebhafte Röte über ihr Gesicht. »Nun!« sagte sie mit steifer Kopfhaltung. »Wenn ihr's wissen wollt: es kann euch wirklich nicht schaden. Grade euch nicht! Es ist eine ganz einfache Sache. Woher ich sie habe, weiß ich nicht! Pastor Frisius hat jedenfalls die Idee dazu gegeben. Also! Der liebe Gutt verteilte die Erde wie einen Garten und gab jedem ein Stück! Heim Heiderieter bekam ein sehr großes Stück, den Heidehof, mit allem, was daran hängt, und außerdem hier!« Sie deutete auf ihre Stirn. »Andrees Strandiger bekam ein sehr großes Stück.« Sie machte mit ihrem langen Arm einen Bogen. »So bekamen alle Menschen ihr Teil, ein kleines oder großes. Nun that er mit seiner Hand so! Und sagte: Bebaut es!«

»Das ist nicht von Frisius, das ist von dir. Solche Handbewegung macht Frisius nicht.«

»Still! Nun kann einer sein Stück Land bebauen. Er kann es auch lassen. Wenn einer es thut, hat er Brot und ein gutes Gewissen. Wenn er es nicht thut, wächst Unkraut und Heide. Und das ist die erste Strafe: sie müssen hungern, hier!« – sie deutete aufs Herz. »Nicht wahr, Rieke? Aber auch nachher, wenn sie von der Erde weggehen, müssen sie darunter leiden, daß sie ihren Garten nicht in Ordnung hielten. Wenn aber ein ganzes Volk seinen Garten verwildern läßt, weil's träge und schlafmützig ist, oder wenn sie sich drängen oder stoßen und die Grenzen verschieben, bis die Stücke der Kleinen, die unter ihnen wohnen, ganz klein sind, oder bis sie gar am Grabenrand an der Straße sitzen: und es steht niemand im Volk auf, kein Mächtiger, auch kein Kluger, und streitet für die Kleinen und ermuntert die Trägen, daß sie wieder mutig arbeiten, dann wird der große Herr des Gartens erbittert, und er schickt Starke über sie, oder er stößt sie mit den Köpfen zusammen und giebt ihren Garten andern Leuten,« sie schlug leicht mit der Hand auf den Bettrand, – »wie in der Weltgeschichte auf vielen Blattern zu lesen.«

Heim hatte den Kopf gesenkt und still zugehört. Nun hob er eilig Kopf und Hand: »Sehr gut! Nun mach' die Schlußanwendung auf den da!«

»Auf dich! Du!«

»Ach, das thatst du schon oft.«

»Ja, Andrees?« Sie sah immer auf die Kranke, und ihr schmales Gesicht wurde wieder rot: »Andrees? Andrees soll für seinen Garten sorgen!«

»Ja, Kind, das will er ja auch! Er will sich einen Hausgärtner halten, und er selbst will mit der langen Pfeife und im wehenden Schlafrock…«

Da sprang sie auf, mit stammenden Augen: »Das ist nicht möglich! Das ist verächtlich.«

Die Kranke hustete. »Bleiben Sie bei uns!« sagte sie. »Es ist so vieler Menschen Glück von Ihnen abhängig.«

Heim stand groß aufgerichtet neben Ingeborg: »Wenn Franz Strandiger hier Herr wird, verwüstet er den ganzen Garten.«

Da kehrte sich Andrees ab und ging hinaus.

Also wurde dreimal um Andrees Strandigers Seele geworben, und dreimal hielt er still und hörte zu. Aber seine Seele wurde noch zweimal wieder umstrickt.

Als Andrees nach Hause kam, schien es, daß sie schon alle zur Ruhe gegangen waren. Es war ganz still in dem weiten, alten Hause. Nicht von ungefähr, es trieb ihn ein Trotz und eine geheime Hoffnung, öffnete er die Thür zum Wohnzimmer. Da lag Lena Strandiger in dem Sessel, der rechts vom Tisch am Fenster stand; und sonst war niemand da...

Er stand vor ihr, und sie sahen sich an. Sie rührte sich nicht.

»Was siehst du mich an? Daß ich dich lieb habe, weißt du.«

»Nein!« sagte er zitternd, »Ich weiß es immer noch nicht.«

»Du Bär! Ich mag dich gern, eben weil du ein Bär bist. Die Herren, die ich kannte, ach wie viele, die sind so glatt, so gewandt, so geleckt, so weich ...ich mag sie alle nicht.«

Er rührte sich nicht, und sie lachte leise vor sich hin, wie im Traum; dann sah sie zu ihm auf, weich, lächelnd und bittend: »Ich muß an eine Stunde denken, die war ähnlich wie diese. Ich war bei einem Hauptmann zum Abendessen geladen. Das ganze Haus war voll von jungen, schmucken Menschen, und sie waren zuvorkommend gegen mich. Ich erinnere, daß ein junger Kaufmann mir mehr sagte, als er verantworten konnte, und ich glaube, daß ich ein wenig warm wurde, obgleich ich mir sagte, daß in der ganzen Gesellschaft der Rechte nicht vorhanden wäre. Aber nachher, wie ich fortging – ich hatte viel getanzt – und durch ein stilles Vorzimmer kam, stand da ein Füsilier – du weißt, von den Maikäfern – ein Gefreiter, ein starker, frischer Junge, so wie du, Andrees, mit losem, blondem Schnurrbart. Der sah mich so frei an, und ich sah, daß er nicht bange war, und daß er Gefallen an mir hatte, und ich – ich war nicht satt geworden von all der läppischen Speise –, er sprach plattdeutsch, war wohl aus deiner Gegend, ein Landmannssohn, ich weiß nicht.«

Sie schmiegte sich fester in die Polster.

»Wenn einer mir gefällt, so recht von Herzen, so im Herzen, hier, wo ich die Hand hinlege, dann, dann bin' ich sein, dann hat er hier eine warme, gute Stelle.«

»Ich wollte,« sagte er heiser, »du wärst mir nie über den Weg gekommen.«

»So faßte er mich damals an, so hart und fest.«

»Sei still! Ich will es dir sagen. Es muß doch zu Ende kommen. Sieh mich nicht so an. Sieh weg! Ich will es dir sagen: Ich bin herrisch und wild, ich will an mich reißen, was mir gefällt, und frage nicht, ob die Menschen um mich her weinen oder lachen. Und diese Seite von mir will zu dir, denn du bist auch so ...Weib du! Aber im Grunde meines Herzens da ist ganz etwas anders.«

»Sag' es nicht! Ich will's nicht wissen.«

»Das ist darin von meinem Vater her. Das ist warm und weich und will aus den Augen blitzen und mit den Menschen, unter denen ich wohne, lachen und weinen, hat die Heimat lieb und will nicht vom Haus und Grab des Vaters fort in die Fremde. Und seit ich das Haus wiedersah und das Meer, den Eschenwinkel und das Grab, die Kirche und...«

»Ich will den Namen nicht hören!«

»Maria Landt!« schrie er und schleuderte ihre Hand fort. »Du bist hart; aber sie ist gut und weich, und doch ...doch kann ich nicht von dir lassen.«

»Laß doch meine Hand los! Ich schiebe sie weg, so leicht! Der Maikäfer, der ahnte, was an mir war. Der hatte Feuer wie ich. Den mußte ich von mir stoßen. Ein Stück von der Spitze am Ärmel blieb in seiner Hand, so fest hielt er, so riß ich mich los. Aber dich, Andrees Strandiger, deine Hände schieb' ich beiseite. Was sollen deine Hände auf meinem Schoß?«

»Die Hände laß liegen!«

»Du solltest mich loslassen und morgen zur Bahn bringen, morgen früh! Ich bin gefährlich. Vielleicht fange ich doch noch deine Seele, die arme.«

»Wenn du anders werden könntest, wenn du eine weiche Stelle hättest, ein Herz...«

»Vielleicht! Hier nicht! Aber in Berlin. Wenn ich bei dir wäre, immer bei dir, ganz nahe, daß ich warm und weich würde!«

»Sag' es mir deutlich...«

»Sagen? Ich will es dir zeigen! Komm' mit, Andrees! Nach Berlin!« Sie war aufgesprungen und hatte sich wild gegen ihn gepreßt, und gleich stieß sie ihn von sich.

Dann floh sie aus dem Zimmer.

Viertes Kapitel

Es waren wieder acht Tage vergangen, und noch war das Wetter nicht anders geworden.

Andrees Strandiger ging langsam durch den dunklen Abend nach Haus. Er war zu Fuß nach der Stadt gegangen, hatte im Wirtshaus einige Bekannte getroffen; nun fürchtete er sich vor der Heimkehr.

Einen Augenblick stand er still und zweifelte, ob er wieder nach dem Dorfe zurückkehren und den Abend bei Heim verbringen sollte. Aber sie verstanden ihn ja alle nicht, und er verstand sie nicht. Es war das beste, er machte ein rasches Ende und ging hinaus in die weite Welt.

Von dem Lande her zog ein langsamer, schwerfälliger Wind. Er brachte der alten Erde starke, frische Luft. Naß und kalt wehte er durchs Land. Wen er berührte, der bekam frische Wangen und hatte Nebeltropfen im Haar. So hatte er heute nachmittag Ingeborg Landt berührt. Die kam am Wehl entlang ohne Kopfbedeckung, das Haar sehr lose geknotet, wie sie es zuweilen trug. Und Andrees war ihr begegnet und hatte gedacht: »Ingeborg wird einmal stark und schön werden. Aber noch ist nicht ihre Zeit. Was Maria fehlt, das wird sie dann haben: ein frohes, mutiges Herz.«

Aber weiter hatte er nicht nachgedacht.

Der Wind zog und schleppte leise singend die langen Nebelnetze aus dem Meer.

»Da drüben liegt Flackelholm, genau da, woher der Wind zieht. Groß, still und einsam liegt es da, wie ein Riese, der sich am Rand der Brandung hingelegt hat, so lang er ist, um zu schlafen, und hält mit krummem, breitem Rücken das Meer auf. Wie still wird es dort sein! Kein Mensch dort, und ringsum das weite Feld, und die Watten grau und eben und unendlich, und das ungeheure Meer. Wenn ich dort jetzt allein wäre, acht Tage lang, rund um mich die gewaltige Öde: vielleicht würden mir diese Dinge hier anders erscheinen. Von Flackelholm aus: ja! da muß die ganze Welt und das einzelne Leben anders aussehen, ganz anders.«

Der Wind zog vorüber mit klagender, singender Stimme redend, wie die Schiffer zuweilen singen, schleppend, schwerfällig, beim Ankerholen.

»Im Meer weit weg liegt Flackelholm. Aber wer findet den Weg? Dumme Gedanken!«

»Zu Lena Strandiger!«

Da sind die Ulmen. Und da blinken die Lichter vom Hof. Dort unten das Eckzimmer, da ist das Licht in Lenas Wohnung, und da steht sie. Sie hält den Handspiegel mit holzgeschnitztem Rahmen, den er ihr geschenkt hat, mit erhobener Hand vor sich und vollendet mit vorsichtig und fein ordnenden Fingern das Haar, das schöne, schwarze Haar. Er steht und sieht hin und atmet tief.

Und es kommt ihm die Neugierde, in Marias Zimmer zu sehen und zu wissen, was sie treibt. Er geht um das Haus und sieht oben im Schlafzimmer seiner Mutter Licht, wie er ein wenig zurücktritt, sieht er Maria Landt am Tisch sitzen am Fenster. Sie hat beide Arme aufgestützt und die gefalteten Hände an die linke Wange gelegt, und er erkennt nichts von ihrem Gesicht. Aber er sieht es an der Haltung, und er weiß es ja: hinter den Händen sind traurige Augen und blasse Wangen, und unter dem dunklen Haar ist kein einziger frischer, mutiger Gedanke.

Er schüttelte den Kopf, kehrte um und ging vorn durch die Hausthür. Und wie ber Klang der Thürglocke die Gänge entlang lief und in die Zimmer drang, legte Lena Strandiger den Spiegel hin und sagte laut: »Heute abend will ich ihn greifen.« Maria Landt aber zuckte zusammen: »Da ist er! Und ich kann ihn nicht halten, so fest ich meine Hände auch zusammenpresse.«

In Lenas Zimmer trat Anna Witt. Sie hatte heiße Wangen und helle, blitzende Augen: »Herr Franz Strandiger läßt sagen, Sie möchten ins Wohnzimmer kommen.«

In Maria Landts Zimmer trat Antje Witt, sah sich ängstlich um und sagte hastig: »Komm mit, Maria! Rieke Witt stirbt. Der Tod kam vom Kirchhof herunter den Sandweg entlang und ging nach dem Wehl zu und streifte mit seinen Laken gegen die Fenster, daß es klatschte. Nun kann sie keine Luft mehr kriegen.«

Im Wohnzimmer war es warm und freundlich. Die Lichter des Kronleuchters standen stolz und grade, weil sie sich einbildeten, glücklichen Menschen zu leuchten. So ein dummes Licht verwechselt Glück und Glanz. Der weiche, dunkle Teppich sagte: »So weiche Füße, wie Lena Strandiger hat, trug ich noch nie.« Der Sessel lehnte sich noch weicher und behaglicher zurück und sagte: »Setz dich, Andrees! Lena Strandiger kommt gleich; sie will mit dir über weite Reisen plaudern und über die schöne, große Stadt. Maria Landt hat traurige Augen, und in Rieke Witts Krankenstube ist bedrückende Luft. Du und Lena Strandiger gehören hierher.«

Und Lena kam und hatte Briefe aus Berlin bekommen. Alle Bekannten grüßten und fragten: »Wann kommt Herr Strandiger wieder? Wir entbehren sein ernstes Gesicht, feine stolzen Augen und seine gute Haltung.« Sie hatten ein Verzeichnis der Kunstausstellung geschickt, das Proben der Gemälde enthielt, einen saubern, handlichen Band mit abgerundeten Ecken, und Lena rückte an seine Seite, und ihre dunklen Köpfe neigten sich zu einander. Sie zeigte ihm die Bilder und machte ihn auf bekannte Namen aufmerksam. Und wie sie blätterte, sahen sie eine Heidelandschaft mit einem alten Strohdach im Hintergrund, und sie sagte lachend: »Heim Heiderieters Heideheim.«

So redete sie und machte ihn aufmerksam und nahm seine Seele an ihre Hand und führte sie durch belebte Straßen, in herrliche Schlösser, unter lachende Menschen und umgab sie mit Großstadtluft. Und er schwieg.

Da traten Franz und seine Mutter ins Zimmer. Und wahrend sie eine Wendung machte, um zu sehen, wer da käme, und sich ein wenig seitwärts beugte, lag sie fest gegen seine Schulter. Ein rascher Blick flog zwischen den Geschwistern hin und her.

Franz Strandiger trat lässig auf Andrees zu und gab ihm ein Papier: »Der Rechtsanwalt hat den Kontrakt nach deinen Wünschen aufgeschrieben. Ich denke, die Angelegenheit kann jetzt geordnet werden.«

Andrees beugte sich über die großen Bogen. Wieder ist Lenas Kopf dicht neben dem seinen.

Dann fangen sie an zu reden. Sie reden lauter, ruhiger, lässiger, als sie sonst zu thun pflegen. Sie unterhalten sich wie Leute, die über geringe, nebensächliche Dinge beraten. Die alte Frau geht mit raschen Schritten hin und her; aber sie geht nicht ein einziges Mal durch die Thür des zweiten Zimmers, obgleich sie weit offen steht und obgleich es sonst ihre Gewohnheit ist. Sie geht eilig hin und her, hin und her, die Hände auf dem Rücken gekreuzt. Wenn das Papier da unterschrieben ist, dann ist Franz hier Pächter, später vielleicht Besitzer: Andrees geht mit Lena nach Berlin, und alles ist gut. Schwere Jahre liegen hinter ihr. Das hohe Kostgeld von Andrees und jährliche Geldspenden eines Bruders, eines alten Junggesellen, haben den Berliner Haushalt notdürftig erhalten, armseligen Flitter, Goldpappenherrlichkeit! Schwere Jahre! Aber nun wird es anders.

»Ich habe zwölf Jahre Pachtzeit geschrieben,« sagte Franz.

»Nun ja! Wenn's uns beiden recht ist, kann die Pacht dann ja verlängert werden.«

»Und deiner Mutter und dir bleibt der ganze obere Stock, nebst einem Gespann. Das Nähere steht hier, im fünften Punkt.«

Andrees saß am Tisch, hatte den Kopf in die Hand gestützt und sah auf den Federhalter, mit dem er auf dem Papier die Reihen verfolgt hatte, und wunderte sich, wer ihm das zierliche Ding in die Hand gegeben hatte, und daß es aussah wie ein Pfeil.

»Es ist mein Federhalter!« sagte Lena und nickte ihm zu.

»Er sieht aus wie ein Pfeil.«

»Ja,« sagte sie, »er trifft ein Herz.«

Sie sah ihn fragend, mit verhaltener Zärtlichkeit an. Er aber dachte an Maria Landt und an die Leute im Eschenwinkel. Und die Feder fuhr vom Papier zurück.

»Es ist ein merkwürdiger Gedanke,« sagte er langsam, und er fühlte die Größe dieser Stunde, »wenn einer sein Recht an Land und Leuten einem andern giebt für ein Stück Papier ... So heimatlos! ...«

Und mit einem Male, wie sein Geist das Erbe der Väter durchwanderte, kam es ihm wie Einfall. Das Blut schoß ihm ins Gesicht, und seine Augen irrten über den Tisch. Er dachte an das einsame, stille Land, wo er heute abend in Gedanken gewesen war, und wie ein vergessener

Traum, der wieder lebendig wird, stieg die Erinnerung in ihm auf, daß Maria Landt einst am Wodanshügel von Flackelholm gesprochen hat als einem Zufluchtsort im Unglück.

»Flackelholm ist im Kontrakt nicht erwähnt?«

»Es ist nicht genannt, aber es ist hier im dritten Punkt mit einbegriffen.«

»Flackelholm ist kein Vorland, sondern eine selbständige Insel.« Er nahm die Feder, die er hatte fallen lassen. »Ich weiß nicht, warum … vielleicht, daß ich einmal da jage. Ich will die Insel und ihr Vorland ausnehmen.« Und er schrieb: »Mit Ausnahme von Flackelholm und seinem Strand und seinen Watten, die bis zum Flackstrom gehen.«

Da ging die Thür des Nebenzimmers auf, und Ingeborg Landt erschien.

Ihr lebhafter, wachsamer Geist erkannte gleich, daß etwas Außergewöhnliches vorging. Sie sah das Schriftstück und die Feder in Andrees Hand, sie sah über die Gesichter hin und wußte alles. Sie hob ihren Kopf, und ihre Augen wurden groß. So blieb sie auf der Schwelle stehen.

»Du thust bitter unrecht an uns allen, und ich…«

»Und Sie?« sagte Lena Strandiger, die Hand auf den Tisch gestützt.

»Ich habe dich, so lange ich denken kann, hoch gehalten. Ich glaubte, du wärst ein Held…«

»Die reine Liebeserklärung, Andrees!« sagte Lena lachend.

Ihr Bruder Franz sah staunend auf Ingeborg Landt. Sie war köstlich anzusehen.

»Wenn ich ihn lieb hätte,« sagte Ingeborg laut, »was geht Sie das an? Es ist überhaupt ganz gleichgültig! Wenn er uns hier schmachvoll verläßt, wollte ich, ich wäre nie in sein Haus gekommen.«

Da stand Andrees auf und ging auf sie zu: »Ingeborg!« sagte er hart, »du vergißt dich! Ihr benehmt euch thöricht und verletzt die guten Sitten.«

»Die guten Sitten? Ihr verkehrt gut und böse, Treue und Lüge.«

Er schüttelte den Kopf wie ratlos.

»Komm noch einmal mit, Andrees, über die Heide! Komm mit zu Frisius! Nein! Ich weiß: wir wollen zu Heim gehen, und wir drei, Heim, du und ich, wollen noch einmal alles beraten. Weißt du, neben dem grünen Kachelofen wollen wir sitzen, in dem das Feuer so lustig brennt, und die Lampe steht auf der Lade, und Heim ist so gemütlich, und erzählt von alten Geschichten aus der Heimat.«

Franz Strandiger sah auf Ingeborg. Er hatte, leicht fortgerissen, ein Augenblicksmensch, wie er war, den ganzen Kontrakt vergessen und freute sich des Auftritts. Obgleich er rasch zum Spott geneigt war und sich immer den Verhältnissen, die ihn gerade umgaben, überlegen fühlte, diesmal war seine ganze Zuneigung bei dem jungen, frischen Blut, das erst so stolz und fast höhnisch und jetzt bittend auf der Schwelle stand.

»Geh' doch mit, Andrees!« spottete Lena.

Der wandte sich um: »Sei still!« sagte er rauh. »Sie meinen es gut mit mir.«

Da merkte Franz am Ton der Stimme, daß die Sache auf dem Spiel stand, und im Augenblick war er verwandelt. Er trat auf Ingeborg zu, und, indem er sie stolz und seiner Kraft bewußt ansah, sagte er ernst und mit sprühenden Augen: »Fräulein Landt! Dieser Mann hier, Andrees Strandiger, wird nächstens dreißig Jahre alt. Ich habe so ziemlich dasselbe Alter. Wir beide sind mündig. Erwägen Sie selbst – Sie haben ja einen klaren Verstand« – er spottete in diesem Augenblick nicht – »wie das aussieht, daß Sie mit Ihren achtzehn oder neunzehn Jahren uns Männern in unsere geschäftlichen Verhandlungen fallen. Sagen Sie« – er legte seine Hand auf die Schulter seines Vetters – »ist dieser ein Mann oder nicht?«

Da schlug Ingeborg die Augen nieder. Die starke, selbstbewußte Männlichkeit, die in diesen Augen und in dieser Haltung lag, drückte sie nieder. Es überkam sie wie eine körperliche Furcht, daß er seine feste Hand auch auf ihre Schulter legen könnte, und daß sie dann in die Kniee sinken müßte.

Sie sah in seine Augen, das ganze Gesicht von Rot übergossen: »Ich schiebe alles, was kommt,« sagte sie langsam, »auf seine Schultern.« Und kehrte um und ging hinaus.

Bald nachher kam Anna Witt zu Ingeborg ins Zimmer: »Ich soll um die Schlüssel zum Wein-
keller bitten. Sie sollen eine Flasche vom besten trinken, sagt Fräulein Strandiger. Der Herr geht
wieder nach Berlin, und Herr Strandiger bleibt hier!«

Sie ging singend den Flur entlang.

Neben dem Bett stand Frisius.

»Es war immer Sonnabend, Herr Pastor, das ganze Leben hindurch, immer Reinmachen
und Schrubben. Anders nichts. Bei all den Kindern!«

»Nach Sonnabend kommt Sonntag.«

»So ist das! Und mir ist das recht. Für meine Person! Mir ist frei ums Herz nach dem heiligen
Mahl. Es gehe, wie es gehe! Da will ich nun an den lieben Herrgott denken. Aber Reimer!
Und die Kinder!«

»Wir wollen alle auf sie passen, Rieke. Sei man ruhig!«

Sie wandte den Kopf langsam nach der Stube hin, die voll von Menschen war.

»Ja, wir wollen uns alle um sie kümmern,« sagte eine junge Frau, die selbst vier Kinder hatte.

»Ihr mit eurer Armut,« sagte die Sterbende leise.

Pastor Frisius ging.

Die alte Thiel kam vom Fenster her, wo sie still gesessen hatte, solange der Pastor da war.

»Das beste ist, Rieke, du sagst zu deinem Mann, daß er sich wieder verheiratet. Er muß das
wegen der Kinder. Wenn du es ihm sagst, wird er es eher thun. Dann haben die Kinder ihre
Verwahrung.«

Über das Gesicht der Kranken flog ein leises Rot, und ihre Augen wurden noch glänzender.
Aber dann dachte sie gleich an die Kinder. »Wenn da ein ordentliches Mädchen ist, nicht so
jung, es ist das beste. Antje kann es nicht.«

»Wenn Telsche Spieker es wollte.«

»Telsche? ...Ja...«

Sie lag eine Weile. Dann fragte sie: »Ist Peter Nahwer da?«

Der alte Tischler trat ans Bett. Er hatte die kurze Pfeife im Mund wie immer, obgleich er
seit Jahren nicht mehr rauchte. Der Arzt hatte es ihm verboten.

»Er kann dir den Sarg nicht bezahlen, Peter Nahwer.«

»Macht nichts, mein Deern. Nächsten Herbst! Nächsten Herbst!«

»Wenn's angehen kann, Nahwer, mach' einen schmucken Sarg, mit so'm bißchen silbrigen
Zierat darauf und zwei Kränze von Glasperlen. Es ist wegen der Kinder.«

»Du kriegst so'n seinen Sarg wie Mutter Thomählen, Rieke. Ich habe noch von den schönen
Preßsteinen liegen. Das gehört eigentlich zu Betten und Kommoden; aber es sieht fein aus.«

»Ist einerlei, Peter Nahwer, mach' das man.«

»Will ich, mein' Deern!« Peter Nahwer trat zurück und sog an seiner Pfeife. Die alte Thielsche
winkte ihm mit ihrer großen Hand und sagte leise, indem sie ihn streng ansah: »Du machst
mir grad so einen Sarg wie der Thomählen. Ich bin alle Jahre mit ihr nach dem Hof gegangen.
Ich will nicht schlechter sein als sie. Hörst du?«

Am Bett stand jetzt ein anderer Nachbar. Sie wurden leise, mit zarter Kinderstimme gerufen
und kamen gleich und sprachen leise und beugten sich über das Bett und traten zurück und
sagten zu einander: »Sie macht es nicht mehr lange,« und sie hörte es und wartete auf das Ende.

Maria Landt stand am Fußende des Bettes, hatte den dunklen Kopf gegen das Gesims gelegt,
und ihre Augen waren voller Thränen.

Da wurde die Thür aufgemacht, und Ingeborg erschien. Sie ging sofort auf ihre Schwester
zu und sagte: »Du...Andrees hat den Vertrag unterschrieben, der Hof ist verpachtet.«

Es wurde ganz still.

Dann kamen einige halblaute, ruhige Bemerkungen: »Na, denn also! Nun steht der Eschenwinkel nicht lange mehr!«

»Was nun wohl aus uns wird?«

Die Kranke wandte ihre Augen zu Maria. »Es geht mich nichts mehr an. Meine Arbeit auf
dem Hof ist gethan. Du sagtest immer, er wäre ein guter Mensch.«

»Das ist er. Die andern haben ihn ganz verredet.«

»Du hast die meiste Macht über ihn. Du kannst es noch wieder zum Guten wenden. Vergiß das nicht. Ich – ich will an etwas anderes denken, jetzt...Es wird Zeit. Die Kinder...Maria, willst du beten? Ganz laut! Mir ist, als wenn ich nicht mehr hören kann. Aber ehrlich, Maria, du weißt, wie es steht.«

Da betete Maria, weich und warm klang es, als käme es ohne Vermittlung des Mundes, aus tiefster Seele: »Wir bitten dich demütig für acht Kinder, daß du sie bewahrst vor dem Hunger und vor der Vernachlässigung und vor ungerechten Schlägen und vor bösen Menschen und besonderem Unglück. Weil keine Mutter ihnen in ihrer großen und kleinen Not helfen wird, bitten wir dich, du wollst auf sie sehen. Wir bitten dich wegen ihres Aufstehens und Schlafengehens, und daß sie im Winter nicht frieren, und daß sie gern einen haben, dem sie die Hände um den Hals legen. Wir wissen, daß du der Vater aller Waisen bist und kein Waisenkind umkommen läßt; aber wir wissen auch, daß es dir Freude macht, wenn deine Kinder bittend oder dankend zu dir kommen. Wir vertrauen deinen Verheißungen für Leben und Sterben. Amen.«

Sie ließ die Hände sinken, die sie gegen die Brust gepreßt hatte, und wartete bange, bis der Erstickungsanfall vorüber war und die Kranke schwach und schwer atmend dalag, mit halbgeschlossenen Augen.

»Was sagt ihr? Andrees Strandiger ist tot?«

Ingeborg beugte sich über die Sterbende: »Nein, Rieke, er will fort von uns.«

»Betet für ihn! Es weht frische, reine Luft über meine Brust, wenn du betest. Bete!«

Maria schluchzte laut auf.

Da sagte Ingeborg: »Laß mich!« Und sie betete mit zuversichtlicher Stimme: »Lieber Gott! Wir sind alle in Not, der ganze Eschenwinkel und wir und seine Mutter und er selbst. Du kannst wohl thun, was du willst; aber er kann nicht thun, was er will. Zeige ihm deine Stärke. Ich erinnere dich an deine Verheißungen, daß du willst, daß allen Menschen geholfen werde. So hilf uns, gieb uns allen Brot, Heimat und Häuser. Wir sind umgeben von Not und verstehen dich und dein Thun nicht, aber wir vertrauen auf Jesus Christ und sehen auf ihn. Du wirst alles zum guten Ende führen. Amen.«

So ungefähr betete sie, die Stirn zwar voll Falten; aber ihre Augen glänzten. Der Wind zog rauschend über den Wehl, und der Regen schlug gegen die Fenster.

Während sie noch betete, war Reimer Witt eingetreten. Er hatte sein Arbeitszeug an und die Wintermütze über die Ohren gezogen. Er sah müde aus. Als er die vielen Menschen sah und das Beten hörte, merkte er, daß es zu Ende ging. Er weinte nicht; seine Augen wurden nicht einmal naß; aber es ging eine fahle Blässe über sein Gesicht, und seine Augen bekamen einen starren, finstern Ausdruck. Er reichte das Medizinglas, das er in der Hand hielt, Maria hin und beugte sich über das Bett.

»Andrees?« sagte sie.

»Der steht draußen am Fenster und sieht in die Stube. Gott mag wissen, was er da will... Rieke...«

»Mein Reimer...Das Kleid sitzt ihr gut, Reimer! Nun kann ich in diesem Jahr nicht zum Abendmahl gehen...im nächsten Jahr gehe ich. Das Kleid sitzt gut, Bertha!...Fritz, du kannst nicht mit in die Kirche gehen. Deine Jacke...Nun sind noch sechs übrig, Reimer. Nun gehen wir. Gott sei Dank, daß mal Sonntag ist.«

Die Seele versuchte die ersten matten Flügelschläge; der Atem wurde schwach und leicht. So leicht hatte Rieke Witt lange nicht geatmet. Die Seele trat auf die Schwelle, da hielt das Herz still. Die Seele flog auf; da stand das Haus leer. Und wenn ein Haus leer steht, verfällt es. Es war ein stilles Totenantlitz.

Da ging Maria Landt hinüber zu den Kindern. Die Thür vor ihr ging leise, wie von selbst auf. Fritz kam ihr entgegen. Sie kniete vor ihm nieder. Nun war er gerade so groß wie das große, schöne Mädchen.

»Du, Fritz, deine Mutter ist weggegangen.«

»Ist sie tot?«

Die Großen fingen an zu weinen, die Kleineren schlossen sich an. Nur Fritz blieb ruhig. Er zog die Stirn kraus, wie Ingeborg vorhin beim Beten gethän hatte:

»Du sagst, sie ist weggegangen?«

»Weit weg in ein anderes Land.«

»Scheint da die Sonne? Und giebt's da fix was zu essen?«

»Das glaube ich, Fritz.«

»Na ... denn ist's man gut, daß sie weggegangen ist. Hier giebt's nicht immer was Ordentliches. Aber jetzt kriegen wir erst mal was. Als Hans Leesen sein Vater wegging, haben die Leute Fleisch und Kuchen hingeschickt, große, weiße Kringel.«

Maria Landt erhob sich. In ihr weinte es heiß auf: »Es ist zuweilen gut, daß einer weggeht. Dann werden die andern satt. Das ist das ›für die andern sterben‹.«

Es wurde ihr dumpf im Kopf, als legte sich eine schwere Hand auf ihr Haar. Sie trat wieder in die Stube. Sie waren alle fortgegangen; nur Reimer Witt saß am Bett. Sie erbot sich, die Nacht mit ihm Wache zu halten; aber er bat sie, zu gehen.

Da ging sie, nachdem sie Antje, die verstört auf der Diele stand, zu den Kindern geschickt hatte. Als sie am Wehl entlang ging – es war sehr dunkel, und sie hatte Mühe, vorwärts zu kommen, so stark schlug der Wind das Kleid gegen sie an –, kam wieder die Schwäche über sie, daß sie stehen blieb. Wieder kam der dumpfe Gedanke, als würde er durch eine schwere Hand in ihr Hirn hineingedrückt, daß der Tod des einen das Glück des andern sei. So plötzlich und körperlich stieß der Gedanke in ihre Seele, daß sie taumelte. Aber sie riß sich diesmal noch auf. Sie erhob sich schwerfällig von den Knieen und ging mutlos, in dumpfem Traum heim.

Das Sterben, das sie mit angesehen, traf ihre Seele, die von Natur weich und zart war, zu hart; sie zerfloß und verlor den Zusammenhang des Erkennens und Willens. Die trübselige, trostlose Verwirrung der Dinge auf dem Hof und im Eschenwinkel ging in ihre Seele über. Der Sturm hatte schon lange in ihr getobt, immer stärker werdend. Jetzt, in dieser Nachtstunde, erschien der erste weiße Gischt überm Deich. Noch ein Stoß, und das wilde Wasser überschwemmt ihre Seele.

Dennoch schlief sie in diesen folgenden Nächten, soweit Ingeborg es erinnert, tief und fest und erholte sich etwas.

Indes hielt Reimer Witt allein die Totenwache.

Er ging immer rund um den Tisch, der in der Mitte stand. Jedesmal, wenn er an der Bettseite entlang ging, sah er auf das bleiche, stille Gesicht, und jedesmal, wenn er an der Fensterseite entlang ging, sah er auf ein Bild, das da zwischen den beiden Fenstern an der Wand hing. Eigentlich sollte dort ein Spiegel hangen, und sie hatten oft davon gesprochen, daß sie einen schönen Spiegel kaufen wollten, wenn die vier ersten Kinder konfirmiert wären. Früher glaubten sie kein Geld dazu zu haben. Also hing das Bild da. Es war ein bunter Druck, zwei Hand breit nach unten und zur Seite, wohl über zwanzig Jahre alt, und darunter stand: Die Schlacht bei Verneville.

Und zuerst wußte er nicht, was die beiden miteinander zu thun hätten, das bleiche Gesicht und das bunte Bild. Aber dann mit einem Male durchfuhr es ihn. Schweiß trat ihm auf die Stirn, als er nun fortfuhr, darüber nachzudenken.

Er hatte bisher in seinem Leben einen erschütternden Tag erlebt, das war jener Tag von Verneville, und nun fügte sich an jenen Tag dieser heutige, ebenso furchtbare, ebenso herzerschütternde. Jener Tag hatte ihn zu einem ernsten Mann gemacht, dieser machte ihn zu einem stillen Mann. Und diese Erkenntnis machte seinen Herzschlag stocken.

Da seine Seele aus den Wogen des gegenwärtigen Jammers herausstrebte, geriet sie in den Jammer der Vergangenheit.

»Hörst du die Kanonen, Reimer?«

Jan Requast, sein Nebenmann, der Knecht vom Stülperkoog, sieht ihn mit weit aufgerissenen Augen an. Sein Helm sitzt im Nacken, und auf seiner Stirn stehen große Schweißtropfen wie blanke Nagelköpfe.

Sie sind beide noch Knaben, zwanzig Jahr alt; sind hinterm Pflug hergegangen, umkreist von Möven, und haben ihr Lied dazu gesungen. Sie sind dann und wann in die Kirche gegangen, dann und wann zum Tanz und haben sich weiter keine Gedanken gemacht.

»Wie Mutters Kaffeemühle! Hörst du, Reimer?«

Reimer Witt preßte die Lippen fest zusammen. Seine Augen starren finster auf die aufgewühlte weiße Grantstraße. Das zweite Bataillon zieht vorüber, gegen diese Kanonen. Von Heinrich Thiel ist nichts zu sehen.

»Marsch! Marsch!«

Es ist gut, daß sie alle mitziehen. Zehntausend vorn und zehntausend hinten … sonst würde er alles, alles von sich werfen und würde laufen, laufen, bis er einen Acker träfe, fern von diesem Knattern und Dröhnen und Rollen und Rasen, und einen Pflug auf diesem Acker, oder einen Spaten, an den er seine Hand legen könnte, den Acker fleißig, sauber zu bestellen, den lieben, stillen Acker, über den die Möven fliegen, bis zum süßen Feierabend.

»Hörst du, Reimer? Das sind Gewehre von unsern Leuten.«

»Da vorne brennt die Heide … oder was ist das?«

Da vorne ist alles voll von blaugrauen Wolken. Die wälzen sich, lange, träge Riesen, in ihrer ganzen Länge auf der Erde und brüllen.

»Wir sind noch weit vom Schuß, Jan! … Ich glaube, wir kommen noch nicht vor … morgen vielleicht.«

»Meinst du? … Ich möchte sonst …«

»Was möchtest du …«

»Schützenzüge! … schwärmen …«

Rechts hat sich das Feld gesenkt …

»Ja … wo sind die Zehntausend vor uns?«

Nur spärlich, hier und da, die Gestalt eines Offiziers, geduckt wie zum Sprung, die Säbel vor sich in die Erde gesteckt. Zwei, drei Pferde mit langen, blauen Schabracken jagen über die liegenden Menschen.

In langen Reihen liegen sie da, die Beine gespreizt, das Kinn an der Erde, den Kolben an der Wange; in Rauch gehüllt.

»Reimer … Mensch!«

Es schrie irgend etwas auf. »Es war ein Tier, Reimer.«

Da liegen sie nebeneinander.

»Rück' beiseite. Ich kann nicht anlegen. Siehst du die roten Kerle?«

»Rück' beiseite, Fritz!«

Wie tot liegt er da.

Wie tot? Das Bajonett liegt schräg vorn gegen die Erde, und der Kopf ist gegen den Kolben gesunken, und das linke Auge ist geschlossen, aber das zielende, das rechte … das ist doch offen?

»Du, Jan! Fritz Hellerwatt ist tot!«

Vorn stürzt ein Offizier, noch einer; der eine vornüber wie ein Bleisoldat, der andere sinkt in die Knie, hält die Hände hoch überm Degenknauf gefaltet. Von links kommt ein weher Schrei. Ein Husar kommt in schräger Richtung gegen sie an, kümmert sich nicht um das Schießen, barhaupt, mit entblößtem Arm, an dem das Blut herunterträufelt. Als er näher kommt, sieht Reimer Witt, daß seine Stiefel rot sind vom roten Gras.

»Herrgott!«

Mit einem Male, wie wenn auf dem Theater die Scene wechselt, mit einem Ruck … verschiebt sich in seiner Seele alles … Was da wichtig war und breitbeinig und großartig im Vordergrund stand: die bunte Uniform und das Mädchen in der Stadt und die Peitsche mit dem ledergeflochtenen Stiel und Jan Nequast, der lustige, sein bester Freund … die werden alle ganz klein und treten zurück, und da war etwas … das hatte ganz hinten in seiner Seele gelegen … unter allerhand zerbrochenem und verachtetem Kinderspielzeug. In diesem Winkel stürzten seine Gedanken und suchten und fanden noch einige halbzerbrochene Stücke und hielten sie fest umklammert mit beiden Händen.

»Dort hinterm Wall die verdammten braunen Kerle! … Witt! ziel … gut …!«

> Ich bin ja nur ein Kindlein klein.
> Und meine Kraft ist schwach;
> Ich wollt' so gerne selig sein
> Und weiß nicht, wie ich's mach'.

»Dreihundert Meter! Mensch, ich hab' getroffen. Der hat genug … Ich bin getroffen … hab'…
auch … genug…«

> Wenn du wollt'st in der letzten Not
> In Treuen bei mir sein,
> Sollt' wohl der harte, bittere Tod
> Mein Himmelfahren sein.

»Auf!« Die Trommeln lärmen. »Sie sollen weg, so wahr wir Schleswig-Holsteiner sind.« Drei
stürzen mit einem Male.
»Grüß' sie…«

> Wenn ich vor deinem Hofthor steh',
> Gott, Vater, laß mich ein:
> Dein Hof so rein, dein Haus so hell,
> Laß meine Heimat sein.

Reimer Witt wandte sich von dem Bilde ab und ging langsam und zögernd um den Tisch, so
wie ein Knabe, der etwas bestellen soll, kurz vor seinem Ziel langsam geht, überlegend, was er
sagen soll. Wie er in die Nähe des Bettes kam, wollte er vorübergehen. Da drehte er sich halb
um, wie wenn er auf fernen Ruf, auf Kommandowort horchte, und dann fiel er mit einem Male
nieder, gerade wie einst im Feld bei Verneville, und lag still auf seinen Knieen, und wieder, wie
damals, stammelte er die Kindergebete. Aber diesmal holte er sie nicht aus dem Winkel. Sie
lagen glänzend vorn an der Thür, blinkende Perlen.

Seit dem Tag bei Verneville wußte Reimer Witt, daß ein Gott die Welt regiert, ein Gott so
nah, so persönlich, daß man ihn mit »du« anredet.

Sie sagen, es ist so und so lange her, daß wir nach Frankreich zogen! Es giebt viele tausend
Häuser im ganzen Vaterland, kleine und große, an Bergesabhängen, an Strömen und am Meer-
strand, in denen noch heute gegen Frankreich gekämpft wird. In der Erinnerung, in Wachen
und Schlafen, kämpfen die einen; die anderen haben in nassen Lagern, auf kalten Vorposten,
in Hunger und Kälte, durch Wunden und Krankheit den Keim des Todes mitgebracht, fallen
noch immer fürs Vaterland; andere, die den Gefallenen, den nachher Gestorbenen nahe standen,
tragen an Seele und Leben, an Nahrung und Kleidung, an Erziehung und Lebensführung die
Narben von Verneville. Wie lange kämpfen wir noch? Dies ganze Geschlecht wird vergehen,
ehe wir Frieden haben.

Fünftes Kapitel

Es war Dezember und Weihnachten nahe. Wie schwer beladene Handelsleute zogen die grau-weißen Wolken herüber und versorgten alles Land mit dem herkömmlichen weißen Festkleid. Ein Wolkenwagen nach dem andern zog dahin, übervoll beladen. Und wie sie dahin fuhren, verschütteten sie einen Teil ihrer Ladung, daß Marsch und Heide ganz weiß wurden. Sie kamen von Westen her, und schon auf das wogende Meer fielen die weißen Sternchen. Was soll das kalte, unruhige Meer mit Frau Holles weißem, weichem Daunenbett? Es wird nie einschlafen.

Die Menschen sehen die Schneewagen gerne kommen. Die Kinder freuen sich, daß sie Schneemänner machen können; die Großen sagen, Weihnacht ohne Schnee sei kein rechtes Fest. Der alte Pellwormer, der Nachtwächter, der belesene, denkschwere Mann, versteigt sich zu der Behauptung, daß weiße Weihnacht mit zu den Dingen gehören, welche uns Menschen seit Noah versprochen sind.

Als Heim Heiderieter aufwachte – es war so gegen halb acht Uhr –, sah er gleich an dem hellen Tagesschein, der in das niedrige, breite Fenster fiel, was draußen in der Nacht geschehen war. Er öffnete das Fenster und sah über die weite, schneeweiße Heide und sah in die Marsch hinunter und zeigte den oben stehenden Wolken seine Anerkennung, indem er lebhaft mit dem Kopf nickte. Dann kleidete er sich vollends an und ging stracks in den Saal und setzte sich an den Schreibtisch und arbeitete zwei Stunden.

Er hatte gestern bis zwölf Uhr im Wirtshaus gesessen, hatte eine Zeche von drei Mark gemacht, hatte ein schlechtes Gewissen und fürchtete Telsche Spielers Angesicht.

Von der Wirtschaft in Küche und Stall hörte er nichts; von Telsche Spieler sah er nichts.

Er saß, las und grübelte. Er suchte nach einem Stoff, nach einer schönen Geschichte. Er baute Burgen in die Wolken hinein und ließ sie wieder in die Wellen fallen. Er arbeitete in den Geschicken armer Menschen, die, wie er wollte, lebten und sich drehten und starben. Er arbeitete mit Menschen wie ein zweijährig Kind mit dem Baukasten.

Er wußte nicht, was um ihn geschah. Der Hase, der draußen geduckt im Kohl saß, hätte ins Fenster sehen können. Heim hätte es nicht bemerkt.

Um zehn Uhr kam Telsche Spieler, in frischen Stalldunst gehüllt, ein warmes Tuch um Kopf und Schultern. Sie sah ordentlich frisch aus, und ihre Augen waren blank.

»Du ... Heim!«

Er hörte nichts.

»Heim! Wach auf! Und klettere mal zu mir herunter!«

Heim hob den Kopf und blinzelte seitwärts zu ihr hin: »Was ist los? Willst du eine Wärmfla-sche für die Hasen, die in meinem Kohl sitzen? Oder hat Ingeborg dich ganz unklug gemacht?«

»Du brauchst dich über andere Leute nicht lustig zu machen; sie könnten dir's heimzahlen ... Ich war bei Witts.«

»Nun, Telsche?«

»Es geht da nicht länger so. Es ist unchristlich, das anzusehen. Was über die Landts gekommen ist, weiß ich nicht. Die kümmern sich auch wenig um die armen Würmer.«

»Was ist los? Red' doch, Menschenkind!«

»Die Kleinen sitzen in den Betten und wollen den ganzen Tag darin bleiben, und sie haben recht; denn die Stube ist kalt und der Herd auch. Bertha und Karsten sind in der Schule. Fritz hockt am kalten Ofen.«

»Wo ist Reimer denn?«

»Der ist seit gestern mit Klaussens Ochsen zum Markt nach Husum. Er hat mir seine Not geklagt.«

»Und das Frauenzimmer, die Antje?«

»Sie haben gestern einen Brief vom Apotheker bekommen. Er redet von Pfänden. Nun ist sie hin.«

»Der Kerl! Ich wollt', ich hätt' ihn hier in seiner größten Retorte. Weiß nicht, wie warm er sitzt und wie kalt die Kinder.«

»Ja, nun schimpf'! Der hat wohl bald Zinstag! Nun hilf, Heim!«

»Na . … können die … drüben?« Er zeigte mit dem Daumen nach der Richtung, wo etwa die Schule lag.

Telsche Spieler fuhr auf: »Haben die etwa nicht genug gethan in dem ganzen Jahr, als Rieke krank war? Haben sie nicht selbst ihre liebe Not? Heute nachmittag kommen die beiden hungrigen Jungs in die Ferien. Da sind die Alten natürlich aus Rand und Band. Hörst du? Die Kinder singen Weihnachtslieder. Heute mittag hört die Schule auf.«

Sie lauschten beide. Von fern klang es durch die Wände und von draußen durch die Fenster herein. Die bekannte Melodie umschmeichelte sie. Sie schwiegen eine Weile. Heim sah mit finsteren Augen auf die breiten Dielen mit den blanken Nägelköpfen, die auf den vertretenen Brettern auf runden Erhöhungen standen.

»Daß man doch nie fröhlich sein kann!« sagte er und schlug auf den Tisch. »Nicht mal zu Weihnachten! Sie thun immer, als ob zu Weihnachten alle Menschen glücklich wären, schreiben und lügen drauf los, und jeder wickelt sich bis über die Ohren in seine warme Decke. Alle Menschen glücklich! Verdammte elende Lüge!«

»Ja! Wer soll nun helfen?«

»Na … erstmal wir!«

»Ja, hast du Geld, Heim? Ich habe noch fünf Thaler für den Hausstand, damit soll ich auskommen, bis wir den Anderthalbjährigen verkaufen.«

»Ach was, das dumme Geld!«

»Ja, das Geld! Du solltest ordentlich wirtschaften, den Kram mal mit beiden Händen anfassen und vor allen Dingen nicht Geld aus dem Fenster werfen, auf daß du habest zu geben den Dürftigen!«

»Donner!« Er sprang auf und griff nach dem Tintenfaß.

»Ich will dir man sagen, Heim: die Geschichte geht nicht länger!« – sie war wahrhaftig hochrot im Gesicht. – »Du mußt dir eine Frau nehmen! Wenn ich bei dir bleibe, wird nichts aus dir. Du hast keinen Respekt vor mir und hast keinen Trieb, deine Arbeit zu thun. Du denkst immer: ›Ach, Telsche Spieler sorgt für alles. Da kann ich auf der Bärenhaut liegen und ins Wirtshaus gehen.‹«

Nun war er ganz geschlagen. Er kehrte sich nach dem Fenster um, und ein Gefühl trostloser Verlassenheit kam über ihn.

Da wurde sie auch ruhiger, sanfter: »Ich denke wirklich fortzugehen, Heim. Es ist zu deinem eigenen Besten. Aber nun sage, was machen mir mit den Witts?«

»Geh' hinüber! Mach' Feuer im Ofen!« sagte er grollend.

»Und wer soll Essen kochen, die Stube rein machen, die Wäsche besorgen? Antje kann das nicht. Du weißt, die ist heute zu Haus und morgen im Watt, heute geschickt und morgen töfflich.«

»Wozu sind denn die Weiber da?« sagte er ärgerlich. »Steckt die Köpfe zusammen und sorgt für Rat!«

Eine halbe Stunde später, als sie den Lärm der Schulkinder hörte, die mit lautem Rufen und Lachen den Spielplatz und den Weg füllten, ging sie nach der Thür, öffnete die obere Hälfte, und als sie Bertha Witt sah, winkte sie ihr. Das lang aufgeschossene Ding kam angelaufen, daß die Pantoffeln den losen Schnee aufwarfen und die dünnen Kleider um die hagern Glieder flogen. Sie hatte ihr gewohntes graues Kleid an, das aus einem Rock von Frau Strandiger gemacht war, und zum Zeichen der Trauer ein dünnes, schwarz gefärbtes Tuch um den langen Hals. Dieser Hals war von dem Tuch nun auch blauschwarz geworden.

»Was soll ich?« sagte sie, und ihre lebhaften grauen Augen funkelten.

»Komm 'rein, Deern, und halt' den Mund!«

Gleich danach saß sie am warmen Herd und löffelte an einem Teller heißer Erbsensuppe.

Telsche Spieler ging wieder an die Arbeit in den Stall und molk die kleine Schwarzweiße, die vor drei Tagen gekalbt hatte, und sah und hörte nichts.

Heim saß und schrieb.

Da öffnete sich vorsichtig die Außenthür, und Karsten Witt schlich sich, die Pantoffeln in der Hand, über die Diele nach der Küche. Er warf nur einen einzigen Blick hinein, einen langen, vorwurfsvollen Blick; dann stand er einen Augenblick still; dann dachte er an das, was sie eben in der Schule besprochen hatten, wie es im fünften Gebot heißt: helfen und fördern in allen Leibesnöten. Er stob wieder über die Diele zurück, warf die Pantoffeln auf die Erde, trat hinein und sprang den Weg hinunter und riß die Thür auf: »Telsche Spieker hat Erbsensuppe; Bertha ist schon dabei.«

Gleich darauf, ohne irgend welche Ordnung, aber doch so, daß keiner zurückblieb, stürzten, stolperten sie den Weg hinauf, zogen wie auf Befehl, obgleich niemand etwas gesagt hatte, an der Thür die Pantoffeln aus – Hans war auf Strümpfen gekommen –, und nun standen sie um den Herd, und sahen auf den großen schwarzen Topf, in dem es so recht gemütlich, warmherzig brodelte, und warteten.

Und da kam Heim Heiderieter, der glaubte, die Kälber wären über die Diele gelaufen.

»Heim!«

Er übersah sofort die Lage der Dinge. Seine Augen füllten sich mit Lust und Freude. Da stand die braune irdene Schüssel, in welcher Telsche Spieker den Mehlteig anzurühren pflegte. Dahinein goß er die heiße Suppe. Nun noch sieben hölzerne Löffel.

»Ihr müßt pusten!«

Heim saß auf der Wasserbank, die Schüssel auf dem Holzstuhl vor sich und versorgte die beiden Kleinsten. Es war eine kurze, heiße, stille Arbeit.

Telsche Spieker, die über die Diele zurückkam, hörte leises, verlornes Geräusch. Dann, als sie näher kam, war es, als wenn die Küche den Atem anhielt. Heim starrte in die leere Schüssel und biß sich auf die Lippen. Da kam Telsche Spieler.

Aber Fritz nahm der Lage jedes Peinliche. Er hatte durchaus keine Angst vor Telsche. Er sagte: »Du, kuck mal zu, ob da noch was im Pott ist.«

»So!« sagte Telsche mit Fingerzeig und Nachdruck: »Jetzt kannst du sehen, woher du Mittagessen kriegst. Ich koch' dir nichts. Seid ihr satt?«

»Nein!« sagte Fritz.

»Dann kriegt ihr jeder noch ein Stück Brot. Da geht wieder ein halbes dabei weg. Bertha, geh' hinüber, mach' Feuer! Feg die Stube aus! Ich komme heut' abend und sehe nach euch...«

Telsche Spieler hatte ein Stück Brot gegessen und war dabei, die Küche zu reinigen. Dabei schalt sie auf die Kinder, welche so viel Schnee hereingebracht hatten. Heim Heiderieter ging zwischen Stall und Saal hin und her, wollte seinen Hunger nicht zeigen, sah mehreremal in die Küche hinein, verschwand aber wieder, wenn er das Gebrumme hörte.

Als er wieder vor seinem Schreibtisch stand kam Anna Halter, des Nachbarn fünfzehnjähriges einziges Töchterlein, herüber gelaufen. Er kannte ihren Schritt sofort, obgleich sie Pantoffeln trug. Das ärgerte ihn: »Was hat die dumme Deern denn Pantoffeln an?«

An der Küchenthür hörte er ihre freundliche Kinderstimme: »Wir haben gewaschen, eben bin ich fertig. Habt ihr schon gegessen?«

»Ja.«

»So!« murrte Heim.

»Wir wollen jetzt essen,« sagte Anna. »Wir haben Grünkohl.«

»Auch das noch!« Es war seine Lieblingsspeise.

»Ich wollte fragen, Telsche, ob ich wohl den Schlitten und ein Pferd haben könnte. Die Jungs kommen heut' nachmittag.«

»Frag' ihn selbst. Er ist im Saal.«

Heim riß die Thür auf: »Du sollst sagen, der ›Herr‹ ist im Saal.«

»Ach!« sagte Telsche Spieler. »Der Herr? Der Herr? Über was? Über mich? Über dies Haus? Wieviel gehört ihm davon? Oder gar über sich selbst? Nein! Über sich auch nicht! Denn er hat bis zwölf im Wirtshaus gesessen. Ach ...Er will Herr heißen! Herr Heiderieter!«

Heim fuhr mit der Hand durch sein Haar: »Was wolltest du?«

»Den Schlitten wollte ich haben.«

»Ich selbst will die Jungs holen!«

»Nein! Ich will sie holen.«

»Dann kannst du mit mir fahren.«

»Nein! Du mit mir!«

»Nun bin ich auch nicht mehr Herr über meinen Schlitten. Ich komme gleich hinüber.«

»Wir müssen erst essen!« sagte Anna.

»Der Herr hat schon gegessen!« rief Telsche aus der Küche.

»Ich kann ja wohl dabei sitzen, wenn ihr eßt! Ja?«

»Das kannst du. Dann komm nur gleich mit.«

Er ging mit ihr hinüber, hinter ihr drein. Sie hatte einen besonderen Gang; es war, als wenn sie sich – bei aller Eile – erst die Stelle aussuchte, wo sie hintreten wollte. Das gab ihrer Art zu gehen etwas kindlich Unbeholfenes. Als ginge sie einen unbetretenen Weg, so vorsichtig, fast bange ging sie.

»Du hast wohl wieder mal ein sehr gutes Gewissen?« sagte er beiläufig. »Du trittst auf den Schnee, als gingst du auf WolKen.«

Sie hörte mit ihrem hellen, streitsüchtigen Mädchensinn gleich das schlechte Gewissen, das er hatte.

»Wo warst du gestern abend?«

»Gestern abend? Ein wenig im Kirchspielskrug.«

»Dann laß mir mein gutes Gewissen! Gestern ein wenig! Morgen ein wenig.«

»Wo soll ich hin?!«

»Du hättest zu uns kommen können oder ins Pastorat.«

»Denkst du, daß ich immer vernünftig sein mag?«

»Nicht? Ach! Nicht?«

»Ihr hättet mich einladen können.«

»Fällt uns wohl nicht ein! ... Du weißt, daß du willkommen bist.«

»Dann laßt es bleiben!«

In der Küche, als Heim in die Stube gegangen war, sagte sie eifrig: »Du, Mutter, Heim ist in der Stube. Er sagt, er hat gegessen; aber Telsche zwinkerte so mit den Augen. Biet' ihm nichts an!«

Und so geschah es. Es wurde ihm nichts angeboten, und er saß da, steif und langweilig. Der Kohl roch schön, und es blieb viel übrig.

Das trug Anna nach der Küche: »Die Jungs werden hungrig sein,« sagte sie. »Ich will es ihnen warm stellen. O, wie freu' ich mich auf die Jungs!«

Dann hörte man sie draußen mit den Tellern klappern und leichthin dazu singen. Drinnen fing der Alte, der sich die Pfeife angezündet hatte, von der Behandlung des fünften Gebots an und legte alles Gewicht auf das »helfen und fördern in allen Nöten«. »Denn umbringen thun sie keinen, Heim!«

»Nein,« sagte Heim trocken.

»Aber helfen: das thun sie nicht ... so bei Krankheiten...«

»Und Hunger!« sagte Heim.

»Na!« sagte der Alte. »Die Witts haben ja heute mittag bei dir gegessen. Ich sah sie daher kommen. Was gab es?«

»Erbsensuppe.«

»Na, darum hast du keinen Happen Grünkohl gegessen.«

Der Alte saß am Fenster wie ein eben mediatisierter Fürst, paffte mächtig und sah in die Schneelandschaft hinaus.

Heim wurde schwach: »Ich will einmal in die Küche gehen,« sagte er.

»Und ich will einmal in die Welt gehen,« sagte der Alte und griff nach seiner Zeitung.

Anna stand allein am Aufwasch; ihre Mutter hatte sich ein wenig niedergelegt.

Er setzte sich nach seiner Gewohnheit auf die Fensterbank und sah ihr still zu.

»Willst du einen Happen Kohl?«

»Ach ja. Wenn du hast, und wenn du mir es gönnst?«

Sie reichte ihm ein wenig auf einem kleinen Teller und eine Gabel dazu.

Er rührte sich nicht, hielt die Gabel hoch und plierte mit den Augen.

»Ich glaube, ich werde kurzsichtig.«

»Was denn?«

»Ich kann den Kohl nicht finden. Willst du mich mal aufmerksam machen, in welcher Gegend dieses Tellers er liegt?«

»Gesteh' erst!« sagte sie.

»Mit der Erbsensuppe sind, die Witts über den Deich gegangen. Gieb mir mehr Kohl, oder ich schlage alle Teller entzwei.«

Da gab sie ihm.

So kam das fünfte Gebot auch bei Heim Heiderieter zu Ehren; aber etwas spät; es war ein Uhr.

Einige Stunden später – die Dämmerung war schon nahe – kam der Schlitten von der Stadt zurück. Zwischen Heim und Anna saß Otto, der Seminarist, der jetzt bei Hamburg die gute Anstellung hat. Hinten auf dem Sattel des Schlittens, die beiden langen Beine in die strohgefütterten Holzschuhe gesteckt, saß Richard, der Schlosserlehrling, und träumte von Mutters Weihnachtskuchen. Jetzt fährt er als erster Maschinist auf China, und Weihnacht ist wieder nah.

Abends saß Heim mit einem schlechten Gewissen am Schreibtisch. Er hatte heut' nichts gethan, rein nichts, und er spürte wieder einige Neigung, in den Dorfkrug zu gehn. Wenn das so beiblieb, was sollte dann aus ihm werden?

Es wollte nicht vorwärts gehen mit dem Schreiben, weil es ihm keine Freude machte. Warum machte es ihm keine Freude? Es lag ihm so fern, was er schrieb. Es war überflüssig, gleichgültig, lächerlich. Es war nicht seins, was da auf dem Papier stand.

Er stützte den Kopf auf die Hand und starrte durch die Fenster.

»Wohin hab' ich es nun gebracht, seit ich nach Tübingen zog? Bin von einem Hörsaal in den andern gelaufen. Aber wenn ich den Kopf hineinsteckte, zog ich ihn rasch wieder zurück. Ein mächtig Maul hat die Wissenschaft. Als wenn ein Krokodil einen angähnt. Wenn sie zuschnappt, sitzt man zeitlebens im Dunkeln, hat den Blick für das Schöne, Freie und Weite verloren ... Na ja ... es war auch Faulheit dabei.«

Er suchte mit Mühe seine Beine zusammen und ging mit schweren, langen Schritten nach der Thür. Aus dem Stall klang das Brüllen der Tiere und Schelten.

»Ruhig da!«

Wieder hin und her, mißmutig, unruhig.

»Man müßte etwas anderes schreiben als das da!... Ganz was anderes. Aber ich weiß nicht, wie ich das machen muß. Zuweilen sehe ich es, wie ein Segel, das erscheint und wieder verschwindet; wie wenn ein Mövenzug sich wendet und die weißen Flügel auf einen Augenblick in der Sonne blinken. Gleich ist es wieder dunkel ... Man müßte etwas schreiben, das müßte stark sein und so recht fröhlich und gesund, so wie Fritz Witt ist. Wenn man es gelesen hätte, müßte man aufatmen als im Westwind: ›Das war frisch und schön!‹ Es müßt' einem sein, als käme man aus einem Dom ... aus dem Dom, und man hätte da nicht schwächliche, frömmelnde Menschen gesehen mit weichen, losen Händen und demütigen Augen, sondern den Siegfried mit der hohen Gestalt, dem mächtigen Gang und den reinen Augen und Frau Kriemhild an seiner Seite. Gegen Gott demütig! Das bleibt richtig, so lange die Welt steht. Aber gegen Menschen stolz, das heißt: rein und frei.

Aber dazu habe ich nicht die Kraft. Dazu bin ich nicht stark, sind meine Augen nicht scharf genug. Und doch muß ich ... ich muß etwas schreiben, das fromm und stark ist, das Mut hat.

Und bin ich kein Künstler, so bin ich ein Handwerker, ein ernster und tüchtiger.«

Er trat ans Fenster. Die Dämmerung ließ den Schnee grau erscheinen.

»Bald dreißig Jahre alt! Und ein Kerl wie ein Eichbaum. Was sagt Telsche? Du mußt eine Frau nehmen. Eine Frau? Ich habe ja kein Brot für sie. Und welche? Ingeborg?

Ingeborg! Nein, das ist nichts. Erstmal ist nicht zu verlangen, daß sie mich nimmt. Ist im Strandigerhof groß geworden, soll in das Heidehaus ziehen? Nein! Und dann passen wir nicht zu einander. Das ist alte Weisheit, die ich schon als Junge erfahren habe. Der Ring liegt noch im Teich. Die andere damals, die mit den braunen Händen...« Er schüttelte den Kopf ...»Eine sonderbare Begegnung! ...Und die Heidelbergerin? ...Merkwürdig! Weg, vorüber! Wo sind sie in der Welt?

Es ist ein Elend.«

Er sah, in seinen Gedanken verloren, über die Heide: »Draußen ist die weite, weite Heide und drinnen hinter Glas und Rahmen, ich, eine Photographie von einem Menschen, nicht ein Mensch. Die Schreiberei da hat keinen Wert. Die Leute haben nicht blitzende Augen. Wabbelich sind sie, haben keinen Glauben und keine Liebe. Habe ich selbst keinen Glauben und keine Liebe? Liegt es daran?« Er schüttelte den Kopf. »Das ist es nicht. Es liegt an etwas anderm. Es liegt am Stoff, den ich wähle. Die Gestalten haben keinen Saft ...Ich müßte mir Leute aus alten Zeiten holen, mächtige Persönlichkeiten. Der Gedanke flog mir schon öfter durch den Kopf. Ich will an die Universität schreiben, daß sie mir Bücher senden, daß ich tiefer eindringe in des Landes Geschichten.«

Er ging wieder hin und her, unruhig und bedrückt.

»Das hilft auch nicht! Es kann nicht am Stoff liegen, so wichtig er auch ist. Es muß an mir selbst liegen. Ich glaube, es liegt daran ...daran, daß ich nicht mit beiden Beinen im Trubel der Menschheit stehe. Ich muß mich mit meinen beiden festen Beinen breitspurig hinstellen und muß die Augen offen haben. So wie es wirklich ist, das Leben, rund um mich her, das muß ich sehen. So dies zum Beispiel mit Andrees ...und Reimer Witt. Wenn ich das ansehe mit meinen Augen, in meiner Weise. Das ist was.«

Er knipste mit den Fingern und ging mit größeren Schritten durchs Zimmer, und seine Augen bekamen Glanz. »Man muß den Dingen, so wie sie sind, auf den Grund gehen. Das Leben muß man ansehen und dann seine Quellen suchen. Das Leben sprudelt rings umher; aber wer sieht die Quellen, die Wassergänge unter der Erde? Sie stehen und staunen: Bunt ist das Leben, ein Wirbel! Nein. Es hat Quelle und Lauf. Es ist ein Strom. Woher kommt er? Wohin geht er? Wer das weiß, der kann mehr als andere Leute!«

Er schlug mit den langen Armen hin und her und redete laut bei sich selbst:

»Ich glaube, da hab' ich die Katz beim Schwanz! Ich will das mal mit Ingeborg bereden. Eine Sache wird klarer, wenn man sie mit jemand bespricht. Und mit wem sonst? Nur mit Ingeborg! Eine kleine, seine Deern ist sie! Ingeborg! Mein Kamerad!«

Da kam ein rascher Schritt über die Diele, und Ingeborg stand auf der Schwelle. Die ganze Gestalt war in eine Wirtschaftsschürze gehüllt. Es war immer so, als wenn sie gerade heute ein neues Kleid angezogen hatte, so frisch sah alles aus.

»Was willst du mich stören? Alle guten Geister!«

»Was? stören? Du riefst mich ja!«

»Ich... rief dich?«

»Du riefst mich, daß deine alte Kate in Gefahr war, umzufallen.«

Er setzte sich hin und war ein wenig verlegen. Sie saß ihm gegenüber in seinem großen Schreibstuhl, beide Hände in den Taschen ihrer Schürze und sah ernst darein. »Hier bei dir,« sagte sie, »ist frische Luft. Es wird einem gleich ganz anders zu Mut. Bei uns lebt alles unter Bleidruck. Maria sieht totenblaß aus und ist wie geistesabwesend. Andrees...« Sie sprang auf. »Heim!« sagte sie: »Hast du das jemals für möglich gehalten? O, der Jammer! der Jammer!«

»Daß er verpachtet hat...«

»Ach ...ja, auch das. Es ist schmählich. Aber denke dir: Andrees!...Läßt uns alle im Stich, so feige, und geht mit diesem Frauenzimmer in die Welt...Andrees!«

»Er war fünf Jahre in ihrer Familie.«

»Und dennoch, Heim! Es ist ja aber Andrees! Andrees!«

»Du hast ihn zu hoch geschätzt, Ingeborg; ich hab's auch gethan.«

Sie trat mit abgewandtem Gesicht ans Fenster, und wie er nach ihr hinsah, bemerkte er, daß ihre Schultern in heißem, lautlosem Weinen aufzuckten. Da trat er an sie heran und legte den Arm um ihre Schultern:

»Wann geht er fort, Ingeborg?«

»Ich glaube, er kann sich nicht fortfinden. Es ist ihm leid, und er fühlt sich unglücklich. Ganz verbittert sieht er aus.«

»Vielleicht wird noch alles gut.«

»Aber der Hof ist verpachtet. Fort muß er ja.«

»Dann bleibst du hier … bei mir … Ingeborg, und dann … wenn du mich ein wenig leiden möchtest und ich nähme mich … mehr zusammen, vielleicht…«

Sie kehrte sich in seinem Arm um und sah zu ihm auf. In ihren Augen standen mit einem Mal Weinen und Lachen Hand in Hand.

»Ach, du lieber Mensch! Weil du mich weinen siehst!«

»Ich sehe dich zum erstenmal weinen,« sagte er.

»Das ist es!… Aber es geht nicht, was du da sagen wolltest, Heim! Wir haben keinen Respekt voreinander. Wir sind großartig als Bruder und Schwester. Muster sind wir, im Zanken und im Vertragen! Aber das andere kann nie werden.«

»Na, denn nicht, du dumme Deern! Dann laß aber auch dein Weinen. Das kann ja kein Mensch mit ansehen. Laß ihn laufen, wohin er will, wenn er bei uns nicht bleiben mag.«

Da erschrak er vor ihrem traurigen Blick.

»Laß ihn laufen, sagst du!« Dann sagte sie wie eine, deren Gedanken anderswo sind: »Komm' bald nach Strandigerhof, Heim! Hörst du?«

Weg war sie.

»Komm' heute abend noch mal wieder!« rief er ihr nach. »Ich muß noch etwas mit dir besprechen.«

Doch ein wenig aus der Fassung ging Heim nach der Küche. Es war schon ziemlich dunkel.

Da saß der kleine Fritz auf der Holzbank neben dem Herd, hatte die Hände in den Taschen, die Beine an sich gezogen und sah auf den dicken Pfannkuchen, der in der Pfanne brodelte. Man sah in dem großen, niedrigen Raum nur das freiliegende Feuer und über demselben die offene, schwarze Höhlung des Schornsteins, in die der Rauch langsam hinauf zog, und die blanken Augen von Fritz Witt, die in dem Feuer mitbrannten.

Er wandte den Flachskopf nicht vom Herd, als er Heim kommen hörte; er sagte nur: »Er muß umgekehrt werden, sonst brennt er an!«

Heim übersah sofort, daß Gefahr vorhanden war: »Da ist kein Messer.«

»Messer? Messer brauchst du da nicht zu! Du mußt ihn umschmeißen!«

Heim sah bedenklich auf die Pfanne. Er hatte in solchen Dingen immer etwas Unbeholfenes und traute sich nicht viel zu. Aber angesichts der Notlage ermannte er sich.

»Wahr dich weg! Es geht los!«

Der Pfannkuchen sauste aus der Pfanne wie die Wildente aus dem Teich und schoß nach oben in die dunkle Esse. Die beiden sahen ihm nach. Heim hielt mit offenem Mund die Pfanne steif in der Hand, den wiedererscheinenden Pfannkuchen gebührend zu empfangen. Aber der kam nicht wieder. Fritz Witt wurde es dunkel vor den Augen.

»Der kommt nicht wieder!« sagte er und holte tief Atem. »Der ist schon lange aus dem Schornstein raus.«

Heim stellte die Pfanne auf den Dreifuß, daß es klirrte. »Ja, wenn er noch immer fliegt, ist er aus dem Schornstein raus. Die verdrehten Weiber! Die sind an allem schuld. Telsche!« schrie er.

Aber die kam nicht.

»Du hast zu toll geschmissen,« sagte Fritz. »Mutter sagte immer, du bist mächtig klug; aber wenn du keinen Pfannkuchen umschmeißen kannst…«

»Junge, sag' mir, wo ist der Pfannkuchen!«

»Weiß ich nicht! Im Himmel!«

»Da essen sie keine Pfannkuchen.«

»Naa? ...Ich meinte, da wäre es fein?«

»Ohne Pfannkuchen! Das verstehst du noch nicht.«

Beide sahen trübsinnig vor sich hin. Fritz dachte an den Pfannkuchen, Heim an Telsche Spieler.

Fritz lugte in den Schornstein hinauf.

»Heim! Heim! Da ...hängt er ...am Speckhaken, ganz zusammengeknüllt.« Er war mit einem Satz auf der Bank, setzte einen Fuß auf den Herd und spähte in das Dunkel des Schornsteins: »Da hängt er. Dicht an der Speckseite.«

»Das ist Wahlverwandtschaft, Fritz! Hol' ihn runter!«

Er hob den Kleinen mit seinen starken Händen auf über dem Feuer. »Faß ihn gut an! ... Mach' rasch, Jung! Telsche Spieler kommt. Hast ihn?«

»Höher rauf! Es räuchert hier.«

»Hast ihn?«

»Höher rauf!«

»So! hast ihn?«

»Nein ...Meine Jacke sitzt fest. O, das raucht ...Ich kann nicht wieder runter. O, das beißt!«

»Nun sitzt der auch am Haken.«

Der Pfannkuchen fiel klatschend neben die Pfanne. Von oben aus dem Schornstein kamen laute Hilferufe.

Da sprang Heim auf den Herd. Sein Oberkörper verschwand in der Esse. Man sah nur Heims Beine und Fritz Witts zappelnde Füße. In diesem Augenblick – natürlich in diesem Augenblick – kam Telsche Spieler in die Küche, und hinter ihr erschien der blonde Kopf Ingeborg Landts. Diese besann sich zuerst und stellte den Jungen auf die Erde. Sein Gesicht war schwarz gesprenkelt und seine Augen voll Thränen; doch sah er gleich wieder nach dem Pfannkuchen.

»Iß ihn auf, Jung!« sagte Telsche ärgerlich und drückte ihn auf die Holzbank.

»Ich wollte den Pfannkuchen umwerfen,« sagte Heim, »und das mißlang.« Er sah auf Ingeborg: »Lach' nicht!« sagte er und hob seine Hände.

»Lachen?« sagte Telsche. »Über solche Dummheit?«

Dann wurde es still.

Telsche that neuen Teig in die Pfanne; Heim wusch sich die Hände; Ingeborg saß neben Fritz Witt auf der Bank.

»Sieh mal, Ingeborg! Ich wollte das mal mit dir besprechen, worin wohl das Wesen des Dichters besteht...«

Telsche setzte die Teigschüssel schwer auf den Herd: »Du solltest lieber über das Wesen des Kuhhandels sprechen. Die Rotbunte giebt sehr wenig Milch.«

»Komm, Ingeborg! Wir gehen in den Saal!«

Nach dem Abendbrot machte Telsche sich Arbeit auf der Diele. Sie stellte zurecht, fegte und packte den großen Koffer auf, der an der Saalwand steht, rechts von der Glasthür. Die Thür nach draußen stand offen, obgleich ein kalter Ostwind den Sandweg hinunterfuhr. Und doch hätte sie Reimer Witt fast nicht gesehen, mit so langen Schritten kam er vom Bahnhof her. Es trieb ihn zu seinen Kindern. Er hatte Schaftstiefel an und einen langen Treiberstock in der Hand und kam sehr stattlich daher, mit starkem Gang. Er war schon vorübergegangen, und sie mußte ihn anrufen, so ungern sie es that.

»Reimer, hör' mal!«

Er wandte sich um und stand vor ihr und sah sie an. Sie aber bekam Herzklopfen und fand kein harmloses Wort.

»Du brauchst dir keine Sorge zu machen wegen der Kinder, Reimer. Mittagessen haben sie gehabt, auch habe ich heute abend einige Pfannkuchen hinübergeschickt.«

»Das ist dankenswert, Telsche. Wo ist denn Antje?«

»Sie war nach der Apotheke. Es war ein Brief da.«

Er ließ den Kopf sinken: »Es ist ein Leid, Telsche.«

»Du mußt dir eine Haushälterin nehmen, Reimer. Es geht nicht so.«

»Ja … Aber welche zieht zu mir? Soll ich mir eine aus dem Werkhaus holen oder von der Straße? Wer zieht sonst zu meinen sieben Kindern? Und Antje ist die Beigabe.«

»Mit Antje ist leicht umzugehen, sie muß nur geleitet werden.«

»Eine ordentliche Frau thut es nicht, Telsche. Das weißt du. Es ist kein Spaß mit den Kindern.«

»Ich will mich umsehen, Reimer, ich kenne ja allerhand Frauensleute, die ledig sind wie ich, ob ich etwas für dich finde. Es muß etwas Ordentliches sein. Das andere bringt dich ganz hinunter.«

»Ja. Was Ordentliches! Das andere ist mir auch zuwider. Wenn du sie empfiehlst, wird es eine gute sein. Du thust mir einen großen Gefallen. Ich bin wirklich schlimm daran.«

»Das bist du … Na, gute Nacht, Reimer! Laß den Kopf man nicht hangen. Ich will sehen, ob ich bis Weihnachten etwas für dich finde.«

Sie nickte ihm zu, sah ihn an und wandte sich rasch um.

Sechstes Kapitel

Der Tag vor Weihnachten war ein heller, klarer Wintertag. Eine neue Schneedecke lag reinlich weiß auf der Heide, wie frisches Leinen über dem Weihnachtstisch. Die Sonne sah noch eben über den Deich. Der Himmel war ohne Wolken. Man sah, die heilige Nacht würde werden, wie sie sein soll: oben flimmernde Sterne, unten weißer Schnee, und die ganze Welt still, voller Erwartung.

Da trieb es Andrees Strandiger aus der Stube, in der er den ganzen Tag gesessen hatte, ins Freie. Das Gewehr über der Schulter, ging er planlos über die weiße Heide. In mächtigen Sprüngen floh ein Hase über den losen Schnee. Mochte er laufen. Sollte er heimkommen und sagen: »Ich habe einen Hasen für euch geschossen?« für diese Leute?

Als er den Wodanshügel unfern vor sich sah, war die Sonne im Sinken. Er stieg den Hügel hinauf und sah über das stille, tief schlafende Feld bis nach der weißen, geraden Linie des Deichs und den schwarzen Ulmen des Strandigerhofs seitwärts davor. Das war alles sein gewesen! Gewesen! Er hatte es für zwölf Jahre einem andern verkauft, wie man einen altmodischen Wagen vertauscht, um einen feinern zu haben, der weichere Polster hat.

Mit bedrücktem Gesicht stand er da und sah, wie die Sonne ins Meer sank. Und wie er da noch so in der stillen Luft stand, im Angesicht der ganzen Heimat, die sich ihm von Tag zu Tag mehr in die Seele schmeichelte, und er vor der trüben Gegenwart floh, kam er als ein Bettelnder zur Vergangenheit und flehte um freundliche Bilder. Da stellte sich die Vergangenheit neben ihn und sprach von alten Zeiten.

Die Nebel der Nacht traten aus dem Wald und gingen langsam über die Heide; von der Marsch herauf kamen ihre Freunde ihnen entgegen. Mitten auf dem Felde gab es ein Grüßen, Winken, Wallen.

»Drei war't ihr! Du und Franz und Heim. Und du warst der Erste. Das sagten sie alle, auch die Leute im Eschenwinkel. Und nachher, auf der Lateinschule, warst du der Begabteste, der Sichere. Heim war fahrig; sein Geist träumte von andern Dingen. Franz hatte überhaupt keine Lust, aus Büchern zu lernen; ihn riß das Leben fort, das um ihn war. Heim saß wie im Mondschein und träumte. Franz stand wie auf dem Markt und unterhielt sich. Aber du warst auf dem Wege, damals, als ein rüstiger Gänger, der Stolz und die Stärke deiner Heimat zu werden.

Aber dann kamst du zum erstenmal in die große Stadt und lerntest im Kreise deiner Verwandten das Leben ganz anders ansehen. Du erfuhrst, daß einige da waren zum Dienen, andere zum Herrschen, einige zum Arbeiten, andere zum Genießen. Es war ganz anders, als es in den Büchern stand. Da wurdest du allmählich - du merktest es nicht - steif und hart. Als du heimkamst, ließest du Rieke Witt zum erstenmal stehen, als sie dich begrüßen wollte: ›Ich freue mich, Andrees, daß du wieder da bist.‹ Du sagtest Heim ins Gesicht, daß sein Vater ein verschrobener Torfbauer wäre, und du unterließest es, Haller zu besuchen.«

Über die kalte, tote Heide kamen seine Freunde: Heim Heiderieter, ein langer Junge mit finsterm, verzogenem Gesicht und großen Thränen in den Augen. Rieke Witt ging gebeugt und müde vorüber, und Maria Landt, noch in halblangem Kleid und losem Haar, bog vor ihm aus und ging ihr nach.

Zerronnen der Nebel.

Durch das Unterholz kamen Schritte zu ihm herauf. Als er sich umwandte, kam da über die Heide ein junger Mann, neben ihm seine Genossin. Sie sahen den Mann auf dem Hügel nicht; der aber sah sie. Sie waren unordentlich gekleidet, hatten Bündel unterm Arm und etwas Unruhiges in ihren Gesichtern. Er hatte sie nie gesehen, soviel er wußte; aber sie sprachen von ihm.

»Der Strandiger soll ein wüstes Leben geführt haben in Berlin. Aber ich wette, er geht heute abend doch in die Kirche.«

»Das paßt schlecht zusammen.«

»Da sind wir beiden ehrlicher,« sagte der Mann. »Wir schleichen uns davon und feiern in der alten Waldhütte Weihnacht.«

Sie lachten beide.

»Aber Maria Landt!« sagte das Mädchen.

»Ja, die ist eine Ausnahme!«

»Wenn ich an die denke, dann möchte ich umkehren und in die Kirche gehen.« Sie blieb stehen. »Darum nimmt sie ihn auch nicht zum Mann. Er ... ist ihr einfach nicht rein und fein genug.«

»Du bist mir fein genug.«

»Ja. Wir passen zusammen. Ja! Still! Red' nicht so! Es ist bald heilige Nacht.«

»Was haben wir damit zu schaffen?«

»Wenn wir auch nichts mit ihr zu schaffen haben, so hat sie doch mit uns zu schaffen. Wenn wir den Herrn auch nicht lieb haben, so hat er doch uns lieb. Darum will ich auch heute nacht beten.«

»Das wird was helfen ...«

»Es ist nur, daß ihm seine Ehre wird, nicht meinetwegen. Er hat uns doch helfen wollen.«

»Nun ... das versteh' einer!«

»Für die Reinen, daß sie rein bleiben, für Maria Landt und all die Kinder, für die alle bedeutet er was.«

Die beiden gingen weiter und verschwanden im Walde auf demselben Wege, auf dem die Vergangenheit verschwunden war.

Strandiger stand und lauschte. Von der Stadt her wanderte durch die stille Dämmerung die Weihnachtsglocke. Wie weiche, rollende Meereswogen, eine nach der andern, trieb ihr Klang schräg über das Dorf, über die Heide gegen den Wald und kam vom Walde zurück und stieg seitwärts auf den Wodanshügel und stieß leise fragend gegen den einsamen Mann.

Über der Heide dunkelte es.

Da machten die Glocken eine Pause. Da kam von Süden her über die Heide ein Mann.

Er ging gebückt unter seinem Alter, das sich früh eingestellt hatte; denn er schien an Gebärden noch nicht sechzig Jahre alt. Er war auch mit einem schweren Reisesack beladen, der ihm über dem gewölbten Rücken hing. Er erschien als einer jener Leute, die heimatlos hin und her durchs Land gehen, die von Unglück oder Faulheit oder Laster oder schlechtem Gewissen von einem Dorf zum anderen getrieben werden, von einer Straße auf die andere; die, fünfundzwanzig Jahre alt, die Heimat verlassen und, siebenzig Jahre alt, in irgend einer Herberge am Wege verscheiden.

Er stapfte mühsam durch den Schnee in der Richtung nach dem Dorf zu. Wie er so ging und bis seitwärts vom Wodanshügel gekommen war, hob er den Kopf und sah um sich. Erst war er gedankenlos; dann wurde er aufmerksam; dann griff er an die Stirn. »Was ist denn das? ... Ich habe so manche spitze Nadel gesehen wie dort hinter den Bäumen und so manches Dorf ... wie das dort. Das kommt vom Weihnachtsabend ...«

Er ging ein paar Schritte und stolperte; sein Rock schlotterte um seinen Körper, und er stand wieder und schüttelte den Kopf.

»Das war ein Kochloch! Wenn sie hier Heide mähen, graben sie diese Löcher und machen darin ein Feuer.« Er sah auf und starrte auf das Dorf, und als in diesem Augenblick der Vorhang von Dunst und Nebel sich ein wenig hob, und der erste Stern an seinem Ort, rechts über dem Kirchturm, auf Wache trat, da griff der Mann mit beiden Händen in sein graues Haar: »Heimat!« schrie er. »Meine Heimat!«

Vom Dom her kamen wieder in schweren, stoßenden Wellen die tiefen Glockentöne; jetzt schlugen auch die Dorfglocken an und schickten den ersten Dreiklang rasch aufeinander über die Heide. Man verstand deutlich die einzelnen Silben: »Fürcht' dich nicht ... kommet her ...« Aber der alte Mann schüttelte den Kopf und bog ab und ging in den Wald, wohin die beiden Gestalten verschwunden waren.

Strandiger biß die Zähne zusammen. Die Kälte schüttelte seine Glieder. Die Nebel schwanden; Sterne wurden über den ganzen Himmel geworfen. Wie sie fielen, so standen sie. Der Mond setzte sich im Himmelssaal auf seinen Thron.

Als er noch so stand, kamen die drei Kinder von Reimer Witt aus dem Wald. Bertha lugte mit ihren hellen Augen wie ein Reh nach links und rechts. Sie zog den kleinen Fritz neben sich her. Hinter ihr ging Karsten mit einem kleinen Tannenbaum unterm Arm.

»Sieh mal,« sagte Karsten, »wie dunkel es ist. Uns sieht niemand.«

Fritz trabte beschwerlich durch den Schnee: »Du, Bertha, hat Haller euch schon mal gesagt, wo der liebe Gott wohnt?«

»Das weiß ich so!« sagte Bertha. »Der ist da oben. Kannst ja man hinsehen!«

Fritz sah nach den Sternen hinauf und stolperte, daß er hinfiel. Als er wieder stand, weinte er. »Mutter könnte gern mal zu uns kommen, wenn das so nah bei ist. Es ist immer so kalt bei uns. Aber sie will bloß nicht.«

Die beiden andern lachten. Bertha zog ihn rasch mit sich fort. Karsten hauchte in die Hand, die am Tannenbaum erstarrt war. »Du,« sagte er dann, »du kannst ja man mal zu ihr gehen. Das ist gar nicht weit. Sieh mal!« Und er zeigte dahin, wo rechts vom Walde der Mond hinter weißen Wolken stand.

»Kann man dahin gehen?« fragte der Kleine.

»Am Weihnachtsabend,« sagte Bertha, »ist die Thür offen wegen des Christkindes, das mit den Engeln herunterkommt. Das kannst du dir doch denken. So weit wie Heim sein Scheunthor, als er Roggen einfuhr.«

Sie lachten, daß es laut über die Heide klang.

Dann wurde es still. Die Kinder waren nur noch drei Punkte auf der Ebene. Sie waren ein wenig deutlicher als die Schatten, die rings über die Heide zogen. Denn die ganze Heide wurde allmählich lebendig.

Eine Viertelstunde später kam Strandiger in die Arbeitsstube des Pastorats. Frisius hatte schon seinen Amtsrock an und seine Bücher unterm Arm. Seine Augen lagen tief und hatten etwas Fiebriges oder Weihnachtliches. Es war wohl beides.

»Woher kommst du am heiligen Abend, Andrees?«

»Ich ging über die Heide, da dachte ich, ich wollte bei dir einkehren und Abschied nehmen. Nachher hast du viel Arbeit. Ich reise gleich nach dem Fest.«

Frisius schüttelte den Kopf: »Es ist eine bunte Zeit. Die Menschen verachten die Heimat, die sie ernährt, und den Glauben, der sich bewährt. Du verläßt beides. Du bist doppelt heimatlos.«

Strandiger sah stumm vor sich hin, bleich bis in die Lippen.

»Es thut mir leid,« sagte Frisius, »daß ich dir solche Worte sagen muß, da die heilige Nacht auf die Erde niedersinkt. Mein ganzes Herz zittert vor Freude. Ich wäre in meinem ganzen Leben wie ein Sperling ohne Flügel gewesen, hätte ich nicht diese Freude an Gottes Sache gehabt. Nun kommst du, der einzige Sohn von dem ernsten, tüchtigen Friedrich Strandiger, der leider viel zu früh ins Grab ging, und sagst zu mir: »Ich mache mir Flügel aus Pappe und will in die Welt fliegen.«

»Es giebt viele, die ohne diesen Glauben fertig werden.«

»Das ist nicht wahr! Du weißt, daß es nicht wahr ist. Sie lachen, aber nicht von Herzen. Sie leben, aber nicht als Gesunde. Sie gehen nicht, sie springen oder taumeln oder sitzen am Wege und weinen. Aber des Bruders Hand in deiner und Gott in seine reinen Augen sehen, das ist Leben. Habe ich recht? Sonst sage mir, warum kommst du zum zweitenmal in mein Haus? Höflichkeitsbesuche sind das nicht. Was willst du bei dem alten, einsamen Mann? Deine Seele will von Glauben, Liebe und Hoffnung hören. Nach all der eklen Musik will sie einmal reinen Dreiklang hören, Kirchenglocken. Darum kannst du auch nicht aus der Heimat finden.«

Da kehrte Strandiger sich um und hatte den Thürgriff in der Hand. Aber der andere wollte ihn nicht so aus der Heimat lassen, und in der Not schrie er auf.

Da wandte sich Strandiger sich um, steif, hölzern, als würde er von zwei harten Händen umgekehrt, wie man ein Brett umstellt.

»Ich habe einen nüchternen, kühlen Verstand bekommen,« sagte er, »der verbietet mir, von diesen Dingen viel zu halten.«

»Irrtum! Nicht dein Verstand verbietet es dir, sondern dein Herz! Wenn ein Mensch Gott verläßt, muß er nicht seinen Verstand anklagen; der klar ist, sondern sein Herz, das unrein ist. Der verlorene Sohn verließ das Vaterhaus nicht, weil die Haushaltung seinem Verstand zu bunt war, sondern, weil sie seinem Herzen zu rein war. Was sagt der Herr? ›Wenn jemand will Gottes Willen thun!‹ Es liegt nicht am klaren Verstehen, es liegt am guten Willen.«

»Es gab viele große und edle Männer, die keinen Glauben hatten. Denk' an Friedrich den Großen: er hatte nichts.«

»Er hatte wenig Glauben, wenig Hoffnung; aber er hatte Liebe. Er hat einem ganzen Volk bis in seinen Tod gedient. Er hat Zehntausenden Land verschafft, Hunderttausenden Brot gegeben und Millionen das Bild der Treue gezeigt. Liebe ist größer als Glaube und Hoffnung. Wo keine Liebe ist, die sich in Thaten zeigt, da ist kein Christentum.«

»Ich dachte nicht, daß du so weitherzig wärst.«

»Das Christentum ist eine Weltanschauung, die man in den dichtesten Straßen Berlins ebenso brauchen kann wie auf Flackelholm.«

»Und die nicht danach leben wollen? Die für sich selbst leben?«

»Andrees! So wahr du von Franz Strandiger Pacht fordern wirst, wenn Allerheiligen kommt, so wahr wird auch von dir Pacht gefordert werden für das, was dir geliehen ward, wenn Allerseelen kommt.«

Strandiger öffnete langsam die Thür, bereit, zu gehen.

»Du ziehst nicht erst jetzt in die Fremde. Du bist schon lange im fremden Land gewesen. Du bist schon bei der Stelle, wo es heißt: es kam eine Teuerung über das ganze Land, und er fing an zu darben. Es ist Teuerung bei dir! Darum kommst du! Was willst du Abschied von mir nehmen?« sagte er laut ...»Du kannst gar nicht gehen. Gott und Heimat rufen dich schon. Deine Seele horcht und will auffliegen.«

Da neigte Strandiger den Kopf und ging hinaus.

Als er über den Kirchhof kam, begegneten ihm viele Dorfleute. Sie grüßten ihn wie einen Unbekannten und steckten die Köpfe zusammen. Die vom Eschenwinkel sahen auf die Erde und traten seitwärts in den Schnee, der auf den verfallenen Gräbern lag. In der Kirche sangen sie schon:

> Vom Himmel hoch, da komm' ich her.

Er verstand deutlich die Worte, er wußte auch, wem das Lied zuerst aus der Seele gekommen war, daß es ein rechter, starker deutscher Mann gewesen, mit einem Verstand wie Adlerflug, mit einem Wort wie klingender Amboß, mit einem Mut, ganz allein gegen die ganze Welt zu stehen. Und hatte doch dies Kinderlied gesungen! Ein Kinderlied! Und die Alten und Jungen sangen es ihm nach.

Er ging vorüber.

Im Strandigerhof saßen sie im Wohnzimmer. Franz saß am Klavier und versuchte, die Weise des Hornrufs zu spielen, die dem Regiment eigen war, bei dem er gedient hatte. Dazwischen fielen, wie Kinder unter Pferdehufe, die Töne der Betglocke, die in die Kirche rief. Lena hatte das linke Ohr gegen die Lehne des Sessels gepreßt, auf das rechte hielt sie die beringte Rechte. So saß sie und las in einem Buch, das Franz ihr als die neueste Erscheinung aus Berlin bestellt hatte, und die Glocke konnte nicht bis an ihre Seele dringen, da sie mit der geballten Hand vor dem Thor lag. Die alte Hobooken ging nach ihrer Gewohnheit quer durch das Zimmer, mit unruhiger Hast, wie der Marder thut, wenn er im Hühnerstall gefangen ist. Die Glocke suchte auch ihre Seele, aber sie fand einen Stein, in den einige tote Zahlen geritzt waren.

Da trat Andrees Strandiger in das Zimmer, die Augen verdüstert, das ganze Gesicht vergrämt und verbittert. Wie er sie da bei einander sah, kam ihm plötzlich die alte Jugenderinnerung, wie seine Eltern hier einst Weihnachtsabend gefeiert hatten, und er dachte, wie die wilden, harten Töne des Klaviers seiner Mutter durch die Seele schnitten. Da lachte er laut auf.

Die beiden Jungen hörten gleich den sonderbaren Ton seiner Stimme, und die Gesichter mit den feinen, kühnen Zügen hoben sich zu ihm. Aber die alte Hobooken war taub und blind, wenn sie rechnete. Sie fuhr fort: »Wie viel Reinertrag schätzt du im Durchschnitt von einem Hektar Marschland, Franz?«

»Wenn du darüber hingehst, Tante, wachsen da nur Disteln.«

Da blieb sie stehen, die Hände auf dem Rücken, und sah ihn scharf an: »Du bist betrunken.«

»Warum nicht? Du rechnest; deine Tochter liest faule Geschichten; dein Sohn bläst zum Angriff; ich trinke. Paßt das nicht alles zum heiligen Abend?«

Da eilte Lena auf ihn zu, und da ihr nichts Besseres einfiel, sagte sie: »Du machst mir Kopfschmerzen.«

»Kopfschmerzen? Ach du! Was hab' ich für Kopfschmerzen! Daß ich euch Füchse in meinen Bau ließ!...Draußen ist alles lebendig. Die ganze Natur, die Geister und die Menschen an ihrer Spitze, krabbeln wie Ameisen durcheinander. Aber ihr seid die reinen Wachsfiguren. Ihr habt gar kein Leben, gar keine Natur. Man drückt auf den Knopf, und du rechnest, und du machst falsche Augen, und du begehrst des Nächsten Haus oder Weib. Wißt ihr, daß heiliger Abend ist? In der Kirche singen sie wie mit Engelszungen: Vom Himmel hoch, da komm' ich her. Wollen wir uns unter die Kirchenmauer stellen? Wir sind nicht wert hineinzugehen. Wir sind nicht gut genug, weder für den Raum, noch für die Leute. Lange nicht gut genug! Ich gehe zu meiner Mutter.«

Der ganze Himmel flimmerte von Licht. Die Sterne traten von einem Fuß auf den andern und zitterten. So kalt und klar war die Luft.

Die Wittschen Kinder saßen um den Tisch. Der Vater war seit einer Stunde fort und fütterte die Pferde des Strandigerhofs, während Hinnerk Elsen als ordentlicher Mensch in der Kirche war. Die Kinder stritten sich oder weinten oder bauten Luftschlösser. Der kleine Hans war eingeschlafen und lag auf der Erde; der hatte Weihnachten schon hinter sich.

Antje war fortgegangen. Als am Nachmittag noch keine Kuchen und Äpfel kamen, da meinte sie in ihrem ungeduldigen Sinn, es würde nichts mehr kommen, und sie wäre sowohl vom Strandigerhof als von Frisius und von Haller und Heim verlassen. Da ging sie heimlich fort, bei sich selbst scheltend und redend, und kam bei sinkendem Abend in die Gegend von Westdorf und Hindorf und fing an zu betteln. In fallendem Schnee ging sie von Hofstelle zu Hofstelle, und wenn sie die großen Dielen betrat, auf denen das Dunkel in den Ecken stand und den ganzen Hintergrund füllte, dann sang sie mit ihrer kräftigen Stimme, an der Thür stehend, das Weihnachtslied:

> Lobt Gott, Ihr Christen, allzugleich
> Vor seiner Gnade Thron;
> Er schließt uns auf das Himmelreich
> Und schenkt uns seinen Sohn.

Einmal vergriff sie sich und sang ein Neujahrslied und noch einmal und sang das Lied von den Sorgen. Da kamen die Kinder aus dem hellerleuchteten Zimmer. Das Licht fiel auf ihre blonden Köpfe, und sie standen und lachten, wagten aber nicht, bis zur Thür zu gehen; und von drinnen klang der Jubel, flog der Lichtstrom, drängte der traute Geruch von Harz und Kuchen. Wenn die Kinder aber an der Hand der Eltern näher kamen und die große Frau mit den unsteten, bangen Augen und dem schönen, kräftigen Gesicht sahen, dann fürchteten sie sich. Die Eltern aber kannten sie fast alle und wußten um das jahrelange Leid der Armen und sagten: »Antje, kommst du noch? Komm herein, Antje!« Aber sie lachte und sagte, sie hätte ganz und gar keine Zeit, und trat von einem Fuß auf den andern, und ihre Augen flohen furchtsam in die Ecken und zu den großen, dunklen Balken hinauf, die über der Diele lagen. Da gaben sie ihr Brot und Speck oder halbe und ganze Groschen. Und sie nickte immer mit dem Kopf und sagte: »Ja ... Ja...« und bedankte sich weiter nicht und ging weiter. Einmal in einem Hause, wo man sie nicht kannte, fragte die junge Frau, die ihr erstes Kind auf dem Arm hatte, ob sie Kinder hätte. Da lachte sie und sagte: »Ja, eine ganze Reihe!« Da bekam sie Nüsse und Kuchen, und der Kleine auf dem Arm der Mutter füllte die schönen Sachen mit seinen prallen Händen jauchzend in den Korb. Die junge Frau aber wunderte sich über die sonderbare Bettlerin, die sang und lachte und dann wieder so erschütternd ernst war.

Als der mächtige Korb – es war eine sogenannte Dänenkiepe – und all die großen Taschen in ihren Kleidern gefüllt waren, machte sie sich auf den Heimweg. Gehend sang sie das Lied zu Ende, von dem sie in den Häusern immer nur die erste Strophe gesungen hatte. Singend ging sie durchs Dorf.

Als sie in das Haus trat, saßen die Kinder um den Tannenbaum. Bertha und Karsten hielten ihn fest. Dora hielt die Küchenlampe zwischen den Zweigen, bald höher, bald tiefer und deutete so die Lichter an, die sie nicht besaßen. Dabei sahen sie nachdenklich und ernst aus, wie Erwachsene, die bei der täglichen Arbeit sind.

Als Antje nach ihrer Gewohnheit, in der Thür stehend, laut die Kinder zu zählen anfing: »Eins, zwei ... O, wo ist Fritz?«

Fritz stapfte draußen über die Heide, unterwegs nach dem Himmel.

Zuerst hatte er auf Antjes Rückkehr gewartet, dann hatte er seine Nase gegen die halb niedergetauten Fenster gedrückt und hatte abwechselnd nach Heims Haus und nach dem Lehrerhause gesehen; aber die Häuser lagen still da, und nichts rührte sich. Da drehte er sich nach dem Tisch um und sagte mit der großartigen Kopfhaltung, die er noch jetzt an sich hat: »Ich will nach dem Himmel!«

Reimer Witt pflegte seinen Kindern das Haar in der Weise zu schneiden, daß er ein irden Gefäß, eine Milchschüssel, auf ihren Kopf stülpte und mit kurzen, kräftigen Schnitten das Haar wegnahm, das unter dem Rand des Gefäßes hervorsah. Nach allen Seiten hin nahm der hellblonde Haarschmuck ein jähes Ende. Bertha drückte auf den also geschorenen Kopf jene alte Fuchspelzmütze, die Gemeingut der Knaben war. Dann ließen sie ihn laufen und dachten, er werde bald wiederkommen, aus Furcht vor der Dunkelheit oder vor Kälte.

Aber ihm war es wahrhaftig bitterer Ernst. Er nahm schon damals alles sehr ernst und wird einst ein zuverlässiger Mann werden. Er kletterte auf der andern Seite des Wegs gleich die Düne hinauf, warf noch einen Blick nach links, wo das Licht von Telsche Spiekers Küche über die Heide sah, kletterte über den Wall und trat in den tiefen Schnee.

Wacker und mutig arbeitete er sich vorwärts; er biß die Zähne zusammen und war stolz, daß sie knirschten. Unter dem vorstehenden Stirnhaar spähten die Augen trotzig in das Dunkel. Aber da war nichts zu sehen, als droben einige Sterne und dicht vor den Augen die Schneeflocken, die aus der Dunkelheit heraustraten und wie dichter, weißer Mückenschwarm gegen ihn anflogen.

Er sah suchend nach oben. Der Himmel war zum größten Teil mit Wolken bedeckt. Man konnte aber deutlich die Stelle erkennen, wo hinter hohen, grauen Mauern der Mond seinen Hof hielt. Mattschimmernde Sterne zu beiden Seiten bezeichneten die Auffahrt. Fritz hatte das noch nie gesehen. Was hatte er am Himmel zu suchen? Auf der Erde fand er, was seine Sehnsucht war, Brot und Spiele. Aber da die Heide vor ihm in Dunkel und Nebel lag und das leuchtende Thor nicht sehr hoch über der Erde stand, so nickte er mit dem runden Kopf, ließ die Zähne knirschen und ging stracks auf die breite Auffahrt zu und fürchtete sich nicht.

Er fürchtete sich nicht; aber er wurde müde. Nachdem er wohl so eine Stunde mit dem weichen Schnee und dem unebenen Boden gekämpft hatte, wurde er matt. Zur linken Hand war der Wald zurückgetreten, die Heide war zu Ende, es kam ein Abhang, und vor ihm lag die tiefe, weite Marsch. Ein kalter Wind kam überm Wald her und schob die Wolken nach Westen und jagte die schweren Nebelmassen über Heide und Marsch ins unwirtliche Watt hinein. Staunend sah das Kind mit weitgeöffneten Augen in ein neues Land. Der helle Mondschein lag auf weißschimmernden, niedrigen Dächern. Unter ihnen, wie unter mächtigen, weißen Brauen, sahen die weihnachtlich erleuchteten Fenster. Die Bäume, mit weißem Reif bedeckt, standen auf weißen Decken. Zwischen den Feldern liefen, wie mit blankem Stift gezogen, die geraden Linien der mit Eis bedeckten Gräben. Da glaubte er, am Ziel seiner Wanderung zu sein, denn das ganze Land war von Silber gemacht, und die Häuser waren alle große, breite Marschhöfe.

Da wandte er seine Augen zufällig nach dem Himmel empor. Da waren alle Wolken verschwunden, jeder Vorhang fortgezogen. Das Sprühen und Funkeln der unzähligen fernen Lichter, die ganze strahlende, kalte Herrlichkeit der Sternenwelt schoß mit unzähligen glühenden Pfeilen in seine Augen. Da oben ...da war der Himmel. Hier unten nicht.

Ringsum alles still, totenstill. Kein Laut drang aus dem weiten, unendlichen Raum. Der Wind tastete mit kalten Fingern nach seinem Leib, der von der Anstrengung warm und feucht war. Da kam die Furcht über ihn, jähe, entsetzliche Furcht. In seiner Seele stürzte ein ganzer Himmel ein. Er drehte sich um und lief zurück über die Heide. Müder, immer müder, mit raschem, stoßweisem Atem. Schwerfällig hob er einen Fuß nach dem andern. Wer wird ihn morgen finden? Sie werden ihn nicht finden. Der Schnee verweht seine Spuren; der Schnee deckt ihn zu. Wer sucht ihn auf der Heide? Sie werden im Frühling finden, was von ihm übrig geblieben ist.

Seine Hände waren erstarrt und schmerzten furchtbar. Wie brennendes Eisen waren sie, so steif, so heiß und schwer. Die Augen hatte er halb geschlossen, nur so viel geöffnet, daß ein schwerer Tropfen nach dem andern hindurchlaufen konnte. Die runden Wangen, die vorhin so hochrot gewesen waren, waren blaß„ und der zusammengepreßte Mund zuckte, aber kein Laut kam über die Lippen.

Er träumte schon.

Einmal fiel er; aber es war ihm, als wenn er von Kindern, die so groß waren wie er, emporgehoben wurde. Sie hatten weiße Kleider an und umgaben ihn. Er wunderte sich aber nicht mehr darüber; es war ihm gleichgültig geworden. Es war ihm auch gleichgültig geworden, was das für ein breites Licht war, das da vor ihm stand, jenseits des Walles; doch ging er darauf zu, wie hingezogen. Er kam wirklich über den Wall und rutschte auf der andern Seite hinunter und wankte zwischen de« Holzkreuzen hindurch auf das Licht zu und merkte nicht, daß das Licht von einem Kind ausging, das im weißen Hemd in der Kirchthür stand. Gleich darauf füllte sich der ganze Steig und die Steinbrücke von dem Strandiger Erbbegräbnis bis zu den Grabsteinen, die an der Mauer lehnen, mit Kindergestalten. Man hörte aber keinen Schritt, obgleich sie rasch durcheinander gingen und ihre weißen Kleider im Winde flatterten. Sie kamen von den Seiten zusammen und zogen den Steig hinunter. Zwei von ihnen hatten den kleinen Fritz aufgerichtet, der ging mit halbgeschlossenen Augen, mit heiß gerötetem Gesicht und stoßweise lallend zwischen ihnen, sie alle schneeweiß, er allein in seiner greisen Jacke. Halb wußte er, wo er war, halb träumte er. So gingen sie durch die Pforte und zogen das Dorf hinunter. Unterwegs kam Anna Haller ihnen entgegen. Sie ging in ihrer zierlichen Weise auf dem Steig zur Seite und ging vorüber. Da wunderte Fritz sich, daß sie all den Glanz nicht sah, der ihn umgab. Er wollte sie anrufen; aber er konnte nicht. Als sie bei Heim Heiderieters Haus ankamen, hoben sie alle schweigend ihre Hände und segneten links den Heidehof und rechts das Schulhaus, aus dessen Stube Weihnachtslieder klangen, und den Eschenwinkel zu ihren Füßen.

Und an dieser Stelle zeigte der, welcher der Oberste von ihnen war, auf Heims Haus. Da führten die beiden den Kleinen, der sich mühsam aufrecht hielt, die Erhöhung hinauf. Leise öffneten sie die obere Halbthür und lugten ins Innere und waren gerade so groß, daß sie überweg sehen konnten, nicht größer. Es kam ihnen warm und wohlig der Stallgeruch vom Kuhstall entgegen, und behagliches Brummen der Rotbunten ließ sich hören. Alte Erinnerung von Bethlehem kam über sie. Sie traten ein und schlichen quer über die Diele und legten den Kleinen beim Schein, der von ihren eigenen Gesichtern ausging, in die niedrige Kuhkrippe am Ende, gleich hinter der Thür. Es ist noch alles so im Heidehof, wie es in jener Nacht war.

Und sie gingen hinaus und lachten.

Telsche Spieker war allein im Hause, saß in der Stube und ärgerte sich. Sie war sehr unzufrieden mit Heim. Hatte es noch einen Zweck, dieses Mannes Haushalt zu führen? War da noch etwas zum Haushalten? Hatte sie sich nicht immer nach einem vollen Hause gesehnt, nach Arbeit vom Morgen bis zum Abend? Nach einem Hausstand, der vorwärts ging und nicht zurück? Nein, es war kein Ehrenposten, dieser Posten in Heim Heiderieters Haus.

Telsche Spieker ärgerte sich. Sie ärgerte sich nicht über Heim, sondern über sich selbst. Sie hatte in der Dämmerung über der Halbthür gelehnt und an Reimer Witt gedacht. Dann hatte sie nach seinem Hause hinuntergesehen und hatte bemerkt, wie die Kinder mit der Lampe den Tannenbaum erleuchteten. »So geht das nicht weiter.«

»Habe ich eine Verpflichtung gegen Reimer Witt und seine Kinder? Was für ein trauriger Weihnachtsabend! Dies unselige Haus, in dem ich nun zwanzig Jahre wohne, in dem kein Fleiß, kein Verstand, kein Glück war. Da drüben die sieben Kinder! Und wenn er nach Haus kommt, ist da weder eine warme Stube, noch ein warmer Herd. Daß Gott erbarm!«

»Soll ich die zweitausend Mark, die ich in zwanzig Jahren mühsam verdient habe, den Wittschen Kindern in die Hälse werfen? Denn darauf läuft es hinaus. Ich kenne die Welt! Und werde mich hüten.«

Den Kopf schüttelnd und bei sich selbst redend, wie Menschen zu thun pflegen, die viel einsam sind, zündete sie die Lampe an und setzte sich neben den Beilegeofen, der von der Küche aus geheizt wurde. Sie nahm die Bibel vom Bord, die wohl schon zweihundert Jahre dort wohnte, setzte sich und las die Weihnachtsgeschichte und hielt das Buch ein wenig von sich, denn sie fing schon an weitsichtig zu werden. Sie war schon um die vierzig und hatte viel über die weite Ebene der Heide gesehen.

Während sie las und zu der Stelle kam: »war da auf dem Felde die Menge der himmlischen Heerscharen,« da fing es draußen an den Fenstern an zu klopfen mit leisen, schüchternen Fingern, und gleich darauf an der Thür, die nach der Diele führte; sie hörte viele leichte Schritte, und leises Lachen kam von der Diele her. Sie horchte, während sie den Atem anhielt, sah aber immer noch auf das Buch, auf das Wort: himmlische Heerscharen. Dann gab sie sich einen Ruck, stand auf und ging nach der Diele. Da war alles dunkel. Aber links von der Thür, vom Kuhstall her, kam das laute, feste Schlafen eines Kindes. Merkwürdig klang es zwischen dem Wiederkäuen der Tiere. Sonst war alles still, so still, als horchte die ganze Welt auf das Atmen eines Kindes.

Da ging Telsche Spieler in die Stube zurück, zündete mit zitternder Hand die Stalllaterne an und ging wieder hinaus und öffnete vorsichtig die Thür zum Kuhstall, da lag Fritz Witt zu ihren Füßen in der Krippe. Er lag zusammengekrochen, wie sich ein Igel zusammenrollt, den Kopf so in den Armen versteckt, daß man nur den Haarschopf sah. Aber daran erkannte sie ihn; denn niemand schnitt das Haar mit so starken Schnitten wie Reimer Witt. Sie erkannte aber auch die Hose, welche er anhatte, die sie vorgestern geflickt hatte.

Sie stand eine Weile, horchte auf den Atem und sah auf das zusammengeknaulte Häufchen Unglück. Dann sagte sie so recht patzig: »Da liegt er! Aber von den himmlischen Heerscharen ist nichts zu sehen. Er ist ihnen wohl zu dreckig gewesen.« Sie stellte die Laterne hin und nahm das Kind in ihre Arme und trug es in die Stube und legte es auf den Tisch neben den Ofen. Die himmlischen Heerscharen standen rund um den Heidehof.

Einen Augenblick war sie noch im Zweifel; ihre Augen waren sinnend und vergrämt auf das schlafende Kind gerichtet. Sie dachte an eine, die unterm Schnee auf dem Kirchhof lag. Und wie sie länger an diese dachte, kam ein tiefernster, mutiger Zug in ihr Gesicht. Sie ging nach der Fensterbank und kam mit Schreibzeug zurück, und, sich über den Tisch beugend, schrieb sie im Stehen zwischen dem Kind und der Bibel, quer über den ganzen Bogen hin, mit großen Buchstaben: »Telsche Spieker hat sich empört gegen den Herrn Heiderieter, Haus zu halten. Melken und misten kann er selbst. Es wünscht alles Wohl und gute Gesundheit, was ja vorhanden ist, aber Fleiß und eine gute Frau, was nicht vorhanden ist, Telsche Spieker, Haushälterin bei Herrn Heiderieter, jetzt dasselbe bei Reimer Witt im sogenannten Eschenwinkel.«

Dann sah sie noch nach dem Ofen im Saal, löschte das Licht, nahm ihr Bett, wickelte den Knaben hinein und trat vor die Thür. Sie schloß ab und steckte den Schlüssel nach der Gewohnheit des Heidehofs oberhalb der Thür zwischen Strohdach und Balken. Es ist nur gut,« dachte sie, »daß er nicht zu Haus ist; sonst tühnt er mir die Ohren voll und thut so lange schön, bis ich nachgebe.« Langsam und schwer auftretend, mit zurückgebeugtem Körper ging sie den Sandweg hinunter. Fallender Schnee bedeckte ihre Tritte, als wäre sie nie im Heidehof gewesen.

Das neue Jahr war da, und die Menschen waren hineingegangen, gerade so wie die Kinder vom Eschenwinkel auf das junge Eis des Wehls gingen. Die Jungen von Dwenger, welche immer voll Übermut und Leichtsinn sind, hatten schon in der Morgendämmerung einen Glitsch gemacht, quer über die Ecke in das Reth hinein, auf Geratewohl. Das hatte gesaust, gekracht, geschwirrt und einige blutige Risse gegeben. Aber sie waren Helden; und das war die Hauptsache. Die Kinder von Schütt trippelten mit bläulichen Nasen und die Hände bis zum Ellbogen in den Hosentaschen am Ufer hin und her, zeigten einander durch das helle Glas die dunkle, unheimliche Tiefe, schüttelten den Kopf über die Dwengers und wagten nicht, einen herzhaften Schritt vorwärts zu thun. Gegen elf Uhr erschien Lehrer Haller. Da gingen Kleine und Große, Beherzte und Bange hinter ihm her, der voranging. Stattlich schritt er dahin – er wog damals gegen zweihundert Pfund – dem Weltlauf nicht unähnlich, den starken Gang des Schicksals versinnbildlichend.

Dreißig Tage lang zogen die Kinder in den Spielstunden die Düne hinunter, und jedesmal, wenn sie aus der Schulthür traten, mußten sie die Hände über die Augen legen, so blendend stand die Sonne über dem weißen Land.

Also waren diese dreißig Tage voll Sonnenschein und fröhlichem Kinderlärm.

Aber Heim Heiderieter machte ein finsteres Gesicht. Er sah sein Hauswesen verfallen. Sein Viehstand hatte keine Pflege, er selbst keine Gemütlichkeit. Er suchte eine Haushälterin. Da er aus dem Dorfe oder aus der nächsten Umgegend keine haben wollte, so hatte er eine Anfrage in der Zeitung erlassen; aber er hatte nichts Passendes gefunden. Aber doch sollten die dreißig Tage Sonnenschein auch noch auf Heim scheinen.

In den letzten Tagen des Januar bekam er ein Schreiben von der Frau Möller, die früher den Mönchshof besaß, jetzt aber in ihren alten Tagen am Marktplatz in der Stadt, schräg gegenüber dem Mönchshof, wohnte und aus dem Fenster sah, ob sie etwa jemandem helfen könnte. Heim Heiderieter aber war ihr Liebling gewesen, schon damals, als er ein Sekundaner war. Sie hatte ihn ein wenig bemuttert, ihn oft satt gemacht, ihn später zuweilen gescholten und ging in der letzten Zeit mit dem ernsten Gedanken um, ihn zu verheiraten; denn sie hatte ihn im Laufe des Winters allzu oft gesehen, wie er vom Mönchshof her mit seinen flinken Braunen über den Marktplatz fuhr. Sie kannte die Schwäche seines Geldbeutels ebenso genau, wie die seines Charakters.

Also diese Frau Möller vom Mönchshof, die in der ganzen Landschaft wegen ihrer saubern, runden Erscheinung, wegen ihrer feinen Klugheit und ihrer tüchtigen, hilfsbereiten Art bekannt ist, schrieb an Heim, daß sie glaubte, ein Mädchen gefunden zu haben, die bei bescheidenen Ansprüchen seinem Hausstand aufs beste vorstehen würde. »Denn viel, lieber Heim, kannst Du nicht erwarten. Dein Hausstand ist etwas mager, und Du hast einige Fehler.« So schrieb die Frau.

Da spannte Heim seine Braunen an und fuhr durch all den Sonnenschein und den blendenden Schnee nach der Stadt. Nachdem er im Mönchshof wegen der Kälte zwei Glas Grog getrunken hatte, ging er in bester Stimmung, mit so recht sichern, stolzen Schritten über den Marktplatz, grüßte nach dem bekannten Fenster hin und trat in die gemütliche, warme Stube.

Und zuerst, wie es hier zu Lande Brauch ist, sprach die bewegliche, runde Frau von anderen Dingen, von ihrem Einzigen, dem Christian, der draußen am mitten Knee den großen Geesthof hat, vom letzten Freitagsmarkt, von der letzten Wäsche und vom Torfbauern, der ausgeblieben war. Dann stand sie mit einem Male auf, öffnete die Thür und rief nach der Küche hin:

»Eva! Kommen Sie herein! Der Herr Heiderieter ist da!«

Und gleich erschien in der Thür, das klirrende Theebrett in der Hand, ein großes, starkes, braunes Mädchen mit einem kräftigen, runden Kopf und schönem, dunklem Haar, wohl über zwanzig Jahre alt. Sie hatte eine braune Sammetbluse an mit niedrigem Kragen und schmaler, weißer Halskrause und einen schwarzen Rock. Heim weiß das noch heutigen Tages.

»Siehst du, Heim?« Heim sah allerdings. »Dies ist Eva Walt. Die hat wohl Lust, dir den
Hausstand zu führen.«

Das Theebrett stand, und Eva Walt, deren Gesicht vom Fensterlicht abgewandt war, machte
mit gesenkten Augen eine kleine Verbeugung gegen Herrn Heiderieter. Der war stumm.

»Wollen Sie nun ein paar Kuchen bringen, Eva? Ich will sehen, ob er davon ißt. Es ist ein
gutes Zeichen, wenn Herren ein Stück Kuchen nicht verschmähen. Unsolide Leute essen keinen
Kuchen.«

Heim erholte sich: »Aber, Tante...«

Da war die Fremde schon wieder da und bot ihm den Teller. Er nahm und sagte zögernd:
»Ich kann mir nicht denken, daß Sie in meinem einfachen Haushalt und in der Einsamkeit des
Dorfes ...und dann die viele Arbeit...«

»Warum nicht? Weil sie sauber aussieht?«

»Wo ist Ihre Heimat, Fräulein Walt?«

»Aus der Gegend von Marburg bin ich, Herr.« Sie hatte eine weiche, tiefe Stimme.

Heim lehnte sich in den Stuhl zurück und versuchte eine ruhige Haltung zu gewinnen. Wenn
einer eine Haushälterin sucht, muß er einen gesetzten Eindruck machen: »Ich weiß nicht, ob
Sie sich richtig vorstellen, wie das Leben und die Arbeit auf einem Hofe ist, wie ich ihn besitze.«

»Glaubst du, daß ich ihr nicht haarklein erzählt habe, wie es bei dir steht und geht?«

Da biß Heim tief in den Kuchen.

»Frau Möller hat mir alles erzählt, Herr: die Lage des Hofes, die tägliche Arbeit. Nicht wahr,
Sie haben einen jungen Knecht, der hier und da zur Hand geht? Es sind sechs Kühe zu melken
und zuweilen ißt ein Tagelöhner mit am Tisch. Ich glaube wohl, Herr, daß ich Ihrem Hause
vorstehen könnte, wenn ich Sie nur im Anfang um Rat fragen dürfte. Ich kenne wohl die Arbeit,
die auf einem Besitz zu thun ist, wie Sie ihn haben; aber ich kenne die hiesige Lebensart nicht.«

Heim holte tief Atem: »Ehrlich gesagt, Fräulein, ich begreife nicht, wie Sie dazu kommen,
in so einfache Verhältnisse zu gehen. Sie haben Bildung und Lebensart genug, um in der Stadt
Ihr gutes Brot zu finden. Was wollen Sie auf dem Lande, in meinem einfachen Hause?« Er
richtete sich ein wenig auf: »Ich fürchte, Sie werden mir mein Haus gemütlicher machen, als
ich gewohnt bin, und Sie werden bald von mir fortgehen, weil Ihnen die Arbeit zu groß und
das Haus zu still ist.«

Nun sah sie ihn zum erstenmal an. Kluge, dunkle Augen blickten mit ernstem Ausdruck
auf ihn. »Ich bin ein einfaches Mädchen,« sagte sie, »und habe viel Hartes durchgemacht. Ich
möchte stille, emsige Arbeit haben, alle Tage. Ich habe alles mit Frau Möller besprochen, kenne
die Arbeit, weiß auch, welches Gehalt Sie zahlen wollen.«

Das war der Schwerpunkt. Heim atmete erleichtert auf und sagte: »Und du Tante, meinst
auch, Fräulein Walt soll zu mir kommen? Sag' mir noch, wie kommst du denn zu der Bekanntschaft?«

»Eva war in Hamburg bei meinen Verwandten und suchte Stellung. Nun war mein Mädchen
gerade krank. Da bat ich sie, mir auszuhelfen. So kam es.«

»Na, denn man zu! Du übernimmst die Verantwortung.«

»Gern, mein Junge, was Eva betrifft! Ich wundere mich, daß du so viel Umstände machst.
Bin ich eine praktische Frau oder nicht?«

»Die erste von allen, Tante!« Er stand auf, und da das Mädchen an ihm vorüberging, reichte
er ihr die Hand und sagte: »Ich hoffe, daß Sie es nicht bereuen.«

»Nein, ich bin Ihnen dankbar für Ihr Vertrauen. Ich gehe heute schon mit Ihnen, Herr!«

Es ist sehr angenehm, von einem so starken, schönen Mädchen in diesem ehrerbietigen Ton
»Herr« genannt zu werden. Man muß aber das nötige Selbstbewußtsein haben.

Unterwegs, nebeneinander sitzend, unterhielten sie sich sehr gut. Heim führte die Zügel und
das Wort. Er erzählte von der Entstehung des Landes und von der Geschichte der Menschen,
die darauf wohnen. Sie hörte aufmerksam zu und sah in die Marsch hinein bis an das Meer. Er
erzählte von seinen Bekannten, von Frisius und Haller, von den Witts und Landts, von Peter

Nahwer, der nicht rauchen durfte, und von dem Pellwormer, der nicht sprechen konnte. Sie lenkte mit klugen Fragen wie mit festem Zügelruck den Wagen seiner Erzählung.

Er merkte, daß sie einen verständigen Sinn und ein warmes Herz hatte.

Da fing er an, in seiner gemütlichen, übertreibenden Weise von dem Heidehof zu sprechen: »Das Geestland,« sagte er, »liegt zu hoch. Es liegt so hoch, daß der Regen unter ihm hinweg zieht. Das Marschland liegt zu tief; es schaut nur in einigen schönen Junitagen aus dem Wasser. Für unten habe ich eine besondere Sorte hochbeiniger Kühe angeschafft, die wegen des Wasserreichtums und wegen Darwin immer langbeiniger werden. Für oben habe ich mir eine Herde Schafe aus der Lüneburger Heide kommen lassen. Nachdem diese Heide, wie Sie gelesen haben werden, kultiviert ist, suchten sie durch die Zeitungen eine Stelle im Vaterland, die mager und trocken genug für sie wäre. Ich war der einzige, der sich anbot.«

»Und der Heidehof?«

»Der Heidehof,« sagte er, »ist ein gewesenes Hünengrab oder ein gewesenes Kochloch. Man streitet sich darüber. Jedenfalls ist es ein Loch in der Heide, mit einem spitzen Strohdach darüber wie eine Kornhocke. Aus dem Stroh ist allmählich Heide geworden. Christoph Dwenger – Sie werden ihn kennen lernen und es ihm zutrauen – mähte in diesem Herbst Heide, mähte, sah nichts, ahnte nichts, bis seine Sense in meinen Schornstein schlug. Jetzt steht da eine Warnungstafel: ›Hier fängt Heim Heiderieters Hausdach an.‹«

»Sie haben studiert, Herr?«

Er wandte sich zu ihr und sah ihr in die dunklen Augen: »Ich bin überzeugt, daß Sie mich besser kennen, als ich mich selbst. Sie wissen alles von Frau Möller. Ja, ich bin auf der Hochschule gewesen, in Tübingen, fünf Jahre lang, aber da, gerade als ich irgend ein Examen machen wollte – so sagte Frau Möller doch? – da flog mir etwas ins Auge, daß mir das Land dort nicht mehr gefiel. Ich mußte nach Haus.«

»Und gehen nicht wieder fort?«

Er sah über das Dorf hin, das vor ihnen in der Senkung lag, und über die Heide nach dem Heidehof: »Ich will hier bleiben,« sagte er ernst, »und ich will versuchen, das kleine Erbe, das da in der Abendsonne liegt, und wenn ich sonst noch ein anderes habe, zu bebauen und auszubauen. Aller Anfang ist schwer,« sagte er seufzend und dachte an seinen Schreibtisch und an die vorjährige Kartoffelernte. »Sehen Sie den Heidehof? Das alte verständige Haus hat zur Feier Ihres Kommens die Sonne um Glanz und Schmuck gebeten; seine große Haube, weiß von Schnee, kleidet es gut, und die Augen, mit

denen es über den Weg sieht, funkeln von Sonnengold. Ich wünsche Ihnen in diesem Hause ein fröhlich Herz. Steigen Sie ab; wir sind zur Stelle.«

»Ich danke, Herr.«

Er sah ihr nach wie sie zur Thür hinaufging.

»Wenn sie nur nicht immer ‚Herr‘ sagte!«

Die Sonne that noch einen langen, freundlichen Blick nach dem Heidehof; dann schloß sie ihr goldenes Auge und stieg ins Meer.

Eva Walt stand allein in der Stube, in der Telsche Spieler gewohnt hatte. Sie trat ans Fenster, öffnete es und sah über die Heide und schaute lange sinnend nach dem Wald hinüber und nach dem Wodanshügel, der sich davor erhob, weiß wie die Heide. Dann trat sie zurück, schloß das Fenster, sah auf die Blumen in der Fensterbank, auf die alten frommen Bilder an der dunklen Wand, auf das saubere, weiß überzogene Bett. Und als sie das alles gesehen hatte, setzte sie sich in den Stuhl am Tisch, sah noch einmal verlegen um sich, während ihr frisches Gesicht sich mit Rot bedeckte, legte beide Arme auf den Tisch, verbarg ihr Gesicht darin und weinte.

Dreißig Tage schien die Sonne hell auf den Schnee. Aber im Strandigerhof war das Wetter trübe.

Für Lena kam jeden Montag ein Bücherpaket aus Berlin. Dann war sie drei Tage lang wie verschwunden; nur zum Mittagessen erschien sie. Nach diesen Tagen ging sie mit geröteten Wangen und glänzenden Augen durch das Haus. Sie hatte Berliner Luft geatmet und war heiß dabei geworden. Sie sprach aufgeregt mit jedermann, wollte durchaus mit Andrees über die

Heide reiten und machte den Versuch, Hinnerk Elsen aus seiner Ruhe zu bringen. Gegen Ende der acht Tage stand sie viel am Fenster und ging allein durch den Schnee, den Deich entlang, sah über das Meer, kehrte um, sah über die Heide, kam nach Haus und schloß sich ein, und man hörte sie weinen. Am andern Morgen fand Anna Witt die Staatskleider ausgebreitet, darauf waren die Thränen gefallen.

Am Sonntagmorgen stand sie mit heißen Augen vor ihrem Bruder: »Kannst du nichts thun, daß er mit uns nach Berlin geht? Fange irgend etwas an, daß er dieses Haus nicht mehr sehen mag, daß er mit uns fortzieht.«

Franz Strandiger fuhr mit der Hand über die Stirn, und seine Augen sahen finster zur Erde: »Ja, ja, ich will sehen, Lena. Ich habe auch einen Plan; aber ich muß vorsichtig sein, daß er sich nicht ganz von mir abwendet; denn es wird schwer halten, rechtzeitig die Pacht zu zahlen.«

Da verließ Lena Strandiger das Zimmer, und seine Mutter kam und setzte sich an seinen Schreibtisch und lernte in ihren alten Tagen die verwickelte Buchführung eines Gutsbesitzes und nahm die Brille ab und rief ihren Sohn und deutete mit ihren Fingern auf die Seite im Buch, wo die Reparaturen, Erträge und Zinsen des Eschenwinkels standen und sagte: »Die Seite muß leer werden, ohne Erbarmen!«

Als sie aber das Zimmer verließ, nachdem sie über die Pacht gesprochen hatten und über Verbesserungen, die nötig wären, sagte sie: »Wieviel Vermögen haben die Landts? Sagtest du nicht schon vor Jahren, daß jede vierzigtausend Mark hätte? Denke an den ersten November, Franz!«

Andrees Strandiger wanderte oft unstet über die Heide. Am Abend saß er, ein beschwerlicher Gesellschafter, in dem großen Wohnzimmer, in dem er einst mit Vater und Mutter gesessen hatte, und dachte über allerhand nach, am meisten über die Frage: Wie kann einer seine Heimat, ein Stück von seinem Leben und von seiner Seele, verkaufen? Es sei denn, daß die Not ihn in die Fremde treibt?«

Sein Geist ging bald diese Gedankenreihe: Ich habe den Hof verpachtet, weil ich mit Lena Strandiger ein Leben des Genusses führen wollte. Nun wohlan: hinaus in die Welt! Aber dann stand vor ihm auf dem Weg der Mann, von dem Frisius gesprochen hatte, und sagte: »Geh' du auch in den Weinberg!«

Dann wieder dachte er: Ich will Maria Landt bitten, daß sie meine Frau wird, mein Kamerad. Ich will lernen, wie sie zu denken, und zu leben, wie sie lebt. Ich will der Heimat dienen, und ein einfach Leben führen. Aber wenn er diesen Weg ein wenig entlang ging, dann stand da in den Sand geschrieben: »Lasset uns essen und trinken; denn morgen sind wir tot.«

Er mied den Heidehof und das Pastorat. Im weiten Bogen ging er auf stundenlangen Wegen um das Dorf über die Heide nach dem Deich und stand und sah und dehnte seine Brust und genoß die Luft: »Ich bin in der Heimat! In der Heimat!« Als er in der Fremde gewesen, hatte er sie verachtet, hatte er gespottet. Da er aber täglich in ihr träumendes, wehmütiges Gesicht sah, hatte er sie lieb und lieber. Sie breitete die Arme aus; strahlender wurden ihre Augen. Sie griff nach seinem Herzen und umschlang ihn mit ihren Armen: »Bleibe bei uns!«

Die Frauen oben lebten still für sich hin. Frau Strandiger verlebte den größten Teil des Tags in ihrem Lehnstuhl am Fenster. Sie war nun fast ganz erblindet; sie konnte nur noch unterscheiden, ob der Tag dunkel oder sonnig war. Sie saß da und horchte auf das Spielen der Kinder am Wehl. Das Strickzeug in der Hand wurde nie fertig. Es sank gleich wieder in den Schoß, als wenn eine Hand es hinunterdrückte, und als wenn einer sagte: »Laß nur!« Wenn sie angeredet wurde, fing sie gleich an, von ihrem Sohn zu sprechen, wie er in Sprache und Gang seinem Vater gliche und ebenso treu und tüchtig wäre. Nur waghalsig wäre er nicht; das Watt und Flackelholm würde er nie betreten. »Ich bin eine schwache Frau gewesen,« sagte sie, »aber er wird den Hof wieder in Glanz bringen. Wie weit ist er mit den Häusern im Eschenwinkel?«

Andrees erschien auf der Schwelle, er wollte mit Maria bereden, was sein Herz zerrieb.

»Nicht wahr, Andrees? du bringst Vaters Hof wieder in stand?«

Er nickte und sagte laut: »Ja, Mutter!« und trat an den Stuhl und strich mit der Hand über ihr weißes Haar und starrte auf den Wehl hinaus und wagte nicht, nach dem Tisch hinzusehen, an dem Maria Landt saß, und ging hinaus und hatte eine Wunde mehr im zerrissenen Herzen.

Niemand wagte der alten Frau zu sagen: »Der Hof ist verpachtet. Andrees geht nach Berlin.«

Franz Strandiger kam jeden Vormittag hinauf, um nach dem Befinden seiner Tante zu fragen. Oft aber vergaß er, mit der alten Frau zu reden. Er setzte sich Maria gegenüber und sprach mit ihr über tägliche Dinge in gleichgültigen Worten. Sie aber fühlte, daß er etwas von ihr wollte. Dann wurde ihr blasses Gesicht noch weißer, und sie stand auf und ging schweigend aus dem Zimmer. In ihrer Schlafstube schrie sie leise auf und lag auf den Knieen und sprang wieder auf und beugte sich am Tisch über das Buch, aus dem sie sich Trost und Rat holte, und fand ihn nicht und kam, von Unruhe und Angst getrieben, zurück, verstört im Gesicht und mit abwesenden Augen.

Dreißig Tage nach Neujahr fuhr der erste Frühlingssturm brausend über das Land. Am ersten Tag riß er den Kindern, die auf dem Wehl Schlittschuh liefen, die Mützen vom Kopf, er faßte sie im Rücken und jagte sie in die Rethstoppel am Ufer, wo sie zu Fall kamen. Am zweiten Tage verjagte er sie vom feuchtglänzenden Eise. Lehrer Haller stand barhaupt neben Heims Scheunthor, rief und winkte.

Nun blieb Ingeborg Landt allein auf dem Wehl.

Einmal ließ sie sich von dem starken, böigen Wind treiben, das andere Mal mußte sie gegen ihn an. Wenn sie sich treiben ließ, machte sie ein stilles, nachdenkliches Gesicht; aber wenn sie gegenanfuhr, zogen sich ihre Augen zusammen, und die Stirn wurde kraus, und sie legte ihre Brust mit Kraft vor. Ihre Augen waren ernst über ihr Alter, und sie sprach bei sich selbst.

»Maria weinte diese Nacht. Wenn er sich so viel um mich kümmerte, wie um Maria, ich wollte ihn schon fassen und halten; aber er sieht mich nicht an, ich bin ein Kind in seinen Augen ... Ich bin stärker und schöner und mutiger als Lena Strandiger ... Maria ist mutlos, wenn es ein wenig gegen den Wind geht. Dann wächst mir der Mut ... Sie weinte; aber ich ... ich dachte nach, wie ich den Gang der Dinge ändern könnte ... Kann doch nichts weiter thun, als ihm meine Liebe zeigen und der andern die Zähne ... Daß Maria ihn gewönne, könnte ich ertragen. Dann ginge ich fort von hier. Aber daß die andere ihn wegnimmt und achtet ihn nicht und sieht nach andern Männern ... Das ertrage ich nicht... Das soll er einsehen, daß ich stärker und mutiger bin als sie beide ... Meine liebe Schwester! ... Ach, sie paßt nicht zu ihm.«

Ihre Augen leuchteten, und ihre Wangen wurden heiß; so sehr brannte es in ihrem Herzen.

Als sie, die Schlittschuhe in der Hand, über den Hof ging und Franz ihr begegnete, lachte sie ihn an, nickte und sagte: »Gehen Sie noch mal zu Maria hinauf? Ich glaube, sie freut sich, wenn Sie kommen.« Als sie auf der Treppe Andrees begegnete, hielt sie ihn an, und obgleich er sehr finster aussah, sagte sie atemlos: »Ich mag noch nicht in der Stube sitzen. Es ist so schön draußen, so wild und frisch. Nimmst du mich mit?«

»Über die Heide!«

»O, das wird eine Freude!«

Und sie stürmte an der blassen Schwester vorbei: »Ich gehe mit Andrees über die Heide!« und sie knipste mit den Fingern nach Lenas Stube hinüber: »Ich gehe mit Andrees über die Heide.« Und sie gingen.

Es war gerade so wie damals, vor etwa acht Jahren, als er mit Maria ging. Nur daß damals schönes, helles Herbstwetter war und die Herzen der beiden Wanderer Kinderherzen waren. Jetzt wehte ein naßkalter, rauher Westwind hinter ihnen her. Sausend stieß er gegen die beiden, fuhr zwischen ihnen durch, warf kalte Regenschauer zwischen sie, füllte all die kleinen Mulden am Boden mit schmutzigem Schneewasser, daß sie auseinandergehen mußten, und schrie klagend und heulend von verlorenen Tagen und gegenwärtiger Not.

Sie waren beide still und hörten zu und beugten die Köpfe.

Am Wodanshügel kehrten sie um. Da schlug der Sturmwind gegen sie an und warf die nassen Fetzen von feinem zerrissenen, flatternden Mantel gegen sie. Da hoben sie die Köpfe und Augen. Das lag in ihrer beider Wesen, daß sie Mut bekamen, wenn es gegen den Wind ging.

Ingeborgs Augen blickten nach dem Deich hinüber; sie glänzten wie Stahl. Das Tuch, das sie um den Kopf hatte, wurde wie von einer vorbeijagenden Hand zurückgerissen. Dieselbe Hand warf Wasserperlen über das blonde Haar.

Da sah er sie an und erkannte wieder, daß sie ganz anders wäre als ihre Schwester. Maria war treu und schwach, diese war treu und stark.

War sie treu?

Er kannte sie ja gar nicht. Er hatte ja immer an Maria gedacht. »Magst du so mit mir gehen, gegen den Wind?«

Sie legte den Kopf zurück und sah ihn an, und er sah, wie sie schwer atmete.

Nach einer Weile faßte der Sturm sie fester an, riß ihre Kleider zurück und warf jedes Fältchen gegen ihre Glieder, der Sturm sauste und rüttelte an ihrem Körper und an ihrer Seele und rüttelte Gedanken hell wach, die in der Ecke geschlafen und unruhig geträumt hatten.

»Magst du so mit mir gehen?«

»Wohin gehen wir?«

»Immer weiter, Ingeborg! Dies ist die erste frohe Stunde in der Heimat. Fürchtest du dich nicht? Wirst du nicht müde?«

Sie lachte laut und bitter auf: »Ich fürchte mich nicht, aber...« und sie streckte die Arme mit den geballten Händen vor sich hin, und ihre Zähne schlugen im hilflosen Zorn aufeinander.

Da fühlte er, daß diese ihm die Nächste war. Schleier zerrissen, Nebel wichen, Thore thaten sich auf, und er sah fern einen Weg und eine Hoffnung. »Was soll ich thun?« rief er.

»Was du willst...«

»Maria sagt: Gottes Willen, Magdalena sagt: ihren Willen.«

»Deinen Willen!« sagte sie laut.

»Mein Wille reißt mich hin und her.«

»Du mußt Gottes Willen nehmen und deinen eigenen Willen, und mußt den Hammer des Muts nehmen und beide zusammenschlagen. Dann steht auf der einen Seite Gottes Bild und auf der andern deine eigene Schrift. Dann bist du etwas wert.«

Da stand er still und starrte sie an: »Woher hast du das, du bist noch so jung?«

»Ich habe über uns alle nachgedacht, warum wir im Elend sitzen. Maria fehlt der eigene Wille, dir fehlt Gottes Wille.«

»Das Herz kannst du gesund machen. Ich muß noch mehr mit dir reden. Wenn ich wüßte, daß du zu mir ständest...«

»So frage mich doch, Andrees! Mache die Augen auf!« Sie schlug beide Hände vors Gesicht, die Flammen zu bedecken, die aus Augen und Wangen schlugen.

Da gingen sie schräg den Abhang der Düne hinunter.

Und unter der Düne, am Wehl, stand Maria neben Eva Walt, die Wasser holte. Und Maria sah von ungefähr auf und sah in das Gesicht der Schwester. Dann ging sie mit Eva Walt dem Eschenwinkel zu.

Der Sturm sprang heulend über den Deich, glitt sausend über den Wehl und warf sich gegen den Heiderand.

Ingeborg sah Andrees an: »Wird es nun wirklich Frühling?«

Der Eschenwinkel hatte winterlichen Besuch bekommen: Die Not schlich von Schwelle zu Schwelle. Geräuschlos öffnete sie eine Thür nach der andern und setzte sich auf den Steinherd, auf dem ein kümmerliches Feuer unterm Grapen brannte.

Die Männer hatten seit acht Wochen keine Beschäftigung. Regen und Frost, Wasser und Schnee verhinderten das Arbeiten auf dem Felde. In andern Jahren war wohl gesorgt worden, daß das Korndreschen auf dem Hof wochenlangen Verdienst brachte; aber Franz Strandiger hatte von der hohen Geest Arbeiter bezogen, die ihm billiger wurden als die Marschleute.

»Er hat kein Herz für uns,« sagten die Frauen zu Maria. »Er weiß gar nicht, wie unser einer in Sorgen ist. Woher sollen wir Brot und Mehl nehmen? Von Speck gar nicht zu reden. Wir sind täglich neun Mann zu Tisch. Und die Kinder sind bei der Kälte hungrig wie Wölfe, wenn sie aus der Schule kommen.«

Mehr sagten sie nicht. Von dem täglichen Jammer sprachen sie nicht. Diese Armut hat niedergeschlagene Augen. Aber wenn sie über Franz Strandiger sprachen, dann sahen sie auf, und finstere Bitterkeit lag in ihren Mienen, und sie verbargen nichts: »Er wird uns im nächsten Jahr das Kartoffelland nehmen; er hat es schon zu Peter Schutt gesagt.«

»Das thut er nicht!« sagte Maria rasch.

»Der fragt nicht nach Gott noch Menschen; auch die Häuser wird er uns nehmen. Ehe zwei Jahre vorüber sind, wird hier, wo unsere Kinder spielen, Weide sein, und seine Kühe werden hier grasen. Kühe nähren, Kinder zehren.«

»Er wird es nicht thun,« sagte sie wieder, und das Herz schlug ihr bis an den Hals. ˆ

»Er wird es thun. Es wird alles so werden, wie wir sagen. Wir kennen ihn.«

»Ja,« sagte die alte Thiel, »sie haben recht. Es ist nichts Gutes in ihm. Das beste für uns wäre, wenn er eine Frau bekäme, die ein Herz für kleine Leute hat.« Und die alte Frau sah mit zwinkernden Augen in Marias Gesicht: »Das ist die einzige Rettung,« sagte sie, »das sage ich.«

Da ging Maria weiter.

Sie hatte zwei Thalerstücke zu sich gesteckt, die wollte sie in den beiden Häusern lassen, in denen die Not am größten war. Sie trat in das Dwengersche Haus. Es war das dritte Haus neben Witt.

Die Frau hatte einst auf dem Strandigerhof gedient, damals, als Maria Landt noch ein Kind war. Die kräftige, blühende Erscheinung des Mädchens war einer der tiefsten und ersten Eindrücke, welche das Stadtkind, das mit erstaunten Augen um sich sah, auf dem Strandigerhof empfing. Jetzt war sie Mutter von sieben Kindern, von denen drei schulpflichtig waren. Die Kinder hatten alle der Reihe nach die englische Krankheit gehabt, und es hatte lange gedauert, ehe sie fest auf den Füßen standen. Einmal konnten die drei Jüngsten nicht gehen. Jetzt waren da zwei, die auf dem sandbestreuten Fußboden hin und her rutschten, unfähig aufzustehen. Der Mann, Christoff Dwenger, war ein tüchtiger, fleißiger Arbeiter; aber ein Quartalstrinker. Wenn die wilde Gier über ihn kam, was alle fünf bis sechs Wochen geschah, vertrank er das Geld, das er gerade in der Tasche hatte, oft den Verdienst einer Woche, machte Streit, schrie, prahlte, schlug Frau und Kind, kurz, handelte wie ein unvernünftig Tier. Später, nach Jahren, ist er in den Orden der Guttempler eingetreten, der so segensreich in unserer Provinz gearbeitet, der manchen kalten Herd warm gemacht und viele traurige Frauen- und Kinderaugen leuchtend gemacht hat. Unter dem Schutz dieser Brüderschaft hat er den zweiten Teil seines Lebens still, nüchtern und glücklich verbracht, hat seine Frau wieder aufblühen und seine Kinder groß und brav gesehen.

Dwengers Frau empfing Maria mit dem unsichern, suchenden Blick, der ihr von der Stunde an eigen war, da sie erkannt hatte, daß sie die Frau eines Trinkers war. Sie war einst sehr stolz gewesen, besonders stolz auf den großen, starken, frischen Mann, den sie bekam. Darum wurde sie so tief niedergedrückt und inwendig zerrissen, als er mehr und mehr ein Trinker wurde.

»Wo ist dein Mann, Liese?«

»Er ist nach der Stadt. Es ist ja Viehmarkt heute. Er hofft, daß er als Treiber einige Mark verdient.« In ihrem blassen Gesicht stand die Sorge: »Wie kommt er heim?«

»Er hatte lange keine Arbeit?« »Franz Strandiger läßt nichts machen, weder kleien noch dreschen. Die Deicharbeiten werden wohl auch wegfallen.«

Da war wieder der Name.

Maria griff hastig in die Tasche. Aber die Frau sah es und beugte »sich zu ihrem jüngsten Knaben nieder und sagte: »Wir sind ja, Gott sei Dank, alle gesund. Ja, wenn wir krank sind, dann müssen wir Hilfe haben! Krankheit frißt Geld und macht demütig. Aber solange wir gesund sind ...Ich denke, er kommt bald zurück und bringt zwei oder drei Mark mit. Manchmal hat er guten Verdienst.«

Da ließ Maria Landt den Thaler in der Tasche und ging traurig hinaus. In der Thür lehnte die Frau am Pfosten und sagte, die Augen niedergeschlagen: »Es wurde gestern gesagt, daß Franz Strandiger sich verheiraten würde. Kannst du etwas darüber sagen?«

Maria kehrte sich um: »Ich weiß nicht,« sagte sie und ging fort.

Und heimgehend, am Wehl entlang schleichend, dachte sie an die Nacht, die schon im Reth des Wehls lauerte und über dem Wasser ihren Atem legte, daß es schwarz aussah. Sie würde wieder nicht schlafen können. Sie würde auf dem Rücken liegen und mit offenen Augen nachdenken über das, was sie zu thun hätte. »Das wird dem Eschenwinkel helfen. Das wird Andrees aufschrecken. Das wird ihn aus Lenas Macht zu Ingeborg treiben. Dann wird auch die alte Frau Frieden haben.«

Aber es graut ihr, das zu thun, was nötig ist. Und zu ihrem Grauen sucht sie einen andern Weg zu gehen, den Weg zu Andrees; aber der ist ganz verschüttet.

Da irrt ihr Geist hin und her. Er tastet im Dunkeln, wie Frau Strandiger thut, wenn sie mit vorgestreckten Händen durch die Stube geht.

Dunkle, lichtlose Nebelstreifen lagen noch am andern Morgen auf der Marsch. Die Sonne stand in ihrem Rauch und Dunst rechts am Waldrand auf der Heide. Da ging Reimer Witt nach dem Strandigerhof.

Er war ein breitschultriger Mann mittlerer Größe, mit geraden, starken Gliedern. Sein Gang war etwas schwerfällig steif, und sein Rücken zeigte zwischen den Schultern die Last der schweren Arbeit. Er war in seinen Gedanken und Kenntnissen ein sehr einfacher Mann; aber seine gesunde, christliche Überzeugung, und ein gewisser angeborener Takt gab ihm etwas Starkes, Ritterliches, und seine gute Laune machte ihn überall beliebt.

Die lange Krankheit und der Tod seiner Frau hatten ihn freilich tief bekümmert; die trüben häuslichen Zustände, welche wie Trauergeleit dem Sarge folgten, hatten ihn eine Zeit lang verwirrt und ratlos gemacht. Aber seine christliche Lebensanschauung hatte ihn aufrecht gehalten. Er hatte sich mit seinem lecken Fahrzeug in diesen Hafen treiben lassen. Nun besserte er an seinem Fahrzeug, takelte neu auf und achtete schon wieder auf Wind und Wellen draußen. Seit Telsche Spieler seinem Hause vorstand, ging es gar sauber und fleißig her.

Auf dem Weg unter den Ulmen kam ihm Andrees entgegen. Sie blieben beide stehen.

»Ich wollte mir etwas Geld holen,« sagte Reimer Witt. »Ich habe im bunten Krug achthundert Meter Graben ausgeworfen; das macht dreißig Mark.«

Andrees starrte aus trüben Augen auf die Erde: »Das ist so, Witt...Sie wissen doch, daß ich verpachtet habe.«

»Muß ich zu Ihrem Vetter gehen?«

»Ja. Aber ich wollte sagen...« Er suchte in der Westentasche nach einem Goldstück: »Sie haben in diesem Winter so viel Ausgaben gehabt...« Seine Augen liefen den Weg auf und nieder, wie ein Hund, der die Spur verlor.

»Ich wollte mir das Geld holen, das ich verdient habe, genau für achthundert Meter.«

Reimer sagte es rauh und kalt. War der Mann nicht mehr sein Arbeitgeber, was war er dann? Irgend ein Fremder.

»Ganz recht...aber ich kannte Ihre Frau gut und Sie auch...«

»Das ist ja nun vorbei. Sie gehen in die weite Welt, ich gehe meiner Arbeit nach, und Rieke liegt auf dem Kirchhof.«

Er wandte sich um und ging mit seinen steifen Schritten nach der Hausthür zu.

Franz Strandiger saß schon in dem kleinen Zimmer zur linken Hand am Schreibtisch und berechnete die Kosten der Drescharbeit, die beendet war. Er kannte den Mann wohl, der, die Mütze in der Hand, an der Thür stand. Er hatte, als er ein Knabe war, manchen schönen Augenblick mit ihm verplaudert, im Winter im Stall, im Sommer am Grabenrand. Sie waren damals besondere Freunde gewesen; sie trugen ja beide in Gestalt und Charakter das feste und stolze Wesen, das die Leute am Strand der Nordsee zeigen. Aber das waren vergangene Zeiten. Franz Strandiger war jetzt Herr hier, Herr! Also mußte der andere ein Knecht werden. Darum sprach er auch jetzt in dem nachlässigen, kalten Ton, der die Eschenwinkler so verletzte: »Ich wünsche, daß die Leute mich vor zehn Uhr nicht stören. Was haben Sie?«

Reimer Witt nannte kurz sein Anliegen.

Kommen Sie ein andermal wieder; ich muß mir das erst ansehen.« »Sie brauchen nur einen Blick in die Karte zu thun.«

»Ich will Ihnen was sagen, Witt. Sie sind zu lange auf diesem Hof gewesen. Ich kann Leute, wie Sie, die klüger sein wollen als ihr Herr, überhaupt nicht brauchen.«

»Wie meinen Sie das?«

»Sehen Sie – wenn Sie noch eine Erklärung wünschen –, ich war da früher Verwalter auf einem Gut… Rübenbau… da habe ich einen andern Schlag Arbeiter kennen gelernt.«

»Ah, Sie meinen die Sorte, die sich den Tag über wie Hunde behandeln lassen und abends vergnügt ihren Rosenkranz beten.«

Franz Strandiger stand auf. Nun waren sie beide die harten, jähzornigen Männer.

»Das ist allerdings meine Auffassung vom Christentum: ein stilles, ruhiges Leben führen, ohne Murren dastehen, wo man vom Schicksal hingestellt ist.«

»Ich weiß nicht, Herr Strandiger, ob das Schicksal Sie hierher gestellt hat. Auch weiß ich nicht, woher Sie diese Ansicht vom Christentum haben. Es ist in einer feinen, warmen Stube zurecht gemacht wie diese hier, und von einem Mann, den das sogenannte Schicksal gut hingestellt hatte. Mein Christentum hat einen Drescherkittel an und hat schwielige Hände wie ich, von Helfersarbeit.«

»Dumme, verdrehte Ansichten!«

»Sie meinen, weil ich nicht viel gelernt habe. Nun, ich bin am Ende auch auf Hochschulen gewesen. Zuerst Anno siebenzig in Frankreich. Einige hat der Krieg roh gemacht; mich hat er ernst gemacht. Dann zum zweiten bin ich in die Kirche gegangen. Nicht häusig. Wir haben ja nur den Sonntag für Familie und Haus. Aber wenn ich kam, habe ich die Worte genau so aufgefaßt, wie sie dastanden, das Wort ,Bruder' und ,Barmherzigkeit' und ,reines Herz' und das Gleichnis vom reichen Mann. ,Herbergt gern!' steht da. Da habe ich meine Schwester zu mir genommen. Alle diese Worte habe ich so verstanden, wie sie bei uns gebraucht werden. Zuletzt habe ich noch das Sorgenland kreuz und quer durchwandern müssen. Das war sehr lehrreich!… Ach, was wissen Sie davon.«

Er wandte sich ab, den Thürgriff schon in der Hand.

»Der Strandigerhof hat in Zukunft keine Arbeit mehr für Sie; und mit dem Eschenwinkel mache ich ein Ende.«

Da lachte Reimer Witt auf: »Sehen Sie? Das ist Ihre Religion! Das Christentum sagt: ,Hilf deinem Bruder und sei freundlich mit ihm!' Ihre Religion sagt: ,Hilf deinem Geldsack und deinem Zorn!'«

Sie standen sich nahe gegenüber.

»Hinaus! sag' ich.«

Er ging langsam hinaus.

Im Gang, dicht neben der alten Stehuhr, stand Maria Landt: »Was hattet ihr, Reimer? Wie siehst du aus!«

Sie sahen beide nicht, daß Franz Strandiger in der offnen Thür stand.

»Ich wollte mir mein Geld holen; statt dessen haben wir uns erzählt, was wir von unserm Herrgott halten.«

»Reimer! Reimer, ich bitte dich. Sprich mit Andrees!«

»Mit dem? Ebensogut kann ich mit dieser Uhr sprechen. Was ist der? Ist er irgend etwas? Der gehört jetzt zu den Eckenstehern des lieben Gottes.«

»Reimer!« sagte sie, und die helle Angst stand wie flackerndes, vom Wind erschrecktes Feuer in ihren Augen: »Du weißt, es giebt einen, der harte Herzen weich machen kann.«

»Nein, Maria! Sie bleiben, wie sie sind. Sie essen zeitlebens sehr gut. Und weil sie gut gegessen haben, hoffen sie gut zu schlafen. Die werden bis in den Tod nicht anders.«

»Ich will mit ihm reden. Ich glaube, Reimer, ich kann helfen.«

»Na,« sagte er und schüttelte gedankenvoll den Kopf: »Für uns ist das Wort geschrieben: ‚Sorget nicht!‘ Wenn wir sorgen wollten, so wäre es besser, wir machten dem Jammer ein kurzes Ende. Wir müssen so sorglos sein wie die Bälle, mit denen die Kinder spielen. Wir stiegen, von Kinderhänden geworfen, hin und her, zuletzt, wenn's gut geht, in Gottes Hand! ... Der ganze Eschenwinkel soll verschwinden! Der ganze Eschenwinkel!«

Er ging kopfschüttelnd davon, mit seinen Gedanken in seinem Hause und bei dem, was er in demselben in achtzehn Jahren erlebt hatte.

Franz Strandiger zog die Thür leise an sich und murmelte: »Sie will helfen.« Seine Augen sahen mit einem finstern Ausdruck nach der Thür. Es ward ihm nicht leicht. Das Ritterliche, das Ehrenwerte in ihm bäumte sich auf, dann biß er die Zähne zusammen und öffnete wieder die Thür.

Maria Landt ging gerade vorüber und stand still. Sie sagte nichts. Aber sie sahen sich an. Da merkte er, daß sie um ihn warb. Und der Gedanke erschütterte ihn so, daß er kein Wort hervorbringen konnte. Er hatte auf diesen Augenblick gehofft; aber er hatte bei seiner starken, leichtlebigen Natur nicht daran gedacht, daß der Augenblick so ernst sein würde. Nun stand sie mit großen, angstvollen Augen vor ihm.

»Was wollen Sie mit Witt und dem Eschenwinkel thun?« »Liegt Ihnen noch immer der Eschenwinkel am Herzen, wie damals, als Sie vierzehn Jahre waren?«

»Es ist nicht anders geworden.«

»Es ist wirtschaftlich richtig, daß die Häuser niedergerissen werden. Also wird es geschehen.«

»Es giebt doch andere Gesichtspunkte. Wenn Sie nur Wirtschafter sein wollen, dann müssen Sie auch keinen Sonntag feiern, keine Weihnachten; dann werden die Tage addiert, bis der letzte kommt.«

Ihre mutlose Stimme machte ihn weich; aber dann kam gleich die Bitterkeit über ihn, so heftig, daß sein Körper bebte und seine Stimme rauh war: »Von Weihnachten sprechen Sie! Ich weiß gar nicht, was das ist. Alle diese Dinge gab es bei uns nicht. Mutter liebte das nicht. Ich wollte einmal mit einem andern Knaben gehen, seinen Weihnachtsbaum zu sehen; da wurde ich geschlagen. Wenn wir das Wort ›Weihnachtsbaum‹ sagten, lachte Mutter. ›Firlefanz!‹ sagte sie.«

Der Jammer seiner öden Kinderjahre stand höhnend vor ihm.

»Sie sind eine Heilige, wie sie im Buche steht! Ich war diese Weihnacht Ihr Hausgenoß. Haben Sie mich eingeladen? ›Komm' mit, du sollst unsern Weihnachtsbaum sehen?‹ Ich habe da am Fenster gestanden und das Licht von Ihrem Weihnachtsbaum auf dem Schnee gesehen. Um mich hat sich noch nie einer gekümmert; nach meiner Seele hat noch nie einer gefragt; da haben sie schließlich gemeint, ich hätte keine. Darum gehe ich meinen eigenen Gang, und zwar diesen: Ich will Herr sein. Das ist meine ganze Weltanschauung: es ist kein Wunder!« Sie war ans Fenster getreten. Von ihm abgewendet stand sie, schwer atmend. In ihrer bangen Seele wogte es auf und nieder: »Ich muß es thun; es giebt keinen andern Weg. Ich helfe Andrees und Ingeborg und dem Eschenwinkel. Auch ihm helfe ich.«

Nun fing er wieder an, ruhiger geworden, tief Atem holend, und er log nicht, was er sagte:

»Ich habe einen alten Wunsch von Kindertagen her. Seit fast zwanzig Jahren steht er auf meinem Wunschzettel: Ich wollte auf eigenem Boden Herr sein. Wenn ich das bekäme, dann könnte ich wohl auch weiche Gedanken haben. Hilf mir dazu! Du weißt, Maria Landt, was ich meine! Gieb mir Weihnachten, sei freundlich mit mir! Vielleicht habe ich ja auch eine Seele!«

»Und anders ... anders nicht?«

»Nein, anders nicht! Geht die Liebe der Heiligen nicht so weit, so bleib' ich ein Stein, an dem noch mancher sich stoßen soll. Es liegt in deiner Hand!«

Da ging sie an ihm vorüber aus der Stube. Und als sie draußen war und die Treppe suchte, taumelte sie gegen die Standuhr. Ihre Hand gegen die Schläfen gedrückt, hörte sie auf das Schlagen ihres Herzens. Und das Schlagen der Uhr ging rascher, immer rascher, und das Herz wollte mit und konnte nicht und lief sich die Füße wund und keuchte und sank nieder und fiel am Steg des Wehls in die Knie und beugte sich über den Steg in das Wasser. Da lag der große graue Stein auf dem grünen Grund, und sie stieg hinunter und hob ihn auf, und er war eisig kalt an ihrer Brust, aber er wurde warm und schwer und deckte sie zu. Und die Uhr sagte: »Es schlägt zwölf. Sie ist tot.« Sie lag auf dem Grund des Wehls und schlief, und die Wasserfrauen deckten nasse Laken über ihr Gesicht.

Anna Witt fand sie ohnmächtig auf der Diele liegen.

In Peter Nahwers Werkstatt, die zugleich seine Wohnstube war, war an diesem Abend der halbe Eschenwinkel zusammengekommen. Schütt war da und seine Frau, die beiden Genthins, die beiden Dwenger und andere. Die Thielsche saß dicht am Ofen und hielt die Hände über der heißen Platte. Peter Nahwer, die kalte Pfeife im Mund, kochte Leim. Frischer Holz- und Leimgeruch durchdrang den ganzen niedrigen Raum.

Sie beredeten die Kündigung, die Neimer Witt widerfahren war.

»Paßt auf! Nun kommen wir auch an die Reihe! Das dauert nicht lange!«

»Der ganze Eschenwinkel wird verschwinden!«

»Ja, das wird er!«

Die Thielsche legte die schweren Arme auf den Tisch: »Ich habe da fünfzig Jahre das Korn gebunden, erst hinter meinem Mann her, bis der starb; dann hinter dem Jungen her, bis der nach Frankreich mußte; dann hinter anderen Männern her, hinter freundlichen und scheltenden, hinter bekannten und fremden. Nun bin ich alt und kalt geworden.«

»Du hast deine Rente, Thielsche!« sagte Peter Nahwer und sog an seiner Pfeife. »Aber was soll ich?« Und er nahm die Pfeife, nachdem er noch einen tüchtigen Zug gethan hatte, und deutete mit der Spitze auf seine Brust.

»Du?« sagte Schütts Frau: »So ein vertrockneter Junggesell! Frag' lieber, wo sollen wir hin mit all' unseren Kindern.« Ein junger Arbeiter, der bei den Franzern in Berlin gedient hatte, sagte mit militärischer Kürze, so wie ein Soldat eine dienstliche Meldung macht: »Man muß es dem Kaiser sagen.«

Aber Peter Nahwer erhob drohend die Pfeife: »Das laß bleiben! Der muß an das Allgemeine und Große denken. Als Christian der Achte achtzehnhundertsechsundvierzig durchs Dorf fuhr, wollte Thomälen ihm erzählen, daß Pastor Jürgens seinem Schlingel von Jung eine tüchtige Tracht Prügel gegeben hatte. Er prahlte und sagte: ‚Ich habe bei den Regulären in Glückstadt gedient und weiß, wie's gemacht wird: Hand an der Hosennaht, drei Schritt zurück, dann los!' Aber er kam nicht dazu; der König sah über die Marsch hin; der Wagen fuhr vorbei. Es war gut, daß er die drei Schritte zurück machte, sonst wäre ihm der König über die Zehen gefahren. Nein, das ist nichts.«

»Das Richtige ist: wir wandern alle aus nach Iowa.«

Das Wort gab der Verhandlung neuen, reichen Stoff.

»Ich bin zu alt,« sagte Peter Nahwer und schüttelte Kopf und Pfeife.

»Ich geh' mit,« sagte Thielsche, nachdem sie die Schürze wieder geglättet hatte: »Ich weiß nicht, warum ich nicht mitgehen soll, alle meine Deerns sind da.«

»Da auf der andern Seite haben sie Erde unter den Füßen und infolgedessen das tägliche Brot reichlich.«

»Das ist wahr. Das sagt auch der Pastor. Sie haben nicht bloß Kartoffeln, sondern auch Fleisch.«

»Ordentlich luthersch: Essen, Trinken, Haus, Hof, Acker, Vieh, Geld...«

»Nein, Geld und getreue Nachbarn haben sie manchmal nicht.« »Und ich glaube, mit dem ‚gut Regiment' ist es auch man mau.«

Genthin, der im Frühjahr in der ganzen Umgegend die Strohdächer ausbesserte, bekam von seiner Frau einen Stoß. Er war eine stille Natur und hat von seiner kleinen lebhaften Frau manchen Anstoß bekommen. Sie war eine Dänin. Bei einem Viehtransport von Jütland her hatte er sie kennen gelernt, und sie war des Deutschen nicht ganz mächtig geworden: »Hörst du?« sagte sie. Dann wandte sie sich an die andern: »Die Genthine sagt manchmal, dee Regeerung ist nicht richtik!«

Die andern lachten: »Ja, du hast Brüche bezahlen müssen, weil dein Schornstein ein großes Loch hatte.«

»Weis' den Brief, Genthine, den die Len' geskrieven hat, du hast ihn in der südlichen Rocktasch.«

Genthin, der Langsame, öffnete mit bedächtiger Hand den Rock und holte einen Brief hervor, und indem er sich auf die Kante des Haublocks setzte, der neben dem Ofen stand, las er mit zusammengekniffenen Augen:

»Liebe Mutter! Geld kann ich Euch nicht schicken...« – na ...das brauch' ich nicht zu lesen – »Wir melken sieben Kühe, sechsundzwanzig Schweine, siebenzig Hühner, und wir essen uns täglich dreimal satt, all was hinein kann. Liebe Mutter! Was werden wir essen? Was werden wir trinken? Womit werden wir uns kleiden? Wo steht das man noch? Hier haben wir was zu essen und zu trinken. Kleidung, da geben wir nicht viel auf weg, wir haben hier ja auch keine Thielsche ...«

Die Thielsche richtete sich auf und sah mit strengen Augen auf Genthin: »Was sagt sie?«

»Wir haben hier ja auch keine Thielsche,« las er lauter, »die abends an allen Fenstern steht.« »Ah so! Das schreibt die Lene! Sie war immer naseweis.«

»Es ist weit weg,« sagte Dwengers Frau, die an ihre Kleinen dachte.

»Ach was, weit weg! Wir kriegen Land und Brot!«

»Mensch! Wenn ich das noch erleben könnte!« sagte der Franzer.

»Ein Stück Land und eine Kuh!«

»Ja, Land für eine Kuh!«

»Das ist, was uns hier fehlt!«

Der Abend sank dunkel und traurig hernieder, und sie gingen mit schweren Gedanken auseinander.

Im Strandigerhof, in ihrem Zimmer mit den weißen, langen Gardinen und dem Himmelbett von hellem Eschenholz saß Maria am Tisch und las die Kapitel im Johannes, wo der Herr von den Seinen Abschied nimmt. Der Lichtschein von der Lampe fiel auf ihren vorgebeugten dunklen Kopf.

Sie konnte die Worte nicht mehr fassen.

›Geben, lieben, verklären, sehen...‹ Die Worte hatten keine Gestalt mehr; es waren wesenlose Schatten und machten sie wirr. Zuletzt blieben Augen und Gedanken bei dem letzten Wort: ›Daß die Liebe, damit du mich liebst, sei in ihnen und ich in ihnen‹

Wie sie so zusammengekauert saß und der Lampenschein auf ihren Kopf fiel, sah man, daß die einzelnen Haare, glänzend, schwarz, genau wie in Reih' und Glied nebeneinander lagen. Es sah aus, als wenn einer sie zurecht gelegt und gezählt hätte.

Spät am Abend trat Ingeborg in die Stube.

Als sie das Buch sah, sagte sie erregt: »Du solltest das Lesen lassen. Das Lesen und Grübeln hat gar keinen Zweck. Aber wenn du helfen könntest?«

Nach einer Weile, während welcher sie ruhelos hin und her ging, sagte sie: »Reimer Witt ist gekündigt, und eben hat er Antje hinausgeworfen. Sie schreit durchs Haus.«

Maria hob die Augen: »Wo ist Andrees?« fragte sie leise.

»Der? Der sitzt bei seinem Fräulein! O, das ist ein Mann! Ein Ekel ist er und ein Greuel!« Sie war in furchtbar wilder Erregung: »Ich will ihn heut' abend noch fragen ...von ferne ...sonst halte ich mich zu gut. Ich will ihm sagen: Mensch oder Aff? Ölgötz oder Christ? Ich will ihm mein Schürzenband hinhalten: Halte dich daran, Andreeslein! Es ist dunkel!«

Da sank Marias Kopf auf das Buch, und sie weinte laut auf.

Am zweiten Abend – es war der Sonnabend vor Estomihi – trat Ingeborg in das Zimmer, in welchem Maria neben Frau Strandigers Bett saß. Sie winkte mit Händen und Augen. Da ging Maria hinaus, ganz blaß geworden. Sie wußte, was kommen würde.

»Der ganze Eschenwinkel ist gekündigt. Zum ersten April müssen sie alle die Häuser räumen. Alle unsere Bekannten, die Alten und die Jungen, müssen fortziehen. Die kleinen Witts und Schutts ... weg! Alle weg! Wo sie hingehen, das weiß Franz Strandiger und Gott.«

Maria stand in der Thür und sah still vor sich hin.

»So sag' doch, Maria, was wir thun sollen.«

»Thun?« Sie hob den Kopf. »Ja, man muß etwas thun.«

»Er geht durch Haus und Hof mit einem Gesicht so frech und frei, als fragt er nichts nach Gott und Menschen. Die Eschenwinkler sind keine Männer mehr, sonst würden sie ihn heut' abend finden und in den Wehl werfen, wo er am tiefsten ist.«

»In den Wehl? Was redest du? Sei doch still!«

Ingeborg stürmte hinaus, das von Zorn und Liebe heiße Herz draußen in der frischen, kalten Winterluft ruhig zu machen. Sie war zweimal bis zur Schule gegangen, dann stieg sie den Sandweg hinauf nach dem Heidehof.

Heim Heiderieter saß mit einem Scheitel, so glatt, wie er ihn sonst nicht hatte, und mit einem Gesicht, so ernst, wie es sonst nicht war, an seinem Schreibtisch. Links von ihm sah man mehrere holsteinische Geschichtswerke aufgeschlagen übereinander; rechts lag ein Bogen Papier, auf dem zwei Zahlenreihen nebeneinander von oben nach unten gingen. Die langen Beine unter dem Tisch gegen die Wand gestemmt, berechnete Heim sein Soll und Haben: links das Soll, das in Form von protokollierten Schulden sehr genau feststand, und rechts das Haben, das in Haus, Acker, Vieh, Geld, Gut nicht so genau anzugeben war. Zuletzt, nach vielem Hin- und Herwiegen des Kopfes und manchem: Na! na! zog er die Schuldensumme vom Haben ab.

Es blieben vierzehntausend Mark Vermögen.

Nun saß er und sah nachdenklich auf diese Summe. Dann zeichnete er daneben ein Gesicht, das mit dem seinen eine gewisse Ähnlichkeit hatte. Nur war es länger und bekam dadurch einen etwas dumm-erstaunten Ausdruck; und die Haare waren nicht kraus, obgleich sich solches Haar so gut zeichnen läßt, sondern es stand starr vom Kopf, was sich noch leichter zeichnen läßt.

Als Ingeborg in ihrer rücksichtslosen Weise, ohne anzuklopfen, in den Saal kam, blieb er geduckt sitzen und hörte ihren Bericht an.

»Was sagst du dazu?«

»Ich? Ich? Sieh da!« sagte er und sah sie mit großen, erstaunten Augen an und zeigte auf den haarsträubenden Kopf: »Was meinst du wohl, wer das ist? Das bin ich! Ich bin das! So seh' ich inwendig aus!«

»Bewahre!«

»Und ich soll mich um andere Leute kümmern? Ich habe den ganzen Kram, das ganze Leben verpfuscht. Über zehntausend Mark habe ich verstudiert! ... So sein könnte ich hier sitzen! So gemütlich ist es hier. Aber Schulden! Schulden!«

Sie sah ihn mit ihren grauen, kühlen Augen an: »Du bist plötzlich unklug geworden. Was sind das für Bücher ... da?« Sie deutete mißtrauisch auf den Haufen Bücher unter der Lampe.

»Holsteinische Geschichte,« sagte er grimmig. »Ich will ja immer was schreiben. Aber ich weiß nichts und kann nichts. Da hat mal einer gesagt, ich glaube Gustav Freytag: Man muß Geschichte studieren, dann hat ein Schriftsteller festen Boden unter den Füßen. Aber wenn man Schulden hat! Schulden! Weg ist der Boden! Bis an die Knie sitzt man im Schlick! Da nützt alle Geschichte nichts!«

»Ach was,« sagte sie, nun ganz erzürnt. »So'n dummes Jammern ist ganz unnütz. Du kannst ja man fleißig und sparsam sein. Aber das kannst du nicht: arbeiten!«

Er sah rasch auf und machte mit Kopf und Hand eine Deutung nach der Küche hin: »Sprich doch nicht so laut! Man hört es ja durchs ganze Haus.«

»Aha!« sagte sie und wiegte sich auf ihrem Stuhl: »Hast du Angst? Das thut dir gut, lieber Heim!« Sie sah sich im Zimmer um. »Sie ist sauber, und dein Haus ist auch sauber, und mir scheint, deine Haarkrone hat frischen Glanz. Wer weiß, Heim?«

»Du bist toll! Toll bist du, wie gewöhnlich!«

Da ging die Thür auf, und die Haushälterin trat in den Saal. Sie hatte von der Arbeit rote Wangen, und ihre Augen blitzten von Jugend und Gesundheit. Sie trug ihre starke, stattliche Gestalt hoch aufgerichtet; aber den dunklen Kopf hielt sie geneigt.

Ingeborg stand auf und gab ihr die Hand. Sie waren schon Bekannte und vertrugen sich gut: ja es schien, als wenn sie viel Zuneigung zu einander hatten.

»Sagen Sie, Eva, was treibt dieser Mann den ganzen Tag?«

»O, was im Haushalt zu thun ist, das besorge ich und der Knecht. Der Herr ist fleißig bei den Büchern.«

Heim bückte sich tief auf sein Soll und Haben hinunter. Er wurde rot, wenn sie in Ingeborgs Gegenwart »Herr« sagte. Dieser Respekt, mit dem sie das sagte! Wenn er doch noch einmal so viel Achtung vor sich selbst bekäme!

Ingeborg sah mit kritischen Augen von einem zum andern. Der dort am Schreibtisch war durchsichtig wie Glas. Sein Schreibtisch ist geordnet; sein Haar ist glatt; sein Kragen rein; ein Löchlein am Ellbogen hat er selbst gestopft. Der Mann hat Respekt vor seiner Hausgenossin und jammert ihretwegen über versäumte Jahre und geschehene Thorheiten. Was Telsche Spieker und ich nicht fertig brachten, daß er sich aufraffte, das ist ihr leicht geworden. Aber das kräftige Mädchen mit dem dunkeln, geflochtenen Haar, der stolzen Haltung und demütigen Kopfneigung, ist ein Rätsel. Ist sie wahr oder spielt sie eine Rolle? Sieht sie denn nicht, daß dieser Mann um den Finger zu wickeln ist? Hat sie nicht gehört, daß er an Telsche Spiekers Schürze hing? Sieht sie nicht, daß er tanzt wie Schön Ingeborg pfeift? Warum ist sie so demütig, ehrerbietig und still? ... Aber ... ob absichtlich oder nicht ... wenn sie so beibleibt, macht sie einen andern Menschen aus Heim Heiderieter.

Sie sah auf Eva Walt und hatte eins ihrer kurzen, unüberlegten Worte auf der Zunge; aber sie sah in zwei dunkle, ernste Augen, da biß sie das Wort mit den weißen Zähnen kurz ab und, schon im Gehen, an der Thür, wandte sie sich um und sagte mütterlich tröstend zu dem stillen, saubern, gedrückten Mann am Schreibtisch: »Mache dir man keine Sorge, Heim. Ich glaube, daß noch alles gut wird, sowohl hier, als auf dem Strandigerhof. Weißt du, man muß die Dinge fix von vorn angreifen, im übrigen Gott walten lassen.«

Draußen, da die Haushälterin ihr bis zur Thür das Geleit gab, sagte sie wohl überlegend und mit Betonung: »Ich freue mich, daß mein Jugendfreund Sie für seinen Haushalt gewonnen hat. Ich bin überzeugt, daß Sie die Aufgabe, die Sie haben, richtig verstehen und auch lösen werden. Ja, das glaube ich.«

Eva Walt nickte ernst.

Damit gingen die beiden Evatöchter auseinander.

In derselben Stunde öffnete sich im Strandigerhof geräuschlos die Thür der Arbeitsstube. Franz Strandiger hatte in der Dämmerung am Fenster gestanden und über landwirtschaftlichen Plänen gebrütet, die wie Nebelgestalten vor ihm standen und ihn um Leben baten. Er wollte eine neue Dampfmaschine kaufen, er wollte die Moorwiesen jenseits des Waldes entwässern, er wollte den Eschenwinkel wegreißen und hinter den Wirtschaftsgebäuden eine Kaserne bauen. Aber zu dem allen brauchte er Geld.

Vergrämt und finster sah er in die öde Dämmerung hinaus. Ein tüchtiger Landwirt, voll von seinem Beruf, mit einer rastlosen Energie, Herr eines großen verlotterten Hofes, aus dem sich etwas Sauberes, Einträgliches machen läßt und ... kein Geld in Händen, keine Macht ... hier am Fenster stehen und grübeln, und draußen im Schnee stehen all die schönen Pläne.

Leidenschaft und Zorn durchbebte ihn: »Ich wäre im stande, mir zu stehlen, was ich brauche.«

Er wandte sich um und sah Maria Landt an der Thür, die sie leise hinter sich schloß.

»Sie haben den Eschenwinkel gekündigt. Was soll daraus werden?«

»Ich kann mein Geld nicht aus dem Fenster werfen. Ich kann billigere Arbeiter haben.«

»Aber hier ist ihre Heimat. Auf dem Kirchhof liegen ihre Kinder.«

»Und hier stehe ich, ein Mann, der vorwärts möchte. Und diese Leute und ihre Häuser hindern mich.«

Er hatte sich von seiner Erregung hinreißen lassen; nun kam er auf sie zu und sagte ruhiger: »Setzen Sie sich hierher! Ich will versuchen, Ihnen klar zu machen, daß ich ein normaler Mensch bin ... Sehen Sie, ich bin hier jetzt Herr! Ich habe die Verantwortung, daß auf den Weiden kräftiges Gras wächst, auf den Äckern starkes Korn, daß das minderwertige Vieh aus den Ställen verschwindet, und ein neuer, kräftiger Schlag hinein kommt. Frau Strandiger sorgte dafür – und sie konnte sich das leisten –, daß die Menschen auf ihrem Land zu ihrem Recht kamen; ich aber will dafür sorgen, daß das Land zu seinem Recht kommt, und da müssen, wegen meines schmalen Geldbeutels, die Menschen zurückstehen. Daß ein Mensch unglücklich ist, das kann ich ruhig ansehen; aber ein verlottertes Feld ist mir ein Greuel. Die klarste Wirtschaft will ich führen, gerade die größten Erträge will ich haben, an der Spitze will ich gehen. Ich bin nie für zweite Stellen gewesen. Arbeiten will ich, wie je ein Strandiger gearbeitet hat! Aber ich will auch Herr sein! ... Denken Sie sich in meine Lage! Da läuft der Eigentümer dieser Pachtung mit einem Gesicht herum, wie ein zahnloser Hund. Da ist meine Schwester, die morgens von Berlin redet und abends vom Sterben. Da sind die Eschenwinkler, die einen sind grob, die andern sind verrückt. Da sind Sie, Maria Landt, machen Augen, daß mir angst und bang wird; von Ihrer Schwester nicht zu reden, welche die Fäuste ballt, wenn sie mich sieht. Und das alles, weil ein Mann in dies Haus gezogen ist, der weiß, was er will.«

Maria Landt lehnte sich gegen die Thür: »Sagen Sie mir, was Sie wollen.«

Er nahm das Lineal vom Schreibtisch und that einen Hieb durch die Luft, daß ein feiner, singender Ton durchs Zimmer drang: »Wenn Sie sich entschließen könnten, auf meine Seite zu treten, dann ist mit einem Male alles klar: Andrees kommt zu einem Entschluß; die Eschenwinkler bleiben in ihren Häusern, bis ich oder Andrees neue baue. Sie und Ihre Schwester werden hier bleiben und den Eschenwinklern und ihren Kindern so viel Liebe erweisen, als Ihnen gut scheint. Also!«

Wieder ein Hieb durch die Luft. Aber man hörte ihn nicht. Maria weinte leise.

Er saß auf dem Rand des Schreibtisches; hatte den kurzgeschorenen Kopf vorgebeugt und sah auf sie. Es war ein kluger, feingezeichneter Kopf. Es war wie der Kopf eines edlen Jagdhundes, der ein leises Geräusch im Unterholz hört.

»Ich kann nicht klar erkennen,« sagte sie; »ich weiß nicht, ob es recht ist oder unrecht.«

Er wiegte den Kopf hin und her, während er immer auf sie sah: »Sie vertreiben mit einem Windstoß alle Wolken, die über Strandigerhof stehen. Es wird allen geholfen. Ich will ganz klar und wahr sein: Sie helfen auch mir. Ich muß ein gutes Stück Geld in Händen haben, sonst kann ich das Gut nicht so anfassen, wie ich möchte. Sie haben mehr als ich brauche. Den Rest mögen Sie verwenden, wie Sie wollen. Ferner: Wenn Sie, Maria Landt, die Frau des Pächters sind, und Sie sprechen den Wunsch aus, hier zeitlebens zu bleiben, und Sie tragen im Lauf der Jahre Sorge, daß der Riß zwischen mir und Andrees heilt, dann wird die Pachtung nach zwölf Jahren nicht gekündigt werden; ja, ich wage sogar zu behaupten: Dann werden wir beide einst Besitzer des stattlichsten Hofes sein, den es auf zwei Meilen in der Runde giebt.«

Sie hatte ihr Taschentuch an den Mund gedrückt und sah ihn aus großen Augen an.

»Sagen Sie ›ja‹, Maria Landt! Sehen Sie ... von Kind an habe ich zwei Dinge gewußt. Die sind mir durch die Verhältnisse meiner Jugend eingebrannt. Erstens: herrschen wollte ich, König sein. Zweitens: dazu gehört Geld, viel Geld. Da hat sich all mein Sinnen auf Geld gerichtet ... Ich habe Ihnen nun nichts verheimlicht.«

»Es ist mir eine Beruhigung,« sagte sie weinend, doch in guter Haltung, »daß es nur das Geld ist, das uns zusammenführt.«

Er hob hastig den Kopf und sah sie an: »Das ist nicht ganz richtig. Ich habe helle Augen, Maria Landt, und will Herr über alles sein. Ich muß Ihnen auch das sagen.«

Sie hob, schwach abwehrend, beide Hände: »Es ist gut,« sagte sie tonlos. Und mit einer vertrauenden, erschütternden Kindlichkeit in Augen und Haltung fragte sie: »Sie glauben, daß nun alles gut wird?«

Da flog ein Schein von weicher Empfindung über sein scharfes, stolzes Gesicht: »Morgen machen wir unser Geheimnis bekannt, Maria, dann ist alles geordnet.«

»Morgen ist Sonntag,« sagte sie. »Wir müssen Kirchgang halten, das schickt sich so.«

Er wollte auf sie zugehen, weil es ihn jammerte, daß sie nun wieder so gebrochen und mit so leeren Augen dastand. Aber sie nickte mehreremal in Gedanken und ging schnell an ihm vorüber.

»Sagen Sie es heute niemand,« sagte er, »damit uns keiner dazwischen redet.«

Dann ging sie.

Es war sehr still und ruhig in ihr. So still und tot würde es nun immer in ihr sein. Nie würde sie den Kopf heben. Wer eine schwere Tracht auf der Schulter hat, der sieht vor sich auf die Erde.

Als sie die Treppe hinaufging, langsam, bei jeder Stufe tief Atem holend, wurde sie sehr müde. Auf der letzten Stufe erfaßte sie wieder ein Schwindel. Aber sie hielt sich und ging in ihr Zimmer und legte sich auf ihr Bett und schlief gleich ein und schlief traumlos, ruhig, wie sie lange nicht geschlafen hatte.

Nach einer Stunde – es war ganz dunkel im Zimmer – wurde sie von Anna geweckt, die mit einem Licht in der Hand unweit der Kommode stand und eine hauswirtschaftliche Frage that.

Sie erhob sich und antwortete nicht und ging gegen ihre Gewohnheit unruhig im Zimmer auf und ab. Dann sagte sie: »Du könntest heute abend nach dem Eschenwinkel gehen.«

Anna, die sich am Ofen zu schaffen machte, richtete sich auf. Da fiel Maria auf, daß sie so blaß aussah. Und wie Maria Landt immer an anderer Leute Leid dachte, nicht an ihr eigenes, fragte sie: »Bist du erkältet?«

»Ja...«

»Dann solltest du im Hause bleiben. Du mußt aber nicht im Hause das große Tuch tragen, da erkältest du dich erst recht.«

Anna Witt zog das Tuch noch fester um sich: »Mich friert,« sagte sie, und ihre Augen flogen furchtsam hin und her.

»Wenn du nach dem Eschenwinkel kommst, dann sage deinem Vater, daß die Kündigung zurückgenommen ist. Alle Eschenwinkler bleiben in ihren Häusern. Und Arbeit bekommen sie auch. Nun laß mich allein...«

Als sie allein war, fing sie wieder an, hin und her zu gehen. Sie hatte gedacht, daß es nun ruhig und still in ihr sein würde, ja, sie hatte gehofft, ein wenig das Gefühl des Gelingens, des Glückes zu haben. Aber nun standen da rund um sie neue Verhältnisse und fragten viel und wollten Antwort und machten sie unruhig, daß sie am ganzen Korper zitterte.

Das dritte Haus rechts war das kleinste im Eschenwinkel. Wenn man durch die einzige Thür hineinkam, war man in der Küche, grad aus war der Herd. Rechts war eine Stube, links auch eine. In der Stube zur Linken wohnte der Pellwormer, der Nachtwächter; zur Rechten wohnte die Witwe Thiel.

Eine Treppe hatte innerhalb des Hauses nicht angebracht werden können. Man stellte draußen über der Hausthür eine Leiter an und gelangte so durch die kleine Dachluke auf den Boden, auf dem der helle, leichte Torf lag, der überall gebrannt wurde.

Beide Stuben sind voll von Menschen, und auf den beiden Tischen steht je eine Branntweinflasche aus klarem Glas. Die bleichsüchtige Februarsonne steht mit ausdruckslosen Augen draußen am Fenster und kann mit ihrem blinden Gesicht den Dunst nicht durchdringen. Sie blinzelt nur ein wenig nach der Flasche auf dem Tisch, daß es einen widerlichen gelben Schein giebt.

Wie Ameisen aufgestört werden, so sind sie heute morgen in Aufregung. Und nun sind sie zusammengelaufen.

Von Auswandern reden sie...

Vor vielen hundert Jahren, in grauer Vorzeit, da waren einst die Bewohner des Landes zusammengekommen, als der Märzschnee schmolz, und hatten über Auswandern beraten.

Über die weite, dunkle Heide war ein Mann gekommen, von Norden her, ob sie mit nach Süden reiten wollten. Auf der Heide, am Wodanshügel, berieten sie über Bleiben oder Fahren, über Sitzen oder Wandern, über Hütte oder Wagen.

Es wogte und drängte damals im Volk, wie unter der Herde, die im Frühling aus dem Stall getrieben wird. Zu eng war der Tummelplatz für die jungen Fohlen, zu zahlreich waren die Kinder, zu kraftvoll die Glieder, zu hoch der Mut, zu leuchtend die Augen.

Dazu hatten sie einen Mann gefangen, draußen am Strand, dessen Boot der Westwind auf den Sand geworfen, daß es krachte. Blaß und naß kletterte der schiffbrüchige Mann die Düne hinauf; mit banger Sorge sah er über das unwirtliche, von herbstlichem, kaltem Nebel bedeckte Land; mit Herzklopfen trat er in die Hütte.

Aber er kam zur guten Stunde.

Der Metkessel stand überm Herdfeuer, und rund um ihn lagerten im niedrigen Raum unter verräucherten Speckseiten verräucherte Männer. Lind war der Empfang; warm war das Bleiben; heiß waren die Schilderungen des fremden Landes; wie kochender, aufsprudelnder Met zuckten des rheinischen Krämers Hände. Über die Wahrheit weg schossen seine Worte.

Er ist Schuld an der Wanderung der Teutonen! Er hat sie auf dem Gewissen, daß er des Mets nicht entsagte, da es Zeit war! Aber er war der Gastfreundschaft und der guten Stunde überfroh.

»Der süßeste Met hängt in schweren Dolden an den Bäumen!« sagte er. »Hier ist Mutter Erde eine Bärin!« rief er, »sie hält in weißem Pelz Winterschlaf; dort ist sie ein schönes, junges Weib, das durchs ganze Jahr der Augen Lust ist.«

So sprach er und verwirrte die Gemüter.

Er aber erreichte, daß es ihm gut ging, und daß er warm saß diesen ganzen Winter. Nichts übles widerfuhr ihm weiter, als daß ihm einmal, da der Hausherr auf der Jagd war, der Hausfrau größter Kochlöffel, aus Lindenholz gemacht, unsanft die Wange rührte.

Also berieten sie im Anfang des Märzmonats am Wodanshügel. Und nach sieben Tagen, da sprang das letzte Pferdeblut aus tief geschlagener Halswunde, rauchte das letzte Opferfeuer, ward der letzte Blick gethan über Meer und Heide. Dann tauchten sie in den Waldweg unter. Das letzte Knarren des letzten Wagens. Sie zogen fröhlich nach Süden. In Frankreich an der Rhone liegen ihre Knochen.

Im selben Jahre noch, als der Maiwind seine weiche Wange auf die Heide legte, lugte das erste Wendengesicht durch das helle Buchengezweig, schiefe Augen im tiefen Thal zwischen hohen Knochen. Unschön, kurz und krumm waren die Beine, nach außen gebogen, ob des vielen Reitens.

Als er die Heide leer fand, nirgends den Rauch einer Hütte, noch eines germanischen Mannes Spur, und er, Probislav der Springer, als der Erste seines Volkes das gewaltige Meer jenseits der Heide sah, die heißersehnte Nordsee, nach der sein Volk lange schon unterwegs war, da sprang er wie eine Katze den Wodanshügel hinauf, kehrte sich um und brach in ein solch Geheul aus, daß die germanische Heide sich vor Grauen in allen Blättlein sträubte, und die Erdgeisterlein, die zwischen den Grabsteinen im Wodanshügel eingeschlafen waren, entsetzt auffuhren. So greulich brüllte der Wende.

Denn die alten Geister waren im Lande geblieben, wie die Katzen im verlassenen Haus. Aber von Stund an ruhten sie nicht mehr. Sie wurden boshaft und den Eindringlingen über die Maßen beschwerlich. Sie trieben mit trübseligem Unkenruf die Paare auseinander, die in der Dämmerung am Waldrande der Liebe pflogen. Sie lenkten den Pfeil vom Wild und legten sich als knorrige Eichenzweige zwischen die krummen Beine des nachsausenden Jägers. Sie rissen in der schwarzen Sturmnacht die Pflöcke der Hütte los, sausend flog das Hausdach über die Heide, elend, im Schnee und Sturm lagen die Insassen auf der Erde. Sie plagten die Alten mit Zahnpein und Hexenschuß und zerschlugen nächtlicher Weile die rundbauchigen Thontöpfe, die neben der Hütte standen, der Wendenmutter Stolz. Denn das Geschlecht der Wenden war ihnen verhaßt, und sie konnten die Sippe nicht leiden, die mehr krüppeligen Hainbuchen glichen als Menschen, die in der Mondnacht in greulichen Tönen Liebes- und Trinklieder sangen.

Und sie hofften auf eine neue germanische Zeit, die auch bald gekommen ist.

Denn wie die Quecke im Geestland, so dehnten sich die Sachsen über die Elbe und bevölkerten wieder das Land. Echte Germanen, an denen alles breit war, breit der Gang, breit die Äxte, breit die Rede, breit die Schädel. Da schafften die Erdgeister wieder in freundlicher Weise. Sie legten der alten Mutter, die mühsam durch den Wald ging, einen handlichen Stab in den Weg, sich darauf zu stützen; sie neckten die Kinder, die am Waldrand entlang liefen; sie standen plötzlich in der dunklen Ecke der Hütte, daß die Mädchen laut aufschreiend dem in die Arme fielen, auf den sie schon lange ihre Augen geworfen hatten.

Jetzt, hört man, leben Menschen, die so klug sind, daß sie alles wissen, was im Himmel und auf Erden und unter der Erde ist, und also nicht mehr nötig haben, die Augen offen zu halten. Sie liegen gähnend auf der Heide und im Moos des Waldes, jappen in die Luft und sagen, es sei langweilig.

Derweil spielen die Erdgeister über ihre Nasen hinüber: »Bock, steh' fest.«

Unter dem niedrigen Strohdach des Pellwormers reden sie auch von Heimatverlassen. Aber es ist wenig Hoffnungsfrohes, es ist nichts Leuchtendes in ihren Augen, wie einst in den Augen ihrer Vorväter. Sie *müssen* wandern, sonst bleiben sie, wo sie sind.

Sie haben drei Wege. Sie können in die Nähe der Stadt ziehen und dort in kleinen Häusern am Rand der Geest Mietsleute werden und dann umher auf den Marschhöfen, auf stundenweiten Wegen, Arbeit suchen. Das wollen sie nicht.

Sie können nach Hamburg gehen und dort, in der Stadt oder am Hafen, Arbeiter werden; aber einige von ihnen haben im vorigen Winter, während eines Strikes, dort gearbeitet. Sie haben zwar eine Hand voll Geld mitgebracht, aber auch die Erfahrung, daß die Stadt zu eng ist für Leute, die den weiten Blick über Heide, Marsch und Meer gewohnt sind.

Sie können endlich nach Amerika auswandern. Und davon reden sie jetzt.

Und die Thielsche hat ihre Brille aufgesetzt, die durch ein Band um die weiße Nachtmütze gehalten wird, und liest mit polternder Stimme – diese Stimme hat sie, wenn sie vorliest, sonst spricht sie mit hohem, etwas weinerlichen Ton – zwei, drei Briefe vor.

Sie hören alle zu. In ihren Mienen ist nichts zu lesen als stille, ruhige Aufmerksamkeit. Da ist keine Spur von Aufregung oder Beifall. Sie ringen mit dem alten Mißtrauen, das sie an sich haben.

Also das schreibt Dora, die seit zehn Jahren in Iowa ist:

»Liebe Mutter! Ich ergreife die Feder zur Hand, um Dir einen Brief zu schreiben, und ich hoffe, daß ich mit meinem Schreiben Dich bei guter Gesundheit antreffen werde. Liebe Mutter! Daß ich an Dich schreibe, ist dies. Die Kinder haben heute mittag so viel gegessen; da muß ich wohl daran denken, daß wir acht Mann am Tisch waren und saßen alle rund um und hatten die Löffel in der Hand und schlugen damit auf den Tisch. Und das mochtest Du nicht haben; denn wir waren aber so hungrig. Heinrich stand am Fenster und sagte: Vater kommt. Und Du sagtest manchmal, wir nehmen alle jeder drei Klöße, sonst kann Vater den Spaten nicht in die Erde kriegen; denn es war ja gegen Frühling, so im März, und die Erde noch etwas gefroren. Liebe Mutter! Wir können hier jeden Tag Schweinefleisch essen, die Pökeltonne steht in der Küche, und wenn ich will, geht mein Klaus hinaus und schießt eine Henne; hier schießen sie die Hühner. Liebe Mutter! Wenn ich daran denke, was Du alles mit Vater, der man schwach war, und mit uns für Not gehabt hast, und Dein einziger Jung ist tot...«

»Verschollen!« sagte Antje.

»Dann weine ich manchmal, denn ich habe jetzt selbst Kinder, zwei holen die Pferde und eins ist an der Brust, und ich weiß nun wohl, wie lieb Du uns gehabt hast. Darum schreibe ich Dir nun wieder in diesem Brief, sei man nicht bang vor dem Wasser. Das dauert man zehn oder zwölf Tage. Komm' man herüber; es wird ollreit!«

Die Alte schlug mit schwerer Hand auf den Tisch und sagte halb weinend, halb scheltend: »Ich kriege meine Rente und verdiene noch manchen schönen Groschen mit Sackflicken. Ich kann hier doch nicht so weglaufen!«

Peter Schütt hatte schon das dritte Glas Kümmel ausgetrunken. Er stammt von jenen Schütts, die nun schon im dritten Glied Trinker sind. Sein Großvater, der alte Thoms Schütt, brachte die Familie um den Hof, den sie im Dorf unweit der Kirche besaß. Aber im letzten Jahr seines Lebens trank er nicht mehr. Man erzählt, er habe eines Tags seinen Enkel, eben diesen Peter Schütt, als einen zehnjährigen Jungen im Kuhstall gefunden, wie er die Branntweinflasche an den Mund setzte, da habe ihn ein Grauen gepackt, und er sei bis an sein Ende nüchtern gewesen. Die Schütts haben kein Ehrgefühl. Das ist im Spiritus ertrunken wie eine Fliege. Sie sind die einzigen im ganzen Eschenwinkel, die ihre Kinder im Winter auf Bettel schicken. Die andern sind alle ernste, ehrenwerte Männer; aber Peter Schütt ist verkommen und roh.

Der Pellwormer, dem betrunkene Leute zuwider sind, sitzt ihm gegenüber und beobachtet ihn mißtrauisch. Er will ihm sagen, das Trinken zu lassen; aber er kann wegen seiner schweren Zunge nicht über das erste Wort hinwegkommen.

Schütt schlägt auf den Tisch und fängt an zu lärmen: »Muß i denn, muß i denn zum Städtelein hinaus…«

Da schießt der Pellwormer gegen den Tisch; seine Brauen verschwinden in den Stirnhaaren, und er singt nach derselben Melodie: »Wo du kommst, wo du kommst, da säufst du den Kram, säufst du den Kram!« und er hielt den steifen Finger auf die Branntweinflasche, und von Stottern war nicht die Rede.

»Da hast du mal recht!« sagte Thielsche und nickte ihrem alten Hausgenossen zu und nahm umständlich mit beiden Händen die Brille ab und rückte die verschobene Haube in die rechte Lage: »Ich muß sagen, ich bin hier ganz zufrieden. Aber das muß ich auch sagen: Die Kleinen von meinen Deerns – es sind im ganzen vierzehn, soviel ich weiß – die möcht' ich wohl mal sehen.«

»Aber wir,« sagte Dwenger, »wir haben das Haus voll Kinder.«

»Was in den Briefen steht, ist alles wahr,« schrie Schütt.

»Ja!« sagte die Alte. »Wenn Therese das geschrieben hätte, die konnte immer ein bißchen übertreiben. Aber was Dora schreibt, das ist wahr. Sie haben in diesem Jahr drei Schweine geschlachtet.«

Es wurde einen Augenblick still. Sie standen alle vor schönen, feisten Schweinen, die an der Leiter hingen, und saßen alle an schwergedeckten Tischen. Dwengers Frau sagte leise: »Dreihundert Pfund.«

So deutlich sah sie das Schwein.

»Und dann das Land! Hundertvierzig Acker!«

»Wieviel sind das denn?«

»So zwanzig bis dreißig Morgen.«

Wieder wurde es still.

»Aber arbeiten müssen sie.«

»Wie Pferde!«

»Das müssen wir hier auch.«

»Aber sie kommen auch vorwärts!«

»Das ist der Unterschied.«

»Hier macht Arbeit halb satt, dort ganz.«

Na … satt bist du immer geworden … du mit deinen drei Kindern.«

»Ja, aber wo viele Kinder sind, da hapert's den ganzen Winter.«

»Mensch! Denk' mal: dreißig Morgen Land!«

»Und wenn's nur zwei Morgen wären!«

»Land!«

Sie sahen einander an.

»Ja, das ist das Schlimme, daß wir kein Stück Land haben. Deshalb und darum sind all die andern weggegangen. Und darum gehen wir auch.«

»Überall, wo wir gehen und stehen, kann man uns verjagen. Gehen wir auf die Heide, die gehört Heim Heiderieter. Gehen wir in den Wald, der gehört den Bauern. Wenn wir uns auf den Deich setzen, der gehört dem Strandiger. Wenn wir in unserer Stube sitzen, die gehört der Sparkasse.«

»Ja, so ist es.«

»Ich will an meinen Onkel schreiben, der hat eine Farm bei Klinton. Klinton heißt die Stadt, liegt in Iowa.«

»Ja … man zu! An Dora und Therese Thiel schreiben wir auch.«

»Und ich schreibe an meine Brüder, die schicken gleich Geld.«

Und deine Kinder, Rohde.«

Rohde, der überhaupt nur wenig sprach, nickte nur ernst mit dem Kopf. Er hatte schon ganz graues Haar, hatte vor Metz die Ruhr gehabt. Ihm ging es noch am besten im Eschenwinkel. Seine Kinder waren, bis auf den Jüngsten, in Amerika. Dieser Jüngste saß neben ihm. Er war Knecht im Dorf und, wie alle Rohdes, ernst und tüchtig.

»Dora soll auf jeden Fall zwei Freikarten schicken,« sagte Thielsche, »wenn ich es ihr schreibe, thut sie es.«

»Wenn … wenn … ich es ihr schreibe!« sagte der Pellwormer. Denn er schrieb die Briefe; Thielsche hatte das Schreiben nie gelernt.

Der junge Rohde beugte sich zu seinem Vater, der still dasaß: »Ich möchte wohl mit, aber du und Mutter …«

»Wenn du meinst,« sagte der Graukopf … »Dann geh'! Die andern sind auch hinüber. Geh' du auch!«

»Ich meine, weil ich der Letzte bin … Ihr könntet ja mitgehen …«

»Ich habe hier fünfzig Jahr gewohnt und bin mit in Frankreich gewesen. Nun so fortziehen, als ginge mich alles nichts an, das kann ich nicht … Mutter kann auch nicht von den beiden weg, die auf dem Kirchhof liegen.« Schutt schrie dazwischen: »Mensch, du bist bange vor Heimweh! Heimat? … Für die Katz … Was thu' ich mit der Heimat? Gott straf mich!«

»Das … das wird er thun …« sang der Pellwormer … »das sollst du sehen. Denk' an den Pellwormer!«

Sie saßen alle mit stillen Gesichtern da.

Die Hausthür ging auf, und alle sahen dahin.

Da stand Anna Witt mit blassem Gesicht. Sie stellte sich hinter den breiten Rücken der Thielsche und sagte: »Ich soll von Maria Landt sagen, daß die Kündigung zurückgenommen ist. Wir bleiben hier alle wohnen, und Arbeit giebt's auch wieder.«

»Donnerwetter!«

»Nun hör' an!«

»Warum denn mit einem Male?«

Schutt brüllte: »Die Katze spielt mit den Mäusen. Ich wandere doch aus. Die ganze sogenannte Heimat kann mir im Mondschein begegnen.«

»Wer hat es dir gesagt?«

»Maria Landt!«

»Ja, was hat *die* zu sagen?«

»Wollt ihr wetten, die hat für uns gebettelt!«

»Vielleicht ist sie mit Franz Strandiger einig geworden.«

Anna Witt zuckte auf: »Nein!« sagte sie.

»Aber ich sage, es ist zu spät.«

»Es wird doch nicht gehen mit Strandiger, dem harten Schuft.«

»Nein! Nein! Niemals! Er jagt uns der Reihe nach weg.«

»Wir sitzen hier auf der Wippe, so lange wir leben.«

Der junge Rohde beugte sich wieder zu seinem Vater: »Was meinst du, Vater?« »Das mußt du wissen. Kümmere dich nicht um uns! Wir wollen deinem Glück nicht im Wege stehen. Du weißt ja, wie kümmerlich es uns in all den Jahren gegangen ist.«

»Dann schreibe ich morgen nach Iowa, Vater.«

»Natürlich! Wir schreiben!« riefen einige. »Es ist ja nicht wegen der Kündigung, sondern wegen dieses Menschen. Der ist und bleibt ein Leuteschinder.«

»Wir schreiben. Natürlich, wir schreiben.«

Und sie gingen auseinander, um bei trübem Lampenschein, auf braungestrichenen Tischen die schwerfälligen Briefe zu schreiben. In diesen Briefen war das häufigste Wort: »Land!«

Der Pellwormer war kopfschüttelnd in seiner Stube zurückgeblieben und hatte die Thür zugemacht, das Gesangbuch aufgeschlagen und sang leise vor sich hin. Da er nicht gut sprechen konnte, sang er gern.

In der Stube der Thielsche war nur noch Anna zurückgeblieben. Sie saß der alten, dicken Frau gegenüber und sah sie an, als wenn sie bat: »Sag’ mir die Wahrheit!« Die hatte die Brille wieder aufgesetzt und starrte ihr in das blasse Gesicht. »Du bist krank,« sagte sie.

»Nein!« sagte Anna und sah auf den Tisch.

»Du siehst gerade so aus wie Therese damals, als sie nach Amerika ging.«

Anna Witt kannte die Geschichte. Sie kannte seit einem Jahre alle diese Geschichten. »Ja!« sagte sie.

»Wann wollt ihr Hochzeit machen?«

Sie schüttelte sich und sah auf, und in ihrem Blick lag ihre ganze Not.

Da ging die Thür, und Hinnerk Elsen trat gebückt in die Stube: »Ich habe dich bei deinem Vater gesucht,« sagte er, »komm’ mit, die Uhr ist gleich neun.« Er hatte die Uhr in der Hand.

»Ihr solltet bald Hochzeit machen!« sagte die Alte.

Hinnerk Elsen sah sie überlegen an. Er konnte die Thielsche nicht leiden; sie war ihm zu unordentlich mit dem Mundwerk. »Wir müssen erst sparen,« sagte er. »Unter zweitausend Mark mache ich keine Hochzeit. Anna ist auch noch zu jung.«

Die Alte lehnte sich in ihrem großen Stuhl zurück und sah ganz verblüfft zu ihm auf: »Was?« Sie hatte die Brille in der erhobenen Hand.

Aber die beiden standen schon auf der Schwelle.

»Wollt ihr auch nach Amerika?« rief sie.

»Nein!« sagte Hinnerk Elsen und steifte den Nacken: »Wer seinen Kram zusammenhält und mit dem Heiraten wartet, der kann hier auch was werden.«

Da schlug die Alte ganz verwirrt auf den Tisch: »Na, denn nicht!«

Am andern Morgen fiel starker Schnee. Ein scharfer Ostwind jagte ihn über die Heide, über die Marsch ins Meer. Wenn aber die kleinen, vom Wind gejagten Flocken einen Halt fanden, und war es auch nur ein Heidestrauch oder ein Maulwurfshaufen oder ein dürres Grashälmchen, da warfen sie sich rasch nieder, duckten sich und entgingen der schrecklichen Treibjagd. Die meisten aber wurden vom Wind erfaßt und zerissen und füllten mit ihrem Staub die Luft, so dicht, daß die Leute schwer den Weg in die Kirche fanden. Hinter größeren Erhöhungen, hinter Häusern und Wallen und am Abhang der Heide bildeten sich lange, spitzrückige Dämme, und weiße Wälle lagerten sich quer über den Kirchweg, Spielzeug für fröhliche Kinder, beschwerliche Dinge für alte Leute.

Dennoch gingen viele Leute in die Kirche. Das Kleinmädchen vom Strandigerhof war schon früh morgens, ein wandelndes Schneeweibchen, durch das Dorf gekommen und hatte Leute aufgeboten, den Kirchgang frei zu machen, und hatte rasch hinzugefügt: »Brautleute halten Kirchgang!« und hatte altklug dabei ausgesehen und war wie eine große Flocke im tollen Wirbel verschwunden. Vom Eschenwinkel kamen viele den Sandweg hinauf. Im Vorbeigehen wurden fünf Briefe in den Postkasten am Schulhaus gelegt, fünf Briefe mit steifer Aufschrift und fast demselben Inhalt. In der Kirche angekommen, standen sie im Quersteig, besprachen die Briefe und die Zurücknahme der Kündigung und sahen nach dem sogenannten Glaskasten hinüber, dem Familienstuhl der Strandiger.

Heim Heiderieter kam an, die Hände tief im Rock und ganz verschneit. Ein Schneewirbel stob hinter ihm her durch die Thür. Seine Haushälterin hatte heute morgen zu ihm gesagt: »Der Herr geht gewiß in die Kirche?« Da hatte er rasch ja gesagt. Er hatte die Absicht gehabt, an diesem Sonntagmorgen die geplante Arbeit anzufangen; aber wenn sie in diesem Ton sagte: »Der Herr geht gewiß in die Kirche?«

Er war aber doch guter Laune. Er war jetzt meist guter Laune. Er hatte das Gefühl, als käme er vorwärts.

Im Hause ging es eifrig her, in den Stuben war es gemütlich, und im Stall besserte sich das Vieh. Auch – und das war das Wichtigste – im Herzen waren neue Dinge entstanden, erst Beschämung, dann geheimer, aber starker moralischer Zwang, ernst und arbeitsam zu sein, dann Arbeitslust, danach Selbstbewußtsein.

Und nun kann niemand sagen, was noch werden mag.

Er stampfte den Schnee von den Stiefeln und trat in seiner gemütlichen Weise mitten unter die Eschenwinkler: »Was giebt's?«

Sie erzählten ihm, was sie wußten, und was sie vermuteten.

»Wir glauben, daß Maria Landt sich mit Franz Strandiger verlobt hat.« Da ward Heim still.

Dann setzten sich alle, die Frauen in der Mittelreihe, die Männer zu Süden; die Norderreihe bleibt meistens leer. Die Klingelglocke wurde gezogen. Als sie schwieg, hörte man gleich das Klappen der Pastorthür. Die Orgel setzte ein. Pastor Frisius ging gebückt und stakig quer über den Chorgang nach seinem Stuhl, öffnete sein Gesangbuch und ging singend hin und her und sah nicht auf.

Alles wie sonst.

Da ging wieder die Pastorthür. Es ist die südliche Chorthür.

Andrees Strandiger ging langsam über das Chor nach dem Strandigerstuhl. Er hatte die Augen am Boden und ging wie in tiefen Gedanken. Sein vergrämtes Gesicht sah in dem bleichen Licht des dunstigen Wintermorgens kränklich aus.

Frisius war in seiner Wanderung stehen geblieben und hatte aufgesehen und leicht den grauen Kopf geschüttelt. Die Leute in den Bankreihen sahen sich an und sahen sich um. Einige Frauen rückten dichter zusammen, als fürchteten sie, allein zu sein.

Heim Heiderieters weiches Herz wallte auf vor Mitleid; der Kopf wurde ihm heiß, und er dachte: »Ich will morgen zu ihm gehen. Vierzehn Tage lang habe ich in der Stube gehockt und habe mich nicht um ihn gekümmert. Wie elend sieht er aus.«

Wieder geht die Chorthür.

»Maria Landt! ...Da! ...Franz Strandiger!...« Sie kommen langsam nebeneinander durch den Gang. Mitten im Chor legt Franz Strandiger ihren Arm in den seinen. So gehen sie auf den Strandigerstuhl zu.

Heim Heiderieter beugt sich weit vor und starrt mit bangen Augen auf Andrees. Die Orgel spielt; der Gesang ist verstummt. Sie sehen alle auf Andrees.

Der ist aufgestanden und steht schon in der geöffneten Thür. Wie wenn einer in jungen Jahren den Tod auf sich zukommen sieht, so sieht Andrees Strandiger auf das Paar. Dann, als wenn ihn ein Schmerz durchstößt, dreht er sich um und geht zwischen den lautlosen und steinernen Menschen mit ungleichen, stürzenden Schritten aus der Kirche. Hinter ihm setzten die lauten Kinderstimmen wieder ein:

> Es sind ja Gott geringe Sachen
> Und ist dem Höchsten alles gleich,
> Den Großen klein und arm zu machen...

Das übrige verweht der Wind.

In der Kirche ist es ein stilles Grübeln, Staunen, Pläne machen; keine Andacht. Nur Maria Landt versucht zu folgen. Es wird in der bekannten schlichten, eckigen und wahren Weise von dem Herrn gepredigt, wie er für seine Sache gestorben ist. Es ist ja Sonntag Estomihi, der letzte Sonntag vor der Passion.

Am Ausgang standen sie dicht gedrängt. Die einen weiten Weg hatten, knöpften die Mäntel fest, schlugen die Kragen hoch und drückten die Mützen in die Stirn. Draußen standen die Eschenwinkler auf einem Haufen. Als Maria Landt aus der Thür trat, konnte sie zuerst nichts sehen; ein Wirbel füllte die Luft mit Schnee. Dann sah sie plötzlich in all die ernsten Gesichter.

Da erschrak sie, daß ihr das Herz stand, und ihre Gedanken verwirrten sich. Sie trat aber auf die Thielsche zu, neben der Schütt stand. »Seid ihr nicht zufrieden?«

Da sagte die Thielsche: »Sie wollen doch nach Amerika.« »Fünf Briefe sind abgegangen,« sagte Schütt und schielte auf Franz Strandiger, der mit kaltem Gesicht halb abgewendet über den verschneiten Kirchhof sah.

»Warum denn? Sagt doch: warum?«

Der Wind heulte wieder auf und warf dichten Schneestaub um die Menschen. Maria Landt forschte in den Gesichtern; aber sie sahen auf den wirbelnden Schnee zu ihren Füßen, auf die verschneite Kirchenthür, auf die Vorübergehenden. Dwengers Frau beugte sich zu ihrem Kinde nieder und zog ihm die warmen Fausthandschuhe an. Und keiner sah in die Augen, aus denen immer dunkler, finstrer, stiller die Not sah.

Da berührte sie den Arm ihres Verlobten und ging still fort. Und als die Thielsche hinter ihr her sah, sagte sie: »Seht mal! Sie ist ordentlich kleiner geworden!« Und sie zog die wollenen Handwärmer an, die Maria ihr vor acht Tagen geschenkt hatte.

Sie war eine harte Frau. In einem mühseligen Leben hatte sie verlernt, Mitleid zu haben. Wenn sie Leid sah, ward ihr wohl. Sie dachte: »Das habe ich auch durchgemacht.« So hatte sie gestern abend mit Anna Witt geredet, so redete sie heute mit Maria Landt: hart und kalt. Sie ging häufig in die Kirche; aber Pastor Frisius konnte lange über Freundlichkeit und Barmherzigkeit predigen! Das lief wie Wasser über Stein. »Pastor Frisius versteht das nicht. Was hat Pastor Frisius durchgemacht?«

Unter gleichmäßigem Reden gingen sie nach dem Eschenwinkel hinunter. Als sie bei ihren Häusern auseinandergingen, rief Schütt, schon in der Thür stehend, zu Dwenger hinüber: »Kommst du nachher zu mir? Ich habe eine Flasche Kümmel im Haus. Wir fangen heute abend an, Fastnacht zu feiern. Es ist jetzt alles gleichgültig.«

Inzwischen war Andrees Strandiger in die Wohnstube gestürzt: »Hast du gewußt,« schrie er die alte Hobooken an, »daß Maria Landt die Frau deines saubern Sohnes werden will? Antworte!«

Lena fuhr entsetzt vom Sessel auf; das Buch fiel aus ihrer Hand und glitt blätternd auf den Teppich.

Die alte Frau blieb steif und starr: »Ja, was hast du dagegen?«

»Das sollst du sehen! Maria die Frau von Franz?! Das ist ja Unsinn.«

Als er das sagte, ward die Thür geöffnet, und Anna Witt sah von einem zum andern, fuhr zurück und schlug die Thür hinter sich zu. Draußen im Gang legte sie die geballten Hände an die Schläfen und sagte leise: »Sie wird seine Frau ... sie!«

Drinnen im Wohnzimmer war Andrees ruhiger geworden. Er lehnte an der Wand und redete wie mit sich selbst: »Sie hat es für den Eschenwinkel gethan, das ist klar! Dadurch haben sie das arme, weichherzige Kind gezwungen. Ihr ... ihr habt mir mit eurem jahrelangen Umgang die Augen geblendet; aber nun sehe ich einen Schimmer von Licht... ich sage mich los von dir ... Lena Strandiger ... Ich bin frei von dir!... Und sehen will ich« ... er hob beide Hände – »ob ich nicht sie und uns frei machen kann von euch.«

Dann ging er.

Lena Strandiger hob das Buch auf und schob es unter den Arm und ging nach der Thür zu: »Franz hat für sich gut gesorgt, aber schlecht für mich.« Dann stand sie still, atmete hoch auf und reckte die Arme, wie einer, der Müdigkeit von sich abschüttelt: »Na! ... Schluß! Zu Ende, Akt Strandigerhof! Ich reise heute abend nach Berlin!« Die alte Hobooken ging allein im Zimmer auf und ab, die Hände nach Männerweise auf dem Rücken, steif und steil wie von Holz. Der harte Zug um den Mund war noch schärfer geworden.

Maria war die Treppe hinaufgegangen, nachdem Franz sie im Hausflur verlassen hatte.

Die rastlosen Gedanken irrten schon wieder umher und suchten. Sie trat ins Wohnzimmer. Da saß Ingeborg am Fenster und sah nach dem Teich zu in das tolle Treiben des Schnees. Sie hatte heiße Wangen, und ihre Augen waren voll Glanz; sie war in Gedanken auf der Heide gewesen, und ihr junges Herz glühte und klopfte. Andrees war frei von der einen, frei von Maria ... für wen? für wen?

»Willst du mir helfen?« fragte Maria und blieb an der Thür stehen und versuchte, mit den erstarrten Händen das Jackett zu öffnen.

Da sprang Ingeborg auf und ging in ihrer leichten, hohen Weise durch das Zimmer, die feine, schlanke Gestalt biegend, wie die Birken am Wodanshügel ihre Stämme wiegen, wenn der West weht. Als sie das bange, müde Gesicht der Schwester sah, sagte sie leise: »Ich weiß nicht, warum du es gethan hast; du siehst nicht aus wie eine Braut.« Sie beugte sich nieder und nestelte an den untern Knöpfen des Jacketts; er stieg ihr heiß in die Augen: »Aber ... was du thust ... ist immer gut ... immer!« Da schloß Maria sie warm in ihre Arme: »Du bist meine liebe Schwester!« Und eine Weile hielten sie sich umfaßt, dicht aneinander.

Ingeborg fing an, bitterlich zu weinen.

Der Abend kam, Maria saß am Fenster und träumte in die Dämmerung hinaus. In den trüben Augen war das letzte Feuer niedergebrannt. Das Herz war müde und wollte schlafen; aber es wurde immer wieder durch ein hartes Wort aufgeschreckt: »Sie gehen doch nach Amerika!« Wenn sie an das Wort dachte, glimmte es unter der Asche. Aber das war kein Lebensfeuer. Das gab grellen, unheimlichen Schein.

Ingeborg kauerte draußen am Ende des Ganges im Schatten des Geländers auf der Treppe. Den blonden Kopf vorgeneigt, die Hände zwischen den hochgezogenen Knieen, horchte sie mit funkelnden Augen. Das ganze blasse Gesicht war Leben.

Da unten wurde gepackt und getragen. Ein Koffer nach dem andern wurde nach der Hinterthür geschafft. Man hörte Lena Strandigers Weinen; dann ihres Bruders ruhige, bestimmte, einmal kurz auflachende Weise. Ein rechtes herrisches Strandiger-Lachen. Einmal huschte Anna die Treppe hinauf. Sie war ein feines, zierliches Mädchen. Schreiend fuhr sie zurück, als sie die Gestalt da im Dunkeln kauern sah.

»Geht sie fort?« fragte Ingeborg.

Aber die hörte nichts.

Da konnte Ingeborg es nicht länger ertragen, sie lief die Treppe hinunter. Ungesehen kam sie über den dunklen Gang. Als sie in Eile durch die Hinterthür gehen wollte, stand Franz Strandiger plötzlich vor ihr. Sie drückte sich zur Seite eng gegen die Wand und ließ ihn so, indem sie ihre Augen scharf auf ihn richtete, stumm an sich vorübergehen. Er grüßte leicht und redete sie nicht an. Es lag etwas Fremdes, Abwehrendes in ihren Augen und noch mehr in der steifen Haltung, die sie plötzlich angenommen hatte.

Wie gejagt lief sie nach den Pferdeställen; da stand Hinnerk Elsen, die Uhr in der Hand.

»Spannst du an?«

»Noch nicht.« Er drehte sich um, im Licht der Laterne die Uhr zu erkennen.

»Ach, die dumme Uhr! Wissen will ich, ob du in die Stadt fährst.«

»Ja ... acht Uhr zwanzig.«

»Wen?«

»Fräulein Strandiger.«

Wie der Wind war sie fort. Nur den langen Schatten sah Hinnerk noch, den ihre Gestalt auf die Mauer warf. Er stand und wunderte sich, wie solche Wesen so geschmeidig und so neugierig sein können und so leichtfertig über den Wert der Zeit urteilen.

Als er noch stand, schlich auch Anna hinaus, atmete hörbar schwer und wollte ihm etwas sagen. Aber er kam ihr zuvor: »Du bist erkältet; mach', daß du in die Küche kommst, und gehe heute abend nicht aus! Hörst du?«

Er sagte es nicht gerade unfreundlich. Sie that ihm ein wenig leid; sie hatte in der letzten Zeit so etwas Furchtsames. Er hätte sie gern einmal in seine Arme genommen; aber die zweitausend Mark waren noch nicht voll. Und er war im Dienst. Alles zu seiner Zeit. Nach einer halben Stunde trat Ingeborg in Marias Zimmer, und als sie dort niemand fand, öffnete sie leise die Thür zu dem Zimmer, in dem Frau Strandiger schlief. Maria stand über das Bett der alten Frau gebeugt und kehrte sich um.

»Die Strandiger ist fort!« sagte Ingeborg leise.

Maria sah sie an; aber die Nachricht schien keinen Eindruck mehr auf sie zu machen. »Sie gehen doch nach Amerika. Es ist alles umsonst.« Sie legte den Finger auf den Mund und sagte im natürlichen Ton ihrer Stimme: »Du ... Tante ist krank. Sie hat etwas Fieber, wir müssen morgen nach dem Arzt schicken.«

Als sie beide im Wohnzimmer waren, strich Maria mehreremal mit der Hand über die Stirn und sagte: »Tante Strandiger weiß noch immer nichts von der Verpachtung. Und nun die Verlobung? Weißt du, Ingeborg, was Andrees vorhat; du mußt es doch wissen?«

»Nichts weiß ich.«

»Es wird ein harter Schlag für Tante.«

»Er ist an all dem Unglück schuld.«

Maria wandte sich vom Fenster ab und sah lange prüfend in die Augen der Schwester.

Da überzog sich Ingeborgs Gesicht langsam mit dunklem Rot, und sie senkte die Augen.

»Ingeborg!« sagte Maria leise, »du mußt immer, immer auf Andrees' Seite stehen und nicht heucheln, als hättest du ihn nicht lieb. Dadurch ist schon schwerer Jammer gekommen. Er nimmt alles so schwer und ist ein Grübler und kann nicht mit sich selbst zurechtkommen. Steh' ihm treu bei, Ingeborg. Sag' ihm: Ich bin dein Kamerad. Dann wird er erkennen, was an dir ist. Verlaß ihn nicht, Ingeborg!«

Ingeborg wandte sich um und ging hinaus.

Am andern Vormittag, am Montag, kam der Arzt. Er fand den Zustand der alten Frau durchaus nicht bedenklich, meinte, das Fenster, an dem sie gesessen, sei wohl nicht ganz dicht verschlossen gewesen, so sei eine geringe Erkältung gekommen. Er plauderte ein langes, verschrieb ein weniges und ging wieder. Die alte, blinde Frau saß aufrecht im Bett, fühlte sich in der treuen Pflege sehr behaglich, und, angeregt durch den Besuch des Arztes, auf den sie große Stücke hielt, fuhr sie fort, ein wenig zu plaudern:

»Sag' mal, Kind, wann geht denn Franz Strandiger mit den Seinen wieder weg? Das ist ja ein langer Besuch.«

Maria schwieg.

»Ich mag die Hobooken nicht leiden. Merkwürdig ist, daß Peter Strandigers beide Kinder nach ihrer Natur Hobooken sind. Die Hobooken haben harte Herzen. Ich habe immer für Ingeborg gefürchtet, daß sie Franz lieb gewönne; sie hatten früher manche Ähnlichkeit, als sie Kinder waren, und auch jetzt noch. Sie waren immer so übermütig und machten sich über dich und Andrees lustig, weißt du noch? Da habe ich sie neulich gefragt: ›Ingeborg, wie ist es mit Franz und dir? Ihr spielt doch nicht Versteck miteinander wie damals hinter den Ulmen?‹ Aber sie sagte: ›Tante! Ich mag ihn ja nicht ansehen! Er hat so etwas Wildes an sich. Den rühr' ich nicht an!‹ So sagte sie. Leider konnte ich sie nicht sehen, ob sie auch rot wurde. Sag' mal, Kind, denkt ihr beide, du und Andrees, nicht an Hochzeit?«

Da erhob sich Maria und griff mit zitternden Händen nach dem Neuen Testament: »Ich habe noch nicht vorgelesen.« Und sie begann aus dem Evangelium vorzulesen. Und indem sie las, kam wieder eine trostlose, düstere Verwirrung über sie, und ihr Gesicht wurde blaß. Von furchtbar bangem Herzklopfen gequält, wollte sie aufspringen. Wie ein Mensch in einem brennenden Hause, der keine Thür finden kann, schrie sie auf und brach am Bett zusammen.

Elftes Kapitel

Am Dienstagabend schlug das Wetter um. Es stieg von oben her, wo er den ganzen Tag graue Wolken vor sich hergeschoben hatte, ein weicher, starker Westwind auf die Erde und verwandelte im Lauf von zwölf Stunden das ganze Landschaftsbild. Er kam, wie wenn Anna Witt mit Feudel, Besen und Wischtuch in ein Zimmer trat im vorigen Sommer, als sie noch das starke, frische Mädchen war. In wenigen Stunden war alles gefegt, gereinigt. Am Mittwochmorgen lag nur in den Gräben hier und da noch ein Streifen Schnee. Der Wehl war ganz klar und voll von kleinen, wandernden Wellen. Die ganze Landschaft war in der Nacht sauber gewaschen und bot dem Morgen ein frisches Antlitz.

Am Dienstagabend kam es in der Schreibstube des Pächters zu einer heißen Scene. Andrees erschien und machte in furchtbaren Worten seiner Verachtung und seinem Zorn Luft. Man hörte sein: »Du bist ein Lügner, ein Ehrloser!« durch die Gänge bis an die Hausthür schallen. Die Gegenrede hörte man nicht. Franz sagte nicht viel. »Ich bin kein Träumer wie du und Heiderieter. Ihr kriecht, ich schreite. Ich wollte Herr werden, darum pachtete ich diesen Besitz. Ich wollte Herr bleiben, darum machte ich Maria zu meiner Braut. Du hast freiwillig verpachtet, sie hat freiwillig ›ja‹ gesagt.«

Und all die Wellen, die da unten in der Schreibstube entbrannten, stürmten und brandeten da oben gegen das Mädchenherz, das viel zu schwach gegen solchen Ansturm war.

Zuerst kam Anna Witt. Sie stand in der geöffneten Thür und starrte Maria an und wußte nicht, was sie reden sollte.

»Ich war ihm gut,« weinte sie auf, »ihm, Franz Strandiger!«

»Anna! … Du? … Sei still, Anna! … Man muß nicht darüber nachdenken … du auch nicht … das verwirrt den Kopf noch mehr … und dann schlägt es wie Wasser über einem zusammen … und man will helfen und … es ist … viel zu schwer. Geh' nur und lege dich schlafen, und vergiß alles, und sprich nicht davon. Geh' nur. Leg' dich auf die rechte Seite, und träume nicht wieder von so schrecklichen Dingen.«

Da lief Anna aus dem Zimmer.

Und Maria blieb diese Nacht am Krankenbett, auch den folgenden ganzen Tag, den Aschermittwoch. Sie wollte niemanden um sich haben, sagte sie zu Ingeborg, der Kranken thäte vollständige Ruhe not.

Wenn Ingeborg in spätern Jahren an diese traurigen Tage zurückdachte, dann hat sie sich nicht erinnern können, daß sie irgend welche Spuren einer Geistesverwirrung an Maria bemerkt hat, bis zu diesem Abend, wo sie deutlich hervortrat. Doch hat Ingeborg, soviel man weiß, nur mit Frisius und Eva darüber gesprochen. Die alte Frau Strandiger aber hat noch Jahre später mit stiller, leiser Stimme erzählt, die offnen, blinden Augen vor sich hin gerichtet, die Hände gefaltet, im Bett sitzend, daß Maria in diesen Tagen voll stillem Mitleid und helfender Liebe gewesen. Sie hätte fast gar nicht gesprochen; nur die Lektionen hätte sie morgens und abends gelesen, mit einer eintönigen, gleichgültigen Stimme: »Als ob sie Gottes Wort nicht mehr begreifen konnte,« sagte die Blinde.

An diesem Abend, in der Dämmerung, kam Andrees ins Krankenzimmer. Man konnte ihn nicht zurückhalten. Er zog Maria vom Bett der Kranken, die eingeschlafen war, am Arm ins Wohnzimmer. Sie sahen beide nicht, daß Ingeborg zusammengekauert im Fensterschatten saß.

Die wurde furchtbar aus seligen Träumen gerissen.

»Ich will nicht,« sagte er mit unterdrückter, wilder Stimme, »daß du sein Weib wirst. Ich will's nicht. Er soll dir dein Wort wiedergeben.«

»Laß mich los! … Ich habe es ihm gegeben, und er hat es bar bezahlt.«

»Es wird die Hölle sein. Du bei ihm! Wie kommst du zu dem Wahnsinn?«

»Wie ich dazu kam? Ich will ihm sagen, daß er den Eschenwinklern neue Häuser baut. Dann spiegelt sich die Sonne in den Fenstern und die Fenster im Wehl; das wird ein Glanz. Die Geschichte vom barmherzigen Samariter will ich ihm vorlesen.«

»Das soll helfen! Besinne dich, Maria! Weißt du noch, wie du oben mit mir am Fenster standst, als wir Kinder waren? Und wir sahen nach dem Eschenwinkel hinüber und nach Flackelholm? Und ich zeigte dir alles und hielt deine Hand fest!«

»Das war eine schöne Zeit!« »Komm mit mir! Wir gehen irgendwohin. Wohin du willst!«

»Ich kann ja nicht. Bis die neuen Häuser fertig sind, muß ich warten. Ich muß auf dem Steg am Wehl sitzen und mich freuen.«

Sie strich mit der Hand über ihr Haar, als besänne sie sich: »Aber du kannst ja gerne fortgehen. Du kannst ja nach Flackelholm gehen. Das liegt weltverloren ... weltverloren im weiten Meer. Weltverloren! Darauf kommt es an. Wer das kann, der bekommt die Krone. Nach Flackelholm mußt du und baden! Antje sagt, da weht ein frischer Wind.«

»So komm, Maria! Liebe Maria!«

Sie hob die Arme und legte die Hände um sein Haar und sagte bedauerlich: »Lieber Andrees, nicht mit mir! Ingeborg muß mit dir gehen. Ich muß ja nach dem Eschenwinkel ... die wollen auswandern, weg aus den schönen Häusern. Das sollen sie nicht. Ich muß hin, laß mich los, ich will mit ihnen reden.«

Ihre Stimme wurde immer leiser. Wie wenn sie beide furchtsame Kinder im Dunkeln wären, so redete sie: »Ich verwalte dir das Deine, bis du wiederkommst. Dann hast du weißes Haar und hast den Eschenwinkel lieb, und dann lachen wir.«

Sie streichelte mit beiden Händen seine Wangen: »Weißt du, wie heißt doch noch das Lied, das die Mädchen singen, wenn sie am Wehl entlang spazieren gehen?

> Als sie noch beid' in blonden Haai'n,
> Da schwuren sie ewige Treu':
> Sie machen die Liebe nimmer still,
> Nicht soll gescheh'n des Teufels Will',

Des Teufels Will'.

> Als vierzig Jahr' vergangen war'n,
> Sie sah'n sich wieder bei Tisch,
> Das Haar war weiß, die Augen still.
> Sie sagten: »Es war Gottes Will',
> Ja, Gottes Will'.«

Sie weinte laut auf: »Es schickt sich nicht für mich! Vater unser! der du bist ...«

Da brach bei ihm der ganze Jammer aus: »Was red'st du? Ich versteh' dich nicht.«

»Sei still!« sagte sie. »Deine Mutter schläft; sie darf von all dem nichts wissen. Sie hat ja keine Augen zum Weinen. Aber ich kann weinen. Ich kann so leise weinen, daß es niemand hört.«

Er hielt sie an beiden Armen. »Ich komme heute abend. Kein Wort! Ich komme um sieben Uhr. Gleich nach sieben komme ich. Hörst du?«

Er eilte fort und lief in den Stall und bestellte den Wagen und lief in Unruhe um das Haus, lief unstet ein Stück über die Heide und kam wieder zurück und stand mit der Uhr in der Hand im Wirtschaftshof, und die Hand flog hin und her, und Kälteschauer durchschüttelten ihn.

Ingeborg huschte aus dem Zimmer und drückte die Glieder in das weiche Bett und schluchzte leise klagend. Dann, als die Uhr gegen sieben ging, saß sie, vor sich hinbrütend, auf der Fensterbank, die Hände über die hochgezogenen Kniee geschlungen und starrte in die Nacht, die mit großen, bangen feuchten Augen im Garten unter den Ulmen stand. Es tröpfelte leise von den Bäumen. Überm Wehl hob sich ein Schein, da standen einige Sterne bei einander und sahen nach dem Strandigerhof und nach Ingeborg herüber.

Aber Ingeborg sah schräg vor sich in den Garten und hörte auf die fallenden Thränen. Die fielen immerzu. Was für ein trostloses Weinen.

Als die Uhr im Treppenhause anhub, sieben zu schlagen, kam Maria ins Zimmer. Sie ging mit sonderbar ungleichen, raschen Schritten auf Ingeborg zu und sagte – man merkte, wie stark sie sich zusammennahm; sie sprach, als löste sie die schwerste Rechenaufgabe –: »Ich will zu Bett gehen. Ich bin müde, gehe du zu Tante!«

Ingeborg war von der Fensterbank heruntergeglitten, bebend am ganzen Leib.

»Sag' zu Andrees, daß ich krank bin und im Bett liege ... Er wollte etwas von mir; was war es doch? ... Er wollte etwas von mir ... Ich weiß nicht was. Es war etwas, das nicht möglich ist; er mag ja den Eschenwinkel nicht leiden. Sag' es allen, auch Anna Witt und der Frau, der ich die braunen Handwärmer gemacht habe, daß ich nun endlich schlafen gehe. Ich bin müde.«

»Aber wenn Andrees ... hierher kommt?«

»Schließ du die Thür ab, Ingeborg! Schließ du die Thür ab ... Spricht er von Flackelholm? Da weht reine Luft, und du mußt mit ihm gehen... Schließ die Thür ab, Ingeborg!«

Ingeborg ging nach dem Wohnzimmer hinüber und stand an dem runden Sofatisch und hatte die Lippen fest zusammengepreßt und die Augen groß und starr vor sich hin gerichtet. In die Stirn wurden von einer harten, rohen Hand tiefe, häßliche Furchen gegraben. Es war kein Licht im Zimmer. Sie wollte aber die Hand auf den Tisch stützen, weil ihr die Knie zitterten. Da, wie sie die Hand auf die Platte legte, berührten ihre Finger ein Zündhölzchen, das da lag. Wie schmeichelnd legte es sich an die Finger. Und erst schob sie es achtlos hin und her, bis ein schwacher, schwefliger, Geruch zu ihr herauf kam. Da legte sie das Hölzchen wie spielend auf Zeigefinger und Mittelfinger und brach es mit dem Daumen in der Mitte durch. Kurz ab und fast lautlos zerbrach es. Sie fühlte nach den beiden Hälften, und als sie erkannte, daß sie ungleich an Länge waren, warf sie sie wie absichtslos auf den Tisch, besann sich, schloß die Augen und suchte mit der Hand und fand ein Stückchen und lief zum Fenster und sah, daß es das längere war.

Da entstellte sich ihr Gesicht, und ihren Augen erschien etwas Furchtbares: so entsetzten sie sich.

Sie ging aus dem Zimmer, und als sie durch den Gang kam, schloß sie im Vorbeigehen die Thür der Schlafstube ab. Der Schlüssel glitt in die Tasche. Aber Maria Landt war nicht mehr im Zimmer; die saß schon am Steg des Wehls.

Als Ingeborg den Gang weiter entlang ging und die Treppe erreicht hatte, sah sie unten Pastor Frisius in der Hausthür stehen. In seiner gebeugten Haltung kam er die Treppe herauf. Er wollte bei Frau Strandiger Krankenbesuch machen. Ingeborg flüchtete in den Schatten des Gangs zurück und blieb dort mit klopfendem Herzen stehen, bis die Gestalt im Krankenzimmer verschwunden war. Dann ging sie wieder nach der Treppe zurück.

Und hier kauerte sie, ganz wie vorgestern, im Schatten des Geländers. Aus dem Krankenzimmer kam zuweilen ein schwacher Ton der Unterhaltung, von unten kam der Schall von fernen Schritten. Sonst war es ganz still. Mit sichern Augen und verhaltenem Atem spähte sie durchs Geländer. Eine Thür wurde unten geöffnet. Wieder Stille.

Wie ein Sarg ist das Haus. Pastor Frisius redet draußen am Sarg. Thörichte Gedanken.

»Wie lange mag er noch bleiben?«

Nicht lange. Es ist ja Aschermittwoch heute. Um siebeneinhalb Uhr ist der erste Abendgottesdienst. Er wird gleich wieder fortgehen, und dann wird der andere kommen ... Andrees!

Da geht wieder eine Thür. Das ist sein Schritt. Er kommt. Rasch geht er die Treppe hinauf. Da erhebt sie sich aus dem Dunkeln, so rasch, so hoch, daß er erschreckt nach dem Geländer greift. Seine Zähne schlagen vor Kälte und innerer Erregung zusammen.

»Was willst du?« sagte er mit flackernden Augen.

Sie lacht leicht auf: »Maria ist krank, soll ich sagen. Sie hat sich eingeschlossen, liegt im Bett und schläft.«

»Geh' hin und sage, ich wär' da.«

Sie schüttelte den Kopf und sah fest in seine Augen: »Sie macht nicht auf; sie läßt mich nicht ein.« Er wandte sich halb ab, bleiche Mutlosigkeit fiel über sein Gesicht.

In diesem Augenblick ging die Thür des Schlafzimmers, und man hörte Pastor Frisius durch den dunklen Gang sich nähern. Andrees trat in den Schatten der Treppe, aber Ingeborg blieb in dem Licht stehen, das von der Hausthür her mit Ungewissem, schwachem Schein auf sie fiel.

Er sah Andrees gar nicht, aber er sah in Ingeborgs Gesicht. Er sah in das Gesicht des bösen, frechen Gewissens.

»Wo ist deine Schwester, Ingeborg?«

»In ihrem Zimmer. Sie schläft.«

»Geht's ihr gut?«

»Sie ist schwach und wollte gerne schlafen.«

»Grüß' sie! Sie soll sich gesund schlafen ... Wo willst du hin?« – »In die Kirche,« sagte sie und sah ihn an.

Er sah vor sich nieder und sagte langsam: »Es ist eine ernste Zeit. Ich war vorhin bei Theissens im Dorf. Die kleine Elsa ist an Lungenentzündung gestorben. Sie war acht Jahre alt und hatte kein leichtes Ende. Liese Nagel wird auch müde; liegt nun bald zwei Jahre lang im Bett. Sie meint, sie habe Leid genug gehabt, und sehnt sich nach Ruhe, obgleich sie erst zweiunddreißig Jahre alt ist. Christoph Dwenger liegt betrunken unter der Wand des Heidehofs, und seine Kinder stehen um ihn. Hier unten ist immer und überall, wo wir Hinsehen, Aschermittwoch. Wir haben wohl Ursache, in Gottes Haus zu gehen.«

Sie sah ihn an. »Ja!« sagte sie laut. Da ging er.

Unten schlug die Hausthür mit dumpfem Schlag hinter ihm zu. Ein leichter Wind lehnte sich gegen das Haus; sonst war alles still. Sie wandte sich erregt um: »Andrees, komm' mit!« sagte sie. Ihre Stimme eilte, wie ein Kind, das von einem bangen Ort atemlos fortläuft. Aber gleich, plötzlich kam es mit furchtbarer Gewalt über sie, daß sie körperlich zusammenbrach. Sie faßte seinen Arm und sagte mit fliegender Stimme: »Ich ... kann's nicht! Ich kann's doch nicht! Maria soll ... doch mit dir! Warte, Andrees! Warte ... einen Augenblick! Bleib' hier stehen! Ich will sie wecken ... ich ... ich ...« Sie riß den Schlüssel aus der Tasche und flog den Gang zurück, schloß auf und rief laut jubelnd ins Zimmer: »Maria, Kind! Steh' auf!«

Aber das Zimmer und das Bett waren leer. Da kam sie zurück, ein wenig bedrückt, aber ihr ganzes Gesicht leuchtete wie von einem inwendigen reinen Licht, und nie ist Maria Landts Schwester schöner gewesen als in diesem Augenblick. »Sie wird in der Kirche sein, Andrees. Komm', wir wollen nachgehen. Wir beide! Dann überreden wir sie, und ihr reist mit dem letzten Zug.«

»Du bist gut, Ingeborg.«

»Natürlich bin ich gut! Sehr gut! Nur nicht immer! Das ist schade um Ingeborg Landt.«

Sie sprang die Treppe hinunter und lachte: »Komm' flink, Andrees! Sonst kommen wir zu spät.«

Links von der Thür nahmen sie rasch Mäntel und Hüte vom Ständer und eilten hinaus.

Draußen, in ihrer Freude, legte sie die Hand in seinen Arm, und so, neben ihm hergehend, plauderte sie: »Wie ich mich freue! Wie ich mich freue! Weißt du, ich war dir böse! Wegen dies und das! Aber nun ist alles gut. Wie wird Maria glücklich! Meine Maria!«

»So ist's richtig, Andrees! Wir müssen sie rein mit Gewalt aus dieser Umgebung reißen. Wenn ihr erst in der Stadt seid, dann ist sie dein. Ich schicke euch die Sachen nach. Ihr bleibt ein paar Tage in Hamburg, dann reist ihr wohl gar nach Berlin und weiter und schreibt lange, schöne Briefe. Derweil pfleg' ich das Mütterlein und besorge den Hausstand. Das wird ein Leben! Komm', laß uns rascher gehen; es läutet schon.«

Das Licht überm Wehl war größer geworden. Eine ganze Zahl Sterne standen bei einander und sahen auf die Erde. Der Wind ward stärker. Mächtige dunkle Wolkenzüge wanderten über den abendlichen Himmel nach Osten zu. Sie ließen lange, breite Nebelmassen nach unten hängen, als gingen sie auf schweren Füßen über den Himmelsraum. Auf ihren Schultern trugen sie etwas Längliches, Dunkles, wie einen Sarg. Zu beiden Seiten standen Sterne und trugen Lichter. Der Wind zog leise und traurig singend hinterdrein.

Maria Landt saß am Steg, zusammengekauert. Die kleinen Wellen, durch die grotesken Erscheinungen in der Luft erschreckt, trieben bange und unruhig, weinend und schluchzend gegen sie an und baten sie um Hilfe. »Ich kann euch nicht helfen!« sagte sie: »Ich kann mir ja selbst nicht helfen.«

Da wurden die Wellen böse und redeten in einem andern Tone und schwatzten und logen und verwirrten sie. Das Herz schlug ihr bis an den Hals.

Als Ingeborg und Andrees Arm in Arm vorübergingen, Ingeborg lachend, Andrees einen freundlichen Schein im Gesicht, sah sie nur wenig und gleichgültig auf. Sie stritt mit größeren Gewalten; sie stand Erscheinungen gegenüber, die mehr als Menschengröße hatten. Sie bückte sich tiefer und sah wieder ins Wasser und klagte: »Ich kann nicht das eine, ich kann nicht das andere. Was soll ich noch hier unten?«

Der Wind ward stärker und riß an den Schleiern, die vor dem Mond standen, und zerrte sie weg, und der Mond sah ins Wasser. Er sah tief hinein.

»Sie könnten alle ...wenn sie nur die Steine nicht auf dem Herzen hätten ...Franz und Andrees und Schütt und die Thielsche. Die Steine muß ich haben. Sie liegen unten.« – »Da liegen sie.«

Das murmelnde, rauschende, blanke, weiche, lebendige Wasser lockte stärker, werbender, mit unheimlichem Zauber.

»Die Steine! Die Steine!«

»Komm' doch und hole sie!«

Sie legte die Hand ins Wasser.

»Siehst du? Es ist nicht kalt! Warm ist es und weich und gleitet lebendig über die Hand.« – »Ja, lebendig!«

»Sieh! Wir warteten auf dich fünf Mondnächte lang! Da bist du.«

Weiße Körperformen, wunderschöne, stille Augen unter halbgeschlossenen Lidern erscheinen zwischen dem schwankenden Schilf, alles weich, gleitend, feuchtglänzend, ewig junge Formen, Urbilder der Schönheit, erste, unverdorbene Schöpfung. Sie gleiten und fließen und reden leise.

»Was sagst du von Selbstmord? Das ist kurzer Menschengedanke. Siehst du nicht, daß wir leben und weben, steigen und sinken, weinen und reden? Sind wir lebend oder tot?«

»Es ist Sünde dabei.«

»Vertauschst Unfrieden mit Frieden, unreines mit weißem Kleid, Schwachheit mit Wirken und Kraft, unten mit oben?«

»Es ist Sünde dabei.«

»Dann hat auch er Sünde gethan; er hätte an Golgatha vorbeigehen können und that es nicht.«

»Wenn ich fortgehe, weinen sie lange.«

»Sie weinen und zerstießen und werden ganz weich ...weil du Steine suchst auf grünem Grund.«

Sie gleiten näher ...zwei, drei ...sechs sind es und haben Schilf ums Haar. Mit dem Haar und dem Schilf spielen die kleinen Wellen. Unendlich weich und tief sind die großen, stillen Augen, abgrundtief.

»Geht fort ...ich fürchte mich ...sehr.«

»Meinst du, daß wir der Menschen Leben nicht kennen? Der Mond redet mit uns alle Nächte; der Wind erzählt uns immerzu von seiner weiten Reise. Wir haben die Decke unseres Hauses blank gemacht, daß sie spiegelt. Vom Strandigerhof und vom Eschenwinkel sehen wir das Bild, und den spielenden Kindern schauen wir zu. Und gewaltiger und mächtiger und schöner erscheint, was im Spiegel des Wassers sich bricht, als in dünner Luft. Wir sehen nicht auf die Dinge; wir sehen in sie hinein. Siehst du den Mond und die Sterne? Sie liegen hier oben im Teich.«

»Vater! Vater!«

»Der Vater ist hier wie dort ...das weißt du.«

»Ich will noch einmal in die Kirche gehen und mitsingen:

> Ach bleib mit deinem Glanze
> Bei uns, du wertes Licht,
> Dein' Wahrheit uns umschanze,
> Damit wir irren nicht.

Mir wird schlecht...faßt mich an!...daß ich nicht falle...«

Da glitten sie rasch vorbei ...sechs. Und zwischen den Rethalmen erschien eine mit goldener Reifenkrone im triefenden, glitzernden Haar.

»Faßt sie an!...Tragt sie ...Sie ist zu weich und schwach für die Erde. Sanft ...leise ...und legt sie hin ...nun schläft sie.«

Oben auf dem Weg ging Anna eilend vorüber; sie warf zwei entsetzte Blicke nach dem Steg, schrie laut auf und lief dem Eschenwinkel zu. – Antje war allein im Zimmer.

»Ist Maria Landt hier vorbeigekommen?«

»Nein.«

»Dann ...dann ist sie in den Wehl gegangen, und ich bin schuld daran.« Und sie warf sich vor dem Tisch auf die Kniee.

Antje wollte an ihr vorbeilaufen, da sprang sie auf und stellte sich ihr in den Weg: »Habt ihr's nicht gemerkt,« schrie sie auf...»ich und Franz Strandiger, wir haben sie getötet!«

»Du und Franz Strandiger?« ...Das alte Mädchen wehrte mit beiden Händen ab; ein vornehmer Ausdruck legte sich auf ihr schönes, verwittertes Gesicht, und sie fing an, von ihrem Heinrich zu erzählen, wie er an der Kammerthür von ihr Abschied genommen, als er in den Krieg zog.

Anna Witt kehrte sich um und wollte hinausstürzen.

Da stand ihr Vater hinter ihr auf der Diele in seinem leinenen Arbeitskittel und in hohen Stiefeln, auf denen die nasse Kleierde glänzte. Er hatte den Spaten in die Lehmdiele gestoßen, schüttelte ihn hin und her, und sein sonst so ruhiges Gesicht war wild erregt.

Sie lehnte gegen den Tisch und sah voll Angst auf ihn.

»Wo ist Maria Landt?« schrie er.

»Im Wehl! Im Wehl!«

Zur selben Zeit hatte die Klingelglocke ausgeläutet, und die zwölf Kinder, welche neben der Orgel saßen und den Chor bildeten, hatten mit hellen Stimmen das Gellertsche Lied angestimmt: »Wie groß ist des Allmächt'gen Güte.«

Ingeborg hatte sich, wie sie zuweilen zu thun pflegte, zu ihnen gesetzt und stimmte mit ein. Sie hatte eine klingende, helle Stimme und bekam bald, wenn sie zu singen anfing, rote Wangen, und ihre Augen bekamen einen warmen Glanz. Und nun erst heute! Mit diesem fröhlichen, lachenden, jubelnden Gewissen!

Unter dem Orgelboden, im zweiten der alten unbequemen Stühle, welche auf ihren Wangen die Wappen vergangener Bauerngeschlechter tragen, saß Andrees und sah in sein Gesangbuch und sang dann auch leise mit. Und während des Gesanges, als er seine Gedanken auf den Inhalt richtete, wurde es ruhiger in ihm, und als sie gegen das Ende der dritten Strophe kamen, wurde es still in ihm, wie lange nicht. Und obwohl es ihm nicht alles klar war – ja gerade, weil es zum Teil ein stilles, unergründliches Geheimnis war –, schien ihm alles groß, edel, ewig und voll lichter, goldener Wunder. Es war ihm, als wenn doch diese Weltanschauung, die in den drei Strophen lag, die einfachste und vollständigste Deutung der rätselvollen Welt wäre, und als ob auch sein Leben, wenn er zu ihr hielte, wieder Inhalt und Wert gewinnen könnte. Und die Erinnerung setzte sich neben ihn und erzählte ihm von alten, vergessenen Gottesdiensten, die er als Knabe neben seiner Mutter dort in dem alten Familienstuhl gehalten hatte, und es schien ihm glaubhaft, daß er noch einmal wieder, wenn er ernstlich wollte, eine reine, große, kindliche Freude an diesen Dingen haben könnte. Und dann würde er leuchtende, weitblickende Augen haben und wissen, was er mit dem Leben anzufangen hätte.

Hinter ihm schlug der Wind gegen die kleinen Scheiben und stieß gegen die Mauer und lief jammernd quer über die Gräber ins freie Feld.

Seine Augen suchten Maria im Strandigerstuhl; aber er konnte nichts erkennen; die Hälfte des Stuhles lag im Dunkel.

Da kamen von draußen, vom Glockenturm her, Schritte und Stimmen. Sie kamen den Gang herauf, hielten an, redeten miteinander und wollten an der Kirche vorübergehen und schienen sich zu streiten.

Alles lauschte.

Pastor Frisius hielt auf seinem Gang nach der Kanzel inne, sein leidendes, bleiches Gesicht erregte sich. Einige duckten sich verlegen in den Stühlen; andere, die verständiger waren, sahen sich bekümmert an. Der alte Klaus Peters, der noch lebt, stand auf und ging auf die Thür zu. Alle dachten dasselbe, nämlich, daß da draußen Leute wären, die im Fastnachtstrubel des Guten zu viel gethan und in den Aschermittwoch hinein gefeiert hätten und nun, vom Branntwein verroht, zu dem Gedanken herabgesunken wären, den Gottesdienst zu stören.

Nun, da man deutlich Schütts Stimme hörte, legte Pastor Frisius die Bibel auf den Taufstein und ging den Steig hinunter. Mehrere Männer gingen mit ihm, alle mit ernsten Gesichtern. Da, wie sie die Thür öffnen und hinaustreten, sehen sie zuerst Schütt, der eine Flasche in der Hand hatte, hinter ihm die Thielsche, der das sparliche, weiße Haar unordentlich um den großen Kopf hing. Dahinter die Bahre, welche sie aus dem Glockenturm geholt hatten, und auf der Bahre...

Die Orgel brach mitten im Ton ab, wie eine schreiende Möve im Flug und Schrei vom Blei getroffen wird.

Frisius weinte laut wie ein Kind; andere weinten mit ihm. Alte Männer standen mit stillem, blassem Gesicht und sahen stumm auf die Tote.

Aus dem Quersteig drängten Männer und Frauen und viele Kinder und weinten laut auf.

Der Pellwormer, von dem Anblick des weinenden Frisius ganz aus der Ordnung gebracht, faßte den Arm des Pastors und wollte anfangen zu singen: »Was Gott thut, das ist wohlgethan.«

Aber da fuhr Frisius auf: »Aber was Menschen thun, das ist nicht wohlgethan. Wer hat das liebe Kind dahin gebracht?«

Hans Rohde, der immer ruhige, legte seine Hand auf den Arm des Pastors: »Warum das denken? Sie wird hineingefallen sein; es ist dunkel und regnerisch. Man kann die Augen nicht ordentlich aufschlagen. Und sie war oft so in Gedanken und hatte Kopfweh. Sie hat nicht auf den Weg geachtet.«

»Nein. Das ist nicht wahr.«

Man sprach durcheinander.

»Sie haben sie da hinein gejagt.«

»Die Sippschaft da. Na, wir wissen es.«

Sie nannten keinen Namen.

»Wenn der Strandiger nicht verpachtet hätte...«

»Dann... ja dann...«

»Dann lebte Maria Landt noch!«

»Im Dunkeln verirrt? Da sind doch Weiden den ganzen Wehl entlang! Wie kommt sie gerade nach dem Steg? Unsinn!«

»Andrees Strandiger!«

Der stand plötzlich in der Thür und starrte mit entsetzten Augen auf die Bahre.

Ingeborg flog die Orgeltreppe hinunter, schrie laut auf und warf sich an der Bahre nieder, wie hingestoßen.

Die Kinder weinten laut; einige liefen schreiend, wie gejagt über die Gräber.

Die Dunkelheit wurde größer. Man sah nur das deutlicher, was in dem schwachen Lichtschein lag, der aus der offenen Kirchenthür drang, die Bahre, Ingeborg, die an der Erde kauerte und sich an dem groben, starken Seitenbalken festhielt, während das Wasser von ihrer Hand tropfte, und den Mann in der Kirchenthür.

Eine Stimme sagte: »Der ist schuld an dem ganzen Elend.« Reimer Witt sagte zu Frisius: »Wohin bringen wir die Leiche?«

Ingeborg hob den Kopf, und als sie ihn da stehen sah, schrie sie ihn an: »Du Weiberknecht! Weg mit dir! Was starrst du sie an, du elender Mensch! Du, du hast sie getötet. Jagt ihn fort!«

»Still.«

»Die sagt es ihm!«

Die Frauen standen und sahen in das stille, todblasse Gesicht; einige befühlten Puls und Brust und beugten sich auf sie nieder und horchten. Eine Frau nahm ihre Schürze ab und deckte sie über die Tote. Ingeborg lag und rührte sich nicht.

»Sie hat den Schlag gekriegt.«

»Das kalte Wasser.«

»Wißt ihr schon ... Anna Witt?«

»Still.«

»Es hängt wohl auch damit zusammen.«

Frisius konnte nicht verstehen, was Reimer Witt ihm sagte: »Wir wollten sie nicht nach dem Hof bringen wegen der kranken Frau; bei Haller war die Thür zu. Da dachten wir...«

»Ja ... ja...« Frisius nickte eifrig, vergaß wieder, was er sagen wollte, und sagte dann: »Ich habe ein Recht auf sie.«

Ingeborg erhob sich mit schweren Gliedern: »Ja, Onkel, zu dir! Nicht in das elende Haus! Ich hasse ihn und das ganze Haus und die Jahre, die ich da gewohnt habe, ich und meine Maria.«

Da faßte Frisius hart nach ihrem Ann und stierte ihr ins Gesicht und sagte, heiser: »Du ... was standst du bei der Treppe mit den bösen Augen? Sieh mich an! Du hast die Schuld, und du bist die Schwester!«

Sie wand sich in seinen Händen, und als sie voll Entsetzen für ihre Augen eine Stelle suchte, sah sie Andrees Strandiger, der langsam, geduckt an der Mauer entlang ging.

»Andrees!« schrie sie. »Ich will mit dir gehen.«

Aber er ging in der Richtung nach der Heide, mit schwerem Gang, wie ein verwundeter Mann, dessen Stiefel voll von seinem Blut sind.

Die Männer hoben die Bahre und trugen sie zwischen den Kreuzen durch nach dem Pastorat. Frisius ging nebenher, die Hand an der Bahre, damit es bei dem Schritt der Männer keine Stöße gab. Ingeborg blieb stehen und versuchte klar zu denken. Eben war ihr, als läge die ganze fürchterliche Last auf ihrer Seele; nun wieder dachte sie an den Jubel, der wie ein Reigen durch ihre Seele zog, als sie die Schwester zu Andrees führen wollte. Sie atmete hoch auf und sagte langsam: »Ich *wollte* Böses thun; aber ich wurde zurückgehalten, daß ich es nicht that.«

Dwengers Frau griff nach ihrer Hand und sagte mitleidig: »Komm, Ingeborg!« Einige Frauen traten schluchzend an sie heran. Aber sie wollte nicht. Da gingen die Frauen zögernd fort, blieben aber unter der Pappel stehen, die damals noch links neben der Eingangspforte des Kirchhofs stand. Rings über den Kirchhof, über dem ein nebliges Dunkel lag – der Mond stand hinter Wolken, die über den Himmel nach Osten jagten – gingen hin und her Männer und Frauen, als waren sie verirrt.

Spät gegen zehn Uhr kam Ingeborg ins Pastorat. In der Thür begegnete ihr Franz Strandiger, der stumm vorüberging. Sie öffnete bange die Thür des Saals und trat zu der Toten, die zwischen zwei Reihen silberner, brennender Leuchter auf der mit weißen Leinen überdeckten Bahre lag. Die Wirtschafterin und Reimer Witt, beide in ihren Abendmahlskleidern, hielten Wache. Sie stand am Kopfende und weinte lange, so untröstlich, so ganz hilflos, so jammernd, daß die alte Frau sie mitleidig umfaßte und zu Frisius führte.

Als sie nach einer Stunde nach Strandigerhof zurückkehrte, fand sie Heim neben dem Bett der Blinden sitzend, die weinte. In dieser Nacht blieben viele Fenster im Dorf und im Eschenwinkel erleuchtet. Bis nach Mitternacht blieben viele Leute wach; überm Walde lag schon ein leiser Schimmer des neuen Tags. Eine blasse Hand streckte sich von Osten her über den Wald und löschte die Sterne aus, die über der Heide standen. Vom Strandigerhof her machte der Pellwormer, der redeschwache, der sangesstarke, seinen letzten Gang am Wehl entlang. Er sang das Morgenlied. Verwehte Laute drangen bis zu denen, die übers Watt zogen:

> »De Klock hett veer slahn,
> Beer hett de Klock.
> Der Tag vertreibt die finstere Nacht,
> Ihr lieben Christen, seid munter und wacht!
> Und lobet Gott den Herrn.«

Drittes Buch

Sie gingen gen Westen über das milde Watt. Es singt in diesem Land kein Vogel; es schreitet kein Mensch; es sprießt kein Halm. Grau und ganz nackend liegt das Land.

Wie am Morgen des ersten Tags.

Aber am Morgen heißt es wieder: Es werde!

Das Watt ist nicht tot; es giebt nichts Lebendigeres als das Watt. Da ist noch Schöpfung bei Tag und Nacht. Da wird gebaut. Wenn man sich niederlegt, hört man das Atmen des Watts, rieselndes, ruhiges Atmen, Quellen und Heben und Dehnen.

Die Leute am Strand erzählen, daß sie zuweilen fern im Watt einen Mann erkennen. Das Buttnetz auf der Schulter, steht er am Priel mit aufgekrempelten Ärmeln und die Füße nackt bis zum Knie. Die Flut kommt und steigt, aber er flieht nicht. Er bleibt ruhig stehen und arbeitet, und man sieht deutlich, wie er die Fische hinter sich in die Kiepe wirft.

Das Strandvolk sieht keine Elfen und Wichte und derlei loses und zierliches Zeug. Das Strandvolk sieht unheimliche Gestalten von mehr als Menschengröße. Sie sagen: Der Mann im Watt ist ein Fischer, der sich einst in seinem Leben um Gott und Menschen nicht kümmerte und manches Mal im Watt stand, wenn die Glocken vom Deiche her zur Kirche riefen. Nun ist er dazu verdammt, daß er ewig im Watt arbeiten muß.

Antje ging voran und erzählte mit lauter Stimme diese Geschichte und lachte geheimnisvoll: »Die Leute wissen es nicht besser,« sagte sie. »Nicht ein Bösewicht ist es, der da am Priel steht: im Gegenteil! Gott ist es! Der arbeitet auf der Dieksander Plaat mit aufgekrempelten Ärmeln und geht mit nackten Füßen über das Watt. Es kann wohl wahr sein: ›Und ruhte am siebenten Tag.‹ Aber am achten fing er wieder an … Darum bin ich auch nie bange, wenn ich allein übers Watt gehe oder auf Flackelholm wohne.«

»Aber wißt ihr, was Heim Heiderieter, der Klugschnacker, sagt. Der sagt so:

Der Wattgeist.

Es liegt das Watt so weit und grau,
Der Westwind weht so weich und lau.
Komm', Kind! Wir gehn zu Lande!
Das Watt lebt auf, das Wasser schwillt,
Gieb her das Netz! Wir haben's hild;
Es rieselt überm Sande.'

›Nein, Vater! Siehst dort vorn im Watt,
Dort, wo das Meer den Blitzschein hat,
Den Mann am Wasser stehen?
Mir ist um Heimkehr noch nicht bang,
Wir thun noch einen guten Fang,
Eh' wir zur Mutter gehen.‹

›Der dort? … Mein Kind, dem armen Wicht
Steht Angst und Sünde im Gesicht,

Den straft der Herr gebührend;
Hat einst in mancher schwarzen Nacht
Die Fischer draußen irr' gemacht,
An falschem Licht sie führend.

Nachts aus dem Elbstrom taucht er auf
Zu kurzem, bangem Lebenslauf
Und irret auf dem Sande.
Laut ruft er durch die hohle Hand,
Das Wasser steigt, kein Licht am Land,
Nie kommt er bis zum Strande.

Tags aber, wenn die Flut verrinnt,
Und kurzes Leben er gewinnt,
Kehrt wieder List und Schande;
Er steht und fischt viel Stunden lang,
Wer Fischer sieht's, hat guten Fang
Und – kehrt nicht heim zum Strande!‹

Der Junge lächelt überklug:
›Ach Vater! Das ist dumm genug,
Solch' Dinge giebt's mit nichten.
Die ganze Welt ist klar erkannt.
Wir gehn noch lange nicht an Land,
Wer will auf Fang verzichten?‹

Sie warfen wieder Netze aus,
Vergaßen Deich, vergaßen Haus
Und kamen nicht zu Lande.
Das Wasser kam, der Westwind sang,
Das Meer that einen guten Fang,
Und Mutter weint am Strande.

»Aber an einer Stelle fürchte ich mich, Andrees! Da drüben! Ich will es dir nachher erzählen.«

Sie faßte sein Pferd am Zügel und ging voran in das Wasser des Priels. Vor den Mond waren fliegende, dunkle Wolken getreten. Man sah nichts als Wasser. Reimers Pferd stutzte und wollte nicht hineingehen, hob den Kopf und schnob mit den Nüstern. Da kam Antje zurück und führte es hinein. Dabei sah sie mit pfiffigem Blick und irrem Lachen zu ihm auf und deutete mit der Hand auf den andern: »Paß auf, was er für ein Gesicht macht, wenn ich es ihm erzähle.«

Das Wasser ging den Pferden bis über die Kniee; langsam stiegen sie wieder hinan; langsam und still zogen sie über die weglose; graue Fläche.

Nach langer Wanderung kam die erste Bake in Sicht, ein schlanker Birkenstamm, mit weißgrauer Rinde. Sie haben ihn da oben aus der braunen Heide gerissen; nun muß er hier im grauen Watt für seltenen, wegeirren Wanderer Wegweiser sein. Sie ziehen müde vorüber, sehen ihn nicht an; keiner denkt daran, daß er einst in seiner Jugend, in silberweißem Rock, grüne, schwankende Zweige auf dem Hut, im Sonnenschein am Waldrand stand und über die Heide sah.

Der Westwind weht gegen die Wanderer an und rasselt in der kurzen, kahlen Krone der Birke. Es ist noch dunkler geworden. Andrees starrt still vor sich hin. Reimer versucht, irgend etwas zu erkennen, und war's das Allergeringste, einen Strauch oder einen Stein oder die Spur eines Menschen. Aber er sieht nichts. Graue Schatten stehen in der Ferne als schwerfällige Gestalten auf dem Watt.

Da fängt Antje Witt an zu erzählen.

»Hier war es, Andrees! Hier ist dein Vater in der Flut versunken, als er von Flackelholm kam. Erst wußten wir gar nicht, was da immer aus dem Watt nach dem Deich herüberrief. Nachher verstanden wir, was er rief: ›Holt den Schwarzen!‹ Das war das stärkste Pferd im Stall. Reimer war damals Jungknecht bei euch, der wagte es. Aber der Schwarze versank im Schlick und riß sich mit Mühe los und fuhr mit gesträubter Mähne über den Deich zurück. Sie haben auch anderes versucht. Das Boot konnten sie nicht weiterbringen; es lag wie Blei im Schlick. An dem Abend habe ich neben deiner Mutter zwei Stunden lang auf dem Deich gesessen, bis sein Rufen aufhörte. Weißt du, was er zuletzt rief? ›Laß unser Kind nie übers Watt gehen!‹ ... Haha.«

Andrees Strandiger drückte sich tiefer aufs Pferd. Antje sah mit funkelnden Augen auf ihren Bruder. »Wann kommt die Flut, Andrees?« sagte Reimer.

Der antwortete nicht. Er machte sein ganzes Leben wieder durch. Er stand neben seiner Mutter, ein kleiner Junge, auf dem Deich, und sie sagte zweimal rasch hintereinander: »Nie ins Watt! Andrees! Nie ins Watt! Ich habe nur das eine Kind!«

Antje griff nach dem Zügel seines Pferdes; ihre Schulter streifte zuweilen seine Füße.

»Warum gingst du mit, du Unglückskind? Du bist viel zu gut und fromm. Weißt du, wer mit mir müßte? Lena Strandiger, meine Herzallerliebste! ... Tritt dir die Füße wund, Lena! Zieh’ das bunte Kleid aus und leg’ dich auf die harten Muscheln, das soll deine Strafe sein .... Wir wollen auf Flackelholm wohnen, solange wir leben, aber kein Wort miteinander reden. Und kein Blick von einem zum andern. Und die beiden Hütten im Strandhafer weit voneinander! Was sagst du dazu, Lena?«

Er sah auf sie nieder und griff mit der ganzen Hand in ihr volles Haar und bog den Kopf nach hinten. Da sah er in Antjes lachendes Gesicht.

»Ach ... du?« murmelte er. »Was willst du auf Flackelholm?«

Antje kehrte sich um: »Wir müssen ein wenig nach rechts vorwärtsgehen; dann sind mir bald bei der Kreuzbake.«

Sie zogen weiter.

»Ich sehe noch nichts, Antje. Wann kommt die Bake?«

Antje hob die Hand: »Siehst du? da ist sie! Nicht um einen Schritt habe ich mich geirrt. Da geht der Weg!«

»Weg?« sagte Strandiger und hob den Kopf: »Was redest du von Weg? Ich sehe nicht Weg, noch Steg.«

»Überall ist Weg, Andrees; aber nur einer ist richtig.«

»Manchmal zwei, Frau Weisheit.«

»Nein!« sagte Antje. »Die andern gehen alle in den Schlick.«

»Ruhig, ich kann’s nicht hören!« Er schlug mit der Hand auf den Sattel: »Wo liegt das neue Land?«

»Wir haben noch zwei Stunden Weg.«

Sie versanken in Schweigen. Nach einer Weile hob er wieder den Kopf; ein unruhiges Licht war in seinen Augen aufgeflackert: »Mir graut vor dieser Nacht,« sagte er zusammenfahrend.

So zogen sie Schritt für Schritt weiter, bald über weite, sandige, feuchte Flächen, in welche die Hufe der Pferde nur wenig einsanken, bald über lang sich dehnende weiße Muschelbänke. Dann kamen sie über Flächen, über denen in kleinen eilenden Wellen flaches Wasser rann: ein weites, fruchtbares Feld, auf dem einst Häuser und Bäume stehen werden, »und der Pflug Furchen ziehen und die Kinder ihren Reigen tanzen werden! Einst! Nach hundert Jahren!

Jetzt schläft es noch.

Von Westen her, aus weiter Ferne, kam dumpfes Rauschen, immerzu, wie rollender ferner Donner, der sich lang hinzieht. Antje horchte darauf und richtete den Weg ein wenig mehr nach Norden und deutete dahin, woher das Getöse kam; und erst verstanden sie nicht, was sie sagte, bis sie hörten, es wäre die Norderelbe, deren Wogen gegen das Ufer des Watts brandeten. Da sahen sie auch in der dämmernden Ferne drei oder vier Lichtmassen, mächtige Schiffe, die Kurs auf Helgoland hatten.

Das Wandern schien kein Ende zu nehmen, und es war, als wenn es überhaupt kein Land gäbe, kein grünes Gras, keine Menschenwohnung. So fern erschien die bewohnte Erde, so öde und ohne Grenzen das graue, stille Watt. So wanderten sie noch zwei Stunden, nachdem sie die Kreuzbake hinter sich hatten.

Antje ging sicher und ruhig vorwärts; vor ihrem innern Auge stand der ganze Weg, den sie zurückgelegt hatten. Sie wußte genau – mit dem Finger hätte sie dahin zeigen können, wo Flackelholm lag. Das Rauschen der Brandung hatte ihr nur bestätigt, daß sie richtig führte.

Da erkannten sie vor sich an den größeren Wellen den letzten Wasserlauf.

»Seht ihr?« sagte Antje. »Ganz richtig gehen wir! Da ist der Flackstrom, nach dem Flackelholm seinen Namen hat. Seht ihr dort die Boote? Das sind die Störfischer. Sie kommen von Hannover herüber in unsere Priele. Die sind nun deine nächsten Nachbarn, Andrees. Nun sind wir bald auf Flackelholm!«

»Ich seh' nichts!« sagte er. »Wann kommt die Sonne?«

Und wie er noch angestrengt vor sich hin sah, kam von rückwärts, vom alten Land her, ein heller Schein. Morgenrot flog mit leichten Füßen über die Erde. Von seinen roten Locken leuchteten die Wolken und das Watt. Er streckte seine Hand aus, und mit einem Aufschluchzen sagte er:

»Ich seh' Flackelholm. Es schwimmt auf dem Wasser!«

Da lag jenseits des Wasserlaufs, in der Ferne, ein schmaler, dunkler Streifen wie eine gerade Linie; dahinter ragte eine unregelmäßige Reihe von niedrigen Hügeln, die weißlich schimmerten. Weitum aber am Horizont, zwischen den Hügeln und in den Niederungen, in denen die Dämmerung noch ihre Nebel braute, standen dunkle, große Massen, als mären es Wälder oder altes Mauerwerk oder schwarzer Erdwall. Über dem ganzen Bild lag die ernste, erwartungsvolle Stimmung des zweiten Schöpfungsmorgens.

Nebeneinander ritten sie durch den Flackstrom. Andrees sah stumm vor sich hin auf das neue Land; Reimer, von dem rasch fließenden Wasser wirr gemacht, sah nach dem Himmel empor; Antje ging gleichmütig, langsam und sicher durch das kalte Wasser, das ihr bis an den Leib reichte.

Jenseits des Stromes hob sich das Watt. Die Erde wurde fester; doch war es noch immer grauer Schlick. Dann kam die erste kleine, grüne Insel, zwei oder drei Meter groß, einen Fuß hoch überm Watt, von allen Seiten von der Flut umspült, wie angebissen. Dann kam das zusammenhängende Land, schon freundlich mit den ersten schüchternen Blumen, mit buntem Kraut bekleidet.

Andrees sah blaß vor sich hin; seine Hände lagen fest ineinander auf dem Sattelknopf.

Sie ritten gegen die Sandhügel an. Dann traten die Hügel ein wenig zurück; die Sonne schlug leise die Augen auf: Da lag im Schutz der Düne die Hütte, von Strandholz erbaut, daneben die andere, kleinere, eine Blockhütte aus aufeinandergelegten Bohlen. Ein mächtiges Bambusrohr, das einst angetrieben war, ragte als feuergefährliche

Schornsteinspitze über das Dach. Auf der andern Seite erhob sich ein starker Mastbaum als Flaggenstock.

Andrees Strandiger stieg vom Pferde und wanderte diesen Tag über die Düne und den endlosen Strand, ein Ruheloser. Gegen Abend erhob sich mit der kommenden Flut ein Wind, der gegen zehn Uhr zum Sturm wurde. Es war jene Nacht, in der die dickbäuchige, schwarzgeteerte Holländer Kuff gegen den Büsener Deich jagte; der Kapitän machte große Augen, meinte, er wäre irgendwo bei Kuxhafen aufgelaufen. Der ganze Strand lachte.

Von fern her über die Düne kam das furchtbare Brausen und Donnern der Brandung, kam der Sturm gleich vielen tosenden, schreienden Menschen. Sie sprangen mit schweren Füßen durch den Sand und schlugen, wildlachend, mit harten Fäusten gegen die Balken. Sie sprangen mit mildem Sprung von der Düne auf das Dach und faßten den Stock und schüttelten den starken Baum, daß die Hütte bebte. Sie wollten alle hinein zu Andrees Strandiger und ihm erzählen, wie sein Vater in den Tod gegangen, wie seine Mutter daheim saß und meinte, und was Maria Landt ihm zu sagen hatte, die auf der Bahre lag.

So wehrten sich die milden Geister des einsamen Landes gegen die Ankunft der Menschen und suchten sie durch ihre wilden Lieder zu erschrecken.

In dieser Nacht, in welcher der Sturm bis zur Morgenröte anhielt, sah Ingeborg zusammengekauert am Bett der Blinden und redete mit sich selbst. Sie versuchte zu erkennen, was an Leben, Fehlern und Erfahrungen hinter ihr lag, und sie war nicht weich gegen sich. Sie erkannte, daß sie vom Sonnenschein gelebt und an Unwetter nicht gedacht hatte. Sie erkannte, daß jegliche Grundsätze ihr gefehlt, und daß sie es versäumt hatte, Ereignisse in Erfahrungen zu verwandeln. Sie erkannte, daß sie ihre religiöse Überzeugung, auf die sie so stolz gewesen, als ein Feierkleid getragen hatte, als Josephs bunten Rock, der in. Regen und Kälte nichts wert war. Aber sie war noch jung; sie war stark und frisch. Sie war weit entfernt zu verzweifeln; sie machte sich in dieser Nacht daran, das Werktagskleid, stark und fest, ihres Lebens zu weben.

Zweites Kapitel

Vierzehn Tage später kam Heim in Reimer Witts Begleitung von Flackelholm zurück. Er war dort fünf Tage lang gewesen. Sie hielten am Heidehof an, stiegen aber nicht ab. Von der einen Seite erschien Eva Walt, trat in ihrer raschen Weise an den Wagen und sah, ohne etwas zu sagen, mit ihren glänzenden Augen auf Heim Heiderieter. Da merkte er, daß sie in Sorge um ihn gewesen war. Mit bangen Augen hatte sie ihn gehen lassen, mit fröhlichen empfing sie ihn. Darüber wurde er sehr froh.

Aus der Schulthür kam Lehrer Haller, barhaupt, und fragte nach dem Ergehen der Flackelholmer. Heim konnte berichten, daß sein Freund seelisch tief gedrückt wäre. »Sie wissen,« sagte er zu Haller, »wie verschlossen er ist, so daß man nicht sagen kann, wie es in ihm aussieht. Noch arbeitet er nicht –« er zeigte auf das Herz – »aber er wird anfangen.«

»Wohin fahren Sie, Herr?« fragte Eva.

Da wandte er sich zu ihr, sah auf ihr blühendes, frisches Gesicht herunter und freute sich seiner schmucken Hausgenossin, und daß er nun wieder in ihrer freundlichen Nähe sein werde.

»Die Seeluft scheint Ihnen gut zu thun,« sagte er.

Sie nickte und sagte: »Ich habe auch gute Freunde und getreue Nachbarn. Die kleinen Witts haben mich besucht, und zweimal bin ich bei dem Herrn Lehrer zu Gast gewesen.«

»Wir luden unsere Nachbarin ein,« sagte Haller. »Wir haben uns gut unterhalten, und sie darf wiederkommen.«

»Wohin fahren Sie, Herr?«

»Reimer Witt ist hier abgestiegen und zu seinen Kindern gegangen. Ich aber will gleich nach der Stadt fahren und versuchen, ob ich im Auftrag von Andrees zwei gute Pferde kaufen kann, mit denen Reimer heute abend mit der Ebbe nach Flackelholm zurückfährt. Er drängt darauf, daß der Kauf heute vor sich geht; ich muß meine vier Gäule ja auch selbst brauchen.«

»Freilich!« sagte sie. »Sie haben noch viel Land zu bestellen!«

Er lachte und nickte nach beiden Seiten und fuhr zu.

Reimer Witt war abgestiegen und in seinem Hause verschwunden. Lauter Kinderlärm verkündigte seine Ankunft. Sie standen alle um Telsche Spieler, die sich mit hoch aufgekrempelten Ärmeln über den Waschtrog neigte. Nach zwei Minuten saß der Heimgekehrte im Lehnstuhl am Fenster, auf jedem Knie ein Kind, und sie erzählten, daß Heim Heiderieters Telsche große Mehlbeutel koche, und Gustav sagte: »Die neue Mutter soll hier bleiben!« Vor ihm stand eine große Tasse heißen Kaffees, und die Stube war sauber, und in die kleinen Fenster schien die Aprilsonne, und Telsche Spieler wusch weiter und that, als wenn es gar keinen Reimer Witt gäbe.

Als Heim gegen Nachmittag zurückkehrte, hatte er richtig zwei starke junge Braunen ans Wagenbrett gebunden. Am Spätnachmittag fuhr Reimer Witt mit allerlei Hausgerät und Lebensmitteln und mit einem erleichterten Herzen nach Flackelholm. Den kleinen Fritz nahm er mit; die andern durften die Schule nicht versäumen.

Als Heim Heiderieter müde und hungrig den Saal betrat, staunte er. Eva Walt hatte die sechs Tage benutzt, um das alte Haus einmal gründlich zu reinigen. Der Fußboden aus breiten Tannenbrettern zeigte wieder seine starke Holzbildung, seine mächtigen Fasern und Knäste; die beiden gewaltigen Deckbalken, rohbehauen, mit abgestumpften Kanten, hatten lange verlorenen Glanz wiedergewonnen. Die Bücher auf dem Schreibtisch hatten sich wie zur Begrüßung ihres Herrn stramm aufgestellt, und die zahllosen Büchlein und Zettel, die des Aufhebens wert waren, lagen sauber in blauen Aktendeckeln, nach ihrem Inhalt verteilt, aufgestapelt. Der Nähtisch der Mutter, der am Fenster zur Linken stand, hatte ein braunes Feierkleid an, und rechts von der Gangthür, auf der alten Schatulle, stand eine russische kupferne Theemaschine, im blanken Glanz, einst Großmutters Stolz und tägliche Freude, nun ein Altertum, des Enkels Stube zu schmücken. Zwei alte wertvolle Porzellanvasen, in Urnenform, mit wunderschönen, roten Rosen bemalt, standen zierlich und ehrerbietig zur Linken und Rechten der stattlichen Russin.

Heim Heiderieter stand kopfschüttelnd am Tisch, drehte sich um sich selbst und wunderte sich. Eva, die an der Thür zurückgeblieben war, sagte ein wenig verlegen: »Die hübschen alten Sachen habe ich in der Lade gefunden, die oben unterm Dach steht; und wenn Sie nachsehen wollen, Herr, dann finden Sie dort noch andere gute Dinge. Ich habe einige alte Bücher gesehen, die sehr eng und steil beschrieben sind; es ist eine feine Handschrift, so wie sie jetzt wieder in den Schulen gelehrt wird, aus dem siebzehnten Jahrhundert.«

»Woher wissen Sie das?«

Sie lächelte ein wenig: »Ich sah solche Schrift früher in Kirchenbüchern. Ich spielte als Kind zuweilen in eines Pastors Stube.«

Heim Heiderieter sah sie an, als wollte er sie erforschen, und sie senkte den Kopf. »Und die Lade,« sagte sie rasch, »hat wundervolles Schnitzwerk, die müssen Sie auch hierher stellen.«

Da lachte er hell auf: »Ich suche überall Altertümer; mein Vater that es vor mir; aber wir überzeugten uns nicht, ob wir im eigenen Hause solche Dinge hätten. Das sieht uns so recht ähnlich. Sagen Sie mir, woher haben Sie diesen praktischen Sinn?«

»Ich habe mir früh selbst helfen müssen.«

»Schon als Kind?«

»Ja,« sagte sie zögernd und sah ihn bittend an, als wenn sie sagen wollte: »Frage nicht weiter!«

Er trat an den Nähtisch der Mutter heran und öffnete von ungefähr die Deckelchen der einzelnen Fächer. Da fah er in dem einen Fach neuen schwarzen Zwirn liegen und zwei blanke Nadeln. Die Sonne schien freundlich in das Fenster. Der schönste Apriltag stand über der Heide; blauer Dunst umhüllte leicht den fernen grünen Wald. Hier hatte sie in seiner Abwesenheit gesessen, abends, wenn sie von der Arbeit müde war. Er wandte sich zu ihr. Sie stand verlegen am Tisch, auf den sie das Kaffeegeschirr gestellt hatte.

»Ich bitte Sie,« sagte er zögernd, »daß Sie diesen Nähtisch benutzen, an dem meine Mutter so oft gesessen hat.«

»Darf ich ihn in mein Zimmer tragen?«

Er sah rasch auf: »Wenn Sie wollen? Aber wenn Sie vielleicht gerne hier sitzen, an Mutters Platz, so ist es mir lieb; so sitzt dort doch wieder jemand, nachdem der Platz so lange leer gewesen, und Sie...« Er schwieg.

Sie sah ihn fragend an, wurde rot und deckte den Tisch weiter: »Ich danke Ihnen,« sagte sie.

Er ging in seiner Verlegenheit auf die Seitenthür zu. Da sah er, daß der Schlüssel in der Thür stak. Sie, die ihn immer beobachtete, kam ihm zuvor.

»Sie haben vergessen, den Schlüssel abzuziehen, Herr. Da habe ich auch dort rein gemacht. Es war sehr nötig.«

Er hatte die Thür schon in der Hand: »Das weiß ich,« sagte er: »Aber die vielen zierlichen Sachen! Und die Bezeichnung ist immer noch lückenhaft, und jede Lage hat ihre Bedeutung! Wenn Sie nur nicht allzu eifrig gewesen sind!«

»Ich glaube nicht, Herr! Ich legte jedes Stück wieder an seinen Platz, so sorgfältig, als es mit bloßem Auge möglich ist.«

Er sah zu ihr zurück, ob sie wohl das kleine, ein wenig spöttische Lächeln hatte; dann trat er in die lange Stube; sie folgte.

Da lag wirklich jedes Stück, wie es von alters her gelegen hatte: das steinerne Messer, mit dem unser Vorfahr das Wild ausweidete und am Winternachmittag den ersten Versuch machte, in den Speerschaft von Eschenholz rohen Kerbschnitt zu machen. Da lagen friedlich nebeneinander die spitzen, steinernen Pfeile, die vielleicht einst, da sie in der Waldlichtung von der Sehne schwirrten, feindlich gegeneinander flogen. Da lagen zwei zierliche, spitze Kieselsplitter, wie winzige Degen. Waren sie einst das Spielzeug, das der fleißigste, sinnigste Künstler in Steinwerkzeug dem Kind des Häuptlings in die Hütte trug? Oder waren es Nadeln, mit denen des Kindes Mutter das rauhe Gewebe zusammenhielt, das ihre Brust bedeckte? Da lag ein Schwert von Bronze, vier Finger breit, gerade, einen Männerarm lang, einst eine starke Wehr, in der Mitte entzweigebrochen. Hat der Rost es zerbrochen, der zweitausend Jahr an ihm seine stille

Arbeit that, oder brach es im letzten Kampf auf der Heide? Und da lag offen auf dem Tisch eine goldene Armspange.

»Herr!« sagte Eva. »Unter dieser Armspange steht von Ihrer Hand…Sehen Sie? ›Drei goldene Ringe!‹ Es lag aber nur einer da. Nicht wahr?«

Heim duckte den krausen Kopf und starrte auf die gelbe Spange, als hätte er sie nie gesehen: »Ja,« sagte er, »das ist eine eigene Sache! Es sind wirklich drei Spangen vorhanden gewesen; die eine liegt hier; die zweite könnte ich wohl wieder bekommen; sie ist mir einmal verloren gegangen. Die dritte aber habe ich verschenkt!«

»Verschenkt?« Sie schlug leicht die Hände zusammen. »Das thut doch keiner, der Altertümer sammelt! Das soll nie vorkommen, daß diese Leute etwas verschenken?«

Er zog die Stirn kraus und sah sehr wichtig aus: »Damals war ich noch kein Kenner von diesen Dingen; ich war noch ein Knabe.«

»Nun, das ist schade! Das thut mir leid.«

Er richtete sich auf und sah sie an: »Nein!…Es thut mir nicht leid. Es verbindet sich mit jener Spange meine liebste Kindheitserinnerung.«

Da kehrte Eva Walt sich rasch um und trat an den andern Tisch. Er folgte ihr mit den Augen und wollte sich ärgern, daß sie ihn nicht fragte, was das für eine Erinnerung wäre; denn er hatte einige Neigung, sie zu erzählen. Aber der Ärger verflog gleich wieder, da sie ihm so schmuck und rein erschien, so passend in den Rahmen dieses alten, blitzblanken Zimmers. Denn sie hatte mit ihrem dunklen, gewellten Haar, das von Flechten rings umkränzt war, mit den braunen Augen und dem runden, starken Gesicht, in der losen, dunklen Bluse und in fußfreiem, schlichtem Rock so gar nichts von der zeitweiligen Mode, sondern schien bei all ihrer blühenden Jugend zu diesem starken, festen, gemütlichen Gemach zu gehören, das wohl dreihundert Jahre alt war, und zu jenen Vorfahren, die es gebaut hatten, denen das Haus und das stille Dorf und seine Feldmark und der Blick übers Meer alles gab, Nahrung, Kleidung und Weltanschauung.

Und wie er sie so ansah, da überlief ihn der heiße Wunsch, diese frische Jugend, diese selbständige, häusliche Natur für die Zeit seines Lebens an sich zu binden.

Als sie sich wieder zu ihm wandte, ruhten seine Augen auf ihr; und weil seine Augen, nach seiner ganzen offenen Art, nichts verbargen, wußte sie gleich, was er dachte. Eine heiße Verlegenheit schlug über ihr Gesicht, daß sie sich wieder abwandte. Nun schlug wieder ihm das Herz; und er wußte ebensowenig wie sie, was er sagen sollte.

Vielleicht wäre es schon jetzt zu einer Aussprache gekommen; aber ein Ton, der zu ihrem feinen Ohr drang, ein leiser, rauschender, klappernder Ton, ward ihr zur kurzen Rettung. Sie wandte sich um und ging eilend aus der Thür. Und weg war sie.

Auch er hörte nun das Geräusch, und als er es erkannte, lachte er ein wenig auf, halb ärgerlich, halb erleichtert, und brummte in den Bart: »Wenn der Theekessel nicht überkochte: was wärst du jetzt, Heim Heiderieter?«

Er sah noch einmal über die Tische, trat noch einmal heran, ergriff die goldene Spange, dehnte sie und wog sie in der flachen Hand und sagte: »Es ist das Richtigste, was ich thun kann.«

Dann ging er in den Saal zurück, setzte sich an den Schreibtisch und schrieb einige Gedanken nieder, die ihm auf Flackelholm gekommen waren. Aber er brachte nichts Rechtes fertig, immer fragte er: »Was treibt sie jetzt? Was denkt sie jetzt?« Immer sah er im Geist ihr verwirrtes Gesicht und suchte ihre Gedanken zu erforschen, besonders die Gedanken, die sie über ihn und über sein Haus und über den Eschenwinkel hätte, und ob sie hier wohl bleiben möchte.

Nun trat sie aus der Küche; nun ging sie nach ihrer Stube und schloß die Thür; nun machte sie sich hübsch für den Nachmittag. Nun steht sie in dem kleinen, saubern Raum, in den er vorige Woche so neugierig hineingesehen; nun steht sie am Fenster, kämmt ihr Haar, sieht über die sonnige Heide und denkt. An was? An ihre Kindheit? An ihre Heimat? An Heim Heiderieter?

Er stand vom Schreibtisch auf, unruhig, und wanderte mit langen, langsamen Schritten rund um den Tisch. Es war ganz still im Haus; der Knecht war draußen auf dem Felde.

Da, in diesem Augenblick, kam wieder der klingende, brausende Ton aus der Küche, und zum zweitenmal griff der Theekessel mit heißem Übermut in Heim Heiderieters Lebenslauf.

Einen Augenblick stand er zweifelnd still und horchte und hörte doch nicht, daß rasch und leise Thüren geöffnet wurden. Zischend flog das Wasser ins Feuer. Da lief er mit langen Schritten in die Küche. Und als er hineinsah, stand sie da am Herd vor den Flammen, von draußen kam der helle Sonnenschein, und ihr loses Haar lag auf den weihen Schultern.

Sie sah nicht zu ihm auf, sagte nur leise bittend: «Herr!...»

Da war er schon wieder gegangen und stand gleich darauf im Saal am Fenster und schüttelte den Kopf und grämte sich, daß ihr das Peinliche widerfahren mußte, und daß sie nun wohl traurig wäre und vielleicht weinte. Aber er schalt mit keinem Wort auf den Theekessel.

Dann ging er hinaus über die Heide und grübelte über Vergangenheit und Zukunft und blieb zuletzt bei der Zukunft und sagte zu sich: »Es ist das Allerbeste, was mir widerfahren kann!«

Als er heimkam, saß sie im Saal an Mutters Nähtisch und stichelte eifrig und sagte, ohne den Kopf zu heben, eilig, als wenn sie ihm zuvorkommen wollte, mit leisem Lächeln: »Man sitzt fein hier an der seligen Mutter Tischlein. Es kommen gar gute Gedanken, und wenn ich aufschaue, kann ich bis an den Wodansberg sehen.«

Er antwortete nichts und ging einigemal hin und her, und wenn er ihr zugewandt ging, sah er mit unsicherm Blick auf sie. Sie aber hatte sich tief auf ihre Arbeit gebeugt und ihr klopfte das Herz. Sie wußten beide: Nun kommt gleich etwas Großes, das Schönste, was es giebt; aber keiner wagte es dem andern zu bringen.

Da ertrug sie es nicht länger; Bangen und Hoffen, Furcht und Liebe sprengten ihre Brust. Sie stand auf und ging auf die Thür zu. Und da begegneten sie sich, und er hielt sie an, daß sie ihn ansah.

»Eva!« sagte er, und es lag all seine Liebe, sein ganzes weiches Herz in dem kurzen Namen.

»Ich will ja!« sagte sie leise und mühsam, »alles, Herr! Ich bin Ihnen gewiß sehr gut!«

»Sag' nicht Herr!« Und indem er so bat, streichelte er ihre Hand und stand ehrerbietig vor ihr.

»Ich...« sagte sie, »habe Ihnen etwas zu erzählen ... Wenn Sie mich dann lieb haben.«

»So sage es!«

»Heut' abend! Ich muß jetzt für Abendkost sorgen.«

Da ließ er sie vorübergehen und blieb allein zurück.

Nach dem Abendbrot, an dem der Knecht teilgenommen hatte, trat sie in den Saal und sagte mit leidlich klarer Stimme: »Wenn Sie einen Gang über die Heide machen wollen, Herr, ich habe jetzt Zeit!«

Er sprang gleich auf, nahm die Mütze vom Haken neben der Saalthür und ging neben ihr her. Als sie durch den Garten gingen, kam ihnen der Duft der Heide schon entgegen. Über der ganzen stillen Fläche lag der junge, keusche Hauch des Frühlings. Die Sonne stand groß, brennendrot über dem Meer. Es regte sich kein Windhauch; es war, als wenn alles, jedes Heidekraut, jeder Ginster, jeder Vogel zuhören wollte, da Eva Walt, noch einmal hochaufatmend, anhob, von ihrem Leben zu erzählen.

»Ich bin nicht so jung mehr,« sagte sie, »bald fünfundzwanzig und habe schon viel erlebt. Es ist nichts Böses, Herr, gar nichts, ausgenommen zwei Erlebnisse, über die Sie entscheiden müssen, ob da Böses drin liegt.«

Er nickte und sah sehr gedankenvoll und verständig vor sich hin. Sie sah seitwärts auf ihn, und fast schien es, als wenn fröhlicher, aber doch verlegener Spott um ihre Lippen zuckte.

»Ich bin armer Leute Kind! Der Vater war Zimmermann, nicht weit von Marburg, in einem kleinen Pfarrort. Er war aber dort nicht heimisch, sondern von Geburt ein Lipper. Die Armut seiner Heimat hatte ihn fortgetrieben. Er hatte in jenem Dorf Arbeit gefunden, bald auch eine Braut; später erwarb er sich ein Haus und kam wohl vorwärts. Ich erinnere mich aber des Vaters wenig. Die Mutter starb bei der Geburt eines Brüderchens, das mit ihr starb. Da war ich sechs Jahre alt. Bald danach verletzte sich der Vater mit der Sichel, mit der er am Bachrand das Gras mähte. Ich erinnere mich, daß er sehr krank wurde, und daß er am neunten oder zehnten Tag starb, und daß die Frauen ins Haus kamen und mich herzten und weinten, und daß ein Wort viel genannt wurde, das ich noch nie gehört hatte, das Wort: eine Waise. Ich erinnere mich noch, daß der Sarg und das Gefolge zwischen den großen Blättern der Linden verschwand; wir müssen neben einer schräg aufsteigenden Lindenallee gewohnt haben, und es muß gegen den Herbst gewesen sein, als ich den Vater verlor.

Nun waren da im Dorf Pfarrersleute, die hatten kein Kind. Denen ging mein Elend ans Herz, und am selben Abend, da der Vater auf dem Kirchhof zur Ruhe ging, ist sein Kind in dem Schlafstüblein der Frau Pfarrer zur Ruhe gegangen und ist wohl behütet gewesen durch acht Jahr. Da war ich vierzehn Jahr alt.

Da kam zum zweitenmal das, was wir ein Unglück nennen. Der Onkel Pfarrer ließ keinen Kranken im Dorf unbesucht und fürchtete sich nicht, gar nicht. Stattlich und frisch war er und noch jung, und die Leute sagten wohl mitunter, er hätte in Berlin bei des Kaisers Grenadieren müssen Hauptmann geworden sein. Kommt er also eines Tages wieder heim, hat einen Kranken besucht, der hat ein böses Fieber gehabt.«

Ihre Stimme brach, sie schüttelte den dunkeln Kopf, und eilige Thränen liefen über die Wangen.

»Mag nicht daran denken und kann's doch nimmer lassen. Es war zu traurig. Wie der starke Mann gegen die Krankheit angegangen ist, die ihn wie aus dem Hinterhalt so heimtückisch überfallen hat; wie durch alles Fieber bis zur letzten Stunde sein starker, fröhlicher Christenglaube durchbrach. Es ist ein Jammer gewesen und auch eine Freude. Und wie die beiden zusammenhielten, die Tante und er. Wie sie so große Augen gemacht, so große, als man ihr gesagt hat, sie selbst dürfe nicht bei dem Kranken wachen; es müßt' eine alte Frau sein. Ich war ja ein junges Ding, ein Unverstand, hab' nichts gethan, als geweint; aber als er gestorben ist und am vierten Tag sie und es zum zweitenmal hieß: ›Schnür dein Bündel, Madli,‹ da habe ich mir ganz unbewußt etwas aus dem leeren, stillen Hause mit weggetragen, den Glauben, dessen Macht ich in diesem Hause, erst acht Jahre lang, zum Schluß noch acht Tage lang, mit Augen gesehen und mit Händen gefaßt habe. Seit den Tagen, Herr, bin ich immer stark und fröhlich gewesen: ich fürcht' nicht Teufel, nicht Tod.

Ich mußte das Pfarrhaus verlassen. Ein Bündel gaben sie mir in die Hand, eine Kiste wollten sie mir nachschicken. Wohin? Ich hatte zwei oder drei entfernte Verwandte von Vaters wegen. Also wurde ich auf die Bahn gesetzt und kam nach einer langen Tagesfahrt nach Detmold, fah im Abenddunkel die Grotenburg, wurde freundlich von einfachen, fremden Leuten empfangen und schlief müde, vor Heimweh weinend, ein. Aber die Freundlichkeit der Verwandten dauerte nicht lange. Ich habe erst später erfahren, weshalb sie so bald hart gegen mich wurden. Der Onkel, meines Vaters Bruder, hat mir freilich nie ein böses Wort gesagt, aber auch kein gutes. Der Arme war ein schwacher Mensch und hatte seiner Frau zu gehorchen. Ich erfuhr später, daß sie erwartet hatten, ich hätte sowohl von meinen Eltern als von den Pfarrersleuten ein gutes Erbteil erhalten und würde damit ihrem Haushalt aufhelfen. Aber wenn etwas für mich da war, so war es bis zu meiner Mündigkeit festgelegt, und sie erfuhren bald, daß sie nichts davon bekommen würden, außer einem kleinen Kostgeld.

Nun begann eine Zeit, Herr, kurz, aber böse. Als der Frühling anbrach, sammelte der Onkel Männer und Frauen aus dem Dorf und, ohne daß ich gefragt wurde, gingen wir eines Tags alle nach Detmold, um von dort nach dem Norden zu fahren. Sie wissen, daß Tausende Lipper jährlich nach Norden und Osten fahren und als Ziegelbrenner in harter Arbeit, in kümmerlichen Hütten, bei beschränkter Nahrung den Sommer verleben. Wir fuhren also nach Norden.«

Sie waren zusammen beim Wodanshügel angekommen und gingen hinauf; er nachdenklich, die Lippen zusammengepreßt, mit Mühe an sich haltend.

Nun standen sie oben, und sie schaute sich um, als wenn sie eine Richtung suchte. In ihrem Gesicht arbeitete es gewaltig, und ihre Lippen bebten. Sie streckte die Hand aus, sah nach ihm zurück, die Augen voll Thränen.

»Da, Herr... auf dem Stein saß ich, und Sie standen hier!«

»Eva!« schrie er auf und griff mit den Händen an seinen Kopf und suchte ihre Hände und küßte sie und rief wieder: »Eva! Eva!« als läge mit einem Male in dem einen Wort alles, was er damals gefühlt hatte, und was ihn jetzt erschütterte, und seine Augen glänzten vor heißer Freude.

»Da!« sagte sie und legte das Armband in seine Hand.

»Behalte es … es ist doch dein.«

»Nein! … Nimm erst und hör' weiter; ich will rasch zu Ende eilen. Als wir in der Ziegelei ankamen, wurde mir ein Brief übergeben. Verwandte des Onkels sandten Geld und Gruß, sie hätten mich lange gesucht, ich solle zu ihnen kommen. So fuhr ich wieder nach dem Süden zurück. Wie ich da drüben, jenseits des Waldes vorbeifuhr, stand ich am. Fenster und versuchte, den Hügel zu sehen und den Bach und die Heide, und weinte, weil ich es nicht sah.

In der Nähe von Mainz kam ich in das Haus eines Landarztes. Ich wurde freundlich aufgenommen und mit dem gleichaltrigen Sohn als Kind des Hauses gehalten und wuchs heran und kam schon früh in eine geordnete, emsige Thätigkeit; und weil ich bald den ganzen Hausstand leitete und auch über den kleinen Landbesitz, über die Kühe und die Milch, die jeden Morgen in die Stadt geschickt wurde, und über den bedeutenden Gemüsebau die Aufsicht hatte und doch keinen baren Lohn empfing, glaube ich, daß ich dieser Familie nichts schuldig geworden bin. Als aber der Mann starb, wurde der Aufenthalt im Hause bald unleidlich. Die Mutter, welche gegenüber dem Gelde schwach war, fürchtete, daß der einzige Sohn seine Augen auf mich arme Waise würfe, und dieser Sohn war feige genug, mich geflissentlich zu meiden. Nur wenn ich einmal nötig war, wurde ich aus meinem einfachen Leben herausgerufen.

Da kam eines Tages der Sohn selbst, der damals Student war, zu mir, und nachdem er lange zwischen den Gemüsebeeten hin- und hergelaufen war, bat er mich, ich möchte bei einem großen Fest mitwirken, das seine Universität feiern wollte. Er studierte in Heidelberg.«

Heim Heiderieter sah verwirrt zu ihr auf: »In Heidelberg!«

Sie wehrte mit beiden Händen: »Ich ahnte wohl, daß seine Mutter von der Sache nichts wüßte, aber ich war jung und hatte eine heiße Neigung, gerade jenes Fest mit zu feiern. Ich sagte mir, da strömt eine Menge Studenten zusammen; und nach aller Berechnung, wenn der noch lebt, mit dem du einst auf dem Wodanshügel standst, und er hat in seinem alten Odysseus fleißig weiter gelesen, dann muß er jetzt Student sein.«

»Eva! Meine Eva!«

»Also! … Und nun geschah es, als ich im Festzug – denn um neben dem eitlen Jungen als stattliche Bürgersfrau zu erscheinen, hatte er mich nach Heidelberg mitgenommen – als ich so dahinzog, mit den Augen suchend … da, da sah ich Sie, Herr … Sie, wie Sie den Kopf zurückwarfen und den Hut im Nacken hatten. Und an den Augen und dem hellen Haar erkannte ich Sie.

O! Wie habe ich genickt und gewinkt und mich umgesehen, so daß ich fast auffiel; aber Sie sahen über uns weg nach dem Ottheinrichsbau hinauf und übersahen die kleine Freundin vom Bach und vom Wodanshügel … Bleiben Sie da stehen, Herr! …

Als der Festzug sich auflöste, nahm ich mir fünf oder sechs lustige Leute, es waren fast lauter Bekannte, und zog mit ihnen von Garten zu Garten, von Gasthof zu Gasthof, und die gingen gern mit, denn ich war sehr lustig und aufgeregt und sparte nicht mit schönen Blicken und guten Worten, nur damit sie nicht überdrüssig würden.

Und endlich fand ich Sie … Sehen Sie, Herr … ich war sehr aufgeregt von dem rauschenden, herrlichen Fest, von dem stattlichen Kleid, das ich trug, von den vielen Augen, die fröhlich und feurig in die meinen schauten und nun … Sie, an den ich seit zehn Jahren dachte, der Knabe von der Heide, der mir einst in einer Stunde so nahe trat, der zu mir gehörte, gerade zu mir und zu niemand anderm, und ich auch zu keinem andern als nur zu ihm. Es ist in der Stunde Wunderbares in mir vorgegangen … Ich hatte immer an den Knaben gedacht, ich hatte immer von dem langen Jungen geträumt; nur zuweilen hatte ich leise gedacht: er ist ein Mann geworden. Aber als ich Sie da stehen sah, so groß und stolz, größer als die andern, mit dem krausen Haar und Bart, da fuhr es wie heißes Feuer in mich, da ward in einem Augenblick aus dem Träumen Lieben. Wiedersehen und Abschiednehmen schüttelten in gleicher Weise meine Seele. Was sagen Sie?«

Sie stand gegen den Stamm der Birke gelehnt, die Augen voll Thränen, und wagte nicht, zu ihm aufzusehen.

»Was ich sage? Ein Sonntagskind bin ich!« brach er los. Er riß sie an sich und hielt sie wieder von sich: »Mein ist sie! Hört es, Wald und Heide!«

Nun sah sie endlich zu ihm auf, mit einem Blick so voll von warmem, reinem Glück, so voll von bräutlicher, nicht zu haltender Freude: »Nun bin ich dein,« sagte sie.

Im Hinuntergehen legte er die Spange um ihren Arm und schüttelte den Kopf und lachte und gebärdete sich wie ein Junge und sah scheu nach ihr hin, ob sie auch erschrak, und lachte wieder, als sie ihm mit strahlenden Augen ins Gesicht sah, und sagte immer wieder: »Das wird ein Leben! Das wird ein Leben!« Dann schüttelte er wieder den Kopf und sah sie zweifelnd an und sagte in wirklicher Herzensangst: »Sag’ mir noch, wie du hierher gekommen bist. Ich habe wahrhaftig Phantasie, aber dies...«

Sie lachte glücklich auf: »Wie ist es mir leicht und froh ums Herz, nun ich es dir gesagt habe!... Wie ich hierher kam? Nun... die Mutter des Jungen war nach Heidelberg gekommen, um den Einzigen in seinem Glanz zu sehen. Da sah sie mich neben ihm. Am andern Tag hieß es: ›Geh’ fort aus meinem Hause!‹ Was ich gethan und gedient hatte durch zehn Jahre, das war alles vergessen. Da ging ich. Wohin, fragst du? Wohin? Nach Norden! Erst nach Hamburg zu einer Freundin, die dort die junge Frau eines Kaufmanns ist. Und dieser Kaufmann ist mit dir auf dem Gymnasium gewesen und hat Verwandtschaft in eurer Stadt; er ist der Neffe vom Mönchshof.«

»Sei still!« sagte er. »Ich muß mich besinnen.«

Plötzlich stellte er sich breitbeinig vor sie hin: »So demütig hast du Schelm gethan! Hast mich immer ›Herr‹ genannt.«

Sie faßte seine Hände und sagte verlegen lachend: »Ich mußte wohl demütig sein; ich war dir ja nachgelaufen,« sagte sie leise.

»Wie hab’ ich mich benommen!« Er schob den Hut in den Nacken und sah bedenklich, mit krauser Stirn, über die Heide.

»Erst warst du sehr verlegen. Es war dir etwas ganz Ungewohntes; du hattest gar kein Selbstbewußtsein. Dann allmählich wurdest du stolz: das ›Herr, Herr‹ sagen, schmeichelte dir doch, und du nahmst dich zusammen und machtest Versuche, der Anrede Ehre zu machen. Dann stiegst du allmählich von deiner Höhe herab, und dieser Abstieg...«

»Weiter!«

»Und dieser Abstieg, bis du auf dem ebenen Feld deiner natürlichen Weise warst, war süß, war lieb. Täglich gewann ich dich lieber. Immer tiefer sah ich in deine Seele.«

Er nahm sie in seine Arme, lachend, aber ganz verlegen: »Komm!« sagte er. »Wir gehen nach Haus.«

Und da lag es schon im Abendlicht vor ihnen am Rand der Heide, behäbig, breit, wie mit Heide bewachsen. Die Heide war still, nur hier und da der Anschlag eines Vogels und vom Dorf her irgend ein verwehter Ton. Der ganze Himmel überm Meer leuchtete im Abendlicht und vergoldete die Augen der Braut und Heims Locken.

Durch die Lücke im Wall gingen sie dicht nebeneinander.

»Ich will dir noch etwas sagen,« sagte Eva Walt, »ehe ich als deine Braut in dein Haus trete: Ganz arm bin ich nicht, das kleine Erbe meiner Eltern ist treu verwaltet worden. Es sind gegen fünftausend Mark.«

»Dann bist du für Heim Heiderieter eine reiche Braut.«

»Überdies sind wir jung und kräftig.«

Er zuckte die Schultern, als traute er sich nicht viel zu.

Da machte sie eine drollige Bewegung mit den Händen, so wie die Frauen auf dem Lande thun, wenn sie den weichen Brotteig in den Händen drehen und kneten: »Ich kehr’ dich noch ganz um,« sagte sie, »und mach’ aus dir, was ich will.«

»So! So!« Er öffnete die Thür und ließ sie vorangehen. Als er ihr in den dunklen Gang folgen wollte, hörte er ihre Stimme von der Kammerthür her.

»Schlafen Sie gut, Herr!«

Ein leises, klingendes Lachen.
Ein klirrender Riegel.

Drittes Kapitel

Über Flackelholm lag ein weicher, stiller Nebel. Vom Lande her zog ein schwacher Wind gegen die steigende Flut. Von nah und fern in der Luft klang das Schreien der Möven, von Nordwest das dumpfe Donnern und Brausen des Meeres. Aber der Nebel verdeckte die Brandung.

Andrees Strandiger stand auf der Düne im Strandhafer und sah in den Nebel. In seinem Innern arbeitete es, tags im Wachen, nachts im Traum. Heute nacht im Traum war er wieder im Watt gewesen und hatte sich verirrt und hatte Flackelholm nicht finden können. Er, hatte immer Grund gesucht, festes Land; aber es war alles weicher Schlick gewesen. Jetzt im Wachen quälte er sich weiter, fragte unablässig nach dem Woher und Wohin, nach dem Warum und Wozu und fand keine Antwort und fand nirgends festes Land.

Das war es, was ihm fehlte: ein Grund, ein Land, ein neues Leben darauf zu bauen.

Er wandte sich nach der Hütte um, die seitwärts am Fuß der Düne stand, da saß Ingeborg Landt auf der Bank unterm Fenster und schaute traumverloren, die Hände im Schoß, über das stille, grüne Land. Sie war gestern mit Reimer Witt nach Flackelholm gekommen.

»Die ist hierher gekommen, mir zu helfen.«

Sie machte eine Wendung des Kopfes, und jetzt sah sie ihn. Da erhob sie sich mit einem starken Entschluß und kam mit raschen Schritten durch den tiefen Sand die Düne hinauf. Der Wind schlug ihr Kleid leicht zur Seite.

»Andrees, darf ich mit dir gehen?«

»Was soll es?« Er wandte sich ab. »Du hättest bei meiner Mutter bleiben sollen.«

»Ich bitte dich, Andrees, stoß' mich nicht fort! Ich will ja gehen, sobald ich sehe, daß du wieder Mut hast. Du solltest wenigstens mit mir sprechen.«

Er schüttelte den Kopf und sah verzweifelt vor sich hinaus und wollte gehen.

Da fing sie an bitterlich zu weinen. »Ich wollte mir und dir helfen; aber du willst nicht.«

»Wozu bist du hierher gekommen? Zu mir, dem nicht zu helfen ist! Dem unbrauchbarsten Menschen auf der Welt!«

»Ich bin ja deine Schwester. Deine Mutter ist meine Mutter geworden. Andrees! Um Marias willen!« Sie hob beide Hände zu ihm empor.

Da sah er sie an, zum erstenmal, seit sie auf Flackelholm war; und er erkannte die Ähnlichkeit zwischen Maria und ihr. Er hatte sie noch nie weinen sehen – sie kam nicht leicht zum Weinen – nun, in ihrer Herzensangst, war sie ihrer Schwester ähnlich. Dieser Gedanke strich mit weicher Hand über sein Gesicht, daß die Furchen sich glätteten, der Krampf sich löste, und die Augen ruhiger und weicher wurden.

»Komm' mit mir,« sagte er, »und rede!«

Sie gingen langsam auf der Dünenhöhe entlang, in weißem Sand und wehendem Strandhafer, umschwirrt von Möven, und sie überredete ihn mit seltenen Thränen, mit dem weichen Herzton der Stimme, mit den glänzenden, warmen Augen und den weichen Händen, die nach seiner Hand faßten, mit all der natürlichen Gabe, die der rechten Frau gegeben ist.

»Wie das alles kam, Andrees!«

»Ich war ein Bösewicht! Ach nein! Ich war weniger! Ich war ein schwaches Weib, ich … Andrees Strandiger!«

»Nein, Andrees! Du warst wie ein Fisch im Netz verstrickt und verwirrt, und indem du kämpftest, zogst du die Stricke fester. Du warst zu einfach, Andrees, zu treuherzig und zu starrköpfig. Als du in die Welt tratest, kamst du gleich in die Hände jener Leute. Du warst jung und unerfahren; da sahst du die Welt an, wie sie es dich lehrten. Du liefst mit ihnen und glaubtest, was sie schwatzten, daß es eine schöne Gegend wäre, durch die sie dich führten. Jahrelang gingst du mit ihnen, zuerst urteillos, fortgerissen, dann nüchtern, überlegend und schon hier und da angewidert, dennoch starrsinnig an dem festhaltend, dem du so viele Jahre gewidmet hattest. Du *wolltest* dich nicht geirrt haben!…Da sahst du die Heimat wieder. Sie sah dich an, sie packte dich, sie riß dich an ihre Brust. Du sahst wohl den öden, falschen Weg; aber du *wolltest* dich nicht geirrt haben! Andrees Strandiger sich irren?…«

»Was nützt es mir, was du sagst? Bleibe bei den Thatsachen! Die Heimat verraten, die Mutter betrogen, die Menschen brotlos und heimatlos, Maria im Grab. Denke das! Kannst du das? Lege das auf *deine* Seele und dann versuche, ob du einem Menschen ins Gesicht sehen magst! Es gab einmal einen stolzen Andrees Strandiger. Der ist zerrissen, sage ich dir, in Stücke gerissen! Wie eine Glasscheibe zersplittert, in die man mit der Faust schlägt! Die mach' wieder heil! Kleb' sie! Unsinn! Auf den Scherbenhaufen mit ihr!«

»Da hast du recht, Andrees! Das Alte ist dahin! Aber nun mußt du sagen: ›Ich baue ein Neues.‹«

»Auf dieser entsetzlichen Trümmerstätte? Ich habe keinen Mut dazu, das sage ich dir. Aus dem Weg mit dem Gesellen! Weg vom Sonnenlicht!«

»Andrees! ... Wenn du den Versuch machen wolltest, ein neues Leben zu bauen, einfach, fleißig, treu. Vielleicht eines Tags, während du gerade gebückt stehst und arbeitest und nichts ahnst, bekommst du wieder Mut und Kraft, daß du zu den Trümmern gehst und nimmst hier einen verbrannten Balken weg und trägst dort Steine zusammen ... Andrees! ... vielleicht könntest du es alles wegräumen.«

»Rede nicht! Was nützt das? Du kommst ja nicht bis ins Herz. Mit einem Messer kannst du hinkommen, nicht mit Worten! Siehst du nicht? Da liegt der Haufe! Marias Not! Der Eschenwinkel im Elend! Der Jammer meiner Mutter! Das neue Grab! Da liegt der Strandigerhof, mein und nicht mein. Ich habe ihn verspielt, verläufert, wie ein Junge auf dem Schulhof! Und das alles hat nicht irgend einer gethan ... irgend ein Hans oder Kunz ... das hat Andrees Strandiger gethan! Der feine, kluge Andrees Strandiger! Irrsinn! Geh' weg!«

»Du!« sagte sie mit funkelnden Augen. »Da liegt deine Sünde! Dein Herrgott hat dich geschüttelt, daß dir das Hirn zerrüttet ward, und du, du stehst da und sagst:, »Was werden die Leute sagen! Was ist aus dem stolzen Andrees Strandiger geworden!« Du ... du solltest den, der dich gestoßen hat, fragen: ›Was soll ich thun, Herr!‹« »Das soll helfen?«

»Was meinst du?! Wenn Er will« – sie machte eine werfende Bewegung mit der Hand – »dann ist der ganze Platz rein, von Trümmern keine Spur, und du kannst heute noch anfangen, ein neues Haus zu bauen, jetzt, auf der Stelle, auf reinem Grund!«

Er schüttelte den Kopf und sah finster in den Nebel hinein, und die ganze Mutlosigkeit lag in seinem Gesicht: »Ich habe kein Vertrauen, keinen Glauben.«

»Du willst Gott und die Welt und dein Leben mit deinem Grübeln erforschen; aber ich sage dir, du wirst es durch Vertrauen und Arbeiten erkennen. Laß die Trümmer liegen und sieh nicht in den Nebel, sondern nimm die Axt und bau' dir aus den Hölzern, die rings am Strand von Flackelholm liegen, ein neues Haus. In der ganzen Bibel ist mir kein Wort lieber, als wo Er gesagt hat, daß, wer Gottes' Willen thut, zu einem guten Vertrauen, zu einer weiten Erkenntnis und zu glücklichen Tagen kommen soll.«

Sie waren stehen geblieben und sahen über den weiten Strand, von dem der Nebel aufstieg. Langsam hob die Sonne über dem weiten Feld die Decke von Dunst. Mit weißen, starken Händen griff sie in die Wolken, nahm all' den Nebel in ihre heißen Arme, daß er sich in klare Luft wandelte. Ihre Strahlen glitten über die weite, tosende Brandung, da flog das Wasser donnernd auf, viele tausend Wellen hoben sich jubelnd, warfen Millionen schimmernde, weiße Perlenschnüre hoch in die Luft und grüßten die Sonne. Ihre Strahlen malten in den Wellentälern metallenen, blaugrünen Schein, und schossen die Mövenscharen, die im eilenden Zug blitzschnelle Wendung machten, im sausenden Flug und verfehlten keine einzige Möve: da glänzten unzählige weiße Flügel wie Silber im Sonnenlicht. Wer schießt so fein wie Frau Sonne?

Mit hellen, weiten Augen schaute sie über das Meer, wo hohe, stolze Schiffe zogen, und auf die Kirchen und Häuser, die fern ringsum am Strand der weiten Bucht standen. Spöttisch lächelnd umgoß sie den Leuchtturm, ihren stolzen Vertreter bei Nacht, die alte, graue Mauer, mit weichem Licht; freundlich lächelnd sah sie auf das Entenpaar, das dicht nebeneinander, in stolzer Haltung, mit zurückgebogenem Hals über den Wellenkamm glitt.

Die deine Meere nicht sahen, Heimat, kennen dich nicht. Sie kennen deine Größe nicht. Wer durch deine Wälder und Heide wandert und in deine Seen blickt, liegt an deiner Brust; er sieht deiner Augen Leuchten, deines Leibes Pracht, dein Atmen. Aber da draußen auf den Wellen, vom frischen Wind umweht, da sah ich dich ganz, von den weißen Füßen bis zum dunkeln Scheitel, in deinem schweren Mantel von schillernden, rieselnden, rauschenden Wellen, mit den weißen Borden der Brandung. Da war es, wo du sagtest: Singe ein Lied von mir! ...Wer dein Lied singen könnte, du schönes, stolzes Heimatland, und dessen, der über dir wachte!

Mit stillen Augen sahen die beiden in die aufgehende Herrlichkeit. Und als die Sonne allein Herrin war über Himmel, Land und Meer, wandte Ingeborg ihre Augen zu ihm: »Willst du es anfassen, Andrees?«

Da sagte er hoch aufatmend: »Ich will es versuchen, wie du gesagt hast, und ich danke dir auch. Und bleib' noch einige Tage bei mir!«

»Dann gehe ich zu deiner Mutter.« Einige Tage später ging Ingeborg mit dem kleinen Fritz, der ihr immer nachzulaufen pflegte, die Düne entlang; es war ein schöner, warmer Frühlingstag und schon ziemlich gegen Abend. Sie hatten einen kleinen Korb voll Möveneiern gesammelt, die zur Abendkost dienen sollten, kleine gesprenkelte Eier, wohl gegen fünfzig Stück. So viel fanden sie in diesen Wochen täglich. Alle paar Schritt lagen sie im heißen Sand, in kunstloser Höhlung, von dem dünnen Strandhafer wenig versteckt. Die Möven verfolgten, hin und her fliegend und lärmend, ihren Weg.

Als sie die Dünenreihe abgesucht hatten, begehrte der Kleine nach dem Strand. Die frischen, schäumenden Wellen, die, leicht übereinander getürmt, in langen Linien gegen das Land rauschten, ließen dem Kind keine Ruhe: »Wir wollen dahin ...du, Ingeborg!«

Da ließ sie sich von ihm fortziehen, über den flachen, festen, ebenen Strand gingen sie der Brandung entgegen, die sich nach links und rechts vor ihnen ausbreitete, so weit die Augen sehen konnten, meilenweit. Sie stand wie eine mannshohe Mauer, schaumgekrönt, unruhig wogend, steigend und fallend. Viele tausend blaue Wellen bäumten sich auf und warfen ihre weißen Kronen zu den Füßen des Landes in den Sand. Ein seiner, weißer Sand wehte wie Schneetreiben gegen die beiden an und baute hinter ihnen in täglicher Arbeit, in Tag- und Nachtschicht zu je sechs Stunden, die weiße Düne höher und höher, in deren Schutz das grüne Land anwächst und die Blockhütten stehen.

Über ebene, graue Erde gingen sie dahin, beide in dem Anblick vor ihnen versunken, beide nicht ohne Furcht; denn es sah aus, als wäre das Meer viel höher als sie, und als liefe es auf sie zu, und als wäre keine Rettung. Ingeborg lächelte über sich selbst und zog doch die weiße Stirn bedenklich kraus; der kleine Fritz sah oft zu ihr hinauf, oft nach der Düne zurück. Wenn er aber gegen die Brandung ansah, pfiff er und schlenkerte mit den Atmen und ging mit langen Schritten gegen den wehenden Sand. Dann standen sie dicht vor der Brandung.

Wie das schimmerte und sprühte, sich aufbaute und zusammenstürzte! Zehntausend Reiter auf schäumenden Rossen, fünf Reihen tief, stürmte es vorwärts und brach am Strandwall kopfüber zusammen.

Die Hand über die Augen, schaute Ingeborg lange in die Ferne; aber der Kleine, nach Kinderweise, griff nach dem Nahen. Er sprang mit seinen nackten Füßen in den stillen, flachen Teich, über den im Schutz der Brandung lange, leise Wellen gingen. Und plötzlich wollte er baden und begehrte, ausgezogen zu werden.

Da legte sie sich in die Kniee und entkleidete ihn und stand dabei, wie er bald sitzend, bald liegend, sich wühlend und dehnend, in dem klaren Wasser sein lustig Wesen trieb. Endlich sprang er auf sie zu und verstrickte sie in seine Arme und wollte durchaus, daß sie auch mit ins Wasser ginge, und als sie lächelnd den Kopf schüttelte, ließ er mit seinem Betteln nicht nach, bis sie mit bloßen Füßen und geschürztem Rock neben ihm durch das Wasser ging.

Und während sie spielten und der kleine Knabe an der Hand des schönen Mädchens stolz und gerade sich weiter wagte und im Eifer des Spiels und des Jauchzens das Kleid enger geschürzt wurde, griff seitwärts eine kleine Welle mit weißen, auslangenden Händen nach dem Lederschuh des Mädchens, warf ihn über Kopf leise lachend der Schwester zu, griff wieder aus, zerrte am Strumpf, faßte ihn mit weit auslangendem Griff und stieß und trug und langte und lachte, bis die Stelle leer war. Da sah Ingeborg sich um und erkannte den Schaden, und weil sie meinte, das Lachen zu hören, bedrohte sie das Meer.

Da stand Andrees Strandiger nicht weit von ihr und sagte: »Ich konnte es nicht hindern.«

Sie nahm in der Eile den Kopf des Kleinen in ihre Hände und sagte: »Was machen wir nun, Fritz?«

»Laufen so nach Haus!« sagte er gemütlich.

Es blieb auch nichts anderes übrig.

Da gingen sie nebeneinander schräge über den Strand nach der Hütte zu, die fern von ihnen mit ihrer Balkenlage und Fahnenstange über die Düne schaute, und Ingeborg sah zuweilen nach Andrees hin. Aber sie konnte den Ausdruck seines Gesichts nicht erkennen; denn in den letzten Wochen war kein Schermesser an sein Haupt gekommen, ein dunkler Bart war um seine Lippen gesprossen und verdeckte die Linien seines Gesichts.

»Was hast du?« sagte Ingeborg. »Bist du traurig?«

»Antje ist angekommen,« sagte er, »und hat einen Brief von Heim mitgebracht.«

»Was schreibt der Gute?«

»Etwas Gutes und etwas Böses.«

»Zuerst das Böse.«

»Sechs Familien aus dem Eschenwinkel, im ganzen dreißig Menschen, wandern nächste Woche nach Amerika aus.«

Sie schwiegen beide und gingen still nebeneinander.

»Du mußt auch das überwinden, Andrees.«

»Ich bin's, der sie aus der Heimat treibt.«

Sie legte die Hand auf seinen Arm: »Ich bin dein Kamerad, Andrees, und will es immer bleiben; auch hast du Heim und Reimer. Wir stehen treu zu dir.«

»Ich hatte nicht gedacht, daß sie fortgehen würden; aber was sollten sie? Sie waren überflüssig. Auf den Feldern des Strandigerhofs arbeiten polnische Männer und Frauen.«

»Du hättest sie wohl auch nicht gehalten, Andrees; es ist ein Zug im Volk. Sie haben Verwandte dort; einer zieht den andern nach sich übers Meer. Wenn es jetzt als Leid erscheint, wer weiß, vielleicht ist es ihr und ihrer Kinder Heil.«

»Doch ist hier Heimat und dort Fremde ... Und die starke Kraft des Volkes geht weg wie aus einer offenen Ader; was dafür herzieht, ist minderwertiges, fremdes Blut. Zu solchem Tausch habe ich meine Hand gereicht.«

»Es bleiben noch viele zurück, Andrees, denen du helfen kannst ... Und das Gute, das Heim berichtet?«

»Eva Walt ist seine Braut geworden. Er schreibt im höchsten Übermut und kaum verständlich. Er hat sie schon als Junge auf der Heide gesehen und nachher in Heidelberg. Wie ist das möglich? Er schreibt ganz närrisch.«

Sie schwiegen eine Weile.

»Was meinst du, Andrees, ob sie glücklich werden?«

»Ich glaube wohl; sie hat so etwas Praktisches und Starkes, und ich denke, sie wird ein treuer Kamerad; das ist die Hauptsache.«

Da dachten sie beide daran, daß Ingeborg eben gesagt hatte: »Ich bin dein Kamerad.« Und sie schwiegen wieder.

Auf dem reinen, harten Erdboden, über den sie gingen, lagen in zierlichen, gebogenen Linien kleine Erhöhungen, vom Wellenschlag der Fluten gemacht. Der kleine Fritz, der seinen ganzen Lebensweg bis hierher barfuß gemacht hatte, schritt wacker über den unebenen Boden; Ingeborg aber konnte bald den Schmerz nicht länger ertragen. Er trieb ihr die Thränen in die Augen, und nach einer Weile mußte sie bitten, daß man ein wenig still stände. Aber selbst stehend fühlte sie den bösen Schmerz. Da bat sie, daß die beiden vorausgingen.

»Er kann dich ja tragen,« meinte Fritz.

»Laß mich, Ingeborg! Maria ist tot; ich will dich an ihrer Stelle auf den Händen tragen. Du thust so viel für mich.«

Sie stand und rührte sich nicht.

Da bückte er sich und hob sie auf: »Ich will dich in Ehren halten, du treuer Kamerad.«

Als er sie am Abhang der Düne aus seinem Arm ließ, sagte sie: »Soll ich nun zu deiner Mutter gehen?«

Und noch einmal bat er: »Bleibe noch einige Tage!«

So half sie ihm die Gegenwart ertragen und ohne Grauen in die Zukunft sehen.

Viertes Kapitel

Ein trauriger Anblick.

Im langen Zug gingen die polnischen Arbeiter durch die Felder des Strandigerhofs, standen auf den Äckern und hackten, und vor ihnen stand der Vogt. Zuweilen drangen die fremden Laute seiner heisern Stimme bis gegen die Wände des Eschenwinkels und bis zum Aukrug, wo Heim Heiderieter hinter dem Pflug herging, der die Brache zum zweitenmal aufriß. Dann schüttelten die Frauen im Eschenwinkel die Köpfe und redeten von der wunderlichen und harten Zeit und von dem fremden Land, dahin sie ziehen wollten, und Heim Heiderieter, bei all seinem sonstigen Glück, sah schwermütig darein.

Abends saßen die Eschenwinkler am Abhang der Düne, im Heidekraut, Männer und Frauen; ihre Kinder spielten am Wehl. Dann kam das fremde Volk, wohl dreißig, vierzig hintereinander, wie eine Schar schnatternder Gänse des Wegs entlang, sahen weder rechts, noch links, hatten die Augen hinter den roten Kopftüchern verborgen und warfen nur scheue Blicke nach dem Volk des Landes, das sie aus Brot und Heimat trieben. Dann war es sonderbar zu beachten, wie die kleinen Eschenwinkler, die am Wehl saßen, spotteten, und wie Heinrich Schütt, der einzige, der einmal eine Indianergeschichte gelesen hatte, behauptete, solche Leute wolle er in Amerika mit dem Lasso fangen und auf seinem Feld arbeiten lassen. Die Frauen aber am Heideabhang ließen den Strickstrumpf sinken, die Männer bissen gedankenvoll auf ihre Pfeifen: so ließen sie den Zug still, ohne Bemerkung, mit beobachtenden Augen vorübergehen. Nachher redeten sie wohl eine Zeit lang über das Allgemeine, daß sie mehr Ansprüche ans Leben machten als jene, die hinter den Ulmen des Strandigerhofs verschwanden; daß sie, die sie Deutsche wären, nicht in Herden vor dem Vogt arbeiten könnten, und daß die Not da läge, da: daß sie kein Land hätten, gar kein Land, daß die Landleute rund umher selbst sagten: der Arbeiter, der etwas Land hat, ist der treuste und beste, und daß der alte Arbeiterstand im Land mehr und mehr verschwände und geringere Leute in ihre verlassenen Häuser zögen, und daß sie von der Fremde bekommen würden, was die Heimat ihnen verweigere: Land!

Über diese Dinge wurde in Rede und Widerrede, in einfacher, ruhiger Weise verhandelt, ohne Bitterkeit, ohne Zorn.

Hei, Probislav! du Springer vom Wodansberg! dich ließen sie nicht ruhig in den Hütten wohnen, die dir nicht gehörten und in dem Land, das nicht dein war. Über dich kamen germanische Fäuste, sächsische Äxte! Das war eine andere Zeit, Probislav!

Nur wenn Schütt zugegen war, der die Branntweinflasche in der Rocktasche trug, dann gab es bittere, harte Worte; das heilige Wort »Heimat« wurde mit Verachtung genannt, und des Vaterlandes wurde gespottet und der Kaisername in den Staub gezogen. Aber kein anderer sagte solche Worte, nur dieser Peter Schütt, der Enkel von Thoms Schütt, dem Säufer. Zuweilen kam Heim Heiderieter von der Düne herunter, und Eva setzte sich zu den Frauen. Sie wurde gern aufgenommen; denn sie gab sich einfach und natürlich und erzählte treu von guten und bösen Tagen, die sie erlebt hatte, und von dem fernen, schönen Land, wo sie geboren war, und von jener ersten Fahrt ins Holstenland. Heim aber hatte eine gewaltige Karte von den Vereinigten Staaten auf den Knieen, und es gab einen Knäuel von Menschen und Rauch um ihn und über ihm; denn er galt dafür, daß er jeden Katzensteg drüben kannte; und es wurden Anforderungen an ihn gestellt, die ihn der Ehrenmitgliedschaft der geographischen Gesellschaft würdig gemacht hätten, wenn er sie hätte befriedigen können.

Bei den Frauen entwickelte die alte Thielsche, in ledernen Pantoffeln auf einem Heidebult sitzend, zum zwanzigstenmal, warum sie nicht mit nach Amerika wolle. »Erstmal das Wasser, Kinder! Mich gruselt, wenn ich daran denke! Und dann ist da das Monatliche von Heinrich. Soll ich aus dem Land laufen, für das er gestorben ist? Und dann ist da das Grab von Thiel und den Kindern. Fünf Kinder, Eva! Hast du das schon gesehen? Jedes hat sein kleines Holzkreuz. Telsche Spieker sagt, sie will alles rein halten; und sie thut es auch, wenn sie es versprochen hat; aber wenn ich mir das nun ausdenke: sie sehen doch lieber, wenn ich es selbst thue.«

So sagte sie. Dann fingen die andern an, ihr zuzureden: »Du wirst viel Spaß davon haben, Thielsche, wenn du deine Enkel sehen wirst.«

Dann redete sie von den Enkeln: »Es sind wohl schon sechzehn, Eva! Es kommen durchweg jedes Jahr zwei zu. Ich habe da ja vier Töchter, Eva.«

Und plötzlich wurde sie lebhaft und erhob ihre Stimme: »Wenn ich nicht auf den Pellwormer passe, wird der noch unklug und geht in seinen alten Tagen mit nach Amerika. Er sitzt den ganzen Abend vorm Gesangbuch und singt Nummer 438, der alte Mensch!«

Telsche Spieker, die neben Eva saß, wandte sich zu der Alten: »Das mußt du nicht sagen, Thielsche. Der Pellwormer denkt wohl nicht an Auswandern; aber er denkt an die, welche fortgehen.«

»Laßt den Pellwormer in Ruhe, das ist einer von Maria Landts Sorte!«

»Maria Landt!«

»Daß die auf dem Kirchhof liegt!«

»Franz Strandiger ist doch ernster geworden.«

»Junge, hol' mal das Gesangbuch; es liegt in der Lade. Kneife dir die Finger nicht!«

»438!« ... Heim las mit lauter Stimme das alte Reiselied.

»Siehst du, der Pellwormer denkt an uns.«

Dann war es eine Weile still.

Danach kam wieder einer zu Heim, und der Sprachgewaltige mußte die Freikarte übersetzen, die sorglich in Papier eingewickelt, aus der Brusttasche gezogen wurde. Staunend und voll Befriedigung vernahmen sie den Sinn der Worte.

Die andern aber redeten durcheinander: von Hausgerät, das wert wäre, mitgenommen zu werden, von dem Schinken, der im Rauchfang hing und mitfahren sollte, von den Verhältnissen der Verwandten und von ihren Hoffnungen. Und hierbei blieben sie, bis die Sonne unterging.

Und wenn einer genau aufgemerkt hätte, mit einem feinen Ohr, dann hätte er immer wieder das eine Wort gehört: »Land! Land!« Ja, das Wort ist viel genannt worden in jenen stillen Maitagen am Abhang der Heide, gleich zu Süden vom Heidehof.

Dann ging überm Deich die Sonne unter. Sie vergoldete Wasser und Land und legte in die Augen der Menschen, die im Heidekraut saßen, warmen Schein. Sie sahen alle nach ihr hin; dann gingen sie auseinander. Nach vier Wochen steht der eine hier, der andere dort an der Thür einer Farm, und über den welligen Hügeln Iowas geht die Sonne unter, dieselbe Sonne und doch eine fremde.

Zwei aber waren nie auf der Heide: Hinnerk Elsen und Anna Witt ... Anna Witt saß in der niedrigen Stube und stichelte den ganzen Tag an den Kleidungsstücken, die sie mitnehmen wollte; denn sie wollte mit nach Amerika, sie allein von den Witts, ein vergrämtes Mädchen, eine traurige Reisende. Hinnerk Elsen kümmerte sich nicht um sie; er hatte kurz gesagt, sie wäre ihm nicht ordentlich genug. Er hatte ebenso wie sie den Strandigerhof verlassen und arbeitete zwei Stunden weit an einem Straßenbau und ging selten an ihrem Fenster vorüber zu der alten Thiel, die seit Jahren schon seine Wäsche besorgte. Wenn sie ihn sah, wie er stolz und steif, den Blick geradeaus gerichtet, vorüberging, sank ihr Kopf tiefer, bis er auf der Tischplatte lag und der Körper unter Leid und Thränen aufzuckte.

Am Sonntagmorgen, dem Tag der Abreise, war die kleine Kirche voll besetzt; denn man wußte, daß die Auswanderer zum Abendmahl gehen würden. Auch wußten alle, daß Pastor Frisius eine besondere Predigt halten würde. Er hatte die Gewohnheit, Ereignisse, welche die Gemeinde erregten, in das Licht von Gottes Wort zu stellen.

Nun hörte man aber seit einigen Tagen, daß er krank sei. Gleich nach der Rede, welche er an Marias Sarg gehalten hatte, konnte er nicht ohne Hilfe vom Kirchhof nach Haus gehen und fiel gegen Abend in hohes Fieber. Seitdem kränkelte er und konnte das Zimmer nicht verlassen, sah trübe aus den sonst so blanken Augen, ging wie ein alter Mann und war immer in tiefen und, wie es schien, traurigen Gedanken. An jedem Abend kam das Fieber und quälte ihn bis nach Mitternacht.

Der Pellwormer, der zuweilen den Klingbeutel trug, kam vom Pastorat und ging durch den Steig und sagte nach links und rechts, der Pastor sei krank, werde aber doch gleich kommen und vom Altar aus zu den Auswandernden sprechen; dann werde das Abendmahl gefeiert werden.

Gleich darauf trat er müde und blaß herein, und nach einer kurzen Altarhandlung, und nachdem das Reiselied gesungen war, sprach er vom Altar aus zu den Auswanderern, die mit Frauen und Kindern in den ersten drei Mittelstühlen saßen, im ganzen nun vierunddreißig Köpfe; denn es hatten sich vier aus dem Dorf dazu gefunden. Sie waren alle gekommen, auch Schütts Familie. Die Frau saß gedrückt und verweint da, die Kinder eingeschüchtert; er selbst fehlte. Er hatte heute morgen gespottet und geflucht: »Ich ziehe den alten Gott und die alte Heimat aus wie einen schlechten Rock und kaufe mir was Neues; es ist drüben billig zu haben.« Dwengers wären gerne mit ausgewandert; aber es war keine Freikarte für sie angekommen; nun hatten sie im Dorf, nicht weit vom Kirchhof, eine Wohnung gemietet, in jenem Haus, das jetzt ihr eigen ist, in welchem sich auch die Loge der Guttempler befindet, deren Vorsteher nun schon seit Jahr und Tag Christoff Dwenger ist. Reimer Witt war heute in der Frühe von Flackelholm gekommen, war gleich mit einem Brief zu Heim gegangen und saß nun in der Kirche, um zum letztenmal mit seiner Tochter am Altar zu stehen. Sie saß neben Telsche Spieker im Frauengestühl, verweint und fast verzweifelt.

Die alte Thiel saß unter dem dicken, schwarzwollenen Umschlagetuch, pustend und schwer atmend, während ihr die Thränen über die vollen Backen liefen. Sie hatte sich in letzter Stunde entschlossen, mitzufahren. Nun kämpfte in ihr Heimweh und Sehnsucht nach den amerikanischen Enkelkindern und der Gedanke an das Grab bei Metz; und sie wäre zerrissen worden, da so viele und mannigfache Gedanken in ihr arbeiteten, wenn sie nicht so stark an Körper und Geist gewesen wäre. Sie hatte übrigens, nachdem sie sich bei Heim Heiderieter Rat und Auskunft geholt, ob es wohl anginge, beschlossen, die Reise in ledernen Pantoffeln zu machen, welche Schuster Ketels gemacht hatte. Sie hatte ferner durch einen Brief aus Iowa erfahren, daß ihre Tochter Therese, nachdem sie sechs Jahre in Kalifornien gewohnt, im vorigen Sommer nach Australien ausgewandert sei. Diese Nachricht machte ihre Beunruhigung vollständig, denn sie hatte das Wort Australien noch nie gehört, und Heim bemühte sich vergeblich, ihr mittels eines Torfkorbes, den er als Globus in der erhobenen Hand hielt, klar zu machen, wo das sonderbare Land läge.

Hinter den Auswandernden saßen die Verwandten und Nachbarn aus dem Dorf, unter ihnen der Pellwormer im langen Rock mit engen, am Handgelenk ein wenig geschlitzten Ärmeln, wie es vor vierzig Jahren Mode war, und im schwarzseidenen Halstuch. Ganz hinten, unter der Orgel, saß Hinnerk Elsen, in schwarzem Rock und weißem Kragen, sehr gerade und ordentlich. Nur zuweilen bog er sich ein wenig seitwärts und sah mit gerecktem Hals nach Anna Witt hinüber und zog die Augenbrauen hoch und machte ein mächtig ehrenwertes Gesicht.

Im Heiderieterschen Stuhl aber, hinter der Eichenthür mit den gotischen Türmchen, unter dem Epitaph der Heiderieter, saß Heim und neben ihm Eva Walt im schwarzwollenen Kleid und einen Myrtenkranz im dunkeln Haar. Die Auswanderer hatten gesagt: »Mache Hochzeit, Heim, ehe wir reisen.«

Da hatte Heim zu Eva gesagt: »Du ... wir müssen an dem Reisesonntag Hochzeit machen. Was sagst du dazu?«

Sie hatte die Thür schon in der Hand und sich nicht umgekehrt und in ihrer raschen Weise gesagt: »Wie du willst, Herr!«

Er sprang ihr nach: »Ich habe darüber nachgedacht. Wo sollen die Auswanderer am Sonntag essen?«

»Bei uns auf der großen Diele! Bunten Mehlbeutel und Speck! Ist schon alles überlegt und angeordnet.«

Da hatte er sie erst mit großen Augen bewundernd angesehen; dann war er, froh wie ein Junge, mit seinen langen Beinen die Düne hinabgestolpert und hatte alle zu Sonntagmittag eingeladen.

Pastor Frisius stand am Altar und redete von Haus, Herd, von Taufen und Hochzeiten und Gräbern, von Idstedt und Gravelotte, von Spaten und Kleigräben, von brauner Heide und grünem Deich und dem dunkeln Mehl dazwischen, von Schweiß und Schwielen. Er sagte zu den Großen, sie *könnten* die Heimat nicht vergessen, und zu den Kleinen, sie *sollten* sie nicht vergessen. Er sprach von dem, der Herr ist auch über das Meer, auch jenseits des Meeres, dem auch Iowa gehört; dem alle Menschen gehören; der auf seine wandernden Kinder sieht.

Er redete vom Wandern. Wie alle Menschen Perlen suchten. Erst als Kinder im Sand, dann in jungen Tagen in der Luft, dann im Mannesalter auf der Erde; dann zuletzt unter der Erde. Wir seien aber auf die Reise geschickt, vor allem nach einer köstlichen Perle zu suchen, nach einer einzigen, viel Ehre werten Perle, nach einer Perle, rein wie Gottesauge, hell wie Sonnenauge, süß wie Mutterauge. Diese Perle ist das Himmelreich. ›Hunger nach Land treibt euch aus der Heimat, vergeßt nicht das ewige Land.‹

Dann redete er noch in kurzen Sätzen von dem Inhalt, der Schönheit und der Kraft des christlichen Glaubens. Er sprach einfach und schlicht, mit den starken Ausdrücken und den Begriffen, welche seine Hörer kannten. Wäre ein Fremder in der Kirche gewesen, er hätte genau sagen können: So haben diese Leute gelebt! Das ist ihre Arbeit gewesen! Das ist ihre Liebe und das ihre Hoffnung!

Nachher traten sie an den Altar, zuletzt Heim und Eva. Als Pastor Frisius ihre Hände vereinigt hatte, hielt er sich nur mit Mühe aufrecht. Am Arm des Pellwormers ging er schräg über den Kirchhof in sein stilles Haus.

In der birkengeschmückten Dreschtenne stand Heim und rief die Männer beiseite und sagte zu ihnen: »Ich soll euch einen Gruß von Andrees Strandiger sagen; und damit ihr seht, daß ihm leid ist, was hier auf Strandigerhof geschehen ist, giebt er jedem von euch Verheirateten fünfhundert Mark und jedem Ledigen zweihundert. Auch dir, Anna. Hier, Kind, nun wein' nicht! Stecke es gut weg! Er bittet euch, daß ihr nicht so hart von ihm denkt.«

Sie nickten alle, redeten gute Worte und ließen ihn grüßen, sagten auch, daß sie an ihn schreiben wollten.

Danach saßen sie um den langen Tisch, der von dem einen Ende der Dreschdiele bis zum andern reichte, oben Heim und Eva, rechts Reimer Witt, links Haller, dann der Pellwormer, dann die andern: Kinder und Eltern durcheinander. Telsche Spieler lief hin und her, trug Speisen auf und schenkte aus der Tonne das Braunbier. Wenn sie einige Bissen genommen hatten, setzten sie die gabelbewaffnete Rechte aufs Knie und griffen nach dem Bierglas.

Der Rest der Eschenwinkler und die nahen Bekannten aus dem Dorf, die in der Heimat blieben, standen auf dem Weg oder in dem weitgeöffneten Thor oder kamen zu den Essenden herein, stellten sich hinter sie und sprachen noch dies und jenes. Die alte Gruhlsche vom Sandweg machte an diesem Tag ihren letzten Gang durchs Dorf; sie kam, auf den Stock gestützt, und brachte Brief und Gruß an ihren Sohn in Davenport. Brief und Gruß sind richtig bestellt worden, aber als der Sohn den Brief las, lag die Mutter schon in der Erde.

Die Sonne warf warme, leuchtende Strahlen in die Diele. Sie schauten oft hinaus. Dort in der Ferne blinkte das weite Meer. »Morgen abend sind wir auf deinen Wellen.«

Es wurde kein Lachen laut, kein lautes Wort wurde gesprochen, keine Rede gehalten. Nur Heim stand auf und hob sein Glas und sagte mit blassem Gesicht: »Gott mit euch!« und winkte und setzte sich. Und Lehrer Haller stand nach ihm auf, wollte wohl noch mehr sagen, sagte aber nur: »Ihr seid fast alle bei mir in der Schule gewesen und habt meinen Stock gefühlt.« Weiter kam er nicht; aber er hob mit drohender Gebärde die Hand, daß sie ihn verstanden. Es zuckte gewaltig um seinen Mund, und seine Augen waren mit einem Male voll von Thränen.

Wer sonst ein Wort zu seinem Nachbar sagte, der räusperte sich und hustete. Es war ihnen allen, als wenn sie eine fremde Sprache und einen fremden Ton im Munde hatten; sie sahen sich mit blassem Gesicht an und jeder wußte, was dem andern durch die Seele fuhr.

Vom Heideberg aus, zu Süden von Heims Haus, sahen sie zum letztenmal über Land und Sand und Meer. Die Heimat warf sich noch einmal an ihre Brust, herzte und küßte sie, und es ward ihnen schwer, sie wegzustoßen und zu sagen: »Wir gehen und kommen nicht wieder.«

Dann gingen sie alle den Dorfweg entlang nach dem Bahnhof.

Der alte Pellwormer ging zwischen den Kindern, der junge Rohde neben seinem Vater. Die Mutter war zu Haus geblieben.

»Grüß' deine Brüder und Schwestern!« sagte der Alte.

»Vater, nun bleibt ihr allein.«

»Ja, das ist so der Welt Lauf.«

»Vater … sag' mal, was wollt ihr abends thun? Die Zeitung kommt nur zweimal in der Woche. Du rauchst deine Pfeife und Mutter strickt; aber wovon wollt ihr sprechen? Und für wen soll Mutter stricken?«

»Es wird wohl etwas stiller bei uns werden. Mutter ist jedesmal stiller geworden, wenn einer von euch fortging. Die ersten beiden Kleinen verloren wir; dann ging Heinrich mit sechzehn Jahren fort, dann die beiden Mädchen, dann Jürgen, nun du.«

»Wollt ihr nicht vielleicht nachkommen?«

Der Alte schüttelte den Kopf: »Mutter verläßt die Gräber und das Dorf nicht. Sie ist ja hier gebürtig.«

Es schnürte dem Jungen die Kehle zu: »Hast du gesehen, daß Mutters Haar ganz grau ist?«

»Ja, du nicht? Mutter ist nicht stark. Sie litt zu viel bei deiner Geburt.«

»Erst heute sah ich das graue Haar … Wenn ich nur wüßte, was ihr des abends thun wollt?«

»Da sorg' man nicht!«

»Wenn ihr so still sitzt, und Mutter sieht vor sich hin auf den Fußboden … denn zu stricken hat sie wahrhaftig nichts!«

Sie gingen eine Weile nebeneinander. Nun kam die Biegung, wo sie zum letztenmal das Haus sahen.

»Vater … ich spring' noch rasch zurück und will nachsehen, was Mutter treibt.«

Und er sprang zurück und trat in die offene Thür und sah in die Stube und fand sie nicht. Da saß sie in der Küche auf dem Herd von Rotsteinen, die Hände gefaltet im Schoß, gebeugt, den stillen Blick ins Leere vor sich hingerichtet, und ihr Haar war grau.

»Mutter! Ich will … hier bei dir bleiben, und wenn ich auch nie Land und Pferde bekomme. Ich kann dich nicht allein lassen.«

Und als der Junge nicht wiederkam, ging der Vater zurück und fand die beiden noch auf dem Herdrand sitzend, und zum erstenmal, seit er kein Kind mehr war, hatte der große Junge seine Arme um seine Mutter gelegt.

So blieb Wilhelm Rohde in der Heimat, deshalb, weil er meinte, daß seine Mutter nichts zu thun hätte, wenn er fortginge. Er wohnt jetzt zu Süden des Waldes auf anderthalb Hektar Geestland, die ihm Andrees Strandiger billig überlassen hat, in einem neuen Haus und geht jeden Morgen, wenn der Tag graut, über die Heide und tagelöhnert auf Strandigerhof. Sein Vater hat die Sechzig nicht erreicht – die Ruhr von Metz hatte seine Lebenskraft geknickt –, seine Mutter aber, jetzt eine alte Frau mit weißem Haar, wohnt bei ihm und hat genug zu thun; denn Bertha Witt, die er sehr jung gefreit hat, hat ihm schon zwei Kinder geboren.

Auf dem Bahnhof spielte Schütt auf der Harmonika, die er mitgenommen hatte, irgend eine heitere Weise und fing auch an, danach zu singen. Aber das fand keinen Gefallen, und Heim nahm ihm das Ding weg und sagte zu einem andern, der nicht mitreiste: »Spiele ›Schleswig-Holstein, meerumschlungen‹!«

Das wurde gern gehört. Der vierte Vers wurde von einigen, die in der Heimat blieben, gesungen:

> Gott ist stark auch in den Schwachen,
> Wenn sie gläubig ihm vertrau'n.
> Zage nimmer, und dein Nachen
> Wird trotz Sturm den Hafen schau'n.

Die Auswanderer hörten mit gesenktem Blick zu und bezogen alles auf sich.

Dann kam der Zug.

Am traurigsten war Anna Witts Abschied; sie konnte sich nicht von ihrem Vater reißen. Am Ende faßte Schütt, der angetrunken war und laut lachte und sagte, man solle die sogenannte »Heimat« grüßen, das weinende Mädchen hart an und zog sie in den Wagen. In diesem Augenblick betrat Hinnerk Elsen in ziemlicher Aufregung den Bahnsteig und sah die Scene. Der Zug fuhr ab. Die Fenster waren voll von winkenden, thränenvollen Augen. Von Anna Witt war nichts mehr zu sehen.

An diesem Abend war es im Eschenwinkel und auf der Heide still. Sie saßen nun alle in ihren Häusern und beredeten die Größe des Tages.

Über die Heide gingen Heim und Eva, mit ernsten Gesichtern, aber doch froh bewegt. Ihr Hochzeitstag war ernster, als sie sich ihn gedacht hatten. Der stumme Jammer, den sie in so vielen, sonst so gleichgültigen Gesichtern gesehen hatten, hatte ihnen ans Herz gegriffen. Erst der Friede, der über der stillen Heide lag, führte sie zu der schönen Gegenwart und zu ihren eigenen Sachen zurück.

»Im Sommer mußt du draußen arbeiten, Heim, den ganzen Tag, sehr fleißig! Nur abends darfst du wohl diesen oder jenen Gedanken flink niederschreiben.«

»Soo ...!«

»Wenn dann aber der Winter kommt, verwalte ich mit dem Knecht das ganze Haus. Dann kannst du am Schreibtisch sitzen.«

»So lange es währt.«

Sie schüttelte seinen Arm: »Unterbrich mich nicht! Also ... du mußt was Ordentliches schreiben! Nicht so einen windigen Sang! Etwas Ernstes! Das man mit Händen anfassen kann, ohne daß es zerbricht. Von Sünde und Sorge, Heimat und Vaterland, treuer Liebe und ehrlicher Arbeit. So recht Deutsches und Einfaches, wie Reuter und Freytag geschrieben haben, so etwas für das ganze große Volk, was der Gebildete gern liest und auch der einfache Mann.«

Er wollte sie wieder unterbrechen; aber als sein Arm wieder geschüttelt ward, begnügte er sich damit, sich selbst zu sagen, was er ihr sagen wollte: »Die faßt kräftig in die Zügel der Regierung des Heidehofs.«

»Siehst du ...« fuhr sie fort, »was wir heute erlebt haben, diesen Abschied von der Heimat, das ist ein rechtes deutsches Bild. So sind Millionen Deutsche aus der Heimat gezogen.«

»Du vergißt ganz und gar, daß heute unser Hochzeitstag ist.«

»Höre doch, Heim!! Vielleicht könntest du ja zuerst einen Stoff aus der Vergangenheit deiner Heimat nehmen.«

»Einen historischen Roman?«

»Na ja.«

»Mag ich nicht mal lesen, viel weniger schreiben.«

»Du liest doch Freytag gern und Ekkehardt?«

»Am liebsten les ich in deinen Augen! Komm her! Wie fein du bist! ... Leg' doch ein einzig Mal den Arm um mich!!«

»Hier nicht, Heim.«

»Du hast es überhaupt noch nicht gethan.«

»Nachher im Haus, Heim.«

»Komm! Wir gehen nach Haus. Die Sonne geht unter.«

Sie ging sehr langsam und hielt ihn am Arm zurück.

»Die Luft ist so rein und schön und der Himmel so blau ... Die Kartoffeln kommen gut auf; wir müssen nächste Woche hacken. Sage mir, wieviel können wir auf dem Hektar bauen, wenn das Jahr leidlich gut wird?«

»Es ist leichter, guter Boden: hundertfünfzig Tonnen.«

»Und die Tonne?«

»Wollen sagen: drei Mark fünfzig Pfennige.«

»Sind so und so viele Mark.«

»Der Landmann, mein Deern, muß dreimal rechnen!«

»Ei ... das wäre!«

»Ja, siehst du! Erstmal, wenn er säet, ob's aufkommt!«

»Sie kommen auf!«

»Dann: wenn's aufkommt, ob's geerntet wird!«

»Ja ... so!«

»Endlich: wenn er geerntet hat, ob er was dafür kriegt!... Siehst du, Kind Eva! So ein Rentner! Der rechnet nur einmal! Schere her! Ab! Das Geld klirrt zugleich mit der Schere auf den Tisch. Du hättest dir einen Rentner nehmen müssen!«

»Einen jungen Rentner? Langweiliges Gesicht ... Schlafrock ... schaut zu, wenn das Mädchen die Stube feudelt ... thut es zur Not selbst ... gräßlich.«

»Ei Wetter! Wo hast du das her?... Dann hätt'st du dir einen Beamten nehmen müssen! Da bekommt die Frau monatlich am Ersten, mittag halb zwölf, ihr Geld: Da, Lieselotte! Und der Herr nimmt sich sein Biergeld, teilt's ein: es stimmt!«

»Nein! Ich mag keinen Beamten. Viele trinken täglich Bier, und das ist ein Greuel; man wird auch dümmer davon, Heim! Andere lesen immer Zeitung. Was haben die Beamtenfrauen von ihren Männern? Sie denken noch nachts im Traum an ihre Akten, Schulen, Gänge, Reden und an ihren Stammtisch. Viele werden auch seltsam, wenn sie alt werden, und meist gerade die Treuesten.

Der Landmann ... geh' nicht so rasch, Heim ... der Landmann ist der vollkommenste Mann! Das heißt: er *kann* es sein. Er kann es am ehesten sein. Freilich: er muß etwas gelernt haben und muß doch einfach bleiben. Er muß selbst den Spaten anfassen, und es muß seine Ehre sein, mit dem Pflug und dem Saatsack über sein Land zu gehen. Seine Frau hat Ansehen bei ihm, darum, weil sie das ganze Hauswesen in Kopf und Händen hat und alles am besten versteht. Der Mann führt die Zügel draußen, sie drinnen.«

»Wir sind Mann und Frau! Wie fein du aussiehst!! Komm! Laß uns nach Hause gehen!«

»Die Frau des Landmanns... Laß dir doch Zeit, Heim... es ist noch ganz hell... die Frau des Landmanns hat den Mann fast immer in der Nähe, doch so, daß er seine Arbeit hat und nicht lästig fällt, wie du jetzt, Heim, mit deinem Arm. Komm, nimm die Hand weg! Er steht nicht im Weg und hat keine Zeit, lange Reden zu halten. Und abends sitzen sie bei einander vor der Thür, beide müde, und denken nicht an Gesellschaften und derlei hohe Dinge. Sie sehen in die Abendsonne und freuen sich.«

»Und dann gehen sie schlafen! Komm', Eva!«

»Wir gehen noch ein wenig über die Heide, Heim.«

»Nein, Eva! Kehr' dich um, Eva Heiderieter! Dort liegt dein Haus!«

»Müssen mir nach Haus?« Sie sah seitwärts über die Heide, in ihrem Gesicht lag ein Ausdruck von Sorge. Aber plötzlich kehrte sie sich zu ihm, legte die Arme um seinen Hals und küßte ihn.

Dann ging sie langsam und schweigend an seinem Arm dem Hause zu.

Als sie über den Wall gingen, kam Hinnerk Elsen mit starken Schritten, die kalte Pfeife in der Hand, ohne Mütze, durch den Garten auf die beiden zu.

»Du, Heim!« sagte er erregt, »ich bin eben bei Telsche Spieker gewesen; Reimer ist schon wieder nach Fackelholm. Nun hat mir Telsche Spieker den Kopf dermaßen gewaschen, daß mir die Haare zu Berge stehen! Sie sagt, ich habe nicht um Anna gesorgt. *Ich*, sagte sie, bin unordentlich und schlotterig gewesen. *Ich*!« Er schlug mit der Faust gegen seine Brust. »Du weißt, sie kann grob und fein sein zu gleicher Zeit! Du kennst sie ja auch! Aber diesmal war sie bloß grob; sie hat vor mir auf den Tisch geschlagen! Sie sagt, ich hätte den Bräutigam spielen wollen und mich wie ein Großvater benommen. Nachher kam der rappelige Pellwormer und machte es noch schlimmer: sie donnerte, er sang. Sprechen konnte er keinen Ton; taubstumm war er; aber singen konnte er! Immer nach der Melodie: ›Weißt du, wie viel Sterne stehen?‹ Mich wundert, daß mein Rock heil geblieben ist; meine Reputation haben sie mir kurz und klein geschlagen. Was sagst du dazu?«

»Sag' mal, Hinnerk, warum gingst du zu Telsche? Es ist lange her, seit du Reimers Haus betreten hast.«

»Ich? Na, ich wollte wissen, was das eigentlich mit ihr war ... wie ihr zu Mut gewesen ist...«

»Ah so! Ich danke dir, Gott, daß ich nicht bin wie andere Leute! Der ordentliche Hinnerk erkundigt sich nach der unordentlichen Anna!«

»Nein, Heim! Weißt du ... es ist eine dumme Geschichte! Sie thut mir leid!«

Er sah mit den Augen des schlechten Gewissens auf Eva. Die sah ihn ernst genug an: »Ich will nicht vor Ihnen auf den Tisch schlagen, Hinnerk; aber ich will Sie bitten: denken Sie nach, ob Sie etwas versehen haben. Wenn das der Fall ist, dann machen Sie es wieder gut, so weit es möglich ist.«

»Ja ... ja ... das ist doch mal ein verständig Wort! Ich glaube auch: das muß alles wieder in Ordnung gebracht werden.«

»Hinnerk, das würde uns mächtig freuen!« sagte Heim und legte den Arm um Eva. »Die Kleine ist unser Nachbarskind! Vergiß, Junge, was geschehen ist.«

»Na! denn guten Abend! Es war man gut, daß ich zu euch kam. Guten Abend nochmal!«

Er schwenkte zum Gruß die Pfeife.

»Willst du Feuer haben, Hinnerk?«

»Ich habe Feuer genug!«

Eine Stunde später klopfte es auf einem Bauernhof im Dorf an das Fenster der Knechtskammer. Wilhelm Rohde, der noch wach im Bett lag, sprang auf und öffnete das Fenster.

Da stand Hinnerk Elsen draußen im Dunkeln.

»Du, Wilhelm ... ich gehe hier gerade vorbei und komme erst Sonnabend wieder, vielleicht auch nicht. Ich wollte gern mal wissen, was auf deiner Fahrkarte steht. Auch hast du wohl so eine Art Paß? Vielleicht gehe ich später auch nach Amerika.«

»Ja, das ist sehr einfach, du bist ja nicht Soldat gewesen. Dann macht das keine Schwierigkeiten. Warte!«

Gleich darauf stand er wieder am Fenster und hatte einige Papiere in der Hand. »Du kannst sie nicht lesen,« sagte er. »Nimm sie mit, ich brauche sie nicht.«

»Hast du was darauf bezahlt?«

»Nein.«

Hinnerk Elsen verschwand in der Nacht.

Über dem Hamburger Hafen lag am anderen Morgen noch dichter Nebel, so dicht, daß man die Takelungen der Schiffe nicht sah: unten das graue Wasser, oben der graue Nebel, dazwischen undeutliche, dunkle Schiffsrümpfe. Das erste Leben der Morgenfrühe rührte sich: vom fernen Kai her, auf dem andern Ufer, kam das Rollen eines schweren Wagens stoßweise herüber; ein Segelbalken schlug auf; ein ruhiges Wort kam gleich nachher aus Nebel und Wasser; ein schlürfender Schritt ging an der Hausreihe entlang.

Da stand das alte Auswandererhaus, gebeugt und alt, mit trüben Augen, wie von Kummer gedrückt ... oder wie eine alte Kupplerin, die am Weg steht und mit Menschen handelt. Mit verschlafenen Augen blickte der junge Tag in die blinden Scheiben und konnte Anna Witt nicht erkennen, die allein, als die Erste, die Treppe hinuntergestiegen war und, auf dem Fußboden kauernd, in ihren Sachen kramte. Sie suchte und kramte und suchte doch nur die Einsamkeit.

Oben im Schlafraum rührten sich die andern; in einer Stunde ging es an Bord.

Sie setzte sich neben ihr Bündel auf den Holzstuhl, sah in dem trübseligen Raum um sich, stützte den Kopf in die Hand und weinte.

Da kam von draußen ein schwerer Tritt, die Thür wurde geöffnet, ein Mann stand da und versuchte, sich in dem Raum zurecht zu finden. Als er die Gestalt neben dem Bündel sah und das Schluchzen hörte, ging er dahin.

Sie meinte, es wäre der Wirt, und sah auf. Da erkannte sie Elsen. Mit angstvollen Augen sah sie ihn an.

»Na ... laß man!« sagte er mit gepreßter Stimme. »Es kommt wohl alles in Ordnung. Drüben machen wir Hochzeit.«

Sie schüttelte trostlos den Kopf, ihn immer noch anstarrend. »Was willst du noch?« sagte er.

»Du ... du mußt es mir sagen.«

»Was? ... daß ich schuld habe?«

»Hinnerk!« schrie sie auf ... »Nein! Nein! Du sollst mir sagen, daß du mich doch noch lieb hast.«

»Na, ja! Sonst hätte ich nicht den weiten Weg gemacht. Nun komm' man her ... so ... Nun sei man still!«

Nach einer Weile, als sie ein wenig ruhiger geworden war, sagte er: »Ich habe ein erbärmlich schlechtes Gewissen.«

»Warum denn, Hinnerk?«

»Weil ich gegen Telsche Spieker grob geworden bin und dem Pellwormer mit seinen Sternen heimgeleuchtet habe, und weil ich Wilhelm Rohdes Fahrkarte habe.«

Sie senkte den Kopf.

Er zog die Pfeife heraus, trat an den Tisch heran und sagte: »Nicht mal Feuer in dieser Spelunke.«

Dann fand er es und setzte sich neben sie, und im Aufflammen des Streichholzes sah er ihr blasses, ängstliches Gesicht.

»Na!« sagte er noch einmal. »Es kommt alles wieder in Ordnung. Heims Eva hat gesprochen wie ein Pastor. Man muß es wieder gut machen, sagt sie. Aber das ist eine verzwickte Geschichte: wenn man dafür sorgt, daß man an der einen Stelle das Gewissen rein macht, fegt man an der andern so viel Staub zusammen, daß er einem übern Kopf fliegt. Ich will ein Fenster öffnen.«

Er stand auf und sah mit zufriedenem Gesicht in den anbrechenden Morgen. Nach einer Weile wandte er sich um: »Es kann mich bloß ärgern, daß die zweitausend Mark nun doch nicht voll geworden sind.«

Anna Witt kniete wieder neben ihrem Bündel und sagte: »Ich habe ja die zweihundert, Hinnerk, die Heim mir von Andrees gegeben hat.«

Fünftes Kapitel

»So!« sagte Heim zehn Wochen später: »Alles ist gehackt und gejätet; nun können wir mit unserer Arbeit nichts mehr thun, nun kommt die Zeit des Wartens! Hallo, Frau Eva! Wir spannen an und fahren nach Flackelholm!«

Sie nickte: »Ich habe es schon lange gewollt, obgleich ich mich vor der Wattfahrt fürchtete. Ich möchte Ingeborg wiedersehen.«

»Ist die Beste ... nach dir!«

»Was meinst du, wird sie Andrees' Frau?«

»Still! Wird nicht beraten; wird nicht besprochen! Auf Marias Grab blüht noch keine Rose.«

»Ich war gestern dort: sie hat Knospen.«

»Laß gut sein!«

»Hast du Aufträge für Andrees?«

»Nur einen Brief vom Pastor. Er hat mir ihn heute morgen bringen lassen, als ich vom Torfmoor kam; er soll sehr schwach sein.«

»Der Arme! Er macht es nicht mehr lange. Was hast du sonst?«

»Nichts! Ich will dich vorstellen als Frau.«

»Und dich selbst als Herrn!«

»Und dann will ich fragen, ob er den übrigen Eschenwinklern helfen kann. Sie gehen anderthalb Stunden weit nach dem Diekskooger Vorland auf Arbeit. Es ist ein Jammer.«

»Wie wohl alles enden wird, mir ist oft so bange! Ingeborg mit Andrees zusammen auf Flackelholm, das ist so peinlich, so unverständig, und Franz auf Strandigerhof, und Andrees' Mutter in ihrem stillen Zimmer ... Franz besucht sie täglich stundenlang, Heim!«

»Die Hauptsache ist, daß Andrees stark und daß Ingeborg seine Frau wird.«

»Du scheinst sehr glücklich zu sein.«

»Bilde dir nichts ein! Du!«

Er lehnte sich in den Stuhl zurück und dehnte sich. »Ich habe ein mächtig reines Gewissen,« sagte er. »Zehn Wochen stramm gearbeitet! Und das in den Flitterwochen. Andere Leute machen Hochzeitsreisen.«

»Du hast deine Hochzeitsreise zwischen den Kartoffelreihen gemacht ... Was meinst du, kommen wir vorwärts?«

»Wenn ich so brav und verständig bleibe wie bisher!«

»Darum sorge nicht, mein Lieber! Das ist meine Sache!«

Sie strich mit der Hand, an der der Ehering blitzte, über das Tischtuch und winkte ihm mit den übermütigen, dunklen Augen und nickte.

Er lachte: »Du hast Selbstbewußtsein!«

»Das bringt das schwere Amt so mit sich.«

Er streckte den langen Arm über den Tisch: »Hinaus!« rief er. Und als sie ihn lachend ansah, die vollen Arme auf den Tisch gelegt, sprang er auf.

Da lief sie rasch aus dem Saal; denn wenn er sie fing, ward sie sobald nicht wieder losgelassen.

Am Mittag sank draußen die Flut. Da fuhren sie in Reimer Witts Begleitung über das Watt. Es war eine Fahrt unter den günstigsten Verhältnissen: mit raschen, starken Pferden, bei hellem, klarem Wetter und leichtem Wind; aber das Herz der jungen Frau wurde doch bedrückt, und sie war sehr still, als sie das einsame Land endlich vor sich sahen. Es lag da wie ein grünes Blatt auf spiegelblankem Teich; denn schon kam die Flut; und das ganze Watt glänzte von sonnenbeschienenem Wasser.

Ingeborg kam ihnen von der Hütte her entgegen. Eva sah sie und dachte: »Wie ist sie ernst geworden und schön.«

Sie trug ihr schweres, blondes Haar einfach in Flechten gewunden im Nacken, hatte ein schwarzes, weiches Wollkleid an, fußfreien Rock und niedrige Schuhe von schwarzem Leder. Ihre Augen lagen, trotz der Fülle ihres Gesichts, tief in den Höhlen und hatten etwas Trauriges, Grübelndes. Wenn ihre glänzenden Blicke wie Pfeile ausflogen, zielten sie nicht auf die Augen der andern, sondern flogen scheu hierhin und dahin und dann, mutlos vom vergeblichen Suchen heimkehrend, sanken Bogen und Pfeile zur Erde.

Heim ging über die Düne Andrees entgegen, der auf der Ebene des Strandes sich näherte; Antje und Reimer waren fortgegangen, um im Dieksander Priel einige Krabben zum Abendbrot zu fangen.

Da faßte Ingeborg Evas Hand und sagte: »Kommen Sie mit in die Hütte! Es ist noch so warm. Wenn es Abend wird, besehen wir die Insel.«

In der Hütte, gleich am Eingang, sagte Ingeborg: »Heim ist von Kind an mein Freund gewesen; ich möchte auch Ihnen näher stehen. Darf ich ›du‹ sagen?«

Eva setzte sich auf den Stuhl, der neben dem Tisch stand, und sah zu Ingeborg empor, freundlich, mit den dunklen, bittenden Augen; ihre weichen Lippen öffneten sich ein wenig, als wollten sie fragen: »Nun sage, was dich drückt?«

Ingeborg sah noch einmal durch den ärmlichen, kleinen Raum, dann glitt ihre hohe Gestalt auf die Kniee, und sie legte beide Hände in Evas Schoß: »Ich freue mich so,« sagte sie weich, »daß du gekommen bist. So lange hause ich nun hier. Hier schlafe ich, dort Antje; die Männer wohnen in der Blockhütte. Kein anderes Frauenwort als Antjes eintönige, oft wirre Rede, kein anderes Frauengesicht als ihre treuen, thörichten Augen. O, wie habe ich mich nach einem Frauengesicht gesehnt. Wie freue ich mich, daß du gekommen bist.«

»Weißt du,« sagte Eva und legte ihre Hände auf Ingeborgs Schultern, »ich bin deinetwegen gekommen; denn ich dachte: die braucht ein freundliches Wort.«

»Das brauche ich; ich muß Mut zeigen und habe keinen; ich soll hier bleiben und müßte fortgehen. Es quält mich, was die Menschen über mich denken. Das wollte ich dir klagen. Du bist meine Schwester.« So sagte sie und verbarg ihr glühendes Gesicht in Evas Schoß und fing an, genau von Marias Tod zu berichten.

»Mag sie bei Sinnen gewesen sein oder von Sinnen?«

»Von Sinnen,« sagte Ingeborg weinend. »Sie war krank.«

»So ist sie gestorben, weil sie helfen wollte. Das Licht ihres Verstandes war ausgegangen; nur die Liebe brannte noch.«

»Ja, Eva ... So ist es.«

»Also meine ich, ihr müßt vergessen, was an Schuld oder Versäumnis dahinten liegt, und müßt euch und den Eschenwinklern und sogar Franz helfen, wenn er der Hilfe bedarf. Das ist Marias Wille, der euch heilig sein muß. Und freut euch, Ingeborg, das, was Maria von euch fordert, will Gott von allen Menschen: daß wir einander helfen, nicht hassen.«

»So muß ich hier bleiben?«

»Ja! Solange er deiner Hilfe bedarf!«

»Du hast so etwas Sicheres und Ruhiges; mein Herz hört auf zu klopfen und wird still.«

»Wir müssen hilfsbedürftig sein gegenüber Gott, Ingeborg, und hilfreich gegenüber den Menschen.«

»Früher habe ich wie eine Lerche vor Gott und den Menschen gesungen. Jetzt verberge ich mein Gesicht.«

Da tröstete Eva die Weinende mit ihrer herzlichen Stimme und weichem Händestreicheln. Dann hob sie die Knieende auf und sagte: »Komm mit, wir wollen zu den Männern gehen.«

Die beiden standen auf der Düne: Heim etwas größer als Andrees, sonst ähnliche Gestalten, große, kräftige Männer, wie sie am Saume der Nordsee wachsen. Heim mit hellem Haar, Andrees dunkel; Heim sehr gerade und mit mächtigen Schultern, Andrees etwas hager und ein wenig gebeugt, sehr verändert, seit er vor einem Jahr in der Tübinger Weinstube stand. Heim sah gleich auf seine Frau, die er bereits entbehrt hatte: »Komm hier herauf, Kind!« rief er. »Hier siehst du bis England.«

»Hörst du?« sagte Eva, »Kind nennt er mich.«

»Ich glaube,«, sagte Ingeborg, »als ich klein war, hatte er mich lieb. Er war damals ein großer, langer Junge. Nachher sind wir immer Freunde gewesen. Nun bist du ihm die Nächste.«

Eva antwortete nachdenklich: »Es hat sich wunderbar gefügt, daß ich nun hier als glückliche Frau hause, so fern von meiner Heimat.«

»Ja, dein Leben ist bisher wunderlich verlaufen.«

»Aber nun wird es ruhig werden, sehr ruhig; ich kann nun bald nicht mehr weit wandern. Wenn der Winter kommt … es wäre schön, Ingeborg, wenn du in diesem Winter auf Strandigerhof sein könntest und täglich zu uns kämst. Ich könnte dich wohl brauchen.«

»Ich will sehen, Eva. Ich will an das denken, was du mir anvertraust.« Und sie küßte rasch den Mund der jungen Frau.

Der Abend war mild und weich. Sie saßen auf der Bank, die oben auf der Düne stand, und sahen über das Meer, auf das der Abend sich niederließ wie der Schlaf auf den liegenden Menschen. Noch regte es sich und stieß mit den weißen Füßen gegen den Rand des Bettes, gegen den Strand von Sand; aber wie der Abend sank, verschwand da unten das Bild der Brandung, es wurde still und Nacht. Nur zuweilen, wie Murmeln im Schlaf, kam ein Rauschen und Grollen heraus. Fern, bald hier, bald da, wie das Weiße im Auge des Raubtiers, blitzte weißlicher Schein durch die Nacht.

Sie saßen alle stumm nebeneinander. Eva hatte den Arm um Ingeborg gelegt, Heim saß neben Eva. Andrees Strandiger saß auf der Salztonne, die er gestern vom Strand heraufgeholt hatte. Antje kauerte im Sand, der noch warm von der Sonne war; Reimer, der die Pferde besorgt, kam langsam die Düne herauf.

Es war etwas Erregtes, Festliches in ihren Mienen, erhöhte Feierabendstimmung. Antje hatte ein weißes Tüchlein um den braunen Hals gelegt, und Reimer hatte die lange Sonntagspfeife in der Hand. Es war das erste Mal, daß die Bewohner von Flackelholm den Abend miteinander verlebten.

Freilich das Gespräch stockte. Antje hörte auf das Klirren der Pferdeketten, das weither vom grünen Land herüberklang; Reimer Witt und Andrees sahen dem mächtigen Schiff nach, das still, langsam und stolz, eine schwimmende Stadt, die Norderelbe herunterglitt. Man sah die doppelte Reihe funkelnder Lichter; links vom Neuwerker Leuchtturm zog es dahin. Heim, der seit heute mittag keine Gelegenheit gehabt hatte, vertraulich mit Eva zu sprechen, versuchte, ihre Hand zu fassen, die ihm nach leisem Druck wieder entzogen wurde. Ingeborg atmete tief und ruhig, mit großen, sinnenden Augen. Sie lag dicht an Eva geschmiegt, fast an ihrer Brust.

Da legte Heim sich vor und sagte lebhaft: »Kinder! Ich will euch erzählen aus alten Zeiten! Antje, paß auf! Eva, sitz' ruhig! Ingeborg, spitze die Ohren! Es hat in meinem Hause gelegen, in der Eichenlade, und mein Vater hat's nicht gewußt und ich auch nicht. Aber meine Hausfrau fand es, ein altes Buch mit starken Holzdeckeln und Papier, ebenso rauh als grau. Was da drin steht, in steilen, saubern Schriftzügen, das ist vor zweihundertundsiebzig Jahren auf dem Heidehof von einem echten Heiderieter niedergeschrieben; denn er unterzeichnet: Henni Heiderieter, *cand. rev. min.*, seines Alters siebenunddreißig Jahr. Er hat es also als rechter Heiderieter nicht weiter als bis zum Kandidaten gebracht; er berichtet so.«

Und mit der Behaglichkeit, die dem Besitzer der weiten Wodansheide eigen ist, und in dem gemütlichen Ton, der die Hörer wie linde, weiche Luft umschmiegte, erzählte er. Die Menschen und die Möven in ihren Nestern im Sand und das stille, grüne Land und der leise schwankende Strandhafer hörten zu. Der Leuchtturm von Neuwer sah mit seinem Feuerauge herüber. Alles lauschte und freute sich über den Bericht aus vergangenen Zeiten. Nur das Meer grollte zuweilen von fern. Denn das Meer war bei der Geschichte sehr beteiligt:

»Nun ist denn also wieder der blanke Hans, das ist die wilde Nord- und Mordsee, über das Land gelaufen, hinter Häusern und fliehenden Menschen her gleich als einem Hund, der wild geworden ist und von einer Schafherde zur andern läuft und alles zerreißt. Dreimal hundert Jahre sind vergangen, seit das Meer also gewütet und gewallet, gefressen und verschlungen hat. Man kann wohl nicht ausrechnen, wie viele Jahrhunderte das her ist, daß das Wasser gegen die Düne sprang, und die Wellen den Uhlengiebel vom Heidehof naß gemacht haben. Nein! Damals hat der Heidehof noch nicht gestanden; damals war die Christenlehre noch nicht in diese Gegenden verbreitet; *eo tempore* sind die Heiderieter noch auf ihren Rossen über die Heide geritten, ein *genus hominum vagabundum*. Und nun habe ich, Henni Heiderieter, solch grausames Schauspiel und *spectaculum* mit meinen Augen sehen müssen. Ja mit meinen Händen, die solcher Arbeit ungewohnt sind, habe ich den Uhlengiebel mit Brettern verschlagen müssen, und habe vier Stunden lang am schrägen Hausdach gehängt, als ein nasser Pock am Grabenrand, und das wilde Wasser ist gegen mich angeschlagen und hat seine Hände nach mir ausgestreckt und ist noch nicht satt gewesen, Menschenleiber zu fressen.

Greulich hat die alte Sturmglocke geläutet, als um vier Uhr in der Morgenfrühe die ersten Wagen aus der Marsch den Sandweg heraufkamen, voll von Weibern und Kindern. Noch nie habe ich gesehen, wie Weiber Mut und Angst zugleich haben und wie kleine Kinder als Männer handeln können. Der eine da unten in der Marsch – über seinen Hof laufen jetzt die Wellen – hat seinem Jungen, so sieben Jahre alt war und nicht mehr, die Zügel in die kleinen Hände gegeben; sein Weib hat ihn nimmer verlassen wollen. Der Junge ist mit einem ganzen Wagen voll kleiner Kinder, vierzehn kleine Kinder, hin und her in sausendem Galopp, auf Schnickelwegen, eine und eine halbe Stunde lang, in dunkler Nacht durch die Marsch gefahren immer auf das Feuer zu, das wir angezündet hatten. Noch sehe ich es, und schwer enthalte ich mich der Thränen, als die Frauen die Kleinen, so fast erstarrt waren, an ihre warme Brust drückten, und wie der, so sieben Jahre alt war, den Arm nicht lösen konnte, so er um den Wagenbalken geschlagen, und die Finger nicht, die er um die harte und kalte Leine zusammengekrampft hatte.

Nämlich, *Magister Johannes Jansenius*, derzeit *pastor* an dieser Kirche, hat ein Feuer im Turm aufstellen wollen; aber fast wäre das Haus Gottes eine willkommene Beute der Flammen geworden, sintemal die Buchenscheiter, von der eisernen Platte, auf der sie gelegen, vom Sturm fortgerissen, auf die Kirche geflogen sind. Da habe ich, Henni Heiderieter, den selbiger *magister* so oft und so hart einen Träumer genannt hat, siehe *lib. Mosis I, cap. 37, vers.* 19, ein Feuer von Birkenreisern gemacht, ein gewaltig Feuer, zu Süden vom Heidehof. Wobei ich mir den schwarzen Rock verbrannt, so mir mein Vater selig hat machen lassen, hat einen Rieksdahler kost und sechs Schilling. Die Schliepen sind ganz weggebrannt; ist ein Jack daraus gemacht.

Also sind viele Wagen in dieser ersten grausigen Nacht angekommen, wo die Rosse mit weißem Schaum bedeckt waren, als wären es wahrhaftig schon die ersten weißen Wellen. Viele sind auch zu Fuß gekommen, große Weiber mit blassen, harten Gesichtern, oft nicht viel mehr an als ein grau Hemd, ihre Kindlein an Hand und Brust. Schrecklich und nicht zu sagen ist das, was sie berichtet haben. Die nach uns kommen werden, werden es lesen, und es wird ihnen sein, wie wenn sie gar wüst geträumt haben, und ist nicht wahr gewesen.

Sind nicht in den zwei Tagen, da eine einzige wilde Flut gegen das Land stürzte, vor uns in der Marsch drei Kirchen untergegangen und mehr als dreihundert Häuser und mehr als tausend Menschen? Und solches ist allein hier bei uns geschehen. Was dort oben die Inseln und Marschen der Friesen ertragen haben, das schreit zum Himmel. Daß die Menschen nicht fahren lassen die Rache gegen das wilde Meer! Daß sie sich einstmals in glücklicher Zeit wieder aufmachen und wieder gewinnen, was dort unten im grauen Meer liegt: Kirchen und Gräber, Häuser und Menschen und weites, fruchtbares Land! Daß Könige kommen, die stark Regiment führen, stark auch im Kampf gegen die Nordsee!

Also! Wenn ich früher im Heidehof aus der großen Thür schaute, sah ich da vorne in der Marsch nichts denn weites, grünes Land und niedrige Deiche und drei Türme, und manchmal habe ich gedacht, wenn ich es fertig brächte, daß ich das Examen machte – davon ich wohl in diesem Büchlein sagen darf *damnatum sit* –, möchte es wohl geschehen, daß ich dort einmal ein Prediger würde, denn gut sind die Stellen. Aber nun sind sie untergegangen; die wilden Wasser branden noch jetzt bis an die Düne, und keiner wagt sich hinauf; denn unsere Leute sind des Meeres ungewohnt, das nun ihr Nachbar worden ist; sie fürchten es und müssen neu lernen Wattlauf, Fischfang und Deichbau.

Nur einer, der hier wohnen geblieben ist, der sich mit seiner Tochter Grethje rettete, hat sich ein leichtes Boot gemacht und ist mit dem alten Harro Harrsen, der auch ein Geretteter gewesen, über Schlick und Watt hinausgefahren; hat aber nicht die Stätte finden können, wo sein Haus gestanden, und ist totenbleich allein zurückgekehrt. Harro Harrsen ist draußen ertrunken.

Peter Jens und seine Tochter haben aber bei uns am Herd gesessen, dieweil alle Häuser voll von Menschen waren, und haben in der Kammer gewohnt, welche zu Westen der Küche liegt. Grethje aber hat alsobald das Regiment in der Küche gehabt, nachdem sie das alte Mensch, so unsere Haushälterin gewesen, mit Schelten aus dem Hause getrieben. Sie ist aber groß und schlank wie ein Mastbaum und hat helles Haar. Und wenn mein Vater es gewährt, würde sie meine Eheliebste; denn klar sind ihre blauen Augen, und stark ist ihr Gang, und sie paßt wohl zu mir, wie *magister Jansenius* sagt und lächelt. Ich aber weiß, was er meint: dieweil ich ein Träumer bin und habe Josephs bunten Rock an, *idest*: lebe immer in allerlei Gedanken und Phantasieen, sitze und schnitze in Holz, also jetzo das *modellum* zu einem Kamin für *serenissimum* den Herzog, der im Schloß vor Husum zuweilen residiert. Sie aber führt Besen und Hacke gewaltig, fast furchterregend.

Nach diesem *excursus*, und nachdem ich nachgesehen, ob der Schlüssel zur Eichenlade gut schließet, auf daß sie nicht über das Buch komme, sehe, was ich hier leichtfertig hingeschrieben, und werde mir gram – kehre ich zu meiner Sache zurück. Also am zweiten Abend, als das Wasser sank und stiller ward, als da weit draußen im brausenden Meer die letzten Häuser verschwanden, da geht Peter Jens Tochter die Düne hinunter und strandet allerlei Gerät, Bretter und Balken, da sie im Werk hatten, sich ein Haus aus der Heide zu bauen, was mein Vater ihnen gewährt hatte. Ich aber, der sie hingehen sah, ging ihr nach; denn ich mochte wohl zuschauen, wie sie so stolz und hoch und im geschürzten Fischerkleid ins Wasser trat. Da mit einem Mal sah ich, daß sie beide Hände über die Augen hielt und über das schäumende, mit Wrackstücken bedeckte Wasser sah. Die Wrackstücke stießen und trieben wild durcheinander, sie aber schaute immer nach einer Stelle, wo etwas Rundes trieb, als wäre es ein großes Faß, wie man es für die Milch braucht, oder eine Tonne mit niedrigem Rand. Da aber ging es durch die Glieder der Jungfrau, wie wenn ein edles Roß die Peitsche fühlt. Sie riß mit einem Ruck den Gürtel auf, das Gewand fiel nieder, und wohl hätte ich meine Augen nun wenden müssen – aber ich meinte, daß ich ein Künstler wäre, und ich wollte schon lange eine Eva schnitzen für die Kirche, wie sie den Adam verleitet, den Apfel zu essen, und habe es nicht gekonnt, weil ich nimmer wußte, wie der Frauen Körper gestaltet ist, denn gar zu stark tragen die Frauen Wolle und Tuch um die Hüften, unschön dem strahlenden Auge des Künstlers – also, dieweil ich daran dachte, trotzte ich, daß ich stehen blieb und auf sie sah. Gleich ging sie ins Wasser und schwamm durch alle Wrackstücke, mit langen Stößen, von den Wellen gehoben und wieder überflutet, und ich lief die Düne hinunter und schrie laut auf, wenn ihre Schultern dem Stoß der treibenden Balken kaum entgingen. Dann hatte sie das runde Holz mit beiden Händen erfaßt und, an einen mächtigen Balken geschmiegt, trieb sie langsam gegen den Strand. Ich aber stand und sah sie näher und näher kommen und sah, was das ist, das da treibt – und meine Augen wurden voll Staunens, und ich vergaß die Brust, die sich in den Wellen hob, und vergaß das Blut, das ihr von der Schulter rann.

Da liegt ein kleines, hemdbekleidetes Kind, sechs oder acht Wochen alt, auf dem Rücken, in wollenen Tüchern, ganz umschnürt mit Streifen Leinen und festgebunden, und ist auf dem Schalldeckel einer Kanzel wohl stundenweit durch das wilde Wasser an den Strand getrieben und hat seine beiden roten Hände um die eiserne Stange gelegt, an der die Taube befestigt ist, und ist tot oder schläft.

Ich sprang in das Wasser, so wie ich ging und stand; da hatte sie schon festen Fuß gefaßt, und wir trugen den schweren Deckel mit dem Kind an den Strand. Dann warf sie ihr Gewand über, kniete hin, und während ich die Leinenstreifen löste, achtete sie mein nicht, sondern herzte und küßte und wärmte das Kind und riß Heidekraut los und rieb seine Glieder, bis das graue Gesichtlein sich rötete und die Kälte des Todes wich und das Kindlein anfing zu weinen.

Da sah sie mich zum erstenmal an, *acriter et male*, und zeigte auf den Strand und sagte, als wäre ich ein Diener und sie *serenissima* die Herzogin: ›Dort die Stämme will ich für unsere Hütte.‹ Dann ging sie mit dem Kind im Arm die Düne hinauf.

In der Nacht habe ich in Lindenholz geschnitzt bis gegen Morgen, mit heißem Kopf und zitternden Gliedern; denn ich war noch kalt von dem Wasser; aber ich habe es wohl getroffen, und als *serenissimus* der Herzog, da er durch das Dorf kam, die Eva in der Kirche sah, hat er mich in meinem Hause nach dem *modell* gefragt, das ist nach der Gestalt, nach der ich die *figura* gebildet. Und fast hätte ich es gesagt; aber Grethje stand am Herd, an dem er saß, und hatte die Feuerzange in der Hand und funkelte mit den Augen. Da schwieg ich. Denn obwohl sie sonst gut und weich ist, hat sie doch das, was die Lateiner *impetus* nennen, was man bei den jungen Pferden ›Nücken‹ nennt.

Bald danach habe ich den Auftrag bekommen wegen der Kamine in *serenissimi* Schloß vor Husum.

Am andern Tag hat Grethje Jens kein Wort zu mir gesagt und hat nicht geantwortet, als ich fragte: ›Jungfrau, wie geht es dem Knaben, so wir gestern im Wasser fanden?‹ Sie hat den Kopf in den Nacken geworfen und ist in die Kammer gegangen, und ich habe auf des Knaben Schreien gelauschet, und sie ist also ein stolzer, stummer und unfreundlicher Gast gewesen. Ich habe gemeinet, daß sie freundlich gegen mich sein würde, da ich ihr doch half und mit niemand über die Strandung redete; sie aber ist unfreundlich geblieben, bis mein Vater gestorben ist. Das war einen Monat nach dem Sturm.

Da habe ich eines Tags auf sie gewartet, bis sie aus dem Pesel trat, was Vater Luther nennt einen ›Saal‹ – da sagte ich: ›Jungfrau, weiß sie, daß das Knäblein getauft werden muß?‹

Und zum erstenmal antwortete sie und sagte: ›Ich will es heute zum *magister* tragen. Geht Er mit?‹

Da gingen wir zusammen hin.

Der *magister* sagte: ›Moses muß er heißen; denn er ist aus dem Wasser gezogen, aber wie weiter? Jens?‹

Da richtete sie sich hochmütig auf und sagte: ›Das zu bestimmen, mag meine Sache sein! Er soll nach meinem Vater heißen: Peter! Und weil er gestrandet ist, wie man Wrackholz strandet, so soll er heißen: Strandiger! Peter Strandiger soll er heißen; denn wir kennen seine Eltern nicht, die bei Gott sind.‹

Der *magister* sah zu ihr auf. Er war kein kleiner Mann und hat manchmal vor mir gerühmt, daß er sich vor nichts fürchtete, aber er hat kein Wort dagegen gesagt und hat das Kind getauft, auf das sie mit dem ausgestreckten Finger zeigte. Ich aber, *magister Johannes Jansenius* habe mich über dein Gesicht gefreut, *quod erat perplexum.*

Still sind wir nach Haus gegangen. Der alte Peter Jens stand vor der Thür und erwartete uns. Und als wir kamen, sagte er: ›Ihr seht aus wie Mann und Frau, die mit dem Erstgeborenen von der Taufe kommen.‹ Solche Rede fiel mir auf, da er sonst ein schweigsamer Mann war und ein Grübler.

Also nahm ich mir ein Herz und ging ihr nach in die Küche und sagte in geziemender Bescheidenheit und mit vorangeschickter Verbeugung: ›Will die Jungfrau Jens meine Eheliebste werden, so soll sie allzeit einen ehrerbietigen, nüchternen Ehemann an mir haben.‹

Sie wandte sich um, sah mich zum erstenmal an, seit sie das Kindlein aus dem Wasser rettete, und sagte hart und kurz und brach die Worte wie dürres Astholz: ›Ich muß wohl!‹ War aber nicht freundlich mit mir, wie sich für eine verlobte Braut schickt.

Nach einigen Monaten ist der alte Peter Jens schwer krank geworden, und in seiner Krankheit redete er – er war aber schon halb irre – von seiner letzten Fahrt ins Watt, bei der Harro Harrsen umkam. Ich habe das, was er sagte, in Reime gebracht, nicht nach der Weise, wie da unten in Deutschland in diesen Zeiten gedichtet wird, *sentimentaliter*, sondern *simpliciter*, nur, was er gesagt hat und in der Sprache, in der er es gesagt hat:

> ›Nu fahr man too! Graad uut den Weg.‹
> ›Süggst du een Gröw? Süggst du een Steg?‹
> ›Too Kark willt wi den Weg inslahn!‹
> ›Keen Klock röpt mehr too Kartengahn
> Int doode Land!‹

›»Weg sünd de Hüüs, weg ist de Diek,
Dat wille Waater hett sien Riek.
Heff sömptig Jahr hier wirkt und streevt,
Heff sömptig Jahr so glückli leevt
Int schöne Land!‹

›Watt süggst du denn? Watt steihst du op?
De Well speelt mit den Doodenkopp.
De Dooden, de sind operstahn,
De Lebenden sünd unnergahn.
Dat arme Land!‹

›Wo sünd wi nu? Mi will dat schien,
Da ...da ...da mutt dee Grasweg sien ..
Kiek da, min Wurt! De gröne Soot!
Min Jung sin Laad! – Min Jung ist dood,
Min smucke Jung!‹

›Torügg dat Boot! Unn sett di hin!
Dat Waater laakt und ritt uns rinn!‹
›Min stolze Jung! Min Wurt soo groot!
Min Haar so witt! Bün leewer dood
Bi Jung un Wurt!‹

›Nu fahr alleen ick öwert Watt,
Min Haar ook witt, min Hart ook satt.
Doch will ick tööwen, bitt hee mi röppt:
Min Fahrtüch denn von sülven löppt
Int schöne Land!‹

In der Nacht starb er.

Seitdem sind nun zwanzig Jahre vergangen; ich bin jung gewesen und fast alt geworden. Ich bin in der Fremde gewesen und wieder in die Heimat gekommen. Das Land, das da unten in Sturm und Graus untergegangen ist, hebt sich wieder aus dem Wasser. Zu Norden von unserer Landschaft reden die Menschen wieder von Deichbau. Nur bei uns, wo der Ansturm des Wassers am größten war, und wo der tiefe Wehl gerissen ward, will das Land nicht wachsen. Aber Peter Strandiger, unser Pflegesohn, arbeitet da unten, zieht Gräben und baut Dämme und beobachtet mit seinen scharfen Augen den Lauf des Wassers und sagt: ›Meine Eltern liegen draußen im Watt. Ich will den Anfang machen, daß wir das Land wieder gewinnen. Wenn ich siebenzig Jahr alt werde, will ich noch hinterm Deich in einem Hause wohnen, das ich selbst aus Wrackholz gezimmert habe, und das Haus soll Strandigerhof heißen.‹ Wenn er abends mit seiner Herde Schafe heimkommt, springt unser Sohn ihm entgegen, den Grethje mir geboren hat, unser einziges Kind.

Solches und mehr, darüber man billig staunen mag – das ich aber nicht beschreibe, sintemal Frau Grethje jedesmal, so ich schreibe, gar ernst dareinsieht – habe ich erlebt in den Tagen meiner Erdenwallfahrt, wie Lutherus sagt, ich, Henni Heiderieter, der ich candidatus bin und ein Figurenmacher in Holz und Stein.«

Still war die Nacht. Im blauen Mantel, unzählige Sterne hineingewirkt, stand sie über Meer und Land. Fern über Neuwerk hin bewegte sie zuweilen den Saum, als wollten sie ihn heben; dann gab es raschen, hellen Schein wie Wetterleuchten. Die Menschen auf der Düne, am Rand der Erde, erhoben sich, sahen in die Nacht hinaus, redeten leise miteinander und gingen in die Hütte.

Am andern Morgen, als Heim und Eva aufbrechen wollten, dachte Heim an den Brief, den er aus dem Pastorat erhalten hatte. Er kam, über seine Vergeßlichkeit den Kopf schüttelnd, zu Andrees: »Du, ich vergaß, hier ist ein Brief vom Pastor!«

Andrees öffnete ihn hastig. Da stand nichts weiter darin als: »Wenn Du deinen alten Freund noch einmal sehen und sprechen willst, so komme bald: es geht zu Ende.«

Da fuhr Andrees Strandiger mit Heim ans Land. Reimer Witt blieb bei den Frauen zurück.

Pastor Frisius lag im Sterben. An seinem Bett standen Haller und der Pellwormer. Der Pellwormer trat von einem Fuß auf den andern, wollte etwas sagen; aber er konnte nicht. Haller wischte dem Kranken die Schweißtropfen von der Stirne und sagte immer: »Mein lieber Freund.« Der Pellwormer schoß gegen das Bett, aber was er sagen wollte, fing mit einem schwierigen Wort an: »Ich komme bald nach.«

Die Haushälterin saß im Lehnstuhl am Fenster, hatte ihren weißen Kopf gegen die Lehne gelegt und war, vom Nachtwachen ermüdet, eingeschlafen.

Da kamen Heim und Andrees. Heim wurde weich, als er das veränderte Gesicht seines alten Lehrers sah, und legte seine warmen Hände über die kalten, magern Finger. Der Pastor sah ihn an; es war noch derselbe Blick, mit dem er früher zu dem Knaben vom Heidehof gesagt hatte: »Geh' nach dem Garten, Heim, und stecke dir die Taschen voll Äpfel. Dann gehe hintenum, daß Liese dich nicht sieht.« Das war die damalige Haushälterin.

Als er Andrees sah, versuchte er sich ein wenig aufzurichten. Da er es aber nicht vermochte, legte er sich wieder hin und sagte leise in Absätzen, während sie horchten: »Als Maria starb, wurde ich krank. Und als sie auswandern wollten … an der Kirchenthür zog der Wind … und Schütt, daß er fortging, so verbittert … und die andern haben doch keine Schuld, ihre Spaten waren immer blank, sie hatten alle schwielige Hände … und mußten doch fort … war kein Platz mehr für sie … Andrees, da haben wir alle schuld … ich auch … das hat mir die letzten Monate so schwer gemacht …

Sie sagten alle zu mir: ›Predige! Predige! Rede vom Reiche Gottes! Das andere ist nicht deine Sache …‹ Petrus aber hat am Sonntag gepredigt und getauft, am Montag Brot verteilt, am Dienstag auch … die ganze Woche … dann konnte er am Sonntag predigen voll heiligen Geistes …

Das zerriß mir das Herz und nahm mir den Mut, Gottes Sonne zu sehen. Maria hat zugegriffen, wir haben zugesehen. Die Arbeit war für das Kind zu schwer, keiner half ihr … da sank sie in die Tiefe. Dann zogen sie fort, und wir standen an der Straße und ließen sie ziehen und thaten den Mund nicht auf und nicht die Hände … Es war Mangel an Erkenntnis und an Willen … Ich war nicht stark genug für das Amt, das er mir gegeben hatte … Sie sagten: Predige … Sie sagten Friede! Friede … und ist kein Friede … ist Not …

Ich bin nicht Judas … ich habe Ihn über die Maßen lieb … aber ich bin der, von dem es heißt: er ließ seinen Mantel in ihren Händen und floh nackend davon … Ich bin Petrus: Ich beschwöre euch, ich kenne Ihn … nicht genau …

Andrees … Mein Andrees … Heim … habt Ihn auch lieb!

Und wenn von seinen goldenen Verheißungen kein Wort an meiner armen Seele wahr geworden ist, morgen früh, wenn der Tag graut: so will ich doch froh sein, zu Ihm gehalten zu haben; denn er hat meinem Leben Halt und Kraft, meinen Händen warmen Druck und meinen Augen frohen Glanz gegeben. Ihr seid noch jung: Helft ihnen, daß sie Land haben … Eine Schar Sperlinge sah ich, vom Oststurm gejagt, ins Meer nach Westen treiben; sie schrieen. So ist das Volk, das kein Land hat.

Im Evangelium steht: es geschah schnell ein Brausen … das ist der Jammer … es geschieht nichts. Sie sagen: Predige!«

Danach, während sie sich über das Bett beugten, fing er an, für die Gemeinde zu beten: »Segne die Heide und die Marsch, den Weizen und die Kartoffelfelder. Laß die Heide abnehmen und die Marsch wachsen. Laß das Pflugland sich dehnen und die Weiden abnehmen. Segne den Pflug und den Spaten, das ist das deutsche Schwert … Segne die Kinder, die zu Hause sind, und die Weihnachten nach Hause kommen, und die nicht wiederkommen. Segne die Kinder, die im Dienste sind, und die des Kaisers Rock tragen, und die in Iowa … Schütt … vergieb ihm, daß er auf die Heimat schalt; er wußte nicht, was er that. Seine Kinder mache stark gegen die Sünde; du weißt, es ist das vierte Geschlecht … Nun hilf aller Not, nun hilf auch mir …«

Die Stimme, der Atem versagte. Der Pellwormer sprach ein Vaterunser. Er war jeden Sonntag in der Kirche; so kam es, daß er in dem Ton und der Weise des Sterbenden betete. Der schien zuzuhören … Denn dein ist das Reich und die Kraft und die Herrlichkeit in Ewigkeit! Amen!

Lehrer Haller trat nach einer Weile näher, beugte sich nieder und sah in brechende Augen.

»Ich bin so neugierig …« sagte der Sterbende.

Ja, neugierig, mit großen, fragenden Augen hatte Johannes Frisius in das Leben, in die Natur und in die Bücher geschaut. Und neugierig schaute er auch in das neue Land. –

Am anderen Vormittag stand Andrees am Bett seiner Mutter. Sie war noch nicht aufgestanden, saß aber schon aufrecht und hatte die weiße Morgenhaube schon auf, eine von jenen großen, welche das ganze Haar bedecken und so gemütlich aussehen, so recht großmütterlich. Anna Haller, von jeher eine Freundin der alten Frau, in großer, heller Wirtschaftsschürze, waltete mit der Wichtigkeit einer jungen Mutter in den beiden freundlichen Stuben, in welche die Morgensonne schien.

Er sagte ihr, daß er vorläufig wieder nach Flackelholm ginge. Sie schien nicht zu erschrecken. »Gehe nur!« sagte sie. »Ich habe ja auch Zeit genug, für dich die Hände zu falten. Ich habe es immer gefürchtet, daß das Geld, das dein Vater in Flackelholm verarbeitet hat, dich nicht ruhen lassen, und daß deines Vaters Ende deinen Trotz aufwecken würde, Flackelholm doch zu zwingen. Die Strandiger sind hart; ich bin zu weich für sie.«

Über Maria sagte sie nichts, von Franz, daß er oft zu ihr käme und ihr erzählte, wie er den Hof verwaltete: »Er ist ein tüchtiger Landwirt, Andrees. Es war ein guter Gedanke von dir, ihn während deiner Abwesenheit zum Verwalter zu machen. Sieh nur zu, daß du die Arbeiten auf Flackelholm beschleunigst, damit du zum Herbst hierher kommen kannst. Dann kannst du im nächsten Frühling, wenn das Trauerjahr um ist, mit Ingeborg Hochzeit machen. Grüße Ingeborg!«

Dann ging er, nachdem er ihren weißen Kopf gegen seine Brust gedrückt hatte.

Vom Heidehof aus machte er sich nach Flackelholm auf den Weg. Als Heim ihn fragte: »Wie denkst du nun über die Zukunft?« sagte er: »Du wirst es bald erfahren.«

Das Sterben, das Andrees sah, machte ihn stark. Des Wille überhaupt auf das Ernste gerichtet ist, der wird gefestigter, klarer, sicherer, wenn er ein Sterben sieht. Der Tod ist ein König mit hoher, natürlicher Majestät. Wer bei ihm Audienz hatte, vergißt das Gesicht nicht; er sei denn mit Willen leichtfertig.

Es war Andrees, als er dies Sterben gesehen, als wenn er hellere Augen bekommen. Schon da er, ein einsamer Mann, den weiten, stillen Weg durchs Watt machte, zu Fuß, den Kompaß in der Hand, der Baken achtend und der gestrigen Wagenspur, welche durch die Flut nicht ganz zerspült war, waren seine Gedanken bei den Plänen, die in den stillen Tagen auf Flackelholm entstanden, an dem Sterbebett seines alten Freundes gekräftigt und von der Mutter gesegnet waren.

Nachdem seine Seele das Gleichgewicht wieder erhalten und gewisserweise sich von den Knieen erhoben hatte, fing sie nun an, die Augen zu öffnen und um sich zu blicken. Die Erzählung aus seiner Väter Zeit, die er gestern gehört, die ihn den Ursprung seines Geschlechtes und seines Namens lehrte, hatte ihm das ernste Gesicht der Vergangenheit gezeigt, die Worte des Sterbenden das noch ernstere der Zukunft. Dazwischen stand er, ein Mann, der die erste Hälfte des Lebens bald hinter sich hatte, nach dieser Frist auch ein Sterbender. Da stand er an der Kreuzbake, als am höchsten Punkt des Weges und seine Mitte, und sah nach dem alten Land zurück und hinüber nach dem neuen und sah das neue Land wohl liegen, doch ging dahin weder Weg, noch Steg. Und es war ihm schier, als wäre es so auch mit dem Leben: man müßte nach der ersten Bake gehen, als nach der nächsten Aufgabe und also von einer Aufgabe zur andern, dann käme man wohl nach dem neuen Land, also daß die einzelnen Aufgaben des Lebens der richtige Wegweiser wären bis in den Tod.

Und wie er so stand, mitten im weglosen Watt, von seiner gewaltigen Einsamkeit und übermenschlichen Größe erfaßt, er, der kleine Wanderer neben dem dürren Birkenstamm, da sagte er sich: »Ich will es wagen. Er mag geben, was Er will; ich will Ihm vertrauen und nicht müde werden.« Er hob die Arme nach Flackelholm hinüber und, weil er allein war, – sonst hätte er es nimmer gethan, wann lag je ein Mann an unserer Küste in den Knieen? – legte er sich dort an der Bake im Sand aufs Knie, nicht wie ein Betender, sondern wie einer, der müde ist oder etwas am Boden sucht. Nahm auch eine Muschel auf, die da lag, und steckte sie in die Tasche.

Zur selben Zeit stand Ingeborg auf der Düne, das mächtige Fernrohr in der Hand, und lehnte sich ein wenig gegen das Dach der Hütte und sah übers Watt und dachte: »Ich bin in Sorge um ihn. Ich habe nirgends Ruh. Dreimal habe ich den Strumpf fortgeworfen, den ich ihm stricke – er meint aber, Antje thut es – und dreimal lief ich auf die Düne.«

Sie schüttelte traurig den Kopf: »Es ist nicht Sorge, es ist etwas anderes: es ist Sehnsucht. Ich wollte es bändigen; ich meinte, es wäre tot, als die Schwester tot war; aber es ist betäubt; es kommt wieder, das Schreckliche, das Süße: Da kommt Andrees Strandiger! Das ist sein Schritt! Das ist seine Gestalt! Und das ist sein Haar, das sich dunkel über die Stirn legt. Es schießt das Blut nach dem Herzen, daß es klopft, und nach den Augen, daß sie dunkel werden.

Ich *will* es bändigen; er darf es nicht merken. Wenn es mir in die Augen fährt wie Feuer, will ich sie schließen. Ich will fort, bald. Wenn ich sehe, daß er helle Augen hat, daß er Mut hat, will ich wieder nach Strandigerhof und will nach Flackelholm hinübersehen und will hoffen und harren.

Mich wundert, daß es so still neben mir hergeht; so lange schon. Was hatte er damals auf der Heide für Augen! … Jetzt sind sie ohne Glanz … Ich sehne mich, die anderen zu sehen, die von der Heide.

Denn er ist mein und ich bin sein, und ich sehe ihm in die Augen und … dann thue ich meinen Augen keinen Zwang an.

Still!« sagte sie leise und schüttelte den Kopf. »Nicht zuviel denken!«

Sie sah über das Watt. Dort der kleine schwarze Punkt, das könnte er sein. Sie hob das Rohr, sah hindurch und suchte, da zeigte ihr das starke Glas, wie er kniete und sich erhob und weiterging. Es wurde ganz still um ihr Herz. Sie ging langsam die Düne hinunter nach der Hütte und dachte: »Er braucht noch gegen zwei Stunden. Ich will aber doch schon ein anderes Kleid anziehen. Aber entgegen gehen will ich ihm nicht.«

Nach zwei Stunden war sie doch unfern des Dieksander Gatts; der grauschwarze Schäferhund stand neben ihr. Sie stand auf dem letzten Grasfleck und rührte sich nicht. Sie sah, wie er die hohen Stiefel auszog und in den Priel hineinging, dessen Wasser ihm bis übers Knie reichte. Dann kam er den nassen Sand hinauf, und als er noch fern von ihr war, grüßte er und sagte laut: »Guten Morgen, Ingeborg!« Sie rührte sich nicht und sah auf ihn und erkannte das Starke in seinem Gesicht und ein gewisses Selbstbewußtsein in dem, wie er den Kopf trug. Da ward sie sehr froh und kam eilend von ihrer grünen Insel herunter, gab ihm die Hand und nickte ihm zu und vergaß, die Feuer zu löschen, die in ihren Augen aufgeflammt waren.

Ihm aber ging es durchs Herz, wie er das liebliche Rot ihrer Wangen sah und das leise Lächeln und die gesenkten Lider und das helle Haar, um das sich die Flechten wandten.

Dann gingen sie nebeneinander her und berichteten, was sie erlebt hatten, und versuchten beide, wie zwei Kameraden zu sein, die gute Freundschaft halten und an gewissen Dingen das gleiche Interesse haben, und waren es von Stund an nicht mehr.

Von diesem Tage an war Andrees vom Morgen bis Abend in Thätigkeit. Reimer Witt und er gingen stundenweite Wege. Wie seine dunkle Striche standen sie am Horizont, und Ingeborgs Arme wurden müde vom Halten des Fernrohrs.

»Wie gehen sie dort hoch, Antje! Sieh mal! Als wenn dort auch eine Insel ist.«

Antje legte die Hand über die Augen: »Ist noch keine Insel,« sagte sie, »wird aber eine werden! Dort schlickt es mächtig an.«

»Sie stoßen eine Latte in den Schlick.«

»Reimer hat die Latte mit Lehm bestrichen; sie wollen sehen, wie hoch der Lehm verschwunden ist, wenn die Flut sich verlaufen hat. Ich glaube, der Lehm wird heute gar nicht naß. Ich sah da gestern mehr als hundert Vögel sitzen.«

»Das kannst du mit bloßen Augen sehen?«

»Ja … Siehst du nicht die Seehunde liegen? Dort seitwärts von ihnen? Gerade ein Dutzend ist es; sie liegen in der Sonne auf dem festen Abhang.«

Ingeborg suchte sie mit dem Fernrohr und fand sie. Stumm beobachtete sie das drollige Gebaren der Tiere, wie sie sich rollten und sich auf den kurzen Schwimmfüßen aufrichteten und die weißen Brüste hoben, und wie sie sich vorwärts schleppten, liegenden Menschen nicht unähnlich, die sich auf den Ellenbogen aufstützten, Urheber der mannigfachen Geschichten von Meerweibern. Denn, um mit Heim zu reden: »Wer will behaupten, Eva, daß diese Geschichten Sagen sind? Oder was sagst du, Ingeborg?«

»Daß man wieder kein vernünftig Wort mit dir reden kann, Heim!« pflegte Ingeborg dann zu antworten.

Ingeborg ließ das Glas sinken und sagte: »Sage mal, Antje, was treiben die beiden? Vorgestern haben sie in den Dünen ein tiefes Loch gegraben und das gefundene Wasser zum Kaffee gebraucht und haben behauptet, es ließe sich sehr wohl trinken, und stritten gegen uns an, wie Männer zu thun pflegen, ohne Grund, geradezu gegen die Wahrheit, und ich habe doch auch geschmeckt. Und gestern sagte er: ›Das Wasser ist viel besser, viel besser! Schmecke mal, Reimer?‹ Und es war kein bißchen besser.«

So sprach sie und war froh, von ihm reden zu können, und freute sich, daß er so eifrig bei der Arbeit war.

Antje sah in Gedanken übers Watt und begann plötzlich, wie es zuweilen über sie kam, von ihrem toten Helden zu sprechen: »Morgen ist wieder der Tag von Gravelotte,« sagte sie; »wann er wohl endlich wiederkommt! Ich werde ja alt und kalt dabei … Oder meinst du auch, Ingeborg, daß er wirklich tot ist?…« Sie sah mit verlornem Blick über den Strand hin …»Dann müßte ich ihn aber finden können? Beim letzten Sturm habe ich ihn vergebens gesucht.«

Aber Ingeborg plauderte von dem weiter, von dem ihr Herz voll war.

»Sie haben gestern auch das Wasser untersucht, das wir das tote nennen; dort in der Düne.«

»Den Namen habe ich ihm gegeben,« sagte Antje stolz. »Er stammt vom Sturm vor drei Jahren.«

»Und Reimer sagte, als wir beim Abendbrot zusammen saßen – du warst noch nicht vom Büttfang zurück –: ›Wir müssen dort eine Bestückung vornehmen. Da muß Bohnenstroh oder Weiden entlang gelegt werden.‹ Ich merkte wohl, daß Andrees ihm zuwinkte und nach mir hinsah; aber Reimer mußte seine Weisheit durchaus an den Mann bringen. ›Der Sand,‹ sagte er, ›der von der Brandung herfliegt, wird sich in dem Stroh ansammeln. So werden wir bald eine neue Düne haben, die uns nichts kostet, und einen Teich, der vom Salzwasser getrennt ist.‹ Da nickte Andrees und fing an, von anderen Dingen zu reden.«

So plauderte Ingeborg, auf der Bank sitzend und übers Watt schauend, während Antje seitwärts von der Hütte die Wäsche auf die Leine hängte.

Gegen Abend kamen die beiden müde heim, mit einem mächtigen Appetit. Reimer Witt verzehrte stillschweigend dreißig Möveneier, die Antje in der Morgenfrühe gesammelt hatte; Andrees und Ingeborg hatten sich leid daran gegessen.

Als Reimer die Gabel niederlegte, sagte er: »Ich habe einen Seehund erschlagen. Er war zu fett; ich will ihn morgen holen.«

Und er sah sorgenvoll ins Wetter, ob etwa die Flut ihn auch wegtreiben würde.

»Darum hast du den Pfahl eingetrieben!« sagte Ingeborg und lehnte sich über den Tisch.

Da sah Reimer auf Andrees und sagte: »Wir müssen das Glas morgen mitnehmen, damit uns niemand nachspürt.«

»Thut es doch!« Und Ingeborg lehnte sich zurück und ward rot vor Freude; denn sie hatte in Andrees' Gesicht eine leise spöttische Lustigkeit gesehen.

»Reimer hat einen erschlagen,« sagte er, »ich habe einen erschossen. Antje muß morgen, sobald wir die Tiere haben, Thran auskochen.«

»Ein feines Geschäft!« sagte Ingeborg.

»Du sollst umrühren!« sagte Andrees.

Sie sah ihn an, und die überlaufende Freude funkelte in ihren Augen wie Flut im Sonnenschein.

Er aber sah ernst drein und sah sie nicht an.

Am andern Morgen in aller Frühe zogen die beiden wieder aus und kamen, mit den Seehunden schwer beladen, zurück.

»Wir haben also dort ein neues Land entdeckt,« sagte Andrees, »und haben es Hundsknüll genannt, nach Reimer Witts Vorschlag.«

»So heißt es schon lange,« sagte Antje und lachte.

»Wer ist denn vor uns dagewesen?«

»Die Störfischer von der anderen Seite haben da auch schon stundenlang auf der Lauer gelegen. Als sie zurückkamen, brachten sie einen kleinen Hund mit, der reiner war als sie; denn sie waren im Schlick an den Strand herangerutscht. Und in jedem Jahr kommt ein unkluger Hamburger die Elbe herunter, landet mit seiner Jacht im Dieksander Gatt und geht nach dem Hundsknüll, liegt da auf dem Bauch im Schlick und bellt die Hunde an, die ihre Köpfe aus dem Wasser strecken. Ihr seid nicht die Ersten.«

»In zehn Jahren,« sagte Andrees, »ist dort grünes Land! Und wie lange dauert's, dann sind die beiden Inseln verbunden, und es findet sich ein kürzerer Weg nach dem Festland. Antje, hast du jemals versucht, auf einem kürzeren Weg nach dem Koog zu kommen?«

»Nein!« sagte sie. »Es ist alles unergründlich. Der beste Weg nach Flackelholm ist zu Boot von Büsen her durch den Flackstrom ins Dieksander Gatt.«

Andrees nickte. »Hörst du?« sagte er zu Reimer.

Reimer nagelte das fetttriefende Fell des Hundes an die Balkenwand der Hütte, damit es trocknete, und wandte sich nicht um und sagte: »Wir kriegen das alles in Ordnung. Nur Zeit lassen!«

Also benahmen sie sich wie solche, die wichtige Pläne haben, die aber noch nicht gestaltet genug sind, um anderen Menschen gezeigt zu werden, oder wie Leute, die etwas erfanden, aber noch kein Patent haben.

Ingeborg hörte still zu.

In den nächsten Tagen besuchten die beiden Männer die Störfischer, die weit draußen am Dieksander Gatt lagen, und unterhielten sich mit diesen über den Ertrag ihrer Arbeit; und die einsamen, wortkargen Männer; die in hohen Thranstiefeln am Priel standen, zeigten ihnen die gefangenen Fische, die im Wasser trieben, durch Stricke, welche durch die Kiemen gezogen waren, ans Boot gebunden. Es waren stattliche Gesellen.

Und am Nachmittag erhielt Ingeborg Auftrag, einen starken Kaffee zu machen, es würden sechs oder sieben Gäste kommen. Dann kamen von Süden her, wo sie gelandet waren, Krabbenfischer, barfuß und zuweilen ausspuckend, und saßen und lobten den Kaffee. Einige waren gelernte Schiffer, wetterharte, verständige Leute, die in des Kaisers Marine gedient und große Fahrten gemacht hatten. Einige hatten in ihrem Landberuf Bankerott gemacht; nun war das Wattenmeer ihr Arbeitsfeld. Auf den schmalen Wegen des festen Landes war es ihnen nicht gelungen, Brot und bürgerliches Ansehen sich zu erhalten oder zu erjagen; im wegelosen, unendlichen Watt fanden sie beides. Nicht immer hatten sie Glück; der Schiffsleitung nicht kundig, erlitten sie leicht Not und Havarie.

Der eine der Gäste war im vorigen Frühjahr von einem harten Nordweststurm gegen den brandenden Strand getrieben. Die andern waren entronnen; aber dieser eine hatte es nicht vermocht. Als der Anker riß, nahm es ihn mit fort. Mit Mühe und Not, seinen Knaben im Arm, sprang er vom Klüverbaum aus dem Boot, das hart auf den Sand stieß. So rettete er sich und sein Kind. Nun stand er auf der Düne und sah hinüber. Da lag es noch. Es streckte wie ein verunglückter Walfisch seine dürren Rippen gegen den Himmel. »Es war eine tolle Fahrt,« murmelte er. »Ich hatte drei Tage Kopfweh und fürchtete, irrsinnig zu werden, so furchtbar stieß das schwere Boot auf den steinharten Grund. Wenn ich ohne den Jungen heimgekehrt wäre, was hätte Mutter gesagt!« Er stand eine Weile, nickte ernst mit dem Kopf und sah hinüber. Dann wandte er sich nach der Hütte, in der er in jener Nacht mit seinem Jungen, beide frierend und hungernd, gesessen hatte.

In der Hütte wurde langsam, breit und behaglich gesprochen, wie die Weise der Schiffer ist, die an unserer See wohnen. Ungern verändern sie den Gegenstand der Rede; er muß erst breit ausliegen, wie der Butt, der in der Priele schwimmt.

Alle redeten sie zuerst von früheren Besuchen, die sie auf der stillen Insel gemacht hatten. Fast jeder von ihnen war ein- oder zweimal auf Flackelholm und in der Blockhütte gewesen. Den einen hatte die Neugier, den andern die Langeweile vom Bord an den Strand gebracht; einige waren an der Brandung entlang gelaufen, ein Brett, das brauchbar wäre, oder wertvolles Strandgut zu finden. Denn der Strand von Flackelholm hat den Ruf, noch Besseres zu bergen als Rundholz und tote Seehunde.

Dann kamen sie auf besondere Erscheinungen, die ihnen auf Flackelholm begegnet waren. Der eine war im Dämmern des Abends von der Hütte fort nach seinem Boot gegangen; da war unterwegs, in kurzer Entfernung, eine mächtige Gestalt an ihm vorübergegangen, ob Frau oder Mann, das konnte er nicht sagen … Aber es war wohl überhaupt kein Mensch gewesen, sondern ein Geist. Und zwar ein lustiger, denn er hatte getanzt und gesprungen. Ein anderer erzählte, daß er eines Abends, vor etwa sechs Jahren, nach der Hütte gegangen wäre, weil er den dummen Einfall gehabt hatte, dort zu schlafen. Er hätte aber die Thür nicht öffnen können, und als er mit dem Fuß dagegen geschlagen, sei ein gellender Schrei aus der Hütte gekommen, wie wenn ein Mensch, von einem Traum gequält, jäh aufwacht.

So erzählte er und that einen tüchtigen Schluck Kaffee und sagte: »Ihr wißt, daß ich nicht lüge.«

Antje füllte die Tasse von neuem und sah dabei mit schlauem, irren Lächeln auf ihren Bruder. Reimer Witt blickte ernst und mitleidig in das Gesicht seiner Schwester.

Der eine der Gäste war ein Bekannter von Reimer Witt. Sie hatten vor Metz nebeneinander auf dem Reisig geschlafen, und wenn der Regen gar zu dicht niederfiel, waren sie zu einander gekrochen und hatten also alles gemeinsam gehabt: Nässe, Wärme und Ungeziefer, das nicht zu vermeiden. So waren sie gute Freunde geworden. Diesen nun bearbeitete Reimer, daß er von Flackelholm und von Anschlick, Grasung und Priellauf, Landung und Brandung sprach und, nachdem der nicht geringe Kenntnis entwickelt, sagte der Schlaue: »Mensch!« – denn solch vorsichtige allgemeingültige Anrede ist in dieser Gegend unter guten Freunden ständiger Brauch – »Mensch!« sagte Reimer. »Ich hätte fast Lust, hier auf Flackelholm zu bleiben! Ich würde Schafe und Gänse halten, eine ganze Menge. Es ist nur eine Schwierigkeit: der Winter!«

Der Schlafkamerad von Metz hob seinen rothaarigen Kopf: »Ja, der Winter!«

»Wie lange ist das Wasser fest?«

»Je nachdem: zwei Monate!« sagte der Rotbart.

»Dann kann niemand hier landen?«

»Manchmal doch! Das Wasser ist bald hier frei, bald da. Man muß eben das Wasser kennen, das rund um die Insel läuft. Das ist bunt, sage ich dir. Da lernt man sein Leben lang daran.«

»Du hast keine Familie?«

»Nee! Bin zu lange draußen gewesen!« und er zwinkerte mit den Augen nach dem Neuwerker Leuchtturm hinüber: »Auf großer Fahrt!«

»Komm mal mit!« sagte Reimer. »Ich will dir was zeigen.«

Er trat mit ihm vor die Hütte und redete lange mit ihm. Und der Schlafkamerad nickte bedächtig, zog die Augenbrauen hoch und sagte zuletzt: »Ich habe nur ein Bedenken: wenn er hier mit uns bleiben will ... ist er fein? Ich will mit allen Leuten zu thun haben, bloß nicht mit den Feinen!«

Da gab Reimer über Andrees Strandiger das ehrenvolle Zeugnis ab: »Er ist ein ganz gewöhnlicher Mensch.«

»Na ... denn kann's meinetwegen losgehen!«

Die andern traten aus der Hütte. Andrees, den sie wohl leiden mochten, denn er war ruhig, kurz von Worten und langsam überlegend wie sie, ging mit ihnen. Reimer und sein Schlafkamerad gingen allein hinterher.

Reimer kehrte als Erster in die Hütte zurück; er fand Ingeborg, wie sie den Tisch abräumte.

»Wie es hier riecht!« sagte sie und sah ihn scharf an.

»Sie haben etwas Kümmel in den Kaffee gegossen,« sagte Reimer.

Die folgenden Tage untersuchten die beiden den Wuchs und die Art des Grases und Krautes, das weit und breit in einer Ausdehnung von über hundert Hektar das ebene Land bedeckte. Es war mancherlei Art. Alles, was am Strand der Nordsee auf neuem Land gedeiht, fand sich vor. Es lag wirr und dicht auf der Erde: jenes feine, kurze Gras, das sie Drückdahl nennen, weil es sich wie eine feste, dichte Haut auf den Boden legt; Strandnelken standen dazwischen. Da war eine hellgrüne, fette Pflanze, der Zwiebel nicht unähnlich, wenn sie eben aus der Erde kommt. Da waren graue, harte Pflanzen, vom Bau des Heidekrauts, die weite Strecken bedeckten; unter ihnen zeigte sich der graue, nackte Schlickboden. Und Reimer nahm von allem, was da wuchs, ein Stenglein und biß hinein und schmeckte und sagte: »Es ist Kraut und Unkraut; aber ich glaube nicht, daß auf der Insel ein Halm wächst, der den Tieren schadet.« Auch den Wasserlauf untersuchten sie, der, unweit der Hütte anfangend, ins Watt hineinlief und im Dieksander Gatt mündete. Sie maßen seine Tiefe und untersuchten seinen Grund und brachten Krabben und Fische mit, die sie in Handnetzen gefangen hatten. Als sie zurückkamen, hörte Ingeborg, wie Andrees sagte: »Du hast recht; wir müssen ständige Verbindung mit Büsen haben. Wir müssen ein Boot haben und einen Mann, der das Wasser kennt. Ich will darüber an den Rotkopf schreiben.«

An diesem Abend, der sehr mild und sonnig war, als Reimer und Antje noch einmal auf Fischfang ausgezogen waren, – denn Antje hatte behauptet: »Das versteht ihr nicht!« – da kam Andrees vom Strand zurück und stellte sich vor Ingeborg hin, die in der Sonne saß und nähte und sagte zögernd: »Du, Ingeborg, ich habe ein sonderbar Anliegen. Mein Haar und Bart wird allzu wild, und ich wage nicht, es selbst zu schneiden, und Reimer hat kein Zutrauen, so groß auch sein Ruf als Haarschneider seiner Kinder ist, und mit Antje ist das bedenklich.«

Sie sprang auf und trat mit der blitzenden Schere aus der Hütte; eine feine Röte war über ihr frisches, weiches Gesicht geflogen.

»Stehe still!« sagte sie; das Herz klopfte ihr.

Und sie sing an zu schneiden. »Ich habe dem Fritz auch das Haar geschnitten,« sagte sie.

»Ich habe es gesehen. Darum komm' ich zu dir.«

Sie schnitt mit zaghafter Hand, bog den Oberkörper zurück, wandte den Kopf hin und her, konstatierte ein schiefes Verhältnis und dachte: »Wenn er doch wegsähe!« Ihre Wangen brannten.

Da erkannte er ihre Not und sah steif gegen die Wand der Hütte nach dem aufgehängten Fell des Seehundes.

»Ich weiß nicht,« sagte sie zögernd, »hier am Ohr ist es eine schwierige Sache.«

»Wage es nur!«

Da versuchte sie es. Aber die Hand zitterte, und am Läppchen des Ohres zeigte sich ein roter Tropfen Blut.

Da warf sie die Schere in den Sand, stampfte mit dem Fuß auf die Erde und weinte.

»Na ... Ingeborg! ... Nun weine doch nicht!« Und er nahm gutmütig und voll Mitleid die Schere auf und gab sie ihr wieder: »So kann es doch nicht bleiben. Du mußt näher herankommen.«

»Ich kann es nicht! Ich kann es nicht!« Sie hatte sich auf die Bank gesetzt und sah sehr unglücklich aus; ihre Augen waren voll Thränen, und sie knipste kopfschüttelnd mit der Schere. »Du mußt Mut haben. Nur zu!«

»Du bist mir zu groß!«

Da ließ er sich auf ein Knie vor ihr nieder und sah zu ihr auf, und langsam ging das Werk von statten, in der Weise, daß sie das Ohr in der Hand hielt, es säuberlich vor der wilden Schere schützend. Er aber, ihr Gesicht dicht vor sich, wunderte sich über die mancherlei Geister, die da ihr Werk trieben, und waren da traurige und halblustige, und war kein einziger böser darunter.

Am anderen Morgen ward es ein heißer Tag. Die beiden Männer waren mit den Pferden an den Strand gegangen, um mehrere wertvolle Ballen, Fässer und Ketten zu bergen, welche die letzte Flut angetrieben hatte. Da ging Ingeborg nach dem sogenannten toten Wasser. Reimer hatte es erprobt, daß es guten, festen Grund und nirgend abschüssige Tiefen hatte. Darum war Ingeborg empfohlen worden, dort zu baden.

So badete sie dort in der Morgensonne.

Frisch geworden und doch ein wenig müde, ging sie, das Haar noch gelöst, rasch über den heißen Sand und legte sich im Maifeld, mitten unter die Kräuter und Blumen, dicht neben die Wagenspur, die innerhalb der Dünenkette entlang ging, und fing an müde zu werden und dachte: »Wenn der Wagen kommt; wache ich auf.« Und dachte noch einmal: »Er darf mich hier nicht finden.« Und als sie einschlief, suchte sie ihn im Traumland und fand ihn bald, und er war freundlich zu ihr, und ein Zug von lächelndem Glück legte sich über ihr Gesicht. Sie wußte aber nicht, daß sie sich ihm absichtlich in den Weg gelegt hatte.

Als sie lag und schlief, kam er ganz allein durch das Kraut und die Blumen und dachte an sie, sah sie und stand, festgehalten zuerst von der Überraschung, dann von ihrem Liebreiz; denn ihre ganze Gestalt und die Züge ihres Gesichts waren rein, weich und voll wie eine frische Rosenknospe im Morgentau. Das lose Haar war wie mit feinem Gras und schüchternen, kleinen Blumen besteckt, und sie bot mit zurückgezogenem Kopf und ausgestreckten Armen den Anblick einer Bittenden. Das Gras wehte ein wenig, Lerchen sangen in der Nähe, in der Ferne schrieen Möven, die Luft war voll Kraft und Frische, und die Liegende gehörte zu dem allen und war das Schönste von dem allen. Da ließ er sich auf ein Knie nieder und sah auf sie, und zum erstenmal trat in seine Augen jener stille, reine Glanz, der die Liebe als ein Feuer von einem Herzen ins andere wirft.

Als er sie so ansah, wohl so lange, als eine Biene vorübersummt oder eine Möve schreit, erwachte sie unter seinem Blick, und auf der Schwelle des Traumlandes schlug sie weit und fröhlich die Augen auf und sagte langsam: »Hast du mich *so* lieb?« Dann aber lag sie schon auf den Knieen, und die Hände ausstreckend, bat sie ihn mit scheuen Augen: »Geh' weg! Andrees, geh' weg!« Und das Haar fiel über ihre Hände, mit denen sie das Gesicht bedeckte.

Er war schon fortgegangen, über die Düne nach dem Strand zurück, und kam erst gegen Abend heim.

Bleich kam Ingeborg zur Hütte.

Gegen Abend, als die Flut sich verlief, kam er heim und sah, daß Reimer die Pferde anschirrte, zögerte einen Augenblick und ging dann nach der Hütte. Da trat Ingeborg aus der niedern Thür, reisefertig.

»Ich gehe fort, Andrees!« sagte sie und sah nicht auf. Langsam gingen sie nebeneinander auf die Höhe der Düne. »Ich will nach Marias Grab sehen,« sagte sie.

Er nickte. »Du hast recht.«

Als sie oben nebeneinander standen, faßte er ihre Hand: »Du bist rein und stark; ich muß dich für mein Leben haben.«

Sie senkte den Kopf: »Es muß Zeit darüber hingehen, Anbrees!«

»Ich will auf Flackelholm bleiben,« sagte er, »so lange der Strandigerhof in fremden Händen ist. Ich will aber nicht unthätig sein, sondern ich will hier einen Deich und ein Haus bauen, Gräben und Dämme ziehen, das Watt untersuchen und Land gewinnen. Meine Väter haben mit dem Meer gekämpft, ich will es auch.« Er ballte die Hände, und seine Augen flammten düster. »Es ist viel versäumt und gesündigt; aus der Sünde soll Gutes kommen. Aber ich kann nicht verlangen, daß du dies Leben mit mir teilst.«

»Wo dein Leben ist, ist meins, Andrees. Das habe ich mit Maria gemeinsam, daß ich treu bin. Wenn du glaubst, daß es geschehen kann, dann rufe mich.«

»Ingeborg!«

»Wir müssen still und stark sein, Andrees.«

»Grüße meine alte Mutter! Um ihretwillen wollte ich, daß ich, bevor die Pachtzeit zu Ende ist, wieder auf Strandigerhof säße ... Aber Flackelholm soll nicht wieder vergessen werden.«

Sie standen noch eine Weile nebeneinander und sahen über das Land, das sich meilenweit aus dem Wasser hob.

»Das Grübeln ist vorbei; das Arbeiten hat angefangen.«

Dann gaben sie sich zum Abschied die Hände.

Der Herbst kam. Um den Eschenwinkel war es still. Die Ausgewanderten schrieben spärliche Briefe; die in der Heimat gebliebenen Männer waren nach Flackelholm gezogen. Sonnabends, wenn die Flut es zuließ, kamen sie heim zu Frau und Kind.

Auf Flackelholm graste eine kleine Herde Schafe, die Gesundheit des Grases zu erproben; und eine Schar von Gänsen zog alle Morgen von der Düne herunter, Antjes Schützlinge und Stolz. Vier Pferde fanden reichlich Gras und behielten bei der Arbeit ihr gutes Aussehen.

Das Boot des rotköpfigen Schiffers lag im Dieksander Gatt. Er sorgte für Fische und andere Nahrung, die er von Büsen herüber holte. Er zeigte sich als tüchtiger Mann, der nüchtern war und Wort hielt; die Metzer Reisigbündel, so naß sie waren, hatten seinem Charakter nicht geschadet.

Fünfzehn Mann, die von Jugend auf die Spatenarbeit kannten, standen drei Monate lang im Maifeld und hoben die verschlammten Gräben aus, die Andrees' Vater vor zwanzig Jahren gezogen hatte, und machten neue. Sie machten die Gräben zwei Meter breit und ein Viertelmeter tief und warfen die Erde in der Mitte des Stücks zu einem breiten Wall auf; nun konnte die Flut den Schlick tief ins grüne Land hineintragen. Und wenn die Flut dreimal den Graben hin- und zurückgekrochen war, dann war vom Spatenstich wenig mehr zu sehen, so viel weiche, fruchtbare Erde hatte das Meerwasser zurückgelassen.

Ein königlicher Regierungsrat war auf Strandigers Bitte herübergekommen, hatte drei Tage lang auf Flut und Ebbe acht gegeben, hatte bis an die Knie im Schlick gestanden und in der Hütte Linien, Gräben, Profile und Pläne niedergezeichnet. Er hatte sich den Schweiß von der Stirne gewischt und war wieder hinausgegangen, im Regenwetter, Reimer Witts alten »Wasserdichten« um die Schulter, war abends heimgekehrt und hatte Butt und Pellkartoffeln gegessen und eingehauen wie ein Drescher. Die Leute wunderten und freuten sich, daß der gelehrte und feine Mann so gemütlich und natürlich war; sie wurden zutraulich und wagten, ihn ungefragt auf dies und auf das aufmerksam zu machen; so erfuhr und bewirkte er mehr und war ein besserer Vertreter seines Königs als jener Assessor, der am Biertisch bedauerte, daß Geburt und Stellung ihn hinderten, sich dem Volk zu nähern. Er war am Strand aufgewachsen, gleich wie Andrees, und hatte über dem Schreibwerk das Spatenwerk nicht vergessen. Als er fortging, nickte er Andrees zu: »Machen Sie Ihrem Namen Ehre!« sagte er. »Wenn ich nicht über die Köge und Deiche und über die Gräben und Buhnen gesetzt wäre, würde ich Sie um ihren Besitz und Ihren Wohnort beneiden.«

Auf den weiten, fruchtbaren Feldern des Strandigerhofs wurden die Hackfrüchte geerntet. Es war eine gute Ernte; aber doch war Franz Strandiger nicht im stande, die ganze Pachtsumme aufzubringen; denn die Korn- und Viehpreise waren ungünstig geworden. Allerheiligen kam näher, und er hatte nicht das nötige Geld. Und wenn er den vollen Ertrag der ganzen Ernte verwendete, fehlte doch noch Geld; er durfte nicht mit leeren Händen in den Winter hineingehen.

Da gab es böse Tage für die Dienstleute und für den fremden Arbeitervogt; und manch derbes plattdeutsches Wort und fremder, polnischer Fluch schallte über den weiten Hofplatz, hinauf zu der Blinden und zu dem stillen Mädchen, das an ihrer Seite saß. Den Pächter aber trieb seine Unruhe aus der Schreibstube und von dem Getriebe auf dem Hofe weg auf einsame Wege; und bald ward es ihm eine Gewohnheit, daß er, wenn die Flut weglief, weite Wege ins Watt hineinmachte. Und wie es bei seiner Natur begreiflich ist, währte es nicht lange, da hatte sich diese weite, furchtbare Einsamkeit in sein Herz geschmeichelt; das wilde Watt hatte es seinem stolzen Herzen angethan. Stundenlang wanderte er, die Büchse im Arm, an den Wasserläufen entlang, durch glitzernde Wasserspiegel und weit sich dehnende Muschelbänke, brachte auch manche Beute heim, bald einen seltenen Seevogel für Lehrer Haller, bald eine Ente für die Küche, einigemal einen Seehund, den er watend und schwimmend, mit Gefahr des Lebens, ans Ufer geholt hatte, nachdem seine Kugel ihn getroffen. Und er ward ein genauer Kenner des Watts bis dahin, wo die Kreuzbake steht.

Wenn er so wanderte, verließen ihn allmählich die Sorgen um Geld und Vorwärtskommen, um Zinszahlen und Pachttermin. Seine Augen wurden ruhiger und bekamen etwas Stilles und Sinnendes, und bald waren seine Gedanken bei Ingeborg Landt, der er täglich eine Stunde lang gegenüber saß, wenn er der Blinden, wie er bei sich selbst sagte, »den Verwaltungsbericht ablegte«.

Franz Strandiger hatte bisher nicht erfahren, was eine innige, herzliche Liebe bedeute. Als Andrees und Heim Heiderieter damals in jugendlicher, aber echter Schwärmerei auf die heranwachsenden Mädchen blickten, Heim mit lauter, Andrees mit wortkarger Verehrung, hatte er nur Lachen und Spott gehabt. Als seine späteren Bekannten, bald dieser, bald jener, sich zu Lebensgefährten Mädchen erwählten, die weder durch ihre Erscheinung, noch durch ihren Geist, noch durch ihr Vermögen hervorragten und diesen Schritt mit dem kurzen Satz: »ich liebe sie« erklärten, dann schüttelte er als über eine ihm unverständliche Sache den Kopf. So schien er nach seiner Charakteranlage unfähig, jemals jene aus sinnlicher und seelischer Zuneigung so eigentümlich und so innig zusammengesetzte Liebe zu fühlen, welche normalen, unverdorbenen Männern eigen ist.

Aber in diesem eben Gesagten liegt die Erklärung der auffallenden Thatsache, von der die Rede ist. Franz Strandiger war durch Erziehung und Umgang in seiner sittlichen Entwickelung aufgehalten, unterdrückt und verkümmert worden. In seinen Kindertagen war ihm immer wieder gesagt worden, daß die nüchterne Zweckmäßigkeit die einzige rechte Führerin durchs Leben sei. Er hatte dann von seinem sechzehnten Lebensjahr an in Kreisen verkehrt, zuerst in der Stadt, zuletzt auf einigen großen Gütern, die sittlich verderbt waren. So war es dahin gekommen, daß sein Blick abgestumpft wurde, daß er auch an der Frau nicht das Ideale und das Sittliche sah, sondern nur das Sinnliche und das mehr oder minder wertvolle goldene Behänge. Nicht die Anlage seines Charakters hinderte ihn, eine keusche Liebe zu hegen – das gute, treue Blut der Strandiger war auch in ihm –, sondern eine seelentötende Erziehung und eine auf diesem Boden gewachsene innere Unreinigkeit.

Da trat Maria Landt vor seine Augen; er beschäftigte sich mit ihr. Sie wurde von ihm bestimmt, die Helferin bei einer Rechnung zu sein. Sie trat mit der Angst und mit dem Vertrauen eines Kindes dicht an ihn heran. Er fühlte zum erstenmal die Bedeutung der sittlichen Persönlichkeit, die Stärke der christlichen Weltanschauung, die Kraft einer reinen Seele. Es stieg etwas Neues vor ihm auf: Barmherzigkeit und Reinheit traten in der freundlichsten Gestalt zu ihm, sahen ihn bittend mit zwei dunklen Augen an und sagten ihm, daß sie bereit wären, viel für die Brüder zu thun. Und sie that viel! Wie viel, das hat kein Mensch erfahren. Wie in eine andere Welt wurde sie von ihm gerissen. Es blieb als ihr Werk an seiner Seele eine Erschütterung alter, harter Lebensgrundsätze und eine gewisse Neigung, den Versuch zu machen, mit weichern, tiefern Augen auf die Umgebung und in das Leben und in die Welt zu sehen.

Nun war Ingeborg Landt nach Strandigerhof gekommen. Sie war nach jenem schrecklichen, trübseligen Märztag nach Flackelholm gegangen, ein unliebenswürdiges, unruhiges Mädchen, das dennoch immer sein Interesse erregt hatte; sie war im Spätsommer wieder gekommen, eine stille, weiche, frauenhafte Erscheinung, um die wie ein zartes Gewebe ein trauriges, sinniges Geheimnis lag, das aus ihren glänzenden Augen heraussah und den, der in diese Augen hineinsah, mit heißer Neugier erfüllte, zu erfahren, was so weich und schön verhüllt war. Franz Strandiger sah mit seinen neuen Augen auf diese neue Erscheinung. Was ihm, dem Blinden, damals an Maria Achtung abgezwungen hatte, was sein warmes Interesse erregt hatte: die sittliche, reine, warmherzige Persönlichkeit, das sah er jetzt in einem andern Bild, in einem viel schönern Bild und im schönsten Gewand, nämlich im Trauerkleid, mit stillen, einsamen Augen, schweigsam und dadurch doppelt schön. Und er sah das täglich, stundenlang, wenn er mit der alten Frau plauderte, wenn er ihr »den Verwaltungsbericht abstattete«. In diesen Stunden, während er mit ehrlichen, freundlichen Worten von der Arbeit des Hofes, von der Zukunft Flackelholms und von seinen Gängen ins Watt erzählte, sah er sie vor sich sitzen, den blonden Kopf über die Nadel beugend, nur zuweilen die strahlenden Augen hebend. In diesen Stunden wurde Franz Strandigers erste Liebe geboren.

Sie kam mit all ihrer Not und ihrer Freude. Und sie brachte mehr Not als Freude! Freilich, daran dachte er nicht, daß Ingeborg Landt Andrees nahe stand. Andrees hatte sich ja immer zu Maria gehalten; und wenn Ingeborg mit ihm nach Flackelholm gegangen war, so war sie als mit einem kranken Bruder gegangen. Auch das quälte ihn nicht, daß sie zurückhaltend und scheu war, daß nur dann ihre Augen ein wenig freundlich auf ihn sahen, wenn er von seinem waghalsigen Gang in den Priel hinter dem Seehund her erzählte. War es nicht von jeher Weise der Jungfrauen, daß sie dem zuneigen, dem sie Abneigung zeigen?

Die alte Hobooken ging spähenden Auges durch Küche und Stall und Scheune. Die Leute wichen ihr aus und knurrten sie an. Im Frühling hatte sie die Aussetzigen vom Hof gejagt; aber da hatte Franz ein kurzes Verbot ergehen lassen, daß sie sich nicht in seine Sachen mischen sollte. Da widmete sie sich mit aller Schärfe und Energie den inneren Angelegenheiten.

Sie hatte die Kinder des Dorfes eines Nachmittags aufgefordert, die Johannis- und Stachelbeeren zu pflücken, die in der Stadt verkauft werden sollten; denn alles mußte zu Geld gemacht werden. Da verlangte sie von den Kindern, daß sie ein Lied sangen. Die sangen: »Ich habe mein Roß verloren, mein apfelgraues Roß« und: »Lieb' Vaterland, magst ruhig sein.« Das ging eine Weile gut, sie pflückten und sangen dazu. Da sagte der kleine Bernhard Engel, der mit dem krausen Kopf: »Wißt ihr, warum wir singen müssen?«

»Nee!«

»Weil, wenn wir singen, können wir nicht essen!«

Von diesen Worten an ward der Gesang bedenklich schwach, und es muß gesagt werden, daß einige nicht im stande waren, zu singen, und daß andere durch die Nase zu singen versuchten. Und es klang nicht schön. Das Ende war, daß sie alle plötzlich durch keifende, klirrende Worte aufgescheucht wurden, gleich Staren, zwischen welche die Hagelkörner sausen.

So endete die Sache betrüblich.

Gegen Herbst, als die Eier im Preise stiegen, ging die alte Frau selbst auf die Böden und kroch durch die finstern Winkel und suchte die Eier zusammen, die etwa von ausschweifenden, zweckvergessenen Hühnern verlegt waren. Da hatte der Knecht nach alter, guter Landesweise dem Raubzeug nachgestellt, das über den Kornboden schlich, hatte die eiserne Marderfalle mit den scharfen Zähnen in den Winkel gestellt und ein Ei zwischen die Klammern gelegt, dem wilden Tier zur Lockung. Die alte Frau aber, kurzsichtig und des Dunkels nicht gewohnt, griff hinein, das Ei zu retten, und schrie laut auf. Der Arzt mußte tiefe Wunden verbinden, und es war im ganzen Dorf viel Gerede, aber wenig Mitleid.

Als der Tag der Pachtzahlung nahe war, schrieb die alte Hobooken an ihren Bruder in Berlin. Sie stellte ihm die Lage dar und bat um Hilfe. Drei Tage vergingen. Sie empfing den Briefboten in der Hausthür und war voll Grimm gegen den Mann, der mit gleichmütigen, langsamen Schritten ankam und mit gemächlichem Gruß die Zeitungen auf den Tisch legte, der links von der Thür stand. Nichts als Zeitungen.

Ihr Sohn ging pfeifend durchs Haus und über den Hof. Unter den Enden seines Schnurrbarts saß ein spöttischer, höhnischer Zug, als wollte er dem Schicksal mit all der Bitterkeit, die seine Seele erfüllte, zurufen: »Kommst du wieder, Schicksal? Gerade habe ich Land und Weib in Händen!«

Am vierten Tage trat er in die Wohnstube und sagte zu seiner Mutter: »Ich habe dir etwas zu berichten. Ich komme eben von der Heide, um von ferne zu sehen, wie Heim Heiderieter eigenhändig seine Kartoffeln aufnimmt, da kommt ein Mann vom Dorf her den Sandweg herunter, in grüner Jägerjoppe, Hahnfeder auf dem Hut, Gewehr im gelben Futteral über der Schulter, Krimstecher am Riemen. Er will aussehen wie ein Dreißiger, hält sich steil und dreht in rascher Wendung den Kopf, ist aber mindestens sechzig Jahre alt. Die halbe Jugend läuft ihm vom Dorf her nach. Sage, wer ist das?«

»Mein Bruder! ... Nun wird alles gut!«

»In der That! Der Führer und der Freund meiner Jugend! Dem ich alles verdanke von meinem zehnten Jahre an, alles Brot und alles Böse. Er kommt, um mir wieder ein kleines Stück Brot

zu geben und ein kleines, vielleicht ein großes Stück Böses. Alte Demütigungen fangen wieder
an; und du sagst: Nun wird alles gut!«

Die Hausthür wurde geöffnet; sie gingen beide nach dem Flur.

»Mein lieber Bruder!«

»Guten Tag, Onkel Felix! Alter Freund und Gönner! Wie gefällt dir Hobookenhof?«

Felix Hobooken sah sich um. »Wo ist dein Vetter?« fragte er.

»Der sitzt auf einer Insel in der Nordsee und bellt die Brandung an. Hast du Angst vor
ihm, Onkel?«

»Das nicht! Aber ich gehe gern allem Unangenehmen aus dem Wege; denn entweder fällt
es auf die Nerven, oder es hindert mich an meinem Sport. Wo denn? Auf welcher Insel?«

»Wir fahren hinüber! Großartige Segelfahrt! Überhaupt, Onkel, das Segeln auf der Nordsee,
das ist Höhepunkt alles Sports; da ist Ernst darin!«

Der Alte ließ sich müde auf einen Stuhl nieder, zupfte an Wollhemd und Kragen und machte
dann eine große Handbewegung: »Ich war vor vierzehn Tagen in Kärnten. Zwei Höhen erstiegen! An Erzherzog telegraphiert! Gruß erhalten! Nun schon in die Nordsee?«

»Insel entdecken!« lachte Franz.

»Du hast keinen Sinn für Sport, mein Lieber! Dein Vater hatte ihn auch nicht, obgleich er
Offizier war. Ich habe nicht übel Lust, dir diesen Sinn beizubringen.«

»Die Nordsee ist keine Wiege, Onkel!«

Der Alte stand auf, trat mit steifen Schritten ans Fenster und sagte mit abgewandtem Gesicht: »Wir können ja nächstens untersuchen, wer von uns den größeren Mut und die größere
Gewandtheit hat. Ich lasse mir in der That ein Boot aus Hamburg kommen; ich hab's ja dazu.«
Er machte eine abschließende Handbewegung, und immer nach dem Fenster zugewandt und
über den Wirtschaftshof sehend, sagte er: »Nun *eure* Angelegenheit! Aber das sage ich euch, ich
fühle mich nicht verpflichtet, euch aus dem Loch zu heben, in das ihr gestürzt seid. Warum
habt ihr mich nicht um Rat gefragt?« Er schlug gegen seine Brust. » Mein Sport soll nicht
unter euren sogenannten Unternehmungen leiden! Mein Sport ist mein Leben! Du wirst die
Güte haben, Franz, und mir deine Bücher auf mein Zimmer bringen und mir morgen einen
Vortrag darüber halten.«

Franz Strandiger hatte diese Worte mit großen Augen angehört. Wie sausende Peitschenhiebe
flogen sie gegen ihn an. Er versuchte, etwas zu sagen, besann sich aber, kehrte sich um und
ging in sein Zimmer.

Und dort setzte er sich vor den Schreibtisch und schlug in rasendem Zorn zwei-, dreimal
mit der Faust auf den Tisch. Blutflecke erschienen auf der hellen Eichenplatte. Dann saß er
eine Weile in sich zusammengedrückt, ehe er seiner Erregung Worte geben konnte. Wie Feuer
sprangen sie von seinen Lippen: »In der Fremde war ich anderer Leute Knecht; nun kommt
die Qual der Kindheit wieder! … Niederzwingen will ich ihn! Es soll die Stunde kommen, daß
er zu meinen Füßen jammert! Verderber meiner Kindheit!«

Jeden Abend, wenn die Dämmerung hereinbrach, sagte die alte Frau Strandiger zu ihrer Pflegerin: »Nun gehe zu Heiderieters, Ingeborg, und grüße sie! Du kannst gerne fortgehen. Ich
langweile mich nicht; ich bin nicht einsam. Ich habe ja so viel erlebt; ein großes, starkes Buch,
in dunklem Einband, ein Kreuz fast über jeder Seite und eine Krone, hoffe ich, auf der letzten.
Geh! Ich will in dem Buch lesen.«

Dann gingen oben leise die Thüren, die Stubenthür, die Küchenthür, dann noch das Zimmer
mit den Fenstern nach Flackelholm; dann kam es flüchtig, leicht und weich, die Treppe hinunter.
Dann stand Kranz Strandiger im Flur, «der er trat aus dem Zimmer, oder er stand zum Ausgehen
bereit an der Hausthür und sah auf das schöne Frauenbild und versuchte, Augen und Haltung
zusammen zu nehmen, und vermochte es kaum. Er war klug; er wollte sie nicht erschrecken.

Aber er kann sich nicht satt an ihr sehen, nicht an ihrer hohen, starken Gestalt, nicht an
ihren strahlenden Augen, an dem seinen Kopf, den sie ein wenig gebeugt hält, an der Wendung
dieses Kopfes, wenn sie aufsieht. Darum muß er hier täglich stehen und sie an sich vorübergehen
lassen, um den kurzen Gruß zu empfangen, um dann, wenn sie fort ist, an das Treppengeländer

heranzutreten, das ihr Kleid berührte, da sie herunterstieg, und den Drücker anzufassen, den ihre Hand eben umspannte.

Wie ein Sturmstoß ist es gekommen. Sie sprang ihm an dem einen Tag ins Herz, diese thörichte, heiße Liebe; sie lohte am andern Tag aus seinen Augen, als er ihr nachsah, da sie die Treppe hinaufging; sie zwang ihn am dritten und vierten Tag, hinter ihr herzugehen, wenn sie nach dem Heidehof ging.

Ingeborg Landt fühlte, daß er etwas von ihr wollte, und ängstigte sich und versuchte, diese Angst zu verbergen. Sie sandte sein stolzes Grüßen ebenso stolz zurück; sie wollte mit Franz Strandiger nichts zu schaffen haben. Sie saß ihm im Wohnzimmer stumm gegenüber und sprach selten mit ihm und so, wie man mit einem Fremden spricht, und konnte es doch nicht hindern, daß seine stolze Gestalt und seine ruhigen, überlegenen Worte Eindruck auf sie machten.

Er aber beobachtete sie. Keine ihrer Mienen oder ihrer Bewegungen entging ihm. Er wartete. Er wartete, bis der günstige Augenblick da wäre; im Sturm, mit raschem, starkem Griff wollte er sie gewinnen. Darum, wenn er vorüberging, und sie sich ansahen, sagten seine Augen nicht: »Ich liebe dich,« sondern: »Ich bin stark, bist du stärker?« Sie merkte das und ging still, mit gesenkten Augen, an ihm vorüber und ging nach dem Heidehof.

Zuweilen, wenn seine Stimmung eine gehobene war – er war ein Augenblicksmensch und konnte seine Lage rasch mit andern Augen ansehen –, dann konnte sein alter Übermut über ihn kommen. So kam er eines Tags aus der Stadt, wo er hundert Tonnen Weizen leidlich gut verkauft und Aussicht auf Kredit erhalten hatte, und ging durch den Stall und fand die Knechte und die beiden Arbeiter von der Geest, wie sie die volksbeliebten Kraftstücke machten. Sie hatten die Trage geholt und leinene Pferdegeschirre um zwei volle, zweihundert Pfund schwere Weizensäcke gebunden und versuchten, sie über die Diele zu tragen, und von vier Mann, die es versuchten, konnten zwei es vollbringen. Da trat Strandiger heran und ließ noch zwei Geschirre bringen und um zwei halbe Weizensäcke legen und machte sie fest und wuchtete, gegen die Wand sich haltend, und trug die sechshundert Pfund langsam und vorsichtig, unter der Bewunderung der Leute, die sich in starken Ausdrücken äußerte, mit schweren Schritten die Diele entlang und kehrte sich um. Da brach die Trage.

Und Ingeborg stand am anderen Ende der Diele und sah mit großen Augen auf ihn, Furcht in ihrer ganzen Haltung; er hatte die Augen, die er damals hatte, als er sie aufforderte, sich nicht in die Geschäfte der Männer zu mischen, Männersache Männern zu überlassen.

Als er sie da stehen sah, ward er noch froher. Und abends, als er so recht gemütlich, voller Hoffnungen, das Land und die Braut zu gewinnen, in seinem Zimmer saß, eine Flasche Wein vor sich, und alter Zeiten gedachte, kam ihm der Übermut, und er schrieb auf eine Karte, die er an »Herrn Heiderieter auf Heidehof« adressierte, diese Worte:

»Ich freue mich, daß Heim Heiderieters Felder gut bewirtschaftet werden; aber ich thue folgende drei Fragen, dieweil wir um die dreißig sind: »1. Wo ist Franz Strandigers Geldsack? 2. Wo ist Andrees Strandigers Lorbeer? 3. Wo ist Heim Heiderieters Orden?««

Der Knecht ging gleich nach dem Heidehof und traf Heim unter der Lampe am Schreibtisch; Eva war nicht anwesend. Und erst verstand Heim nicht; dann aber besann er sich und wurde rot, setzte sich aber flugs hin und schrieb auf die andere Seite der Karte: »Wo sind die drei Getreuen?« Und sandte den Knecht zurück.

Als Franz diese Worte las, wurde er sehr ernst.

Im Heidehof herrschte das Glück. Freilich, das Glück mußte noch kämpfen. Es hat noch jahrelang kämpfen müssen; es gab Feinde ringsum. Sie drangen bis in die Küche, wo Frau Eva waltete, und traten an den Schreibtisch des Hausherrn. Die Sorge kam immer wieder zu Heim und sagte: »Es hilft nichts, Heim, ihr Heiderieter seid unpraktische, schläfrige Leute; du bringst den Heidehof nicht in die Höhe. In diesem Jahre warst du fleißig; aber allmählich wirst du träge werden und ein Träumer wie deine Väter, und die Heide wird in deinem Alter über die Furchen laufen, die du in deiner Jugend gepflügt hast.«

Dann schüttelte sich Heim, stand auf und ging stracks in die Küche oder in den Stall oder wo sonst die schöne, starke Frau mit den dunklen Flechten arbeitete, die Ärmel zurückgeschlagen, mit blanken Augen. Nur ein Kopfnicken hatte sie für ihn, nur einen raschen, freundlichen Blick. Zuweilen strich sie lachend mit der nassen Hand über seine krause Stirn; dann griff sie wieder zur Arbeit. Er aber sah sie noch einmal an; seine Augen glitten an ihrer Gestalt herunter; er atmete auf und ging mit sinnenden Augen wieder an den Schreibtisch und schrieb an seinem ersten Buch.

Das erste Buch!

Er hatte einen Bekannten in Kiel, einen Lehrer, der hatte ihm die Bücher von der Bibliothek der Universität besorgt, große, schwere Bücher, gelb eingebunden; und der obere Rand war dunkel, als hätten sie vom Alter Moos auf den Häuptern. Sie waren in lateinischer Sprache geschrieben, einige in plattdeutscher, einer groben, harten Sprache, strunkig wie Bohnenstroh. Sie erzählten von alten Zeiten, von alter Not: von jenem Kampf, den Schleswig- Holstein vor über siebenhundert Jahren anfing, dem Anfang eines Freiheitskampfes, der siebenhundert Jahre gedauert hat.

Heim Heiderieter saß und arbeitete, übersetzte und deutete, griff von einem Buch zum andern, stützte den Kopf in die Hand und ging wieder mit stillen Augen durch den Saal und merkte nicht, daß die junge Frau hindurch ging und ihn ansah.

Zuweilen setzte sich die Mutlosigkeit an den Schreibtisch, sah ihn an und lächelte spöttisch: »Es geht über deine Kraft und Kunst, Heim! Ihr Heiderieters könnt alles, aber alles nur halb!« Dann sprang er auf und ging durchs Haus, sah nicht rechts, nicht links, und ging über die Heide. Und über der Heide stand der klare Herbsthimmel.

Wenn er wiederkam, war er stiller geworden. Er sah aus wie ein Kind, das gebetet hat, und schrieb einige Verse nieder; und als die junge Frau wieder durch den Saal kam, umfaßte er sie, indem er sagte: »Sieh, das fand ich nicht weit vom Bach auf der Heide.« Und sie las es langsam vor; denn er selbst war ein schlechter Vorleser:

Herbst

Die Luft so still, so wunderklar,
So hell wie sie noch niemals war.
Das Herz so froh, die Wange rot,
Was kümmert mich denn Grab und Tod?...
Bald, über alle Herrlichkeit
Liegt des Winters Totenkleid.

Auf Goldgrund ist gemalt die Welt,
Ist Kirche, Haus und Baum gestellt.
Goldigrot! die Sonne blinkt...
Sieh, ein Blatt vom Baume sinkt.
Bald über alle Herrlichkeit
Liegt des Winters Totenkleid.

Ich bin noch jung und habe Kraft
Und weiß, daß Arbeit Freude schafft...
Horch, hörst den Vogel in dem Ried,
Der singt sein letztes Sommerlied.
Bald, über alle Herrlichkeit.
Liegt des Winters Totenkleid.

Und sind denn alle Blätter tot,
Und ist die Wange nicht mehr rot,

Mein Herz, sei stark, mein Aug', sei blank
Und sag' für deinen Glauben Dank.
Bald, aus des Winters Totenkleid,
Springt des Frühlings Herrlichkeit.

»Ich hätte gescholten, wenn der letzte Vers nicht wäre,« sagte sie.

Abends lag er lange wach im Bett, mit leisem, langsamem Atem, als lauschte er. Dann erhob wohl die junge Frau die Schulter und stützte sich auf den Arm und sah zu ihm hinüber und erkannte im Mondlicht, daß er ganz offene, klare Augen hatte. Da legte sie sich wieder hin und schlief gleich wieder ein; denn sie konnte den Schlaf wohl brauchen.

Er aber schaute und horchte. Und die Menschen, von denen er am Tage in den alten Chroniken gelesen, die sich im hellen Tageslicht scheu zurückgehalten hatten, wagten sich im Dunkel der Nacht hervor. Sie kamen ihm so nahe, daß er mit ihnen reden konnte. Und er horchte und hörte auf ihre schlichten Worte, bald harte, bald klagende; denn es war eine Zeit voll Härte und Klagens. Wenn dann endlich der Schlaf über ihn kam und der Marder den ersten Sprung zu der Speckseite hinauf wagte, die neben dem Schornstein hing, und mit dumpfem Gepolter zurückfiel, dann wurde er unruhig im Schlaf und stöhnte und fing endlich an zu rufen. Und wieder beugte sich die Frau an seiner Seite über ihn: »Was hast du, Heim?«

»Die Dithmarscher lagen bei Bornhöved auf der Heide, standen auf, drehten die Schilde und wandten sich gegen die Dänen; dabei fielen die Bierkessel um.«

Sie lachte und legte sich wieder hin und schlief ein, das Lächeln noch um den Mund.

Und der Mond stieg höher und versuchte, durch die Zweige des Birnbaums in den Saal hinein zu sehen, konnte aber nichts erkennen. Da wischte er sich die Wolken von der Stirn und sah den Schreibtisch und darauf die alten, großen, gelben Bücher und ärgerte sich; denn er ist allem scharfen Denken, ja jeglicher Wissenschaft abhold und ein Träumer. Dennoch, weil das Fenster am Schreibtisch weit offen stand, trat er auf die Fensterbank und glitt mit seinen Händen über die Bücher. Da wurden sie noch gelber und erwachten, blätterten und knisterten und stöhnten. Und eine alte, dicke, dreibändige dänische Geschichte sagte zu ihrer Drillingsschwester: »Ich fühle mich hier nicht behaglich; der Mensch, der mit uns umgeht, ist unser nicht würdig; er ist kein Gelehrter.«

»Er ist ein Schwärmer und Träumer.«

Gelblich gleißte das Licht des erbosten Mondes.

»Er liest zwischen unsern Zeilen.«

»Und oft starrt er über uns weg.«

»Ja,« sagte die Schwester, »es ist traurig. Wir haben zwanzig Jahre unbenutzt auf dem Bord der großen Staatsbibliothek gestanden; und nun, da wir endlich einmal ins Leben hinauskommen, schickt man uns zu diesem ungelehrten Mann.«

»Erinnerst du dich noch des Professors, bei dem wir vor zwanzig Jahren waren?«

»Ja, der war ein anderer Mann!«

»Er schrieb ein sehr gelehrtes Werk, weißt du noch? Und er war besonders bei mir sehr eifrig, eifriger als bei euch; er pustete und stöhnte und war sehr gelehrt und aufgeregt. Er war so aufgeregt, daß er mehreremal Worte an meinen Rand schrieb; ich habe es ihm nicht übel genommen.«

»Was hat er geschrieben?«

Die Blätter rauschten leise. »Was wird es sein? Ich verstehe nur dänisch. Etwas Ehrenvolles für mich wird es sein. Siehst du, da steht es!«

Da stand mit harter Bleifeder hingekritzelt: » *ignorantia pyramiidalis.*«

»Und hier?«

Da stand das kurze Wort: »Blech!«

»Was soll das bedeuten?«

»Es ist eine Anerkennung meiner Gelehrsamkeit. Ich bin stolz darauf, daß ich ein gelehrtes Buch bin, namentlich ich, die Erstgeborene von uns dreien. Wer kennt die alten Zeiten wie ich?«

Der Mond wollte leise die Fensterbank hinuntergleiten; er gähnte gelangweilt, klagte über das ganze Bücherschreiben und wollte nach der nächsten Wolke rufen, ihn zuzudecken. Da sing ein anderes Buch an zu reden; das lag umgedreht auf seinen Blättern, und dumpf klang seine Stimme: »Es ist zwar nicht sein von ihm, so ein altes, schwerfälliges Buch, wie ich bin, auf den Bauch zu legen; aber das will ich euch sagen, ich, die Chronik des Priesters Helmold von Bosau: ›Ich bin froh, daß ich aus Professorenhänden und Bibliothekswänden endlich in die rechten Hände und das rechte Haus gekommen bin. Ich bin ein feines Buch. Ich bin so sein, daß ich zwischen den Zeilen gelesen werden muß; denn meine Wahrheit, meine Wirklichkeit liegt weit hinter meinen Buchstaben. Der *euch* liest, muß Verstand haben, der *mich* liest, muß Herz und Glauben haben; ein Dichter muß er sein‹«

Und das alte Buch, obgleich es auf dem Bauch lag, fing an, eine lateinische Mönchsweise schwerfällig zu singen.

Der Mond glitt still von der Fensterbank herunter und dachte: »Das war gut gesagt, noch dazu auf dem Bauch.« Und als alter Mann, der alles mit erlebt hat und sich gern in der Erinnerung bewegt, und in dem Wunsch, alte Geschichten vor seine Seele zu stellen, riß er alle Wolkendecken, die auf ihm und um ihn lagen, von sich, stand leuchtend am Himmel und sah mit silbernen, klaren Augen über die Gegend, wo das geschehen ist, was das alte Buch erzählt. Und die Gegend um Segeberg und Lübeck, Bornhöved und Plön war in dieser Nacht voll von strahlendem Mondlicht. Die Menschen, die diesen Mondschein sahen, freuten sich seiner, wußten aber nicht, daß Heim Heiderieter die Ursache war.

An jedem Abend, in der Dämmerung, kam Ingeborg Landt. Dann saßen die drei im Saal vor dem grünen Kachelofen. Von außen sah mit verschlafenen Augen der Wintertag hinein. Der brennende schwarze Torf, aus eigenem Moor gegraben, Holzscheite dazwischen, knisterte Hinter den Eisenstäben und warf seinen Glanz in den gemütlichen, großen Raum und füllte die untere Hälfte mit rotem Schein. Zuweilen sprang ein fürwitzig Feuerlein im Spiel der Flammen aus den Eisenstäben. Dann sah man die Gesichter der Sitzenden und die Bilder rings an der Wand.

So hielten die drei Plauderstündchen.

Zuerst zogen sie unter Heims Führung in die alte Vergangenheit des Landes; lobten eine Ansicht, die er äußerte, verwarfen eine andere, immer nach Frauenweise die harte Wahrheit von sich weisend und das, was ihrem Herzen angenehm war, hervorziehend, aber immer voll Trost für den oft mutlosen Schreiber: »Heim! Arbeite nur ruhig weiter. Wir wollen dir nachher ehrlich sagen, ob es was geworden ist.«

»Sieh!« sagte Ingeborg, »ich sah einmal in Hamburg ein altes, seines Silbergerät; aus Nürnberg stammte es. Es war ein Kelch in edlen Formen, der Fuß war stark und wie kraftvolle Wurzeln gebildet, die aus der Erde sich vereinigen; der Griff war fest und stattlich wie ein Baumstamm und brauchte die Hand des Trinkenden nicht zu scheuen; der Kelch war von losem Blattwerk, das kraftvoll und doch luftig sich dehnte. Es war ein starkes, feines Gebilde, und es kamen einem reine Gedanken, wenn man es ansah, und man wurde fröhlich und mutig. Inwendig funkelte es von Gold.«

»Ja,« sagte Heim und sah bedenklich drein.

»Und dahinein gehört Wein.«

»Ein kräftiger Wein!«

»Ja... Wein! ... Wein! Und nicht Essig oder Schlimmeres!«

»Du hast recht,« sagte er. »Viele Bücher haben eine lottrige oder häßliche Form, und der Inhalt ist sauer. Sie geben dem Menschen nicht mehr sittliche Fähigkeiten als einer Krähe, und die Welt ist ihnen ein Rattenkeller. Dein Wort in Ehren! Du bist als Christin Optimist, und das kleidet dich gut.«

»Diese Leute,« sagte Ingeborg, »sind nicht mehr stolz auf ihre Heimat und auf ihre Geschichte, und sie thun, als ob Gottes Stelle vakant wäre.«

»Na ja... so ist es! Und sie selbst schreiben die Vakanz aus.«

»Wer was Ordentliches schreiben will,« sagte sie, »muß erstmal ein wirklicher *Mann* sein, demütig vor Gott und stolz gegenüber der Welt. Ich will mich an dem, was ich lese, aufrichten. Es soll mich heben. Es soll mich ernster machen gegenüber jeder Sünde und mutiger gegenüber jedem Schicksal.«

»Recht hast du, Schön Ingeborg! Predigerin des Schönen!«

War dies Gespräch beendet, dann übernahm Eva die Führung und ging mit beiden nach Flackelholm; ach, und Ingeborg ging so gerne mit. Es wurde viel und eifrig gesprochen; und der Inhalt des letzten Briefes, den der Rotbart nach Büsen gebracht hatte, wurde genau durchgesprochen, und zum Schluß stand Ingeborg doch noch auf, trat ans Fenster und las im Dämmerlicht die Worte: »Grüßt auch Ingeborg! Ingeborg!« Zweimal stand das Wort da.

Als dritte übernahm Ingeborg die Führung, beugte sich zu dem Stuhl hin, in dem die junge Frau saß, und legte auch wohl den Arm um ihre Schulter und redete von allerlei und versicherte wieder und wieder: »Ich werde dir helfen können, Eva! Anna Haller kann wieder bei Tante Strandiger wirtschaften; sie versteht es so gut. Wenn du mich jetzt schon brauchen kannst, weil es dir zu schwer wird, so bin ich zur Stelle!« Aber Frau Eva erhob sich in ihrer ganzen Größe und lachte: »Noch nicht, Ingeborg! Aber wenn's so weit ist, dann sollst du und Telsche kommen. Du sollst für Heim sorgen und Telsche Spieker für mich.«

Also rückte allmählich das Weihnachtsfest heran. Es verlief diesmal ganz still. Fritz Witt saß im warmen Zimmer auf Flackelholm auf Antjes Schoß; brennende Lichter standen vor ihnen auf dem Tisch, und Antje erzählte, treu nach dem Wortlaut, die heilige Geschichte; Strandiger und Witt hörten zu. Die Wattarbeiter waren nach dem Festland zurückgegangen, um mit den Ihren Weihnacht zu feiern; erst im Februar, wenn der Frühling heranzog, wollten sie wiederkommen.

Im Saal des Heidehofs standen die drei, Heim, Eva und Ingeborg, unter dem Tannenbaum, Telsche Spieker kam mit den Wittschen Kindern, Äpfel, Nüsse und Kuchen zu holen. Telsche sah ernst aus. Als die Kinder das Haus verlassen hatten, ging sie noch mit Eva in die Küche. »Ich habe zu dir mehr Vertrauen, als zu Heim,« sagte sie. »Ich habe einen Brief von Witt bekommen, den der Stülper Büttfänger wohl in seinen Büttkorb geworfen hat, so grau ist der Umschlag. Witt wird in seinen alten Tagen noch wunderlich. Lies mal!«

Ein Blatt, aus Berthas Schreibbuch gerissen, war Reimer Witts Liebesbrief; er war mit Bleistift, genau nach den Doppellinien des Papiers und fast ohne Fehler geschrieben.

»Liebe Telsche! Ich habe den letzten Brief siebenzig von Paris an Mutter geschrieben; nun schreibe ich diesen Brief an Dich. Du bist auch Mutter, ich meine von meinen Kindern; wenn Du aber Mutter von meinen Kindern bist, mußt Du wohl meine Frau sein. Liebe Telsche, ich stehe allein draußen auf Flackelholm. ›Alle Mann,‹ sagte unser Hauptmann, als er bei Verneville hochkommen wollte, und lag in den Knieen und konnte nichts mehr sagen; denn er hatte eine Kugel in der Kehle. Schreibe mir bald, ob wir alle Mann zusammen sein wollen. Hier auf Flackelholm ist Platz.

Reimer Witt.

»Was soll ich thun?« sagte Telsche, setzte sich auf den Herdrand und sah ernst darein.

Da kam Heim.

»Nun kommt der auch noch,« sagte Telsche.

Er hatte Reimers Brief schon in der Hand: »Das ist gar keine Frage!« sagte er. »Natürlich nimmst du ihn.«

»So? Und alle die Kinder?«

»Sage mal, Telsche, die hast du jetzt auch! Oder willst du die Kinder etwa wieder verlassen?«

»Warum nicht?«

Er lachte ihr ins Gesicht. »Das thust du nicht, Telsche, sintemal du Reimer Witt immer gern gehabt hast.«

Eva faßte die Sache auch so auf.

»Er ist noch immer ein ansehnlicher, schmucker Mann.«

Da kamen sie aber schlecht weg.

»Nun bin ich vierzig Jahre alt geworden,« sagte Telsche, »und soll mich damit plagen!«

»Na…denn muß alles wieder wie vor Weihnachten werden,« sagte Heim. »Die Kinder bekommen wieder zerrissene Kleider, und Fritz kann wieder nach dem Himmel gehen und in unserer Krippe landen, obgleich wir Aussicht haben, sie selbst zu besetzen.«

»Mit dir ist nicht zu reden,« sagte Telsche. »Ich will es mir selbst überlegen.«

Achtes Kapitel

Der März war da. Der Westwind stürzte sich vom Meer her über den Winter im Land und fing an, sich als den Stärkeren zu fühlen. Er fuhr als ein Gewaltiger durch die Ulmen des Strandigerhofs, daß die vorjährigen Krähennester auseinander flogen. Er schlug mit seiner nassen Faust gegen den Eulengiebel des Heidehofs, daß die kleinen Fenster aus dem Blei flogen und das neugeborene Knäblein im Arm der Mutter aufschrie. Er fuhr über die Heide gegen die Birken, die vor dem Wald Wache standen, und schrie ihnen zu: »Hebt die Köpfe! Seht ihr den Bootsrumpf im Meer und die treibenden Männer? *Meine* Arbeit!«

In dieser Zeit war Ingeborg jeden Tag vier bis fünf Stunden im Heidehof. Damit Ausgaben erspart würden, hatte sie es übernommen, die Nachmittagsarbeiten zu verrichten. Mit heißen Wangen ging sie dann durch den sinkenden Abend quer über die Heide nach dem Strandigerhof zurück. Wenn sie aus der Küchenthür heraustrat, faßte der Sturm sie und riß an ihrem Haar und ihren Kleidern, aber sie freute sich des brausenden, tollen Gesellen.

Er war ja der Frühlingsbote; von Flackelholm kam er und brachte Grüße an die Braut. Frühlingsgrüße!

Aber am vierten Abend, als sie über die dämmernde Heide ging, kam plötzlich Franz Strandiger auf sie zu. Sie ging langsamer, als sie ihn sah; aber sie hob sich ein wenig, fest und doch weich schreitend. Aber da, als er nicht auswich, sondern dicht vor ihr stand, da sah sie wieder den Blick, mit dem er sie einst gedemütigt und geängstigt hatte; sie trat einen Schritt zurück und schrie leise auf.

»Sie brauchen sich nicht zu fürchten,« sagte er.

Da wich sie zur Seite zurück, vom Steig in die Heide tretend, und sagte, allen Stolzes bar, während ihre Glieder zitterten: »Ich bin die Braut von Andrees und will nie von ihm lassen! Lassen Sie mich gehen.«

Er hatte die Hand noch nach ihr ausgestreckt; aber sein Gesicht war scharf und totenblaß geworden, und in seinen Augen war das Leben, das eben darin brannte, gelöscht.

Sie wande sich um, nachdem sie auf ihn gesehen hatte, ging zitternd nach dem Heidehof zurück, und weinte sich neben dem Bett Evas aus.

Am andern Tage, als der Sturm sich gelegt hatte – aber die See ging noch sehr hoch –, ward die neue Jacht des alten Hobooken von Finkenwerder her, wo sie gebaut war, in die Stülper Hafenpriele gebracht, die vom Strandigerhof in fünfzehn Minuten zu erreichen ist; ein schlankes, gutes Boot. Fünf Tage lang war darauf das Wetter hell, die Luft hoch; ein frischer Südwest wehte, und fünfmal fuhren Hobooken und Franz Strandiger mit dem alten Schiffer Tüxen, der bei Stülp am Deich das kleine Wirtshaus hat, in die Watten hinaus. Das Boot bewährte sich aufs beste. Der alte Sportsmann war voll Stolz und Freude und hörte, das Steuerrad in der Hand, mit einem eitlen Lächeln auf das Lob, das Tüxen dem Boot und dem Führer spendete. Und Tüxen sparte das Lob nicht. Der Schlaue, der aussah, als werde es ihm schwer, bis drei zu zählen, rechnete so: »Je mehr ich lobe, desto mehr Flaschen werden nachher getrunken, wenn wir wieder in der warmen Stube hinterm Deich sitzen.«

Franz Strandiger saß meist in sich gekehrt am Rand der Luke. Wenn sie hinausfuhren, suchten seine finstern Augen Flackelholm, dessen Düne weißglänzend in der wogenden Wasserflut stand; wenn sie hineinfuhren, sah er nach den obern Fenstern des Strandigerhofs, die wie helle, blanke Augen über den Deich nach Flackelholm sahen. Zuweilen, wenn er unbeachtet war, sah er auf den schwatzenden, immer lächelnden Mann am Steuer, und seine Mienen waren voll kalter Verachtung. Der alte Schiffer, der wohl solche Blicke auffing, deutete sie auf seine Weise; er nickte Franz Strandiger zu, indem er die kleinen Augen noch mehr einkniff, und trug das Lob noch greller auf und suchte wieder Strandigers Augen, um Anerkennung zu finden, und der Herr vom Strandigerhof konnte seinen Ekel nicht verbergen und wandte sich ab. Der am Steuer saß und lächelte.

In der folgenden Nacht hob sich wieder der Wind, und es kam Botschaft von Tüxen, das Boot hätte in der Nacht arg gegen das Bollwerk geschlagen und müsse stärker vertaut werden.

Da gingen die beiden mittags gegen zwölf Uhr, als Ebbe war, vom Strandigerhof fort. Als sie die Höhe des Deichs erstiegen hatten und Umschau hielten, sahen sie im Vorland einen Wagen, der nach dem Watt zu gen Westen bog. Auf dem Brettsitz saßen zwei Gestalten nebeneinander, ein Mann und eine Frau. Man konnte sie aber nicht erkennen. »Hast du dein Fernrohr bei dir, Onkel?«

Der holte aus einer seiner vielen Taschen erst einen Krimstecher, dann ein Fernrohr und gab es ihm. Es lag wie in Eisenklammern in seinen Händen, und gleich hatte er das Gefährt im Glas. Ruhig drückte er es zusammen, gab es dem andern wieder und ging weiter und sagte nichts. Aber inwendig gab es ein heißes Reden: »Ganz deutlich sah ich sie: Ingeborg und Witt. Und sie wandte ihr Gesicht zu ihm. Das süße, feine Gesicht.«

»Sie hat es nicht lassen können; Sorge und Angst um ihn treibt sie hinüber.«

Er wandte sich noch einmal um und sah nach dem Wagen hinüber mit unbeweglichem, harten Gesicht und düstern, vergrämten Augen.

Als sie die niedrige Wirtsstube betraten, hatte Tüxen schon eine Flasche Wein in der Hand und erzählte, indem er die Flasche mit seinen großen Händen reinigte, daß er die Vertauung besorgt hätte, daß die Herren aber wohl nicht segeln würden, da er leider verhindert wäre, mitzufahren. Dann holte er drei Gläser und fing an zu erzählen, wie fein sich das Boot gestern gemacht hätte.

Man trank die Flasche aus und, da man doch nicht fahren wollte, gab es eine zweite, und Tüxen sorgte für neuen Stoff und erzählte von einer Strandung, die er in seiner Jugend auf Flackelholm erlebt hatte. »Wir konnten nicht abkommen,« sagte er. »Als wenn die Hexe von Flackelholm Stricke nach uns ausgeworfen hätte und uns heranschleppte! Wir trieben und trieben und jagten endlich dem blanken Hans direkt zwischen die weißen Zähne. Mein Vater hatte sich einen angetrunken; das war der Grund!«

Dann schilderte der alte Hobooken, mit hoher Stimme und mit Armen und Beinen hampelnd, eine tolle Fahrt von Heringsdorf in die Ostsee hinein.

Es wurde scharf getrunken. Franz Strandiger saß schon lange stumm da, die Zähne zusammengebissen. Der Alte fing an zu prahlen; er übertrieb; er log. Die Unterhaltung widerte Franz unsäglich an.

»Wissen Sie,« sagte Hobooken zu dem Schiffer: »wenn mein lieber Neffe etwas mehr Mut gegenüber dem Wasser besäße, dann wäre ich heute nachmittag allein mit ihm gefahren; aber das Wasser hat leider keine Balken.«

Der Wind fuhr durch die Durchfahrt, die neben dem Hause stand, und legte sich im Vorbeifahren scharf gegen die Fenster.

Nach einer Weile sagte er mit zwinkernden Augen: »Wenn ich nicht hier etwas hätte...« er machte mit Daumen und Zeigefinger die Bewegung des Geldzählens...»dann würde mein lieber Neffe noch schweigsamer und noch unhöflicher sein.«

»Wenn du meinst,« sagte Strandiger. »Ich fahre mit dir allein hinaus.« Und er stand auf und sagte noch einmal: » *Gerne* fahre ich mit!«

Eine halbe Stunde später – die Uhr war gegen drei – hatten sie die Priele verlassen, die Watten traten zurück, und sie kreuzten bei starkem stoßenden Wind nach Blauort zu; mächtige Spritzer jagten über Bord. Der alte Hobooken stand am Rad, Strandiger bediente nach seiner Anweisung die Segel.

Sie hatten alle gedrängt, daß Ingeborg nach Flackelholm hinüberginge. Heim hatte mit einem Lächeln gesagt: »Du mußt ihm doch erzählen, wie gemütlich es sich im Ehestand lebt.«

Eva sagte: »Du mußt ihm erzählen, daß hier ein Junge geboren ist, und daß dieser Junge seiner Mutter sehr ähnlich ist.«

Telsche hatte gesagt: »Wenn du nach Flackelholm gehst, Ingeborg, dann sag’ zu Witt: ›Wenn es durchaus sein müßte‹... na, du weißt ja. Ich habe mein schwarzes Kleid in Ordnung gemacht, und die Kinder sind leidlich in Kleidung, bloß Bertha muß ein Paar Schuhe haben.«

Telsche nannte ihn in diesen Wochen immer kurz Witt, nicht Reimer Witt.

Aber dies alles hätte Ingeborg nicht überreden können, hinüber zu fahren; aber es war nach jenen stürmischen Tagen keine Nachricht gekommen. Die alte Mutter Strandiger hatte in der nebligen Dämmerung mit geneigtem Kopf stundenlang am Fenster gestanden und bange nach dem Rauschen gehört, das durch die Ulmen ging, und nach den harten Stößen, die gegen die Fenster drückten. Ingeborg, die Augen nach Flackelholm gewendet, hatte neben ihr gestanden. Als am fünften Tag die Luft klarer wurde – es war gegen neun Uhr –, da tastete die alte Frau nach Ingeborgs Hand.

»Ingeborg...wenn du...ich habe ja nur den einen, und ich fürchte das Meer, ich habe ja Ursache dazu...wenn du oder ein anderer versuchen wollte, mit Fuhrwerk nach Flackelholm zu kommen...«

Aber am selben Abend kam Reimer Witt, von Telsche Spieker Antwort zu holen und über Flackelholm zu berichten. Er brachte guten Bescheid: die Flut war nur eben über das Malfeld gelaufen. Die weite Fläche der Düne hatte sicher und fest, mit wehendem Haar, im Gischt der Wogen gestanden. Er nahm auch guten Bescheid mit: in vier Wochen sollte die Trauung sein. Telsche Spieker wollte selbst zum Pastor gehen und beim Standesamt das Aufgebot bestellen.

Aber Ingeborg mußte doch nach Flackelholm. »Ich möchte wissen,« sagte die alte Frau, »wie es ihm geht. Er ist so einsam gewesen. Er ist gerade wie sein Vater, treu und gewissenhaft. Wenn du Mut genug hast, Ingeborg, solltest du mit Reimer hinüberfahren.«

Sie hatten eine mühsame Überfahrt. Der Wind wurde wieder stärker, und das Wasser kam rascher und stieg höher als sonst; es rauschte und quoll. Wenn die Pferde die Hufe hoben, waren die Spuren sofort voll Wasser. Da trieb Reimer Witt zur Eile. Im Galopp jagten sie über den weiten hohen Rücken, auf dem die Kreuzbake steht. Das Dieksander Gatt war schon voll von treibendem, drängendem Wasser; es wand sich in seinem Lager und dehnte sich und warf spritzende Wellen gegen das Ufer; dennoch gingen die Pferde mutig hinein. Das Wasser lief übers Wagenbrett, so daß Ingeborg die Kniee hochziehen mußte. Reimer sah besorgt auf sie und nickte ihr zu.

»Ich fürchte mich nicht,« sagte sie; »mir wird ein wenig schwindelig.«

»Das kommt vom fließenden Wasser.«

Als sie eine Stunde später bei der Blockhütte ankamen, trat Antje ihnen entgegen, in den Augen die Unruhe, die sie immer hatte, wenn das Wetter stürmisch war. »Um sechs ist Hochflut,« sagte sie. »Es giebt noch Sturm.« Sie war barfüßig; der Wind jagte und riß an ihren Kleidern. Ihr Haar war nicht so sorgfältig geordnet wie sonst, und in ihren Bewegungen war Aufregung.

»Wo ist Andrees?«

»Er ist heute mittag mit Klaus nach Büsen gefahren; sie holen die erste Ladung Steine. Weißt du, Ingeborg, daß hier ein Haus gebaut werden soll? Dort soll es stehen, und ich darf immer hier bleiben.« Sie lachte und schüttelte den Kopf und lachte wieder: »Vielleicht,« sagte sie, »finde ich Heinrich doch noch.«

Reimer schüttelte leise den Kopf: »Wann wollten sie wiederkommen?«

»Wenn es möglich ist, heute abend noch. Dann haben sie dort an der Ecke einen schweren Stand; der Sturm und die Flut treiben gegen die Brandung.«

Ingeborg ging in die Hütte, legte die Tücher ab, in die sie gehüllt war, und trat gleich darauf wieder an den Wagen: »Ich will an den Strand gehen,« sagte sie, »und Ausschau halten, ob ich sein Segel sehen kann.«

Oben auf der Düne stehend, sah sie nach Büsen hinüber und suchte nach dieser Richtung, von Blauort bis nach Helmsand hin, den Horizont ab, und fand mit ihren ungeübten Augen nichts und dachte nicht daran, nach Südosten zu sehen, wo Andrees' Boot bereits im Schutz der Insel mühsam, aber sicher gegen den Wind kreuzte.

Es war eine dumpfe, bedrückte Luft; schwere, dunkelgraue Wolken zogen vor dem Sturm her über den Himmel in die Richtung nach der Stülper Hafenpriele.

Sie stieg die Düne hinunter. Vor ihr breitete sich der Strand aus, grau und fest, weit sich in die Breite dehnend, ein Exerzierfeld für eine ganze Armee. Ganz eben ist er, und nichts hält das Auge auf, als nur hier und da vom Meer ausgespieenes Wrackholz, mächtige Balken, Tonnen,

Kisten, ein Seehund – oder ist es ein Mensch? – und dahinter das Boot, das seine Rippen nach oben streckt. Gleich dahinter rollt eine Seetonne, die der Sturm irgendwo losgerissen hatte, in Wasser und Sand. Alle diese Gegenstände, diese Trümmer des Meeres, nah und fern liegend, auf dem Sand oder halb schon drin vergraben, erscheinen größer, stärker als sie sind; schwer, massig, wie von Riesen hingeworfen, liegen sie da.

Und hinter dieser weiten Ebene, mehr als eine Meile lang, fletscht die Nordsee ihren furchtbaren Mund, weißen Schaum zwischen den aufgerissenen Zähnen. Manneshoch über den Strand auffliegend, springend, brüllend steht da wie eine weiße, wogende Mauer die Brandung.

Von neuem von dem Bilde geängstigt, von der Macht Gottes überwältigt, steht Ingeborg still.

Sie sah über das Wasser; da war kein Segel zu sehen, nichts als das blauschwarze Tuch der Wogen, auf- und niederwallend.

Sinnend ging sie weiter, langsam und mühsam gegen den Wind drängend; nach einer halben Stunde stand sie vor dem stürmenden, sich hochaufbäumenden Gischt. Müde setzte sie sich auf den Kiel des verunglückten Bootes, unweit der gestrandeten Seetonne. Der Sturm der letzten Tage hatte ein starkes Tau, das am Maststumpf befestigt war, aus dem Sand gewühlt. Die Wellen spielten damit, und Ingeborg schaute ihnen sinnend zu. Dann erhob sie sich, um wieder nach dem Segel zu sehen.

Und da ... sieht sie dicht vor sich ... Segel zum Brechen stramm, einen hohen Bootsbug, jagend, springend über den Wellen heranbrausend, wie von Geisterhänden vorwärts geworfen, bald unten, daß man das ganze Verdeck sieht, bald wie eine aufgeschreckte Möve aus dem Wasser aufspringend.

»Andrees!« schrie sie auf, und kaum wissend, was sie that, und warum sie es that, hatte sie das nasse Tau in der Hand und ging in das Wasser und versuchte, das Tau zusammen zu ziehen und zum Wurf bereit zu machen ... da ... seitwärs von ihr jagt es heran ... es kracht dumpf und schwer und stößt auf den Sand, drei-, viermal, und übertönt die Brandung. Planken splittern, zerrissenes Segeltuch schlägt knatternd gegen Holz und Wasser; die Gestalt eines Mannes steht im Gischt und Dunst über ihr, an einem Tau sich haltend. Sie streckt die Hände nach ihm aus; aber da kommt weißes, wirbelndes Wasser und steigt an ihr in die Höhe, umschließt sie, und spielt mit ihrem Haar ... kurze Angst vor etwas Großem, Unbekanntem ... die Sinne schwinden ... im Traum liegt sie auf dem Maiseld von Flackelholm im Schutz der Düne unter Blumen, und Andrees Strandiger beugt sich über sie und redet von seiner heißen Liebe und küßt sie; aber Franz Strandiger steht dabei und streckt die Hand nach ihr aus und ängstigt sie.

Die Wellen kümmern sich nicht um ihren Traum. Sie greifen mit tausend Händen und unter wildem Brüllen nach ihrem zuckenden Leib. Aber der Mann, der seinen Arm um diesen Leib gelegt hat, hält sie mit übermenschlicher Kraft, ob ihm auch der Atem stockt und das Tau ihm das Blut aus der Hand preßt.

Dicht vor ihnen reißen die wilden Gestalten des Meeres, tosend und stampfend, ein kleines Menschenwerk auseinander und werfen sich die abgerissenen, zersplitterten Stücke gegenseitig in die glotzenden Augen und brüllen.

Sie hatten lange stumm im Boot gesessen, Franz Strandiger vorne gegen den Mast gelehnt, die Füße gegen die Reeling gestemmt, die Hände in den Taschen, die kurze Pfeife zwischen den Zähnen, ein Bild der Gleichgültigkeit. Nur zuweilen warf er einen Blick zu Hobooken hinüber, der mit zusammengerütteltem Gesicht hinterm Rad stand. Die Arme erlahmten und schmerzten ihn; aber er war zu eitel, es zu gestehen oder von Umkehr zu reden.

Östlich von Flackelholm fuhr ein schlankes Boot quer über den Dieksand. Es mußte wenig Tiefgang haben und ein sogenanntes Schwert im Kiel, das gehoben werden konnte, wenn man über Untiefen fuhr. Es wurde von einem Mann geführt, der das Wattenmeer kannte. Mit wenig Segeln steuerte es nach Flackelholm zu.

»Das ist sein Boot! Wer segelt sonst nach Flackelholm?«

Der Wind fuhr in sausenden Stößen über das unruhige Meer. In den Wellenthälern lag schon die Dämmerung, auf den Höhen schien es wie ein graues, mattes Licht; Seevögel flogen mit heiserem Ruf an ihnen vorüber. Der Neuwerker Leuchtturm sandte sein erstes Licht über das graue Wasser; die kleinen Häuser von Büsen waren am Horizont verschwunden.

Der alte Mann hielt mit zitternden Händen das Rad: »Wenn er doch ein Wort von Umkehr sagte!« dachte er. »Nach Stülp können wir nicht mehr heim. Wir müssen den Weg nach Büsen suchen; denn der Abend sinkt herab.«

»Wir müssen ‚ree'- machen!« schrie er. Standiger erhob sich gemächlich und griff nach dem Schotenblock. Als er aber merkte, daß das Boot nicht gehorchte, sondern sich auf die Seite warf und rasch hintereinander schwer aufschlug, wandte er sich um; da war das Gesicht Hobookens ganz grau und verzerrt: »Ich weiß nicht,« sagte er mühsam ...»die Kette hat sich festgearbeitet ... ich kann das Rad nicht drehen.«

Da kam Strandiger langsam über Deck nach achtern, nahm das Rad und sagte lässig: »Geh' du nach vorn!«

Da ging der Alte mit stolpernden Beinen nach vorn und hielt sich am Mast, die zwinkernden, thränenden Augen auf den Steuermann gerichtet.

Und endlich konnte er dies ruhige, stolze Gesicht nicht mehr ertragen. Der am Rad, der so gerade dastand, dessen Augen so stolz über das Wasser flogen, der hatte seine Furcht und sein Alter gesehen.

»Ich will den Aufenthalt hier abkürzen ...Ich ...ich hab's satt bekommen ...Ich muß dir überhaupt sagen ...du hättest den großen Besitz nicht antreten sollen, da du doch kein Vermögen hast. Aber du hast auf meins spekuliert.«

»Schriebst du mir nicht, du würdest mir aushelfen? Hast du mir nicht von Kind auf versprochen, du wolltest mir einst helfen?«

»Habe ich es gesagt?«

»Ich frage dich.«

»Ach was . .. kurz, ich gebe dir nichts. Ich brauche mein Geld selbst.«

Beide schwiegen. Die Wellen schlugen schwer gegen das Boot. Vor ihnen lief es als ein weißer Strich quer übers Wasser, eine Untiefe anzeigend. Ein hoher Spritzer flog über Bord und schlug gegen den Mann am Mast, daß er sich festhalten mußte; das Wasser rieselte an ihm herunter.

»Steuere richtig!« schrie er hinüber.

»Nee!« schrie Strandiger. »Sonst sitzen wir auf Blausand.« Der Alte that es, langsam und ungeschickt, mit steifen Händen und Knieen; das Boot schlug schwer hin und her. Der Wind griff hart in das lose Tuch und schlug es knatternd gegen die Taue und den Mast. Wie ein Pferd auf die Hinterbeine sinkt, so warf sich das Boot nach achtern.

Da lag Flackelholm.

Das Boot bog sich und jagte vor dem Wind mit gepreßten Segeln in die Richtung nach der Hütte, die schwarz auf weißer Düne stand. Die Dämmerung lag auf dem Wasser, nur die Düne war noch hell.

»Also du giebst mir kein Geld?«

»Nein.«

»Gar nichts?«

»Nein.«

»Ja ...weißt du, dann ...«

Er sah nach der Hütte hinüber. An der Fahnenstange war die Flagge aufgezogen: »Ihr zu Ehren!« Eine Gestalt kam die Düne herunter und ging nach dem Strand zu.

»Wie viel Vermögen hast du noch?«

»Was geht's dich an? ...Du steuerst unvernünftig, halte doch mehr Backbord! Der Wind wird stärker! ...Wir kommen zu nah' an Flackelholm.«

»Da geht jemand über den Strand. Ich will sehen, wer es ist.«

Der Wind warf sich hart in die Segel; eine weißgekrönte, mächtige Welle zerbrach am Heck und warf ihr Wasser über das Verdeck. Eine andere kam, hob sich hoch, bäumte sich und glotzte mit gierigen Augen über die Reeling.

»Franz! ...Es geht nicht gut! ...Flackelholm ist nahe!«

»Was meinst du, wenn ich dir heute heimzahlte, was du in zwanzig Jahren an mir verbrochen hast?«

»Franz!« schrie er auf.

Der stand ruhig, mit hartem Gesicht, am Rad und sah auf ihn. »Erinnerst du dich noch der geifernden Worte, die du an dem Tage zu mir sagtest, als ich konfirmiert wurde? Weißt du noch, was für Bücher du dem Sechzehnjährigen wie absichtslos ...du Schurke! – auf den Tisch zwischen seine Schulbücher legtest, und wie du den Siebzehnjährigen in die wüsten Ballsäle führtest?«

»Franz! Halt ab!« Seine Augen waren weit geöffnet, sein Mund hing schlaff herunter; es war mit einem Male ein altes, kraftloses Greisengesicht.

»Weißt du, was sie erzählen? Sie sagen: der Strand von Flackelholm ist hart wie Stein. Das Boot schlägt auf und wird zusammengeschmettert, als wenn man eine leere Cigarrenkiste mit der Faust zusammenschlägt...«

»Du bist irr! ...Herr Gott ...wär' ich an Land!«

»Das möchtest du ...was? Du stolzer, feiner Kerl! Mit all deinem Mut! ...Die Bootsrippen brechen wie Streichhölzer; ob deine Rippen halten werden? Aber du bist ja ein junger, fixer Kerl ...du grauer Affe!«

»Du sollst alles haben.«

»Ha ...so dumm! Das hast du oft genug gesagt. Aber du hieltest nicht Wort. Du sagtest: ›Werde Landmann! Ich lege mein ganzes Vermögen in deinen Besitz.‹ Und nun wolltest du keine viertausend Mark hergeben, und ich mußte zum Wucherer gehen. Siehst du, darum fahre ich nun mit dir bei Flackelholm auf den Strand ...Kannst du den weißen Rand sehen? Da springen die Wellen. – Wir wollen es rasch ausmachen, wer dein Geld haben soll. Wir knobeln darum: du oder ich oder der Teufel. Drei Mann. In zehn Minuten ist es ausgemacht.«

»Franz! Lieber Franz ...laß mich doch leben. Ich bin ein alter Mann und habe nur noch ein paar Jahre...«

»So bettelst du! ...Hast du schon einmal an den Tod gedacht, wie wird dir dann? Was hast du im Leben gethan? Was ein Schwein thut! Gefressen hast du und im Dreck gewühlt. Nebenbei ein Geck! Das hört alles auf; das wird ganz anders! Wer weiß es! Für nichts und wieder nichts hat man doch nicht das Gewissen! Die Zähne sind zum Beißen und die Fäuste zum Schlagen und die Beine zum Gehen und das Gewissen zum Wegweiser. Du kannst nicht auf den Händen gehen, und du kannst nicht den Teufel zum Wegweiser machen.«

»Jammer! Jammer!«

»Da haben wir's. Du kannst auch keine Pacht bezahlen.«

Da warf sich der Alte an der Reeling nieder und versuchte, mit seinen erstarrten Händen den Schotenblock zu lösen.

Der Wind flog heulend übers Wasser.

Franz Strandiger sah nach der Gestalt hinüber, die dort unweit der Brandung ging. Der weiße Streifen da vorn wurde deutlicher, weißer; es wurde Zeit, umzukehren.

»Angst hast du gehabt! Gekrochen hast du vor mir, du Feigling.«

Der alte Mann hörte es nicht; der Wind heulte so laut. Er lag neben der Rolle, zerrend, reißend; mit den Zähnen biß er in das harte Tau.

Da verschwand die Gestalt am Strand hinter der Brandung. Strandiger sprang auf. Mit jähem Satz war er bei der Rolle und stieß mit dem Fuß nach dem Liegenden; aber der verstand nicht. Die Angst verwirrte ihm die Sinne. Er schrie laut um Hilfe und warf beide Arme um die Taue. Nun war's zu spät.

Strandigers Gesicht wurde weiß; aber es rührte sich nichts darin. Er sprang zum Steuer zurück und warf es herum. »Schräg auffahren!« schoß es ihm durch den Kopf.

Von hinten heulte der Wind, schräg vorn nichts als weißes, wirbelndes Wasser, kochend und schäumend. Ringsum, bald hier, bald da, glotzten die weißen Augen über den Bootsrand. Dann noch zwei Minuten ...ein Stoß, so hart, so furchtbar, daß der Körper Hobookens aufflog und dumpf niederschlug, daß Strandiger mit der Hand, die er nach dem Liegenden ausstreckte, in sein eigenes Haar griff. Da griffen die weißen Arme der Wellen zu und trugen den leblos Liegenden über Bord.

Wieder zwei Stöße! Und rings umher das wilde, sinnlos tobende Wasser, das mit tausend Händen nach ihnen griff. Da sah er schräg unter sich ... da vorn ... zwei andere Hände ... Menschenhände ... da glitt er blitzschnell am Tau hernieder und hatte das Glück, daß das wild schlagende, splitternde Boot ein wenig Schutz bot, und hielt die Fallende fest und trug sie und fiel mit seiner Last am Strand nieder.

Er hatte alles andere vergessen.

Er lag vor ihr auf den Knieen, horchte auf ihren Atem und deckte das schwernasse Kleid über ihre Füße und sah sie starr an, mit finsteren, glühenden Augen.

»Warum ging sie nun in das Wasser? ... Was soll ich nun denken? denken? denken? Was nützt das Denken? Mein ist sie. Mein Strandgut! Meins! ... Lebten wir in alter Zeit, und ich hätte sie aus dem Wasser gerissen und aus dem Tod ... ich hätte sie nicht erst gefragt, ob sie mein sein wollte. Sie hätte auch selbst nicht gezweifelt, weil sie mein Strandgut ist ... Denken?! Ich will festhalten, in diesem Augenblick', was mir das Meer in die Arme warf; Gott und das alte Strandrecht haben sie mir zugesprochen.«

»Sprach vorher jemand von Gewissen?«

Er stützte beide Hände auf den Sand. Ihr blasses, lebloses Gesicht lag gerade unter ihm, ihr Atem ging leise und doch mühsam, Wasser stand auf ihren blassen Lippen und floß von ihrem Haar, dessen Flechten in dem nassen Sand ausgebreitet lagen. So ganz ohne Schutz lag sie da.

»Sie ist noch in Todesgefahr; nicht einmal die Hände kann sie rühren. Ingeborg ... Liebling ... sage mir ein Wort! Mach' die Augen auf! Nein, laß sie, wie sie sind; wenn du sie öffnest, erschrickst du. Komm ... ich trage dich heim ... Wenn du antworten kannst, dann will ich dich fragen ...«

Er legte sich eilig in die Kniee und hob sie auf, wie man ein gebrechlich Kind aus den Kissen nimmt, und trug sie, so rasch er konnte, schräg über den dämmernden Strand in die Richtung nach der Hütte.

Die Brandung brüllte hinter ihm her, und der Sturm schrie nach der verlorenen Beute: »Sie gehört uns, uns!«

»Uns?« sagte er laut. »Wem von uns? Sie soll es selbst sagen. Noch einmal will ich sie fragen. Sie hat mich doch lieb; ich sah's an ihren Augen! ... Ingeborg ...«

Keuchend, mühsam trug er seine Last durch den tiefen Sand der Düne hinauf, todmüde und schwankend. In der Hütte war Licht.

Er stieß die Thür mit dem Fuß auf. Da war niemand in der Hütte als Andrees Strandiger und der Rotkopf, die eben vom Boot gekommen waren und von Ingeborgs Ankunft keine Ahnung hatten. Sie sprangen auf, als sie den hohen, todblassen Mann und seine Last im Rahmen der Thür stehen sahen.

»Was ist das?« schrie Andrees.

»Strandgut ist es!« sagte er. »Mein Strandgut! Ich wollte dir mehr darüber sagen; aber du bist nicht allein. Ich habe sie aus der Brandung gerissen. Warum sie hineingegangen ist, wird sie dir selber sagen. Ich muß sie dir jetzt lassen, weil sie krank ist ...« Er legte sie auf die Schaffelle, die aus dem Fußboden lagen.

Der Rotkopf beugte sich über sie, löste ihr das Kleid am Halse und legte den Kopf tief. »Es ist nicht vom Wasser,« sagte er ... »sie ist ohnmächtig,« und schüttelte sie hart am Arm. Andrees hielt ihren Kopf in seinen Händen und strich das Wasser von Gesicht und Haar.

Da verließ Franz Strandiger die Stube und setzte sich draußen vor der Hütte auf die Bank.

Nach einer Weile stand er auf und trat wieder in die Hütte. In der Kammer, die neben der Stube lag, war Licht gemacht, und er trat hinein. Andrees Strandiger beugte sich über das Bett, und Ingeborg hatte beide Arme um seine Schultern geklammert, als wenn sie wieder fürchtete, in der Brandung zu versinken. Ein heißes, wildes Schluchzen erschütterte ihren Körper, der halb entkleidet auf dem Bett lag. »Ich meinte, du wärst es. Da erkannte ich ihn und fiel zurück.«

»Er hat dich gerettet!«

»Andrees ...lieber Andrees! Hilf mir! Verlaß mich nicht! Ich fürchte mich vor ihm.«

Da trat Franz Strandiger von der Schwelle zurück und ging hinaus und saß wieder auf der Bank. Der Wind fuhr gegen ihn an; furchtbare Kälte machte seine Glieder zittern.

Bald darauf trat der Schiffer heraus, sah sich um und sagte: »Es geht ihr gut; es war richtig eine Ohnmacht ...Nun sagen Sie mir, wo kommen Sie her, und was ist geschehen? Es wird einem ja wirr im Kopf.«

»Wir sind da draußen in die Brandung getrieben. Wir kamen zu nah' heran, der Wind ward stärker. Nachher wollte das Großsegel nicht fallen. Der andere, mein Onkel, ist geblieben; das Boot wird entzwei sein.« Er raffte die letzten Kräfte zusammen. »Sie müssen mich ans Land fahren ...jetzt gleich ...Ich werde es Ihnen bezahlen. Kommen Sie! Sie kommen!« sagte er noch einmal.

Der Alte schob die Mütze beiseite: »Das Wasser ist schon im Sinken.«

»So fahren Sie mich mit den Pferden nach Strandigerhof.«

»Ja ...das geht schon eher. Aber erst nach ein Uhr. Der Mond muß da sein, sonst geht es nicht. Aber ich denke eben daran ...Strandiger sagte vorhin, er wollte auch mit der nächsten Ebbe fahren, wenn es möglich wäre. Er will seine Mutter von dem Unfall benachrichtigen und Frauenhilfe holen. Das Fräulein wird doch wohl nicht so leicht davon kommen...«

»Ich will nicht mit Strandiger fahren ...bringen Sie mich bis zur Kreuzbake; von da finde ich den Weg allein.«

»Na ...das geht wohl an ...Wollen Sie in die Hütte kommen?«

»Nein! Wo haben Sie die Pferde?«

»Hier in der Blockhütte.«

Er führte ihn in die Blockhütte, die von einer Stallaterne notdürftig erleuchtet war. Da war neben den Pferden, links vom Eingang, eine Lage Stroh; dort legte er sich hin, nachdem er einen Anzug des Schiffers angezogen und heißen Kaffee getrunken hatte, ließ sich mit einer Pferdedecke zudecken und schlief bald ein.

Antje Witt irrte wieder am Strand entlang, dicht neben der Brandung. Ihr Bruder war ihr nachgegangen, sie zu suchen, hatte sie aber noch nicht gefunden.

Im Eschenwinkel, im Haus ihres Bruders, hatte sie sich aus Scheu vor den Menschen und um die Kinder nicht zu erschrecken, zusammengenommen. Sie hatte den irren Geist in sich unterdrückt, und es war ihr, bei ihrer natürlichen Gutmütigkeit, fast immer gelungen. Wenn es aber in ihr zu gären anfing, lief sie ins Watt hinein und hauste tagelang auf Flackelholm. Und hier, in der Einsamkeit, flog das unheimliche Feuer, das in ihr war, hoch auf. Der arme, irre Geist, dort im Eschenwinkel von den Menschen und durch einen Rest von Überlegung niedergehalten, legte in der Einsamkeit des Eilands jeden Zwang ab. Was sie in solchen Stunden, an solchen Tagen in ihrem irren Sinn gedacht und ausgeführt hat, das hat kein Mensch gesehen oder erfahren. Vor den drei oder vier Fischern, die zufällig nach Flackelholm kamen, hatte sie sich verborgen gehalten. Einige hatte sie durch ihre Erscheinung aufs tiefste erschreckt; sie hatten sie aber nicht erkannt. In den letzten Jahren war sie unruhiger geworden; sie war jetzt dreiundvierzig Jahre alt.

Es war schon später Abend. Das Feuer von Neuwerk stand nach Südwesten zu über dem weißen Gischt. Es war Hochflut; ein Tosen und Brausen und dazwischen Weinen und Stöhnen erfüllte die Luft.

Auf schwarzen Pferden kamen sie an, schräge, in langen, geschlossenen Reihen, Reiter in weißen, wehenden Mänteln, mit blinkenden Helmen, in dröhnendem, sausendem Galopp, immer nebeneinander, in Reih und Glied, und keiner wich zurück und kein Pferd stürzte. So jagen sie schräg heran drei, vier, sechs Reihen aus dem Dunkel der Nacht und alle gleich hoch und stolz, auf springenden Pferden, mit schneeweißen Angesichtern ...aber wenn sie nahe kommen, vorne am Strand, stürzen die Pferde in die Kniee, die weißen Gesichter und die blanken Helme fliegen in den Sand, und die langen Mäntel liegen am Boden und, vom Mondlicht beleuchtet, rinnt der Schaum über den Sand.

Sie irrte an der Brandung entlang, immer weiter.

»Ob ich ihn diesmal finde?« dachte sie. »Sie haben weiße Mäntel gehabt und schöne, dunkle Pferde. Ich hab's wohl gehört, wie Reimer es erzählte, als er zurückkam. Eine Reihe nach der andern sind sie gekommen, und alle sind sie zusammengestürzt. Hier muß ich ihn finden.

»Viele Jahre gehe ich hier schon, immer neben den Pferden und im Blut. Und viele Tote habe ich schon gefunden und begraben. Aber er war nicht darunter.

»Die Leute sagen: ›In den letzten zwanzig Jahren werden keine Tote mehr auf Flackelholm gefunden.‹ Ich bin hier gewesen, ich, und habe sie begraben. Traurig sahen sie aus, waren ganz von den Hufen zertreten, hatten wochenlang unten gelegen in der wilden Schlacht. Ein Vaterunser habe ich gebetet über jedem Sandberg.

»Heinrich!

»Wie die Kanonen brüllen! Ich armes Mensch allein in der Schlacht. Sagt mir, wo sein Regiment steht!? Ich habe die Nummer vergessen; es ist schon so lange her, weit über zwanzig Jahr.

»Muß hier laufen und laufen und werde alt und bin müde. Wenn ich nun nicht mehr kann, wer soll ihn dann suchen? Wer soll ihn dann begraben?«

Sie eilte weiter, mühsam sich gegen den Wind haltend und da … an der Biegung des Strandes, wo das Meer am wildesten tobte, wo große Fetzen Erde aus dem Strand gerissen sind, wo mitten in der Brandung die wilden Wellen mit dem Nest eines Bootes, vor Übermut brüllend, Fangball spielten, da lag ein Mensch, mit zerschlagenem, blutigem Gesicht, lang hingestreckt, still und tot, in hohen Stiefeln, in blauer Kleidung von militärischem Schnitt. Er sah ganz anders aus als die andern, die sie begraben hatte.

»Heinrich!«

Der Mond stand am Himmel und hat es gesehen, wie sie den Toten in derselben Stunde ein wenig höher hinauf am Sandwall begraben hat, wie mehr als dreißig andere … aber mit heißeren Gebeten. Um Mitternacht kehrte sie heim und saß den Rest der Nacht ruhig und still am Fenster der Kammer und wachte über Ingeborgs unruhigen Schlaf. Sie hatte ihr Haar sorgfältig gekämmt – mit nassem Kamm, wie ihre Weise war – und ihr schwarzes Tuchkleid angelegt, eine weiße Krause um den Hals. Das Gesangbuch hatte sie in der Hand; ein weißes Taschentuch, sorgfältig zusammengefaltet, lag darauf.

Also wurde Felix Hobooken, der nie im Leben einem Menschen Gutes gethan hatte, unter heißen Thränen und Gebeten begraben. Er mußte am Sand von Flackelholm stranden, damit ihm das widerfuhr.

An der Kreuzbake hielt der Wagen. Der Mond stand noch am Himmel; aber jagende Wolken verdeckten ihn zuweilen. Am Horizont, im Osten, ballten sich dunkle Wolken, eine schwarze Mauer gegen den Tag. Auch im Westen lagen schwere Wolkenmassen überm Meer. Es war Tiefebbe.

»Ich kann Sie hier nicht gut absetzen,« sagte der Rotbart. »Von hier ist der Weg bunt. Ich kann mich nach den Sternen richten, aber Sie kennen sie nicht.«

»Der Morgen ist nicht mehr fern. Ich weiß hier die Richtung und kenne die Priele.«

»Es kann dunkler werden. Ich mag die Wolken im Westen nicht leiden; es ist schwere Luft.«

»Kehren Sie wieder um! Ich finde schon nach Haus.«

Der Rotkopf schüttelte den Kopf; dann fing er an, den Weg zu deuten. »Dreiviertel Stunde gehen Sie nach Ihrer Uhr so … Sehen Sie dort den Stern? Dann werden Sie Schlick treffen: dann gehen Sie in solchem Winkel, so…«

»Ich kenne den Weg, ich habe da Enten gejagt.«

Er stieg mit schweren Beinen vom Bretterwagen. Der bog wieder in die alte Spur und fuhr zurück. Da wandte Strandiger noch einmal um: »Will Andrees Strandiger selbst nach dem Koog fahren?«

»Ja … Heute oder morgen. Ich selbst muß mit Reimer wegen der Steine nach Büsen.«

Der Wagen klapperte und rasselte davon. Dann ward es still in der weiten Öde. Der Himmel hatte die Wolkenschleier abgenommen; die Sterne sahen wie mit tausend offenen Augen herunter.

Er wandte sich langsam um. Seine Glieder zitterten; die Morgenkälte schüttelte ihn; er sah nach dem bezeichneten Stern und machte hundert langsame Schritte, blieb stehen und sah nach der Bake zurück. Noch sah er sie; sie hob sich vom Himmel ab.

»Nach meiner Uhr soll ich gehen,« dachte er, »meine Uhr steht. Es ist wohl Wasser hineingelaufen ... Das Herz steht auch ... es ist Jammer und Wut hineingelaufen.

Weil ich das gesehen habe in der Kammer.«

Er ging eine Weile weiter und traf eine kleinere Bake, etwas mehr als mannshoch, und blieb davor stehen.

»Die reiß ich aus der Erde. .. zweihundert Schritte seitwärts ... wenn meine Uhr steht, warum soll seine gehen?«

Er stand und grübelte. Von Westen her kam leiser, rollender Donner, anschwellend; drohend stieg es vom Himmel herunter, wie wenn einer von draußen an das Gewölbe schlug.

»Kommen wir beide ohne Wegweiser nach Strandigerhof, so soll sie ihm gehören.«

Er ging langsam in tiefen, schwarzen Gedanken zurück. Seine Züge waren nun nicht schön, nicht stolz. Als wenn er jahrelang mit rohen Menschen verkehrt hätte, so war sein Gesicht verwandelt.

»Es ist eine Probe ... Dies soll entscheiden. Wer ankommt, hat die Braut. Kommen wir beide an, so trete ich zurück.

Das Weib! Das schöne, stolze Weib!«

Er riß an der Bake, und mit seiner starken Kraft riß er sie heraus. Es gab einen glucksenden Ton; das Wasser, das unterm Schlick träumte, ward wach und füllte gurgelnd die Höhlung. Er trug die Bake seitwärts; zweihundert Schritte bis zu einem kleinen Priel; da warf er sie hinein.

Dann ging er nach der andern Bake zurück. Erst fand er sie nicht; dann, als er sie fand, riß er sie aus, und ging mit ihr nach der andern Seite, und ward von seinen Gedanken weiter geführt, als er wollte. Wohl vierhundert Schritt trug er sie.

»Nun haben wir beide keine Wegweiser mehr.«

Er sah nach dem Stern hinauf und ging vorwärts.

»Sie war unter meinen Händen, als sie da lag. Mein war sie. Gott oder das Schicksal – einerlei – hatten sie mir gegeben. Da habe ich Narr sie zu ihm gebracht.

Merkwürdig, als ich sie hintrug, als ich sie ihm brachte, da war ich frei und stolz. Jetzt...« er fuhr mit kalter Hand über sein Gesicht: »Als wenn es alles straff gezogen und verzerrt ist.«

Er stand wieder still und hörte auf das Donnern, das von Westen herkam, kehrte sich um und sah nach den Wolken. Der Donner rollte über die unendlich weite Fläche; er senkte den Kopf und lauschte.

»Ein Gewitter im März ... und gerade heute. Es hat den ganzen Tag danach ausgesehen . .. Als wenn mich einer ruft ... Laß dein Wettern und Dröhnen ... ich komme ja schon.

Ich will sie wieder hinstecken, wo sie waren. Ich kenne das Watt hier besser als er; es ist nicht ehrlich. Es ist hart, so zu versaufen, und er war einst mein Freund... er kennt den Weg nicht so gut wie ich.

Nun wird mir wieder besser ... rasch ... gesucht die Dinger!

Wo sind sie?«

Er lief im Trab ... da sank er ein. Er bog ein wenig nach Westen zu, und fand den Priel und lief neben ihm dahin und suchte die Bake und fand sie nicht, und ging weiter und fand sie in dem Arm des Priels, der hier abzweigte, und achtete nicht auf die veränderte Richtung. Und wieder sank er bis über die Knöchel in den Schlick.

Da suchte er am Himmel den Stern, der ihm bezeichnet war. Aber es war keiner mehr da. Schwarze Wetter hatten Befehl erhalten und hatten ihn verdrängt.

Er sah sich um. Er kannte keine Richtung mehr. Er ging seinen Fußspuren nach ... sie gingen kreuz und quer ... Er kam an einen Priel, in dem rieselten und gurgelten die Wasser, und er sank ein. Er kehrte sich um; noch einmal ... da wußte er, daß er sich verirrt hatte.

Verirrt im Watt...

Das Gewitter stieg langsam herauf, unheimlich in der furchtbaren Öde.

Im Westen lag den ganzen Horizont entlang ein Ungeheuer, wie ein Riese auf dem Meer. Ein anderer lag wie in den Knieen, zusammengedrückt, darüber. Und die beiden bekämpften sich mit glühenden Pfeilen und Hellebarden, die Zickzacklinien zeigten, und der obere ward stark getroffen, bäumte sich auf mit donnerndem Brüllen und war schwer verwundet worden, und seine Eingeweide hingen herunter bis ins Meer.

Das Wasser kam, und der Verirrte suchte in Todesnot den Weg und fand ihn nicht. Er wußte nicht mehr, wo Osten oder Westen war. Da blieb er endlich stehen, wo der Grund fest war.

»Wozu das Laufen? Wenn mich ein Blitz träfe!«

Der arme, kleine Mensch stand im ungeheuren Watt; seine starken Glieder zitterten, das Blitzen seiner Augen war vergangen, sein stolzes Herz mutlos, seine ganze Kraft dahin.

Wenn er in der Schlacht den Tod erwartet hätte ... mit vielen andern ... aber er ist ganz allein. Der letzte Mensch der Erde steht dem Tod gegenüber, der Vernichtung ... nein, nicht allein dem Tod, sondern dem allmächtigen Schicksal. Er ganz allein.

Das Wasser steigt bis an die Knöchel ... weiter ... jede Welle bringt mehr, jede Fußspur öffnet eine Quelle. Es ist alles grau in grau. Auch die Muschelbank, auf der er steht, die sonst so weiß scheint, trieft von Wasser. Von unten, von oben, von Westen, von Osten: Wasser, Wasser und Todesnot.

Da macht er sich wieder guf. Er meint, dort drüben müsse das Festland liegen. Er weiß nicht, wie er zu der Meinung kommt; seine Phantasie nimmt es so an; es zieht ihn nach der Richtung. Aber wie er einige Schritte gemacht hat, da ist ihm ganz klar, daß er verkehrt geht. Da steht er wieder still.

Nach einer Weile – vielleicht hat er eine halbe Stunde so gestanden – macht er sich wieder auf, mit schweren Füßen im plätschernden Wasser, dahin, wo er meint, daß der Boden höher und fester sei. Er hat es aufgegeben, das Land zu finden.

Da stolpert er über Reisigholz, und da liegt die Bake, und er bricht ein Stück ab, ebenso groß als er selbst, und stützt sich darauf, und hält sich damit, denn das ewig fließende Wasser macht ihn schwindeln. Endlich kann er dies Wandern des Wassers nicht mehr ansehen, er muß sonst stürzen. Da wendet er den Blick nach oben und steht wie ein Betender oder wie einer, der zuhört, was ein anderer von oben her redet.

Hoch oben im Westen überm Meer wurden eiserne Thore krachend geöffnet, Ketten und Stangen klirrten am Thorgang, und eiserne Platten gaben harten Ton. Durch steinerne Thorgänge rollten eiserne Wagen, zwei, drei hintereinander, und die Wölbungen warfen das Getöse wilder zurück. Schwarze Rosse erschienen, eiserne Hufe stießen auf harten Stein, da blitzte es hell auf, mit grellem, bläulichem Schein, Wolken fuhren vor Ihm her, und tausend Hände warfen Regen aus, daß seine Rosse nicht stürzten. Ein Riese, von dem man nichts sah, stand am Horizont unter dem Meer und warf mit beiden Händen Feuer über den Himmel, daß sie den Weg fanden.

»Wie lange stehe ich schon? Eine Stunde? Oder ein Jahr? Dem Kopf scheint's eine Stunde, dem Herzen ein Jahr. Was im Raume nebeneinander liegt, liegt im Herzen ineinander, durcheinander. Ich habe alles wieder gesehen, was ich von Kindheit an gedacht und gethan habe; es ist nichts mehr übrig. Die Qual könnte nun zu Ende gehen.«

Der Reisigstamm bog sich hin und her, so wie die Wellen seinen Körper hin und her schaukelten. Das zersplitterte Ende des Stammes, das er gegen die Brust gepreßt hatte, hatte sich durch die Kleidung hindurch gewühlt; es lief Blut die graue Rinde hinunter; aber er merkte es nicht.

»Ich bin nicht schuld an deinem Tod! Ich hätte dich in Ehren gehalten, wie tausend andere ihre Frauen ehren. Warum gingst du in den Teich? Laß mich in Ruh' mit deinem Heiligengesicht! Bleib unter deinem weißen Stein, was willst du im grausigen Watt?

»Ich habe ihn nicht töten wollen ... bei Gott, das wollte ich nicht! Ich dachte, es wäre noch früh genug; aber er hielt in seiner Todesangst das Tau so fest. So fest halte ich jetzt den elenden Stock ... doch bin ich besser daran, als er ... ich kann noch einmal alles überlegen. Er hatte nicht viel Zeit. Nur eine kurze Predigt hat er noch gehört ... von mir. Daß das Gewissen einen Zweck hat ... wie die Füße und die Hände ... Nun halte ich mir selbst eine Predigt ... eine lange, lange ...

und werde nicht fertig. Ganze Bogen herunter rechne ich und kann den Strich nicht darunter ziehen ... kann nicht ... will nicht ... Ein Jammer ist das!

»Es muß irgendwo ein Fehler sein . . . sonst könnte ich jetzt sterben. An irgend etwas habe ich noch nicht gedacht. Was kann das sein? Es verwirrt sich ... es schwimmt und treibt. Was ich denke, ist gurgelndes, wirrendes, wegloses Wasser. Geist und Herz wissen nicht woher und wohin.

»Nun wird's still ... wie Gott will ... Was soll der Gedanke? Ist das Gottes Wille, daß ich hier so elend mich quäle und versaufe? ...

»Warum nicht? Er ruft mich zum andern Leben. Und dieser Weg dahin, gerade *dieser* Weg ist für mich der beste ... und dieser Stand hier. Ich habe auch nicht viel Federlesens gemacht, ich faßte sie an, Männer und Weiber, rasch und fest; so macht er es jetzt mit mir. Ich muß mich bedanken; es ist Sinn darin!

»Es dauert noch etwas ... das Wasser geht noch nicht bis zur Hüfte. Die Beine sind nun tot. Nun kommt bald das Herz.

»Die Wolken vergehen ... es wird heller ... der Himmel hat blassen Schein: der letzte Tag! Nach dem Strandigerhof will ich sehn, wenn ich kann, und noch einmal nach Flackelholm, wo sie ist ... Ach, was nützt mir das? Ich muß wohl nach einem andern Hof sehen und nachdenken, wie der Empfang wird. Bis zur Hüfte im Wasser ändert sich alles! Die Erde ist Wasser geworden, und der Himmel festes Land, und was klein war, ist groß geworden, sehr groß. Und was auf dem Lande nicht gedieh, ist im Wasser rasch gewachsen.

»Ich würde von alledem nichts glauben, gar nichts ... ich würde glauben, daß ich wie die Fliege in der Milch verkäme, wenn ich Maria Landt nicht kennen gelernt hätte.

»Ich habe keine Anlage zur Demut. Demut? Sie sagen: Wir sind *nicht* demütig, wie die andern Menschen. Die andern Menschen, sagen sie, fürchten Sünde und Schuld, Unglück und Tod, das alles fürchten wir nicht. Wir fürchten nur Gott. Und es ist schön, sagen sie, Gott zu fürchten.

»Es ist Wahres darin ... die Christen glauben an das Licht – die andern an die Nacht. Aber wie soll ich an das Licht glauben in diesem Jammer und Todesgrauen ...«

Seevögel flogen schreiend vorüber, ließen sich nieder und wiegten sich auf den Wellen. »Elende Vögel! Sie leben, ich sterbe.« Seehunde kamen von fern, hoben die weißen Leiber und sahen auf ihn ... »Laßt mich! ... geht hin nach Flackelholm und sagt es ihr! ...

»Ich halte es nicht länger aus ... Die Knie brechen, und die Augen sind irrsinnig, und die Gedanken laufen fort ... Die einen sind in der Jugend, spielen und toben: Ich bin Oberst! Trab! ... Es ist der Tag von Gravelotte, und mein Vater stirbt. Der starb fürs Vaterland ... ich als ... Verbrecher ... Meine Mutter war nicht gottesfürchtig! ... Die andern Gedanken klopfen an die Himmelsthür. Hör! Es klopft! Arme Seele.«

Der letzte Donner verhallte. Der Tag brach an ... »Da ist das Land, da, so nah'! Und doch so fern ...«

Das Morgenrot griff mit goldenen Händen durch die Wolken und sah mit langen, feurigen Augen über die Wellen. »Nun ist's genug.«

Da kam von hinten her eine Stimme ... laut rufend ... viel heller als die tausend Stimmen der Wellen:

»Franz, steh' gerade! ... ich komme!«

Er streckte im Wenden beide Arme aus und schwankte. Da stand Andrees Strandiger breitbeinig auf dem Bretterwagen, die Peitsche in der Hand, und die großen Braunen gingen mit hochgehobenen Köpfen, schnaubend und nickend, langsam durch das Wasser; die Halskappen klirrten, die Spitze der Deichsel hob sich dann und wann aus dem Wasser; die Wellen liefen über das Wagenbrett.

»Ich komme! Junge, steh' fest. Noch eine Minute!«

Er stand und starrte mit irren, großen Augen auf die Pferde, und machte nicht einmal den Versuch, etwas Stolzes oder Hartes in seinem Gesicht zu zeigen, und griff mit beiden Händen nach den Köpfen der Pferde und arbeitete sich seitwärts vom Wagen, an den Strängen sich haltend, und lag zwischen den Brettern auf den Knieen: »Weg!« sagte er. »Weg von diesem furchtbaren Ort!«

»Ja ... wohin?« sagte Andrees.

»Hier kommen wir um.«

»Ich hoffe nicht. Wenn der Wagen nur hält und die Pferde stehen und das Wasser nicht zu hoch geht.«

»Wo kommst du her?« stöhnte Franz.

»Dort ist der Weg, dort drüben. Ich konnte die Kreuzbake nicht finden; da verlor ich den Weg. Nachher fand ich ihn, und ich glaube, ich wäre noch an Land gekommen, aber da sah ich dich, du armer Kerl ... Ich will meinen Rock ausziehen; bedeck' deine Brust damit; sie ist ja ganz voll Blut. Leg' ihn um dich! Zweimal schiffbrüchig an einem Tag, das hält kein Mensch aus.«

Franz versuchte, sich von den Knieen zu erheben; aber er sank wieder zusammen: »Ich will es dir sagen: ich habe die Bake ausgerissen, weil ich mit dir um Ingeborg Landt spielen wollte. Nachher wollte ich sie wieder hinbringen; dabei verirrte ich mich.«

Andrees richtete sich gerade auf; furchtbare Erregung bebte durch seine Gestalt: »Das ist für Gott,« sagte er, »nicht für mich. Ich habe an meiner eigenen Last zu tragen.«

»Nun kommst du und willst mir helfen und mußt mit mir zu Grunde gehen, und alles ist aus, und alles habe ich gethan ... ich ... Ich bin müde und kalt.« Er legte den Kopf schwer gegen das Seitenbrett und weinte.

»Ich stelle mich so hin,« sagte Andrees, »bleibe du in den Knieen liegen und klammere dich fest an mich, so bleibst du warm. Wenn die Pferde unruhig werden, schneide ich sie los ... aber ich hoffe, das Wasser steigt nicht viel höher. Und die Pferde sind klug; sie stehen ruhig. Drei Stunden Flut sind vorüber.«

So standen sie, dicht aneinander geschmiegt, die sich feind waren. Sie sprachen wenig und selten. Sie lauschten auf das leise Rauschen des Wassers, auf das Knarren der Deichsel. Sie sahen nach den Pferden, welche die Köpfe hoch hielten und die ängstlichen Augen zurückwandten. Sie sahen nach dem Strandigerhof hinüber.

Als das Wasser sank, schlief Franz Strandiger ein, zusammensinkend, den Arm um die Kniee des andern, Schulter und Kopf gegen die Wagenseite gelehnt. Die Sonne stand strahlend im Osten; es war ein schöner, heller Frühlingsmorgen. Zu Nordosten von ihnen erschien der lange, weiße Rücken einer Sandbank; gleich ward sie Zufluchtsort für Hunderte von Vögeln.

Da brachen sie auf.

Sogleich wurden sie auch bemerkt. Wagen, Reiter jagten den Deich hinunter. Heim Heiderieter empfing sie, große, ängstliche Augen auf sie richtend, bis an den Leib im Wasser stehend.

Franz Strandiger brach zusammen.

Neuntes Kapitel

Am andern Morgen – es war trübes Märzwetter – kam Andrees vom Kirchhof her nach dem Heidehof. Er war etwas erkältet; sonst schienen ihm die Stunden im Watt nicht geschadet zu haben. Gegen Mittag wollte er nach Flackelholm zurück. Er berichtete kurz, daß er mit Franz eine Unterredung gehabt, und daß sie beschlossen hätten, den Versuch zu machen, wieder als Vettern miteinander zu verkehren.

»Ich hoffe,« sagte Heim, »daß er nach diesem Ereignis von der Pachtung zurücktreten wird.«

»Er deutete so etwas an; aber ich gehe jetzt nicht darauf ein, da er körperlich ganz gebrochen ist. Er kann seine Füße nicht ansetzen und hat große Schmerzen.«

»Was denkst du also zu thun?«

»Ich gehe wieder nach Flackelholm, baue das Haus und mache Hochzeit.«

»Sehr gut,« sagte Heim, und Eva nickte.

»Nun möchte ich gerne,« sagte Andrees, »daß du mit mir nach Strandigerhof kämest und ihn besuchtest; ich glaube, es würde ihn freuen. Er sagte, du hättest diesen ganzen Winter kein Wort mit ihm geredet und wärest ihm absichtlich aus dem Weg gegangen.«

»Kann ich zu ihm gehen,« rief Heim, »wenn er den ganzen Eschenwinkel ruiniert?«

»Er deutete mir an, daß er sehr wenig Freundlichkeit im Leben empfangen hätte, auch hier in der Heimat nicht, auch von dir nicht! Gehst du mit? Dann sind die drei Getreuen wieder bei einander.«

Heim kehrte sich rund um: »Eva! Meinen Sonntagsrock! Seit ich mit dir über die Heide ging, machte ich nicht wieder einen so schönen Gang.«

Andrees sah ihm nach: »Der ist glücklich! Er hat jetzt die Arbeit, die ihm zusagt: Bauer und Schriftsteller.«

Eva lachte: »Mit dem Bauer ist es eine bedenkliche Sache; der Bauer bin ich. Aber ich bin doch sehr glücklich. Sehen Sie, Andrees, viele Männer sinken zusammen, wenn sie verheiratet sind. Vorher haben sie den Kopf voll von Plänen; da wollen sie viel erreichen; nachher aber, wenn die Frau da ist und gar die Kinder, meinen sie, sie haben genug gethan und werden gewöhnliche, langweilige oder gar verdrießliche Menschen.«

»Ich will mir's merken.«

»Bitte! Aber Heim … Heim ist seitdem fleißiger geworden. Nun schreibt er.«

Sie deutete auf den Schreibtisch, wo die großen gelben Bücher standen, die jetzt aber in Reih und Glied zurückgestellt waren, als hätten sie ihre Arbeit verrichtet, und sagte: »Er hat sich mit großem Fleiß mit den Urkunden der Landesgeschichte beschäftigt; Sie wissen, er hat ein gutes Talent für Sprachen und Geschichte. Beim Dänischen konnte Nachbar Haller ihm behilflich sein; doch liest er es jetzt schon flink weg. Und nun, als er so las und wieder las, sind die alten gemalten Bilder lebendig geworden; die toten Menschen haben die Augen aufgeschlagen, die Dörfer und Heideflächen haben sich mit Menschen belebt, die lange schon schlafen.«

»Es ist fast etwas Unheimliches mit dieser Gabe.«

Eva nickte. Dann hob sie lebhaft den Kopf. »Nachdem Sie nun hiervon gesprochen haben, Herr Strandiger, müssen wir noch von etwas Anderem reden.«

Er sah sie fragend an: »Von Ingeborg?«

»Nun also von Ingeborg.«

»Ingeborg,« sagte er langsam, »war nicht ganz frei von Franz, obgleich sie ihm damals auf der Heide so wacker widerstanden hat. Er ist ein Strandiger, wie ich, und mir in manchem ähnlich; ja er ist rascher, gewandter und ansehnlicher als ich. So mag es erklärlich sein. Jetzt aber ist sie ganz mein, alles Zaudern hat bei ihr ein Ende und bei mir erst recht; im Juni ist Hochzeit.«

»Ihr werdet auf Flackelholm wohnen?«

»Ja, wenigstens diesen Sommer. Das wird gut sein für mich, für Ingeborg und für Flackelholm; später wird sich dann etwas Anderes für uns finden. Übrigens hat Reimer Witt große Lust, nachher als mein Verwalter auf Flackelholm zu bleiben; aber seine Frau hat keine Neigung dazu, auch macht der Schulbesuch der Kinder Schwierigkeit.«

»Das war dies Thema! Haben Sie nicht sonst etwas zu sagen, oder zu fragen oder vielleicht zu sehen? Sie waren während fünf Monate nicht in unserm Hause.«

Er sah fast ein wenig verlegen in ihr lächelndes Gesicht. Da endlich besann er sich: »Ach, der Junge! Der Erstgeborene! Verzeihen Sie!«

»Schwer zu verzeihen, Herr Strandiger! Aber ich will Ihnen das Kind doch zeigen.«

Als sie ging, erschien Heim, den Rock noch in der Hand, in Eile. »Komm' mit,« sagte er und führte ihn in das lange Zimmer ans Fenster.

Da fuhr die Kutsche vom Hof, mit Koffern beladen, den regendurchweichten Sandweg hinauf. Es saß niemand darin als die alte Hobooken: die hielt ihren Auszug. An der Wand des Schulhauses standen zehn oder zwölf Kinder in der Reihe und ließen das Märzwasser, das vom Strohdach leckte, auf ihre Pantoffeln und Schuhe träufeln. Sie sahen einander an, und allmählich, wie ihnen der Mut wuchs und der Wagen vorwärts fuhr, löste sich die Reihe auf, während sie riefen: »Kein Erbarmen! Kein Erbarmen! Fährt heidi! Mensch, nun wollen wir mal singen: Lieb Vaterland, magst ruhig sein.«

Heim lachte, er strahlte sogar; er kann sich leider noch über jeden dummen Jungenstreich freuen; Andrees aber sah ernst darein.

Am dritten April, da die Witterung es zuließ, fingen sie mit dem Hausbau an. Am Fuß der Düne steht es und in ihrem Schutz, neben der kreisrunden Schaftränke. Unten im Erdgeschoß sind vier Räume, Vordiele, Küche und zwei Stuben; oben sind zwei Stuben. Der Rest des Hauses ist für das Vieh bestimmt; unten ist ein großer Stallraum, gleich einer Dreschdiele, mit Fußboden von festgestampftem Lehm, und oben Raum für Winterfutter. Das Gebäude ist fest, in Cement aufgemauert, mit starken, zehnzölligen Mauern, mit kleinen Fenstern und schwerem Ziegeldach. Es ist das Gegenteil von einem Sommerhaus.

Rund um das Haus und die Tränke ist in einem Kreise, der ungefähr einen Hektar Land umschließt, ein Deich gebaut, ein sogenannter Ringdeich, der fünf bis sechs Meter hoch ist und namentlich nach der Strandseite hin einen stattlichen, breiten Fuß hat; sein Körper ist aus der festen Erde gemacht, die unweit des toten Wassers lag. Um ihm aber sein starkes Kleid zu geben, sind auf dem Maifeld viereckige Grassoden, mit dichtem Drückdal durchwachsen, säuberlich ausgestochen und dicht aneinander aus ihn gelegt worden. Im ersten Monat sah man noch die geraden Kreuz- und Querstreifen der Sodenreihen; aber im Sommer waren sie bald verschwunden; das Gras sproßte auf, die Soden verwuchsen; nun hatte er seinen grünen, starken Rock.

Sie arbeiteten mit vierzig Mann zweieinhalb Monate lang. Es waren lauter hiesige Arbeiter, meist Leute, die im Vorland zu arbeiten gewohnt sind. Andrees Strandiger führte unter ihnen ein strenges Regiment, war aber beliebt, weil er, wenn auch wortkarg und zuweilen, wie sie sagten »pütjerig«, doch gerecht war und nicht mehr verlangte, als ein Mann leisten kann; sie fühlten auch, daß er es gut mit ihnen meinte. Er sorgte fleißig, daß sie gute Nahrung hatten, und besorgte treulich die Postanweisungen, die sie ihm an Frau und Kinder mit nach Büsen gaben; und sie rechneten es ihm hoch an, daß er keinen Schnaps auf der Insel duldete, aber guten Kaffee, der von Antje bereitet wurde, unentgeltlich zu ihrer Verfügung stellte. Zuweilen, in Regentagen, war die Arbeit sauer und beschwerlich. Wenn dann das Gefühl der Einsamkeit oder die Sehnsucht nach den Frauen dazukam, dann herrschte Mißstimmung auf ganz Flackelholm. Aber an manchem Abend auch, der still und freundlich war, klang fröhlicher Gesang von der Düne herab.

Hier in diesen Monaten und an diesem Arbeitsplatz war es, daß zuerst die Enthaltsamkeitsbestrebungen in diese Gegend kamen. Es waren unter den Arbeitern einige aus der Gegend von Eiderstedt und Tondern, die sich aller Spirituosen enthielten. Zuerst hatten sie einigen Spott zu leiden, aber es währte nur kurze Zeit. Die Kaffeeschenke, die Antje zu Ehren brachte, that das ihre. Als Christoff Dwenger im Juni nach dem Dorf zurückkam, gründete er die erste Guttemplerloge in dieser Landschaft.

Am zehnten Juni, dem Todestag von Friedrich Strandiger, war Haus und Deich fertig. Weil es kein Laub auf der Insel gab, machte Christoff Dwenger einen Kranz aus gelbem Strandhafer und hängte ihn an den Richtstock über den First des Hauses.

Da fuhren in der Morgenfrühe fünf Bretterwagen hintereinander vom Eschenwinkel durch das Watt.

Den ersten lenkte Heim, neben ihm saßen Eva und Ingeborg, hinter ihnen, auf dem zweiten Stuhl, Reimer und Telsche Spieker und Bertha Witt. Den zweiten lenkte Vollmacht Möller, der im Koog, unweit des Deichs, den großen Hof hat und zeitlebens Interesse an Deichen und Watten gehabt hat. Neben ihm saß Haller, die kurze Pfeife im Mund, über allerlei Naturerscheinungen, wie das Watt sie zeigt, klug und lehrhaft redend, mit dem Vollmacht sich streitend, der alle Dinge mehr vom Nützlichkeitsstandpunkte betrachtete. Hinter ihnen saß Anna Haller, nicht ohne Sorgen über die weite Öde sehend. Sie wollte erst nicht mit; denn eine Heldin ist sie nicht, obgleich sie sich so den Anschein giebt. Als sie aber erfuhr, daß der neue Pastor mitfahren würde, entschloß sie sich doch. Nun sitzt sie neben ihm auf dem Wagenbrett, und der verständige Mann, der schon allerlei in der Welt erfahren hat – er war jahrelang Hilfsprediger in einer großen Stadt –, wundert sich über sich selbst, daß ihm so heimelig zu Mut ist, während er mit seiner siebzehnjährigen Nachbarin plaudert. Er kennt sie schon seit einigen Monaten, aber er beschließt jetzt, noch häufiger ins Schulhaus zu gehen. Es ist gemütlich da, und das Pastorat ist groß und leer, und seine Mutter, die Tischlersfrau, hat zu ihm gesagt: »Wenn es angeht, Hans, dann nimm ein wenig Rücksicht auf uns! Nimm dir deine Frau aus einem einfachen Hause, daß ich nicht Herzklopfen habe, wenn ich einmal zu dir kommen will.«

Den dritten Wagen lenkte Christian Möller, der Sohn der Frau vom Münchshof, der den Besitz am witten Knee hat. Er ist von Heim aufgefordert, die Fahrt mitzumachen; denn obgleich etwas jünger, ist er doch vom Gymnasium her ein guter Freund von Heim und Andrees. Seine Frau, in hellem Haar und mit neugierigen Kinderaugen, sitzt neben ihm. Hinter ihnen liegen Peter Nahwer und der Pellwormer im Stroh. Sie wollen das neue Land kennen lernen; denn obgleich sie über vierzig Jahre im Eschenwinkel wohnen, haben sie Flackelholm noch nicht gesehen. Ihre Unterhaltung ist beschwerlich und geht langsam von statten; denn der Pellwormer, der durch das große Ereignis dieser Fahrt aufgeregt ist, stottert energischer als sonst, und Peter Nahwer muß kräftig an seiner Pfeife saugen, denn es geht gegen den Wind. Denn obwohl er kalt raucht, hat er die Manieren eines Heißrauchenden beibehalten; er thut lange und kurze Züge, je nach seinem Gemütszustand, spitzt den Mund und schließt ein wenig die Augen, wenn er den Rauch ausstößt; er saugt kräftiger, wenn es gegen den Wind geht; ja es wird behauptet, daß er, allein in seiner Werkstatt, die Pfeife mit den Worten an den Nagel hängt: »Es kann auch zu viel werden.« Nach einigen vergeblichen Anläufen, zu erzählen, was er auf dem Herzen hat, holt der Pellwormer einen Brief aus der Tasche und hält ihn seinem Nachbar vor die Augen. Der versucht, ohne Brille zu lesen. Christian Möller hat einen kleinen lustigen Streit mit seiner Frau angefangen; diese geht mit ihrer hellen Stimme gegen ihn an; der Wagen klappert; aus dem Stroh kommen abgebrochene Töne, halbe Worte; zuweilen kann Peter Nahmer ein Wort lesen, zuweilen kann der Pellwormer ein Wort sagen. Es ist ein Brief von der Thielsche aus Kalifornien.

Der vierte und fünfte Wagen ist mit den Frauen aus dem Eschenwinkel und aus dem Dorf besetzt, deren Männer heute ihre Arbeit auf Flackelholm beenden. Der erste wird von Wilhelm Rohde gelenkt, neben dem seine Mutter sitzt. Franz Strandiger, bei dem er jetzt Großknecht ist, hat ihm das Fuhrmerk angeboten. Er hat ziemlich grimmig dazu ausgesehen: »Wenn du dir den Hopphei auf Flackelholm ansehen willst, kannst du einen von den großen Bauwagen nehmen. Füll' ihn voll von den Weibern, die mitfahren wollen, und nimm dich in acht, daß du dich zu den andern Wagen hältst.« Dann hatte er sich kurz umgedreht.

Sie reden von Franz Strandiger: »Ja, er ist doch anders geworden.«

»Es kann einem leid thun; ich glaube, daß er nie ganz gesund wird.«

»Sechs Stunden in dem kalten Märzwasser; das ist keine Kleinigkeit.«

»Er geht nächstens auf einen ganzen Monat nach Hamburg, um heiße Bäder zu nehmen, damit seine Füße wieder heil werden.«

»Ist er schon vors Seeamt geladen ... wegen der Strandung?«

»Nein . .. das ist ausgesetzt, bis er wieder gesund ist.«

»Na ... das ist ja nur Formsache. Das Wetter wurde stürmisch; da trieben sie gegen Flackelholm. Da ist nichts dabei zu machen.«

Also fuhren die fünf Wagen den weiten Weg durchs Watt. Die Sonne schien; die nasse Erde glitzerte weit und breit; große Mövenscharen suchten ihre Jagdgründe.

Als sie das grüne Land sahen und die lange, weiße Dünenreihe und davor im Winkel den runden Deich und die Flagge über dem roten Dach, da entstand eine starke Aufregung; und jenseits des Dieksander Gatts, das mit vielen Ausrufen durchfahren wurde, stiegen manche von den Wagen. Einige Frauen wagten es, Schuhe und Strümpfe abzulegen. So fuhren und gingen sie über den blanken Strand. Die Störfischer, die in der Ferne neben ihren Booten standen, winkten den Frauen und warfen Worte hinüber die aber zu früh, ehe sie ankamen, ins Wasser fielen. Es war nicht schade.

Die Männer von Flackholm kamen langsam den Deich hinunter den Wagen entgegen und begrüßten mit einer gewissen Würde die Neulinge. Besonders hatte Christofs Dwenger so etwas Ruhiges, Bestimmtes angenommen, daß seine Frau ihn am Arm faßte, beiseite zog und sagte: »Was hast du, Christoff? Du fragst gar nicht nach den Kindern?« Da erzählte er ihr alles, von seiner langen Nüchternheit und wie gut ihm das behagte und von seinem Entschluß. Sie hörte nachdenklich zu; dann sah sie zu ihm auf, mit einer heißen Freude im Gesicht, nahm seinen Arm und ging mit ihm zu den andern und trug den Kopf zum erstenmal nach langen Jahren wieder hoch.

Andrees hatte Ingeborg vom Wagen gehoben und war mit ihr nach dem Hause gegangen und in die Stube getreten; dort nahm er sie in seine Arme, herzte und küßte sie. Sie sagte kein Wort, während sie an ihm hing; aber nun that sie ihren Augen keinen Zwang mehr an.

Antje war nicht zu bewegen gewesen, ihren Platz hinter dem Kaffeetisch zu verlassen und die Wagen ankommen zu sehen; sie war zu sehr von der Wichtigkeit ihrer Aufgabe durchdrungen. Sie war von allen die Stolzeste und Glücklichste.

Nach dem Kaffee, zu dem es handfeste Butterbrote, kaltes Fleisch und Senfeier gab, machte man einen langen Gang den Strand entlang und über das Maifeld zurück. Andrees und Ingeborg gingen neben Vollmacht Möller; da wurde manch kluges Wort geredet, mancher wirtschaftliche Vorschlag beraten. Christian Möller ging neben Eva und erzählte, durch lebhafte Proteste seiner Frau unterbrochen, die Geschichte seiner Verlobung mit weiland Frauke Knee. Gleich hinter ihnen gingen Heim und Frauke, sich fröhlich unterhaltend.

»Wir passen zu einander!« sagte die lebhafte, junge Frau. »Christian, ich passe viel besser zu Herrn Heiderieter als zu dir!«

»Das ist kein Kompliment für Heim.«

»Du?! ... So ist er immer, Frau Heiderieter!«

Nach diesem weiten Gang steckte Reimer aus der Lehmdiele die Tonne Braunbier an und erzählte dabei, daß der Destillateur – ein feines Wort! – in der Stadt gesagt hätte, er hätte auf Flackelholm noch keinen Groschen verdient. Gegen die Guttempler hatte er schwer gespottet und geschimpft: mit jedem Trinker, hatte er gesagt, dem diese Kerle den Spiritus verleiden, habe ich hundert Mark Einnahme weniger. Da lachten die Hörer und freuten sich, und besonders die Frauen sahen fröhlich darein.

Als alle Gläser gefüllt waren, stieg Heim Heiderieter zu Antjes ratloser Verwunderung auf ihren Kaffeetisch, warf sich in die Brust und hielt folgende Richtrede:

»Meine Freunde! Liebe Festgenossen! Es ist ein alter, löblicher Brauch, ein neues Haus mit Kranz und Richtrede zu weihen. Der Kranz, den Christoff von Strandhafer gewunden hat« – Christoff Dwenger wurde rot vor Freude – »hängt an seiner Stelle; die Rede zu halten, wollt ihr mir gestatten.

»Auf der Stelle, meine Freunde, auf der wir stehen, ist in alter, grauer Zeit festes Land gewesen, von Menschen bewohnt, es ist in Nacht und Graus untergegangen; die wilden Wellen haben die Felder, die Häuser und die Menschen begraben ... So ist einst auch die Freiheit unseres Volles in Nacht und Graus untergegangen. Die Deiche, die unsere Väter bei Bornhoved und Hemmingstedt und auf mancher anderen Wahlstatt mit ihren Leibern aufgerichtet, haben nicht mehr halten wollen. Die dänische Flut brach herein, immer tiefer ins Land, immer furchtbarer, bis bei Idstedt alles verloren ging.

»Es kam eine traurige Zeit. Wir waren ein Volk ohne Recht, ohne Ehre, ein geschändetes Volk. Die Peitsche war über dir, Schleswig-Holstein. Ohne Grenzen, ganz maßlos war unser Jammer; denn wir hatten siebenhundert Jahre gekämpft und widerstanden. Einem Volk, das Freiheit gewohnt war, banden sie beide Hände; einem Mövenpaar, das über die weiten Watten flog, schnitten sie die Flügel ab. Wir knirschten in unserm Grimm, wir hoben unsere gebundenen Hände schreiend hinüber zur Mutter Germania.

»Und wie wir so hinübersahen, da war gerade die Zeit gekommen, daß sie, die lange geträumt hatte, die strahlenden Augen aufhob und das Elend ihrer Kinder sah und ihre Kinder zum Kampfe rief. In jenen Jahren stieg aus dem Meer diese Insel Flackelholm. Sie wurde größer, unsere Hoffnung auch. Es bildete sich ein grünes Maifeld; zu einem grünen Maifeld wurde auch unsere Hoffnung.

»Es ist nicht ohne Opfer gegangen: Düppel ... Verneville. Antje, du weißt es.« Antjes Augen flammten jäh auf. »Das Maifeld auf Flackelholm hat auch Menschenleben gekostet. Heute vor dreißig Jahren blieb Friedrich Strandiger im wilden Watt.

»Meine Freunde! Es wurde eine Weile öde im Vaterland. Wir zankten uns wie zusammengebrachte Kinder, die man in eine Stube gesperrt hat; viele lagen auf der Schwelle des stattlichen Hauses, unthätig und sonnten sich. Auf Flackelholm verschlammten die Gräben, wehte der unfruchtbare Dünensand über das grüne Land, jahrelang . ... Aber da rafften mir uns auf, es wurde uns zu eng im Haus, wir rissen die Thür auf, wir traten auf die Schwelle und sahen in die Welt, die gerade verteilt wurde. Da erinnerte sich Andrees Strandiger dieser Insel und wurde ein Kolonist, und zog mit seinen Leuten aus, und nahm Besitz von dieser jüngsten Insel des deutschen Vaterlandes.

»Meine Freunde! Wir hoffen, daß, wie hier gearbeitet wird, mutig und thatkräftig, daß so gearbeitet werde auf der ganzen Linie von Flackelholm bis hinauf nach Sylt und Rom. Wir wollen das Meer zwingen, das grausam wütende Meer, das unsere Väter begraben hat. Und dazu sage ich nun: der höchste Deichgraf im Schloß zu Berlin und seine Beamten, die an Deichen, Vorlanden, Watten und Halligen ihre Pflicht thun, und jeder Wattarbeiter, der, den Pallas in der Hand, im Schlick steht, und die, welche hier wohnen werden in diesem festen Haus ... die sollen leben ... hoch ... hoch . ..«

Es war ein mächtig Rufen, dröhnend, aus den Männerkehlen.

Nachdem wieder Ruhe eingetreten war, sagte er noch kurz dieses, den Schelm im Gesicht:

»Liebe Festgenossen! Meine Frau, welche den Namen Eva mit Recht führt, hat zu mir gesagt: ›Wenn ihr auf Flackelholm Richtfest feiert, müßt ihr die Frauen einladen; ein Fest ohne Frauen ist Blume ohne Duft.‹ Also haben wir die Frauen dazu geladen und haben es nicht bereut. Wir haben wieder einmal erkannt, daß Frau und Mann zusammen erst einen ganzen Menschen geben, und wir bedauern einige unserer ältesten Freunde, daß sie halb geblieben, und einige unserer Jungen, daß sie noch halb sind« – Peter Nahwer ließ vor Schreck die Pfeife ausgehen –. »Wir haben aber zwei unter uns, zwei Hälften, die zu einander passen und sich nächstens vereinigen wollen: Andrees Strandiger und Schön Ingeborg, seine Braut: sie leben ... hoch . ... hoch.«

Hell und klar klangen die Stimmen der Frauen.

Nachher – es war um vier Uhr – wurden auf Verlangen einiger Frauen die Bänke, und Tische aus der Diele getragen, und es wurde getanzt. Es war ein schweres Tanzen; denn die Männer hatten ihre hohen, starken Kleistiefel an; von wuchtigen Tritten dröhnte dumpf die Lehmdiele. Peter Nahwer und der sangeskundige Pellwormer, denen das Braunbier zu Kopf gestiegen war, sangen alte Tanzweisen: »Goos op de Deel« und andere. Als Heim hereinkam, um zum Aufbruch zu mahnen, stand Antje Witt mit ängstlichen Augen vor ihren Gänsen, welche in einer Ecke der Diele hinter einem leichten Verschlag saßen, mit ausgebreiteter Schürze sie schützend; und der Pellwormer holte ein Stück getrockneten Schlick aus seinem Halskragen, das von einem tanzenden Kleistiefel da hineingeflogen war.

Mit sinkender Flut fuhren die fünf Wagen ab und kamen wohlbehalten, bevor der Abend dunkelte, ans feste Land.

Vierzehn Tage später, an einem stillen Junitag – Franz Strandiger befand sich noch in Hamburg – wurde auf Strandigerhof Hochzeit gefeiert. Die Blinde saß in ihrem Lehnstuhl dicht neben den beiden, die vor dem Altar standen. Gebückt, mit vorgebeugtem Kopf, und einem friedlichen Ausdruck in dem schmalen Gesicht, hörte sie auf die schlichten Worte des jungen Pastors. Ingeborg lag nachher, als die Gäste das Zimmer verlassen hatten, auf den Knieen vor ihrem Stuhl und verbarg das blonde Haupt im Schoß der alten Frau.

Bei Tisch gab es eine lebhafte, doch gedämpfte Unterhaltung. Haller sprach mit Frau Strandiger von der Vergangenheit; mit zitternder Hand suchte sie die seine und hielt sie fest; er hatte alles mit ihr durchgemacht. Andrees stand auf und dankte in drei kurzen Sätzen für alle Freundlichkeit und Treue, die ihm in der Heimat widerfahren war. Heim hatte die Absicht, über die drei Getreuen ein Wort zu sagen, hielt es aber doch für bedenklich und fing an, Anna Haller zu necken, die neben dem Pastor saß, und machte es. natürlich zu schlimm. Es gab ein Blickewerfen und Wispern rund um den Tisch; zuletzt warf Anna Haller einen thränenschweren Blick auf Heim und lief in Mutter Strandigers Wohnstube, von wo der Pastor sie wieder herbeiholte, nachdem Ingeborg sie getröstet hatte.

Mit der Nachmittagspost kam außer mehreren Glückwunschschreiben ein Brief von Franz Strandiger, in welchem er schrieb, daß er sich wegen seines Fußleidens gezwungen sähe, die Pacht des Strandigerhofs zum Herbst zu kündigen. Ferner teilte er mit, daß er das Vermögen seines Onkels, das übrigens nur noch dreißigtausend Mark betrüge, seiner Schwester ganz allein überlassen werde. Als Andrees das Schreiben seiner Frau in die Hand gegeben hatte, lag da ein amtlicher Brief vor ihm mit dem Siegel der Staatsanwaltschaft. Andrees Strandiger wurde von der Strafkammer aufgefordert, in der Strandung der Lustjacht »Felix«, bei welcher Felix Hoboooken ertrunken war, als Zeuge zu dienen. Es liege begründeter Verdacht vor, daß sich der Begleiter des Hobooten, Franz Strandiger, der Fahrlässigkeit schuldig gemacht habe.

Heim kam, als Andrees ihm winkte, und sah nachdenklich in das Schreiben: »Er ist zu stolz gewesen, sich herauszureden,« sagte er. »Er hätte es leicht gekonnt; aber Lügen ist nicht seine Weise.«

Sie beschlossen, einstweilen von der Sache zu schweigen. »Ich will ihm schreiben,« sagte Andrees, »daß er mitteilt, wie es mit dieser Anklage steht, und was er sonst für Pläne hat.«

Am Nachmittag um drei Uhr nahmen Andrees und Ingeborg von ihrer Mutter Abschied. Andrees konnte ihr nun sagen, daß sie beide zum Herbst, vielleicht schon früher, zu ihr zurückkehren würden.

Als an diesem Abend, nach glücklicher Überfahrt von dem Stülperpriel aus, die Neuvermählten bei einander auf dem Deiche standen und die sinkende Sonne lange, goldene Stege über das Meer zu ihnen herüberlegte, da war es ihnen, als ständen sie beide allein vor den offenen Augen Gottes. Ihr Mund schloß sich, ihre Augen wurden still, sie dachten an die Vergangenheit.

»Du bist ein anderer geworden, Andrees,« sagte Ingeborg und legte ihren Kopf an seine Schulter.

»Ich habe viel Trauriges erlebt.«

Nach einer Weile sagte er: »Das hat mich zu einem anderen Menschen gemacht.«

»Du bist ruhiger und zugleich fröhlicher.«

»Ja ... Ich hatte früher eine gewisse griesgrämige Lust, das Leben zu genießen, wie man so sagt. Ein öder Genuß! Jetzt habe ich den Mut, etwas zu schaffen; das ist ein Unterschied, Ingeborg.«

Sie lehnte sich fester gegen ihn: »Komm,« sagte sie nach einer Weile, »es wird kühl.«

Sie gingen den schrägen Deichweg hinunter. Antje Witt kam ihnen entgegen, um nach den Schafen zu sehen, die auf dem grünen Land grasten.

Als die beiden von der Diele aus in das erste Zimmer traten, das einfach und heimelig eingerichtet war – die Thür zum zweiten Zimmer stand offen –, warf Ingeborg sich an seine Brust, hingerissen von ihrer heißen Liebe.

Im Herbst kam Franz nach Strandigerhof zurück – nachdem er einige Monate Gefängnis verbüßt hatte –, um die Pachtung an Heim abzugeben. Der Hof war in diesem Sommer von dem alten Hans Stüben, der viele Jahre unter Frau Strandiger die Aufsicht geführt hatte, in alter Weise verwaltet morden.

Heim ging sofort nach dem Hofe.

Franz Strandiger sah leidlich wohl aus, nur ging er schwerfällig, als hätte er Eisen an den Füßen.

»Guten Tag, Franz!« sagte Heim. »Meine Frau läßt dich grüßen.«

»Ich weiß nicht,« sagte Franz ärgerlich, »wie du zu einer so gescheiten Frau gekommen bist. Ich glaubte sicher, daß du mit deiner Heirat einen dummen Streich machen würdest.«

»Danke!« sagte Heim fröhlich. »Ich werde es meiner Frau bestellen. Nun, du siehst gut aus. Ich freue mich, daß du so weit hergestellt bist.«

Franz lachte bitter auf. »Wieder hergestellt? Wenn ich zwei Stunden gemächlich gegangen bin, habe ich geschwollene Füße.«

»Na ... es wird allmählich alles in Ordnung kommen, Leib und Seele.«

»Sieht verdammt wenig danach aus! Ich weiß nicht, wohin mit dem Leib, noch wohin mit der Seele. Ihr habt das ja so leicht, habt ein Erbe auf Erden und eins im Himmel.«

»Gut gesagt!« rief Heim. »Das hast du gut gesagt, mein Junge. Eben wegen des Erbes auf Erden bin ich hier; das Erbe im Himmel bleibt deine persönliche Angelegenheit. Ich soll dich im Auftrag von Andrees fragen, was du für Pläne hast.«

»Pläne?«

»Nun ja!«

Da setzte sich Franz schwerfällig nieder und konnte seine Mutlosigkeit nicht verbergen, so sehr er sich zusammennahm. »Ich habe keine Pläne.«

»Sage mir, willst du durchaus fort von hier?«

»Kann ich hier bleiben? Soll ich Verwalter werden? Bei dir oder bei Andrees? ... Es ist wahr, ich bin nicht mehr so stark wie früher. Wenn einem das Wasser so vier Stunden lang bis an die Kehle geht ... aber das kann ich doch nicht.«

Heim schüttelte den Kopf. »Du bist erregt,« sagte er. »Höre zu! Sieh mal! Wir alle drei, wir Getreuen, waren in der Fremde und hatten die Heimat vergessen; aber unser Weg führte uns alle wieder hierher zurück. Als wir nun hier waren, da ging es Andrees und mir so: wir gewannen die Heimat lieb; im Sturm nahm sie unsere Herzen. Nun sind wir Arbeiter an ihr geworden; ich grabe ihre alten Geschichten aus und thu' ihrer Heide Gewalt an, Andrees hat schon über ein Jahr lang auf Flackelholm gearbeitet und Großes fertig gebracht. Nun frage ich dich, den dritten von den Getreuen: gehst du wieder aus der Heimat in die Fremde?«

Da stand Strandiger auf und ging ans Fenster und sah hinaus. Der Westwind rauschte in den Ulmen.

»Ich möchte wohl hier bleiben,« fügte er endlich. »Ich habe hier einige Fußspuren kegen, die tief eingetreten sind, und zweimal habe ich mit dem Meer meine Not gehabt.«

Heim stand auf und trat rasch zu ihm: »Andrees läßt dir fagen, ob du auf Flackelholm wohnen und die Insel für ihn verwalten willst.«

Franz wandte sich nicht um und schwieg eine Weile: »Ein netter Gedanke,« sagte er dann grimmig. »In die Verbannung! Nach Flackelholm mit dem gefährlichen Kerl!«

»Na ja,« brummte Heim. ... »Die Wege hier im alten Land sind etwas zu schmal für dich, und die Menschen, die darauf gehen, verlangen mehr Rücksicht als du nehmen magst. Du müßtest ein großes, weitläufiges Gut haben; aber du hast es nicht. Oder du mühtest nach Westafrika auswandern; aber das kannst du nicht wegen deiner Füße. Was bleibt also noch? Flackelholm!

Da sind keine Wege, keine Menschen! Du wirst ein Leben führen, wie es dir gefällt. Wenn es dir paßt, wirst du einen Hammel schlachten und mit deinen Hausgenossen fröhlich sein, und wiederum, wenn es dir paßt, wirst du auf den Deich gehen und nach den Ulmen des Strandigerhofs sehen, und wiederum, wenn es dir paßt, wirst du deinen Freund Heim Heiderieter besuchen.«

»Das werde ich bleiben lassen.«

»Ich sage ja auch: wenn es dir paßt.«

Er ging eine Weile hin und her. »Er soll mir nicht immer darein reden,« sagte er dann mühsam. »Ich will ihm nicht Rechenschaft geben über jeden Spatenstich!«

»Nein ... Er wird dir freie Hand lassen. Du hast vorläufig auf zehn Jahre nach gewissen Plänen die Wattarbeiten auszuführen. Für diese Aufsicht gehören dir die sämtlichen Erträge der Insel. Pferde und Boot stellt er dir zur Verfügung. Ich bitte dich, trinke heute nachmittag bei uns Kaffee und lies den Kontrakt, den Andrees aufgestellt hat. Du wirst zufrieden sein mit dem Posten, auf den er dich stellen will.«

»Die verdammten Kontrakte!«

»Na ... ich freue mich, daß du nicht abgeneigt bist. Wenn ich dir die Wahrheit sagen darf: du bist froh, daß dies Anerbieten kommt. Du und Flackelholm, ihr gehört zusammen. Rauh bist du; rauh ist deine Braut! Du wirst dich auf Flackelholm begraben lassen.«

»Oder irgendwo in seinen Watten oder Wellen.«

»Wie Gott will! Du kommst also?«

»Ich komme, um bei deiner Frau Kaffee zu trinken.«

»Ich hoffe,« sagte Heim, »daß die drei Getreuen nicht allein ihrem Namen Ehre machen, sondern daß sie auch noch wieder gute Freunde werden.«

Acht Tage später fuhr Franz Strandiger von Büsen nach Flackelholm. Auf der Höhe vor Blauort begegneten sich die beiden Boote. Es flogen ein paar spärliche Worte hin und her; aber man verstand sich nicht.

Zehntes Kapitel

Die drei Getreuen sind in die Jahre gekommen, in denen der Mensch es aufgiebt, allein in der Welt zu stehen, in denen man sich mit der Welt zu einem leidlichen Frieden abfindet. Der Mensch stellt sich in diesen Jahren in irgend eine Front. Er wird Bürger, Mitglied, Mitarbeiter; der eine so, der andre anders. Der eine erwirbt die Mitgliedschaft eines angesehenen Kegelklubs, der andere wird Mitarbeiter einer großen, ernsten Sache.

Die drei Getreuen sind in die Jahre gekommen, in denen es sich entscheidet, ob der Mensch in der zweiten Hälfte des Lebens etwas Tüchtiges erreichen wird. Was sagt in den Jugendjahren Begabung? Sie ward für manchen ein Lotterbett, auf dem er in der zweiten Hälfte seines Lebens weich und faul gelegen hat. Was sagt die Ehe? Mancher ward in ihr mißtrauisch und verdrießlich. Was sagt feurige, jugendliche Begeisterung? Sie bekam beim ersten scharfen Wind eine blaue Nase. Was sagen gute Vorsätze? Als die Zeit kam, sie auszuführen, waren sie vergessen.

Die Jahre, die um die dreißig liegen, entscheiden. Es ist von den drei Getreuen zu sagen, daß sie gute Hoffnung machen. Sie sind alle drei in dem guten Sinn des Worts moderne Menschen; sie zeigen die beiden stark ausgeprägten Eigentümlichkeiten dieser Menschen: sie haben das Bewußtsein, daß sie etwas wert sind, und die Überzeugung, daß sie mit helfen, raten und thaten müssen.

Andrees steht mit stolzem, starkem Bewußtsein in der christlichen Weltanschauung. Er hat einen Herrn, der gewaltig ist, und einen Dienst, der schön ist. Das christliche Wort des alten Heiden: »Nicht mit zu hassen, mit zu lieben bin ich da,« ist ihm aus tiefster Seele gesprochen. Er ist ein ruhiger, langsam überlegender, dann aber sicher handelnder Mann. Seine Freunde bauen auf seine Worte, nicht weil sie alle an sich richtig sind, sondern weil sie wissen, daß sie das Resultat des gewissenhaftesten Nachdenkens sind.

Als an ihn die Frage herantrat, das Vermögen Maria Landts, das weder er noch Ingeborg für sich verwenden wollten, zu irgend einem guten Zweck anzulegen, haben die beiden nicht lange gezweifelt. Keiner als Andrees Strandiger weiß in dieser Landschaft besser, wo die Not der ländlichen Arbeiter liegt. Sie haben aus dem Vermögen der Entschlafenen eine »Maria Landt-Schenkung« gemacht, überzeugt, in ihrem Sinne zu handeln. An der Grenze des Strandigerhofs, nach dem Stülperkoog zu, an der Chaussee, sind mit Hilfe dieses Geldes zwei kleine Rentengüter ausgelegt, und zu Süden am Walde, am Ende von Heims Heide, wo der Boden lehmig ist, sind weitere fünf Rentengüter gebildet, auch diese von kleinem Umfange, und an jüngere, tüchtige Arbeiter verkauft. Die Geldverhältnisse dieser Besitze wurden mit Hilfe der staatlichen Rentenbank geordnet; das Kapital der Stiftung dient nur dazu, den Antritt zu erleichtern und die Zinslast, wenn es nötig erscheint, so zu verringern, daß sie erträglich ist.

Andrees Strandiger hat sich mit all dem Fleiß, den diese Arbeit fordert, und mit all seiner Gewissenhaftigkeit auf die Verwaltung seines Besitzes gelegt. Mit Hilfe der Wohnstätten, welche er in der Nähe seines Hofes schuf, war es ihm möglich, sich einen Stamm der besten Arbeiter zu erhalten. Die übrigen kommen aus den Geestdörfern, lauter tüchtige, angesessene Männer.

Die Not der Zeit, die er um sich sieht, und die Unzufriedenheit so vieler hat ihn veranlaßt, sich mit heißem Eifer und mit all seiner Gründlichkeit und Umständlichkeit in volkswirtschaftliche Studien zu versenken. Das Vertrauen seines Kirchspiels hat ihn zum Amtsvorsteher gemacht, das Vertrauen der Landschaft hat ihn an die Spitze von landwirtschaftlichen Vereinen, bald auch in den Kreistag, endlich auch in die provinzielle Vertretung der Landwirtschaft gerufen. Er arbeitet in all diesen Dingen mit einer Gewissenhaftigkeit, welche fast pedantisch ist.

Natürlich ist auch sein Himmel nicht ohne Wolken. Wo ist ein Haus, das keinen Mangel hat? Wenn er an die Vergangenheit denkt, dann hat Frau Ingeborg Mühe, ihm wieder Mut zu machen. Als er einmal in dem Werke eines großen Volksmannes das Wort las, daß ein Mensch gut thäte, sich in seiner Jugend für eine gute Sache zu begeistern, welche noch zu kämpfen hätte, um dann im Alter die Freude zu haben, daß sie durch seine Hilfe durchgedrungen sei, da war er mehrere Tage lang mißmutig, niedergedrückt; er dachte an verlorene Jugendjahre.

Franz Strandiger wohnt schon seit Jahren auf Flackelholm. Er ist körperlich nicht sehr gesund. Der Überstarke ist nur noch ein Starker und beklagt sich, daß seine Füße schmerzen und anschwellen, wenn er fünf Stunden lang durch Sand und Schlick gewandert hat. Er ist noch immer Autokrat und hat keine Fähigkeit, den Menschen persönlich nahe zu kommen; sie sind seine Arbeiter oder Leute, denen er Rat und Hilfe giebt, um dasselbe in gleichem Maße von ihnen zurück zu erhalten. Doch ist er billiger, gerechter geworden. Seit er am eigenen Leibe erfahren hat, daß selbst er, der Starke, ohne Gottes- und Menschenhilfe zusammenbrechen mußte, ist er weicher geworden.

Er ist ein Getreuer. Sein Leben ist mühsam, rauh, einsam. Es ist nicht ohne Gefahren, und es kann wohl sein, daß er sein Ende einmal im Watt oder in den Wellen findet. Er gilt für einen guten Kenner von allem, was mit dem Strand der Nordsee zu thun hat, und hat allerlei Pläne. Deichbau, Seemoosfang, Hochseefischerei, Fischversand: das sind Dinge, die seinen Geist fortwährend beschäftigen. Als man ihm aber einmal den Vorschlag machte, er müsse Flackelholm zum Badeort machen, da hat er kurz aufgelacht, wie man über eine große Dummheit lacht.

Um Politik – im engeren Sinne des Worts – kümmert er sich gar nicht; er kümmert sich nur um seine Sachen. Er ist aber in allerlei Strandsachen der Vertrauensmann der Regierung und scheint es immer mehr zu werden, und hat Aussicht, den Orden zu bekommen, den Heim einst begehrte. Er hat viel Interesse für Kolonieen: dies ist der einzige Weg, den er zuweilen in Gedanken in die Welt hinein macht. Er kennt in Kiel mehrere Marineoffiziere, die auf Flackelholm Vermessungen vornahmen, und er würde, wenn er Kinder hätte, Knaben, die ihm ähnlich wären, von ihnen erwarten, daß sie in Südwestafrika Ansiedler oder in Kiautschou Kaufleute würden.

Natürlich hat auch er Mangel. Wo ist ein Mensch ohne Mangel? Sein Leid ist, daß er, Franz Strandiger, der geborene Herr, zeitlebens Verwalter, Beauftragter eines andern sein muß.

Heim Heiderieter ist Kirchenältester geworden. Damit ist gesagt, daß er eines Hauptes länger als alle vorigen Heiderieter ist. Noch nie war dies Amt in eines Heiderieters Hände gelegt. Sie haben ihm allerdings gesagt, daß sie ihn nicht zum Kirchenbaumeister brauchen könnten. Das ist aber kein Tadel, im Gegenteil; denn sie fügten hinzu: »Zum Kirchenbaumeister hast du nicht Zeit genug, Heim. Zum Kirchenbaumeister soll man einen angehenden Rentner wählen und einen Mann, der durch seine Unterhaltungsgabe die Handwerker abhalten kann, bei der Kirchenarbeit sich überanzustrengen.«

Im vorigen Jahr, im Hochsommer war es, widerfuhr Heim eine große Freude.

Er stand so gegen vier Uhr nachmittags in Hemdärmeln an der Hausthür und that, als sähe er nach den Sperlingen, die auf dem Schulplatz spielten, derweil die Kinder Ernteferien hatten. In Wirklichkeit wartete er auf den Briefträger, der eben im Schulhaus verschwunden war. Es ist auch keine geringe Sache, wenn so ein hoffnungsvoller, ein von Zweifeln gequälter, ein des Selbstbewußtseins so ganz ermangelnder Schriftsteller sein erstes, großes Manuskript auf die Reise geschickt hat.

Die Schulthür wird geöffnet, Heim sieht nach den Sperlingen und sieht doch, daß der Briefträger auf seine Thür zugeht, sieht aber nicht, daß Haller in der Schulthür steht.

Ein Brief!

Ein Brief von dem Berliner Verlag! Nicht das Manuskript!

Das Couvert fliegt in Fetzen davon. »Was steht da?« Was? ,Fünfzehnhundert Mark? Wenn Sie einwilligen?' Eva! Eva! Komm her! Eva Heiderieter, wo bist du!«

Nachbar Haller eilt mit langen, schwebenden Schritten – trotz seiner Schwere – über den Weg; die Rockschöße, die nicht mitkommen können, kommen langsam nach.

Auf der Diele hat Heim seine Eva umfaßt: »Fünfzehnhundert Mark! Sag' etwas! Irgend etwas! Was wollen wir nun? Neues Haus bauen? Der Junge soll neue Stiefel haben. Jürgen! spann' an! Ein feines Tuchkleid kriegst du!« Er ließ sie los und lief hin und her, schüttelte immerfort den Kopf und stieß mit den Füßen auf die Diele. Seine Augen waren ganz blank.

Da hielt der in der Thür es nicht länger aus. »Junge, Heim!«

»Nachbar, was sagen Sie?« Und er faßte den Alten an beiden Armen, und mit einem Mal, wie er das alte Gesicht sah, stieß er heraus: »Wenn Frisius das erlebt hätte!«

»Wenn er das erlebt hatte,« sagte Haller, »dann hätte er seinen Zeigefinger erhoben, wie seine Weise war« – und er steckte den Zeigefinger steif in die Luft – »und hätte gesagt: »Haller! Sie haben doch noch nicht recht. Die Heiderieter sind feine, aber faule Leute. Wenn er nun man nicht faul wird!«

Heim lachte.

Eva lief in die Küche. Da standen zwei kleine Heiderieter am Kälbertrog, und der vierjährige versuchte, seinen kleinen Bruder mit dem großen Löffel zu füttern, der voll Kleie war, und der hapste zu. Sie kniete neben den Kindern nieder und wischte dem Kleinen mit der Schürze über den Mund und dachte: »Fünfzehnhundert Mark! Wie wir sie brauchen können! Fünfzehnhundert! Andrees kann die geliehenen zweihundert wieder bekommen, und einen neuen Bauwagen können wir kaufen und zwei Hektar urbar machen, und die beiden Jährigen behalten und die Westerwand neu aufsetzen und für die Kleinen Hemden kaufen und für Mutter ein Kleid … Ich glaube, da bin ich schon zu weit gegangen. Fällt Mutters Kleid weg … Wie er sich freut! Wie ein Kind freut er sich! Nun wird sein Selbstbewußtsein wachsen … nun soll er nicht hochmütig werden …« Sie saß noch eine Weile zusammengekauert am Herd; der Feuerschein fiel auf ihre dunklen Flechten, ihre Hände waren gefaltet. »Voll Sorgen ist das Leben, aber auch voll Segen. Ich habe mich darin in ihm getäuscht; er sah so stark aus, damals in Heidelberg … aber er ist weich. Aber seine Wille ist gut und feine Liebe treu. Ich danke dafür von ganzem Herzen.«

»Weißt du, Mutting,« sagte der Kleine, »das Lied, das die Schwalben singen, das kenne ich nun schon. Sie sitzen auf dem Scheunenthor und singen. Hör doch bloß mal zu:

> Nun spricht die kleine Schwalbe
> Zu ihrem Mann:
> Mein Heine, mein Heine, mein Heine,
> Die Zeit verrann;
> Im Nestlein dein,
> Auf Flaumen fein,
> Gelbschnäbelein!
> Wer die ernähren kann!

> Nun spricht der kleine Heine
> Zu seiner Fraun:
> Mein Liese, mein Liese, mein Liese,
> Mußt um dich schau'n!

> Die Luft ist lind,
> Es weht der Wind,
> Viel Mücken sind!
> Kannst du nicht Gott vertrau'n?

> Nun singen sie beide zusammen,
> Die kleinen zwei:
> Mein Liese, mein Heine, mein Liese,
> Te-tril-bi-dei;
> Die Menschen sorgen
> Und sagen morgen;
> Wir sagen heut'
> Und sind fröhliche Leut'!
> Nun stiegen wir auf: Juchhei!«

Da kam Heim in die Küche, und wie er sie da kauern sah und ihr stilles Gesicht, da mochte er fühlen, was in ihrer Seele vorging. Er hob sie zu sich empor und sagte: »Eva, du sollst immer glücklicher werden.«

»Ich bin glücklich, Heim. Ich bin immer glücklich gewesen; seit ich deine Frau bin. Du hast mich lieb, und wir hatten Brot, und wir haben die lieben Kinder.«

Dann saßen sie auf dem Herdrand bei einander. Neben ihnen flackerte das Feuer, und ihre Gesichter strahlten, und sie machten Pläne.

Dieser Tag brachte noch eine andere Überraschung. Als Heim leidlich zur Ruhe gekommen, und während Eva nach der Weide gegangen war, die Kühe zu melken, wurde die Hausthür aufgeklinkt, und es kam irgend jemand auf Pantoffeln über die Diele. Heim ging ahnungslos zur Glasthür, ein wenig ärgerlich über die Störung, da er sehr schöne Gedanken hatte. Da, wie er die Thür in der Hand hat, steht in ihrer ganzen Größe, das weiße Taschentuch sauber zusammengefaltet in den steifen Fingern, in dem bekannten schweren Umschlagetuch: die Thielsche.

»Mutter Thiel! Nein! Mutter Thiel!«

»Laß mich man erst mal sitzen,« sagte sie. »Das ist keine Kleinigkeit für eine alte Frau, eine so lange Reise.«

»Auf ledernen Pantoffeln.«

»Es sind die von Schuster Ketels. Und ich sage dir, sie sind nicht ein einziges Mal untergedüppt.«

»Aber warum kommen Sie denn wieder, Mutter Thiel?«

»Warum? ...Du meinst wohl, ich konnte nicht wieder herfinden, weil du mir das vorgeflunkert hattest, weißt du wohl, mit dem Torfkorb? Ist die Erde ein Torfkorb? Was soll so ein Gerede gegen eine alte Frau?«

»Ja, Mutter Thiel, aber warum kommen Sie wieder hierher?«

»Warum? Meinst du, daß ich ihnen das Geld schenken will, das ich wegen Heinrich und von der Altersversicherung bekomme?«

»Wurde es Ihnen nicht nachgeschickt?«

»Etwas! Aber manchmal kam es nicht, und wenn es kam, sagten die Deerns, sie müßten gerade notwendig Geld brauchen.«

»Sagen Sie, Mutter Thiel, war es nun nicht besser bei Ihren Kindern? Sie sind hier doch ganz verlassen und allein?«

Da stützte die alte Frau ihre starken Hände auf ihre Kniee und sagte mit strengem Gesicht: »Meine Kinder haben sich gefreut, Heim, auch die Enkel. Die in Australien freuten sich sogar auf englisch; denn sie können kein Wort deutsch. Aber wenn ich mich eben hingesetzt hatte, dann hieß es: ›Mutter, willst du dies thun? Mutter, du könntest mir da helfen!‹ Manchmal sagten sie sogar: ›Mutter, fass' mal schnell den Jungen an,‹ und dann hatte ich das zappelnde Wurm schon im Arm. Und das, Heim, bin ich nicht mehr gewohnt. Als ich selbst kleine Kinder hatte, da habe ich auch rasch zugegriffen; aber jetzt mag ich das nicht mehr. Ich freue mich, daß ich sie noch einmal gesehen habe; mehr wollte ich auch nicht.«

Sie stand schwerfällig auf – sie war doch älter geworden – und ging nach der Diele. In der Hausthür kehrte sie sich noch einmal um und sagte: »Bei dem Kirchspielschreiber bin ich wegen des Geldes schon gewesen. Er sagte: ›Es wird anstandslos ausbezahlt!‹ Das sagte er, Heim, ›anstandslos ausbezahlt!‹ Er ist ein tüchtiger Mann, Heim.«

Auf dem Sandweg wandte sie sich wieder um: »Grüß deine Frau! Gehen die Kühe dies Jahr auf den Aukrug? Habt ihr gute Milch? Na ...bald vergesse ich, warum ich zu dir hereinkam! Sage zu Eva, daß sie jeden Abend einen halben Liter für mich zurückstellt.«

Der Pellwormer, der an einer invaliden Wanduhr bastelte, die man ihm zur Reparatur ins Haus geschickt hatte, sagte nichts, als sie plötzlich in der Stubenthür stand. Sie klopfte ihm auf die Schultern. »In der ersten halben Stunde schweigst du rein still! Dann geht es nachher besser.« Dann fing sie an, sich des Heldfeuers anzunehmen, das fast ausgegangen war, und in alter Weise den Kaffee zu rüsten...

über den Schriftsteller Heiderieter etwas zu sagen, ist schwer. Ein bestimmtes Urteil zu fällen, wäre leichtfertig, da er noch in seiner Entwickelung ist. Es werde hier nur bemerkt, daß er den Plan hat, die Höhepunkte der Geschichte Schleswig-Holsteins in Romanen darzustellen, und daß der erste dieser Romane, der im zwölften Jahrhundert spielt, erschienen ist. Im übrigen wird jeder, der diese Blätter, in denen so viel von Heim Heiderieter die Rede war, aufmerksam gelesen hat, sich ein Bild von dem Schriftsteller Heiderieter machen können.

Also steht es mit den drei Getreuen.

Es war nichts mit dem Lorbeer, nichts mit dem Geldsack, nichts mit dem Orden. Das Leben hat jedem von ihnen eine Last aufgelegt. Aber, sie sind nicht mürrisch und mißtrauisch, wie viele sind. Sie stehn nicht müßig und lassen andere raten und thaten, wie viele thun. Sie nehmen nicht vom Volk, ohne etwas dafür wieder zu geben, wie viele thun. Sie maulen nicht mit der Regierung, wie viele thun; sondern sie arbeiten mit der Regierung und mit dem Volk.

Das Verhältnis der drei Getreuen untereinander ließ mehrere Jahre hindurch viel zu wünschen übrig. Andrees und Heim sahen den Flackelholmer selten. Den Strandigerhof betrat er nicht; Ingeborg sah er ein- oder zweimal, wenn sie zufällig in der Stadt zusammentrafen.

Doch kamen sie allmählich einander näher. Dazu trug vor allem eine Reise bei, zu welcher Heim den Anstoß gab. Er forderte die beiden andern auf, mit ihm nach Kiel zu fahren, wo er in eine Handschrift der Universitätsbibliothek Einsicht nehmen wollte. Da Andrees in Hamburg zu thun hatte, so wurde beschlossen, den Umweg über diese Stadt zu machen und, wenn es möglich wäre, in Friedrichsruh den alten Bismarck zu sehn. Andrees ging um so lieber nach Kiel, als er Aussicht hatte, dort einige seiner politischen Freunde zu sprechen. Die Frauen sollten mitfahren. Franz sagte nach einigem Bedenken zu, daß er mit seiner Jacht die Elbe hinauffahren und in Hamburg mit den andern zusammentreffen würde.

Die ganze Reise verlief nach Wunsch, wenn auch Franz, zumal in Gegenwart Ingeborgs, sich ziemlich zurückhielt. In Hamburg besahen sie bei schönstem Wetter, von Franz geführt, die gewaltigen neuen Hafenanlagen. Es war wie ein Blick in die weite Welt, in der die Völker zu friedlichen Kaufleuten geworden sind. In Friedrichsruh hatten sie die Freude, den Fürsten nicht allein zu sehen, sondern sogar zu sprechen. Als er nämlich den Hohlweg, der jenseits der Bahn in den Wald hinaufführt, entlang fuhr, mochten ihm die drei starken, frischen Männer gefallen, neben denen die beiden stattlichen Frauen standen. Der Wagen hielt, und er fragte freundlich nach dem »Woher« und »Wohin«. Zuletzt fragte er: »Noch in der Landwehr?« Da sagte Heim, sich aufrichtend, mit Bedeutung: »Solange wir leben, Durchlaucht!« Da nickte der Alte, sah sie mit seinen mächtigen Augen an und fuhr weiter.

In Kiel wurden die beiden Frauen zu einer bekannten Familie geladen; die Männer gingen ein jeder seinen Weg, und es ist bezeichnend, wohin sie ihre Schritte wandten. Andrees ging in eine große Volksversammlung, in der die Arbeiter aufgefordert wurden, die unfruchtbare Opposition gegen die Regierung aufzugeben und, gleich ihren Kameraden in England, mit Mut und Vertrauen an der Entwickelung des Vaterlandes mitzuarbeiten. Nachher, als er mit den Rednern des Abends und einigen andern politischen Freunden beisammen saß, baten sie ihn, er möchte sich mit dem Gedanken befreunden, für seinen heimatlichen Wahlkreis, der zur Zeit vakant war, Reichstagskandidat zu werden. Es ist anzunehmen, daß er dieser Aufgabe mit schwerem Herzen näher tritt; aber er wird sich dem Wunsch seiner Freunde und dem Vertrauen vieler einsichtiger Männer nicht entziehen.

Franz verbrachte an diesem Abend einige fröhliche Stunden in einem Kreis von bekannten Marineoffizieren, wo der König von Flackelholm mit Jubel empfangen wurde. Der Schluß des Beisammenseins war, daß sie ihn baten, sich baldigst zu verheiraten; denn da er selbst verhindert sei, ein Kolonist zu werden, wäre es seine Pflicht, Sorge zu tragen, daß er einst seine Knaben diesen Weg gehen lasse. Er ließ diese Rede lachend über sich ergehen, und sein Lachen war so heiter, wie es lange nicht gewesen war.

Heim aber saß in dem gemüthlichen Arbeitszimmer eines Professors, der, ein hervorragender Kenner der schleswigholsteinischen Geschichte, von Anfang her an Heims Arbeiten ein lebhaftes Interesse bethätigt hatte.

In guter Stimmung und mit dem Gefühl, durch die Reise einander näher gekommen zu sein, fuhren die fünf in die Heimat zurück.

Einige Tage später, im Anfang September, stand Franz Strandiger, die Büchse über der Schulter und einige geschossene Enten in der Hand, auf der höchsten Düne von Flackelholm und schaute nach Büsen hinüber, dessen Häuser im hellen Sonnenlicht deutlich zu sehen waren.

Stattlich und stolz stand er da und sah wohl aus, als ob er befehlen könnte, hatte auch einen scharfen, raschfliegenden Blick; aber die Augen waren ruhiger geworden, und der ganze Mann hatte etwas Bedächtiges, Überlegendes. Das hatte jener Tag gethan, da er mehr als einmal Schiffbruch litt, und die große, mächtige Einsamkeit seiner Insel und die saure Arbeit, die er auf ihr gethan hatte.

Das Maifeld der Insel war von natürlichen Wasserläufen und künstlichen Gräben durchzogen; weit hinaus, soweit ein Schimmer von grünem Grase da war, dehnten sich Gräben und Erdwälle, und noch weiter, Hunderte von Metern ins Watt hinein, streckten starke Buschdämme ihre geraden Arme aus, den Schlick festzuhalten, der schon lag, und den andern zu fangen, der noch mit dem flutenden Wasser trieb. Die lange Dünenkette, der Insel Bollwerk, war durch Draht eingefriedigt, daß kein Tier darüber lief, den Strandhafer wegfraß und die Buhnen zertrat, welche den wehenden Sand aufhielten. Auf dem Maifeld aber, zwischen all den Gräben, über welche hier und da hölzerne Brücken liefen, weideten sechshundert Schafe, über tausend Gänse, zehn Stück Jungvieh, einige Kühe und zwei starke Pferde. Unten am Fuß des Deichs ließen kleine Kinder schräg über den Wasserlauf Segelboote laufen, Kinder des Schäfers und des Arbeiters, die in dem steinernen Nebenhause wohnten. Der Rotkopf aber hatte seine Sommerhütte im Westen, am äußersten Ende der Düne, aus Strandholz gebaut; sein Boot lag im Dieksander Gatt.

Das alles war in vier Sommern gebaut, gearbeitet worden, in vier einsamen Wintern, umringt von der stürmenden See, behütet, befestigt, verbessert worden. Franz Strandiger hat immer fest angefaßt. Früher griff er nach seines Herzens Lust; jetzt greift er nach Arbeit, nach großen, ernsten Plänen. Seine Natur hat er nicht geändert; seine Ziele hat er geändert. Dadurch scheint er den Menschen als ein anderer.

Von Büsen her kommt ein flotter Segler. Sein neues Segel liegt schräge auf dem Wasser. Der segelt gut.

Gleich hat er es gesehen.

»Richtig, sie kommen! In einer kleinen Stunde können sie landen.«

Er ließ sich ruhig Zeit, ging über den Deich und lieferte die Enten ab und bat Antje, die am Herd stand, sie zu braten. »Es kommen Gäste, Antje! Erinnerst du dich der Leute, die im vorigen Sommer in Büsen badeten und viermal zu uns heraussegelten?«

»Das Fräulein aus Hamburg, das so gern auf Flackelholm sein mag?«

»Gerade die! Ich habe sie vor vierzehn Tagen in Hamburg wieder gesehen. Aber diesmal bringt sie den Alten mit.«

»Na...« sagte Antje kurz, »dann weiß ich schon.«

»Was weißt du?«

»Stellen Sie sich nicht an!... Sie wollen eine Frau nehmen.«

»Du mußt aber hier bleiben, Antje! Auf jeden Fall!«

»Nun! Mit der thäte ich's! Sie ist einfach, und sie. sagt, ihre Eltern sind einfache Leute.«

Er lachte kurz auf und ging hinaus. Als er über die Höhe des Deiches kam, waren sie schon gelandet. Richtig, da gingen die beiden: das blonde Mädchen, eine echte friesische Figur, hoch und schlank, und daneben der Vater, in Schiffermütze und seemännischer Kleidung, nicht größer als seine Tochter, obgleich er kein kleiner Mann ist. Franz Strandiger ging ihnen rasch entgegen, und von weitem schon winkte der Alte, ein wenig verlegen, launig und laut rufend: »König von Flackelholm! Ich grüße Sie ...Na ...Sie nehmen's nicht übel, ein alter Seemann!«

Sie schüttelten sich die Hände und verstanden sich gleich.

»Wie macht sich das neue Boot, Fräulein Elsa?«

Sie antwortete nicht auf seine Frage, sondern sagte, zu ihm aufsehend: »Sie sind den ganzen Winter nicht an Land gewesen?«

Er schüttelte den Kopf.

»Aber in diesem Sommer,« sagte sie, »sind viele Badegäste herübergekommen, den König von Flackelholm zu sehen. Ich kenne das ... diese Menschen kommen aus dem Binnenland, haben nie eine ordentliche Welle gesehen, und dann sind sie für alles begeistert, was blaue Tuchmützen trägt.«

Er lächelte. »Aber Sie, Fräulein Elsa, wissen, daß ich ein sehr gewöhnlicher Mensch bin, sogar ein wenig feige.«

»Wie das?«

»Wenn Sie heute Flackelholm und alles, was darauf ist, inspizieren.«

Sie wurde verlegen: »Ich will nur Sie inspizieren,« sagte sie dann ehrlich. »Ob Sie gutes Muts sind, das wollte ich wissen; das ist doch nicht unrecht.«

Er wandte sich lebhaft zu ihr und schüttelte ihr kräftig die Hand. »Nein, Fräulein Elsa, das ist nicht unrecht; denn es fragen verzweifelt wenig Menschen nach mir.«

Sie sah jäh zu ihm auf; eine große Freude strahlte in ihrem ganzen Gesicht.

Sie kamen an den Deich und gingen hinauf. Elsa ging, Antje zu begrüßen; der Kapitän aber blieb oben stehen, wischte sich den Schweiß von der Stirn, sah ringsum und sagte: »Elsa hat in diesem Winter viel von Ihnen und Ihrer Insel gesprochen, Herr Strandiger. Elsa ... sollen Sie wissen ... ist drüben irgendwo im Stillen Ocean geboren, nicht weit von Neuseeland. Ich fuhr damals ein Apenrader Schiff von St. Franzisko nach Melbourne. Bin von Haus aus ein Sylter; Apenrader Blut kommt dazu. Starke Leute da! Daher hat sie die blauen Augen und die Größe. Sie hat dann lange mit uns gefahren. Nun ist es ihr hier in Hamburg zu eng; sie muß einen weiten Blick haben. Ich habe mir das Boot bauen lassen müssen, und wir sind die Elbe hinunter- gefahren; in der vertrackten Süderpiep hätten wir fast Havarie gehabt, weil wir beide nach Flackelholm sahen und nach dem Flaggenmast, der über den Deich ragt. Die Jungen, die ich habe, sind alle gut versorgt, zwei sind Kapitäne und zwei sind Kaufleute, einer in Transvaal, einer in China; aber das einzige Mädchen macht mehr Sorgen als vier Jungen.«

»Sie muß heiraten, Kapitän.«

»Muß sie!«

»Nun erklären Sie mir mal diese Gegend. Die Insel ist Eigentum Ihres Vetters? Wie groß ist der Wert?«

»Das ist schwer zu sagen. Auch wächst das Land an.«

»Sie haben einen festen Kontrakt mit Ihrem Vetter gemacht?«

»Ja, ich bin so eine Art Bevollmächtigter und angestellter Plänemacher. Es ist ein teurer Besitz. Es sind bisher schon über dreißigtausend Mark hier verdeicht und verbaut; die Herden haben einen Wert von über zwanzigtausend Mark, und es werden dort drüben, wo das Land anwächst – Sie sehen die neuen geraden Gräben – jährlich dreitausend Mark verarbeitet.«

»Was Sie sagen!« Er wandte sich mit lebhafter Bewegung zu Strandiger: »Hören Sie, Sie müssen aber eine reiche Frau haben?«

Strandiger mußte lachen, so deutlich zeigte der Alte seine Verlegenheit und Not.

»Nein ...« antwortete er ...»Nicht eine reiche Frau; aber eine Frau, die Mut hat und gern auf Flackelholm ist! Sehen Sie,« sagte er, »dort liegt Büsen. Die alten Schiffer, die dort den ganzen Tag am Strand stehen, kennen mein Flaggenzeichen; aber wie lange dauert's, bis sie hier sind, wenn hier Not und Krankheit ist? Es ist nicht leicht für eine junge Frau, auf Flackelholm zu wohnen. Und im Winter ...«

»Im Winter? Ich denke, Sie haben hier nur Sommerresidenz?«

Strandiger schüttelte den Kopf. »Vier Winter habe ich hier verlebt und habe keine andern Gesichter gesehen als die meiner Leute. Freilich, das ließe sich von jetzt an wohl machen, daß man im Winter zwei oder drei Monate in Büsen wohnte; denn ich weih ja jetzt zur Genüge, wie es im Winter auf Flackelholm aussieht. Nun einerlei ... ich halte es hier aus, und ich wünsche mir keine bessere Wohnstatt. Ich habe mir immer ein großes Reich gewünscht und hab's bekommen; aber eine Frau soll sich das überlegen.«

Elsa kam den Deich herauf und trat zu ihnen.

Strandiger fuhr fort. »Ich weiß ja, man muß auf eine Frau Rücksicht nehmen; aber ich könnte es nicht ertragen, wenn sie launte oder weinte und nach dem Festland zurückbegehrte. Ich bleibe Zeit meines Lebens auf Flackelholm; darum sage ich: sie muß stark an Leib und Seele sein. Dann ist das Leben hier auch nicht ohne Wert und ohne Freude!

»Sehen Sie, Kapitän, dort am Horizont das flache Land? Von dorther kann man zur Ebbzeit zu Fuß und zu Pferde und zu Wagen hierher kommen. Wenn's not thut und die Pferde gut sind, kann man den Weg in einer Ebbzeit hin und zurück machen. Von dorther wächst das Land von hierher und von hierher nach dorthin, und überall auf dem Weg liegt tiefer, weicher Schlick zu beiden Seiten. Von dort arbeitet die Regierung mit Macht und Umsicht; von hier arbeiten wir. Zwischen hier und dort liegen viele tausend Hektar schönsten Landes im Wasser. Das aber ist es, was wir brauchen: Land! Denn da drüben an den Deichen sind die Häuser voll von Kindern. Wenn ich lebe und Kraft behalte – ich werde es nicht vollendet sehen, ein Menschenleben ist zu kurz –; nach mir aber, und nicht allzulange nach mir, wird dort ein Weizenfeld neben dem andern, ein Hof neben dem andern liegen, und die Bewohner dieses Ringdeichs werden am Sonntagmorgen auf weißer Straße nach dem Turm, den Sie dort sehen, zur Kirche fahren. Dann, wenn das so ist, dann sollen die Kinder noch reden von dem König von Flackelholm, der die Arbeit angefangen hat.«

Der Kapitän nickte bedächtig mit dem eisgrauen Kopf. »Gut ist das!« sagte er ernst. »Und ich verstehe meine Tochter; und ich wünsche Ihnen Glück zu dem allen ... in Ihrem ganzen Leben.« Dann setzte er die Mütze wieder auf und meinte: »Ich will mir dies Haus ansehen, wenn Sie erlauben, und mich Ihrer Haushälterin ein wenig anvertrauen; ich bin müde geworden.« Er ging den Deich hinunter nach dem Hause zu und stand bald mit Antje im eifrigen Gespräch am Herd, auf dem die Enten brieten.

»Und wir?« fragte Franz Strandiger.

»Wenn Sie wollen, gehen wir nach der Düne und setzen uns auf die Bank, auf der wir im vorigen Sommer saßen, und plaudern ein wenig.«

Aber sie kamen nicht so weit; etwas Kleines, Geringes kam dazwischen.

Wie sie nebeneinander am Fuß der Düne durch das lange Gras gingen, beide tief bewegt, saß da im Nestlein, zwischen den Halmen, eine Lerche und flog nicht aus, saß und bog den Kopf und sah die beiden an. Das Männchen stand daneben. Die beiden standen still. Und das kleine, niedliche Bild brachte die Menschen einander nahe. Der Mann dachte: »Sieh da, Natur!« Das Mädchen dachte: »Wie lieb und traut,« und senkte den Kopf.

Da konnte er es nicht länger ertragen, daß sie so neben ihm stand. Altes Ungestüm kam über ihn, und er zog sie an sich. Sie unterdrückte das Weinen: »Ich will ja. Aber du sollst mich lieb haben. Selig werde ich sein.«

Die Lerchen rührten sich nicht, sie sahen zu.

Am andern Abend brachten Heim und Eva die Nachricht von der Flackelholmer Verlobung, die Antje gebracht hatte, nach Strandigerhof: Die Blinde saß aufrecht in ihrem weißen Bett, nach ihrer Gewohnheit. Auf dem Bettrand sitzend, erzählte Heim in überquellender Freude von der Verlobung. Sie weinte vor Freude. Als er ihr aber die zarten Hände streichelte und sie bat, zu lachen, da lächelte sie. Dann, als sie im Wohnzimmer, das neben dem Schlafzimmer der Blinden liegt, bei einander saßen, zog Andrees einen Brief hervor. »Ich habe auch etwas,« sagte er, »einen Brief von Hinnerk Elsen. Hört zu:

Lieber Herr Strandiger! Ich habe den Brief, den Heim an mich geschrieben hat, erhalten. Ich freue mich, daß da neue Häuser gebaut werden, bei welchen auch Land ist, und daß der Pellwormer noch lebt, obgleich er man schwach und staakig ist. Uns geht es hier gut; denn wir haben hier Land und zu essen, aber kein Bargeld; und einer ist der Glücklichste, das ist Schütt. Mit Schütt ist das so! Als er wegging, war er voller Gottlob und sagte: Der Eschenwinkel und ganz Schleswig-Holstein könnten in der Nordsee liegen; er pfeif' darauf. Er war immer so unordentlich mit seinem Mundwerk. So war er auf der ganzen Reise und auch noch das erste halbe Jahr hier. Dann hatte er keine Ruhe mehr auf dem Land, das er gepachtet hatte. Er fing an, mit Hökerwaren von Farm zu Farm zu ziehen, und weil er ein lebhaftes Mundwerk hatte, kauften die Leute, besonders die Engländer, seine Sachen, denn er schimpfte auf Deutschland. Er erzählte ihnen ganz genau, wie es da in der Heimat aussah. Heide, Teich, Deich, krumme Wege, Dorf und Kirche, und dann sagte er: ›Seht, so ein krummes Land! Hier aber, in Iowa, ist alles rechtwinkelig!‹ So sagte er. Er hat ja gut lernen können in der Schule. Aber wie kommt schließlich der Fuchs aus dem Loch? Einmal hat er sich einen Rausch angetrunken und schimpft wieder über Schleswig-Holstein. Da heben die Engelsmann an, ein Spottlied auf die Deutschen zu singen. Da fängt er mit einem Male an zu weinen und schlägt um sich und schreit: Sie sollen nichts über Schleswig-Holstein sagen! Das wäre das beste Land der ganzen Welt. Und hat angefangen zu erzählen: von der Heide, vom Deich und von dem Mehl. Und so kommt es raus, daß er vor Heimweh verrückt geworden ist. Ist noch verrückt. Thut wohl seine Arbeit, ist auch nüchtern; aber abends sitzt er vor seinem Hause und macht einen kleinen Deich und den Rand der Heide und die Kirche und das Dorf aus Erde und kleinen Steinen und macht das so fein, daß wir Sonntags zuweilen hinfahren und da alle rund um ihn stehen. Und dann redet er in einem fort von dem alten krummen Land. Er meint aber, er kann gar nicht wieder hinkommen und thut, als wenn es im Mond liegt, und hat es ganz gut. Und wir auch, und von Anna soll ich grüßen, ist eine tüchtige Frau. Der Mais kostet nichts, Schweine vier Dollars, haben selbst geschlachtet.

Hinnerk Elsen, Farmer.«

Aus dem Schlafzimmer der alten Mutter kam der leise Schrei einer Kinderstimme. Ingeborg stand auf und ging in das Schlafzimmer, nahm ihre Kleine auf und setzte sich neben das Bett der alten Frau; die saß noch aufrecht. Mit leiser Stimme erzählte Ingeborg von dem Brief. »Es ist nur gut, Mutter,« sagte sie weich, »daß sie dort vorwärts kommen. Es thut Andrees gut, das zu hören. Er ist immer so bange um sie.«

Die alte Frau nickt. »Und gut ist alles geworden ... bis auf Marias Grab ... daß die drei alle in der Heimat wohnen, nicht weit voneinander. Andrees und Heim, und Franz auf Flackelholm. Wer hätte das gedacht!«

Ingeborg beugte den blonden Kopf auf das helle Haar ihres Kindes, das an ihrer Brust lag. »Ja,« sagte sie leise, »es ist schön in der Heimat.«

Ein glucksender Ton klang durch das Zimmer.

»Was thust du, Ingeborg?«

»Ich nähre das Kind.«

Die Blinde nickte. »Das habe ich gethan auf derselben Stelle, wo du es jetzt thust.«

In dem kleinen Haus im Eschenwinkel, dem letzten, das noch stand, lag in dieser Nacht der Pellwormer im Sterben. Die Thielsche saß neben seinem Bett. Am Tisch saß Antje. Sie hatte die Brille aufgesetzt – sie muß jetzt eine Brille tragen – und las: »Jesus meine Zuversicht«, und das Lied, das der grohe Klopstock gesungen hat: »Auferstehn, ja auferstehn wirst du.« Als der Morgen mit leisen Füßen über die Heide kam und in die kleinen niedrigen Fenster lugte, bat der Alte, daß man ihm den Kopf nach dem Fenster wendete. So lag er lange. Seine Lippen bewegten sich; Antje und die Thielsche wußten, was seine Seele sang:

> »De Klock hett veer flahn,
> Beer hett de Klock.
> Der Tag vertreibt die finstere Nacht,
> Ihr lieben Christen, seid munter und wacht,
> Und lobet Gott den Herrn.«

9 788026 886532